Scarlet
스칼렛

www.bbulmedia.com

쉿,
그를
사랑하지
마!

SCARLET
ROMANCE
STORY

Hush,

don't

쉿,
그를 사랑하지 마!

진진필 장편소설

love

him!

c o n t e n t s

프롤로그
방관의 죄

"박제 인형처럼 예쁜 여자가 필요한 게 아니야."

제법 더운 바람이 부는 4월의 어느 날. 강서준은 클럽 하바나의 뒷문에서 친구 규만과 통화 중이었다.

"매력이 더 중요해. 당당하고 단정하고 기품 있으면서도 사람을 끄는 매력."

강서준이라는 이름 앞엔 늘 수식어가 따랐다. '바람둥이' 강서준. 검은 유약을 발라 구운 도자기같이 매끈한 검은 피부, 진하고 고른 눈썹, 크고 옆으로도 긴 눈, 날카롭고 힘찬 콧날.

"예쁘기만 하면, 이도형이 그냥 넘어갈 것 같아?"

그리고 키스가 동하는 입술의 매력적인 곡선.

바람둥이 강서준은 여자를 찾고 있었다. 이도형과의 이 진흙탕 싸움에 종지부를 찍어 줄 여자. 아니, 적어도 이도형의 손아귀에서 희연을 빼내 줄 여자.

"배우라는 애들이 그렇게 연기력이 형편없어 어떻게 데뷔를 한대?"

배우 지망생을 소개한다며 먼저 나서 설레발치던 규만은 시간만 질질 끌었다. 인형 같은 완벽한 외모의 여자들만 줄줄이 늘어놓았다.

"참 나, 말하는 거나 짓는 표정이나. 드라마 오디션 봐? 너는 그런 애들 붙들고 가르치면서 사기 치니?"

휴대전화로 넘어오는 규만의 목소리에도 짜증이 어렸다. 사기라니, 그만하면 예쁘고 매력적인 애들을 왜 트집 잡아, 하며 반박하는 목소리가 넘어왔다.

"아니! 김희연을 버리고 택해야 할 여자라고. 싫은 소리 한 번 했다고 울면서 뛰쳐나가, 초면에 옷은 왜 벗으려 들고, 매력 어필해 보라니까 코맹맹이 소리를 내잖아! 심약하고 천박하고 매력 없는 게 문제라니까."

규만은 더 이상 보여 줄 여자가 없다며 손을 들었다. 김희연보다 더 예쁘고 매력적인 여자를 찾는 거라면 손들겠단다. 결국 이럴 거면서!

"그럼 어떡해? 희연이를 그냥 놔둬? 반칙은 녀석이 먼저 시작했어. 나한테 도덕 교육 할래?"

통화는 끝났다. 서준은 기가 막혀 기획사의 대표로 있는 친구 녀석의 전화번호를 찾아 누르려다 휴대전화를 집어넣었다.

일이 너무 커진다. 규만이라면 믿을 수 있지만 친구들을 더 이상 동원하는 건 좋지 않다. 시작도 전부터 이도형에게 들킬 위험이 크다.

차라리 클럽 하바나의 사장 이연혜에게 일을 시작하기 전인 여자들을 소개받아 볼까. 이연혜는 고급 손님만을 은밀히 상대하는 여자들을 여럿 아니까.

인적 드문 클럽 하바나의 후문, 서준은 체념하듯 벤치에 걸터앉아 담배 케이스를 꺼냈다. 정문을 꺼리는 손님들이 은밀히 드나들도록 만들었지만, 겉보기엔 포근하고 아늑한 세 평 남짓 작은 정원이다.

알록달록 오그랑한 꽃잎들이 밝은 햇살을 반사했다. 그의 속만 황량할 뿐 사방이 화사하고 따사로웠다. 서준은 괜한 꽃잎에 화풀이를 하고 싶은 충동을 누르며 담배에 불을 붙였다. 사방으로 퍼지는 연기가 꼭 한숨 같았다.

그때였다. 내일모레면 폐차를 바라보는 낡은 트럭이 일방통행의 좁은 도로로 후진을 해 들어왔다. 서준은 멀찌감치 떨어진 하바나의 주방 문이 열리는 걸 관심 없이 바라보았다.

"시간 한번 정확하네."

하바나의 주방 막내가 트럭을 맞았다.

"당연하지! 하바나 배달인데."

트럭 안에서 새까맣고 통통한 여자애가 톡 튀어나와 양배추, 양파, 파, 마늘, 상추 같은 것을 날래게 내렸다. 주방 막내는 체크해 주는 목록을 "어. 정확해." 하고 받아 사인을 했다.

"봐 봐, 물건은 최상급이에요. 괜히 보관 잘못하고 나한테 뒤집어씌우지 마요?"

"아, 저번엔 정말 미안."

얼핏 봐도 20대 후반인 주방 막내는 저보다 예닐곱이나 어려 뵈는 쪼그만 어린 여자애에게 절절맸다. 괜히 냉장했다 다시 실온에 보관하는 바람에 야채에 습기가 차서 상한 거예요, 보관을 잘

해야죠, 제 주방 막내 부리듯 그녀는 또박또박 야단을 쳤다.

그 광경만으로도 제법 재미가 좋았지만 제대로 된 공연은 그다음이었다. 사실 서준은 이도형의 붉은 EHO7이 골목길로 들어설 때 인상을 찌푸리며 얼른 담배를 끄고 자리를 뜨려 했다. 마주쳐서 좋을 게 없는 녀석이었다.

하지만 이도형의 시야엔 이미 서준이 들어왔고, 이를 드러내며 EHO7의 액셀러레이터를 밟았다. 피할 기회는 놓쳤다. 그러면 제대로 상대를 해 줄 수밖에.

서준은 올 테면 와 봐, 도발적으로 거만한 손짓을 보였다. 애완동물 부르듯 쪽쪽쪽, 혀를 차면서. 신경이 찌익, 긁힌 이도형은 얼굴을 붉히며 소리를 질렀다. 사운드가 전해지진 않으나 입 모양으로 추측건대 '개새끼'였다.

그러나 아파트 한 채 가격의, 주문 생산 된 수제 자동차 EHO7은 폐차 직전의 트럭 앞에서 무릎을 꿇었다. 두 대가 지나치기엔 좀 좁았던 것. 골목길 운전을 멋지게 할 리 없는 이도형이 순간 얼어붙었다.

서준은 피식 비웃었고, 그의 입술을 읽은 이도형은 더욱 기분이 상했다. 서준은 팔짱까지 끼고 기둥 뒤에 멀찌감치 앉아 구경하는 시늉을 했다. 이도형의 자존심은 땅바닥에 떨어져 나뒹굴었다.

결국 이도형의 화풀이는 검붉은 얼굴로 야채를 열심히 나르던 애꿎은 여자애에게 쏟아졌다.

"비켜! 일방통행에 왜 차를 대 놓고 지랄이야?"

"아, 아저씨. 물건 내리잖아요. 죄송해요. 금방 뺍니다! 급하시면 요렇게 좀 돌아가세요."

곰같이 우락부락한 이도형이 얼굴 벌게져 소리를 지르는데도,

그녀는 성의 없이 손가락을 까딱였다. 이도형은 퉁퉁한 집게손가락으로 삿대질을 했다.

"됐거든? 내가 왜 비켜야 해? 빨리 빼지 못해?"

야채를 들이다 날벼락을 맞은 여자아이. 온순해 보이지 않는 그녀도 마주 소리를 지르려 입을 딱 열었다. 그러나 하바나의 주방 막내가 그녀를 툭 치고 소곤소곤했다. 아마도 하바나의 VVIP 고객인 이도형에게 대들었다간 물건 넣는 걸 그만둬야 한다는 경고쯤이겠지.

뭐 씹은 얼굴로 그녀는 "아이고, 얼른 빼 드려얍죠." 막내가 바닥에 쌓인 박스를 안으로 들이는 걸 도왔다. 하지만 방금까지도 날렸던 동작엔 늑장이 좀 실려서, 차 위로 기어오르는 것도 느릿느릿, 막내에겐 고갯짓 인사까지 전했다. 딱히 흠잡을 순 없으나 그르렁그르렁 시동 소리조차 묘하게 길었다.

"아, 안 지나가고 뭐 해요?"

허름한 계집애에게 무시까지 당하는 꼴을 서준에게 노출한 이도형의 관심은 이제 모두 그녀에게 쏟아졌다. 이도형의 얼굴과 목에 새빨간 기가 올라왔다.

둘이 서로 비켜 움직여야 차를 빼기 좋은 각도. 그러나 곱게 협조하면 이도형이 아니었고, 실제로 차를 빼기 까다롭게 좁기도 했다.

"왜? 이제야 움직이고 싶어? 가고 싶으면 네가 후진으로 저 골목 끝까지 빼든가!"

이도형의 억지였다. 비켜 갈 자신이 없어 후진을 해도 이도형은 3m, 그녀는 30m 이상이다. 열이 끝까지 뻗친 이도형은 붉게 물들어 있었다. 피부가 매우 희고 덩치가 큰 이도형은 화가 나면 유

11

난히 피부가 붉게 달아올랐는데, 덕분에 그의 별명은 '빨간 소시지'였다.

"아, 차는 럭셔리, 운전 실력은 쪽팔리……. 알긴 아나? 차도 주인도 둘 다 뻬얼거네."

노래하듯 느리게 말하는 검은 여자의 쪽 째진 눈이 가늘어졌다. 새카만 눈동자는 짐승처럼 반짝였고, 비웃음을 매단 입술은 살짝 비틀렸다. 잠깐 후진해 돌거나 조심해 비켜 가면 그만인데, 굳이 턱 받치고 기다리면서 땀 흘리며 일하는 사람을 방해한 데 대한 분풀이일 것이다.

그러나 그건 그녀의 명백한 실수였다. 이도형의 자존심을 긁은 것, 그것은 서준이 한 번 잘못했다가 5년을 진흙탕 싸움을 벌인, 아니 벌이는 중인 원인이기도 했다. 이도형이 계집애에게, 그것도 길바닥에서 마주친, 짧고 뚱뚱하고 볼품없는 까만 계집애에게 이런 식으로 운전 실력을 평가받았다면 그냥 지나치지 않았다.

"움직이지 말고 가만있어요."

"아니, 그 실력 한번 봐야지!"

그것은 예상대로 처참한 결과를 낳았다. 그녀가 솜씨 좋게 좁은 공간으로 아슬아슬 이도형의 붉은 EH07을 비켜 갈 때 이도형은 전진 기어를 넣고 그녀의 트럭을 기세 좋게 들이받았다.

'쿵!', 그리고 트럭 모서리를 이용해 자신의 EH07을 옆으로 길게 그었다. '기이이이익!'

"아악! 서, 서라고! 계속 움직이면 어떻게 해? 미쳤어? 아저씨, 차를 일부러 들이받은 거야, 지금? 자해한 거야, 지금?"

그녀는 트럭 차창으로 고개를 내밀며 소리를 고래고래 질렀다. 그러나 승냥이처럼 으르렁거리는 그녀와 달리, 이도형의 얼굴에는

'고의'라고 쓰인 만족스러운 웃음이 걸렸다.

"일부러 들이받다니? 좁은 공간에서 서로 비켜 가다 이렇게 된 거잖아?"

"가만히만 있으면 되는데, 일부러 움직였잖아! 그것도 일부러 핸들 틀어서 내 차 옆으로 긁었잖아!"

"어떻게 하니? 너 일방통행에서 역주행하다 사고 내면 네가 백 프로인 거 아시죠? 이 씹할 년아?"

이도형이 만족스럽게 놀려 댔다. 흥분한 그녀는 사이드 브레이 크를 거칠게 올리고 반대편 창문으로 잽싸게 기어 뛰쳐나왔다. 운 전석 쪽 차 문은 이도형의 차에 가로막혀 있어서였다.

다른 사람이라면 차를 뒤로 빼고 나왔을 텐데. 완전히 돌 것 같 은 상황에서도 증거를 보존하는 동물적인 영리함을, 서준은 유심 히 보았다.

"그래, 그 잘난 거 구경이나 하자, 이 새끼야!"

어찌나 재빠르고 서슬이 퍼렇던지, 어디 가서 성질 죽여 본 적 없는 이도형도 순간적으로 기가 질려 말문이 막혔다. 그리고 짐승 처럼 달려드는 그녀에게 이도형은 짧은 머리카락을 꽉 잡혀 차 밖 으로 질질 끌려 나왔다.

"까 봐, 이 새끼야. 그 씹할 고추 까 봐, 이 돼지 새끼야!"

그녀는 이도형의 허리춤에서 기어이 바지 버클을 풀어 내리려 했다. 허리춤을 잡힌 이도형은 덩칫값도 못 하고 속절없이 그녀에 게 당했다. 갑자기 길거리에서 중요 부위를 까이는 걸 막는 데 급 급했다.

"아아, 아파, 이거 못 놔? 이거 안 놔!"

한 손으로는 머리카락을 쥐어뜯기고, 한 손으로는 중요 부위를 공기 중에 노출하는 공격에 처한 이도형은 힘조차 쓰지 못하고 발버둥 치며 팬티가 내려가는 걸 막는 데만 급급했다. 들짐승 같은 계집애가 얼마나 암팡지게 머리카락을 쥐어뜯으며 팬티를 내리려 하는지, 이도형은 이제 '빨간 소시지'에서 '누드 소시지'가 될 참이었다.

"이거 놔, 이거 놔! 아파, 아야야!"

아무리 인적 드문 하바나의 후문이지만 하나둘씩 구경꾼이 들어섰다. 골목 밖을 지나던 누군가가 길을 멈추고 핸드폰을 꺼내 들려 했다. 서준이 눈짓하자, 주방 막내는 기겁하며 행인을 온몸으로 막아섰다.

"까지도 못할 그 잘난 거 가지고 뭐? 입 가졌다고 아무에게나 함부로 말해? 너 이거 사기야, 지가 자해해 놓고서 뭐, 백 프로를 물어내?"

서준은 바들바들 떨며 누구의 편도 들지 못하는 하바나의 주방 막내를 떨떠름하게 보다가 몸을 일으켰다. 괜한 이도형의 화풀이를 받은 그녀가 조금 안쓰러웠으나 어쩔 수 없다.

그녀는 완패할 것이다. 두 대의 차를 반짝 들어 180도 돌려놓지 않는 이상. 이도형이 고의로 저 정도 나올 땐 그녀를 철저히 밟으려는 속셈이다. 돈과 시간과 힘이 있는 상대와 싸우다 보면 '사실' 같은 건 중요치 않아진다. 증거는 힘을 잃고, 목격은 왜곡될 것이다.

아마도 저 사건이 해결 날 즈음엔 '포악한 성질의 여성 트럭 운전자가 EHO7을 탄 선량한 이도형을 해코지할 목적으로 차를 긁었다, 그것도 역주행하면서.' 정도로 포장될 것이다. 또 '선량한 이도형은 포악한 여자에게 성추행까지 당했다.'의 죄목이 추가될 수 있었다.

서준은 위기에 처한 승냥이를 그대로 방치하기로 했다. 굳이 나서서 할 수 있는, 이를테면 '이도형이 일부러 그런 게 맞을걸요? 원래 그런 놈이니까요.' 따위의 증언은 아무런 도움이 되지 않을 테니까.

이도형의 EHO7은 웬만한 아파트 한 채 가격이었다. 형편이 좋아 보이는 차림은 아닌데, 부디 좋은 보험에 들어 놓았기를.

"이 돼지 새끼야, 백 프로는 무슨 백 프로! 고의로 그런 거잖아. 이건 사기야, 사기!"

그녀의 절규가 처절했지만 서준은 몸을 반짝 일으켜 하바나의 후문으로 쏙 들어갔다. 그리고 아쉬움에 입술을 깨물었다. 규만이가 보내 준 여자들 중 하나라도, 저런 똘기가 있었으면 당장 보수를 열 배로 올려 줬을 텐데, 하면서.

클럽 하바나의 정문은 차들이 원활히 빠지도록 커다란 분수대를 따라 두 줄의 원형 도로를 놓았다. 말끔하게 정돈된 도심의 넓은 정원, 웬만한 호텔 입구와는 비교도 되지 않게 밤의 풍경이 대단하다. 분주히 뛰어다니는 발렛 요원들 뒤로 거리에선 보기도 힘든 차종들이 길게 줄을 이뤘다.

"21호, 강서준 님 들어가십니다."

끝도 보이지 않는 기다란 계단을 내려가면 클럽 하바나의 별세계가 시작된다. 눈을 가득 메우는 찬란한 자줏빛에 익숙해질 즈음 어둡고 화려한 내부가 눈에 들어온다. 붉은 여자의 입술이 클로즈업된 화면 앞, 금빛 옷을 입은 여가수가 애절히 노래했다.

"아스라이 흐려지는 널 잡을 순 없어. 염치없지만 용서를 바랄게."

남아메리카 출신의 3인조 밴드와 사람 좋아 보이는 흑인의 허스키한 코러스가 귀에 감겼다. 술에 취하고 아름다운 노래에 취하고 하바나의 숨 막히는 화려함에 취하는 밤. 그것은 '특권층'이라고 불러도 좋을, 주머니 두둑한 하바나의 회원들만이 누리는 여유였다.

"친구분들이 기다리십니다."

밀실 21호에 든 서준은 친구들의 수다를 흘려들으며 끈기 있게 희연을 기다렸다. 문자도, 부재중 전화도 충분히 남겼다. 속이 홧홧했다.

"서준이 왜 저래?"

친구 중 하나가 알아챘다.

"오늘 희연이 약혼 발표 한다잖아. 이도형 생일 파티 겸, 친구들 다 모인 앞에서 둘이 결혼하기로 한 거 깜짝 발표한대."

규만이 못마땅하게 입을 열었다. 서준이 살기를 실어 규만을 째려봤으나 규만은 "어차피 다 알려진 것." 덧붙였다. 그러자 친구들 셋이 깜짝 놀라며 한 마디씩 거들었다.

"미쳤네. 시집은 다 갔다."

"왜? 이도형하고 결혼하신다잖냐."

"퍽이나 그 집안 회장님, 사모님이 가만히 앉아 계시겠다. 보나 마나 놀다가 버려질걸? 소문만 지저분해지고 나면 진짜로 웬만한 집 선 자리는 물 건너갈 텐데."

왜 한 발짝만 떨어지면 이렇게 선명한 것들을 당사자만 모를까. 서준은 남의 말 뱉듯 하는 친구들의 말에 "그만해." 나무랐다.

"바보야, 지금 그게 문제야? 이도형이 서준이 골탕 먹이려고 희연이 작정하고 데리고 놀려는 거잖아."

"뭐? 서준아, 너 아직도 이도형이랑 계속 그래?"

"아니, 다른 사람도 아니고 희연이 걔가 너한테 그러는 건 좀 아니지!"

서준은 더 이상 견딜 수 없어 자리를 털고 일어섰다.

"그만들 좀 해!"

"희연이 걔 차라리 그냥 놔둬, 제 인생 제가 망치겠다는데!"

친구들의 잔소리를 흘려듣고 서준은 21호 밖을 나섰다.

생일을 맞은 이도형은 하바나의 옥상과 바, 댄스 홀 그리고 애용하는 밀실 1호를 빌렸다. 하바나의 20여 개 밀실을 제외한 나머지를 몽땅 독차지하는 바람에 다른 회원들의 원성을 사기도 했다. 서준은 시끌벅적한 홀의 인파 속에서 이도형의 친구들과 인사를 주고받는 희연을 붙잡았다.

"이런 식으로 나, 계속 피할래?"

"어머, 안녕? 너도 왔어?"

특유의 기운 없는 나긋나긋한 목소리로 희연은 서준의 등에 다정히 손을 얹었다. 하지만 몸을 돌린 뒤 이도형의 친구들이 듣지 못하도록 속삭였다.

"방해하지 마!"

사방이 이도형의 손님들로 넘쳤다. 희연은 눈에 뜨이는 미인이다. 흰 피부, 알맞게 살이 오른 볼, 숱 많은 속눈썹, 도톰한 입술, 타고난 황금비의 몸매까지.

"조용히 얘기하기 싫으면, 사람들 앞에서 큰 소리로 의논하든가!"

하지만 그쪽으론 서준이 오히려 더했다. 다시 빚을 수도 없는 완벽한 이마, 정성으로 심은 듯 진하고 고른 눈썹, 외까풀의 큰 눈, 힘찬 콧대, 트레이드마크인 '키스를 부르는 입술'.

둘의 조합만으로도 주변이 술렁였다. 오늘따라 희연의 흰 드레스가 눈부시다. 별명인 백조공주답게. 머리의 깃털 장식 위엔 작은 왕관도 올렸다. 희연이 곧 오데뜨였다.

"짧게 얘기해. 도형 씨, 차에 또 무슨 문제 생겨서 잠깐 자리 비운 거니까."

강서준을 알아보는 사람들이 웅성이기 시작하자, 주변 시선에 예민한 희연은 자연스럽게 서준의 등을 밀고 걸음걸이를 옮기며 속삭였다.

밀실의 입구로 들어서자 둘 앞엔 자줏빛 끝없는 미로가 펼쳐졌다. 처음 온 웨이터들은 종종 길을 잃기도 했는데, 회원들은 반드시 직원의 안내를 받아야 했다. 직원들은 코너마다 아름다운 콘솔이나 벽거울을 장식처럼 설치하여 손님끼리 서로 마주치지 않도록 서비스했다.

하지만 희연과 서준은 익숙하게 그 미로를 돌아 21호 앞에 다다랐다.

"안에 애들 있어."

희연이 밀실 문을 열려 하자 서준이 경고했다. 희연의 눈썹이 매섭게 올라갔다.

"그런 떨거지들까지 끌고 와서 나랑 뭘 어쩌자고?"

"뭐? 어린 시절을 같이 보낸 친구들한테 무슨 말버릇이야? 그러게 지하 카페 룸에서 조용히 보자고 메시지 보냈잖아."

"그거 따지자고 파티장까지 직접 잡으러 왔니?"

짜증조차 숨기지 않는 희연의 목소리에 서준은 마음이 얼어붙었다. 애들 말처럼 정말 모른 체할까. 인생을 망치든가 말든가 그냥 내버려 두는 게 옳을까.

그러나 이름 붙이기 힘든 어떤 강렬한 감정이 그를 끄집어 내렸다.

"네가 어떤 남자들을 만나든, 지금까진 상관한 적 없어."

"내가 또 무슨 남자들을 그렇게 만나고 다녔다고!"

희연은 소리치다 말고 숨죽여 목소리를 낮췄다. 밀실의 벽이 두껍더라도 그건 희연의 본능이다. 빈 복도를 휘휘 둘러보며 확인하는 희연을 보니 입 안에서 쓴맛이 났다.

"적어도, 함께 있으면 행복할 것 같은 녀석을 만나라고. 이도형은 아니잖아!"

"목소리 낮춰! 도형 씨와 함께 있으면 행복해."

"거짓말 마. 걔랑 너, 안 돼. 몰라? 너, 이용당하는 거야. 네가 제일 무서워하는 지저분한 가십거리만 되고 말아."

"나 지금 행복해. 모든 게 잘되고 있어. 방해하지 마, 선을 넘지 마!"

서준의 입술에 실소가 머금어지고 뺨엔 자잘한 경련이 일었다.

"선? 무슨 선?"

"왜 이래? 넌 내 가장 좋은 친구야!"

"아니지! 거리 둘 때만 친구, 이용할 땐 애인이라고 해야지! 선을 넘은 건 너잖아!"

"웃기지 마, 조용히 해! 누가 들어!"

목소리는 낮았지만 희연의 표정은 절규에 가까웠다.

"넌 침대에서 친구에게 달려들어 키스……!"

희연은 몸을 빠르게 날려 그녀의 손바닥으로 서준의 입을 틀어막았다.

"그날은 아무 일도 없었어!"

서준도 강제로 희연의 흰 손을 입에서 떼고 옴짝달싹 못 하게 붙잡았다.

"너, 지금 나한테 이런 식으로 시위하니?"

"아냐! 그냥 실수할 뻔한 거야. 잊어. 너한텐 그렇게 큰일도 아니잖아. 그냥 너답게 살아!"

실수. 일상을 헝클고 신경을 이렇게 날카롭게 벼려 놓고서 실수, 큰일이 아니라! 서준의 목소리에 날이 섰다.

"나다운 거? 나다운 게 뭐지? 아, '바람둥이 강서준'으로 사는 거. 네가 사랑해 마지않는 영신그룹 막내아들 이도형이 만들어 주신 그 잘난 타이틀!"

"그래!"

"그럼, 날 네 연애놀음에 끼우지 말았어야지. 이도형을 도발하기 위해 날 이용하는 짓은 하지 말았어야지! 다른 사람도 아닌 네가!"

희연의 가녀린 어깨를 힘으로 왈칵 밀어붙였다. "아악!" 소리가 흘렀지만 크게 지르지는 못했다. 꼼짝 못 하게 팔과 벽 사이에 가두었다. 희연의 시선이 올곧게 서준을 향했다.

한 뼘의 거리, 그 좁은 공간으로 희연은 서준의 숨결을 달게 마셨다. 좁혀진 거리는 둘에게 그날의 기억을 소환했다. 아무도 없는 텅 빈 복도가, 그날의 푹신했던 침대가 되었고, 강바람에 서로를 바라보던 그 끈끈함으로 되돌려졌다. 양팔에 갇혀 서준을 올려다보는 희연의 입술이 본능적으로 반쯤 열렸다.

"나랑 다정한 척, 연기하는 거로 이도형을 네 남자로 만들었다고 생각해?"

그러나 그의 부드러운 입술 대신 날 선 질책이 돌아오자, 희연의 표정이 순간 앙칼지게 변했다. 그럼에도 서준은 빠르게 말을 계속 토했다.

"나와 이도형 사이를 오가면서 이게 무슨 짓이야! 그래, 바람둥이 강서준이란 별명을 어떻게 얻었는지, 직접 확인해 봐. 네 입술도 거짓말을 하는지 알아보자고. 넌 그날 내 입술을 훔쳤었지. 그것도 두 번씩이나!"

서준의 입술이 드디어 가까이 다가왔으나 희연의 주의는 이미 흐트러졌다. 이곳이 어떤 곳인지 뒤늦게 깨달았다. 사람들이 언제든지 둘을 볼 수 있는 복도! "고개 들어!" 하며 턱을 쥐고 다가오는 입술에 용기를 잃은 듯 희연은 울음을 터뜨리며 입술을 깨물었다.

"흐흐흐흐흐흑, 빨리 놔, 이 나쁜 자식아!"

희연의 눈에서 맑은 눈물이 방울방울 흐르자, 서준은 맥이 탁 풀렸다. 코끝이 빨개지고 입술이 바들바들 떨린다. 차라리 누가 보잖아, 하며 밀쳐 버리는 거짓 눈물! 희연이는 버튼을 누르면 나오는 자판기처럼 저렇게 언제든지 거짓 눈물을 흘릴 줄 알았다.

싫다. 이럴 땐 희연이가 정말 진저리 난다!

"좋아, 가! 네 마음대로 해!"

그래, 그냥 놔둬. 이도형과 내 싸움에 끼어서 제 인생 망치든가 말든가. 또다시 이도형에게 버려지든가 말든가. 매정하게 뱉고 말았지만 몸의 일부를 도리는 것같이 아팠다.

혼자서 21호로 들어서려는 서준을 보며 희연은 "미안." 하며 머뭇머뭇했다. 그러나 서준은 문고리에 손을 짚은 채 온몸이 빳빳하게 경직되었다.

서준은 조용히 고개를 돌렸다. 구석진 곳, 콘솔 아래 무언가 시커먼 게 있었다. 가슴이 덜컥 내려앉았다. 하바나에 좀도둑이 어떻게 들었지?

쿵쿵거리는 심장을 누르며 시커먼 물체를 관찰했다. 어둠 속에서 새까만 두 눈동자가 반짝, 하며 서준을 마주봤다. 분명하진 않지만 머리카락을 돌돌 말아 묶은 뭉치가 뒤통수에 달렸다. 여자인가.

무언가 미련이 가득한 희연은 자리를 뜨지 않고 있었다. 서준은 희연이 발견하지 못하도록 몸으로 인영을 가렸다.

어떻게 저런 데 숨을 생각을 했을까. 하긴 여태 눈치도 채지 못했었다. 작은 콘솔의 가느다란 네 다리 아래, 온몸을 구기고 거머리처럼 벽에 바싹 붙어 있는 여자아이.

쪽 째진 눈, 유리알같이 새카만 두 눈동자가 반들거리며 씨익, 겸연쩍게 웃었다. 이 상황에서 웃다니!

'뭐야?'

희연이 눈치채지 못하게 서준은 입 모양으로만 물었다. 좀도둑은 벽에 붙었던 두 손을 떼 부탁한다는 듯 싹싹 비는 시늉을 했다. 그리고 입술에 집게손가락을 대며 쉿!

여유 있게 슬쩍 웃는 미소가 악동 같았다. 그러곤 다시 천연덕스럽게 두 손과 몸통을 벽에 바싹 붙이고 거머리 흉내를 냈다. 저러면 되돌려진다는 건가?

반들거리는 새카만 눈이 들짐승 같아 거슬렸다. 낯설지가 않았다.

"가!"

시끄러워지기 전에 희연이를 우선 돌려보내기로 했다.

"알았어. 가자, 데려다줄게."

희연이 뒤를 돌아보지 못하도록 목덜미를 손으로 짚었다. 희연은 누가 볼세라 손을 떨어냈다.

"혼자 갈래. 도형 씨가 너랑 있는 거 보면 싫어할 거 알잖아."

친구의 가면을 쓴 24년의 세월이 쓰레기처럼 버려진다. "그래, 그럼!" 털어 내는 대로 손을 치워 주고 몸을 돌리려 했다.

그러나 그때, 미로처럼 꺾인 복도 끝에서 이도형의 굵직한 목소리가 들렸다.

"도망친 계집애 하나 잡는 게, 뭐가 어렵다고 이 난리야? 그러니까 내가 직접 잡는다잖아!"

몸을 돌려 서준에게로 돌아오는 희연의 입가에서 "허헉!" 바람이 새 나왔다.

"죄송합니다. 그래도 다른 손님들 방은 함부로 뒤질 수 없습니다. 모든 입구를 통제해 놓았으니 빠져나가지 못합니다. 우선 방으로 돌아가 계시면……."

직원의 제지로 이도형의 움직임이 늦춰졌다. 희연은 새하얀 드레스에 구김이 가는 줄도 모르고 드레스 자락을 양손 가득 움켜쥐었다.

"서준아, 어떡해! 빨리 도와줘!"

백조공주 오데뜨는 발까지 동동거리며 진짜로 울음을 터뜨리려 했다.

서준은 모든 게 마음에 들지 않았다. 그렇더라도 우선은 희연의 안달하는 얼굴이 먼저였다. 뒤를 돌아보았다. 복도 끝 21호, 꺾어지면 특별한 손님들이 나갈 때만 사용하는 출입문이 있었다.

그때 벽에 거머리처럼 붙었던 여자가 움찔거렸다. 스스슥, 바닥을 기어 그림자처럼 소리도 없이 움직였다. 제가 먼저 출구 쪽으로 도망치려는 속셈이다.

"아악!"

그러나 희연은 뒤를 돌다 엎드려 기어가는 사람을 발견하고 비명을 질렀다.

"비켜! 저쪽에서 무슨 소리가 들렸잖아!"

이도형이 반색을 하며 다가왔고, 희연은 눈물을 방울방울 흘리기 시작했다. 서준의 머리 회전이 빨라졌다. 도형이 잡으러 돌아다니는 건, 저 검은 계집애!

"네, 21호 쪽입니다."

"왜 하필 강서준 새끼 방이야?"

서준은 자신이 머무는 21호의 문을 슬쩍 열면서, 벽에 붙었던 검은 여자의 도망치는 경로를 방해했다. 서준의 발끝에 걸린 여자는 짜증을 내며 21호 안으로 벽을 타고 숨어들었다. 서준은 출구 쪽 통로로 희연을 대신 밀어 넣었다.

"왜 이렇게 느려 터졌어! 잡기 싫어?"

"아, 아닙니다. 이쪽입니다."

직원들과 이도형의 짜증 섞인 목소리가 점점 가까워졌다. 희연은 꺾인 출구 쪽 통로로 나섰지만 동작이 너무 더뎠다. 밖으로 나설 타이밍은 놓쳤다.

그러나 그녀는 짐승같이 재빨랐다. 서준도 검은 여자와 동시에 21호 안으로 간신히 들어섰다, 웬 소란이냐며 방금 고개를 내밀었다는 듯이.

"아아, 시끄럽네! 왜? 생일 파티 초대하려고 왔어? 축하주라도 같이해 줘?"

마음의 준비를 먼저 했던 강서준이 이도형과 세 명의 직원을 보며 입을 뗐다. 이도형의 얼굴이 심술궂게 일그러졌다. 큰 키, 건장한 체격, 붉은빛이 도는 흰 피부, 진한 쌍꺼풀의 둥그렇고 큰 얼굴. 무게감 있고 심술궂게 보이는 건 그의 성정과 닮아서일까.

"꺼져. 오늘은 너한테 볼일 없어."

"볼일이 없는데 굳이 여길 왜 오셨나? 내 방인 거 잘 아실 텐데?"

서준의 고르고 진한 눈썹이 장난기 있게 올랐다, 내려졌다. 이도형은 저 매끈한 턱의 모서리를 주먹으로 한 대 꽉 치고 싶었다. 그동안 강서준 새끼에게 빼앗긴 여자들은 저 쓸데없는 외모에 현혹된 것이다. 나보다 2cm나 작은 주제에!

신체의 황금 비율은 실제보다 더 커 보이게 한다. 도형은 자신이 더 작아 보인다는 사실이 굉장한 불만이었다. 버릇처럼 걷어 올린 서준의 팔 근육이 도드라졌다. 부지런한 사육사의 손에서 체계적으로 성장한 종마 같았다.

'흥! 계집애 같은 게 근육 자랑은!'

한때 트레이너 탓을 하며 서준이 다니는 헬스클럽으로 잠깐 옮긴 적이 있었다. 녀석처럼 슬림하면서도 잘 발달된 자잘한 근육을 만들고 싶었다.

'부러우면 지는 거다?'

하지만 노력의 결과는 처참했다. 도형의 근육은 부피가 지나치도록 쉽게 커지며 모양이 좋지 않았다. 열심히 운동했는데, 결국 욕심 많은 푸줏간 주인 같은 모습이 되어 버렸다. 도형은 트레이너에게 크게 난리를 피우고 또 헬스클럽을 옮겼다.

"저, 이쪽이 아닐까요?"

직원 하나가 둘 사이의 불편한 눈싸움을 방해하며 비밀 출구 쪽으로 도형을 안내했다. 열 걸음만 걸어 꺾어지면 희연이 있다. 서준은 침을 삼키며 여유롭게 미소 지었다.

"볼일이 있을 텐……!"

갑자기 다리가 강하게 당겨지는 느낌! 서준은 문 안을 슬쩍 돌아보았다.

문 옆 안쪽 벽에 붙어 있던 검은 여자가 '이러기야?' 입 모양으로만 말했다. 서준이 무시하고 고개를 돌리려니 두 손을 모으고 싹싹 비는 시늉도 했다. 통통하고 가무잡잡한 게 밉지 않았다.

"뭔가를 찾나 봐?"

그렇더라도 이 녀석은 희연이를 위해 잡아 놓은 희생양이다. 어린애가 보채듯 다리를 당기는 손이 다급해졌다. 슬쩍 돌아봐 주자 주먹을 불끈 쥐며 협박을 했다. 손가락으로 가슴, 눈, 귀를 가리키며,

'나, 다 보고, 들었어!'

입 앞에 손바닥을 펴 흔들어 보이며,

'다 떠들어 버릴 거야!'

입 모양으로 비장하게 전달했다. 넓어진 콧방울과 과장되게 벌어진 입에 담긴 그 강렬한 의지의 표정이,

"흡!"

순간 너무 귀여워 서준은 숨을 꾹 참았다. 쪽 째진 눈, 크고 또렷한 검은자위가 반들반들 윤이 나는 게 짜릿하게 우스워 서준은 웃음을 터뜨렸다.

"크큭, 크크크!"

마주보던 도형의 얼굴이 심각하게 일그러졌다. 자신을 비웃는다

고 생각하는 것 같다.

"관심 있어?"

그러나 웃음을 멈춘 서준이 턱짓으로 문 안을 가리키자, 도형은 순식간에 문을 밀고 들어왔다. 동시에 "야앗!" 하는 여자의 괴성이 울리며 검은 것이 문밖으로 튀어 나갔다. 어찌나 빠른지 들짐승 같았다.

하지만 복도는 좁았고, 그녀를 잡으러 온 남자가 무려 넷이었다. 채 몇 발자국을 도망치기도 전에 직원에게 붙잡혔다.

"놔! 이거 놔!"

여자의 음성은 약간 허스키하고 가늘었다. 꼭 사내의 것처럼 탁할 것같이 생겨 가지곤.

"갚는다고! 돈 주면 될 거 아냐? 이 돼지 새끼야!"

아아! 그제야 서준은 깨달았다. 좀도둑이 아니었다!

가까이에서 본 적이 없어 생각지 못했다. 이도형과 얼마 전 한판 붙었던 계집애, 그 검은 승냥이.

"계속 그렇게 주둥아리 함부로 놀리지?"

도형은 성큼성큼 다가가 여자의 멱살을 쥐고 솥뚜껑 같은 손바닥으로 머리통을 탁, 내리쳤다. 말릴 틈도 없이 '퍽' 하는 소리와 "아얏!" 하는 비명이 복도를 덮었다. 서준의 입에서 웃음기가 싹 사라졌다.

"무슨 일인데?"

이도형의 일은 절대 끼어들지 말란 이성의 경고가 짓눌렀다.

"상관 말고 넌 빠져."

도형은 두툼한 검지를 들이밀며 강하게 경고했다. 서준은 주먹을 불끈 쥐었으나, 곧 숨을 참았다. 꺾어진 복도 끝에서 흰 드레스

자락이 숨을 들썩였다. 희연을 잊었었다.

　서준은 그를 따르던 직원 중 형준을 발견하고 눈짓을 보냈다. 형준은 고개를 작게 숙여 답했다. 그리고 길에서 주운 검은 승냥이는 희연이를 위한 제물로 팔기로 했다.

　"알겠다고! 내 발로 가겠다고! 이 새끼들아, 이거 놔!"

　어찌나 거세게 반항하며 몸부림을 치던지, 여자는 두 다리와 팔 하나와 몸뚱이를 잡힌 채로 세 남자에게 물건처럼 거꾸로 들려 갔다. 세 남자는 작은 체구 하나가 펄떡이는 힘을 이기지 못하고 쩔 쩔맸다.

　"이 개새끼, 언젠간 죽여 버릴 거야!"

　그녀는 사력을 다해 얼굴을 돌려 강서준을 원망스레 째려보았다, 쭉 째진 눈으로 검은 눈동자를 반들거리며. 그리고 유일하게 자유로운 한 팔을 들어 올려 주먹을 불끈 쥐고는, 그를 향해 가운뎃손가락을 힘차게 쭉 뻗었다.

　"이게, 돌았나!"

　안타깝게도 도형은 자신을 향해 욕을 한다 생각하고, 솥뚜껑 같은 손으로 그녀의 머리를 다시 후려쳤다. "악!" 소리와 함께 복도 끝으로 그녀의 절규가 이어졌다.

　"너도! 너도 죽여 버릴 거야!"

　잠깐의 소란이 소나기처럼 지나가고 밀실 21호에는 언제 그랬냐는 듯 술과 음악이 가득했다. 20여 평의 룸 안은 클럽 안의 작은 클럽이다.

한쪽 벽면은 작지만 아름다운 바가 자리했고, 최고급 위스키, 코냑, 보드카, 와인 등이 진열되어 있었다. 반대쪽엔 간이 무대와 각종 음향 시설, 간단한 악기들과 아날로그식 턴테이블이 갖추어졌다. 시원하게 넓은 중앙엔 커다란 소파가 위치했다.

"아까 걘 뭐야?"

친구들의 잡담도 다시 찾아들었다. 규만의 물음에 서준이 착잡한 표정으로 술잔만 기울이자 다른 녀석이 끼었다.

"얼마 전에 이도형이랑 한판 뜬 여자애일걸? 이도형 크큭, 사람들 앞에서 까였대. ㅋㅎㅎㅎ!"

"뭐, 뭘?"

녀석은 웃느라 혼을 빼며 배를 쥐고 소파 위를 데굴데굴 굴렀다.

"저, 정말?"

웃느라 정신없는 가운데도 손가락으로 중요 부위를 가리키는 걸 보고 모두들 뜨악했다. 서준은 옅은 한숨을 쉬었다. 결국 까 보라며 난리를 치던 검은 승냥이는 자신의 경고를 실천에 옮겼다.

"아니, 그래 봤자 여자애 하나가 힘이 세야 얼마나 세다고."

"맞아. 혁대 풀리고 팬티 내려갈 때까지 이도형은 두 손 놓고 뭐 했대?"

다른 짓을 하던 녀석들까지 달려들어 캐물었다.

"크큭, 제 머리채 잡힌 거 빼내고 여자애 머리채 잡으려고 하다가 한 방에 그냥! 크흐, 당했대. ㅎㅎㅎ!"

녀석이 웃음을 멈추지 못하고 말을 잇자, 규만도 신기해하며 끼어들었다.

"머리카락도 짧은데, 잡을 데가 어디 있다고?"

"몰라. 아까 일부러 생일 축하한다고 인사하러 갔다 왔는데, 머리 위쪽이 울긋불긋하고 휑하더라. 크하하하!"

이도형의 머리칼을 암팡지게 뜯던 그녀의 손아귀를 생각하곤 서준도 훗, 한숨 섞인 웃음을 흘릴 수밖에 없었다. 그녀는 꽤 집요하고 또 재빨랐다.

"야아, 천하의 이도형이 계집애랑 머리채를 잡고 싸우다니!"

"대단하다, 그 여자애! 아까 얼굴이나 좀 잘 봐 둘걸."

"왜 그랬대?"

"그러니까, 걔가 원래 하바나에 야채 배달 하는 애인데, 이도형이랑 접촉 사고가……."

소식을 물어다 준 녀석은 자신이 목격하기라도 했듯 승냥이의 무용담을 풀었다. 승냥이 계집애는 조금 과장된 채 못돼 먹은 이도형을 엄벌한 여전사가 되어 있었다.

녀석이 저렇게 떠벌리고 다닐 정도면 파티에 온 사람 중 알 만한 사람은 다 아는 소식이 되었을 테다. 벌게진 이도형의 퉁퉁한 얼굴이 떠오르자 서준은 인상을 찌푸렸다. 규만 역시 서준을 툭 치며 걱정스레 입을 뗐다.

"아까 그 여자애, 좀 당하겠다?"

잡히지 않으려 비장하게 협박하던 귀여운 표정, 묘하게 듣기 좋던 그 음성을 털어 내듯 서준은 냉정히 화제를 잘랐다.

"희연이에겐 잘된 일이야. 걔 덕분에 오늘 희연이 약혼 발표는 없어."

"왜? 약혼 발표라도 해서, 사람들 관심 다른 데로 돌리는 게 낫잖아? 계집애에게 머리채를 잡혔네, 어디를 까였네, 소문 도는 것도 긍정적인 소식으로 좀 가라앉히고."

서준은 길게 숨을 들이마시며 테이블에 술잔을 내려놓았다.

"이도형이 그렇게 이성적이고 정치적이면, 내가 그 자식이랑 몇 년씩이나 싸움을 끌었겠니? 이도형은 꽂히면 끝이야!"

지금 이도형의 세상에는 그 검은 승냥이 계집애뿐일 것이다. 생일이고, 약혼 발표고, 김희연이고, 강서준과의 싸움이고, 뭐고 온 세상이 그녀에게 당한 수치로만 물들었을 것이다.

"그나저나 접촉 사고는 얼마 전에 난 거라며, 오늘은 왜 하필 여기에서 잡혀갔을까?"

규만이 미간에 주름을 잡으며 물었지만 서준은 제대로 답하지 못했다. 입 안이 깔깔했다. 이성은 잘된 일이라 계산을 해 주는데 가슴 한쪽이 왠지 아릿했다.

이건 동정심과 죄책감일 것이다. 아니, 동지애이자 동병상련이다. 이도형의 불같은 관심과 열정을 받게 되면 단순히 귀찮아지는 걸 넘어 삶이 피폐해진다. 서준 자신마저도 지난 몇 년이 진저리 났는데, 힘없는 가난뱅이 계집애가 무사할 리 없었다.

'이 개새끼, 언젠간 죽여 버릴 거야!'

검은 승냥이는 경고를 빈말로 하는 타입이 아니었다. 이도형의 손에서 살아 나와 차라리 죽인다고 쫓아와 주기를 바라는 걸까.

팔, 다리, 몸통을 건장한 남자 셋에게 붙들리고도 자유로운 한 팔을 쭉 뻗어 가운뎃손가락으로 욕설을 뱉어 주던 검은 계집애. 독기 어린 쪽 째진 눈, 당차게 반들거리던 눈동자. 그 맑은 눈빛이 안쓰러웠다.

"그래서 희연인 잘 만났어?"

32

규만이 슬쩍 눈치를 보곤 궁금했던 걸 물었다. 서준은 고개를 가로저으며 후후, 스스로를 비웃었다. '바람둥이 강서준'이란 타이틀이 차라리 아까웠다. 그들을 보고 옆의 녀석 하나가 참견을 해 왔다.

"이도형, 마침내 복수한답시고 희연이를 채 갔구나! 제가 찍은 애들이 너 좋다고 줄줄이 매달리는 통에, 번번이 망신당하고 나서 정말 한참을 별렀잖아."

"맞아. 언젠가 현상금도 걸었지?"

"하하, 돈이 아니라, 제 EHO7을 걸었잖아. 그거, 지금도 팔면 작은 아파트 한 채는 될걸? 강서준을 제대로 유혹해서 자신 앞에 무릎 꿇게 하는 여자에게 준다고."

서준은 쓰게 입맛을 다셨다. 작년 가을 무렵, 정말 여자들이 쉴 새 없이 몰렸던 적이 있었다. 보란 듯 그중 몇몇과는 상대를 하는 척도 했지만, 푹 빠진 척했던 여자를 이도형에게 업어다 주는 것으로 장난을 끝냈다.

"사실, 네가 여자한테 한번 매달리는 걸 나도 보고 싶었는데."

"근데, 옛날에 네가 했다던, '죽어도 결혼은 안 하겠다!'는 선언은, 희연이한테도 유효냐?"

이야기가 희연에게로 다시 튀자, 친구들은 짜증의 눈빛을 더했다.

"걔 변해도 너무 변했어. 하필 골라잡은 게 이도형이 웬 말이야. 걔가 너한테 그러는 건 좀 아니지 않니?"

"그러게, 아무리 돈에 눈이 멀어도 그렇지! 야, 걔가 예전부터⋯⋯."

서준의 마음을 가장 잘 아는 규만이 서준을 위해 나섰다.

"됐어, 희연이 얘긴 그만해. 그나저나 나도 네가 진지하게 연애하는 꼴 좀 보고 싶다."

친구들의 수다는 강서준이 착잡하게 입을 열자 곧 잠잠해졌다.

"그때 차라리 아무라도 붙잡고 매달리는 척할걸. 무릎 한번 꿇고 끝낼걸!"

이도형에게 네 얕은 수쯤은 통하지 않는다는 걸 보여 준 게 화근이었다. 그게 이도형과의 질긴 싸움을 끊는 거라 생각했다.

"그럼, 지금이라도 그렇게 하든지. 가서 무릎 꿇고 희연이를 빼내 와."

규만이 장난기를 거두고 진지해지자, 다른 친구들은 모두 난리가 났다.

"미쳤니? 이도형이 서준이에게 무슨 짓을 했는데!"

"절대 안 돼, 강서준! 너 그런 짓 하면 절대 다시 안 본다!"

"그래, 이도형 그 녀석은 평생 네게 여자를 뺏겨도 싸!"

서준은 대답 없이 마지막 술잔을 비웠다.

거짓으로 무릎을 꿇는다고, 이도형이 희연이를 놓아줄까? 오히려 희연이를 뿌리 끝까지 상처 입힌 뒤에나 버릴 거야. 그 녀석이 바라는 건, 내가 무릎 꿇는 게 아니라, 내가 바닥끝까지 추락하는 거라고.

음악이 바뀌고 이국적인 스페인어가 흘렀다. 바차타의 춤곡으로 쓰이는 감미로운 곡이다. 원곡은 콩가, 봉고, 팀발레스 등의 타악기가 귀를 간질이지만, 흐르는 곡은 기타 변주곡으로 콩가가 간단히 흥을 돋웠다.

라틴계의 리듬이 흥겹다. '씨 미 보까 쎄 에끼보까(si mi boca se equivoca)' 다른 친구들의 귀에는 오늘 밤 같이 춤추며 놀아요, 정도로 들릴 만큼 즐거운 리듬이다. 그러나 서준의 귀에는 가사가 아프게 박혔다. 마음이 심란할 땐 노래 가사를 귀에 담지 말아야 하는데.

내 입은 이미 실수를 해 버렸으니. 입가에 자조적인 웃음이 돌았다.

"그래서? 일하던 데서도 잘렸다고?"

친구들을 홍단대의 클럽으로 모두 보낸 뒤, 서준은 눈짓을 주고받았던 형준을 주차장으로 불러냈다.

"네, 이희수라고 주방에 야채 넣는 애인데요. 사고 수리비가 보험료에서 한참 오버되었나 봐요. 그쪽 사장도 좀 지독해서, 희수한테 뒤집어씌우고 자르기까지 했대요. 재수가 없었던 게, 고용 계약이 아니라 차도 빌려 쓰면서 동업처럼 물건을 떼어다 파는 식이라……."

"그래?"

"네. 걔가 원래 그런 애가 절대 아닌데, 일도 똑 부러지게 하고 계산도 참 정확하거든요. 성질머리는 좀 있어도 정말 성실하고 부지런해요. 하필 그런 차랑 사고가 나서. 이도형 씨는 수리 기간 렌터카까지 청구하고, 다른 차 타고 다니시는 거 있지요?"

"렌트를 해서 차를 그냥 세워 둬?"

"아, 이도형 씨, 차 되게 많으시잖아요. 렌터카는 아마 타 본 적도 없으실걸요?"

최대의 수리비를 청구하기 위해 받을 수 있는 최고 사양을 렌트

했을 것이다. 주문 제작 된 차량이니, 해외에서 부품이 공수되는 데 걸리는 시간을 돈으로 환산하면 기하급수적으로 불어난다. 희귀한 물건이니만큼 장난칠 거리마저 충분했다.

"네. 희수, 걔가 정말 안되었어요. 물건 좀 잘 내리려고 후진으로 들어왔다가 역주행으로 뒤집어써서 그렇지, 잘못은 이도형 씨 측에서 한 것 같던데."

서준은 알고 싶은 것을 묻기 위해 형준의 말을 잘랐다.

"혹시 성추행 고소까지 들어가진 않았지?"

형준은 눈이 둥그레지며 "이힉!" 하고 바람을 들이켜 마셨다. 그리고 말까지 더듬었다.

"어, 어떻게 아셨어요? 그건 절대 비밀로 해야 한다고, 그런 일은 없었다고, 우리 사장님도 절대로 입단속 하라고……!"

서준은 피식 웃었다. 입단속을 한다고 퍽이나 막아질 소문거리, 이미 온 동네가 다 알고 있었다.

서준은 그날의 황당했던 기억을 떠올렸다. 상관하지 말고 발을 빼는 게 옳다고 여기면서도, 하바나로 들어서며 사장, 이연혜를 호출했다. 이도형의 눈앞에 직접 나서 화를 돋워 주는 바보짓을 할 순 없으니 몸을 숨겼다.

이연혜는 "마음에 안 들어!" 하면서도 직접 달려 나와 사건 해결에 나섰다. 경찰과 양쪽 보험사마저 다녀갔지만 법은 그녀의 편이 아니었다. 이희수라는 승냥이는 이도형의 계획대로 합법적으로 백 퍼센트 뒤집어썼다.

문제의 사건은 모든 일이 정리된 후 벌어졌다. 영업시간 전, 하바나의 빈 메인 홀에 있던 형준과 주방 막내와 또 다른 직원 하나와 이도형의 비서도 함께 목격했다. 황당한 결과에 망연해진 채 넋이 나간 이희수의 뒤통수에 대고 의기양양해진 이도형은 욕설을 뱉었다.

"봤지? 이 씹할 년아. 세상 공부했다, 생각하고 돈이나 준비해! 청구서 제대로 써서 보내 줄 테니!"

동시에 이희수는 짐승처럼 날아 이도형의 머리채를 양손 가득 뜯었다.

"한 번만 더 씹할 년이라고 해 봐! 평생 못 쓰게 해 줄 테니."

그리고 주변 누구도 말릴 틈 없이 이도형의 허리 버클이 풀리며 팬티째로 아랫도리가 쭉 내려갔다.

모두들 몇 초간 얼어붙었다. 사람들의 시선은 너 나 할 것 없이 딱 한 곳으로 쏠렸다. 누군가의 침이 꼴깍, 삼켜졌다. 그 무시무시한 정적이 지나간 뒤 누가 시작한지 모를, "크흐흐!" "큭큭큭!" "낄낄낄!" 소리들이 빈 홀을 가득 메웠다.

가장 먼저 정신을 차린 건 이연혜였다. 이연혜는 "당장 놔요! 정말 큰일 나기 싫으면!" 이희수의 손을 강제로 직접 잡아뗐다.

이희수가 손을 놓자마자 이도형은 바지가 내려간 채 바닥을 반 바퀴쯤 데구르르 굴렀고, 번개같이 바지를 올리며 일어서다 다시 넘어져 무릎을 꿇었다.

"아이, 씨이……입흡!"

욕설을 뱉다 말고 꿀꺽 삼킨 건 이도형의 본능이었을까. 엉덩이와 물건에 걸려 잘 올라가지 않아 호크를 풀고 바지를 추스르는 동안 누구누구의 눈들이 그의 양쪽 엉덩이 사이의 골에 박혀 있었는지, 서준은 지끈거리는 관자놀이를 누르며 지켜봐야 했다.

사건을 최소화한 건 이연혜였다. 이연혜는 재빨리 직원들의 시선 단속을 했다. 그리고 바로 소리쳤다.

"아무도 못 봤죠?"

사람들은 모두 선명하게 본 것을 못 보았다고 고개를 끄덕였다. 이도형은 얼굴이 벌게진 채로 시선을 피하며 눈알을 굴렸다. 이연혜는 이희수를 곧바로 크게 야단쳤다.

"이게 무슨 짓이에요! 머리채 잡은 거 허리 숙여 사과하세요!"

이연혜가 이희수의 귓가에 뭐라 잠깐 속닥였던 건 찰나였다. 사람들의 관심은 이도형에게 온통 쏠려 있었다. 이희수의 얼굴은 순식간에 검붉게 변했다. 아직 분에 못 이겨 씩씩대면서도, 이희수는 고분고분 허리를 90도로 굽혔다.

"머리채를 잡아 죄송합니다."

그렇게 머리 뜯기고 아랫도리가 까인 일은 머리만 뜯긴 일로 아름답게 포장되었다. 이연혜는 그날, 그가 쓰는 밀실 1호에서 이도형에게 술을 거하게 샀다.

"아무 일도 없었어요. 괜히 그런 거로 고소해서 세상 떠들썩해지면 그게 걔를 벌주는 거예요? 도형 씨만 망신당하는 거지, 그쵸?"

그러고도 모자라 생일 파티에 하바나를 통째로 빌려주기로 했다. 밀실을 제외하고 하바나 전체를 빌리는 우월한 세를 과시한 데는 이토록 뼈아픈 이도형의 '몸 희생'이 있었다.

"오늘은 왜 또 잡혀간 건데?"

서준이 묻자, 형준은 아는 사실을 죄다 쏟았다.

"희수가 견적서 받아 보고 폭발해서 따지러 왔다가 그냥 쫓겨났죠. 입구에서 그냥 내쳐졌대요. 어떻게 만날 수도 없고 열은 받으니까, 이도형 씨 차에 낙서를 하고 도망친 거죠. 밀실 쪽 빼고는 CCTV가 빼곡한데, 어떻게 걸리지도 않았는지. 그런데 낙서가 먼저 발견돼서 딱 들킨⋯⋯."

길게 이어지는 형준의 설명을 자르고 서준이 핵심을 물었다.

"보험에서 오버된 금액이 얼마래?"

"오천만 원이요. 아, 이도형 씨가 희수 전 재산을 완전히 다 털려고 작정했나 봐요. 부모 형제도 하나 없는 천애고아 녀석이, 여태 혼자 산다고 이리 뛰고 저리 뛰며 모은 거라는데⋯⋯."

서준은 인상을 찌푸렸다. 낙서한 차의 수리비까지 추가되면 구속까지 감당해야 할지 몰랐다.

"낙서는? 다른 차는 얼마나 상했는데?"

"아아, 그건 흙을 뿌린 거라, 세차비 정도만 물면 돼요. 그런데 욕을 좀 써 놨나 봐요."

서준은 웃음 섞인 한숨을 흘렸다. 걸려 봐야 벌금 십만 원 내외의 경범죄를 저지른 건 이도형에 대한 비명이었다. 그녀는 충분히 도망칠 수 있었다. 그러나 자신은 독이 잔뜩 오른 이도형의 손에 그녀를 직접 잡아다 바쳤다.

벼랑 끝에 몰린 그녀를 희연이의 희생양으로 삼아 절벽으로 떠다밀었다. 아니, 애초부터 승냥이를 벼랑 쪽으로 뛰도록 몰았다.

그때였다. 주차장 한쪽에서 부드럽고도 허스키한 목소리가 들렸다. 이희수였다.

"알았어, 놔. 도망 안 간다고! 내 발로 갈 거야, 이 새끼들아! 방도 빼고, 돈 들어 있는 통장도 몽땅 다 준다니까!"

이도형을 따라다니는 녀석 둘이 그녀를 잡아끌어 차에 태우고 있었다. 서준은 뒤통수가 간질거려 그녀를 슬쩍 돌아보았다. 그리고 눈이 딱 마주쳤다.

그녀의 시선이 그를 끈질기게 기다리고 있었다. 그 검은자위가 반짝반짝하는 쪽 째진 눈으로 뚫어지게 서준을 응시했다.

"꾸물거리지 말고 타!"

격투기 선수 같은 체격의 이도형의 비서 하나가 그녀를 다그쳤고, 희수는 힘에 떠밀려 차에 탔다. 그러나 그녀의 반들거리는 시선은 서준에게서 딱 들러붙어 떨어지지 않았다.

서준은 그녀에게 아릿하게 미안했다. 그리고 가여우면서도 귀여웠다. 그렇게 당하는 와중에도 꿋꿋하게 제 성질을 피우는 게 들판을 누비던 승냥이 새끼를 잡아 온 것 같았다. 그러나 입가의 미소가 채 가시기도 전에 희수는 그를 향해 가운뎃손가락을 높이 들어 보였다, 새하얀 송곳니를 드러내고 으르렁거리면서.

"후후후후!"

아찔하게 겁이 났다. 진짜로 그에게 달려들어 물어뜯을 것 같았다. 왠지 웃는 와중에도 가슴 한쪽이 알싸했다.

"아, 따라나설 수도 없고. 아까 1호실 문 앞에서도 잘렸거든요."

그러나 볼멘소리로 걱정하는 형준에게 서준은 단호히 말했다.

"안 돼, 이번까지 하바나에서 나섰다간 이도형 감당 못 해."

"그럼 희수는 저대로 잡혀가게 놔두시게요?"

"그래야지."

"진짜로요?"

"그래!"

서준은 마음을 냉정히 다잡고 몸을 돌렸다. 이도형에게 잡혀가

든, 골탕을 먹든, 전 재산을 털리든 승냥이 계집애 따위.

어차피 이도형은 할 수 있는 걸 다 할 것이다. 일반인보단 훨씬 넓은 법의 테두리에서. 그래, 가진 걸 탈탈 털리겠지. 모조리 죄다 털리겠지.

서준은 콕 찌르는 뾰족한 죄책감을 힘껏 견디기로 했다. 조그만 체격으로 저 대단한 성질을 죽이며 한 푼 두 푼 모았을 돈을, 이도형의 분풀이 한 방에 모조리 날리는 꼴을 모르는 체 외면하기로 했다. 지금 그에겐 희연이 하나만으로도 벅찼다.

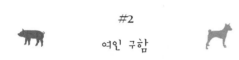

#2
여인 구함

서준의 머릿속엔 이도형과 난투극을 벌여 온 일이 주마등처럼 스쳤다. 그와 상대하다 보니 어느새 똑같이 비열하고 치사해졌다. 하는 수 없었다.

그의 이름 앞엔 늘 수식어가 붙었다. 바람둥이 강서준. 우습게도 그건 이도형의 선물이었다. 본래 강서준과 이도형은 안면이 있는 중·고교 동창이었을지언정, 노는 클래스가 달랐기에 서로 관심의 사정권에 들어 있지 않았었다.

그러나 한 사건을 계기로 둘은 서로 증오의 대상이 되었다. 지금으로부터 8년 전 강서준과 이도형이 대학 1학년 때였다. 꽃바람 부는 3월, 둘은 힘든 입시 공부 뒤 국내 최고의 제국대학교에 합격했다. 국내 최고의 수재들만 모이는 제국대에는 미인이 드물기로 유명했는데, 거리에서 평균 수준의 여인이라면 제국대 캠퍼스 내에서는 초일류 미녀가 될 정도였다.

그런 제국대엔 긴 생머리를 휘날리며 뭇 남성의 시선을 홀로 받는 무용학부 최고의 퀸, 서미연이라는 여인이 있었는데, 이도형은 그녀에게 한눈에 반했었다. 서미연도 처음에는 영신그룹 막내아들 어쩌고 하는 이도형을 만나 줬다. 그렇게 경영학부 주변을 알짱거리다 서미연은 강서준을 처음으로 보았고, 그 즉시 강서준에게 반하고 말았다.

서미연이 조금만 연세가 있으셨다면 마음은 콩밭에 있을지언정 이도형을 꼭 잡고 놓지 않았을지 모른다. 하지만 세상의 땟국에 찌들지 않은 어린 여자는 남자의 돈보다 외모에 혹하는 법. 서미연은 갓 스물이었다.

이도형은 '빨간 소시지' 답게 분홍빛이 도는 흰 피부의 통통한 외모였고, 강서준은 아직 '바람둥이' 타이틀이 없었어도 누구라도 설레게 할 그 외모가 어디 갔을 리 없었다. 게다가 강서준이 한영그룹의 친인척이라는 소문이 은근히 돌던 상태. 서미연은 주저 없이 강서준으로 갈아탔다. 이도형을 시원스럽게 뺑, 차 버리고서.

강서준도 본능에 충실한 수컷이기에 볼만한 외모의 서미연을 캠퍼스 내에서 끌고 다녔고, 굳이 자랑 같은 걸 하지 않아도 사람들의 눈에 띌 수밖에 없는 두 사람은 '신이 내린 기적 같은 커플' 이란 찬사를 받기에 이르렀다.

그리고 여자와 깊은 관계를 맺을 생각이 없는 강서준은 서미연을 채 2주도 되기 전에 차 버렸다. 표면적 이유는 말 많고, 시끄럽고, 요란하고, 24시간 내내 구속하려 해서 성가시단 것이었다.

서미연은 울며불며 이도형을 찾아갔고, 이도형은 자존심을 꺾고 그녀를 받아 주었다. 두 사람은 이제부터 사귀기 시작하는 거라는 둥, 지금부턴 우리 사랑 영원할 거라는 둥, 눈 가리고 아옹 하는 축하 파티를 클럽 하바나에서 열었다.

마침 술에 절어 있던 강서준은 낮의 일을 깜빡, 정말 깜빡 잊어버리고 서미연에게 가볍게 미소를 지었는데, 서미연은 이도형이 보는 앞에서 다시 강서준에게 되돌아갔다. 그리고 '강서준의 미소 한 방에 이도형 두 번 바보 되다'는 그달의 핫이슈가 되었다.

이도형은 태어나서 그렇게 화를 내 본 일이 없을 정도로 분노했다. 계획적으로 강서준의 뒤를 캐 그의 집안 사정을 알아냈다. 그리고 한영그룹 친인척 어쩌고 하는 소문은 사실이 아니며, 영화배우 출신이던 그의 어머니가 사생아였던 강서준을 버리고 결혼을 해 한영그룹의 며느리가 된 것이며, 그는 버려진 아들일 뿐이라는 걸 알아냈다.

그리고 그 사실을 만천하에 공개했다. 아비가 누군지 모르는 사생아 출신, 영화배우 엄마에게 버려진 아들, 아무 여자나 앞뒤 가리지 않고 꼬이는 바람둥이로 포장해 그의 이미지 메이킹을 공들여 해 줬다.

모 그룹 막내며느리와, 섹시 여배우와, 순진하게 생긴 처녀를 동시다발로 엮은 아름다운 헛소문을 내 주었고, 사람들은 그 소문에 열광했다. 강서준은 막내며느리의 시아버지에게 끌려가 매를 맞고, 섹시 여배우의 소속사에 고소를 당하고, 처녀의 아버지에게 결혼을 강요당했다.

그때 했던 '죽어도 결혼은 안 하겠다!'는 선언은 '모르는 여자이므로'라는 이유가 쏙 빠진 채 이상하게 변질되었다. 스캔들을 실은 강서준의 사진은 제국대학교는 물론 대학가 전체에 널리널리 퍼졌다. 그렇게 그는 고개도 들고 다니지 못할 유명 인사가 되었다.

그렇게라도 서로 한 방씩 오가고 말았으면 참 좋았을 것을. 평생의 아킬레스건이 난도질되고 자존심에 회복할 수 없는 상처를 입어, 화가 단단히 날 수밖에 없었던 강서준은 이도형의 새 여자 친구를 노려, 이번엔 마음먹고 제대로 유혹했다.

허명만은 아니었던 '바람둥이' 타이틀은 제 힘을 발휘했고 이도형은 눈앞에서 또 한 번 여자를 빼앗겼다. 강서준은 이글거리는 눈으로,

"어떤 여자든 선택해 봐, 모조리 빼앗아 줄 테니!"

라는 유치한 발언을 했고, 이도형은 그 비 오는 날 강서준과 운동장에서 진흙탕 난투극을 벌였다.

두 사람의 끝 간 데 없는 싸움은 영신그룹과 한영그룹에서 집안 단속의 손이 뻗치고 나서야 마무리되었다. 영화배우로서의 화려한 삶을 뒤로한 채 은퇴하여 품위 있게 살고 있던 안주인의 이미지에 심각한 타격을 입은 한영그룹은 영신그룹 쪽에 항의를 했고, 영신그룹도 약간의 보상과 함께 두 아이들을 진정시키자는 타협안을 내놓았던 것이다.

그 결과 이도형은 유학길에 오르고, 강서준은 군에 입대했다. 4년 뒤 두 사람은 마주치면 서늘한 시선과 약간의 독설만을 주고받는 사이가 되었으나, 마음만은 서로 죽이고 싶어 안달이었다.

겉으론 평온하게 휴전을 한 두 사람, 그러나 휴전은 휴전일 뿐 강서준에게 한 방 먹은 채 강제 집행 된 휴전이 이도형에게 계속 유효일 순 없었다. 이도형은 강서준에게 KO펀치를 날린 후 싸움을 끝내고 싶어 했다.

그리고 조금씩 그 시도가 이루어졌다. 이미지 실추는 시켜 놓았으니, 남은 것은 여자 문제. 이왕이면 똑같이 복수하고 싶었다. 먼

저 여자를 사서 보냈던 것도 이도형이다. 결과는 실패. 강서준은 여자에게 좀처럼 마음을 주지 않았다.

묘하게도 '바람둥이' 타이틀을 얻어선지 아니면 원래 그랬던 건진 모르겠으나 강서준은 실제로 여성 편력이 있었다. 마음에 찬 여자라고 해 봤자 하루, 아주 마음에 들었대도 1, 2주가 고작이었다. 이도형이 보낸 여자들은, 불나방처럼 달려드는 다른 여자들과 구별조차 되지 않았다.

결국 강서준에게 들킨 것은 당연한 결과. 이도형은 방법을 바꾸는 대신 '경품'을 내걸었다. 강서준을 제대로 꼬여 피눈물을 뽑아내고, 자신에게 무릎 꿇게 하는 여자에게 그의 스포츠카, EHO7을 준다고. 그러나 강서준을 꺾은 여자는 없었고, 소동은 흐지부지 끝났다.

하지만 이도형이 전혀 소득 없는 짓을 한 건 아니었다. '김희연'의 존재가 수면 위로 드러났으니까.

이도형은 강서준의 여성 편력의 원인을 김희연으로 결론지었다. 김희연 때문에 그 어떤 여자에게도 집중할 수 없었던 것! 그동안은 친구인지 뭔지 관계가 모호했으나, 김희연은 강서준의 여성 편력과 반드시 깊은 관련이 있었다.

이도형은 망설이지 않고 김희연에게 접근했고, 조건에 눈이 먼 김희연은 이도형의 손을 흔쾌히 잡았다. 이도형은 김희연을 철저히 이용하고 버릴 예정이었다, 강서준의 눈에서 피눈물이 쏟아지도록.

서준은 이 지긋지긋한 싸움을 끝내고 싶었다. 제대한 후 아무리 이도형이 시비를 걸더라도 꾹 참아 왔다. 그러나 이번엔 제대로 응수를 해 줄 수밖에 없다.

희연이를 이도형의 손에서 구해 내야 하니까.

"그러게, 이렇게 나중에 한가할 때 조용히 만나면 좋잖아."

아름다운 유럽풍의 이 카페는 희연이 좋아하는 곳이었다. 고급스러운 앤티크 가구, 고풍스러운 그림들, 향긋한 커피, 명품 커피 잔, 테이블마다 아담한 방을 만들어 누군가 마주치는 걸 신경 쓰지 않아도 좋을 비밀스러운 공간. 이도형의 생일 파티 후 꼭 열흘 만의 만남이었다.

"무슨 비밀 연애 하는 사이도 아니고, 왜 이렇게 남의 눈을 피해 만나고 싶어 해?"

서준의 퉁명스러운 말투에도 희연의 기분은 마냥 좋아 보였다.

"이해해 줘. 도형 씨와 사귀게 된 이상, 도형 씨가 널 신경 쓰는 건 어쩔 수 없잖아."

결국 그거다. 그 일 이후 희연은 커밍아웃이라도 한 것처럼 서준에 대한 감정을 숨기지 않았다. 그리고 이렇게 은밀히 만나는 걸 즐겼다.

전에도 서준을 대동하고 쇼핑을 하거나 차를 마시러 다니는 일은 종종 있었다. 하지만 그땐 오히려 사람들 앞에 서준을 자랑하기 바빴다.

"어머, 저 남자 정말 괜찮다?"

수군거리는 사람들의 시선이 느껴지면 희연은, "나, 이거로 할까?" 하며 점고한 핸드백을 흔들어 보였다. 그러면 사람들의 시선은 일제히 희연에게 쏟아지기 마련. 그러곤 곧 사람들의 체념 어린 표정이 이어졌다. 저렇게 예쁜 여자니까. 예전의 희연은 그런 걸 즐겼다.

솔직히 서준도 싫지만은 않았다. 어린 나이에 성공의 단맛을 본 젊은 수컷의 치기라 해도 좋다. 태산 같은 부모님의 그늘 아래, 자신 명의로 한 재산씩들 가지고 있어도 마음대로 하진 못하는 친구들.

그에 비해 그는 자유로웠다. 서준은 친구들에 대한 열등감을 그런 식으로 풀었다. 진짜로 지갑을 연 것도 여러 차례.

"고마워. 잘 쓸게."

여우처럼 애인처럼 희연의 미소와 함께 팔짱이 끼어졌다. 그렇게까지 뛸 듯 기뻐하던 값으론 비싸지 않았다. 희연에겐 별것이 그에겐 별것 아니니.

그러나 이런 식은 아주 불쾌했다.

"인사해. 내 가장 친한 친구야."

'어디 그룹의 몇째'란 타이틀이 빠지지 않고 붙었던 희연이가 데려온 녀석들은,

"만나서 반갑습니다."

서준과 마지못해 악수를 교환했다. 녀석들이 서준을 경계심 어린 눈빛으로 쳐다보면 희연은 그들을 안심부터 시켰다.

"유치원부터 초중고 동창이에요. 어렸을 때부터 볼 꼴, 못 볼 꼴 다 보고 자란 남매 같은 사이거든요. 얘 오줌 싼 거 선생님한테 안 이른다는 조건으로 친구 되었어요. 후후!"

어떤 녀석이든 낄낄 웃는 것으로 만남을 시작하게 만들었다. 그렇게 서준을 허물없는 옛 친구의 위치에 두고 스스로를 공략해도 좋단 여지를 주었다.

허물없는 친구의 타이틀이 붙더라도 서준의 존재는 위협과 자극제가 되었다. '저 녀석을 물리치고 희연을 얻어야지!' 하는 촉진제로 쓰였다.

보통의 남자들이었다면 서준의 기와 눈빛에 눌려 희연을 쉽게 포기하고 돌아섰을 것이다. 하지만 '어디 그룹의 몇째' 타이틀이 꼭 붙었던 그 모든 녀석들은 강서준을 싸워 보고 싶은 상대로 여겼다. 핸디캡을 서로 한 수씩 접고 투계가 되어 수탉으로서 벼슬을 길게 곧추세웠다.

그러나 서준은 내면의 울화를 다스리며 살기를 꺾고 눈을 깔아 줌으로써 녀석들에게 저 홀로 승자의 기쁨들을 맛보게 해 줬다. 그럼에도 그 잘난 신랑 후보들은 희연에게 늘 모욕감을 안긴 채로 치워지곤 했다.

'사귀는 것만으론 안 될까?', '집안에 소개를 하는 건 무리야.', '결혼? 왜 이래? 서로 잘 아는 처지에?' 등의 이유였다. 희연의 배경이 볼품없기 때문이 아니라, 상대의 잣대에 못 미치기 때문이었다.

희연의 아버지이신 김봉수 교수님은 제국대학교 농대 축산학부의 석좌교수로, 국내에서 축산업에 관한 한 가장 명망 있는 분이었다. 하지만 꼿꼿하신 성품으로 부의 축적에 힘쓰지 않으셨고, 희연은 친구들에 비해 형편이 처질 수밖에 없었다.

국내 제일 사립 재단인 영신 유치원부터 영신 초중고를 나온 친구들은 서로를 뻔히 아는 소위 '있는' 집안 아이들. 희연은 늘 목말라했고, 늘 부족해했고, 늘 자존심 상해 했다. 밥을 먹든, 술을 마시든, 쇼핑을 하든, 여행을 가든 친구들 앞에서 나도 돈 있는 척, 가난뱅이가 아닌 척 태를 내지 않으려 사력을 다했다.

결국 이렇게까지 변해 버린 희연. 그러나 서준은 그녀를 비웃을 수도 말릴 수도 없었다. 그도 친구들이,

　　"우리 아빠가 그 회사 가지고 계시거든. 너희 아빠는?"

　　묻는 앞에서 같은 마음을 가졌으니까.

　　서준과 희연은 서로를 의지하는 가장 좋은 친구였었다, 적어도 고등학교를 졸업할 때까지는.

　　"그래서 이도형 생일 파티에서 약혼 발표는 잘했어?"

　　서준의 선선한 시선에 희연은 입술을 오므려 밀크티를 입에 댔다. 맛이 달콤한지 귀여운 눈주름이 잠시 잡혔다 사라졌다. 그러곤 "아니." 담담히 말했다.

　　"어떤 여자애가 도형 씨 생일 파티에서 소란을 일으켜서, 약혼 발표는커녕 도형 씨 뒤통수 구경도 못 했어. 덕분에 백조공주처럼 차려입은 내 꼴만 우습게 되었고."

　　"그래?"

　　"응, 도형 씨 차에 욕설이 담긴 낙서를 했다나 봐. 그 성격에 생일 파티 같은 건 안중에서 사라졌지, 뭐."

　　하지만 희연의 기분은 여전히 날아갈 듯 좋아 보였다.

　　"하지만 기분은 괜찮은데?"

　　희연은 잔을 테이블에 내려놓고 손잡이를 바르게 살짝 돌렸다. 그녀가 좋아하는 영국제 찻잔 세트로, 고양이를 주제로 한 아기자기한 것들이었다. 찻잔과 받침은 물론 서준의 포트까지 제각각 다른 포즈와 표정의 고양이들이 앙증맞게 공과 털실 뭉치를 굴리며 놀았다.

　　"도형 씨가 나, 집안에 소개하기로 했어."

서준의 미간에 주름이 잡혔다.

"정말?"

"응. 문제는 회장님 내외분께서 귀국하신 후라는 거지만. 2, 3개월 뒤에나 들어오신다나?"

그러면 그렇지. 예상이 빗나가지 않자 서준은 오히려 마음이 홀가분해졌다. 시간이나 벌어 보잔 얄팍한 수작.

"2, 3개월 뒤의 일을 믿어?"

"그런 식으로 말하지 마. 집안에 얘기는 우선 꺼내 놓는다고 했어. 한 번에 회장님 내외를 설득할 수 없다는 건 도형 씨 말이 옳아. 며칠 뒤엔 어머님 잠깐 나가 계신 캐나다에 다녀오기로 했고."

열이 오른 서준은 다 식어 가는 차를 한 모금 마셨다. 차향은 더없이 향긋했지만 씁쓸하고 깔깔했다.

"네가 고른 남자들, 하나도 빠짐없이 부모님 말씀에 거역할 수 없는 아들들이었어. 널 택한다면 결혼으로 인해 두 배로 불릴 수 있는 부를 포기하거나, 부모님께 맞선 대가로 자신의 몫마저 상당 부분 포기해야 할 아들들이야."

희연의 입가에 슬쩍 미소가 그려졌다.

"난, 내 자신의 가치를 믿어! 난 그 누구보다도 아름답고 매력적이야!"

서준은 숨을 들이켜며 빠르게 대꾸했다.

"형제들끼리조차도 보이지 않는 칼을 들고 싸우는 그 아들들에게 네가 뭘 해 줄 수 있다? 재산을 두 배로 불려 주는 거? 힘을 키워 주는 거? 권력을 업어 주는 거? 그 아들들에게 예쁘고 귀엽고 사랑스러운 여자는 어떤 의미일까?"

불편한 밑바닥을 들춘 건 마지막 설득의 의미였다. 하지만 희연은 가볍게 웃었다.

"그럼 난, 너한테 뭘 해 줬니? 해 준 것도 없이 성가시게만 구는 난, 너에게 어떤 의미니?"

정색하고 바라보는 희연 앞에서 서준은 쉽게 답하지 못했다. 희연은 씁쓰레하게 웃으며 서준이 던지던 진짜 물음에 답했다.

"여기까지 오면서 나도 편치 않았어. 그래도 난 도형 씨를 믿기로 했어!"

그래, 안다. 희연이를 너무나 잘 안다. 설득하는 건 처음부터 무리였다.

"도형이의 진심을 믿어?"

체념한 듯 묻는 서준의 말에 희연은 피식 웃었다.

"모든 것에 있어 순도 백 퍼센트라는 건 없듯이, 백 퍼센트의 거짓도 없어. 내가 흔들리지 않으면 도형 씨도 조금씩 진심으로 바뀔 거야. 노력할 거야. 그래야 내가 다른 사람도 아닌 서준이, 널 팔아먹고 얻은 기회를 낭비하지 않지."

홀가분하게 말하는 희연의 표정에는 비장함조차 어려 있었다.

"이번이 마지막이야!"

그래, 이번에도 실패하면 넌 어떻게 할래? 스스로를 어떻게 더 망가뜨릴래?

희연은 부드러운 밀크티를 한 모금 더 마셨다. "그새 식었네." 아쉬운 표정이지만 맛있게 즐긴다. "다시 시켜." 하는 말에 고개를 살래살래 저었다. 윗입술에 묻은 거품을 교태라도 부리듯 살짝 핥았다.

서준의 가시 돋친 말도 희연의 기분을 망치진 못한 것 같았다. 창밖을 바라보는 희연의 얼굴엔 싱그러운 미소가 가득했다.

"야, 우리도 저렇게 교복 입고 창피한 줄 모르고 쏘다녔었는데."
고등학생 정도로 보이는 교복 입은 두 남녀를 가리켰다. "쟤넨 사귀는 사이야. 요즘은 초등학생 때부터 연애해." 서준은 퉁명스레 대답했다.

어느새 두 사람은 일상의 친구로 돌아왔다. 희연은 지금 서준과 함께 있는 시간 자체를 즐겼다. 함께하는 시간을 즐기지 못하게 된 건 오히려 서준이었다. 언젠가부터 만나기만 하면 이도형에 관한 이야기만으로 대부분의 시간을 낭비했다.

예전처럼 웃고 떠들며 일상에서 쌓인 찌꺼기와 응어리들을 털어내지 못한다. 꾸밈이나 가식, 체면 같은 건 모두 집어치우고 누구에게도 털어놓지 못할 응어리들을 풀었었다. "괜찮아, 그까짓 것." 하고 서로 묻었던 흙을 털어 주던 '내 편'.

끝도 없이 긴 시간이, 어느샌가 벌어진 서로의 간극이 그런 관계를 서서히 부스러뜨리고 흩뜨렸다.

희연이 쿠키가 맛있다며 재잘재잘 떠드는 소리가 음악처럼 잔잔히 귓가를 울렸다. 서준은 더 이상 이도형에 관한 말을 입 밖으로 내지 않기로 했다.

하지만 더 이상 그녀가 스스로를 망가뜨리는 걸 그대로 놓아둘 수도 없었다. 이도형과 자신의 싸움에 휘말려 그녀가 파괴되는 꼴을 그냥 보고만 있을 수는 없으니까.

❖ ❖ ❖

"걘 매력이 없어. 글쎄, 아무리 예뻐도 매력이 없다니까. 걘 너무 하늘하늘하고 맥이 없어. 그렇게 기운 없고 약해서 이도형을 어뜰게 버텨! 그래, 고생했다. 내일 통화하자."

서준은 휴대전화를 주머니에 넣으면서 절로 나오는 한숨을 어쩌지 못했다. 규만이 들이미는 여자들은 또 모두 허탕, 하바나의 사장 이연혜가 소개한 여자들 역시 치명적 약점이 있었다.

남자를 다루는 데 너무 노련하다는 점. 어쩔 수 없는 직업적인 전문가의 포스랄까. 미숙함과 풋풋함은 연기로 커버가 안 된다. 아둔해 보여도 이도형을 지탱하는 본능적인 촉에 반드시 감지될 것이었다.

어떻게 이런 짓을 하는 지경까지 왔을까. 상상도 못 하던 일을 직접 벌이고 있다. 시간을 되돌릴 수 있다면 솔직히 그렇게라도 하고 싶다. 인생을 망쳐 놓고 참을 수 없는 치욕까지 안겨 줬던 이도형에게 그냥 내가 다 잘못했소, 무릎을 꿇어야 했을까.

하지만 항상 기회란 건 한번 놓치면 다음엔 더 비싸진다. 원할 때는 항상 지불하기 벅찬 값.

가슴은 답답하게 끓는데 구불구불한 언덕길을 따라 올라가는 야경은 참 천연덕스럽게 아름다웠다. 어느새 벚꽃이 만개해 눈송이가 날리는 것처럼 차창 유리에 꽃잎이 흩뿌려졌다.

턱턱, 발자국 소리가 지하 주차장의 냉랭한 공기를 울렸다. 엘리베이터를 익숙하게 잡아타고 습관적으로 맨 꼭대기 층을 눌렀다. 서준의 집만이 홀로 있는 펜트하우스. 좁은 공간에 갇힌 느낌이 숨 막혀 눈을 감았다. 눈두덩이 뜨거웠다.

도착을 알리는 건조한 여성의 음성을 뒤로하고 다시 번호 키를 누르려 현관에 다가섰다. 그러나 '헉!' 기함을 했다. 갑자기 시커먼 덩어리가 시야에 들어왔다.

"케헤헤, 안녕?"

쪽 째진 검은 눈이 반짝반짝 윤이 났다. 슬쩍 짓는 미소에 어린 악동의 장난기! 그 넘치는 에너지가 펄떡펄떡 요동칠 것 같았다. 이도형의 손에 잡혀 날뛰던 그 검은 승냥이, 이희수였다.

"뭐, 뭐야!"

열흘 만에 다시 본 얼굴이 꽤 핼쑥했다. 바닥에 길게 다리를 뻗고 앉은 품은 여유 넘쳤지만.

"뭐긴, 약속대로 죽여 주러 왔지!"

가느다란 목소리가 허스키했다. 들판에서 굴러먹을 것같이 생겨 가지곤 저렇게 여성스러운 목소리로 말할 때마다 이질감이 들었다. 들짐승 녀석은 바닥에 주저앉은 채 현관 앞을 쓱 점령했다.

"흐흡!"

순간 땀에 전 내가 확 끼쳤다. 서준은 반사적으로 입과 코를 막았다. 짙은 감색의 카고 바지, 군복을 연상시키는 점퍼, 꼬질꼬질한 운동화가 모두 역겨웠다. 손에는 제 덩치만 한 커다란 배낭의 끈을 쥐고 있었다.

"어쩌자는 거야?"

간신히 손을 떼며 퉁명스럽게 대꾸했지만 한쪽에 구겨졌던 양심은 조금이나마 편해졌다.

"나를 이 지경으로 만든 데는 너도 지은 죄가 좀 있잖아?"

그녀는 현관 앞이 제집 안방이라도 되듯 다리를 길게 뻗고 대문에 머리를 기댔다. 정말 죽이겠다고 덤비러 온 걸까, 헛웃음이 났다. 어쨌든 돈을 빼앗긴 것 외엔 별 탈 없어 보였다.

"죄는 무슨 죄? 네가 벌인 일, 스스로 책임진 거잖아. 난, 누구랑 나누어 질 죄 같은 건 없어, 돌아가."

배낭의 크기가 굉장했다. 이삿짐이라도 옮겨 오려는 수작일까?

하지만 이런 식으로 이 이상한 여자애와 깊이 엮일 생각은 없었다.

"왜? 사기 방조죄에 고자질한 죄까지, 네 죄가 없어?"

"뭐?"

"너, 하바나 뒷문에서 이도형이 고의로 사고 내던 거 구경하고 있었잖아. 이도형은 제가 도발해 놓고서, 팔짱 끼고 재미나게 구경하다가 쏙 들어가 버리던데? 그때까지만 해도 난 꿈에도 생각하지 못했지. 내가 그 엄청난 수리비를 정말로 다 물게 될 거라곤!"

서준의 입에서 실소가 흘렀다. 관찰력이 뛰어나단 짐작은 했지만 기대 이상이다.

"저도 원인 제공 했으니 설마 증인이라도 서 주겠지, 그런 순진한 생각을 한 내 잘못이지! 가만히만 있으면 될 걸 굳이 이도형에게 날 잡아가라고 꼬바르는 나쁜 새끼한테, 이 고자질쟁이 바람둥이야!"

서준은 이 계집애가 자신에게 빌붙으려 꼬투리를 잡고 있다는 데 올인 할 수 있었다. 짐이라도 어디다 두고 오든가, 차림새라도 좀 말짱하게 하고 오든가. 원하는 걸 이렇게 노골적으로 들키면 협상도, 협박도 힘들어질 텐데.

"야, 방조죄, 고자질 죄는 너한테만 유리한 해석이지. 좀 더 일반적으로 해석해 줄까? 이도형과 사고 났을 때 내가 끼어들지 않은 건, 사기 방조죄가 아니라, 남의 일에 상관 안 한 것이고! 네가 하바나 21호 앞에 뛰어들었을 때 이도형에게 말한 건 범인은닉죄를 저지르지 않기 위한 거야. 널 숨겨 주는 게 오히려 죄가 되는 거라고, 알아?"

순간 검게 반들거리던 그녀의 눈빛이 흔들렸다. 겨우 그거야? 준비해 온 시나리오가? 퍼져 오는 실망감에 서준의 입가엔 미소가 사라졌다.

"비켜!"

빠르게 현관에 들어서려는데 녀석이 다급히 말을 이었다.

"잠깐, 잠깐만!"

서준은 이어질 레퍼토리에 인상을 찌푸렸다. 다음엔 협박이겠지. '야, 나 다 듣고 봤어. 네가 숨겨 주기 위해 날 이용했던 그 여자, 그때 했던 말 다 떠들고 다닐 거야.' 뭐 이쯤 될까?

"그래, 인정!"

그러나 그녀는 썩 웃으며 사과라도 하듯 두 손을 코앞에 모았다.

"억지 쓴 거 인정해. 그러니까 나 화장실이나 좀 쓰자. 나 너 기다리느라고 쫄쫄 굶은 건 둘째 치고 화장실도 못 갔어. 아, 나 이러다 쌀 거 같은데!"

가련하게 인상을 쓰며 발을 동동 구르는 승냥이, 얕은 수가 빤했다.

하지만 서준에겐 가느다란 공포가 차올랐다. 이대로 문을 억지로 닫으면 어떻게 될까. 설마, 저 승냥이가 정말로 현관 앞에다 '오줌 테러'를 벌이고 사라지진 않겠지. 태연한 척 '맘대로 해!' 문을 닫았어야 했는데 타이밍을 놓쳤다.

"현관 앞, 더럽혀도…… 돼?"

진짜 협박거리를 찾아낸 쪽 째진 눈이 가늘게 샐쭉 웃었다.

아! 서준은 주먹을 꽉 쥐고 부르르 떨었다. 질색하는 걸 읽혔다. 경고는 꼭 실천하는 녀석!

문을 닫는 즉시 공포는 현실이 될 것이다. 하지만 오줌 테러의 업그레이드 버전까지 각오하고서라도 거절해야 한다는 걸 본능이 경고했다. 저 거지 계집애를 집 안에 들이면 반드시, 꽤 애를 먹을 것이다.

'꼬르르르르륵!'

그때 그녀의 배 속에서 긴 소리가 났다. 정말 오랜 시간을 굶은 것 같았다. 마음을 움직인 건 콩알만큼 작은 동정심이었다.

"딱, 화장실만 쓰고 나가."

말을 내뱉으면서도 짙은 후회가 어렸다. 내가 왜 이런 바보 같은 허락을!

그러나 승냥이는 큭, 웃으며 벌써 제 덩치만 한 배낭을 현관에 들여놓곤 집 안으로 들어섰다. 전실을 지나 커다란 현관을 보자마자 탄성을 질렀다. "오오!" 강서준만을 위한 120여 평의 공간이 그녀의 눈엔 별세계였다.

"야아! 장난 아닌데?"

그녀는 아름다운 대리석 바닥과 내부 복층으로 이어지는 긴 계단을 손가락질했다. 그러곤 "까아!" 하며 창을 바라봤다. 흰색의 눈부신 조명등이 도미노처럼 타타탁, 자동으로 켜지며, 도심과 한강의 야경이 펼쳐졌다. 그가 아끼는 화려한 야경은 이 집을 택한 이유기도 했다.

화장실이 급하다던 녀석은 다른 데에 정신이 팔렸다. 더러운 운동화에서 발을 꺼내자마자 운동화를 찍찍, 벗어 던지고는 곧장 창가로 날듯 달렸다. 아아! 서준은 그녀가 첫발을 내딛자마자 더할 수 없는 후회에 몸을 떨었다. 차라리 현관 밖에 테러를 당하고 말걸!

저 꼬질꼬질한 운동화가 훨씬 더 깨끗할 만큼 끔찍한 맨발이 하얀 대리석에 흔적을 남겼다. 한 발, 한 발 옮길 때마다 그려지는 땀에 전 땟국 발자국!

"와아, 진짜 좋다!"

그냥 고이 걸어가기만이라도 하면 참 좋을 것을. 그가 아끼는 디자이너의 맞춤 벽지에 손을 대고 지이이익, 만지며 훑고 걸었다. 벽에 땟국으로 핸드페인팅을 하려나. 손톱 사이에 낀 끔찍한 까만 때 때문에 서준은 딸꾹질을 할 뻔했다.

밝은 조명 아래 그녀는 예상보다도 더 더러웠다. 현관 앞에서 냄새와 분위기만으로 느꼈던 건 약과였다. 그녀가 손대는 모든 것들이 오염되는 느낌! 갑자기 온 집 안에 수만 종의 박테리아와 바이러스가 드글드글 퍼져 나가는 것 같았다.

"화장실은 이쪽이야!"

그녀가 흰색 카우치에 앉아 보려 할 때, 서준은 기겁을 하고 화장실을 가리켰다. 순백의 카우치는 강아지 털처럼 몽글거리는 털로 덮인 재질이라, 걸레로도 닦아 낼 수 없었다.

"아아, 맞아. 씨이! 진짜 좋아서, 오줌 쌀 뻔했어!"

저 말이 진실이라는 데 오소소 소름이 돋았다. 서준의 코앞으로 이희수가 스쳐 지나가자, 그녀의 몸에서 역한 땀 냄새가 났다. 무방비로 갑자기 확 들이마신 까닭에 "우웨엑!" 욕지기를 할 뻔했다.

그녀는 시커먼 손으로 백색의 문턱을 잡고 새하얀 천으로 된 실내화에 맨발을 싹싹 꿰였다. 이미 지문 자국이 나 버린 문턱도, 실내화도, 그녀가 앉을 변기 커버도……, 아아! 카우치를 지키려다가 화장실을 잃은 기분이랄까.

목이 탄 서준은 한숨을 쉬며 주방으로 향했다. 부스럭거리는 소리와 함께 '쏴아아아!' 소리가 들렸다. 뭐야, 화장실 문을 닫지 않았던가? 뒤통수가 간질거려 끝내 돌아봤다. 그리고 문틈이 50cm는 열려 있는 황당함에 입을 딱 벌렸다. 화장실 문 앞에서 변기가 멀찌 감치 떨어져 있는 게 감사할 따름.

쏴아, 소리는 참 길게도 이어졌다. 급하긴 급했나. 사내라면 소변 줄기가 길다고 칭찬이라도 하지. 미친 승냥이라고 단정 짓기엔 가슴이 너무나 벌렁거렸다.

"야, 화장실도 진짜 좋아! 내가 살던 집보다 너네 화장실이 훨씬 더 넓어. 와! 좋아."

넋을 잃은 것처럼 희수는 소변을 보면서도 감탄사를 연신 중얼거렸다. 변기 물을 내리는 소리 뒤로 바지 자락을 쥔 희수가 나왔다. 녀석은 상기된 얼굴로 화장실 문 앞에서 지퍼를 올리고 바지 단추와 벨트를 채웠다.

남의 집에서, 그것도 외간 남자 눈앞에서 바지 지퍼를! 미처 고개를 돌릴 틈도 없어 뜨악하여 쳐다보는데도 희수는 벙글거리며 할 일을 마쳤다.

"야, 너 이 넓은 데 혼자 살아?"

아래층만으로도 독신을 위한 공간임을 파악하고 희수는 질문을 쏟았다.

답답한 걸 질색하여 서준은 부엌에 딸린 작은 방을 제외하고 방들을 모두 거실로 텄다. 북쪽 벽은 주방, 남쪽과 동쪽 벽은 그가 자랑하는 야경이 보이는 통창, 그리고 서쪽 벽면엔 영화 감상을 위한 커다란 스크린과 음향 장비를 설치해, 60여 평의 아래층이 시원스레 한 공간으로 펼쳐졌다.

그러나 서준은 더 이상 대화를 이어 나갈 생각이 없었다. 볼일을 마쳤으니 강제로라도 끌어내야 했다.

"볼일 다 봤으니 나가!"

일부러 한껏 싸늘하게 입을 뗐으나, 희수는 희죽거리며 애교스러운 웃음을 지었다. 땟국으로 얼룩덜룩한 더러운 얼굴에 귀여운 미소, 냄새는 여전히 죽을 맛이었다.

"야, 나랑 대화할 게 좀 남았잖아. 너, 나한테 찜찜한 거 없어?"

'찜찜한 거라니!' 대답할 뻔했으나 곧 입을 꾹 닫았다. 아까부터 일관된 수작. 집 안으로 밀고 들어오려는 속셈이다.

"네가 지키려고 날 팔아먹은 그 아가씨, 그 예쁜 공주 아가씨……."

아, 이제야 희연을 미끼로 협박을 하려는가. 서준은 마음을 독하게 먹으며 가드를 올렸다. 좋아 공격해 봐. 이도형에게 빼앗긴 돈을 대신 내놓으라고? 아니면 듣고 본 걸 죄다 떠들겠다고? 좋아, 얼마를 부를 건데? 오천만 원을 다 부를 셈인가?

"야, 정말 예쁘더라. 천하의 이도형과 바람둥이 강서준이 주먹질하고 싸우는 게 당연할 정도로!"

쌔액 웃는 미소엔 진심이 어렸다. 희연을 떠올리는 경탄 어린 표정에 서준은 맥이 탁 풀렸다.

"서울 올라와서 3년이나 개같이 모은 돈, 이도형이랑 싸움 한 방에 다 털리고. 나는 말 그대로 알거지인데. 세상에 그렇게 귀하고 아름다운 여자도 있데? 극과 극이란 말, 실감했어. 참 나랑은 다르더라."

깽판을 치며 협박을 해도 모자란 녀석이 기운 없이 목을 죽 빼는 게 꽤나 불편했다.

"그래, 내가 지은 죗값 내가 치른 거지. 그 여자를 위한 제물이었다거나 그렇게 생각하진 않아. 너로선 필요한 순간 내가 나타났던 거고, 어쨌든 내가 경솔해서 벌어진 일이야. 내 잘못 후회해."

너무나 순순한 태도에 서준은 순간 대꾸할 말을 잃었다. 그러나 그녀는 곧 "흐흐흐!" 몸을 떨며 웃었다. 잠들어 있던 악동의 장난기 어린 표정이 되살아났다.

"하지만 법대로라는 그, 대가가 너무 비싸. 나한텐 너무 억울한 계산법이거든."

"그런 건 이도형한테 가서 직접……!"

다시 반짝이는 승냥이의 눈빛에 서준이 퍼뜩 정신을 차리고 쫓아내려 하자, 그녀는 날쌔게 주방으로 움직이며 외쳤다.

"야! 진짜로 배고프다. 밥 좀 먹으면서 대화하면 안 될까?"

녀석의 페이스에 또 말렸다. 후회로 관자놀이를 누르며 주방으로 따라 들어가자, 그녀는 벌써 냉장고에 고개를 들이밀고 있었다.

"야!"

"왜애? 기력 떨어져서 대답도 안 나와. 좀 먹이면서 말시켜, 응?"

느릿느릿 느긋한 말투, 쌔액 웃는 여유로운 미소. 새카만 눈은 장난기로 반들거렸고, 뒤지는 손길은 제집 냉장고처럼 당당했다.

"야, 냉장고 봐라! 씨이, 이따위 것들밖에 안 넣어 놓으려면 왜 이렇게 근사한 냉장고를 들여놓은 거야? 속 빈 강정이네. 아, 아쉬운 대로 이거라도!"

하며 맥주 캔 하나를 치익, 따서 시원하게 콸콸콸 입 안으로 쏟아부었다. 그리고는 척척 걸어가 주방에 달린 벽전화기의 수화기를 집어 들었다. 중국집 전화번호는 어디서 주워 왔는지, 주머니에서 전단지 딱지까지 꺼내 들었다.

"여기 110동 2401호인데요. 간자장 곱빼기랑 탕수육……, 잠깐만요." 하더니 "너도 먹을래?" 여유를 부렸다.

하도 어이가 없어 노려보자, 희수는 다시 "간자장 곱빼기 하나랑, 탕수육 중짜로 완전 빨리요!" 하고 주문을 마쳤다. 그러곤 말릴 틈도 없이 식탁 의자 하나를 차지하고 앉았다.

"멀거니 서 있지 말고 앉아."

집주인이 따로 없었다. 희수는 다른 의자를 죽 끌어 그 더럽디더러운 발도 편히 걸쳤다.

"하아!"

서준은 의자를 하나 빼서 멀찌감치 앉았다. 너무나 기가 차니 오히려 화가 가라앉았다. 참, 인물인 녀석. 작정하고 덤벼들어 원하는 걸 꼭 꿰찬다.

"꼴은 왜 그렇게 되었어?"

이왕 이렇게 된 것, 호기심이라도 채우기로 했다. 희수는 아무렇지 않게 묻는 족족 답했다.

"응. 이도형한테 개 털리듯 먼지까지 탈탈 털렸거든. 밥 사 먹을 돈도 없는데, 여관 갈 돈이 어디 있어. 노숙자들 틈에 껴서 길바닥에서 좀 굴렀지. 열 받아서 돌아 버리겠어서 일자리 구할 생각도 안 나고. 크큭!"

"그렇다고 이 꼴이야? 화장실이 널렸는데 옷 갈아입고 씻지도 못해?"

서준의 나무라는 어투에 쪽 째진 눈을 치켜뜨는 승냥이의 표정이 가관이었다.

"이만해도 누런 이 드러내고 달려드는 놈들 때문에 잠도 제대로 못 자고 다녔는데! 비누 냄새, 샴푸 냄새 폴폴 풍기고 처자다가 길거리에서 강간당할 일 있어?"

아! 서준은 실수를 인정했다. 아무리 들짐승처럼 보여도 여자였다. 여자 몸으로 노숙을 하는 게 만만한 일은 아닐 것이다.

표정을 가다듬으며 "친척이나 친구도 없냐?" 했더니, "친척 같은 건 원래 없고. 돈 버느라 바빠서 재워 줄 만한 친구도 못 사귀었다, 왜?" 하고는 남은 맥주를 입 안에 털었다.

그러더니 "하나 더 먹어도 되지?" 하고 냉장고에서 맥주 캔을 두 개 집어, 서준에게 하나 내밀었다. 맥주 캔을 내미는 손톱엔 여전히 때가 꼬질꼬질했으나 서준은 순순히 받아 들었다.

오천만 원이라. 가진 것 없는 여자아이가, 제대로 먹지도 자지도 입지도 못하고, 친구를 사귈 수도 없을 만큼 바쁘게 3년을 꼬박 모아야 가질 수 있는 돈. 희수의 오천만 원은 그만큼의 값어치인가.

"새삼스럽게 그런 눈으로 보기는!"

이름 붙일 수 없는 아릿한 통증이 다시 피어오를 무렵, 희수는 씩 웃으며 담담히 말했다. 신경 끄자는 다짐과는 무색하게 한 마디씩 더할수록 그녀에 대한 호기심이 무럭무럭 자랐다.

"나이는?"

"너보다 한 살 많아."

즉각 돌아오는 답에 서준은 웃고 말았다. 지기 싫어하는 본능, 어린애가 맞구나. 사실 잘 봐 줘도 스물이 안 되어 보였다. 통통하게 올랐던 살이 핼쑥해진 것도 있지만 원래 체구도 작았다. 160cm에서 2, 3cm나 더 클까. 호기로운 건 천성이나 어리고 앳되었다.

"나 스물아홉인데, 넌 서른?" 하니 "쳇, 중늙은이!" 했다.

"그래서 나이는?"

"스물일곱?"

여유로운 척하지만 과도하게 당당한 표정이다. 그냥은 대답을 해 줄 것 같지 않아 "나이!" 하며 목소리를 높이니, 인상을 쓰며 "쳇, 스물둘." 했다. 아무래도 호구조사를 하니 여태 반말을 찍찍 뱉은 게 걸렸겠지. 그러나 곧 호기를 되찾고 오히려 짜증을 부렸다.

"고등학교 졸업하고 서울 올라와서 3년 됐다, 그래! 그게 뭐가 중요해?"

하긴 그렇지. 그런 건 중요하지 않지. 서준은 궁금했던 이도형과의 싸움에 대해 물었다.

"그래, 잡혀가서 당장 가진 거 홀랑 털리고 풀려났어?"

희수는 화르륵 열을 올리며 남은 맥주 캔을 비웠다.

"어찌나 잘 아시는지!"

아랑곳하지 않고 강서준은 고개를 갸우뚱했다.

"이도형이 그렇게 쉽게 풀어 줬어? 잔뜩 열 받았던데, 너무 싱거운데?"

"뭐? 싱거워? 전 재산을 다 털린 게 싱거워? 더 나올 게 없는데 뭘 더 털어 줄까? 가진 거 그 자리에서 털리고 전셋집에서도 옷가지만 겨우 건지고 쫓겨 나왔으면 그뿐이지! 넌 파산이란 단어도 몰라?"

"정말?"

"그래, 거짓말이다! 욕도 배터지게 얻어먹고, 머리통도 된통 쥐어박히고, 조리돌림 당하듯 하바나 직원들이랑 이도형 비서들한테도 혼나고, 또 그러면 콩밥 먹게 해 주겠단 협박도 당하고, 하바나 이연혜 사장님한테 끌려가서 무릎 꿇고 사과하고, 이미 잘린 야채 도매상 사장님한테까지 끌려가서 뒈지게 욕먹었다, 왜?"

웃을 일이 아닌데. 흥분해서 코를 벌름거리며 다다다 뱉는 표정 때문에 안쓰러우면서도 웃음이 터졌다. "풋!" 웃음을 터뜨리는 서준의 면전에 희수는 침을 튀기며 악을 썼다.

"통장 잔고는 말할 것도 없이 지갑에 있는 돈은 동전까지 다 털리고, 카드라고 달랑 한 장 있는 거 장난삼아 가위로 똑똑 자르는 거 구경하고, 억울하면 재발급하라면서 휴대전화 부러뜨려 변기에 퐁당 빠뜨리는 거 지켜보고, 거지 계집애니까 이제부터 차비는 직접 구걸해서 다니라면서 경인 고속도로 중간에 떨어뜨려 놓아서 저 짐 메고 걸어왔다, 그래! 속 시원하냐? 이게 다 너 때문이야, 이 이도형이랑 똑같은 새끼야!"

그녀가 흥분할수록 서준은 웃음을 그칠 수 없었다. 배가 아파 진이 빠질 때까지 웃어 버렸다. 정신을 간신히 차리고 시선을 돌렸을 땐 때가 꼬질꼬질한 얼굴에 다시 승냥이같이 반들거리는 눈이 잡아먹을 듯 노려보았다.

"그래서 서울까지 위험하게 고속도로로 걸어왔어?"

"미쳤냐? 죽으려고? 톨게이트에서 빠져나와 지하철 무임승차했지. 어쩐지 이도형 그 새끼가 돈 빼고 물건은 가져갈 수 있을 만큼 가져가도 좋다고 할 때 알아봤어야 했어. 그거 메고 낑낑대는 꼴 구경하고 싶어 그런 건 줄도 모르고!"

"이상한데? 좀 더 고생을 시키려면 산속에다 떨어뜨려 놓으려 했을 텐데?"

"와! 어찌나 사고방식이 똑같으신지. 산으로 가다가 집에서 전화 왔는지 운수 대통 한 줄 알라면서 그냥 고속도로 중간에다 버리고 갔다, 왜?"

이도형이 이희수를 데리고 화풀이 놀이를 하던 중 집에서 연락을 받았나 보다. 아쉬운 대로 고생만 실컷 시키고 풀어 줬다. 개망나니 이도형의 장난에도 원칙은 있는데, 사람의 신체에 직접 위해를 가하는 일은 없었다. 하지만 교묘하게 법의 테두리 내에서 할수 있는 나쁜 짓은 다 했다.

"도대체 차에다는 뭐라고 낙서를 했어?"

"앞면에단, 돼지 새끼?"

"크큭!" 다시 비어져 나오는 웃음을 애써 삼켰다. 이도형이 꼭지가 돌 만했다. "뒤에다는?" 하니 희수의 입가에 비릿한 미소가 걸리며 검은 눈이 반짝 빛났다.

"잘라 버려!"

"뭐, 뭘?"

쪽 째진 눈꼬리가 귀엽게 휘며 쌔액 웃었다. 악마가 장난을 치기 직전의 미소?

그러곤 식탁 위로 짐승같이 재빠르게 튀어 올라 몸을 기울이며, "요기?" 하고 서준의 중요 부위를 콕 찍었다. 까맣고 짤따란 집게손가락으로.

'쿠당탕!' 서준이 앉았던 의자가 홀로 대리석 바닥을 요란히 굴렀다. 갑자기 날아든 손가락을 아주, 가까스로 벌떡 일어서서 피했다. 하마터면 찔릴 뻔했다!

열이 확 올라 "야!" 소리를 쳤다. 이 계집애가 어떤 애인지 깜빡했다.

"그러게 왜 건드려?"

희수는 크큭, 웃으며 손가락으로 가위를 만들어 입 모양으로 '철컥' 거리며 장난을 쳤다. 강서준의 중요 부위 10cm 앞에서!

"이, 이 계, 계집애가!"

꼴사납게 말을 더듬었다. 한참 어린 계집애에게 성희롱을 당하다니 눈앞이 아뜩했다.

"야! 너 계집애가 어디서!"

뒤늦게 소리를 버럭 질렀으나, 그마저도 뜻대로 안 되었다. "딩동딩동!" 초인종이 울렸다. 희수는 갑자기 화색이 돌며, "와! 자장면이다!" 뛰쳐나갔다. 그러곤 길게 소리쳤다.

"강서준! 빨리 와서 돈 내!"

뒷골이 당겨 서준이 움직이지 않고 가만히 있자, 희수의 목소리가 들렸다.

"아, 그릇 찾으실 때 받아 가실래요?"

뒷골이 싸하게 당겼다. 놀랬다, 화났다, 자포자기했다, 웃겼다, 다시 열 받았다, 잠깐 사이에 이토록 다채로운 감정이 요동치기도 처음이다. 서준은 지갑을 찾아 들어 몸을 일으켰다. 돈 안 낸다고 버텨 봤자, 그의 집에서 시킨 자장면이었다.

음식값을 강탈당하는 것은 물론, 이태리제 대리석 식탁에 자장소스를 뚝뚝 흘리며 먹는 것도 구경했다.

"으흐, 맛있어. 자장면, 자장면!" 알 수 없는 곡조에 맞추어 흥얼흥얼 노래를 부르며 신나게 비볐다. 그리고는 후루룩, 쩝쩝쩝, 찹찹찹! 얼마나 맛있게 먹는지 입이 딱 벌어졌다.

"딱 알맞게 시켰어. 그만 침 흘려."

설마, 그걸 탐내겠니? 서준은 중식 코스 뒤에는 항상 기스면같이 깔끔한 걸 선택했다. 자장면은 느끼하고 부담스러운 칼로리의 음식일 뿐이다.

"으, 맛있어, 맛있어!"

희수는 집중으로 눈을 빛내며 눈앞의 음식에 탐닉해 강서준의 존재조차 잊었다. 후루룩! 국수 가닥이 그대로 빨려 들어가는 TV방송용 개인기를 직접 보는 느낌이었다. 희연이 세 명을 앉혀 놓아도 반은 남을 만큼의 음식이 순식간에 술술 사라졌다.

"그게, 그렇게 맛있냐?"

희수는 대답 대신 흐뭇하게 양 볼을 부풀리며 탕수육을 씹었다. 지금은 욕설을 뱉어 줘도 저 행복이 유지될 것 같았다. 때가 꼬질꼬질한 손에 소중한 듯 나무젓가락이 꼭 쥐어졌다.

음식 냄새 때문인지 하도 계속 냄새를 맡아선지, 코가 마비되어 역한 냄새도 잊었다. 서준은 문득 군침이 돌며 자장면과 탕수육의 맛이 궁금해졌다. 그렇다고 거지 계집애가 먹는 식사를 탐내다니!

"그러게 너도 하나 시키라니깐."

얼이 빠져 구경하는 사이 음식은 바닥을 보였다. 바닥까지 싹싹 긁은 희수는 시원하게 트림을 꺽 하고, 입가를 혓바닥으로 쓰윽 훑었다. 바지를 추스르는 꼴도 구경했는데, 저 정도쯤!

식탁을 치우고도 아직 배 속에 공간이 남았는지, 희수는 맥주 한 캔을 더 꺼내 들어 시원하게 입가심을 했다. 서준은 진지하게 목소리를 가라앉혔다.

"자, 볼일도 보고 배도 채우고 너 하고 싶은 거 다 했으니, 이제 왜 온 건지 말해 봐."

희수는 입이 안 떨어지는 듯 뜸을 들였다.

"왜? 이번엔 또 화장실 쓰게?"

"그, 그럴까?"

"자꾸 장난칠래?"

서준의 단호한 목소리에 희수는 떠듬거리며 말을 꺼냈다.

"아, 나 좀 재워 달라고."

"뭐?"

"너도 켕기는 게 있으니까 날 집 안에 들여 준 거잖아."

"하! 아무리 뒷간 들어갈 때 나올 때 다르대도, 화장실 쓰게 하고 밥까지 먹여 줬더니, 이젠 잠도 잔다고? 아주 눌러살아라?"

어이가 없어 뱉은 말인데 커다란 두 눈동자가 귀엽게 반짝였다.

"그럼 더 좋지! 아, 아주 눌러살겠단 말은 아니고. 나도 좀 비빌 언덕이 있어야지. 정신 차리고 이제 새 일자리도 구할 거야. 언제까지나 화만 내고 시간 낭비 할 순 없잖아? 일자리 구해지고 돈 좀 모이면, 아니, 숙식 제공되는 웬만한 자리 구해지면 빨리 나갈게!"

역시 들러붙으러 온 것이다. 안된 것은 안된 거여도 저 승냥이 계집애와 같이 살 순 없었다. 작정하고 덤벼드는 녀석을 기분 상하지 않게 잘 달래서, 말끔히 돌려보내야 했다.

"너, 여긴 어떻게 알고 찾아왔어?"

그녀는 "형준 오빠가 대리 운전 자주 불러 줬다며." 하고 씩 웃었다. 아니, 이 녀석이! 하바나 직원 형준에겐 도울 일 있으면 개인적으로 돕는 척하고 비용을 청구하라 했었다. 필요하면 고용했던 전 사장을 통해 도와야지 직접 나설 순 없다고 알아듣게 얘기했는데, 내 집 주소를 함부로!

"그렇게 가까운 사이면 형준이에게 가지 않고?"

"남의 신혼집 셋방에 쳐들어가 이혼시키라고? 어쨌든 너희 둘 싸움에 껴서 내가 희생된 부분이 없지 않으니까, 좀 봐줘! 방도 많고 부자잖아?"

"하!" 서준은 짧게 실소했다.

"남보다 더 독해져야 남보다 더 부자가 되는 거야. 내가 널 왜 받아 주니?"

검은 눈동자로 그를 바라보는 담백한 시선은 비굴하기보다 당당했다.

"뭐든 할게. 나, 음식도 잘하고 청소도 잘해."

"도우미 아줌마 있어. 너 며칠 쓰자고 다른 사람 일자릴 빼앗아?"

"그럼 다른 데 쓰든가. 멍청하진 않으니 심부름 같은 것도 잘할 수 있어. 사람 하나 들여놓아 불편한 점도 있겠지만 쓸 데도 많을 걸? 없는 것처럼 조용히 며칠만 지낼게."

당당히 요구했지만 그녀에게서 처음 본 공손한 태도였다. 서준은 처음부터 궁금해하던 질문을 던졌다.

"왜 부탁 같은 걸 하지? 그날 들었던 말을 다 떠벌리고 다니겠다고 협박을 안 하고?"

"내가 이도형이니? 남의 돈을 뜯게. 어디 가서 꿇기 싫어서 악다구니 쓰며 살기는 했어도, 나쁜 짓 하고 산 적은 없어!"

맑은 유리알 같은 검은 눈동자에 순간 분노의 불꽃이 화르륵 일었으나, 곧 억지로 가라앉히는 게 보였다.

"웃기지 마. 그렇게 도덕적인 이유뿐이야?"

"쳇, 너한테 그 여자를 두고 협박 같은 걸 하면, 얻어먹을 것도 못 얻어먹어. 그리고 바보냐? 그날도 문 앞에서 다 떠들어 버리겠다고 한 걸 가볍게 무시하고 날 이도형에게 팔아넘겼잖아?"

아! 서준은 이 녀석에게 생각보다 더 많은 걸 들켰다는 걸 깨달았다. 아무렇게나 하는 것 같은 행동 속에서도 머리는 빠르게 회전하고 있다는 데 진심으로 감탄했다.

"그럼 만나자마자 사기 방조죄니, 고자질한 죄니 하며 날 도발했던 건 뭐야?"

그녀는 "큭." 웃으며 답했다.

"훼이크지, 뭐. 여기 저기 찔러보면서 뭐로 협박해야 하나 찾고 있었던 거고. 너, 더러운 거 무지 싫어하더라?"

"하하!"

서준은 기가 차 웃고 말았다. 결국 그녀가 처음부터 집 안으로 밀고 들어올 때까지 그의 감정을 들었다 놓았다 했던 건 그녀의 관찰력과 순발력이었고, 동정심 유발 역시 계산된 것이었다. 다른 사람을 저렇게 쥐락펴락할 줄 아는 것도 재주인가.

"말은 그럴싸해도 네가 내 앞에 나타난 거 자체가 협박이라는 거, 계산하고 온 걸 거 아냐."

서준은 지갑에서 수표와 현금을 얼마간 꺼냈다. 너무 적으면 도움이 되지 않을 것이고, 많으면 모욕이 될 터였다. 고심 끝에 백만 원짜리 수표 다섯 장과 오만 원 권 몇 장을 꺼내 추슬렀다. 그리고 되도록 정중한 태도로, 그녀에게 밀어 주었다.

"들고 가. 동정도 뭐도 아닌 그냥 돈이야."

자존심이 꽤 센 녀석이 무안해하지 않도록 서준은 표정을 애써 굳혔다.

"나에겐 하룻저녁 술값 정도야. 난 너에게 가볍게 하룻저녁 술 한잔 샀어. 하지만 널 내 집에 두는 건 부담이거든?"

희수는 신기한 것처럼 수표와 현금을 집어 들고 책처럼 차르르 넘겨 봤다. '오오!' 하며 슬쩍 웃는 입매가 꽤 쓸쓸했으나 곧 활짝 웃었다.

"야, 어떻게 하면 이 많은 돈을 하룻저녁에 먹어 치울 수 있는지 황당하긴 하지만. 어쨌든 고맙다. 나 같으면 1년도 실컷 먹을 텐데."

순순히 돈을 받아 들고 일어서며, 희수는 갑자기 허리 굽혀 깍듯이 인사했다.

"고마워. 잘 쓸게. 큰 도움이 되었어."

그러곤 담백하게 일어나 밖을 향해 나섰다. 서준도 아주 옅은, 아니 좀 끈적이는 어떤 감정이 남아 배웅을 하려 일어섰다.

"노숙은 그만하는 게 어때?"

진심 어린 걱정이었다. 그녀가 웃었다.

"그럴 거야. 이제 어디 가서 좀 씻을 수 있겠다. 나 생각보다 입 무거우니까 걱정 마. 너도 그 여자 잘 말려라. 이도형이 좀 피곤한 녀석이잖아? 내가 할 말은 아니지만."

서준은 웃음을 흘렸다. 본인도 꽤 피곤한 편이라는 걸 잘 아는 모양이다.

"잘 있어! 정중하게 대해 준 걸로 넌 이만 용서할게."

"뭐?"

빨려 들듯 검은 눈동자에 이는 차가운 불꽃, 서준은 당황해 되물었다. 복수라도 하려는 걸까. 그만두는 게 신상에 좋다고 덧붙이려는데 그녀가 더 빨랐다.

"내가, 언젠간, 그 녀석! 못 쓰게 만들 거거든."

씨익 웃으며 검지와 중지로 싹둑, 가위질하는 시늉을 딱 한 번 하며 흰 이를 드러냈다. 괜스레 소름이 오소소 돋았다. 대꾸하지 못하는 서준에게 희수는 아쉬운 듯 말을 더했다.

"야! 내가 조금만 더 예쁘게 생겼어도 이도형 꼬여서 네 여자친구 찾아 주겠다고 딜이라도 걸 텐데. 차마 고건 못 하겠다, 크흐흐! 안녕!"

얼어붙은 듯 움직이지 못하는 서준에게서 희수는 뒤돌아 문을 나섰다. "삐리릭!" 문이 잠기는 소리가 울리자마자, 서준은 홀린 것처럼 문밖을 나섰다.

#3
은밀한 계약

"손톱, 발톱 내밀어 봐!"

"더럽게 깨끗한 척하네. 자, 자, 봐라, 봐! 뜨거운 물로 잘 씻었다니까!"

우선 깨끗이 씻기는 게 가장 급했다.

"옷들은? 가방과 운동화는? 밖에서 끌고 온 네 짐 중 그냥 들어오는 게 있어선 안 돼."

서준은 남들보다 후각이 발달했다. 머리를 딩딩 울리던 그 끔찍한 냄새가 남았는지 희수 근처를 어슬렁거리며 탐지했다. 그러나 남들보다 눈치가 발달한 희수는 단번에 목소리가 높아졌다.

"모조리 세탁기에 넣어서 돌리는 중이야! 너 때문에 옷 다 빨아서 빤쓰도 못 입고 네 바지에, 네 티셔츠 입고 이 꼴이잖아. 나도 네 옷 빌려 입는 거 무지 찝찝하거든? 어디서 혼자 깨끗한 척이야!"

희수는 전투 모드로 전환되려는 목소리를 애써 누르며, 아까는 앉지 못했던 흰 카우치에 당당히 두 다리를 죽 뻗고 자리를 차지했다. 카우치가 꽤 마음에 드는지 흰 털을 가무잡잡한 손에 살살 엮으며 행복해했다. 그러나 서준은 다시 희수를 일으켜 세우고 걸레통을 쥐여 주었다.

"자, 일어나. 이제부터 시작해 보자."

"뭘, 뭘 또 시작해? 지금까지 다 씻고 빨았잖아? 책들도 빨아 널까?"

반들반들한 검은 두 눈동자에 다시 광기가 서리는 걸 보면서, 서준은 되도록 친절한 목소리와 다정한 표정으로 설명을 이었다.

"자, 네가 만든 이 때 구정물이 얼룩덜룩한 발자국 보이지? 이 흰 대리석에 난 네 발자국부터 지워! 그냥 네가 밟았던 곳을 모조리 닦는다고 생각하면 돼. 그리고 식탁에 자장 흘린 거, 네가 앉았던 의자, 발바닥 올렸던 의자 손잡이랑 의자 다리까지 깨끗이 닦아."

"……!"

"참, 냉장고 손잡이랑 문 닫을 때 냉장고 모서리 만졌지? 그것도 닦고. 방법은 물걸레로 먼저 닦고, 세제가 묻은 이 걸레로 닦고, 다시 깨끗한 물걸레로 닦고, 이 항균 세제로 마무리하면 돼, 어렵지 않지?"

아주 친절하고 부드럽게 설명해 줬는데도, 그나마 고분고분한 척하던 승냥이가 폭발했다.

"에잇, 이도형보다 더한 새끼 같으니라고! 제길, 거지 취급도 정도껏 해야지. 더러워서 못 해 먹겠네, 개 같은 새끼!"

흰 이를 드러낸 희수의 입에서 팔딱이는 욕설이 튀어나왔다. 서

76

준의 얼굴도 검붉어지며, 퍼런 핏줄이 울룩불룩 솟았지만 친절한 목소리 톤을 애써 유지했다.

"기억해! 성질 한 번 피운 것 때문에 네가 지금 얼마나 큰 대가를 치르는지. 마음에 들지 않으면 아까 줬던 돈 들고 그냥 나가면 돼."

검은 두 눈에 어린 광기는 더 활활 타올랐지만 이를 악문 채 희수는 걸레통을 쥐었다. 그리고 두 시간여에 걸쳐 서준의 지시대로 '4회 닦기 걸레질'을 마친 뒤, 곰팡이 제거제와 세척 락스, 그리고 아로마 향수를 사용한 화장실 대청소를 하고, 마지막으로 현관문 손잡이와 화장실 문손잡이, 그리고 맞춤 디자인 벽지에 해 놓았던 땟국 핸드페이팅을 말끔히 닦는 것으로 청소를 마무리했다.

서준은 희수의 주변에서 3미터를 벗어나지 않고 팔에 힘이 빠질 때나 걸레질에 성의가 없어질 때마다 조언을 해 줬고, 희수는 다시 힘내자는 기합처럼 '제기랄'과 '개 같은 새끼'를 번갈아 읊조리면서 서준의 손가락 끝 지시에 따라 빠짐없이 청소했다.

자정이 다 되어 "이젠 때려죽여도 걸레질 더 못 해!" 하고 희수가 흰 카우치에 다시 엉덩이를 붙일 때 '딩동딩동' 하며 세탁이 다 되었단 알람이 울렸다.

서준이 다시 조언을 주기 위해 입을 열자, 희수는 "알았어, 제길." 하고 엉덩이를 다시 떼고 세탁기로 다가갔다.

잔여 수분을 말리기 위해 건조대에 하나씩 빨래를 정리하면서, 희수는 다가온 서준에게 기운 없이 물었다.

"걸레는 어디에다 빨면 돼?"

서준의 성격을 파악하고 휴식을 포기한 희수는 기운 없이 물었고, 서준은 운동화와 가방을 빨았던 옆의 작은 세탁기를 가리켰다.

"옷이나 이불은 큰 세탁기, 걸레나 옷과 함께 빨기 뭣한 더러운 것들은 이쪽. 시간이 너무 늦었으니까, 예약 걸어 놔."

희수는 제대로 구경할 틈 없었던 깔끔한 세탁실을 경탄 어린 눈으로 찬찬히 바라보았다. 꽤 넓고 긴 구조의 세탁실에는 세탁기 두 대와 건조대뿐 아니라, 웬만한 가정의 부엌으로 써도 좋을 개수대와 낮게 설치된 가스레인지, 천장형 건조대 두 곳과 곳곳의 수납공간, 그리고 스탠드형 다리미대가 배치되어 있었다.

건조대는 거실의 무비 스크린과 벽을 마주보고 있어 아침에 해가 뜨고 저녁에 해가 질 때까지 정직하게 볕이 드는 좋은 자리를 차지했다.

"돈이 참 좋네."

비꼬는 것이 아닌 순수하게 경탄하는 담담한 어투. 서준은 하지 않아도 좋을 말들을 이어 붙였다.

"외할머니가 키워 주셔서, 내 취향도 좀 고루해."

쓸데없는 말을 왜 뱉었지, 곧 후회하는데 희수의 입에서 의외의 대답을 들었다.

"난 할아버지가 키워 주셨는데. 덕분에 어렸을 땐 꽤 유별났던 깔끔병이 상당히 고쳐졌지."

웃음기 가득한 악동의 얼굴과 전투 모드의 광기 어린 얼굴. 두 가지가 전부인 줄 알았던 희수에게 발견한 새로운 얼굴이었다. 그러나 그 찰나의 아련한 표정은 곧 "큭!" 하는 웃음과 함께 다시 장난기로 뒤덮였다.

뒷마무리까지 마치자 12시가 훌쩍 넘어 버렸다. 서준은 두 평이 채 되지 않는 부엌의 쪽방으로 희수를 안내했다. 어쩔 수 없었다. 아래층에 방은 딱 하나뿐이니까.

"아래층 화장실은 너 혼자 써. 주방, TV, 화장실, 필요한 건 다 있으니 위층은 올라올 필요 없겠지?"

도우미 아줌마의 휴게실 겸 창고였다. 각종 청소기, 스팀걸레, 침구용 먼지털이 등 청소 도구들이 한쪽에 쌓였고, 가구라곤 옷걸이와 간이침대, 구형 CD 플레이어, 청소용 소품을 담던 서랍장 하나가 전부였다.

손님용 방은 고사하고 화장실보다도 못한 곳을 내준 게 내심 마음에 걸렸던 서준은, 단호한 목소리를 뱉고서도 슬쩍 희수의 눈치를 봤다. 그러나 희수는 여전히 악동 같은 미소로 고개를 끄덕이며 "응." 순순히 대답했다.

"자라."

서준이 돌아서는데, 희수는 "잠깐." 하고 그를 불러 세웠다. "왜?" 하니, 아까 주었던 돈을 내밀었다.

"재워 주니까, 이건 돌려줄래."

담백한 표정으로 돈을 내미는 희수. 그 단정한 태도에 마음 한쪽이 불편해졌다. 돌아서 등을 보이며 아무렇게나 대답했다.

"빌려준 거야. 빚졌으니까 있는 동안 얌전히 지내."

미친 짓이다. 하지만 그동안 고르고 골랐던 어떤 여자들보다 구미에 딱 맞았다. 관찰력 뛰어나고, 기억력 좋고, 순발력조차 탁월했다. 사람의 감정을 알았고, 성적 매력이 아닌 뭐라 정의할 순 없지만 가슴 한쪽을 괴롭히는 매력조차 향기롭고 진하다.

누구도 갖추지 못했던 대찬 근성마저도. 이도형의 기에 눌리기는커녕 녀석을 정신 빠지도록 휘두를 수 있다.

문제는 저 들짐승을 여자로 만드는 게 가능할까, 얼마나 빨리 만들 수 있을까, 또 얼마 동안이나 이도형을 속일 수 있을까. 속일 수 있는 시간이 길어질수록 효과는 탁월할 터.

되지도 않을 여자들 중 하나를 골라 들이미느니, 될지도 모를 아이를 여자로 만들어 시도하는 게 옳았다. 그래도……, 그래도. 성공할 확률을 얼마나 점칠 수 있을까.

우선은 가능성을 보아야 했고, 결정했다면 또 충분히 시간을 확보해야 했다. 다행스러운 건 이도형이 김희연과 잠시 떨어져 있다는 점. 그러나 3주 정도의 짧은 시간 동안 녀석을 다듬는 건 기적이었다. 우선 너무 살이 쪄 있었다.

이도형의 취향은 늘씬하고 글래머러스한 쪽이다. 그래서 가늘고 약한 느낌의 청순가련형 미인인 김희연이 이도형 앞에서 매력을 제대로 발휘하지 못하는 것이다.

이도형이 반응하는 여자들은 육감적이고, 활기 넘치고, 성질이 고약하며, 변덕스러운 여자들이었다. 그리고 그를 휘두를 만한 카리스마가 있었다. 이도형은 그런 여자들에게 정신없이 휘둘리는 새 빠져들었었다.

슬픈 현실 하나는, 희연은 취향을 떠나서 이도형을 움켜쥐려는 목표가 너무 간절했다. 그를 제대로 휘두르기는커녕 휘둘리면서도 징징거렸다. 징징거리는 건 그가 가장 질색하는 것이다.

이도형이 반할 만한 기질의 여자들은 찾기도 힘들지만, 찾더라도 무언가를 함께 도모하기 힘들었다. 감각적이고 즉흥적이며 참을성이 없었다.

"그 딜! 받아 줄게, 이도형 꼬이겠다는 거."

가까이 가는 것조차 꺼려지던 더러운 희수를 내려가는 엘리베이터에서 잡아 끌어냈었다.

"제정신이야?"

"너는 제정신이 아니라서 아무렇게나 뱉었어?"

검은 승냥이의 눈을 망설임 없이 똑바로 마주했다. 쪽 째진 긴 눈이 곱게 휘며 가느다래졌다. 검은 눈동자가 맑게 반들거렸다. 씨익 웃는 미소와 함께 조그만 입술 사이로 하얗게 드러난 가지런한 치아. 징글징글한 악동의 미소가 제대로 빛을 발했다.

"아, 뭐. 내가 그쪽으론 영 민망하지만, 내가 여성성이 좀 잘 발달했더라면, 네 여자 친구를 제치고 날 선택하게 할 수는 없더라도, 한번 놀자고 도발할 수는 있지 않을까, 그래서 한번 휘청거리게 할 수는 있지 않을까. 네 얼굴을 보니 그런 생각이 잠깐 났어."

"······!"

"하지만 그런 식은 내 취향이 아니거든? 나는 무조건 눈에는 눈! 이에는 이! 그딴 게 체질이야."

말끔히 털고 다시 엘리베이터에 오르려는 희수에게 들러붙은 건 서준이었다.

"실패하면 전에 벌던 벌이만큼 시급으로 계산해서 지불할 거고, 성공하면 네가 잃은 것 전부를 보상해 줄게. 물론 이도형에게 네가 빼앗긴 걸 직접 되찾는 건, 마음대로 해도 좋은 보너스야. 구미가 당겨?"

검은 승냥이가 고개를 돌리고 숨을 몰아쉬며 길게 웃었다. 그 표정을 볼 순 없었으나 되돌아온 희수는 전에 없이 서준의 말에 잘 따랐다. 물론 공손하고 고분고분진 않았지만 제 성질을 콱 죽

81

이고라도 무언가를 하려는 의지가 확고했다.

승냥이를 마주할 때 어떤 것보다도 먼저 보이는 건, 아니 가슴으로 느껴지는 건 그녀의 눈이다. 생김새만을 말한다면 외까풀의 길게 쪽 째진 보잘것없는 것일 뿐. 그러나 그 반들거리는 검고 커다란 눈동자에는 분노, 원망, 슬픔, 한과 같은 응어리들이 표현할 수 없는 밀도로 뒤범벅되어 있었다.

하지만 그녀의 얼굴은 항상 거짓이었다. 그녀의 표정은 늘 장난기 어린 악동으로 위장되어 있었고, 그나마 감정을 날것으로 드러내는 건 폭주하는 싸움꾼의 역할을 할 때였다. 그러나 정신을 놓고 싸움을 하는 것 같은 그 순간조차도, 그녀는 그 싸움에서 한 발짝 물러난 채 자신을 놓지 않았다.

씻기고 난 뒤 처음으로 제대로 본 승냥이의 얼굴. 항상 그 묘한 눈빛 때문에 얼굴을 제대로 본 적이 없었다. 생김새는 생각보다 담백했다. 검고 고운 피부, 아무렇게나 뭉쳐 묶고 다니는 숱 많은 검은 머리카락, 그 속에 감추어 두던 곧고 넓은 이마, 머리카락처럼 숱이 풍성하고 긴 속눈썹, 통통한 살에 묻힌 볼과 턱.

그 살집 속에서도 윤곽이 남아 있는 콧날과 콧대는 칭찬할 만했다. 아, 무언가 나쁜 짓을 하거나 장난치기 직전, 씨익 웃을 때 볼 수 있는 가지런하고 흰 치아도.

나쁘지 않았다. 녀석을 여자로 볼 수 없게 했던 건 그 눈빛과 표정, 어투, 행동, 차림새, 분위기, 살집, 그리고 그녀를 여태까지 경험했던 선입견일 터였다. 그리고 여태 '사귄다'의 개념을 갖게 했던 여자들이 필수 불가결로 갖췄던 암컷으로서의 '교태'가 완전히 결여되어 있기 때문이다.

망설이는 마음은 조금씩 할 수 있다는 확신으로 바뀌어 갔다.

❖ ❖ ❖

　서준은 오랜만에 스포츠 카 RO50의 조수석에 앉아 창밖 풍경을 여유롭게 감상했다. 여의도에는 꽃 축제가 시작되어 축제장에서 꽤 떨어진 곳인데도 인산인해를 이뤘다. 흩날리는 꽃잎과 머리카락을 간질이는 향기로운 바람이 솔솔 잠을 불렀다.

　"야, 우회라도 하게 행선지를 가르쳐 줘야지, 시끄럽다고 내비게이션도 안 틀고, 꽉 막힌 도로에서 그냥 무한 직진하게 해 놓고 자 버리면 어떻게 해!"

　트럭을 몰던 솜씨를 기억하고 귀찮은 운전을 맡겼다. 희수의 운전 실력은 생각보다도 더 괜찮았다. 나는 비싼 외제차 소름 끼쳐, 운전도 싫어하는 게 왜 수동을 뽑았어, 툴툴댔지만 채 몇 분 지나지 않아 안정을 찾고, 곧 거칠게 폭주하며 차선 사이를 날았다.

　"역시, 비싼 차라 그런지 운전하기 정말 편한데?"

　새로운 차종을 몰아 보는 기쁨에 푹 빠진 희수에게 서준은 짜증을 냈다.

　"너 하나 때문에 주변 다 어수선해진 거 안 보여? 누가 쫓아와? 점잖게 운전해. 내 고개가 네 핸들 때문에 한 번만 더 꺾이면 가만 안 둘 줄 알아!"

　"씨이, 존나 교양 있는 척." 욕설이 작게 날았고, "입 다물지 못해? 욕할 줄 몰라서 나도 점잖게만 말하는 거 아냐." 정도로 응수하며, 저런 건 차차 교정하면 된다고 스스로를 다독였다.

　"단풍나무 길, 백화점 한 블록 전에서 다시 가르쳐 줄게."

　하니, "그럼 돌더라도 구도로 타면 빠르잖아. 지금 몇 분을 낭비한지 알아?"

하고는 또 무리하게 유턴을 하기 위해 도로를 휘저었다. 서준은 조금만 지나면 정체가 풀릴 것이라 말리려다 말았다. 희수의 이런 급한 운전 습관은 늘 시간에 대기 위해 쫓기던 생활 때문일 테다.

처음 보는 동네 산길에 골목길까지 휘젓던 RO50은 금세 구도로로 접어들었고, 출퇴근 시간임에도 차는 한적한 도로를 100km/h로 달렸다.

"여기 80구간이야, 미쳤어?"

"딱지 끊게 안 할 테니까 한숨 주무셔."

고개가 움직여지면 가만히 안 둔다고 한 뒤로, 정말 고개도 까딱하지 않도록 부드러웠지만 차는 총알처럼 쏴겼다. 서준은 다시 입을 다물었다. 저 성질에 여유와 우아함, 교양과 애교를 덧씌우는 게 과연 가능할까, 괴로워하면서.

"어딜 가는진 몰라도 솔직히 우리 대화란 걸 좀 해야 하잖아?"

목적지 두 블록 앞, 강남의 무지막지한 정체 속에선 희수라도 별수 없었다. 신호를 기다리는 무료함에 손가락 끝으로 핸들을 톡톡 두드리던 그녀가 말을 걸었다.

"재워 주고 돈 준다는 데 혹해서 엎어지긴 했지만, 솔직히 어제 한 네 말을 믿을 수가 없어서."

서준은 빙그레 웃었다. 아직 희수와는 합의된 게 거의 없었다.

"최종 테스트. 합격하면 그다음부터 찬찬히 계획 세우자."

"뭐야, 시작한 거 아녔어?"

발끈하는 녀석의 머리를 손가락으로 툭 밀며 웃었다.

"왜 이렇게 불안해하는데?"

"그야."

저도 양심은 있는지, "흠흠!" 목을 가다듬으며 술술 답하지 못했다.

"아니면 말고."

냉정히 고개를 돌리는 서준에게 희수는 다다다 퍼부었다.

"아, 좋아. 이도형도 나름 예쁜 여자가 주변에 질리도록 넘칠 텐데, 나에게 혹하겠냐고. 웬만한 여배우는 눈 쫙 깔아야 할 정도로 예쁜 네 여자 친구도 절절매던데. 미치지 않고서야 어떻게 그런 시나리오가 나와? 내 자신을 비하하는 건 아냐. 그래도 객관적으로 둘을 비교하면 누가 나은진 뻔하잖아!"

"하, 알긴 아는구나?"

"장난쳐? 부잣집 도련님이라 넌 시간과 돈이 남아도나 보지?"

소리치는 희수에게 서준도 발끈했다.

"말조심하랬지? 부자 맞지만 부잣집 도련님 아냐!"

그리고 혀를 깨물며 후회했다. 남들이 뱉었으면 끝까지 듣지도 않을 말에 왜 희수 앞에선 자꾸 어린애같이 변명을 할까.

불편한 냉전은 또 찾아왔다. 운전도 부드럽고, 잇새로 욕설을 뱉지도 않고, 유치하게 '나 화났음'의 표를 내지도 않았다. "다 왔어. 어디야?" 묻는 말투도 공손하고 부드러웠다. 그러나 이후부터 희수는 다시 악동의 미소로 자신을 감췄다.

"저쪽에 차 대고 들어와."

부티크 쉬블림의 문을 먼저 밀고 들어선 것은 서준이었다. 입사한 지 얼마 되지 않은 직원이 "어서 오십시오." 허리 굽히며 그를 안내하려 들었다. 그러나 한쪽에서 30대 후반의 점장이 튀어나와 정중히 인사했다.

"안녕하세요. 오랜만이시네요. 3층 비워 뒀습니다."

서준도 간단한 목례로 답했다.

"네, 여자아이 하나 따라 들어오면 안내해 주세요."

사무실로 들어서자, 사장 이연혜가 "어서 와." 반갑게 웃으며 일어나 서준을 맞았다. 이연혜는 중견 연기자로 지금은 연기 활동을 잠시 쉬고 있으나, 그녀의 강렬한 연기는 아직도 사람들의 머릿속에 깊이 남아, 아직도 러브콜이 쇄도했다.

"웬일이야? 긴장되게 갑자기 사무실에 나온단 연락을 다 하고. 내부 감사라도 하게?"

말은 그랬지만 이연혜의 표정은 카리스마 넘치는 평소완 달리, 친누나처럼 다정하고 따뜻했다. 어느덧 불혹을 넘은 나이의 이연혜, 그러나 그 아름다움은 20대의 생기와 30대의 원숙, 그 이상이었다.

"내가 그렇게 반갑지 않아? 아무리 귀찮게 하려고 왔다지만."

이연혜는 부티크 쉬블림과 클럽 하바나를 운영했다. 실질적 투자자가 누구라는 것은 고사하고, 그 존재조차 거의 알려지지 않았다. 쉬블림은 파리 근방의 어떤 장인이 운영하던 작은 가죽 가방 브랜드에서 출발했다. 그러나 뉴욕과 파리 컬렉션에 갑자기 핫하게 회자되며 국내까지 빠르게 자리 잡아 명품 토탈 패션 브랜드로서 손꼽히기 시작한 건 최근의 일이다.

국내에선 이연혜의 얼굴을 전면에 내세워 쉬블림, 클럽 하바나, 이연혜가 서로 고급스러운 이미지 상승작용을 하며 첨예하게 매출액을 올렸다.

"너 이도형이랑, 웬 장난이 그렇게 길어? 철없을 땐 어려서 그런다고 이해라도 하지. 영신그룹 아들이랑 싸워서 득 될 게 뭐니? 비위 좀 맞춰 주고 화해하는 척하면 그만이지, 이도형이 좀 다루기 쉬워?"

서준은 연혜 누나가 좋았다. 오랜만에 만나면서 안부 인사는커녕 잔소리부터 늘어놓는 쩽쩽거리는 저 목소리도.

"알았어. 그럴 거야."

싱긋 웃는 서준의 얼굴에 이연혜는 눈을 동그랗게 떴다.

"정말? 진짜지? 그럼 김희연은 손 떼라?"

"희연이는 친구야. 여자로서 옆에 둘 일 없다니까. 그러니까 쟤 좀 봐줘."

"누군데?"

"누나도 본 적 있어."

희수를 언급하자마자 이연혜의 얼굴은 제대로 찌푸려졌다. 이도형과의 스캔들 때문에 단단히 찍어 둔 모양이었다. 여자가 되도록 좀 다듬어 달라는 말까지 붙이자 이연혜는 단번에 목소리를 높였다.

"난 정직하지 못하고 질 나쁜 애는 싫어! 그때도 정말 싫었는데 딱 한 번이라 네 말대로 해 준 거였어."

성격이 대쪽 같고 원리 원칙에 충실한 이연혜가 화를 내는 것은 당연했다. 하지만 정직하지 못하고 질 나쁜 애라.

이희수를 그들의 세상에 끌어들인 건 이도형과 서준 자신이었다. 희수는 바깥세상에서 야채 배달 일을 하며 조용히 잘 살아왔었다. 그러나 이도형은 자신의 세계도 아닌 하바나의 뒷골목에 나타나 희수의 생계 수단인 트럭을 화풀이 대상으로 삼았고, 장난으로 전 재산을 빼앗았고, 자신은 그것을 방관하고 도왔다.

그리고 이제는 서준이 이도형을 상대할 무기로 제대로 끌어들이려 한다, 희연을 위한 희생양으로 삼기 위해. 정직하지 못하고 질

나쁜 애가 되도록 한 건 희수 자신이 결코 아니었다.

총에 맞아 피 흘려 죽어 가면서도 스스로를 지킬 힘조차 없는 승냥이. 그 승냥이가 내는 '깨갱깨갱' 소리가 시끄러워 사냥꾼은 승냥이를 몽둥이질한다. 승냥이는 '끼익끼익' 괴성을 지르며 매를 맞다, 사냥꾼의 손목을 콱 물어 버렸다.

죄는 승냥이에게 있을까, 아니면 레포츠를 즐기던 사냥꾼에게 있을까.

"그런 애 아냐."

"사고를 냈으면 책임을 져야지. 화풀이나 하자고 차에 낙서를 하는 애가 제대로 된 애야? 끝까지 자기가 그런 게 아니라고 거짓말이나 하고, 자기 잘못도 인정하지 않고, 욕설을 입에 물고, 폭력을 일삼는 애야!"

답은 승냥이. 왜냐하면 승냥이 주제에 사람을 물었기 때문이다. 승냥이는 잡히고 싶지 않았으면 사냥꾼의 눈에 띄어서는 안 되는 거였다.

"걔 말이 다 맞아. 이도형이 화풀이 삼아 그런 거야."

"뭐?"

하바나의 주방 막내는 끝내 이도형에게 매수된 것 같다. 서준은 그가 목격한 것을 차근차근 설명했다. 믿지 못하겠다는 듯 이연혜의 눈이 커졌으나, 그렇다고 상황이 달라진 것은 아니었다.

"안됐지만 툭툭 털고 다시 시작해야지, 어쩌겠어?"

"뭐, 그래야겠지. 하필 이도형과 하바나에서 그랬다는 게 마음이 좀 쓰이기도 하고."

"무슨 꿍꿍이야? 지난번 여자들 소개시켜 달란 거, 관련 있니?"

눈치 빠른 이연혜는 낌새를 채고 눈살을 찌푸렸다.

"딱 한 번만 봐줘. 여태 이도형 잘 피하면서 살아왔어."

"둘이 제대로 붙으면 이도형이랑만 상대하게 되디? 영신그룹 전체를 적으로 돌리면 넌 반드시 져! 약하면 꿇어! 그게 힘의 논리야!"

"저 해외에서 호의호식하며 놀 동안, 개망신당하고 군대로 쫓겨간 건 나인데! 뭐, 힘의 논리?"

"그래. 그냥 한 번 당하고 끝내! 차라리 그게 이득이야!"

"그땐 절대 그러기도 싫었지만 이미 늦었어. 이제 그렇겐 안 돼. 한 번만 도와줘."

"명령이니?"

화가 잔뜩 난 이연혜가 강서준을 노려보며 물었다.

"아니, 동생으로서 부탁이야."

사생아를 감춘 은막의 스타 이연실에서 한영그룹 안주인으로 신분을 맞바꾼 어머니. 이연혜는 어머니가 스타였던 시절 가방잡이 노릇을 하던 식모의 딸이었다. 그리고 어린 시절부터 외할머니를 제외하고 서준을 가장 아껴 준 사람이기도 했다.

우연히 작은 배역을 맡아 몇 번 출연한 후, 꾸준한 노력으로 악역 전문 연기파 조연으로 자리 잡았다. 그러나 그것은 어머니의 은퇴 후에도 몇 년 더 지나서였다. 어머니는 주인아씨를 흉내 내는 어린 종을 야단치듯이, 이연혜가 배우로 자리 잡는 걸 달가워하지 않았다.

그러나 서준의 외할머니의 도움이 컸다. "네 앞길 잘 닦고 싶으면, 남의 앞길 막지 마라." 어머니를 무섭게 야단치신 것 외에도 재정적 뒷받침을 해 주셨다. 어렸던 서준은 어디 가지 말고 자기랑 놀아 달라고 끊임없이 훼방을 놓았지만. 그렇게 계속된 인연은 어머니에게 버려지는 대신 누나를 얻는 것으로 이어졌다.

"마음에 안 들어."

그러나 이연혜는 서준에게 또 져 줬다.

　전통적 로코코풍 3층 VIP룸, 넓은 공간 한쪽에는 작게 채광창이 나 있었고, 맞은편엔 벽면을 가득 채운 거울과 두 개의 탈의실이 있었다. 쉬블림만이 아닌 여러 명품 브랜드의 화려한 옷과 아기자기한 소품들, 구두들, 이동식 거울들은 마치 편집숍처럼 오직 한 사람의 쇼핑을 위해 세팅되었다.

　중앙엔 서준이 앉은 노란 장미를 주제로 한 소파 세트가 자리를 차지했다. 베이지색 카펫이 깔린 바닥과, 가구들과 맞춘 옅은 장미 무늬 천으로 도배된 실내에 부르크뮐러 연습곡 15번, 공기의 요정이 잔잔하게 흘렀다.

　"살이 좀 찐 줄 알았는데, 생각보다 나쁘지 않네."

　이연혜는 적극적으로 희수를 해부해 주었다. 무언가를 주장하거나 협상할 땐 정열적으로 싸우지만 한번 결정한 것에는 뒤돌아보지 않는 깔끔한 성격이 희수와도 닮았다.

　희수는 탈의실에서 속옷 차림으로 이연혜에게 신체검사를 받은 것 같았다. 탈의실 밖으로 나온 희수의 이마와 귓가가 검붉었다.

　"가슴 펴고 똑바로 서!", "턱 당겨!", "표정이 왜 그 모양이야, 당당하게!" 등 이연혜는 희수의 자세를 교정해 주며 스타일을 찾으려 매와 같이 그녀를 훑었다. 희수는 착해지는 약이라도 먹은 것처럼 지시에 잘 따랐다. 얼음처럼 빳빳하게 굳어 긴장한 게 역력했다.

이빨을 드러내거나 대들거나 악동 같은 웃음을 짓는 것만 보다, 쥐 앞의 고양이처럼 얌전해진 광경은 새로운 눈요깃거리였다.

"앉아서 잠깐 쉬어." 하는 이연혜의 허락이 떨어져서야 겨우 서준 앞으로 걸어와 옆자리에 앉았다. 이연혜가 옷과 소품을 더 가지러 옆방으로 사라졌지만 희수는 여전히 긴장이 가시지 않은 눈빛으로 군기가 바짝 들어가 있었다.

"너, 꽤 얌전하다? 이런 모습은 신선한데?"

갑자기 장난기가 끓어오른 서준은 희수를 슬쩍 놀렸다. 희수는 가볍게 "후우!" 숨을 고르더니 이연혜가 듣지 못하도록 서준의 귓가에 조용히 손을 가져다 댔다. 들뜬 즐거움에 취해 서준이 그녀에게 귀를 죽 빼 주며 몸을 기울였다. 희수는 중요한 말인 듯 그의 귓가에 속닥였다.

"개새끼!"

서준의 이마와 귓가도 순식간에 희수와 같은 색깔로 물들었다. 검은 이마에 퍼런 핏줄이 툭 불거졌다.

"야, 너! 그따위로 말하지 말랬지?"

서준의 목소리가 잔잔한 실내를 쩌렁쩌렁 울렸다. 그 소리에 이연혜가 옷을 몇 벌 들고 나타나 희수를 따갑게 쏘아보자, 희수는 언제 그랬냐는 듯 눈빛을 바꾸며 이등병처럼 '두 손 무릎 위 주먹' 자세로 고쳐 앉았다.

"뭐랬는데?" 하는 이연혜의 서늘한 목소리가 울리자, 희수는 정말 깜짝 놀라 자리에서 벌떡 일어났다. 서준은 사실대로 이르고 싶었지만 뜨거운 것을 삼키듯 꿀꺽 삼켰다.

"맞을 만한 옷이 있어?"

애써 어색한 미소를 짓는 서준에게 이연혜는 더 이상 묻지 않았다. 대신 희수에게 "버릇없이 굴지 말아요." 한마디 하자, 희수는 반성한다는 듯 얼굴이 더욱 검붉어져 즉각 대답했다. "넷!"

서준의 지휘 통솔력에는 무언가 심각한 결함이 있는 모양이었다.

"의외로 비율도 좋고 체형이 꽤 예뻐."

이연혜가 골라 준 첫 번째 옷은 베이지 핑크의 오프숄더 튜브톱 드레스였다. 가슴과 등 부분이 통으로 접혀 그대로 몸을 감싸 내려오는 면티 재질의 원피스이기 때문에 몸매가 여과 없이 드러났다. 희수는 탈의실 문짝에 붙은 액세서리처럼 차마 나서지 못하다가 이연혜에게 야단을 맞았다.

"뭐 하는 거야, 지금?"

카랑카랑한 목소리가 룸 안을 울리자 희수는 주춤주춤 걸어 나왔다. 같은 색 7cm 높이의 구두를 신은 걸음걸이가 영 어색했다.

"다리 벌리고 걷지 마, 어깨 펴고 턱 당겨! 배운 지 채 5분도 안 되었잖아, 왜 이래?"

이연혜의 목소리가 울리자 버튼이라도 누른 것처럼 희수의 자세가 바르게 펴졌다. 생각 없이 웃던 서준은 브래지어 대신 붑테이프만으로 고정된 풍성한 볼륨에 갑자기 머리를 세게 얻어맞은 것처럼 불편해졌다.

그러나 슬쩍 피했던 시선은 슬그머니 되돌아왔다. 희수는 의외로 꽤 글래머러스했다. 큰 가슴, 가느다란 허리에 엉덩이가 발달했으며, 허벅지가 탄탄하고 종아리는 날씬했다. 그런 체형으로 카고 바지, 박스티셔츠, 재킷 같은 걸 입었으니 당연히 실제보다도 뚱뚱해 보인 것이었다.

"66사이즈가 좀 끼네. 아가씨는 다이어트 같은 덴 관심 없어?"

검붉은 뺨으로 침을 꿀꺽 삼키는 희수가 안쓰러웠으나 그녀는 담담히 답했다.

"다이어트 같은 걸 하면 기운이 없어서 일을 못 해요."

"근육이 발달했고 의외로 군살이 없어. 평소 운동량이 꽤 많나 보네. 기름진 음식만 찾고, 저녁을 먹고 바로 자는 버릇을 들였구나?"

희수의 쪽 째진 눈이 커다래졌다가 다시 가느다래졌다. 이연혜는 희수를 이리저리 돌아보게 했다.

"지금도 뱃살 외엔 큰 문제 없지만 사이즈 조금만 줄여 보자. 55사이즈가 오버되는 정도로 조금만. 괜찮아! 다이어트 효과 보기 좋은 체형이네. 어렸을 땐 굉장히 날씬했었나 보다? 생리 시작한 뒤에 갑자기 살쪘니?"

좀 은밀한 질문이 나오자 어린 여자아이답게 당황하며 부끄러워했다. 내 앞에선 서른 살은 되는 것처럼 굴더니. 서준이 귀여움에 입술을 깨물자, 희수에게만 집중했던 이연혜는 "아, 미안!" 말을 끊고 바로 사과했다.

"아니에요. 맞아요. 중학교 때 갑자기 몸이 불었어요."

"걱정 마. 나 때문이 아니라, 누나 때문이야. 쟤, 나 남자로 생각 안 하…… 풉!"

서준은 약 0.1초간 서준을 향해 흰 송곳니를 슬쩍 드러내고, 이연혜 앞에선 다시 아닌 척 이빨을 싹 감추는 희수를 보며 웃음을 터뜨렸다. 희수에게 왠지 모를 호감이 가는 이유도 저 때문인가. 희수에게선 모든 여자들에게서 느껴지는 어떤 끈끈한 것이 결여되어 있었다.

물론 연혜 누나 같은 예외도 있지만 그건 꽤 숨통이 조였다. 서준은 학교에서나 일과 관련해 여자를 만날 땐 늘 조심하며 엄격히 관계의 선을 그었다. 그리고 그가 '바람둥이 강서준'으로 살아도 좋은 곳, 클럽이나 술집에서는 그 긴장의 끈을 풀었다. 그런 습관은 바람둥이의 허명을 레전드로 부활시켰을지 모른다.

"서준아! 너, 다이어트 프로그램 아직 가지고 있지?"

스타일뿐만 아니라 운동법까지 이것저것 조언을 해 주던 이연혜는 서준에게 말을 붙였다. 이연혜는 가지고 왔던 여러 벌의 옷을 희수에게 차례로 갈아입게 했다. 희수는 피팅모델처럼 옷을 갈아입으며 이연혜의 설명을 주의 깊게 들었다.

"어, 있어. 다이어트는 내가 알아서 시킬게. 옷이나 몇 벌 골라 줘."

눈치가 100단인 희수의 눈에 순간 광기가 스쳤다. 서준은 무어라도 들킨 것처럼 "흠흠!" 목을 가다듬었다.

"그럼 우선……." 하며 옷을 여러 벌 빼는 이연혜에게 희수가 처음으로 먼저 나섰다.

"저, 어차피 다이어트를 해야 하니 사이즈 줄이고 나서 옷 고를게요. 지금 입어 버리면 낭비잖아요."

이연혜는 웃으며, "지갑은 쟤가 여는 거니까 신경 쓰지 마." 하면서도 무언가가 기특했는지, "그럼, 당장 입을 몇 벌만 골라 줄게." 하며 룸을 다시 나섰다.

희수는 "후우!" 숨을 고르고 서준 옆에 쓰러지듯 앉았다. 아까보단 한결 나아졌지만 이연혜를 어려워하는 건 여전했다.

"야, 강서준! 등허리 가운데 좀 꾹꾹 눌러 봐. 얻어맞은 것같이 등짝이 아파."

일곱 살이나 어린 게 이름을 찍찍 부르는 게 이상하게 귀에 착 감기며, 웃기면서도 안쓰러웠다. 옷을 몇 번이나 입었다 벗었다, 얌전한 척 자세 교정을 받았으니 온몸이 쑤실 만했다. 그래, 그만 하면 착하다 싶다.

"부끄러운 줄도 모르고 어딜 손대게 시켜?"

"남자로 생각 안 하는 거 안다며?"

"참, 나!"

괜한 말로 본전도 못 찾았다. 그러나 막상 벗은 어깨와 묘하게 그늘진 등골의 음영을 내려다보니, 맨살에 손을 대는 게 어색했다. 옷 위로만 슬그머니 누르니 곧, "이렇게 약해 빠져서야!" 타박이 쏟아졌다. 에라, 이런 계집애에게! 하며 엄지로 꾹 눌러 버리니 "옳지!" 추임새가 더해진다.

하지만 한 번 두 번 엄지를 돌리며 마사지할 때마다 서준의 손 끝에선 힘이 자꾸 빠졌다. 맨살의 감촉과 엄지로 누를 때마다 부드 럽게 흔들리는 통통한 몸통, 동그란 어깨, 곧은 목선, 까만 살결 위로 난 솜털. 그런 것들이 그를 조금, 아니 조금보단 더 불편하게 만들었다.

어쩔 수 없이 자연스레 내려다보이는 봉긋한 위 가슴을 보지 않으려 시선을 돌렸다. 그러나 찰나의 스침은 어두운 가슴골 사이를 초고화질 해상도로 찰칵, 우뇌 속에 사진을 찍어 놓아 버렸다.

소리 없이 후우, 뱉은 숨결이 눈앞의 요 까만 어깨에 닿을 것만 같았다. 그는 '흐흡!' 숨을 급하게 들이켰다.

"어, 거기! 아……주 좋아. 딱 거기야, 꾹꾹 좀 눌러 봐! 꼴에 남자라며, 매가리 없이 굴지 말고."

"뭐어?"

목과 뺨에 열기가 확 올랐다. 이건 화가 난 것이다.

"아프다고 엄살이나 부리지 마!"

힘을 싣기 위해 왼손으로 맨 어깨를 잡은 게 실수였다. 엄지손가락에 반복적으로 싣는 힘이 더 빠지고 말았다. 정신 차려야지, 고개를 터는데 곧바로 원성이 쏟아졌다.

"겨우 고거 하고 힘이 빠져? 꼬추 떼라?"

"이 계집애가!"

진짜로 울컥 치밀어 네가 얼마나 견디나 보자, 등을 꽉꽉 눌렀다. 그러나 희수는 오히려 좋아했다.

"그래, 그래! 그 줄기 따라서 쭉쭉 내려가 봐, 뼈다귀 있는 데는 하는 거 아니다?"

그렇게 긴장을 한껏 푼 희수의 등은 안마를 흔쾌히 즐겼고, 바싹 긴장한 서준의 손바닥은 땀을 퐁퐁 쏟았다.

❖ ❖ ❖

"너, 여자 취향이 좀 바뀌었다? 벌써 꽤 친해졌던데?"

먼저 나가 차를 빼놓으라고 희수에게 키를 맡기고, 서준은 이연혜와 잠시 이야기를 나눴다.

"친하기는, 만난 지 며칠이나 되었다고."

차마 연혜 누나에겐 사실대로 말하지 못하고 대강 애매하게 얼버무렸다. 말은 그렇게 했지만 사실 제대로 서로를 겪은 건 만 하루, 날수로 이틀. 아니, 어제저녁, 그리고 요 몇 시간.

"아냐, 꿍꿍이는 따로 있을지 몰라도 너, 좀 들떠 있어. 서로 궁합도 꽤 맞아 보이고. 너, 여자들하고는 유난히 잘 못 지내잖아?"

연혜 누나는 서준의 여성 편력을 그 누구보다 잘 안다. 만나자
마자 싸우고 헤어지는 꼴을 가장 많이 보여 주었으니까. 모두들 일
단 하룻밤부터 시작한 사이이니, 술에서 깨 사귀는 것으로 연결되
는 일이 참 드물고, 사귀어 봤자 채 2주를 넘기기 힘들었다. 수많
은 여자들을 만났음에도 데이트를 세 번 이상 한 여자들은 손가락
에 꼽혔다.

"글쎄, 그보단 서로 정체를 빨리 파악한 거겠지."

그러고 보니 희수도 서준을, 서준도 희수를 스스럼없이 대했다.
오래전부터 알던 것처럼 서로의 행동을 빤히 읽으며 다음을 꿰고
있었다. 실은, 꿰고 있다기보다는 이용해 먹는 편이었지만.

"그래? 어쨌든 겪어 보니 그렇게 나쁜 애 같지는 않더라. 그렇
더라도 느낌이 좀……."

"그래서 싫어? 메이크업도 가르쳐야 할 텐데. 누구 붙여 주기
싫으면……."

"보내. 내가 직접 가르칠게."

당연히 거절할 줄 알았던 이연혜가 뜻밖의 허락을 했다.

"아냐! 괜찮은 사람 골라 연결이나 시켜 줘. 가끔씩 들여다봐
주면 더 좋고."

사양하는 서준에게 이연혜는 담담히 웃었다.

"나, 쟤, 마음에 들어. 예쁘지도 않은 게 묘한 매력이 있네. 내
도전 정신을 자극하잖아."

❖ ❖ ❖

기우는 해가 하늘을 붉게 물들였다. 눈이 부셔 눈을 게슴츠레하

게 뜬 희수가 점잖게 운전을 하고 있었다. 막히는 길이 짜증스러운지 "흐흐흠!" 하는 한숨을 뱉기는 했지만, 옷이 날개라더니 아까와는 다른 사람처럼 보일 지경이었다.

"올 때와는 딴판이네?"

궁금함을 참지 못한 서준이 말을 붙였다.

"이연혜 사장님이 너한테 버릇없이 굴지 말래."

"뭐어?"

'너'라는 말을 찍찍 뱉곤 있지만 아까에 비하면 공손함에 얼굴을 붉힐 정도다. 서준은 더 이상 참지 못하고 웃고 말았다.

"너, 왜 연혜 누나한텐 그렇게 꼼짝 못 해?"

"그 사장님은 멋지거든."

"그럼 나는?"

짧은 좌회전 신호가 맥없이 끊어지고, 주황등에 이어 곧 빨간등이 켜졌다. 네 대가 간신히 좌회전을 해 빠져나가고, 희수 앞에서 신호등이 툭 끊겼다. 희수는 올 때와 달리 얌전히 신호를 지켰다.

"다시 말해 줘?"

새카만 눈동자에 악동의 미소가 이글거렸다. 입술은 움직이지 않았으나 서준의 귀에는 '개새끼!'라는 환청이 들려왔다. "하아!" 뱉지도 않은 욕설에 화를 낼 수도 없는 노릇. 서준은 서둘러 화제를 돌렸다.

"연혜 누나가 왜?"

"멋있잖아. 평소에도 직원들 대하시는 거 몇 번 봤어. '공명정대'란 말이 딱 어울리는 분이시지. 이도형이랑 싸우는 거 말리는데 정말 멋져서 내가 참았어. 게다가 부티크까지 운영하시다니! 너도 아까 그분 말씀하시는 거 들었지? 정말 존경해! 나도 그렇게 되고 싶어!"

운동법과 옷 입는 법에 관한 조언이 존경을 이끌어 내기까지. 서준은 이연혜와 자신에게 극과 극의 태도를 보이는 희수에게 묘한 질투가 일었지만 어떤 의미에선 잘된 일이다 싶었다.

"그래서, 연혜 누나 말대로 다이어트도 열심히 하겠네?"

"당연하지! 그분이 날 자랑스러워하도록 노력할 거야!"

장난기가 이글거리는 눈빛은 여전했으나 장난삼아 하는 말은 아니었다. 서준은 가볍게 웃었다.

"좋아, 그 다이어트는 내일부터 시작하기로 하고, 오늘은 배 좀 채우고 들어가자."

프랑스인 주방장을 초빙해 오픈했다는 갤러리 레스토랑의 실내에는 유명작의 모작들로 가득했다. 서준은 찌푸린 눈으로 실내를 둘러보았다. 고흐니, 렘브란트니 하며 구획을 나눈 것들이 낯부끄러웠으나, 예약도 없이 즉흥적으로 찾아든 곳이라 불만을 털기로 했다.

차려입은 김에 식사 예절이나 봐야겠다 싶어 순대국밥을 먹고 싶다고 투덜대는 녀석을 억지로 들여놨다. "까탈스럽기는. 그러면 돈까쓰라도 먹자!" 외치는 녀석의 귀를 결국 잡아끌었다. 사랑에 빠졌을 땐 의외로 로맨티스트인 이도형이 여자를 데리고 식사한다면 처음엔 한식보다는 양식을 택할 터이기에, 교육을 목적으로 한 것이다.

포크, 나이프, 잔을 쓰는 것까지 설명할 게 한두 가지가 아니었다. 적어도 서너 번은 데리고 와서 어느 정도는 익숙하게 해야 할 테니까. 서준은 풀코스로 주문하려 했으나 웨이터를 세워 놓고 실랑이를 벌이게 되었다.

"야, 코스는 무슨! 뭐든 한 그릇만 시켜."

"뭐?"

"이런 데 너랑 둘이 앉아 있는 것만도 닭살이야. 난 고기만 먹을게. 스테이크 이거! 이걸로 주세요. 앞에, 뒤에, 줄줄이 나오는 거, 그런 거 다 빼고. 아, 콜라랑요."

쏟아지는 주변의 시선에 얼굴이 검붉게 달아오른 서준이 잇새로 말을 뱉었다.

"입 다물어라?"

이번엔 서준을 뜨악하여 쳐다보는 웨이터에게 부드럽게 미소 지으며 주문을 유보해야 했다.

"미안한데, 잠시 후에 다시 주문하겠습니다."

웨이터를 돌려보낸 후 한숨을 뱉으며 희수를 야단쳤다.

"너, 이런 식으로 비협조적으로 나올래?"

"내가 먹고 싶은 거 고르는데, 무슨 비협조적? 나도 생각이 있는 사람이야. 계획이 있으면 이렇다 이야기하고 내 의견도 물어봐야지! 하나부터 열까지 제멋대로 그렇게 인형 다루듯, 이래라저래라 하지 마!"

"얘기하러 지금 온 거잖아, 그리고 넌! 내 파트너가 아니라, 나한테 고용된 인형이야, 몰라?"

씩씩거리던 희수의 검은 눈동자가 광기로 반들거리기 시작했다. 여기서 몇 마디만 제대로 주고받았다간 주문이고 뭐고 테이블을 들어 엎기 십상이다. 서준은 곧 마음을 바꾸어 달래듯 목소리를 낮췄다. 싸워서 좋을 게 없다.

"식사 예절 가르치려고 왔어."

"나도 이딴 거 먹을 줄 알아. 칼……, 그래, 이런 거. 이런 거로 쓱쓱 쓸어서 포크로 쿡 찍어 먹으면 되지!"

"입 안에 집어넣기만 하면 된다고 생각해? 이도형과 데이트라도 하게 되면 첫날부터 와야 할 텐데!"

"바보냐? 여자가 먹고 싶다는 거 사 주지, 데이트하는 남자가 저 먹고 싶은 거 처먹게? 난 순대국밥 먹을 거야!"

"너, 자꾸 말 그따위로 할래?"

야단을 치긴 했지만 왠지 좀 맞는 말 같았다. 보통은 남자가 여자에게 뭘 먹고 싶으냐고 물어보고, 그러면 여자들은 아무거나……, 식으로 얼버무리고, 근사한 레스토랑을 예약해 두었다고 하면, 그러면……, 여자들이 좋아하는데.

하지만 이도형은 분명히 자기가 가던 곳 중 가장 분위기 좋은 레스토랑에 데리고 가고 싶어 할 것이다.

"내기하자! 내가 데이트를 하게 되면 이도형 입에 순대국밥을 집어넣나, 못 넣나."

광기로 반들거리던 두 눈은 위험한 장난기까지 더해 반짝반짝 빛이 났다.

"순대국밥 먹으러 가잔 말 꺼내서, 데이트 들어 엎지 않기만 해도 기특하네."

"순대에 간, 머릿고기, 돼지 귀에 코 썰은 것까지 차례로 입에 넣어 줄게. 국물까지 남김없이!"

너무나 자신 있는 목소리에 서준은 코웃음을 쳤다. 세상에서 가장 귀한 대접을 받으며 자란 이도형이 퍽이나!

"좋아, 지면 뭘 할 건데?"

"이 일이 완전히 끝날 때까지 토씨 하나 달지 않고, 하라는 대로 고분고분 다 할게."

"이기면?"

"오늘 식사한 시간 계산해서, 딱 그만큼 인형 놀이 시켜 줘. 물론, 인형은 너야!"

"오늘 망신시키지 않고 얌전히 식사하겠다는 조건 추가해!"

"귀부인처럼 얌전하게 굴어 주지."

자신감과 광기로 반들거리는 눈에 약간 오싹한 기분이 들었지만 서준은 딜을 받아 주었다. 웨이터를 다시 불렀다. 한 개만 시키라던 아까와는 달리, 희수는 시킬 수 있는 건 다 시키라고 서준을 부추겼다.

"네, 와인은 빼 주세요."

캐비어까지 포함된 세 가지 전채, 해산물 스프, 간단한 샐러드, 스테이크, 프라이한 거위 간, 셔벗, 차 순으로 주문했다. 스테이크의 고기 굽기와 와인의 선택에서 잠깐의 실랑이가 있었지만 아까에 비하면 정말 귀부인처럼 우아한 컴플레인이었다.

"빨간 육즙을 '피'라고 질색할 게 뻔해." 하며 서준은 '미디움―웰던'의 굽기를 권했다. 그러나 희수는 반항기 어린 눈동자로 "난 제일 안 익힌 거, 뻘건 거, 그거(레어)."를 주장하다가, 서준의 권유에 따라 '미디움'으로 마음을 바꾸었다.

그리고 술을 마시면 대리 기사를 불러야 할 텐데, '누가 트렁크보다 못한 뒷자리에 앉을 것인가'로 잠시 대화를 나누다, 와인을 빼기로 했다. 아까에 비하면 정말 우아한 주문이었다.

"여러 개의 포크와 나이프는 바깥쪽부터 쓴다고 생각하면 돼. 아까 웨이터가 거두어 간 건 생선용 칼과 포크야. 우리가 생선 요리를 선택하지 않았으니까. 하지만 요리를 가져다주는 순서대로 쓰면 되니까, 생선용, 고기용 굳이 외울 필요는 없어. 다음번에 다시 자세히 설명해 줄 테니, 오늘은 먼저 편안하게 식사해 보는 걸로 하자. 우선 냅킨은 셔츠 앞에 끼우거나 하는 게 아니라, 무릎 위에……."

웨이터가 사라지자마자 서준은 설명을 하다 냅킨을 펴 보이며 시범을 보이려 했다. 그러나 내내 잠자코 듣고 있던 희수가 입을 열었다.

"레이디 퍼스트!"

"뭐?"

"넌 내가 냅킨을 무릎 위에 놓은 다음에 냅킨을 펼치고, 내가 식사를 시작하면 입에 음식을 넣어야 하는 거 몰라? 예절 선생의 예절 꼬락서니가……."

"……!"

전채부터 식사가 곧 시작되었다. 희수는 귀부인처럼 얌전하게 굴겠다던 약속을 정말로 지켰다. 포크니, 나이프니, 뭐에 쓰는 잔이니. 설명을 하던 게 무색하게 익숙하게 식사를 했다. 엉뚱한 포크나 잔을 쓰는 일도 없었으며, 포크와 나이프조차 우아하게 놀렸다.

"너……."

'식사를 잘하네?' 라는 말을 서준은 스테이크와 함께 꿀꺽 삼켰다. 그녀도 이런 곳에 몇 번은 와 볼 수 있었을 텐데 무턱대고 무시했던 건 사실이다.

"나도 이딴 거 먹을 줄 안다니까."

그렇게 대화가 툭 끊겼다. 식사 중반을 넘어서도록 불편한 침묵이 함께했다.

블랙 스트라이프 패턴의 무릎 길이 스커트에 블랙 블라우스, 튀지 않는 잔잔한 무늬의 스타킹, 기본형의 심플한 블랙 슈즈, 메이크업은 비록 이연혜가 간단히 해 준 기초화장 정도였지만, 희수의 차림도, 그녀의 태도도 흠잡을 데 없었다. 하지만 무언가 불편하고 답답했다.

"맛있니?"

"네, 훌륭한 식사군요. 초대 감사합니다."

희수의 모습을 한 인형이 가짜로 말하는 것 같았다. 국어책을 읽듯 딱딱한 말투가 목에 걸린 것처럼 불편했다. 서준은 아직도 삐쳐 있는 희수를 달래야 할 필요를 느꼈다.

"미안해. 묻지도 않고 무시한 거."

정중히 사과했고, 희수는 식사 중 처음으로 서준의 얼굴을 봐 주었다.

"넌, 날 너무 거지 취급 하는 경향이 있어."

"솔직히 그런 선입견을 가졌어. 잘못한 거 인정해, 미안해."

"좋아. 내가 거지 짓 한 부분도 있으니, 나도 인정하고 받아 주지."

반들거리는 악동의 장난기가 다시 유리알같이 검은 두 눈을 반짝이게 했다. 음모라도 꾸미는 것 같은 장난스러운 미소를 다시 찾자, 마음이 놓이기까지 했다.

"생각보다 잘 먹네. 맛있어?"

이번엔 제대로 된 답변을 듣기 위해 다시 물었다. 희수는 "음식은 맛있지만, 이런 데서 이런 간지러운 음악 들으면서 앉아 있는 거 불편하고 닭살이야."의 솔직한 답변을 해 주었다.

발레 음악, 호두까기 인형의 꽃의 왈츠가 연주되고 있었다. 서준으로서는 오케스트라로만 익숙했던 음악이 피아노 독주로 연주

되는 것이 담백했으며, 트릴 부분이 경쾌한 발랄한 리듬이 듣기 나쁘지 않았다.

"난 괜찮은데. 음악이 싫어? 아, 이건 발레 음악인데……."

"밥 먹다가 춤출 일도 없고, 싫은 건 싫은 거잖아! 꾹 참고 얌전히 먹고 있는 중이야. 케헤헤!"

말은 그랬지만 희수의 얼굴엔 장난기가 여전했다. '나, 시간 재고 있음'의 뜻으로 손목을 톡톡, 가리켰다. 그녀의 손목은 비어 있었지만 서준의 시계는 식사를 시작한 지 50여 분을 넘겼다. 기어이 이도형에게 순대국밥을 먹이고 서준을 상대로 인형 놀이를 할 셈. 기다리라는 눈빛이 번득였다.

"날 인형으로 만들면 뭐 하고 놀 건데?"

"글쎄, 여자애들이 주로 하는 인형 놀이가 뭐 그렇지. 화장시키기라든가, 예쁜 옷 입히기라든가……. 걱정 마, 목이나 팔을 분리하진 않을 테니까."

"이, 승냥이 같은 게! 첫 데이트까지 못 가기만 해 봐!"

"그래, 그렇게 계속 날 자극해 봐! 세상에서 가장 예쁜 공주님을 만들어 주지!"

"망할 계집애!"

"실내에서 평범하게 놀게 될 것 같지는 않다?"

"야!"

한마디도 지지 않는 녀석! 사람을 머리끝까지 돌게 만드는 탁월한 능력! 그러면서도 싸움을 할 때는 팔짱을 끼고 딱 한 발자국 떨어져 있다. 희수는 여전히 악동의 미소를 유지하며 반들거리는 검은 눈을 빛내고 있었고, 이성을 잃어 가는 것은 서준 자신이었다.

꼭지가 돌아 퍼부으려 하던 말을 서준은 꿀떡 삼켰다. 싸울수록 손해, 절대로 고분고분할 녀석이 아니다. 서준은 흥분을 간신히 가라앉히고 "후우!" 심호흡을 하며 분노를 가라앉혔다.

희수는 얇게 썬 거위 간을 입술 사이로 넣으며 샐쭉 웃었다, "비싸기만 하지, 순대 살 때 덤으로 얹어 주는 간이랑 맛도 똑같아." 하면서. '아아, 저 꼴통!' 하고 뱉고 싶었지만 서준은 그저 한숨 섞인 웃음으로 숨을 골랐다.

"너, 지금, 나 혈압 올리면서 복수하는 중이지?"

하지만 희수는 우아하게 다시 나이프로 알맞게 자른 거위 간을 입 안으로 가져다 넣고는 몇 번 씹고 천천히 삼켰다. 그리고 입 안을 물로 헹구고 미소를 머금으며 단정히 말했다.

"복수 같은 거 하자고 너희들 판에 끼어든 거, 아냐. 복수는 너희 같은 바보들이나 서로 하는 거지."

"뭐어?"

"너희 둘 그 전설적인 싸움 이야기, 첨에 듣고 배꼽 잡고 웃었는데. 내가 이렇게 끼어들게 될 줄이야."

하바나 뒷골목을 지나다니는 똥개도 안다는 두 사람의 싸움 이야기는 희수도 귀동냥한 모양이었다. 희수는 서준의 얼굴조차 알고 있었다고 했다, 불행히도 이도형은 몰랐지만.

"너처럼 눈에 띄는 녀석을 당연히 알고 있었지, 그 유명한 '바람둥이 강서준' 인데. 이도형은 몰랐지만. 아! 그때 그게 이도형인 줄 알았으면 이런 일은 안 생기지 않았을까?"

그렇지 않다는 데 한 표! 희수가 이도형의 얼굴을 알고 있었다 한들 다짜고짜 시비를 거는 이도형에게 굽실대지는 않았을 테고, 이도형도 고분고분하지 않은 희수에게 똑같은 행동을 했을 테니까.

"복수가 아니면, 목표는 돈?"

"아니, 행여나 이도형이 사과하고 돌려주면 받겠지만 돈이 목표는 아니야. 어차피 그건 적법한 대가였고. 성공하면 네가 같은 금액 물어 준다는 거. 솔깃하긴 하지만 사실, 그거 너한테 뜯어낼 생각 없어. 일당이나 잘 쳐줘."

"그럼?"

"놀려고. 한판 걸게 놀아 보려고. 정신 확 빼고 한번 놀아 보려고."

"뭐?"

"생각해 보니 내가 한 번도 해 본 적 없었던 게 노는 거더라. 늘 시간에 쫓기면서 달려만 왔어. 내가 3년이나 제대로 먹지도, 자지도, 쓰지도 못하고 벌벌 떨며 아낀 돈을 장난 한 방에 날려 버리고, 그걸 옆에서 보고도 아무렇지 않은 그런 사람들은 대체 어떤 사람들인가. 구경도 하고, 알아도 보고, 한번 같이 놀아 보려고."

희수의 눈빛에는 순간 장난기가 가셔 있었다. 알싸한 슬픔, 동정심이라고 부르기 힘든 아릿함, 안타까움, 그리고 이유 모를 걱정이 한데 얽혀 서준을 뒤흔들었다.

❖ ❖ ❖

서준은 희수에게 합격점을 주기로 했다. 희연을 대체할 수 있는 녀석으로 인정했다. 그 색깔과 느낌이 비교할 수 없이 다르지만, 그것이 강점. 이제부터는 희수를 더 이상 승냥이로 놓아둘 수 없다. 가꾸고 다듬을 것이다. 아름답게 비상하도록 날개를 달아 줄 것이다.

107

10시가 넘은 시각. 서준은 그의 아파트 발코니에서 규만에게 전화를 걸었다.

"찾았어, 여자. 내일 데려갈게. 네가 맡아 잘 가르쳐 줘. 참, 연습 파트너도 하나 섭외해 주고."

규만은 지칠 정도로 여자를 골라 대던 서준에게서 합격점을 받아 낸 여자가 누군지 정말 궁금하다며 전화를 끊었다. 이젠 더 여자를 찾을 필요 없으니 시원하다며 말을 뱉긴 했지만 내심 섭섭해했다.

규만의 속을 모르는 것은 아니었다. 규만은 혹시나 어린 유망주 중 하나라도 서준의 눈에 뜨이게 해 데뷔 후 전폭적인 지원을 받게 되길 바란 것이었다.

서준은 자신의 검은 두 손을 펼쳐 보았다. 악마의 날개 같다. 로트바르트라고 했던가. 서준은 유치원 시절의 그 어느 날을 떠올리고는 큭, 웃었다.

작은 상자로 만든 무대가 열리자 아이들은 환호성을 지르며 박수를 쳤다. 음악과 함께 왕자 인형이 등장하고, 왕자는 곧 아름다운 백조인형에게 넋을 잃는다. 일곱 살짜리 아이들은 상자 안에서 일어나는 작은 인형들의 움직임에 숨을 죽였다. 그날의 공연은 백조의 호수.

왕자 지그프리트는 숲속에서 우연히 만난 아름다운 공주 오데트에게 마음을 빼앗겼다. 그러나 오데트 공주는 불행히도 악마 로트바르트에 의해 낮에는 백조로, 밤에는 사람으로 살아야 하는 마법에 걸렸다. 백조공주가 진정한 사랑만이 자신의 마법을 풀 수 있다고 하자, 왕자는 공주에게 사랑을 고백한다.

"내일 밤 나의 신부를 선택하는 파티가 있습니다. 꼭 와 주세요.

난 당신을 선택하겠습니다."

그러나 로트바르트는 계략을 꾸며 백조공주 오데트가 파티에 나가지 못하도록 한다. 그리고 자신의 딸 오딜을 파티에 내보낸다. 오데트의 모습을 한 흑조공주 오딜, 왕자는 흑조 오딜을 신부로 선택한다. 뒤늦게 파티장에 도착한 백조 오데트는 이 모습을 보고 절망한다. 악마 로트바르트는 까만 날개를 활짝 펴고 백조 오데트를 데리고 사라진다.

20년도 더 지났다. 희연과 두 손을 꼭 잡고 손에 땀을 쥐고 보던 마리오네트 공연. 일곱 살의 희연과 서준은 농담을 주고받았다.

"서준아, 나는 백조공주 오데트가 될 거야."

서준도 가슴이 벅차 말했었다.

"그럼 나는 지그프리트 왕자!"

하지만 희연은 자지러지게 웃었다.

"넌 왕자가 되기에는 너무 까맣잖아. 넌 까만 악마 로트바르트해!"

그날은 서준이 갑자기 울음을 터뜨린 것으로 마무리되었다. 스무 살 무렵의 희연과 서준은 유니버설발레단의 백조의 호수 공연을 함께했다. 공연 도중 서준은 희연의 귀에 속삭였다.

"너, 기억 나? 왕자가 되겠다는 나한테, 내 피부가 까마니까 악마 로트바르트가 되라고 하면서 나 울렸던 거."

희연은 후후후, 웃으며 말했었다.

"솔직히, 저렇게 바보같이 제 여자도 구별하지 못하는 왕자보다는, 자기 욕망에 충실한 까만 로트바르트가 더 매력적이야."

발레 '백조의 호수'에서는 왕자가 다시 악마를 물리친다는 해피

엔딩과 두 사람이 함께 죽음을 맞이한다는 새드엔딩, 두 가지가 주로 공연된다.

그러나 하나의 엔딩이 더 존재하는데, 악마가 백조공주를 차지하며 왕자는 백조를 알아보지 못한 죄로 공주를 영영 잃게 되는 것이 그것이다. 그리고 흑조 오딜은 왕자가 준 꽃다발을 던지며 그를 조롱한다.

서준은 그의 마리오네트를 얻었다, 오딜의 역할을 해 줄 흑조(黑鳥)를.

잘 훈련된 그의 흑조는 십자 막대에 묶여 춤을 추며 이도형을 한껏 조롱해 줄 것이다. 이제 필요한 건 마리오네트의 십자 막대에 손과 발과 머리를 매달 기다란 끈. 그의 영리한 마리오네트가 그의 생각에 따라 움직여 줄 수 있도록.

"이 몇 가지는 꼭 지켜 주었으면 좋겠어!"

물기가 다 가시지 않은 반쯤 말린 머리를 대강 묶고 희수는 서준의 흰 카우치를 차지하고 있었다. 제집 안방처럼 다리를 쭉 뻗고 고양이처럼 나른하게 늘어진 게 편안해 보였다.

희수는 서준의 흰 카우치를 무척 좋아했다. 옆으로 길게 누우면 그가 자랑하는 도심 한강의 야경이 한눈에 들어왔고, 앞을 바라보고 앉으면 대형 벽걸이 TV가 중앙에 있었다. 희수는 아직 서준의 집안 살림에 관심이 여전했다. TV리모컨을 이리저리 누르다 말고 서준이 내민 각서의 종이를 받아 들었다.

"흐흠!"

걱정했던 반발은 없었으나, 희수는 마뜩치 않은 표정으로 종이를 내려다보았다.

"이건 식단표를 잘 지켜 살 빼라는 거고, 흐흥! 규칙이라. 수업들을 빠지지 말고 들어? 예뻐지는 수업 말고 수업이 더 있나 보지? 그건 그렇다 치고, 규칙이 너무 모호하잖아?"

희수는 다시 빙긋 웃으며 장난기 어린 웃음을 되찾았다.

"'다섯째, 청소나 기타 급한 용무를 제외하고, 위층 출입 금지!'라. 봐 봐, '급한 용무'는 정확히 어느 경우에 해당하지? 또, '여섯째, 이 일과 관련된 강서준의 지시에 협조적인 자세를 취할 것!'이라. '이 일'이 뭐냐?"

"……!"

"정확하게 '이도형을 기망하여 김희연과의 약혼 관계를 파기하게 하려는 상호 협의하의 계획'이라고 못을 박든가. 협조적인 자세? 너무 광범위해. 맘에 안 들어서 인상을 좀 썼어, 그럼 비협조적인 자세인 건가? 뭐? 일곱째, 강서준에 관한 개인적 관심 자제, ㅋㅎㅎㅎㅎㅎ!"

배꼽을 쥐며 카우치의 털 달린 쿠션을 안고 폭, 쓰러지는 바람에 서준의 얼굴이 검붉게 달아올랐다.

"법적 효력을 가진 계약서가 아니라 지키자는 최소한의 것들이야. 나도 강압적인 자세, 취하지 않으려고 노력중이야. 너도 기본적인 태도는 갖추어야 하잖아?"

서준이 정색하자, 희수도 비웃음을 거뒀다.

"너, 어렸을 때 소꿉놀이해 봤어?"

희연과 여러 번 해 봤긴 하지만. 서준은 인상을 쓰고 입을 열지 않았다.

"보통, 아이들의 놀이 세계에서도 소꿉놀이 세트의 주인이 좀 월권을 행사하긴 하지. 하지만 소꿉놀이 세트의 주인이라고 해도 친구들을 너무 괴롭히고 제멋대로 굴면, 친구들이 화내면서 집에 가 버려."

희연은 소꿉놀이 세트의 주인이 아니었다. 하지만 소꿉놀이는 늘 희연의 마음대로였었지.

"난 놀러 왔어. 네 친구이긴 하지만 날 빼쳐서 집에 가게 하진 말라고."

친구? 희연을 대신할 소꿉놀이 친구. 친구라……. 머리가 어지러웠다.

"원하는 게 뭐야?"

"아하, 이제야 내 말을 알아듣는군. 공평해야지. 자기가 원하는 거 하나씩 말하기!"

희수의 쭉 째진 두 눈이 생기 있게 반짝였다.

"다이어트, 운동, 수업들! 이건 내 판이고, 이도형에 대해 잘 아는 건 나니까, 소꿉놀이 세트인지 뭔지, 주인의 계획에 따라 움직이기."

"막 뭉치고 묶어 하나로 주장하는구나. 좋아, 기본적인 거니까 콜! 하나 받고, 모든 계획은 나와 상의하며 운영할 것!"

"좋아. 사람 구할 때까지 집안일 당분간 맡아 해. 도우미 아주머니 너 때문에 내보냈어. 너 집 안에 들인 거 알리면 안 되는 분이라, 더 둘 수 없었어."

"콜! 이왕 이렇게 된 거, 다른 사람 구하지 말고 나 쓰는 게 어때? 대신 그 월급 나 주고."

신뢰할 수 없다는 눈으로 서준이 바라보자, 희수는 빙긋 웃었다.

"네가 쓰던 도우미 아줌마처럼 공손히 행동할 텐데?"

망설임이 싹 사라지고 서준의 입에서 즉각 대답이 튀어나왔다.

"좋아. 구멍 안 내고 웬만큼만 하면 자르지 않고 유지하지."

두 사람의 협정은 평화적으로 이루어졌다. '이희수의 욕설 금지' 항목은 '강서준도 이희수를 인격적으로 존중할 것'과 거래가 성립되었고, '청소 외 위층 출입 금지 및 강서준에 관한 개인적 관심 자제' 항목은 '강서준, 너도 이희수에게 개인적 관심 자제' 항목으로 딜이 성립되었다.

"이제 끝났지? 그건 그렇고 내일은 무슨 수업을 할 건데?"

규칙 정하기가 마무리되자, 희수는 곧 내일부터 시작한다는 수업에 관심을 보였다. 그러나 서준은 다른 것을 하나 더, 꼭 해결해야 했다.

"아냐, 한 가지 더!"

"뭐?"

"너, 네가 나보다 일곱 살이나 어리다는 건 잘 알고 있지? 어디서 말끝마다 야, 너, 강서준이야?"

"흐흥!"

두 눈이 반짝이며 '걸렸니?'라고 말하고 있었다. 하지만 반들거리는 검은 두 눈은 '그래도 난 계속 그럴 건데?'라는 의지를 내뿜었다. 그녀의 입이 열렸다.

"그럼 뭐라고 불러 줄까? 서준 씨?"

희수는 카우치에 두 다리를 죽 펴며 더 이야기하고 싶지 않다는 뜻으로 TV 리모컨을 집어 들었다. 전원 버튼을 누르자 곱실거리는 파마머리를 한 여자가 양 볼을 주먹으로 문지르며 "아이잉!" 애교스러운 콧소리를 냈다. 남자들의 쓰러지는 시늉, 사람들의 우우, 박수 소리가 퍼지자, 여자는 어깨를 부르르 떨고 콧등에 잔주름을 잡으며 "오빠아앙앙앙!" 애교의 정점을 찍었다.

희수가 피식, 웃었다.

"저렇게 불러 줘?"

장난기를 문 저 입술에서 리플레이 되는 상상만으로도 목을 비틀고 싶다. 서준은 인상을 쓰며 위층으로 올라갔다.

"관둬!"

#4

접혀 있던 이면(1)

  불편한 관계인 녀석과 친구 그룹을 공유하는 건 참 번잡스럽다. 영신 유치원에서부터 영신 초중고를 함께 다녔으니 서로를 빤히 알 수밖에 없는 관계. 서준과 이도형이 그랬다.

  두어 달 전 문제의 '그날'도 파티에 함께 초대되었다. 둘 사이에서 비교적 중립을 유지하는, 유일그룹 둘째 석형이 뉴욕 지사의 일을 마무리하고 돌아왔다는 귀국 축하 파티였다. 말은 그렇지만 회사에서 제대로 자리를 잡고 있음을 보여 주는 전시용 파티였다.

  도형은 귀국 후 하는 일 없이 집안에서 눈치가 보였던 터라 아버지의 참석 권유에 토를 달 수 없었고, 서준은 오랜만에 어머니로부터 전화를 받았었다. "가서 친구들에게 눈도장이라도 찍어. 언제까지 그따위로 세월을 낭비할 거니?"

  평소엔 적당한 핑계를 찾아냈지만 그날은 울며 겨자 먹기로 나섰다. "나, 아는 사람들 별로 없단 말이야. 너라도 와 줘!" 사실,

희연의 부추김도 한몫했다.

그래, 그날은 재수가 좀 없었다. 좋지 않은 인연의 사람들이 한데 얽혔다. 희연은 안면은 있으나 다가가기 뭣한 사람들 속에서 불편한 표정으로 벽에 붙어 자리를 지켰는데, 하필 작년에 "결혼? 왜 이래? 서로 잘 아는 처지에?"의 말과 함께 희연에게 불멸의 수치심을 안겼던 도진건설 막내, 경훈이 희연을 발견했다.

"새로운 신랑감 물색 중?"

키스라도 하듯 목덜미 아래로 끈끈한 시선을 떨어뜨리며 경훈은 희연과 눈높이를 맞췄다. 뒤통수에서 갑자기 들리는 익숙한 목소리에 희연은 뒤를 돌아보았고, 둘은 입술을 부딪칠 뻔했다. 희연은 화들짝 놀라 한 걸음 옆으로 그를 피했고, 비딱하게 몸을 낮춘 그는 희연의 눈높이에서 주변을 둘러보며 말을 뱉었다.

"여긴, 아무래도 구미가 당기는 만큼, 안면을 튼 사람들이 별로 없지? 내가 데리고 다니면서 전시해 줄게. 여기 나 사 주세요, 개인 순자산가치 오백억 원 이상인 집안의 아들만 오세요, 계산은 '결혼'으로 해야 하고요, 조건만 성립되면 언제든 다리를 벌려 드립니다!"

경훈의 목소리는 서준에게 넘어올 정도로 크기가 작지 않았다. 희연의 눈이 삽시간에 커다래졌고, 부들부들 떠는 팔은 뺨을 그다지 세게 후려치지 못했다.

2, 3미터 떨어진 곳에서 서준은 가슴 높이의 스탠딩 테이블을 그대로 뛰어넘어 경훈에게 날아갔다. 의자와 테이블이 쓰러지며 주먹이 오갔고, 고함 소리가 실내를 뒤덮었고, 뒤쪽 벽에 기대 지루해하며 칵테일로 목을 축이던 이도형의 눈이 반짝 빛났다.

"그만둬!"

싸움을 말린 건 오히려 희연이였다. 날아 차기 한 방 뒤, 경훈을 배 아래에 깔고 앉은 채 폭주하던 서준. 그러나 팔을 잘못 휘둘러 희연을 한 대 치고 말았다. 비명을 지르며 귀 아래쪽에 손을 대는 희연의 목소리에 깜짝 놀라 서준은 힘이 죽 빠졌고, 전세는 역전되었다.

경훈이 서준 위로 올라탔고, 그는 희연에게 욕심을 다하지 못한 분풀이를 서준에게 퍼부었다. 다행히 싸움은 파티의 주인에 의해 중재되었다. 그리고 그것은 '바람둥이 강서준'과 경훈이 여자 하나를 놓고 싸운 해프닝으로 마무리되었다. 서준의 친구들도 경훈의 무례한 발언으로부터 희연을 보호하려던 강서준의 기사도쯤으로 가볍게 지나쳤다. 둘은 뭐, 원래 친했잖아.

희연이 우려한 대로 경훈의 무례한 발언의 '내용'은 사람들의 관심에 오르지 않았다. 사람들의 관심은 두 사람의 주먹질 정도였다. 다행이랄지 불행이랄지 희연을 한 대 친 뒤로 팔조차 휘두르지 못했던 서준의 부상 정도가 훨씬 컸기에 일은 더 크게 확대되지 않았다. 이도형의 시선이 김희연을 교묘히 따르게 되었다는 것을 제외하고는.

"괜찮으세요?"

파티의 주인 석형과 몇몇 사람들이 싸움의 두 주인공들을 수습하는 동안, 이도형은 희연을 챙겼다.

"네? 네. 아, 괜찮……."

희연이 알아보자, 도형도 더 이상 존대를 그만뒀다.

"오랜만이네. 거기, 좀 부었어."

도형이 손가락질한 희연의 흰 얼굴에 붉은기가 조금 어렸었다.

서준의 검은 얼굴도 붉고 푸르게 물들었고, 확연히 드러날 정도로 부풀어 올랐다. 파티의 주인이었던 석형은 진정하라며 서준에게 방을 내줬다. 석형이 주방에 부탁해 만든 얼음주머니를 희연이 가져다줬다. 침대와 간이소파가 방을 한가득 차지하는 작은 손님방, 서준은 혹시 모를 희연의 평판을 위해 문틈을 조금, 열어 두었다.

"잠깐 사이에 얼굴이 엉망이 되었네!"

희연이 침대 모서리에 걸터앉은 서준의 얼굴을 내려다보며 말했다. 미안하다, 고맙다는 말 같은 건 둘 사이에 오가지 않았다. 서준은 희연이 들고 온 얼음주머니를 받아 자신의 부은 눈 대신, 그를 내려다보는 희연의 뺨에 가져다 댔다.

"더 있지 말고 돌아가."

"응."

희연의 머뭇거림, 걱정이 담뿍한 눈망울, 얼굴을 향하다 말고 금세 제자리를 찾는 희고 고운 손. 참다못해 서준은 암묵적으로 서로 그었던 선을 넘어 버렸다.

"이젠 좀, 그만두면 안 되니?"

서준의 눈을 향하는 희연의 눈에 망설임이 어렸다. 그래서 그랬다. 그게 안쓰러워 희연의 부은 뺨을 손으로 쓸어 주었다. 희연의 눈에 눈물이 슬그머니 차올랐다. 오래된 봉인이 해제된 것처럼 희연은 서준의 얼굴을 꽉 품어 안으며 울컥 눈물을 쏟았다. 그리고 그대로 무릎을 굽혀 그의 품에 거세게 안겼다.

얼음주머니가 튕겨져 나가며 하얀 시트 위에 얼음이 알알이 부서지듯 쏟아졌다. 드러누워진 서준의 몸뚱이로 잔주름진 그녀의 선홍빛 입술이 올라타 서준의 입술을 탐했고, 그는 그녀의 의지에 떠밀려 그의 것을 맞댔다. 그러나 그녀의 말캉한 혀가 타 넘어온 순간부터 무언가 커다란 것이 그로부터 솟았다.

이 순간을 절대로 기대하지 않았던 것이 아닌데. 아니, 스무 살 혈기 넘치던 시절에는 오히려 간절히 바랐던 것 같기도 한데. 순간 뜨거운 불편함이 불쑥 솟았다. 어떤 죄책감에도 비할 수 없는 본능적인 이질감이었다. 세상에서 가장 매력적인 여인의 키스가 같은 극의 자석을 맞댄 것처럼 거북했다.

"희연아, 그만!"

처음, 희연은 그를 이해하지 못했다.

"괜찮아."

"아니, 그게 아니야."

"괜찮다니까!"

물리적인 서준의 힘에 의해 강제로 그쳐진 키스. 볼을 붉힌 채 아직도 숨을 헐떡이는 희연의 눈이 서준의 눈을 잠시 응시했다. 그리고 고운 얼굴엔 모멸감이 착 끼얹어졌다.

"놔!" 하며 희연이 소리칠 때 서준은 반사적으로 희연의 팔을 잡았다. 어떻게든 그녀의 마음을 풀어 줘야 했다.

"나는……!" 하며 빠르게 머리를 굴리는데, 그 어떤 변명도 생각나지 않았다. 그녀를 여자로 느낄 수 없어 미안하다는 사과를, 어떻게 해야 잘할 수 있을까.

"놔, 놓으라고!"

희연의 비명이 방문의 틈을 타넘으며 그녀의 손바닥이 '짝!' 하고 서준의 뺨을 후려쳤다. 그때였다.

"혹시 도움이 필요한가 싶어서……."

똑똑, 하는 둔탁한 노크 소리와 함께 이도형의 흰 얼굴이 사이키 조명의 빛을 더하는 문틈 사이로 선뜩하게 비쳤다. '필요 없어!' 소리치려는 서준보다 희연이 더 빨랐다.

"그래 줄래? 고마워."

희연은 그렇게 이도형의 손에 자신의 흰 손을 살포시 얹었다.

처음엔, 희연이 잠깐 화가 나 서준을 불쾌하게 하려는 줄 알았다. 그러나 지하 바에서 시간을 꽤 지체하는 희연의 표정을 보며, 서준은 머리를 한 대 얻어맞은 것 같았다.

눈앞이 하�‍얘지며 지금 무슨 일이 일어나는 것인지 잠깐 상황을 파악하지 못했다. 기함하여 두 사람 사이로 다가서는 서준에게 희연은 경고의 눈빛을 보냈다.

'거절은 네가 했잖아. 다가오지 마, 나 방해하지 마!' 서준은 무시하고 그녀에게 다가섰다.

"도형 씨, 조용한 데 가서 한잔 더 할래?"

희연의 목소리는 산뜻했다. 끊이지 않는 악순환의 소용돌이로 멱살이 잡아끌리는 것 같았다.

"나가자!"

희연이 주먹질을 하건 말건, 주변의 시선이 쏟아지든 말든, 희연을 잡아 끌어냈다.

"미쳤어? 너 지금 누구를 상대하고 있어?"

"너랑 싸웠다고 나까지 원수처럼 지내야 하는 건 아냐!"

할 수만 있다면 희연의 머리통을 부수고 싶었다. 그녀의 생각을 멈춰야 하니까.

둘이 잘되면 그것도 어쩔 수 없지 않느냔 생각을 안 한 건 아니었다. 이도형의 속을 뻔히 알고 있어도 희연인 매력적인 여자였다. 희연이와 영원히 의절을 하게 된다 해도 둘이 진짜로 함께하기로 한 거라면 거짓 축하라도 해 줘야 하지 않을까.

그러나 먼저 연락을 준 건 희연의 휴대전화였다, 희연의 연락이 아니기는 했지만. 누군가 희연이 많이 취했다며, 즐겨찾기의 맨 위 번호로 전화를 걸었다고 했다. 이도형의 번호로 바꾸어 놓지 않은 걸 보니, 아직 뜻대로 안 된 모양이지?

비뚤어진 유치한 마음으로 이도형에게 대신 연락을 할까 했지만, 몸이 먼저 차 키를 찾아냈고 손가락이 이미 켜진 엘리베이터의 내림 버튼을 몇 번 더 눌렀다.

거나한 술판에 테이블이 어지러웠다. 안면이 좀 있는 희연의 여자 친구들과 몇몇의 어린 남자애들이 뒤엉켜 있었다. 남자애들의 외모가 평범하지 않은 걸 보니 연예인 지망생이나 모델쯤인 것 같았다. 희연과 함께 있던 여자들 때문에 서준은 인상을 찌푸렸다. 약이라도 하고 있지 않은 게 다행이랄까.

"어머, 정말 강서준이 왔네?"

하룻밤을 보내고 말던 여자들보다 더한 경박함에 숨이 막혔다. 희연의 여자 친구들은 하나같이 마음에 들지 않았다. 장난삼아 희연이 "소개팅이라도 해 줘?" 했던 여자들. 핸드백에, 브랜드의 드레스에, 구두에, 보석에, 여행 상품에 희연이 망가지기 시작한 건 저 경박한 여자애들과 어울리면서부터였다.

"그럼, 내 가장 친한 친구 강서준인데."

24년지기, 그래, 가장 친한 친구지. 태어나서 생각이라는 걸 갖게 된 이후로 항상 함께했었으니까. 그래서 알았다. 희연이는 그날 많이 취하지 않았었다.

하지만 취한 것처럼 비틀거렸다. 높은 구두 굽 때문인 것처럼 발을 헛디디고 서준의 가슴에 머리를 기대 왔다. 거짓말을, 거짓

행동을 받아 주었다. 비록 가슴은 설렘 대신 두려움으로 방망이질 치고 있었지만. 여자들 중 하나가 야비한 웃음을 귀에 걸며 말했다.

"내가 이겼어, 이도형은 안 온댔지?"

"아니지, 내가 이긴 거야. 나한텐 내 친구 우리 서준이뿐이라니까."

취한 척하는 희연의 팔이 서준의 목을 감쌌다. 장난치듯 그의 얼굴을 끌어 내리고, 아이처럼 그의 뺨에 키스하는 걸 차마 막지 못했다. "내 친구, 강서준!" 주사를 부리는 척 어깨동무를 하다 그의 어깨에 얼굴을 묻었다.

그리고 서준은 그 본능적인 두려움을 확인했다.

"강서준, 그 손 놔라?"

붉은 소시지, 이도형이었다. 안타깝게도 이도형은 결코 사랑에 빠졌거나 질투에 불타는 수컷의 얼굴을 하고 있지 않았다.

하지만 어떤 말로 불러냈든 내기는 희연이 이긴 것 같았다. 두 바보가 함께 그녀를 데리러 달려와 주었으니까. 이도형이 망설임 끝에 희연을 자신의 제물로 삼기로 결심했으니까. 하지만 희연은 자신의 애를 태운 도형에게 술김에 화풀이하고 싶었던가 보다.

"왜, 결혼을 구걸하는 여자, 취미 없다며? 나도 날 노리개 취급하는 남자, 관심 없어!"

희연은 그때 서준의 차에 올라탔다. 이도형이 "이리 와!" 소리치는 것도 무시하고서. 쇼라는 걸 알더라도 서준은 이도형의 손에 희연을 넘겨줄 순 없었다.

"이게 무슨 꼴이야, 네가 왜 이렇게 밑바닥까지 추락해야 해?"

시원한 바람을 쐬고 싶다는 희연을 위해 한강의 공원에 주차하고 나란히 강바람을 맞았다. 희연은 차 밖으로 한 발자국도 나오지 않았다. 희연은 눈물을 흘리고 있었다.

"나! 나도 내가 정말 싫어. 왜 난 이 모양일까."

독설을 뱉고 거짓말하고 거짓 눈물을 흘리는 희연이는 참을 수 있어도, 이런 건 싫었다.

"다 집어치워!"

소리치는 서준의 입술을 막은 건 희연이었다. 서준은 강제로 희연을 떼어 냈다. 서준이 아닌 수컷의 위로를 원하는 것이더라도 이런 식으로 안는 건 그녀에 대한 모욕이었다. 그러나 희연은 그의 입술에 매달렸고, 서준은 힘으로 그녀를 막아섰다.

그러자 울부짖는 희연의 주먹이 서준의 가슴을 내리쳤다.

"왜! 그러게 왜 애초에 다른 여자랑 사귀어! 처음부터 왜! 서미연 같은 계집애랑 어울려서 날 모욕해! 스무 살, 우리 사이를 박살 낸 건 너야. 내가 이렇게 된 건 다 너 때문이야, 알아?"

망치로 얻어맞은 듯 망연해진 서준에게서 희연의 말캉한 몸이 떨어져 나갔다. 구원의 동아줄이라도 내려진 것처럼 그때 희연의 핸드폰이 울렸다.

"응, 도형 씨. 서준이가 바람 쐬 준다고 해서 강변에 와 있어. 올 것 없다니까?"

눈물 자국을 지우고 이를 앙다물며 화장을 고치는 희연을 더 이상 말릴 수 없었다.

어떻게 해도 시간을 되돌릴 순 없다. 이미 오래전 서로의 마음이 엇갈려 끝난 인연이라면, 그건 흘러간 채로 그냥 놓아두는 수밖에.

그래도 한 가지는 되돌릴 수 있었다. 자신과 이도형의 싸움에 끼어 인생을 망치는 짓만큼은 막는 것. 그것만 막는다면 앞으론 희연이가 어떤 얼간이를 데려와 결혼한다고 해도, 그저 친구로, 철없을 때 함께 어울렸던 옛 친구로 축하하며 작별해 줄 것이다.

❖ ❖ ❖

"살사? 그게 뭔데?"

"살사, 살사 댄스(Salsa Dance)."

"댄스, 뭐어, 춤? 춤을 춰?"

서준은 희수의 댄스슈즈를 골라 주기 위해 전문숍을 찾았다. 그러나 들어서기도 전에 희수의 반발이 만만치 않았다. 미리 이야기를 하지 않은 건, 사실 이런 반응을 예상했기 때문이기도 하다.

"걱정 마. 너한테 대단한 실력을 원하는 거 아니야. 선생님 붙여 잘 가르쳐 줄 거고, 네가 몸치라고 해도 상관없어."

"싫어! 안 해!"

"너, 내 계획대로 움직이기로 약속한 지 만 하루도 지나지 않았어!"

"약속 안 지킨 건 너도 마찬가지야. 왜 춤춘다고 미리 말하지 않았어? 모든 계획은 나와 상의하기로 했잖아!"

"알았어. 상의해, 댄스슈즈 사고 난 다음에."

"그게 상의야? 통보지. 싫어! 나 춤은 절대 안 춰, 다른 계획으로 수정해!"

아무리 반발을 예상했다 하더라도 이건 좀 과했다. 서준도 화가 치밀어 오르기 시작했다.

"클럽은 어둡고, 춤의 분위기에 취해 있어. 엉뚱한 데서 뜻밖의 모습으로 마주쳐야 널 못 알아보지. 모르는 상태에서 서로 익숙해지고, 호감 이상의 감정을 가진 다음 널 알아봐야 해. 널 보자마자 한판 붙었던 그 싸움부터 떠올려서는 죽도 밥도 안 돼. 아무리 화려하게 치장하고 나선다고 해도, 밝은 데서 이도형이 널 몰라볼 것 같아?"

"술집같이 어두운 데서 만나면 되잖아!"

"그래. 이도형은 하바나에서 주로 술을 마셔. 널 만나고 싸움질한 그 하바나! 거기에 네가 잔뜩 치장하고 나타나면 이도형이 아하, 아름다우시네요, 쓰러져 넘어갈까? 아님 그 싸움질을 떠올리며 얘가 감히 나한테 또 덤비다니 미쳤군, 비웃고 지나칠까?"

서준은 이도형의 유일한 취미 생활을 공략하기로 했다. 희수가 계획적으로 접근했다는 의심을 벗을 수 있는 유일한 장소, 살사 클럽 아이 누베스.

아이 누베스는 이도형이 보통 사람들과 섞여 즐기는 유일한 장소이며, 하바나를 제외하고 정기적으로 들락거리는 유일한 곳이었다. 집안에서는 그가 알지도 못하는 여자들과 뒤섞여 춤추는 것을 질색했다. 해외에서는 마음껏 즐겼겠지만 귀국한 뒤로는 집안의 눈치를 안 볼 수 없을 터.

담배나 노름이나 마약보다 더한 금단증상이 그를 괴롭힐 터였다. 얼마 전부터 이도형이 아이 누베스에 드나들기 시작했다는 건 공유하는 친구들이 물어다 준 소식이다.

사실, 이번에 이도형이 캐나다에 다녀오는 목적도 어머님을 만난다는 건 핑계고, 토론토에서 열리는 거리 축제에 다녀오려는 것이 뻔했다. 거리를 활보하며 라틴음악에 젖고, 공연을 보고, 국적을 불문한 사람들과 함께 어우러져 춤추고 놀기 위해서.

끊었던 것을 한번 맛보고 나면 금단증상의 괴로움은 더욱 심해진다. 축제가 끝나고 한국에 돌아오면 짠물을 들이켠 듯 목이 마를 것이다. 춤추고 싶어 미칠 것 같을 때, 그때 희수가 나타나야 했다, 뜻밖의 모습으로.

"야! 이딴 걸 신고 춤을 추라고? 발목 나갈 일 있어?"

서준은 7cm 굽의 밑창이 얇은 라틴슈즈를 내밀었다. 충분한 설명 뒤 희수는 춤추지 않겠다는 말을 그쳤지만 굳은 표정으로 손톱과 입술을 번갈아 깨물었다. 평소의 그 악동 같은 미소와 여유는 온데간데없었다.

"그래서 발목을 감싸 주는 디자인으로 골랐어. 우선 신어 봐."

희수는 숙녀용 구두조차 신어 본 경험이 없었다. 여자가 되는 처음을 핑크빛 연애를 위해서가 아니라, 이도형을 꼬이기 위해 쓰는 것이다. 운동화를 한 짝만 꺾어 신은 채 초조해하는 희수의 맨다리를 보며 서준은 한숨을 삼켰다. 애써 부드럽게 달랬지만 희수는 발을 넣어 보려 하지도 않았다.

"난 이딴 거 신고 걷지도 못하는데, 어떻게 몇 시간씩 춤을 춰? 저거, 그래, 저 스니커즈로 우선 연습해! 아, 아님 저런 거라도!"

얇은 가죽으로 만들어진 재즈슈즈를 지목하는 희수의 손가락. 등 떠미는 서준의 마음도, 아니, 가게를 들어선 처음부터 묘하게 불쾌해져 있었다. 참을성이 바닥나 버려 목소리를 높였다.

"춤은 습관이야! 편한 신발에만 익숙해지면 나중에 어떻게 제대로 된 자세를 잡아? 전쟁 안 났다고 군장 안 메고 군인이 빈 몸으로 훈련받으면, 전쟁 나고는 군장 잘 메고 다니겠어?"

'후우!' 희수는 짜증스럽게 한숨을 뱉었다. 손톱만 깨물며 계속 발을 꿰려 들지 않자, 안절부절못하던 숍의 사장님이 슬쩍 끼어들었다.

"남자 친구분 말씀이 맞아요, 아가씨. 불편하겠지만 처음일수록 이런 것으로 시작하는 게 좋아요."

"남자 친구 아닙니다!"

발끈한 건 둘 모두였지만, 과하도록 격하게 소리를 뱉은 건 강서준이었다. 부루퉁해 있던 희수는 마지못해 발을 넣었다. "잘 맞아?" 하는 서준의 갈라진 목소리에, "글쎄, 맞는 건지 잘 모르겠어." 했다. 서준은 한 사이즈 작은 것을 다시 주문했다.

"헐거우면 오히려 발목을 삘 수 있어." 하고 서준은 불편해하는 희수를 달랬다. 그러곤 "발바닥이 얇아 금방 피곤하겠어." 하는 희수의 발이 편안할지 체크하는 데만 집중하려 노력하며, 서준은 "앞창이 얇은 게 발의 감각을 체크하면서 자세 교정하는 데도 좋아." 했다.

운전을 하고 오는 내내 희수는 말이 없었다. 투덜거리는 대신 신경이 꽤 날카로워져 있었다. 거슬리는 운전자가 나타나기라도 하면 사정없이 경적을 울렸고, 욕설 대신 입술을 깨물었다.

"옆에 있는 사람 생각도 해. 왜 이렇게 짜증 나게 굴어?"

서준도 왠지 한껏 신경이 날카로워져 있었기에 싸움으로 번질 뻔했다, 홍단대 앞의 댄스 교실에 도착할 때까지. 간판을 올려다보는 희수의 얼굴에는 초조함, 그 외에는 찾을 수 없었다. 이전에 한 번이라도 이런 모습을 보여 주었더라면 희수를 택하려고 꿈조차 꾸지 않았을 것이다!

내면의 울화는 희수에게 덧씌워졌다. 원래 이런 계집애였던 걸까, 싫은 건 무조건 다 피하는 애인가. 다 집어치워 버릴까, 소리 치고 싶던 차에 희수가 먼저 입을 열었다.

"꼭 춤을 춰야 하는 거라면……, 그만둘래!"

서준도 꾹꾹 눌러 참았던 화가 폭발했다.

"그래, 그만둬. 여태까지 들어간 비용, 일시불로 지금 당장 물어 내고! 아, 널 위해 지금 대기하고 있는 강사, 파트너 비용까지 같이."

"개새끼!"

"욕설을 했으니, 오늘 저녁은 굶어! 그리고 들어가서 춤춰!"

그래, 치사했다. 막무가내로 희수를 잡아끌어 박규만의 연습실로 질질 끌고 들어갔다. 마침 강의가 없는 시간을 택했던 터라, 규만이 기다리고 있었다. 서준은 희수가 발악한다면 힘으로라도 누를 각오를 했지만, 막상 연습실에 들어서자 희수는 곧 울 것 같은 표정으로 숨을 고르고 있었다.

"안녕하세요. 정말 궁금했었는데, 이렇게 만나 반가워요."

예쁘기는커녕 새카맣고 통통한 볼품없는 여자아이가 울상을 짓고 있는 것을 보고, 규만은 뜨악하여 서준을 바라보았다. 당사자 앞이라 입으로 뱉지는 못했지만 '너, 이딴 애를 데려오려고, 그렇게 내가 보냈던 여자들을 퇴짜 놓았던 거냐?' 하는 질책의 눈빛을 쏘았다.

"안녕하세요. 이희수입니다."

발악 대신 공손하게 인사하는 희수 덕분에 서준은 한숨을 내쉬었다. 희수는 전면이 통거울로 되어 있는 20여 평의 연습실을 묘한 표정으로 둘러보았다. 그리고 그녀의 시선은 곧 연습으로 여기저기 긁힌 마룻바닥을 향했다.

"안녕하세요. 하일영입니다."

스물이 좀 넘어 보이는 희수 또래의 어린 남자가 인사를 해 왔다. 희수는 파트너로 함께 연습할 그에게도 고개 숙여 인사했다. 구김살 없는 웃음이 풋풋하고 키가 훤칠한, 썩 괜찮은 외모였고, 서준은 그 서글서글함이 거슬렸다.

"일영이는 뮤지컬 쪽으로 기본기를 닦으려다가 살사에 빠지게 되었어. 2년쯤 되었고."

초보가 스텝부터 배우는 것을 구경하는 건 지루한 일이다. 그러나 서준은 끝까지 참관하기로 했다. 첫날이기도 하지만 워낙 오기 싫어했던 걸 억지로 잡아끈 게 내내 걸렸다. 규만은 희수에게 춤에 대해 묻기 시작했다.

"춤추는 거 좋아해요? 클럽 같은 덴? 희수 씨 나이가 제일 많이 다닐 나이 아닌가?"

희수는 말없이 고개를 젓다 "한 번도?" 하는 규만의 말에 피식 웃으며 고개를 끄덕였다. 만날 때부터 삶의 고단함이 배어 있던 그녀. 클럽 같은 곳을 드나드는 것은 야채 배달을 할 때뿐이었을 것이다.

"살사 댄스는 살사 음악에 맞춰 남녀가 함께 자유롭게 추는 춤이에요. 살사 음악은 쿠바에서 시작되었고, 아프리카 흑인 노예들이 스페인에 끌려올 때 고통 속의 설움이 리듬에 어우러져 생겨난 것이라고들 하는데, 그런 건 나도 잘 모르고. 하하, 우리나라엔 유학생들이 들여왔죠."

안무를 짜서 공연하는 스포츠 댄스와는 좀 다르지만 느낌과 동작 일부는 비슷하다느니, 이 근처에도 살사 바 어디어디가 있느니, 설명했지만 희수는 좀처럼 흥미 있어 하지 않았다. 규만은 "클럽부터 한번 데려갔어야지, 그냥 이렇게 무용 수업 받듯 하면 좋아하겠니?" 하며 서준을 나무랐다.

"자, 이 베이직은 아무리 강조해도 지나치지 않아! 내 머리에 끈이 묶여 있는데, 위로 누가 당기고 있어, 겨드랑이는 작은 탁구공이 하나 들어갈 정도로!"

박규만은 살사를 이야기할 땐 에너지가 넘친다. 평소에는 조용하고 신중한 편이지만 연습실에만 들어서면 춤을 추는 사람 특유의 밝음이 그를 빛나게 했다. 하지만 오늘은 들뜬 것처럼 보이기까지 했다. 희수를 처음 보았을 때의 그 실망스럽다던 반응이 무색했다.

"일영이가 보여 줘 봐. 희수 씨는 여자니까, 순서를 바꿔서. 원, 투, 쓰리……, 파이브, 식스, 세븐, 원, 투, 쓰리……, 파이브, 식스, 세븐!"

레슨은 빠른 속도로 진행되었고, 희수는 필사적으로 집중하는 듯 바짝 긴장하며 일영을 마주 보고 따라 했다.

"아아, 좋아 희수 씨, 하지만 원, 투에서 그렇게 발끝으로 포인을 할 필요까지는 없다고. 살사는 그렇게 발끝으로 포인을 하지 않아. 엄지발가락 바로 아랫볼에 힘을 줘서, 좋아, 느낌을 살려서 끈끈이를 밟듯이 끈적끈적, 끈적끈적하게!"

따닥따닥 막대의 부딪힘이 울릴 때마다 희수는 베이직 스텝을 밟았다. 박규만은 신이 난 듯 음악을 틀었다. 라틴계의 음악이 연습실을 울렸고, 서준의 인상이 확연히 찌푸려졌다. 이건 너무 자연스럽지 않다.

"흔들흔들, 안 된댔지? 무게 중심이 항상 가운데 있도록, 다리를 움직일 때도 무게 중심이 스텝 하나하나마다 어디로 옮겨지는지 기억하고, 느낌을 실으란 말이야. 그래, 그렇게! 좋아, 섹시하게, 좀 더 섹시하게, 좋아, 그렇게 무릎을 조금 더 크로스해도 좋아. 원, 투, 쓰리……."

그리고 박규만에게도 그것이 느껴진 것 같았다. 규만은 이제 갓 스텝을 배운 지 10분도 되지 않았는데, 음악을 껐다.

"일영이, 턴 좀 보여 줘 봐."

일영은 영문도 모르는 채 벌써부터 웬 턴이냐는 표정을 지었다. 그러나 박규만이 "뭐 해? 턴?" 하자, 마지못해 턴을 돌아 보여 주었고, 규만은 동작에 따른 요령만을 간단히 설명했다.

"저렇게 오른발을 축으로 핑그르르. 희수 씨, 따라 해 봐."

"네?"

스텝을 익힌 뒤 턴을 완벽히 소화하기까지 짧게는 몇 주, 길게는 몇 달까지도 걸린다. 몸을 1자로 유지하거나, 머리와 몸통이 따로 돌거나, 어지러움을 피할 수 있는 요령을 몸으로 익히는 데는 연습, 연습, 또 연습이 필요할 뿐이다.

희수는 한숨을 내쉬고 착잡한 표정으로 턴을 해 보였다. 그러나 규만이 더 돌아 보라는 뜻으로 손가락을 돌리자, 희수는 규만의 손이 내려갈 때까지 계속해서 턴을 해 보였다. 원턴, 투턴, 쓰리턴, 그리고 다음, 그다음!

파트너 일영의 눈에는 놀라움이, 강사 규만의 입가에는 미소가, 지켜보던 서준의 미간에는 깊은 주름이 자리 잡았다. 희수의 턴은 시범을 보였던 일영과는 비교조차 되지 않는 우아한 것이었다.

"수업 시작하기 전에 얘기 해 줬어야지. 혹시, 발레? 취미로 한 수준이 아닌데? 아까도 습관적으로 포인을 하기에, 왜 그러나 했더니."

마른침을 삼키는 희수의 얼굴이 검붉게 달아올랐다.

"저, 잠깐만 화장실 좀 다녀와서 다시 할게요."

고개를 숙이고 뛰쳐나갔다. 서준이 따라나서려고 했지만 규만이 말렸다.

"창피해서 그럴 거야. 춤을 추는 사람들은 보통 자기 몸을 관리하지 못한 데 엄청난 죄의식을 갖거든. 발레를 한 것치고는 살이 너무 불어 있어서 긴가민가했어."

규만은 현대무용을 전공했으며 지금은 살사에 미쳐 있지만 기초를 위해 발레를 상당 기간 했었다. 규만은 희수 정도의 키라면 45kg에 훨씬 못 미치는 깡마른 체형을 유지했을 거라고 덧붙였다. 간혹 발레를 하다 성장기에 가슴과 엉덩이가 발달한 체형으로 바뀌어 전공을 포기하는 경우가 있는데, 희수가 그런 케이스가 아닐까 추측했다.

"그래도 현대무용 쪽으로 전공을 바꾸든지 했을 텐데. 왜 저렇게까지 살이 쪘을까?"

서준은 희수의 아킬레스건일지 모르니, 모르는 척해 두라고 규만에게 부탁했다. 그리고 잠시 뒤 조금 운 것 같은 희수가 돌아왔다. 희수의 얼굴에는 아까의 그 초조함이 가시고 후련함마저 보였다.

"아! 들키기 싫었는데, 역시 춤추시는 분의 눈은 못 속이네요. 쪽팔려요. 어렸을 때 잠깐 하다가 다이어트 지겨워서 관뒀어요."

희수는 오늘 아침부터 시작된 다이어트 식단을 군말 없이 따랐다. 그렇게 먹을 걸 좋아하던 애라고는 믿기지 않을 정도로 순순했다. 닭 가슴살, 토마토, 삶은 달걀, 베이글, 자몽 같은 것들로 채워진 식단표를 내밀 때 상당한 반발을 예상했던 서준으로서는 허탈

할 정도였다.

"수업 끊어서 죄송해요. 다시 시작할게요."

희수는 원래대로 돌아와 있었다. 장난기 어린 미소, 하나를 흘리면 열을 낚아채는 매와 같은 날카로움, 무서운 집중력과 빠른 대처 능력, 그리고 무얼 하더라도 자기 자신을 잃지 않는 여유를 가진 그 희수였다.

그에 비해 규만은 수업에 확 빠져 있었다. 희수에게 한 곡 정도 베이직 스텝만을 밟게 하면서 "나, 이렇게 춤에 재능 있는 애는 처음 가르쳐 봐. 아마 이대로만 간다면 꽤 이름을 날리는 살세라(살사를 추는 여성)가 될 것 같아!" 서준에게 다가와 신이 나 속삭였다.

규만은 어느새 홀딩(Holding)을 가르치고 있었다. 남녀가 손을 맞잡는 것을 홀드라고 하는데, 규만의 수업은 홀드까지 가는 데 상당한 시간이 걸리기로 유명했다. 규만이 베이직을 너무 중시하기 때문이었다.

"베이직 스텝의 느낌과 텐션이 무엇인지를 찾는 게 희수 씨에겐 가장 큰 숙제가 될 거예요. 커플 댄스에서 남성은 리더(Leader), 여성은 팔로워(Follower)인데, 남성의 리드에 희수 씨가 알맞게 반응하게 해 주는 게 텐션이에요. 눈치로 춤을 추면 살사의 재미를 전혀 느낄 수 없어요. 상대방의 힘과 나의 힘을 5:5로 딱 맞게 균형을 유지하는 것이 텐션이에요."

살사는 남녀가 함께 추는 춤이기 때문에 사람들은 8박자의 기본 스텝인 베이직을 어서 떼고 화려한 패턴들을 배우고 싶어 했다. 요란하게 팔을 휘두르거나, 여성을 갑자기 눕혔다 세우는 딥(Dip)들, 그리고 화려하게 여성을 들어 올려 돌리는 플립(Flip)들을 보여 주는 서커스 기술을 배우고 싶어 했다.

그러나 춤을 좀 춘다 하는 사람들조차도 규만에게서 그런 것들을 배우려면 베이직 수업을 통과해야 했다. 실제로 규만에게 베이직을 배우다 말고 도망가는 녀석들이 꽤 나올 정도로 규만의 베이직 수업은 길고, 지루하고, 엄격하기로 유명했다.

"진도가 너무 빠른 것 아냐?"

너무나 흐뭇한 표정으로 일영과 희수가 구사하는 스텝을 지켜보고 있는 규만에게 서준이 그들에게 들리지 않도록 작게 물었다. 규만은 희수에게서 눈을 떼지 못한 채 답했다.

"아까 스텝을 밟는 요령을 가르쳐 준 걸로 수업은 끝이 났어. 느낌은 자기가 찾아야지, 내가 가르칠 일이 아닌 것 같아. 솔직히 질투 나네! 저렇게 춤꾼으로 타고난 애들은 연습으로도 못 당하거든. 저러면서 어떻게 여태 춤을 안 추고 살았지? 하다못해 일렉클럽이라도 가서 흔들고 싶어 몸부림쳤을 텐데."

춤을 추는 희수의 얼굴에는 검붉은 홍조와 함께 미소가 어려 있었다. 낯설었다, 자신을 감추듯 가면을 뒤집어쓴 평소의 미소가 아닌 그 진짜 미소가.

서준은 희수의 말대로 살사 대신 다른 계획을 짜야 하지 않을까 고민하기 시작했다. 희수에게서 이끌어 내려던 것은 저런 것이 아니었다. 초보다운 풋풋함, 쑥스러움, 그리고 곧이어 다듬어질 섹시함이었다. 하지만 저런 아이를 몇 주만 가르친다면.

"어떻게 성장할지 기대된다. 내가 아쉽다. 야, 매일 보내. 내가 일영이랑 같이 붙여 연습실도 하나 내줄게. 그러지 말고 살사클럽에 같이 가 볼까? 솔직히 한 달만 이렇게 연습하면 클럽에 나가자마자 바로 신데렐라처럼……."

서준은 인상을 찌푸리면서 관자놀이를 힘껏 눌렀다. 그러나 규만은 신이 난 듯 끝도 없이 재재거렸다.

"나도 춤을 췄지만 살사를 배울 땐 참 어려웠거든. 저렇게 처음부터 잘하는 애도 있다는 말은 들어 봤는데, 실제로 보긴 처음이네."

규만은 정교한 동작과 자세를 중시하는 발레가 희수에게는 오히려 꽤나 답답한 갑옷이었을 거라고 했다. 입시 준비를 했다면 바가노바 메소드에 따라 수업을 받았을 텐데, 그것은 희수에게 정말 맞지 않을 거라는 것이었다.

바가노바 메소드는 8년 과정으로 레벨이 높아질수록 난이도도 높아지지만, 한 치의 오차도 용납되지 않을 만큼 정교함이 중시되기 때문에, 예술 학교의 교사들조차 러시아 강사를 초빙해 자신의 동작을 교정할 만큼 엄격한 것이다.

"한 달만 지나면 일영이가 오히려 처지겠다. 몸을 쓰는 기술도 뛰어나지만, 저거 봐. 저 타고난 리듬감! 저걸 정박자의 클래식 음악 속에 가두어 두었었다고 생각해 봐."

희수는 리듬과 한 몸이 되어 베이직 스텝을 밟고 있었다. 지금은 베이직 스텝이지만 저기에 아름다운 패턴이, 화려한 샤인이 더해질 것이다.

베이직 스텝을 처음 배우면 보통은 발의 움직임에 급급해 다른 것을 신경 쓸 여유조차 갖지 못한다. 그러나 희수는 일영의 리드에 따라 자연스럽게 좌우로 회전하면서도 일영의 동작을 읽으며 본능적으로 어깨와 몸통과 팔을 움직이며 골반을 흔들고 있었다.

뉴욕의 살사 바에서 마음껏 즐기는 라틴계의 살세라처럼.

❖ ❖ ❖

"말했잖아, 쪽팔려서 들키기 싫었다고."

서준은 검붉게 상기된 얼굴에 부채질을 하는 희수를 위해 때는 좀 이르지만 에어컨을 틀었다. 석양이 지는 거리는 퇴근 차량으로 가득했다. 3시간을 쉬지 않고 춤춘 희수를 위해 서준이 처음으로 운전대를 잡았다. 그러나 그의 표정은 그 어느 때보다도 굳어 있었다.

"발레는 어떻게 그만둔 거야?"

묻고 싶은 건 '발레 같은 건 어떻게 배운 거야?'일지도 몰랐다. 가난한 고아의 학력치고는 미심쩍은 게 사실. 더러움과 천박함의 이면에 희수는 다른 걸 감추고 있었다.

"너! 이도형한테 가진 거 다 털려서 이 일에 뛰어든 건 맞는 거야? 어디까지가 진실이고, 어디까지가 거짓이야?"

입에 욕설을 물고 노숙자 차림새로 나타났었다. 지속적으로 상당한 돈이 드는 교육을 감당할 환경에서 자란 주제에. 의심과 불신이 몽글몽글 피어올랐다.

"나한테 무슨 의도로 접근했지?"

이글거리는 서준의 얼굴에도 아랑곳하지 않고 희수는 여느 때의 그 장난기 어린 미소로 위장하고 있었다. 결국 서준이 언성을 높이자, 희수는 가늘게 눈을 뜨며 입을 열었다.

"오오! 바람둥이 강서준, 강서준 하더니, 화내는 모습은 좀 섹시하네? 그래, 넌 항상 표정이 너무 없어서 매력 없었어. 깎아 놓은 조각보다는 감정을 폭발하는 게 낫……, 아, 아악!"

화가 난 서준이 급브레이크를 밟았다. 주변에서 경적을 울리고 욕설을 퍼부어 댔다. 서준은 들은 체도 않고 길가로 차를 대고 소리쳤다.

"적어도 난, 너에게 정직했어. 믿지 못하는 동지는 필요 없어!"

서준의 폭발에 희수의 웃음 가면이 벗겨졌다. 희수는 냉랭한 목소리를 흘렸다.

"춤은 평생 추지 않겠다는 내 맹세를 깨고 춤까지 췄어, 내가 뭘 더 해야 해? 거지 계집애가 발레를 했었다는 게 그렇게 궁금해? 그래, 발레 전공하려고 준비했었어! 예술 중학교 다닐 때 부모님 한날한시에 교통사고로 잃고, 아버지 회사까지 풍비박산 나서 거지 계집애 되었어, 그래서 그만뒀어, 내가 이런 걸 너한테 왜 보고해야 해! 첫 섹스 한 남자 이름도 읊어 줄까?"

'하!' 서준의 입에서 한숨이 터졌고, 곧 "미안해." 사과했다. 미안한 거는 미안한 건데 화가 더 치밀었지만 어쨌든 사과했다.

그러나 희수의 얼굴은 쉽게 돌아오지 않았다. "그래. 무턱대고 의심한 거 인정해. 미안해. 화 풀어." 애써 날뛰는 감정을 추스르며 사과했지만, 말로 사과하는 것으로 쉽게 풀릴 일이 아니란 건 알았다.

그러나 희수는 곧 가면을 찾아 뒤집어썼다. 짐승같이 이글거리는 검은 눈동자는 그대로였지만 눈가에, 입가에 다시 장난기 어린 미소가 자리 잡았다.

"그렇다고 그렇게 계집애처럼 침울해 심각해지기는. 크흐흐, 이것도 거짓말일지 모르잖아. 계속 의심해 봐."

"그만하자, 미안하다고 했잖아."

서준은 차를 출발시켰다. 끝없는 차량의 물결 속에 다시 파도를 탔다.

"그래, 미안하니까, 오늘 저녁은 그 풀때기 다이어트 식단 집어치우고 돼지갈비나 함께 다정하게 뜯을까? 아아, 윤기가 차르르 도는 숯불로 구운 돼지갈비에 냉면 한 그릇 딱 먹고 시작하는 건데. 아침, 점심 그 빈약한 식단으로 배 주리고 땀 흘렸더니, 눈앞이 팽팽 돌 것 같아."

희수는 느긋하게 카시트를 뒤로 밀고 반쯤 누우며 장난을 시작했다. 스스로를 컨트롤하는 데는, 아니 정신뿐 아니라 육체까지 스스로를 다스리는 데는 천부적 재능을 타고난 것 같다. 신호가 걸리고 서준은 희수를 돌아보았다. 검은 유리알 같은 눈동자 속에는 형언할 수 없는 분노와 설움이 묻혀 있었다.

"너, 왜 이렇게 되었니? 어떤 애였니?"

생각해 보니 뒷조사도 하지 않고 이 일을 시작한 자신이 한심스러울 정도였다. 그답지 않게 감정에만 이끌려 이 녀석을 받아들이고 선택했다. 투자에 있어서는 재고, 또 재고, 계산하고, 가상 시나리오를 몇 개나 짜 볼 정도로 의심이 많은 성격인데.

사람에 있어서는 다섯 살 때부터 함께한 희연과 고등학교 친구들 정도에게만 속을 털어놓을 정도로 새 사람에게 마음 주는 것을 힘들어하는데. 어떻게 이 녀석을 덥석 받아들일 수 있었을까.

"말 안 하면 뒷조사하겠지?"

"아마도."

희수는 어둠이 내려앉는 거리를 향해 고개를 돌렸다. 며칠 만에 희수는 턱의 윤곽이 또렷해지고 있었다. 하루밖에 안 된 다이어트 식단이 그렇게 효과가 좋았던 걸까. 악동 같은 미소의 가면을 뒤집어쓴 희수가 가늘게 눈을 휘며 말했다.

"대성실업 전 대표 이기성이 우리 아빠, 목련여자대학교 한미선

무용과 교수가 우리 엄마야. 8년 전 7월 15일, 강원도에서 교통사고로 추락사했어. 너희들과 엮인 건 그런 것과는 전혀 상관없는 내 또 다른 불운이지만 그래도 어디, 네 의심이 가실 때까지, 아니 호기심이 충족될 때까지 마음껏 파 봐."

"식탁이 매일 왜 이 모양이야?"

희수와 지낸 며칠은 믿기지 않을 정도로 평온했다. 마치 원래 이 자리에 있었던 듯 모든 것이 알맞게 편안했다. 이 기름진 고칼로리 식단만 제외하고는.

"내가 해 준 음식이 맛대가리 없다고 투덜대는 거야?"

"아니, 그 반대야. 저의가 뭐지?"

기름진 갈비에 잡채, 녹두전, 생선전에 고사리나물, 숙주나물……. 꼭 제사상 음식 같았다. 반면 희수 앞에 차려진 건 샐러드, 삶은 달걀, 닭 가슴살, 자몽, 블랙커피. 이건 시위나 다름없다.

사실 음식 하나하나는 맛이 참 좋았다. 모양도 봐 줄 만했다. 하지만 교묘히 중첩되는 고칼로리 식단이 나흘째가 되자 서준은 슬슬 부아가 치밀었다.

"자다가 요강을 걷어찰 녀석. 좋은 것만 골라 해 주는데, 어디서 반찬 투정이야?"

"너, 말 그따위로 할래?"

"욕설 금지 조항에 위배된 것 없는데?"

히죽 웃는 녀석의 턱은 며칠 새 윤곽이 더 또렷해졌다. 통통하게 올랐던 볼살도 제법 매끈하다. 서준이 젓가락을 탁, 내려놓자 희수는 헤헤, 웃었다.

"내가 먹고 싶은 거 하는 거야. 구경하고 냄새라도 맡으려고."

하긴, 소금기라고는 찾아볼 수 없는 식단이 반복되면 우울감과 어깨를 견줄 정도로 대단한 인내심이 요구된다. 요리를 할 때 슬쩍 보았지만 희수는 간을 할 때조차 음식에 입을 대지 않았다. 꼭 맛을 보아야 할 땐 몇 번 씹고 곧 뱉으며 철저히 식단을 유지했다. 다이어트에는 이골이 난 것처럼.

서준은 손을 들어 권하는 시늉을 귀엽게 해 보이는 희수 때문에 '후우!' 숨을 고르고 다시 젓가락을 들었다.

"그리고 너, 통통하게 살찌워서 이 아름다운 식단에 동참하게 하려고. 크흑!"

그녀의 야비한 웃음소리가 서준을 뒤흔들었다. "야!" 하며 퍼부으려는데, 그녀가 더 빨랐다.

"너, 옛날에 완전 뚱뚱했었지?"

"뭐야! 위층에서 내 사진 뒤졌어?"

"정말 뚱뚱했었구나? 역시! 너, 쉽게 찌는 체질이지? 내 짐작이 맞았어. 크흐!"

희수는 포크를 내려놓고 배를 잡으며 웃었다. 사레가 들려 콜록이면서도 웃음을 그치지 못했다. 분노로 이글거리는 서준. 사실,

서준은 대학 입시를 마치고 25kg 정도를 감량했었다. '붉은 소시지' 이도형과 쌍벽을 이루던 '흑돼지', 그의 학창 시절 별명이었다.

희수는 보란 듯이 닭 가슴살을 프라이드치킨처럼 맛있게 씹었다. 이 끔찍한 2주짜리 다이어트 프로그램은 하바나의 사장, 이연혜 누나가 구해다 준 것으로, 서준은 입시가 끝나자마자 2주 걸러 4주씩 무려 4개월에 걸쳐 6세트를 반복했었다. 서준은 아직도 비릿하고, 퍽퍽한, 소금기 없는 저 닭 가슴살의 맛을 기억한다.

"아직도 식단표 소중히 간직하고 사는 거, 운동기구와 체중계 끼고 사는 거, 식단의 칼로리에 예민한 거, 사진 같은 거 굳이 뒤져 볼 필요 있나? 왜 이래? 선수끼리! 크흐흐!"

갑자기 불안해진 서준은 젓가락을 내려놓고 위층으로 올라갔다. 체중계 앞에 선 그는 숨을 혹, 몰아쉬고 살그머니 올라갔다. 그리고 절망했다. 아, 3.5kg이나!

"몸무게에 신경 쓰는 건, 다이어트 초보들이나 하는 짓이야. 근육량과 전체적인 조화를 봐야지? 넌, 너무 슬림해서 매력 없어. 이도형처럼 부피를 좀 키워 보는 것도……."

등 뒤에서 재재거리던 희수가 서준의 강펀치를 피해 통통통, 계단을 뛰어내리며 도망쳤다. 그 특유의 "크흐흐흐." 하는 웃음을 흩뿌리면서.

서준은 주먹을 휘두르며 아래층으로 쫓아가 희수와 한바탕 술래잡기를 했다. "이리 와!" 했지만 재빠른 희수는 손끝에서 잡힐 듯 잡히지 않으며 쏙쏙 빠져나갔다. 테이블과 카우치 위를 교묘히 승냥이처럼 타고 날아다니는 희수를 따라 서준도 함께 바닥을 뛰었다. "잡히기만 해 봐!"

스치듯 손바닥을 닿게 해 주곤 매끄럽게 싹 빠져나가는 희수의 옷자락을 붙들다 또 실패하여 혈압이 확 올랐다. 그러나 서준은 갑자기 울리는 인터폰을 받아야 했다.

— 저, 아이가 너무 뛰어놀도록 하지 말아 주십시오.

경비 아저씨의 경고로 놀이는 강제 종료 당했다. 분에 못 이긴 서준은 씩씩거렸고 희수의 얼굴에선 웃음기가 가시지 않았다.

"한 번만 더 고의로 칼로리 높여 봐!" 하니 희수가 웃음기를 거두고 부탁했다.

"그러지 말고 이참에 동참하는 게 어때? 나도 8년 동안 먹고 싶은 거 다 먹고 살다가 간만에 다이어트하려니 미치겠어. 먹지도 않는 음식 하는 것도 고역이고."

진심인 것 같았지만 서준은 일단 "싫어!" 하고 잘랐다. 좀 더 들러붙을 줄 알았는데, 희수는 "응." 하고 아쉬운 듯, 그러나 담백하게 물러났다.

"우아, 괜히 장난쳤다 집 안만 어지럽혔어. 식탁 치우고 청소나 해야지!"

괜스레 서운해 서준은 그런 그녀를 맥없이 바라보았다.

처음에 온 차림새를 보고 꽤 지저분한 아이라 생각했다. 하지만 그건 정말 노숙자들 속에서의 자기 보호 때문이었나 보다. 정리 상태도 청소 상태도 꽤 양호했다.

잠깐 새에 희수는 콧노래를 부르며 주방을 다 치우고 벌써 청소에 나섰다. 그녀는 부지런하고 손놀림이 빨랐다. 일거리를 미루어 두는 법이 없으며, 해야 할 일엔 엉덩이가 가벼웠다.

식사 준비 전 돌려 놓았던 세탁기에서 알람이 울리자 세탁기와 대화라도 하듯, "응, 그래!" 하며 즐겁게 달려갔다. 서준은 희수가 아주 가끔씩 뱉는 저 순순한, "응." 하는 대답이 좋았다. 뺀질뺀질 항상 말을 안 듣는 녀석에게서 의외의 순순한 복종을 얻어 내는 쾌감이랄까.

희수는 늘 시간을 효율적으로 썼다. 3시간이 채 안 되는 동안 빨래, 식사 준비, 부엌 정리, 넓은 집의 청소 등 오늘의 집안일을 모두 마쳤다. 어느새 거실의 대형 TV와 연동하는 태블릿에 꽂힌 희수를 뒤로하고 서준은 위층 자신의 공간으로 물러났다.

평소에는 증권가 찌라시를 물어 나르는 데밖에 쓸모가 없었던 녀석이 서준의 오더에 메일을 보내왔다. 서준은 '고(故) 이기성의 독녀 이희수에 관한 보고'를 클릭하였다.

그리고 상단 이기성 대표의 사진을 보자마자 서준은 알싸한 마음에 설핏 웃었다. 쪽 째진 눈, 강렬한 눈빛, 새까만 피부, 체격이 통통한, 카리스마 넘치는 남자 이희수였다. 한미선 교수는 흰 피부의 선이 고운 미인으로, 당시 목련여자대학교 무용과 교수로 재직 중이었다.

휴대전화 부속품을 생산하던 대성은 사세를 확장하려던 찰나, 대표 이기성의 사고로 타격을 입었다. 희수의 말대로 이기성 대표와 한미선 교수는 강원도 산길에서 교통사고로 추락사했다. 한여름 장마철, 빗길에서 마주 오던 차량을 피하다 벌어진 불행한 사고였다. 운전자 이기성과 동승자 한미선은 모두 현장에서 즉사했다.

대성실업은 한 달여 뒤 부도 처리 되었는데, 간부 중 하나가 회사 자금을 빼돌려 해외로 도주했기 때문이었다. 당시만 해도 강원도 횡성의 유지였던 희수의 조부 이대호는 외아들의 사채 빚을 갚는 데 전 재산을 탕진했다.

이희수는 이후 강원도 횡성으로 거처를 옮겼다. 예술 중학교에서 자퇴한 뒤 중학교는 검정고시로 대체했고, 횡성에 있는 한 작은 고등학교를 졸업했다. 서준은 페이지를 넘기다 인상을 찌푸리며 화면을 멈췄다. 희수의 학력 때문이었다.

2년 전 제국대학교 법학부에 입학, 1학년 1학기를 마친 후 휴학, 그리고 1학년 2학기를 마치고 다시 휴학 중.

첫 휴학 기간 중에는 '조부 이대호의 사망'이 포함되어 있었다. 조부의 사망은 노환으로 인한 것이지만 그때 희수는 완벽히 고아가 되었다. 친척이 없다는 건 거의 사실이며, 외가 쪽도 변변히 남은 사람이 없었다.

서준과 이도형은 과목별 과외 선생까지 붙여 가며 제국대학교 경제학부에 입학하기 위해 목숨을 걸고 공부했었다. 서준에게는 할머니의 유언이 걸려 있었고, 이도형에게는 집안에서의 퇴출이 걸려 있었다. 게다가 희수는 법대, 그것도 지방에서 자력으로. 아주 버거울 정도로 그녀의 두뇌는 비상했다.

굳이 야채 배달 일을 해야 했을까, 의구심을 품으며 페이지를 넘기다 서준은 큭큭, 웃었다. 한 유명 과외 사이트에 희수가 블랙리스트 교사 명단에 올라 있는 기록 때문이었다. 무얼 배우는 데는 누구보다도 빠르지만, 남을 차분히 가르치는 데는 영 소질이 없음이 분명했다. 희수의 수업은, 수업으로 시작해 싸움으로 끝났을지도.

대성은 현재 모 대기업에 흡수 통합되었다는 내용에서 서준은 파일을 닫았다. 그 뒤는 이미 알고 있는 내용이었다. 서준이 주식과 선물에 열을 올리던 시절, 대성은 한때 서준의 관심 리스트에 올라 있었으니까.

희수는 유복하게 태어나 자란 만큼 크나큰 불행을 겪었다. 그게 그녀의 장난기 어린 가면을 만들어 주는 힘이 되었을까.

서준은 목이 탔다. 위층에도 음료수 냉장고는 꽉 차 있지만 아래층에 내려갈 핑곗거리가 간절했다. 그리고 곧 알맞은 이유를 찾았다. 맞아, 아까 휴대전화를 놓고 왔어.

계단을 내려서자 흰 카우치에 다리를 죽 뻗고 앉아 TV를 보며 만족스러운 미소를 짓는 희수가 보였다. 희수는 기분이 좋은 듯 발가락 열 개를 부채처럼 촤악, 펼친 채 꼬물거리고 있었다. 여자의 발치고 모양은 끔찍했지만 유연하기는 손가락 저리 가라. 발가락으로 주먹을 쥐면 꼭 손으로 주먹을 쥔 것 같았다.

희수가 TV를 보는 모습은 생경했다, 그것도 사극 드라마를. TV를 틀어 놓고 다른 일을 하는 것은 몇 번 본 일이 있었다. 그러고 보니 죄다 뉴스나 시사 프로그램이었다.

개헌의 필요성에 대한 패널들의 정치 토론을 음악 삼아 들으며 빨래를 개던 희수에게 "보지도 않을 거면 끄든가, 볼만한 프로그램을 틀든가." 했던 생각이 갑자기 났다. 어린 여자애가 볼만한 게 아니기에 일없이 틀어 놓았다고 생각했는데. 서준은 불현듯 얼굴이 달아올랐다.

TV 화면은 화난 여자의 얼굴이 클로즈업되어 있었고, 그녀는 자신의 권력을 유지하기 위해 모든 것을 불사하겠다는 다짐을 하고 있었다.

"청소하면서 혹시 내 휴대전화 봤어?"

하니, 희수는 TV속 여자에게 눈을 떼지도 못하며, 주머니에서 그의 휴대전화를 꺼내 내밀었다. 시작 화면에 문자가 꽤 여러 통와 있다. 드라마 '미실' 1회 결제 완료, 2회 결제 완료, 3회 결제완료…….

"야!"

뒤늦게 얼굴이 검붉어진 채로 소리 지르니, 희수가 잠시 재생을멈추고 입을 열었다. 눈동자와 입가에는 즐거움이 가득했다.

"야, 이거 장난 아니야! 옛날에 진짜 보고 싶었던 건데. 너무 재미있어! 너도 같이 볼래?"

"너, 지금 내 휴대전화로!"

그러나 희수가 좀 더 빨랐다.

"너도 지금 내 개인정보 파는 중이잖아. 겨우 몇천 원 쓴 거 가지고 쩨쩨하게. 야, 미리 얘기하는데, 이 드라마 50회까지 있으니까, 이거 나 다 볼 거야!"

서준은 인상을 쓰며 머리를 짚었지만 희수는 입가에 미소가 그치지 않은 채 재재거렸다.

"저, 저 봐. 저 여자가 미실인데, 저 옆에 남편과 첩과 애인을거느리고 있어. 저 애는 남편의 아이, 쟤네들은 첩의 아이들, 쟤는애인의 아이…….'

화면에는 나이 든 남자 둘과 장성한 아들들을 2열 종대로 세워놓고, 상석에 앉은 여자가 남자들에게 호통을 치며 꾸짖고 있었다.

"저렇게 남편과 애첩과 아들들을 몇 줄로 세워 놓고 서로 세력을 견주게 하면서, 미실이 왕이 되는 스토리야. 정말 멋지지 않아?이제부터 내 인생의 롤모델로 삼기로 했어. 난 꼭 미실처럼 될 거야!"

비장하게 콧방울을 넓히는 희수 때문에 서준은 야단을 치지도 못하고 기막혀하기만 했다. '나중에 미실은 선덕여왕에게 패하잖아.'라고 말해야 했으나, 서준은 선뜻 입을 열지 못했다.

❖ ❖ ❖

"잠깐 들르라고 한 게 언젠데 이제야 오니?"

한영식품의 중국 진출 성공담이 신문지상에 오르내렸던 것이 몇 번, 회장님께서 해외 순방이라도 나서신 모양이었다. 어머니가 옆자리를 지키지 않은 것은 이례적인 일이기에, 서준은 그렇지 않아도 호출을 각오하고 있었다.

"아주머니를 내보낸 건 별 뜻이 있어 한 일이 아닙니다."

어차피 작심하신 것, 서준이 먼저 말을 꺼냈다. 어머니, 이연실 여사는 무형문화재가 만들었다는 찻잔을 쥐고 작설차를 한 모금 머금었다.

"남자가 어쩌다 술을 마시고 여자를 찾는 걸 크게 나무랄 수는 없다만, 평소 행동거지는 단정히 했으면 한다."

희수를 집 안에 들인 것까지 알아내신 것 같았다. 궁금해하실 수도 있지, 몇 번 넘어가자 아예 대놓고 일거수일투족을 물어 나르는 아주머니 때문에 고민하던 차에, 희수를 핑계로 서준은 아주머니를 내보냈다.

어려서는 홍역을 호되게 앓아 죽네 사네 할 때도 전화 한 통 없으셨던 분이었다. 할머니가 "서준이가 너만 찾는데, 어렵더라도 잠깐만 다녀가지 그러니?" 넌지시 말을 꺼내자, "엄마는 딸 시집 한 번 더 보내고 싶어요?" 하며 자꾸 전화하지 말라고 했다고 한다.

곧 씨 다른 동생을 볼 줄 알았는데, 어머니는 더 이상 아이를 낳지 못하셨다. 회장님이 '내 아이들에게 배다른 동생은 없을 것이다.' 는 말씀을 실천에 옮겼기 때문이라는 건, 서준이 스물이 넘어 알게 된 사실이었다.

상처한 회장님과의 결혼, 어머니는 꿈을 이루셨지만 회장님이 원한 아내의 역할은 말 그대로 빈자리를 채우는 꽃의 역할까지였다.

평생 당신의 열망을 위해 그렇게 노력했음에도 결국 이용만 당하셨다. 어머니도 당신의 짐을 고스란히 지고 사시기에, 서준은 원망을 지운 지 오래다.

서준의 생물학적 아버지는 영화감독 신지욱, 검은 피부의 이국적 외모로 영화배우만큼 잘 생겼지만 그에겐 아내가 있었다. 어머니는 스타가 되기 위해 그에게 몸을 던졌고, 주연 배역을 따냈고, 실수로 서준을 가졌다. 그러다 발각되어 신지욱의 아내와 경쟁을 벌이던 중 신지욱은 엉뚱한 사고로 생을 마감했다.

문제는 서준이었다. 어머니는 본처와 경쟁을 벌이느라 서준을 지울 시기를 놓쳤다. 태어나기 전부터 친가 같은 건 없었기에, 호적을 올릴 곳도 없었다. 홀로 그녀의 외딸 이연실의 뒷바라지를 해 왔던 외할머니는 서준에게 '강' 씨 성을 주었다.

남편을 잃고 혼자 사는 처지에 혼외자를 얻었다는 오명을 달게 쓰셨다. 따라서 어머니 이연실과 강서준은 법적으로는 성이 다른 남매지간인 셈.

그 후 나이를 먹으면 스러질 여배우로서의 성공보다 더 큰 이득이 무언지 깨달은 이연실은 각고의 노력 끝에 한영그룹 안주인 자리를 꿰찼다. 그리고 그녀의 어머니, 곧 서준의 할머니는 자신의 외딸과 등을 지면서까지 서준을 지키고 보듬었다.

할머니가 세상을 등지신 건 서준이 열네 살 무렵. 평생 마음을 졸이고 사셨던 때문일까. 겨우 쉰다섯이셨다. 그녀는 학비와 생활비를 남긴 전 재산을 손대지 못하도록 묶어 놓고 유언을 남겼다.

"제국대학교 경제학과에 입학해라. 그렇지 않으면 유산은 한 푼도 없다."

하지만 유언대로 입학한 뒤 할머니의 참뜻을 알았다. 할머니는 서준에게 상속이 아닌 사전 증여를 해 놓으셨고, 그 일은 이미 어머니가 결혼을 한 이듬해부터 천천히 이루어졌다. 할머니는 서준을 손자가 아닌 아들 이상으로 품어 주셨다.

이연실은 꽤 많은 재산이 본인에겐 털끝만큼도 돌아가지 않자 크게 분개했다. 그러나 유류분 청구 등의 법정 싸움 같은 걸 엄두낼 수 없었다. 아쉽더라도 한영그룹의 막대한 재산에 비하면 소소한 액수였고, 간신히 가라앉히고 사는 서준의 출생에 대한 가십을 들추기도 벅찼다.

한영그룹 안주인으로서의 품위를 잃는 것은 그나마 유지하는 안주인의 지위에 대한 위협이기 때문이었다. 대신 서준이 성년이 되기를 기다렸다.

따라서 본격적인 어머니와의 줄다리기는 서준이 성년이 된 뒤 벌어졌다. 생물학적 아들이자, 법적 동생인 서준과 이연실은 유산 싸움을 벌였다. 구실은 "넌 너무 어리니 돈 같은 건 엄마에게 맡기렴."이었다.

서준이 한영그룹의 친인척이라는 소문이 돈 것은 그즈음이다. 일절 왕래가 없던 어머니와 자주 만난 것이 화근이었다. 서준은 어머니의 제안을 끝내 뿌리쳤고, 전과 마찬가지로 그녀와 상관없이 살 수 있었다.

서준은 고등학교 때까지만 해도 할머니의 유언을 이해할 수 없었다. 왜 유산을 들먹이면서까지 굳이 '제국대학교 경제학과'에 입학하라고 하셨을까. 그러나 신입생이 되고서야 뼛속 깊이 알게 되었다.

동기들과 서로 입시 지옥에서 해방된 것을 축하하는 자리에서, 일말의 배려도 없이 당신의 필요에 의해 이리저리 불러 다그치시는 어머니를 경험했다. 자신을 잃지 않는 것, 마음의 거리를 조절하는 것, 그리고 그 무엇보다도 내 것을 지키는 것. 이 모두는 공짜로 길러지지 않는 힘이다.

할머니의 유언은 '제국대학교 경제학과에 입학해라.'가 아니라, '네 자신을 지킬 힘을 스스로 길러라.'라는 것이었다. 제국대학교 경제학과는 할머니의 상식으로 생각할 수 있는 가장 좋은 학교, 돈을 관리하는 방법을 가장 잘 가르쳐 주는 곳이었다. 서준은 할머니의 뜻을 가슴에 새겼다.

이도형과 개차반같이 싸움을 벌이고 '바람둥이 강서준'의 별명을 얻더라도, 서준은 그 유언의 뜻만은 지켰다. 학교생활에 충실할 것. 할머니가 주신 것을 소중히 지키고 불릴 것. 그리고 스스로를 지킬 힘을 기를 것.

친구들과 어울려 술을 먹고 들어간 뒤에도, 경제 신문을 훑은 뒤 하루를 마감했다. 알코올의 알딸딸한 기운 속에서도 세계 증시 동향, 경제 전망 같은 것들을 헤드라인이라도 훑어야 침대에 들었다. 어린 나이에 주식이니 부동산이니 선물이니 하는 데 눈을 떴다. 나라 경제가 어려울수록 불황일수록 돈을 벌 기회들은 눈에 더

뜨였다.

재산을 불리는 것은 아이를 키우는 것만큼 손과 신경이 많이 간다. 아이를 기르는 어머니처럼, 서준에게 돈은 하나의 유기물 같은 자신의 일부였다. 어디에서 어떤 짓을 하고 있어도 머리 한쪽에선 투자와 회수, 기회와 타이밍을 항상 계산했다.

우스운 것은, 서준이 자리를 잡으며 존재를 드러내기 시작한 후부터, 어머니는 죽어도 감추고 싶어 하던 서준의 존재를 은근히 내보이고 싶어 했다. 물려받았던 유산과는 비교도 안 되는 재력으로, 그녀의 세가 되어 주기를 바랐다.

"특별히 마음에 있는 애니?"

서준이 말없이 차만 마시며 핑계조차 대지 않자, 답답한 듯 어머니는 직접적으로 희수를 언급하였다. 어머니가 씨 다른 동생을 낳지 못한 걸 한탄할 수도 없는 일. 늘 허황된 꿈을 꾸시지만 그조차도 목말랐던 어머니이기에, 부르시면 이렇게 마주 앉아 종이 인형 노릇을 해 드렸다.

"걱정하실 일은 없어요. 제가 회사에 들어가는 건 회장님께서 달가워하지 않으실 거고요. 괜히 제가 눈에 띄면 어머니께 좋을 일이 하나도 없습니다."

어머니는 서준을 서서히 노출하려 하셨다. 회장님이 안 계실 때 슬쩍슬쩍 집에 들이다가, 어느 순간부터 공공연히 불러들이려 하시는 것 같다. 회장님 몰래 회사에 넣어 두고 눈에 띄면, 불쌍한 것 밥이나 먹고 살게 해 달라고 눈물로 호소하고, 천천히 자신의 복병으로 키우시려는 것이다.

하지만 그런 노릇을 해 드리기엔 너무 커 버렸다.

"앞으론 보고 싶으시면 조용한 곳에 나가 식사나 하세요. 이렇게 부르시진 마십시오."

서준은 도망치듯 저택을 빠져나왔다. 어머니를 만나러 온 게 죄라도 지은 듯 마음이 불편했다. 서준이 어쩌지 못하는 두 여자, 어머니와 희연. 아주 비슷한 두 여자는 자신을 숨겨 놓고 휘두르고 싶어 하는 점까지 무섭도록 꼭 닮아 있었다.

다듬는 데 많은 노력이 소모될 거라 예상했던 것과 달리, 희수는 서준의 의도를 정확히 이해하고 자신의 역할을 완벽히 소화했다.

도우미 아줌마의 부재도 문제없이 해결했지만, 박규만의 댄스 강의나 이연혜의 수업도 차질 없이 소화했다. 실은, 소화하고 있다기보다는 우월하게 앞섰다. 다이어트에 있어서는 사실 예상을 뛰어넘었다.

이연혜는 희수의 체형의 장점을 살려 글래머러스하게 만들려 했지만, 희수의 사고의 틀은 발레리나의 체형에 박혀 있었다. 어려서부터 다이어트에 이골이 나서인지 식단 조절이 과하다 싶을 정도였기에, 결국 이연혜로부터 살을 빼는 속도를 늦추란 경고까지 들었다.

희수도 그에 따라 조금씩 변해 갔다. 이마의 윤곽이 매끈해졌고, 콧대와 턱선이 날카로워졌다. 허리 라인도 엉덩이도 어깨선도 눈에 띄게 가늘어졌다. 어떨 땐 제법 여자처럼 보였다. 하지만 쪽 째진 그 눈의 반들반들한 생기는 여전했다. 그녀가 웃는다.

"크흐흐. 야, 강서준!"

그리고 저 찍찍 부르는 이름도 제법 듣기 괜찮아졌다.

"왜?"

"너, 아무래도 다이어트 시작해야겠다, 흐흐."

"뭐……, 뭐?"

희수가 온 뒤로는 감시를 핑계로 일찍 귀가하는 일이 잦았다. 그녀의 음식 솜씨는 꽤 괜찮았고, 자신은 먹지도 않으면서 애써 해준 요리를 묵히기 아깝다는 구실도 찾았다. 수건 재질의 보드라운 추리닝을 유니폼처럼 입은 요 녀석이 집 안을 발발거리며 돌아다니는 걸 보는 게 나쁘지 않았다.

희수는 칼로리를 높이지 말란 서준의 경고를 지켜 줬다. 심심한 간과 채식 위주의 식단, 그러나 "아무리 그래도 밥상이 너무 우울하면 안 되잖아?" 하면서 맛있는 걸 꼭 한두 가지씩 올렸다, 이를 테면 고추장 삼겹살 같은.

저칼로리 드레싱의 샐러드, 심심하고 담백한 나물들 사이에 빨갛게 양념된 고소한 냄새를 피우는 고추장 삼겹살은 악마의 유혹이었다. "이런 거, 하지 말랬지?" 야단쳤던 게 무색하게 소복하게 쌓인 삼겹살로만 손이 갔다. 생기 있게 반짝이는 장난기를 마주하고도 그래도 딱 한 점만 더 먹고 말자, 한 점만 더, 하다 접시를 비우기 일쑤. 차마 '더 없어?' 하는 말은 절대 뱉지 못했다.

"이연혜 사장님이 다음 주부턴 일반식 섞어서 시작하래. 생각보다 살이 빨리 빠지네?"

놀려 먹듯 서준을 보며 "크흐흐." 웃음을 대놓고 흘렸다. 그러곤 "너 혼자 다이어트하려면 꽤 괴로울 텐데, 하려면 지금이라도 같이 하는 게 좋을걸?" 하며 검은 눈을 반들반들 빛냈다.

서준은 날카로워진 희수의 턱선을 바라보다 문득 아랫배를 내려다보았다. 잠깐 사이 몰라보게 엉망이 되었다. 녀석은 집요하게 시도하여 서준을 알맞게 살찌웠다.

희수는 갈비 냄새를 맡으면서도, 퍽퍽하고 비릿한 무염의 닭 가슴살을 웃으며 씹는 녀석이지만 서준 자신은……. 게다가 희수가 일반식을 하고 서준이 다이어트 식단을 먹는 상황이라면 그녀는 얌전히 먹는 데 그치지 않을 테다.

"그래, 그럼."

결국 울며 겨자 먹기로 뱉는 승낙을 얻어 낸 뒤 희수는 승리의 웃음을 흘리며 TV 전원을 톡 껐다. 그리고 그녀가 좋아하는 서준의 흰 카우치에서 발딱 몸을 일으켰다. 무서운 녀석!

희수는 오늘의 '미실' 시청을 마쳤다. 밤이라도 새서 다 몰아볼 것처럼 좋아하더니, 첫 3편만 연달아 보고 하루 한 편을 고수했다.

"아, 미실이 정말 멋있는 계획을 짜 놨는데, 선덕여왕이 다 망쳤어!"

궁금해 죽을 것같이 굴면서도 꼭 한 편만 보곤 손을 딱 놓았다. 그리고는 "인증 번호!" 하며 서준이 헤매는 잠깐을 참지 못하고 휴대전화를 톡 빼앗아, 내일 볼 15회 다운로드를 결제했다. 희수가 온 지 꼭 14일 된 밤이라는 뜻.

희수는 거울 앞 바닥에 두툼한 패드를 꼼꼼히 깔았다. 낮에 그렇게 땀을 흘리며 스텝을 밟고 와서도 살사에 여가를 전부 투자했다. 몸에 꼭 맞는 연습복을 입고 거울 앞에 선 그녀는 베이직 스텝을 밟았다.

사실, 식단 조절과 규칙적인 생활 외에 다이어트 1등 공신은 이 베이직 스텝이었다. 얼핏 보면 단순한 스텝의 반복 연습이지만 어깨를 누르고, 몸통을 흔들며, 팔을 움직이며, 골반을 8자로 움직이는 연결 스텝의 끝없는 반복은 엄청난 체력 소모와 함께 아름다운 여성의 라인을 만들었다. 그렇게 싫다고 야단하던 7cm 굽의 구두를 이젠 아주 자연스럽게 소화했다.

"원, 투, 쓰리…… 파이브, 식스, 세븐." 소리 없이 입술을 오물오물하며 같은 스텝을 수 없이 반복했다. 그녀의 스텝은 완벽했다. 문제를 지적할 수 없을 만큼. 사실, 그게 문제였다.

"느낌, 느낌이 확실히 없어, 스텝이 문제가 아니야."

그리고 스스로도 그걸 깨달은 모양이었다. 서준은 제법 그럴싸해진 희수의 스텝을 흐뭇하게 바라보다가, 그녀가 뒤돌아보자 얼른 미소를 싹 지웠다.

"강서준! 뭐가 문제일까?"

다짜고짜 묻는 바람에 허를 찔린 것은 서순이었다. "나한테 물으면 어떻게 해? 내일 선생님께 물어." 했지만, 희수는 웃기지 마시지, 하는 표정으로 눈을 샐쭉하게 떴다. 희수의 가느다랬던 눈이 어느새 꽤 커져 있었다.

"너도 살사, 잘 추잖아. 왜 그렇게 아닌 척 애쓰는지는 모르겠지만."

"하아, 하!" 서준은 웃음인지 한숨인지 모를 것을 뱉었다. 이 녀석의 눈치의 끝은 어디일까.

"내가 언제?"

"댄스슈즈 골라 줬을 때의 해박한 지식, 나 연습하는 거 슬쩍슬쩍 보면서 진도 체크하는 거, 네 방에 버려지듯 한쪽에 구겨져 있는 살사 음악 CD, 그리고 파트너를 고용해 연습시키면서도 절대로 한 번도 나랑 춤춰 주지 않는 거!"

아이고. 서준은 뒷목이 뻐근했다. "헛소리 마!" 뱉고 모른 척 몸을 일으켰으나 희수도 재빨리 받아쳤다.

"너도 살사 교육비 대다 부모님 돌아가신 아픈 사연 가졌어?"

"하하하하하하!"

웃으면 안 되는데 웃음이 터져 버렸다. 어떻게 저런 농담을 천연덕스럽게 할 수 있는지. 서준은 한숨을 내쉬며, "따라와!" 하고 말았다. 희수를 그의 방으로 직접 부른 건 처음이었다.

"이게 뭐야?"

차마 버리지 못하고 한쪽에 쌓아 두었던 CD 중 희수에게 줄 만한 몇 개를 골랐다.

"살사 음악. 신보는 아니고 그냥 오래된 기타 연주곡이야."

"흐흥!"

희수의 의미심장한 미소를 애써 무시하고, 서준은 담담히 설명했다.

"넌, 너무 완벽하고 정확히 춤춰. 네 동작엔 군더더기는커녕 아무런 흠조차 잡을 수 없어. 그게 문제야. 음악을 들어 봐."

서준은 Moliendo Cafe를 틀었다. 기타 연주곡도 있었지만 스페인어 가사가 난해하게 들릴 만한 곡을 일부러 골랐다. 갖가지 종류의 타악기와 기타 연주, 전자음이 섞인 라틴음악이 스페인어 가사와 함께 한꺼번에 쏟아졌다. 희수는 한쪽 눈썹을 치켜뜨면서도 찬찬히 음악에 집중했다.

"솔직히 복잡해. 잘 모르겠는 스페인어는 그렇다 치고, 타악기도 너무 여러 가지라 어지러워. 게다가 박자도 빨랐다, 느렸다 정신이 없어. 차라리 음악 없이 춤추는 게 더 편해."

서준은 슬쩍 웃으며 희수를 보았다. 가까이에서 보는 희수는 정말 많이 가늘어져 있었다. 서로의 숨결을 마실 정도로 가까이 앉는 게 어색했다. 정말 여자 같아. 침실에 들여놓았다는 긴장감에 묘하게 떨게 될 정도로.

그러나 영리한 까만 눈은 반짝이며 서준의 입매에서 정답을 찾았다.

"맞아, 내가 왜 그 생각을 못 했지? 음악 없이 춤추는 게 말이 돼?"

그랬다. 희수는 음악을 들을 줄 몰랐다. 깔랴꼴랴, 차르르륵, 딱딱딱딱, 정신없는 가사와 타악기들이 제각각 시끄러운 소리를 내는 라틴음악은 춤뿐 아니라 음악에도 익숙지 않은 희수를 더 헷갈리게 했었다. 그 안에서 희수는 정박자로 춤을 췄던 것.

"자! 여러 개처럼 들리는 라틴음악의 타악기는 총 여섯 가지야. 클라베(Claves), 봉고(Bongos), 콩가(Congas), 팀발레스(Timbales), 귀로(Guiro), 마라카스(Maracas). 타악기를 찾아 들으면서 익숙해지도록 노력해 봐."

서준은 조금 느린 기타 연주곡으로 편곡된 Moliendo Cafe를 다시 틀었다.

" '딱딱, 딱딱딱' 으로 들리는 소리가 클라베야. 1카운트가 묵음이니, 8카운트의 딱, 소리를 들으면 박자가 들어올 거야."

기타의 멜로디를 뒤로 클라베를, 봉고를, 마라카스를 들으며 희수는 리듬을 탔다. 어느새 가늘어져 미끈해진 다리를 죽 뻗고 앉은 채 발가락만을 고물거렸지만 그녀의 어깨와 엉덩이는 이미 스텝을 밟았다.

"재미있네. 그런데 왜 아무도 안 가르쳐 줬지? 박규만 선생님도 잘한다는 칭찬뿐이라 답답했는데."

침대에 걸터앉긴 뭣했는지, 희수는 바닥에 철퍼덕 주저앉아 벽에 기댄 채 음악에 몸을 맡기며 리듬을 타고 있었다. 서준은 대답 대신 희수가 들을 만한 괜찮은 곡들이 담긴 CD를 예닐곱 개쯤 집어 주었다. 희수가 방글거리며 "흐흥!" 웃었다.

"하긴, 목이 말라야 물 마시고 싶고, 물 마시고 싶어야 자기가 알아서 물가를 찾겠지?"

이 영리한 녀석을 어째야 좋을까. 서준은 또 소리 내 웃고 말았다. 베이직 스텝을 떼고, 몇 가지 패턴을 받아 낼 실력만을 갖추라고 했는데. 규만의 말대로 잘못하면 이 녀석, 댄서가 될 판이었다.

"놀러 왔다며? 너무 깊이 빠지지 마. 나중에 헤어 나오기 힘들어져."

이런 말을 뱉게 될 줄은 몰랐다. 이 녀석은 꼭 눈가리개를 하고 달리는 경주마 같다. 경주 전 발주기로 들어가기 전에는 미친 듯 몸부림치며 온몸으로 지배당하기를 거부하지만, 막상 "탕!" 하는 총성과 함께 경주를 시작하면 등 위에 태운 기수는 존재조차도 잊어버린 채 목숨을 걸고 질주한다.

입가에 허연 침을 흘리면서 심장이 터질 때까지, 다른 말들과 부딪쳐 목숨을 잃을 뻔하건 말건, 주변의 환호성도 무시하고 무조건 앞만 보고 내달린다. 그저 마권을 쥔 사람들의 여흥거리일 뿐인 한 게임의 경주에.

서준은 알고 있었다. 겨우 보름 만에 저렇게 몸이 가늘어지는 게 어떤 노력임을. 배불리 먹지 못하고 하루 종일 춤추는 게 어떤 중노동임을. 하지만 희수는 그 모든 걸 온몸으로 즐겼다.

"원, 투, 쓰리……, 파이브, 식스, 세븐." 서준은 쉴 새 없이 오물거리는 그녀의 엷은 입술에서 시선을 떼지 못했다.

게임이 끝나고 나면 녀석은 어떻게 될까. 이도형에게 빼앗긴 돈을 되찾든지, 서준 자신에게서 대가를 받고 물러나든지. 이도형의 장난 한 방으로 날린 학비를 다시 모을 것이고 제국대학교 법학부 학생으로 돌아갈 것이다.

그리고 나선 아마도 제법 이름을 날리는 변호사나 소름 끼치게 날카로운 검사쯤 되어 있지 않을까. 왠지 웃기기도 흐뭇하기도 하는 중에, 속이 쓰리며 가슴이 아려 왔다.

"강서준!"

까만 눈동자가 반짝거리며 자신을 향하자 서준은 상념에서 깨어났다. 전력 질주를 하는 말 위에 탄 기수가 정신을 빼고 딴생각을! 서준은 마음을 차게 굳혔다. 녀석은 그저, 경주마일 뿐이다. 희연을 위한 일회용 제물이다.

"너야말로 뭔가에 깊이 빠진 거 같은데?"

그리고 그의 경주마는 너무나 영리하기에, 혼자 달리도록 놓아두어서도 안 된다.

"쓸데없는 말 마." 뱉었지만 희수는 빙글거리기를 그치지 않았다.

"꼭 헤어 나와야 할 필요는 없잖아?"

희수는 갑자기 엎드려 바닥을 엉금엉금 기었다. 침대와 벽 사이의 좁은 틈을 타는 장난스러운 고양이같이. 쪽 째진 검은 눈이 반들거리는 것이 꼭 암코양이 같았다. 승냥이가, 아니, 경주마가, 갑자기 고양이가 되다니.

긴장으로 침이 꼴깍 넘어갔다. 털이 바싹 곤두섰지만 들키고 싶지 않아 일부러 헛웃음을 뱉었다. 그래, 조금씩 여자로 보게 된 것까지 들킨 걸까. 그러나 이 녀석에게 약점이라는 걸 잡히면 어떻게 된다는 걸 익히 잘 안다. 서준은 골라 준 CD들 중 하나를 짚으며 사무적으로 말했다.

"음악 없이 기계적으로 정확한 동작을 하는 건 이제 그만둬. 네 스텝은 이미 완벽하니까. 음악에 익숙해져 봐. 우선 스페인어 가사가 낯설 테니, 이 기타 연주곡 모음부터 시작하든지. 우리 식으로 풀이해서 트로트 모음선 정도로 생각해도 좋아."

희수는 장난을 그만두고 발딱 일어나, CD를 받아 들며 담백하게 고개를 끄덕였다. 괜한 긴장감에 홀로 쿵쿵거리는 심장을 누르며 태연한 척 건조하게 바라보았으나 그녀의 눈도 왠지 불안을 담고 있었다.

"야, 그런데 말이야."

"왜?"

"이도형, 다음 주면 들어오는 거 맞아?"

"그래. 그래서 뭐?"

갑작스레 기분이 확 가라앉아 인상을 쓰며 퉁명스럽게 말을 뱉었다. 석연치 않은 표정, 앙다문 입술에 그녀답지 않은 망설임이 어렸다.

"춤도 좋고, 예뻐지는 수업도 좋고, 워킹이나 자세 배우는 것도 좋고, 다이어트도 좋은데 말이지."

희수의 넓고 시원한 이마가 반듯했다. 쪽 뻗은 콧대와 귀여운 콧방울이 그을린 것처럼 형광등 아래서 고운 빛을 뿜었다. 서준은 뱃속이 달아오르며 숨이 찼다. 그녀를 똑바로 마주 바라보는 게 겁이 더럭 났다. 그녀의 까만 피부가 곱게 빛난다. 서준처럼. 서준의 검은 피부처럼.

서준은 저도 모르게 한 발 다가가 그녀를 내려다보았다. 그녀의 얇은 입술이 귀엽게 달싹였다.

　"나, 남자랑 데이트 같은 거 한 번도 안 해 봤는데."

#6

모의 데이트

"얘 내려올 때 되지 않았어?"

이연혜의 부티크 쉬블림, 4층 사무실에 자리 한구석을 차지했던 서준은 서류 뭉치를 내려놓으며 기지개를 켰다.

"10분 정도 화장 마무리해 보라고 시키고 내려왔어. 희수 맡기면서 가르치라는 건 핑계고, 나한테 시어머니 노릇 하려고?"

말은 그렇게 했지만 이연혜는 이렇게라도 서준이 들여다봐 주는 게 반가운 투였다. 단풍나무길의 명품 거리에도 불경기의 한파가 매섭게 휘몰아쳤다. 해외브랜드 몇몇 곳을 제외하고, 국내 브랜드는 추풍낙엽 신세를 면하는 곳이 드물었다.

"옆쪽, 뒤쪽 건물 인수했어. 값 좋을 때 쟁여 둬야지, 리모델링은 다음 달부터고. 이럴 때일수록 프리미엄 이미지를 더 강하게 밀고 나가야 해요. 소재 더 고급화하고, 협찬에도 신경 써서 좀 더 노출이 되게 해 주세요."

사석에서는 편하게 말을 하지만 업무 지시를 할 때는 저도 모르게 존대를 해 버렸다. 이연혜는 그런 서준을 믿음직스러운 눈으로 바라보았다.

"처음엔 참 힘들었는데. 한번 상승세를 타니 다행히 불경기의 여파를 겪지 않고 잘 커 나가네. 이참에 네가 직접 나서 보는 게 어때? 그러면 지금보다도 훨씬 클 수 있는……."

이연혜의 뜻을 모르는 건 아니었지만 서준은 그녀의 말을 잘랐다.

"사람 다루는 거나, 작은 데까지 꼼꼼히 신경 쓰는 건 나보다 누나가 한 수 위야. 나는 큰 그림 그리고, 정보 챙기고, 그리고 이렇게 총알이나 장전할게. 각자 잘하는 거 해. 난, 사람 다루는 거 힘들어."

임실이 넘어 허언이었지만 이연혜는 더 권하지 못했다. 이젠 어머니를 의식하며 살 나이는 지나지 않았느냐는 말도 애써 삼켰다. 그는 늘 그림자가 되고 싶어 했고, 그런 그의 성향은 투자 방식에도 영향을 미쳤다. 이연혜로서는 그에게 빛을 가려 주고 스포트라이트를 대신 받는 역할을 해 줄 수밖에 없었다.

"희수는 좀 나아졌어?"

불편한 이야기로부터 화제를 돌리기 위해 물었지만, 서준은 내심 그녀의 성장에 몰두하고 있었다. 유치한 복수극, 희연을 구렁텅이에서 빼낼 답답한 일거리라는 명분은 가슴속 저 멀리 밀쳐 두었다. 그러곤 저도 모르게 그녀의 변해 가는 모습에 빠져들었다.

"걔 웃겨. 예쁘지도 않은 게 참 매력 있더라. 처음에 들이밀 땐 네가 미치지 않았나 했는데, 너도 참 안목이 독특해. 쉬블림을 키워 낸 것처럼 독창적이라고나 할까."

다행히 그건 서준 혼자만의 미친 짓이 아니었다. 호기심으로 시작한 것처럼 보였던 이연혜도 어느새 열과 성을 다해 자신의 아바타를 키웠다. 요전에 수업을 할 때도 혼쭐을 내고 있기는 했지만 이연혜는 얼굴 가득 만족스러운 미소를 달았었다.

"몸을 쓰는 데 타고난 자질이 있어. 순발력도 탁월하고."

모델로도 꽤 오랫동안 활동했던 이연혜가 어떤 것들을 요구했는지는 뻔했다. 바른 자세, 바른 걸음걸이, 기품 있는 행동, 말투, 눈빛. 말이 쉬워 바른 자세이지, 그런 연결 동작에서 우러나오는 기품은 쉽게 얻어지는 게 아니었다. 이연혜는 단순한 화장 기술이나 예쁜 미소만을 가르치지 않았다.

"어려서 발레를 했대. 전공하려고 준비하다가 사정 있어서 엎어졌고."

"어쩐지. 그래서 그렇게 뭘 가르치든지 동작이 정확하게 나오는구나. 그래도 그렇지만……."

"좀 똘똘하지?"

똘똘하지. 그것도 아주 아찔하게. 희수에 대해 말하는 서준의 눈빛에선 자랑스러움이 넘쳤다.

"그래, 아주 영리해서 탐이 나. 야, 쓸데없는 장난에 내돌리지 말고, 내가 그냥 데리고 키우게 해 주면 안 돼?"

이연혜 사장에게도 희수는 호감 이상의 점수를 딴 모양이었다. 하지만 길게 끌 인연이 아니다. 끝이 정해진 인연, 서준은 분명히 선을 그어야 했다.

"걔가 지금 누나한테 좀 반해서 고분고분한 거지, 원래 그런 애가 아니야. 자유롭게 펄펄 날아다닐 애를 한시적으로 잠깐 붙잡아 놓은 거야. 누나도 너무 정들이지 마."

우회적인 거절의 뜻을 알아차렸으나 이연혜는 못내 아쉬워했다.

"정이야 가는 걸 어떻게 해. 걔, 꽤 매력 있어. 너, 제대로 차려입은 건 한 번도 못 봤지? 기품과 섹시를 겸하는 건 연습한다고 나오는 게 아니야. 희수한테 화장 지우지 말고 그냥 내려오라고 해야겠다!"

이연혜는 장난기가 발동했는지, 시간을 확인하고는 희수를 점검하러 나섰다. 서준이 봐 왔던 건 항상 깨끗이 세수를 한 아이 같은 민얼굴로 트레이닝복을 걸친 맨발의 녀석이었다. 그동안 제대로 갖추어 입은 걸 보진 못했다.

그러나 곧 옆방에서 튀어나올 줄 알았던 희수 대신 이연혜의 날카로운 목소리가 넘어왔다.

"수학 공식 외우니? 이 색에는 저 색, 색 조합을 통째로 외워써? 감각으로 익히라고 했지? 그리고 터치는 왜 매일 이 모양이야? 손목을 부드럽게 돌리라는 말을 몇 번이나 더 해야 해?"

없는 데서는 칭찬 일색이더니, 이연혜는 희수를 마주 대하자 다시 호랑이 선생님으로 돌변했다. 서준은 궁금함을 참지 못하고 열린 문틈으로 슬쩍 희수를 보았다. 동그란 뒤통수에 머리 뭉치가 대롱대롱 매달린 것이 귀여웠으나, 제법 가늘어진 검은 목이 기운 없이 축 처져 있었다. 이연혜 앞에서 유난히 뻣뻣해지는 희수는 긴장이 역력한 채로 경청하고 있었다.

"그리고 이게 매치가 된다고 생각해? 한두 번이야 남이 권해 주는 대로 입으면 그뿐이지만 결국 자신의 스타일을 완성하는 건 자기 자신이야. 지난번에 가르쳐 준 색감 그대로 또, 공식에 적용하듯 베껴 넣었지?"

어차피 그런 걸 써먹을 일은 없으며, 골라 주는 대로 몇 번 입고 말면 그뿐. 그러나 서준은 잠자코 참견하지 않았다. 이연혜는 희수를 정말로 욕심내, 자신의 노하우를 하나라도 더 쏟아 주고 싶어 했다.

"메이크업은 수정하는 것보다 새로 하는 게 낫다고 했지? 깨끗이 지우고 처음부터 다시. 시간 20분!"

일사불란하게 움직이는 소리를 뒤로하고 이연혜가 다시 방을 나왔다. 서준은 웃으며 물었다.

"왜? 영 엉망이야?"

하지만 이연혜의 얼굴에는 불만은커녕 만족이 가득했다.

"잘해. 잘하는데, 다른 거에 비해 미적 감각이나 손재주는 딱 평범하거든."

"어떻게 뭐든 다 잘해? 걔 누나 어려워하는 거 알면서 괴롭히는 악취미 있네?"

했지만, 서준은 희수가 뛰어나지 않은 것도 있다는 게 묘하게 웃겼다.

"그리고 잰, 칭찬보다는 괴롭혀야 더 잘해. 안 되는 부분을 지적하면 투지를 불태우면서 훨씬 열심히 하거든."

아! 이것은 서준이 생각지 못한 부분이었다. 살사를 가르칠 때 규만의 수업 방식은 희수가 워낙 뛰어나기에 스스로 잘못된 부분을 깨달을 때까지 기다리고 즐기게 하는 편이었다. 그러나 본능적으로 희수를 가르칠 시간이 얼마 없음을 아는 이연혜는 그마저 단축시키기 위해 희수를 채찍질했다.

하지만 접근 방식이 어떻든 희수는 스펀지가 물을 빨아들이듯이 가르치는 대로 잘 받아들였다. 서준이 이연혜와 건물 증축에 관한 의논을 마칠 때쯤 희수가 쭈뼛쭈뼛 그들 앞에 나타났다.

"저, 선생님."

희수의 차림새를 보고 서준은 푸핫, 웃음을 터뜨렸다. 오늘따라 서준을 의식한 이연혜는 희수를 평소보다 더 다그쳤고, 바싹 긴장한 희수는 낙제를 면하기 급급한 스타일링을 하고 말았다.

"뭐야, 머리 쓰기 싫다 이거야?"

딱딱하게 뱉으며 날카로운 눈매로 훑는 이연혜의 눈길에 2주 전 희수는 바싹 오그라들었었지만, 오늘의 희수는 더 가슴을 펴고 당당한 눈빛을 잃지 않으려 애썼다. 제법 모델 포스마저 풍기는 포즈에 "후후후." 서준의 허파에서는 웃음이 뿜어져 나왔다.

"아뇨. 가장 눈에 띄지 않는 심플한 스타일을 가장 멋지게 소화하는 모습을 보여 드리고 싶었고요. 사무실에서 갓 빠져나온 것 같은 평범한 모습이 더 극적인 섹스어필이 될 수도 있다는 게 제 컨셉입니다."

희수가 택한 건, H라인의 타이트한 블랙 스커트와 흰색 블라우스였다. 역발상이라.

이연혜가 가르친 것은 스타일보다 말발인가 생각하면서, 서준은 희수에게 다가갔다. 하지만 속사포처럼 이어질 질타 대신, 비웃음이 섞였을지언정 이연혜의 입가에 미소가 어린 걸 보며 서준도 인정을 해야 했다. 희수는 긴장한 듯 설명을 계속했다.

"진정한 섹스어필은 노골적인 노출이 아니라 상상력의 자극이라고 생각하고요. 여성스러움을 극도로 강조하되, 섹스어필을 하겠다는 의도는 감추고 싶었습니다. 그렇지만 시각적으로 접할 때는……."

서준은 희수의 설명을 들으면서도 눈으로 훑게 되었다. 그랬다.

분명히 액세서리 하나 없는 블랙의 기본 정장 구두, 살색 스타킹, 블랙 스커트, 민무늬 화이트 블라우스였다. 그건 그저 단정하게 입은 듯 보이면서도 묘한 긴장감을 불러일으키도록 섹시했다.

그것은 타이트한 스커트 라인에 의해 강조된 여성 고유의 가느다란 허리, 탄탄한 힙의 라인, 근육이 잘 발달된 허벅지와 매끄러운 종아리로 이어지는 아름다운 선에 의한 것이었다. 가장 평범해 보이는 기본형, 7cm의 검은 힐이 무릎을 덮는 스커트 라인과 알맞은 조화를 이루었고, 오피스 걸처럼 보이는 민무늬의 화이트 블라우스는 깔끔하고 날카로운 깃의 라인과 함께 가슴선을 한껏 강조했다.

소매 부분을 롤업한 평범해 보이는 화이트 블라우스도 실은 가슴 부분만큼은 타이트하게 꼭 맞아, 작은 사이즈를 선택한 것이 아님에도 보기 좋게 풍만한 가슴을 강조했다.

"섹스어필하겠다는 의도, 보여. 위쪽 단추 두 개를 떼어 냈잖아."

이연혜는 희수의 설명을 들으며 웃었다. 그러고 보니 단추를 풀어낸 것이 아니라 원래 그렇게 디자인된 것처럼 자연스럽게 헤쳐진 것이 가슴 라인을 더욱 강조했다. 이연혜의 눈꼬리와 희수의 스타일링을 번갈아 보며 서준도 함께 웃을 수밖에 없었다.

이연혜는 사무실 구석의 캐비닛을 열고 블랙 에나멜 소재의 미니 클러치백을 꺼냈다. 클러치백 앞면에는 독특한 은색의 O마크가 포인트로 자리 잡았다. 희수가 선택한 힐의 장식과 같은 것이었다. 그리고 실버 소재의 팔찌 두 개를 꺼내 왼쪽 팔목에 겹쳐 걸어 주었다.

"다이어트 식단은 이번 세트까지만 하고 끝내. 너, 전체적으로 칼로리 줄이면서 먹었니?"

희수의 귓가가 검붉어지며, 작게 "네." 했다. 아마도 다이어트 속도를 늦추라는 이연혜의 말을 좀 어긴 것 같았다. 그러나 이연혜는 한껏 누그러진 목소리로 말했다.

"자신이 뚱뚱하다는 생각, 버려. 마르지 않으면 아름답지 않다는 건 바보 같은 생각이야. 힙에서 허벅지로 내려오는 라인, 가슴 라인, 너무 가늘어지면 네 장점 없어져. 수백억 원의 모델료를 호가하는 헐리우드 여배우들의 라인을 생각해 봐. 깡마르고 날씬하디?"

희수는 귓가가 더욱 검붉어지며, "네." 했다. 서준은 뒤늦게야 희수에게서 섹시함을 느꼈던 이유를 알았다. 불균형. 아니, 불균형이라고 생각했던 조화.

박제 인형같이 천편일률적인 가늘고 소녀 같은 몸매의 여자들에 익숙해져 버린 눈. 그저 날씬한 몸매에 풍만한 가슴만을 생각하는 그릇된 이상형. 그런 편견은 그것을 어느새 옳은 정답으로 사고해 왔다.

그러나 타고난 근육과 춤으로 다져진 발달된 엉덩이, 탄탄한 허벅지 아래에는 매끈하고 가느다란 종아리가 머릿속을 불편하게 했고, 작은 어깨와 가느다란 허리와 풍만한 가슴은 자꾸만 돌아보게 하는 요소가 되었다. 그 천연의 섹시함에 본능이 먼저 끌렸었다.

"스타일링은 B+, 메이크업은 C0. 서준아, 청구서 보낼 테니까 클러치값까지 계산해라?"

이연혜는 웃으며 매장을 돌아보기 위해 사무실을 떴다.

❖ ❖ ❖

"후아아!"

서준이 차 키를 넘기기도 전에 희수는 후다닥 조수석으로 도망쳐 올라타고 철컥, 벨트를 맸다.

"나, 때려죽여도 운전 안 해!"

지치기도 지쳤겠지. 몇 시간이나 춤을 추고도 물 한 병을 벌컥벌컥 들이켜며, "됐어, 빨리 가서 쉬는 게 낫지!" 하며 차 키를 내놓으라던 녀석이 자진해 조수석에 올랐다. 평소 같으면 운전을 하는 거니, 기어가는 거니, 집에 가려는 생각이 있기는 하니, 잔소리를 늘어놓을 녀석이 "아이고, 아이고!" 이리저리 스트레칭을 하느라 정신없었다.

이연혜의 과도한 애정을 받은 후유증이 큰 모양이었다.

"왜 그렇게 혼났어? 평소에도 그래?"

희수는 구두를 벗어던지고 발가락 열 개를 벌렸다 오그렸다 스트레칭에 전념하며 건성으로 답했다.

"오늘의 주제는 섹스어필이었는데, 참고하라고 주신 스타일북을 통째로 외워 버렸거든."

"뭐?"

"그럼 어떻게 해? 음악 듣다가 깜빡해서 시간은 없고, 이해는 안 가. 그냥 몇 번 넘기면서 보니까 저절로 외워지는걸?"

서준은 쿡, 웃었다. 희수답다. 10분 전까지만 해도 섹스어필을 하기 위해 노력하던 여자는 다시 장난기 가득한 이희수로 돌아와 있었다. 자연스럽게 올린 머리칼, 풀 메이크업, 헐리우드 여배우에 비유되던 B+의 차림새는 그대로였지만, 7cm의 힐은 어디로 찍찍 벗어 던져 버리고, 스커트 차림으로 의자 위에 발을 올려놓고 주무르고 있었다.

어이가 없어 신호 대기 중 슬쩍 쳐다보니, 손가락 10개와 발가락 10개를 나란히 펴고 고물거리며 장난질을 치고 있다. 하, 이런 녀석을 보고 섹시하다고 느꼈다니!

"똑바로 앉지 못해?" 하니,

"손가락이랑 발가락이랑 이렇게 접으면 비슷하지 않냐? 크흐흐!"

유연한 발가락으로 주먹을 꼭 쥐며 손주먹과 섞어 놓고 장난을 친다. 자랑스럽다는 듯, 씨익 웃는 게 더 가관.

"도대체 하루 종일 배운 섹스어필은 다 어디다 갖다 팔아먹은 거야?"

야단치듯 물었지만 희수는 낭당하게 목소리를 높였다.

"내가 너한테 섹스어필을 왜 해?"

잘 알고 있는 사실이 서운함을, 서운함은 묘한 거슬림을 불러 일으켰다.

"섹스어필, 바라지도 않아. 단정히 좀 앉아. 차 안에 들어앉아도 밖에서 다 보여. 창피하지도 않아?"

"밤이야, 안 보여. 썬팅도 비싼 걸로 한 주제에. 너, 이거 신고 하면 벌금 문다?"

보란 듯이 다리 한 짝을 글러브 박스 위에 척, 올려놓으며 한마디도 지지 않았다.

"날 남자로 생각하라는 게 아니라, 기본적인 것 좀 지키라는 거야! 계집애가 살을 허옇게 드러내고 다리 쳐들고 뭐 하는 거야, 신경 쓰이게?"

"아, 신경 쓰지 말고, 앞을 보고 운전하셔! 하루 종일 혼나고, 머리 쓰고, 워킹하고, 폼 재면서 중노동 했는데, 다리 좀 풀면 어때? 이 시끄러운 잔소리쟁이야!"

"잔소리 안 하게 되었어? 도대체 하루 종일 뭘 배운 거야? 내게는 옷값, 구둣값에, 클러치값까지 쓰게 하는 동안!"

아, 말을 뱉자마자 서준은 입술을 깨물었다. 말싸움에서 밀리니까 치사하게 옷값을 물고 늘어졌다. 뱉어 버린 말을 주워 담아 볼 궁리를 하는데, 희수는 짜증을 제대로 내기 시작했다.

"이 노랭이! 어차피 앞으로 옷들도 사야 하잖아? 걱정 마, 어차피 여기에서 더 심하게 다이어트하지 않을 거고, 이도형한테 첫 데이트 따내면 입으면서 활용해 줄 테니까!"

그 말에 서준도 후끈 달아올랐다.

"그래! 꼭 그렇게 하고, 글러브 박스에서 다리 당장 내려놔!"

"싫어! 난 이게 편해!"

"차 돌려 더 배우러 가야겠어? 다리 내려놔! 스타일링 수업 두 배로 늘리기 전에!"

"맘대로 해, 내가 언제 수업 마다한 적 있어?"

이 녀석을 말싸움으로 이겨 먹으려고 한 내가 잘못이지! 서준은 갓길로 차를 대고 사이드 브레이크를 거칠게 올린 뒤, 안전벨트를 풀었다.

"난 옆자리에 여자건, 남자건! 글러브박스에 다리 올려놓고 발가락 까닥거리면 불안해서 운전 못 해! 잘못해서 뒤에서 받히기라도 하면 얼마나 크게 다치는 줄 알아? 그따위로 앉아 갈 거면 네가 직접 운전해!"

희수는 반들거리는 눈으로 잠시 바라보다 입술을 꼭 깨물었다.

그리고 다리를 내리고 구두를 찾아 신었다.

"됐어?"

무릎마저 단정히 붙여 앉고 짜증스레 묻는 말에, 서준은 한숨을 폭 내쉬었다. 어질어질 현기증이 났다. 글러브박스에서 다리 한 짝을 내려놓게 하는 데 온몸의 진이 다 빠졌다.

아무래도 이연혜의 수업은 희수보다 서준이 훨씬, 더, 간절히 필요한 것 같았다. 서준에게 꼭 필요한 그 과목은 '눈빛만으로도 이희수 제압하기!' 였다.

"어디 가?"

서준이 집 방향에서 반대로 우회전하자, 희수는 퉁명스럽게 물었다.

"데이트하러."

데이트 신청을 이렇게 울분을 터트리며 정열적으로 하는 것도 처음이었다.

"쳇!"

그리고 이런 환대를 받기도 처음. 서준은 기다란 한숨으로 대꾸하는 수밖에 없었다.

내가 데이트하자고 덤비는 여자들 때문에 얼마나 피곤하게 사는 사람인 줄 알아? 사람 많은 곳에서 편하게 술 한 번 마시지 못하고, 클럽에서 춤도 즐겁게 즐기지 못해. 질척하게 감겨 들러붙는 여자들 떼어 내는 걸 일보다 더 피곤하게 하고 사는 사람이야, 순순히 데이트하자는 말 들어 본 걸 영광으로 알아!

따위의 말을 실제로 뱉으면 어떤 반응을 돌려받게 될지, 참 궁금했다. 하지만 서준은 희수의 열렬한 환대를 받느라 입도 벙긋할 기회를 얻지 못했다.

"야, 회사에서 직원을 고용해도 밥 먹는 시간 빼면 8시간 일 시켜. 아침 여섯 시부터 일어나 네 출근 시간에 대서 밥해 먹이고, 집안일하고, 오전 내내 땀 흘리며 춤추고, 오후 내내 수업 듣고. 넌 양심도 없니? 나도 좀 쉬자!"

"그래서 운전도 해 주잖아. 그럼 내일부터 집안일 빼 줄 테니까, 데이트하고 들어가!"

말려들지 말자, 말려들지 말자, 화내지 말자. 말싸움 같은 거 해 봤자, 손해야. 좋게 말해야지, 부드럽게, 더 부드럽게. 도를 닦는 기분으로 녀석을 달랬다.

"누가 빼 달래? 오늘은 피곤해서 손가락 하나 까닥할 힘도 없단 말이야. 넌 양심도 없니? 이 악덕 고용주야, 나 지금 열세 시간째 일하는 중이야!"

"집에 들어가서 저녁 차리는 것보다 내가 사 주는 밥 먹고 들어간다고 편하게 생각해."

"니가 얼마나 짜증 나고 불편한데, 편하게 생각하니?"

사실, 서준은 사업을 핑계로 희수와 약속했던 다이어트 식단에 동참하지 않았고, 희수는 짜증을 내며 그의 식탁을 계속 차리는 중이었다.

"그럼 불편해도 참아. 시간 없어, 오늘부터 내가 시간될 때마다 나랑 밖에서 두 시간씩 보내."

"뭐? 시간 될 때마다? 미쳤어?"

"너, 지금 우리가 뭐 하는 중인 줄 잊었어? 일주일 후면 이도형 들어오고, 며칠 안에 놀러 나오면 기회 봐서 접근해야 해. 바로 대기 상태야. 그런 녀석이 어제 그러더라? 남자랑 데이트 한 번도 안 해 봤다고!"

그래, 바로 그 충격적인 소식을 들은 게 어제였다.

녀석은 "걱정 마, 어떻게 하는 건지만 대충 알려 주면 돼." 아주 해맑게 웃었었다.

노숙자 차림으로 더러운 냄새를 풍기며 들어오면서도 도발적이고 당당한 눈빛으로 '이도형 꼬여서 네 여자 친구 찾아 주겠다' 며 딜을 걸던 녀석이, '첫 섹스 한 남자 이름도 읊어 줄까?' 사기 치던 녀석이, 아니, 이도형의 바지를 그 여러 사람들 앞에서 아무렇지도 않게 끌어 내린 장본인이. 남자와 데이트조차 해 보지 않았다니!

요 녀석에게 어이없이 허를 찔리고, 이제 와 데이트 선생을 급조할 수도 없단 명목으로 직접 나서기로 하고, 이연혜의 수업을 참관했던 게 오늘 일이다. 그런데 싫다고 징징거린다.

피곤하다는 희수의 말을 이해 못 하지 않았으나 서준은 단호히 말했다.

"데이트, 별거 아냐. 남자랑 여자랑 놀면서 시간 보내는 거야. 저녁 먹고 놀다 들어간다고 생각해."

"쉽네? 대충 뭔지는 나도 아니까, 그냥 요령 같은 것만 말해."

"살사도 스타일링도 설명만으로 할 수 있었겠어?"

그러나 희수는 막무가내로 버텼다.

"아, 나 참, 그럼 내일 해."

"내일은 내가 시간 없어. 오늘도 일부러 저녁 시간 뺀 거야."

"그럼 오늘 저녁엔 쉬고 내일 아침에 일찍 일어나서 해. 너 출근하기 전에 하면 되겠네."

"야! 출근 전에 새벽부터 일어나서 무슨 데이트? 내일 아침 알아서 출근할 테니까, 늦잠 자. 그리고 데이트는, 오늘, 지금, 당장 해!"

"징글징글한 녀석! 하나를 안 지려고 하지!"

"방금 그 말, 딱! 딱 내가 하고 싶은 말이야. 그리고 너, 그따위로 말하지 말랬지?"

아! 돌아 버릴 것 같다. 이 녀석을 고분고분하게 할 수 있다면 악마에게 영혼을 팔아도 좋을 것 같다.

아니지, 아니야. 서준은 평정심을 찾으려 애썼다. 지금 자신은 이 녀석에게 말려 맞장구치며 싸움을 하고 있었다. 뭔가 말도 안 되게 떼를 쓰고 있다는 건 다른 이유가 있다는 뜻. 서준은 숨을 고르고, 목소리를 가라앉히고, 낮은 목소리로 차분히 물었다.

"집에 들어가도 어차피 먹을 저녁, 이렇게 진절머리 내는 이유가 뭐야?"

정색하고 물으니, 희수가 반들거리는 눈을 빛내며 말했다. 메이크업으로 세련되게 뽑아 그린 눈매가 낯설고 어색하다. 서준은 얼른 그녀의 얼굴에서 시선을 치웠다.

"너 말고 다른 선생 구해 와. 그럼 열렬히, 열심히 배울 테니까, 다른 수업들처럼."

"하!"

"나도 취향이라는 게 있어. 너랑은 정말 데이트하기 싫단 말이야, 내가 일생의 첫 데이트를 너 같은 개새끼랑……."

오호! 오랜만에 뱉는 욕설. 저도 실수로 뱉었는지 희수는 말을 툭 멈췄다. 그동안 꾹 참고 입 밖에 내지 않았더라도 희수의 머릿속에 '강서준 = 개새끼'의 공식은 어쩔 수 없이 각인된 사항이었나 보다.

서준의 입에선 저도 모르게 헛웃음이 비어져 나왔다. 어떻게든 미루고 억지를 쓰며, 싫다고 꽁지를 뺀 이유는 따로 있었다. 저도 여자라고, 취향을 운운하며 수컷을 고를 줄 아는 암컷이라고! 승냥이 계집애는 단지, 개새끼랑 데이트가 하기 싫은 거였다.

원인을 알면 설득이 쉽다.

"한 번만 더 욕설 뱉어 봐!"

서준은 잇새로 음울하게 경고했고, 희수는 쌕쌕, 거칠게 반항의 숨을 내쉬면서도 입을 꼭 닫았다.

"너, 누구한테 데이트 따내고, 마음 뒤흔들려고 춤 연습 하고, 섹스어필이네, 뭐네, 이 생고생 중인 줄 잊었어?"

이도형. 그녀의 돼지 새끼. 희수는 침묵으로 답을 대신했다.

"그럼, 너 이도형이 사랑스럽고 좋아서, 꼬여 내려고 노력 중이니?"

쪽 째진 눈의 유리알 같은 검은 눈동자가 원망과 분노를 담고 서준을 흘겼다.

"그래. 이도형만큼 네가 싫어하는, 이도형을 대체할 수 있는 연습 상대를 딱 한 사람 대 봐!"

검은 눈에 짜증이 어리며 입술이 앙다물어졌다. 얼굴에 딱 '마음에 안 들어'라고 쓰여 있지만 어쨌든 설득은 된 듯.

"댄스니 스타일링이니 다이어트니, 뭐가 가장 중요한지 머리 잘 굴려. 네가 목표로 하는 대상을 위한, 최고의 모의 데이트 상대가 널 가르치려고 대기 중이니까. 게다가, 너도 잘 알듯이, 사람들은 날 '바람둥이 강서준'이라고 부르지."

'명검(名劍)의 기(氣)'를 다루기 위해 수련과 단련을 거듭하는

무림 고수들의 훈련기. 서준은 오락용 무술영화에서 그런 것들을
보며 유치찬란하다고 생각했었다.

"하아. 배고파서 보이는 게 없다. 그만 좀 골라."

하지만 정말 요 녀석을 다루는 데는 기가 달릴 정도로 피곤했
다. 녀석과 싸우려면 항상 전력을 다해야 했으니까.

"밥은 집에서 먹어야 해. 아침, 점심, 저녁, 칼로리, 시간 맞추
어 먹은 게 지금 얼만데 아깝게 깨 버리라는 거야?"

"샐러드 먹어."

"식단표 보고도, 아니 네가 해 보고도 몰라? 염도 당도 철저히
제한된 화학 다이어트야. 갑자기 소금 설탕 잔뜩 들어 있는 음식을
먹으면……."

서준은 희수의 말을 더 들을 것도 없이 웨이터를 불렀다.

"네, 주문 도와 드리겠습니다."

웨이터가 다가오자 서준은 경고의 눈빛으로 희수의 입을 막았
다. 그리고 주문했다.

"저는 코스 A, 주시고요. 숙녀 분께는 레이디 샐러드 세트 준비
해 주세요. 오일 포함 드레싱 일체는 꼭 따로 주세요. 자몽 주스
한 잔, 설탕이나 다른 첨가제는 일체 빼 주시고, 삶은 달걀 3개 따
로 준비해 주실 수 있으시지요? 다른 건 필요하면 다시 주문하겠
습니다."

심상치 않은 커플의 분위기를 감지한 웨이터는 한 마디 토도 달
지 않고 "네." 하고 주문을 받고 사라졌다.

"됐지? 어떻게 너랑은 밥 한 번을 편안하게 먹을 수가 없어!"

"닭 빠졌잖아!"

희수는 검은 콧등에 잔주름을 잡으며 으르렁거렸으나, 아까보단

기분이 한결 나아진 것 같다.

그렇지, 닭 가슴살. 그 비릿하고 맛없고 퍽퍽한 닭 가슴살, 그게 빠졌지. 서준은 빠르게 머리를 굴리다 대충 둘러댔다.

"이런 식당엔 네가 먹는 염지가 되지 않은 그런 닭은 없어. 그러니까 닭은 집에 가서 먹든가, 내일 아침에 두 배로 먹어."

죽어도 실수로 빠뜨렸다는 말은 하기 싫었다.

"으응, 그렇구나."

그러나 희수가 단번에 수긍하고 고개를 끄덕이자, 서준은 갑자기 기운이 주욱 빠지며 현기증이 일었다.

간신히 타협하고 힘든 다이어트, 아니 데이트를 시작하게 되었다. 하지만 희수의 눈에는 호기심이 다글다글 달려 있다.

"염지가 뭐야?"

"생닭을 맛있게 절이는 거. 우리나라 식당에서는 닭 요리 시키면 웬만큼 다 맛있지만, 해외에서 닭 요리를 시키면 비릿하고 맛없는 건 염지 기술 때문이야."

"오호, 소금물에 절이는 거?"

"소금이 목적이 아니라 육질을 부드럽게 하고 잡내를 잡아 주는 거야. 네가 아는 브랜드 닭 중 두 곳은 주사법을 쓰고, 다른 곳들은 침수법을……."

한번 호기심을 가지니, 브랜드 어디? 어떻게 주사? 무슨 성분? 꼬치꼬치 캐묻는 게 장난이 아니었다. 서준은 막힘없이 말하는 그럴싸한 멋진 모습을 보이기 위해 기억을 더듬어 아는 지식들을 가급적 천천히 풀어냈다.

"그래서 그 기술 때문에 브랜드 닭이 비싸고 맛이 좋아. 이제 그만! 닭 장사 할래? 그만 물어. 귀찮아!"

그러나 지식이 슬슬 바닥을 드러내자, 서준은 짜증을 내고 말았다. 희수는 생글생글 웃으며 쪽 째진 눈을 빛냈다.

"재미있잖아, 내가 모르던 분야니까. 그리고 데이트한다면서 무슨 일 하세요, 그게 뭐예요, 물을 수도 있지, 무슨 데이트 선생이 첫 음식도 나오기 전부터 짜증이야?"

할 말이 쏙 들어간 사이 다행히 굿 타이밍으로 음식이 나왔다. 그런 뒤 쥐어짠 건 궁색한 변명.

"배고파서 짜증 났어. 난 너처럼 먹는 데 참을성이 좋지 않아."

"참을성이 좋은 사람이 어디 있어. 그냥 꾹 참는 거지."

닭 가슴살 대신 드레싱 없는 양상추를 아작아작 씹으며 희수가 샐쭉 웃었다. 이렇게 흐뭇하게 웃을 때는 참 귀여운 녀석인데, 한 번 말을 안 듣고 엇나가기 시작하면 돌아 버릴 것 같다.

"그래서, 너는 닭 장사 해?"

그리고 그렇게 돌아 버릴 것같이 함께 싸우거나 정신 팔려 이야기하면서도, 머리 한쪽 구석에서는 또 다른 방향의 계산기가 차르르륵, 돌아가고 있다. 무서운 녀석!

"닭 장사 아니고, 할까 하고 준비하다가 시장이 너무 난장이라 관뒀어. 치킨 프랜차이즈 만들려고 검토하다 엎었어."

"흐응, 그렇구나."

이건 데이트가 아니라 취조를 당하는 느낌, 왠지 이 녀석이 검사가 되면 좀 무서울 것 같다.

"그럼, 지금은 무슨 일 하세요?"

서준이 인상을 구기자 희수는 자연스럽게 말투와 분위기를 바꾸었다. 얼굴에 장난스러운 웃음기를 싹 거두고 진지한 표정이 되었다. 의자 깊숙이 바른 자세로 앉아 이연혜에게 배운 것을 써먹고 있다. 버튼을 누르듯 바로 바뀐 분위기와 태도. 모의 데이트 시작.
그래, 서로를 잘 모르는 남녀가 첫 데이트를 할 때는 이렇게 하지.

"작은 투자 회사 다닙니다. 일정 지분이 있어 이사 직함 달고
있지만 다른 직원과 하는 업무는 별반 차이 없습니다. 대신 출퇴근
시간은 자유로운 편이지요. 지금 동료들은 열심히 야근 중입니다."

서준이 맞장구를 쳐 주자 희수는 살짝 입꼬리를 올렸다. 가짜
데이트, 모의 데이트. 하지만 제법 분위기가 다르다.

"하지만 퇴근해서도 일을 집으로 끌고 다니는 나쁜 습관이 있으
시던데. 주말에도 출근이 잦으시고요? 결국 항상 일하는 중인?"

"원래 집에서 조금씩 혼자 하던 일을 사람을 모으고, 회사를 만
들어 거꾸로 옮겨 갔기 때문에 그런 습관이 들었습니다. 결혼하고
가정을 갖게 된다면 고쳐야겠지요."

왜 이런 말이 튀어나왔는지 모르겠다. 갑자기 기묘한 기분이 들
어 말문이 막혔다. 한 번도, 희연과조차도, 여자와 가정을 꾸리는
상상은 해 본 일이 없다. 게다가 이 눈앞의 아이는 아니, 희수에게
대입하는 건 생경했으나⋯⋯. 왜, 결혼, 가정, 이런 걸 말하게 되
었을까.

"재미있는 별명을 가지셨더라고요."

격하게 울리기 시작하는 심장의 박동을 들키지 않으려 음식을
천천히 씹어 삼킬 때 재빠르게 화제를 돌린 건 오히려 희수였고,

"그만둬. 데이트랬지, 선보는 거 같아."

백기를 든 건 서준 쪽이었다.

"그럼 이도형과는 만나서 데이트하면서 무슨 얘길 해?"

희수가 담백하게 물었다. 그 맑고 생기 있는 눈빛에, 쿵쿵 울리
던 심장박동이 천천히 둔탁해졌다. 지금 뭘 하는 중인지.

"이도형과 이따위 대화를 나눴다간 단박에 채일 거야. 이도형이 가장 질색하는 게 선이야. 그래서 그 댁 어머니는 선볼 여자도 파티에 밀어 넣어 붙여 줘."

잊지 않고 중심을 잘 잡아야 한다.

"하긴 너희들이 슬슬 결혼할 나이가 되긴 했지. 늙은이들."

또 콧등에 잔주름을 잡으며 올라가는 눈꼬리가 귀엽다. 스물두 살의 앳된 아이는 한창 학교를 다니며 놀거나 또래의 아이들과 연애를 할 때다. 하지만 오늘의 희수는 여자였다.

"어려도 어리게 굴지 마. 징징거리는 거 질색하니까 산뜻하게 굴어. 대놓고 음란한 거…… 실컷 해 봐서 흥미 없어하지만, 섹스어필…… 못 하면 이도형 못 넘겨. 그리고……."

자꾸 목이 막혀 오는데도 서준은 스테이크를 한 조각 잘라 천천히 씹어 넘겼다. 한 번은 꼭 말해야 하는 주제인데. 정말 맛없다. 오늘의 희수가 아름다운 것만큼.

"절대 살사 외에는 신체 접촉 피해. 섹스어필을 확대 해석 해서, 행여나 함께 침대에 들어갈 꿈도 꾸지 마. 그랬다간 나한테 잘릴 테니. 남자는 한번 잔 여자에게는 반 이하로 관심 줄어. 요령껏 잘 피해."

무슨 말을 뱉는 건지. 가시방석에 앉은 듯 불편했다. 이렇게 불편하게 될 줄 몰랐다.

서준은 애써 피하던 희수의 눈을 똑바로 쳐다보았다. 저 얼굴을 쳐다보지 않으려 내내 의식했지만 CO의 메이크업 솜씨는 꽤 훌륭했다. 그의 흰 카우치에서 발가락을 고물거리며 하루에 한 편씩 옛날 드라마 '미실'을 시청하는 게 요즘 유일한 취미 생활인 이 아이는, 메이크업만으로도 금세 어른이 되어 버렸다.

노숙자 차림으로 퀴퀴한 냄새를 풍기는 주제에, 반들거리는 눈빛만으로도 섹스어필의 확신을 주었던 아이. 그 완성형에 가까운 모습은 옆에서 지켜본 서준으로서도 동일 인물임을 믿기 힘들 정도.

밝은 조명 아래 지금 이 모습으로도, 서준은 이도형이 이희수를 알아보지 못할 거라는 데 목을 걸 수 있었다.

"걱정 마. 먹고사는 게 힘들어서, 한가하게 데이트 같은 걸 해본 적이 없는 거지, 나 바보 아냐. 세상 경험은 너보다 나을걸? 넌 온실 속 화초니까."

그래, 이거. 바로 이거. 이도형도, 서준 자신도 쥐고 뒤흔들 수 있는 이 도발.

희수에게 꽤나 익숙해지지 않았다면 바로 발끈해서 목에 핏대를 세우고 싸움질에 응할, 허를 찌르는 이 도발. 이게 그녀의 치명적인 매력이었다.

"그래, 화초, 맞아. 돈이 온실 효과를 주었지. 너보다 세상 고생 덜 한 거 인정해."

싸우기 싫어졌다. 모의 데이트지만 그녀의 첫 데이트라잖아.

희수의 오른쪽 눈썹이 짝, 올라가며 검은 눈동자가 반짝였다. 제법인데? 칭찬해 주는 것 같은 미소.

단정한 이마, 날카로운 콧대, 붉은 입술, 매끈한 턱선, 자신의 강점을 잘 살린 눈꼬리를 강조한 메이크업. 진한 아이라인은 그녀의 눈을 더 생기 있게 만들고, 색스러운 도발을 불렀다. 이젠 저 얼굴을 똑바로 볼 수조차 없다.

"이제 나도 질문할게. 너 공평한 거 좋아하잖아. 학교는 왜 그렇게 오래 휴학했어?"

화제를 돌렸다. 어차피 뒷조사한 거 알고 있으니 굳이 숨기지 않았다. 그러나 알면서도 희수는 인상을 쓰며 불쾌해했다.

"돈 벌면서 공부하니까 짜증 나서, 돈 쭉 벌고 공부 쭉 하려고. 생활비랑 학비를 다 벌려면 큰돈이 들어서 학점…… 아니지, 야! 집어치워, 내 개인 신상이 이 일과 무슨 상관이야! 공평은 무슨! 난 돈 없고 힘없어서 너 못 팠어. 날 도대체 얼마나 팠어?"

"파긴 뭘 파? 겉으로 드러난 것만 알아본 거지. 부모님 사고, 집안 어려워진 것, 할아버님 돌아가신 거, 학교 다니다 휴학한 거? 참! 너, 나랑 동문이야. 넌, 나 졸업하고 들어왔지만. 같은 건물도 썼더라?"

법학부와 경제학부의 인문대는 앞뒤 건물이지만 교양과목 일부는 넓은 경제학부 건물을 함께 쓰기도 했다. 서준과 친구들은 그들을 '법돌이 떼거지들'이라 불렀었다. 그들이 단체로 뜨면 복도도 식당도 시끌벅적하고 비좁아졌었다. 그런 인파 속에 들어 있었을 희수를 떠올리니, 상상력이 발동하며 아주 기이한 상념이 들었다.

"알아."

"뭐? 알아?"

그러나 희수는 무덤덤했다.

"그렇게 대단한 소문을 모를 리가. 알겠지만 너 꽤 유명해. 제국대학교 개쪽, 바람둥이 강서준! 레전드 바보, 이도형!"

'그따위로 욕설 뱉지 말랬지?' 따위의 말이 나오지도 않을 정도로 목이 콱 막혔다. 맞아. 어떻게 그 생각을 못 했을까? 하바나에서보다는 학교에서 훨씬 더 유명했을 그 사건을.

"너, 처음 본 것도 사실 학교였어. 졸업하고 왔나 본데 여자애들이 너 좋다고 연예인 쫓아다니듯 하니까, 너 짜증 내면서 도망가더라? 쳇! 재수 없어서."

머릿속이 싸해지며 다시 화가 치밀기 시작했다. 서준의 스테이크는 삼분의 일도 줄지 못한 채 식어 가고 있었지만 희수는 방울토마토 한 개를 달랑 남기고 접시를 싹 비웠다. 희수는 마지막 남은 방울토마토 한 개를 포크로 찍지 않고 접시 안에서 이리저리 굴리며 괴롭혔다.

"야, 너! 내가 미리 말하는데, 행여나 이 일 끝내고 학교에서 나 마주치면, 절대! 알은척하지 마. 쪽팔리니까."

이건 고의다. 고의로 싫어할 만한 말을 고르고 있다. 그래, 싸움을 걸려는 거다. 도발이 목적!

"우리 선배들과 알고 지내는 사람 있어도 절대 내 이름 팔지 말고? 졸업도 했으니 웬만하면 학교 올 일, 안 만들면 더 좋겠어."

하지만 이 모두가 진심일 거라는 게, 묘하게 더 화가 났다. 희수의 무시무시한 눈빛을 받고 있는 방울토마토는 포크에 차라리 찔리지도 못하고 접시 안에서 미친 듯이 괴롭힘을 당하고 있었다.

"아우 짜증 나. 전설의 두 개쪽과 바보를 만나서 내가 강서준 식모 해 줘, 애인 찾아 주는 해결사 해 줘. 이도형 꼬인다고 춤 배우고, 화장 배우고. 아, 내가 이 꼴이 될 줄은 정말 꿈에도 몰랐는데?"

서준은 마음을 단단히 먹고 얼음물을 꿀꺽꿀꺽 들이켰다. 그러나 서준이 화를 내 주지 않자, 희수는 그를 슬쩍 쳐다보며 접시 안의 방울토마토를 더 거세게 괴롭혔다.

"솔직히 너! 정신 나간 여자애들이 들끓으니까 뭐 자신이 꽤나 멋지다고 생각하나 본데, 그래! 뭐, 자타가 공인하는 껍데기야 그렇다 치자! 솔직히, 이도형과 너, 돈 떼고, 외모 떼고 서로 강한 거

한 개씩 떼고 껍질 벗겨 놓고 남자로서만, 수컷으로서만 따지면. 누가 더 나을 것 같아?"

하! 비교 자체만으로도 이렇게 열 받게 할 수 있는 게, 세상에 또 있을까? 나오지 않는 목소리를 억지로 쥐어짰다.

"이도형이라는 거야?"

"당근, 이도형이지! 걘, 적어도 자기 욕망에 충실하거든. 하지만 넌 속 시커먼 내숭과야. 겉으론 멋진 척, 속으론 딴생각. 겉과 속이 다른 내숭은 여자도 재수지만, 남자가 그러는 건 정말 못 봐 주지. 그런데 영광인 줄 알아, 이딴 표정으로 앞에 앉아 데이트를 가르친답시고……."

"OK!"

네가 이겼어, 이희수! 서준은 두 손바닥을 펴 보였다.

"항복! 나 열 받게 하려는 네 목적! 성공했어. 그러니 멈춰! 돌아 버릴 것 같으니까."

소리치지 않으려 잇새로 간신히 뱉었다. 여기서 소리라도 지르면 정말 돌이킬 수 없을 것 같으니까.

쪽 째진 눈에 놀라움이 일었다. 정말 의외라는 듯 포크질을 멈추고 고개를 기울였다.

"오호, 알았어? 역시 강서준이네?"

"왜 이렇게 싸움을 못 걸어 안달이야?"

"또다시 데이트하잔 말 쏙 들어가게 하려고. 크흐흐!"

괴롭힘을 당하던 방울토마토는 끝내 잔인하게 희수의 포크 끝에 푹, 찔리고 말았다.

"정신이 확 빠지게 아름다운 추억 만들어 주려 그랬지. 이왕이면 소리도 질러 주고, 테이블도 들어 엎어 주었으면 좋았을 텐데."

아, 저 말에 정말 테이블을 들어 엎고 싶다니!

서준은 희수가 꼭 쥔 포크 끝에서 붉은 진액을 쏟는 방울토마토가 마치 자신처럼 느껴졌다.

"데이트, 한 번도 안 해 봤다는 황당한 말을 뱉은 건 너야!"

"시작할 때 분명히 필요한 건 다 가르쳐 주겠다고, 괜찮다고 했었어."

"그래서 지금 가르치려고 앉아 있잖아?"

"너랑 내가 뭘 해? 남자 여자 노는 거 가르치고 싶으면 다른 선생 구해 와, 살사 때처럼."

이도형을 가장 잘 아는, 바람둥이 강서준이 최고의 적임자라는 말로는 충분한 설득이 되지 않았나 보다.

"동네방네 떠들며 너 노출시키기 싫어서 그래. 그러니까 몇 번만 참아."

"알았어! 그럼 이도형 성질머리, 취향! 요약 정리해서 알려 줘. 토씨 하나 빠뜨리지 않고 달달 외워 줄 테니까! 그리고 이딴 데이트 수업은 집어치워, 됐지?"

"글로 남자를 배웠어요, 그딴 거 한다는 거야?"

마침내 희수는 절대로 서준과 데이트하고 싶지 않았던 이유를 토해 냈다.

"연습할 게 따로 있지! 너, 사람 마음 가지고 노는 게 전공인 건 알겠는데, 이러다 둘 중 하나 마음 흔들리면 어떻게 할래? 내가 울고 짜면서 이거 뒤엎을래, 우리 함께 사랑해, 나 너 진심으로 좋아하게 되었어, 이도형에게 가기 싫어! 이딴 말 하면 받아 줄 거야? 그따위로 뭐 마려운 강아지처럼 하나라도 주지 못해 안달하는 눈빛으로 쳐다보지 말란 말이야!"

"나? 내, 내가? 웃, 웃기지 마."

"너 그래, 강서준. 그 여자들 홀리는 개새끼의 탈을 쓰고, 다른 여자들에게 자신의 외모가 어떻게 비쳐지는지 잘 알면서! 무슨 고문이라도 하는 것처럼, 사랑해! 좋아! 오늘 밤 즐겨! 물고 빨다가 날 이도형에게 내줄 작정이야? 아무리 이건 연습이야, 하더라도, 그딴 걸 너랑 함께하면서 놀면! 아무리 나라도 혼란스러워질 수 있다는 생각, 안 해?"

선을 그었었다, 서로 넘지 말아야 할 선을. 희수는 한 번도 선 근처에 오지 않았지만 서준 자신은 들락날락 제멋대로. 눈앞의 이 여자는 이미 다 알고 있었다.

"너 그거 정말 예의 없는 거야, 알아? 너! 매일 나한테 바른 자세, 바른 언어 습관 운운하지? 너야말로 예의 좀 지켜. 욕설을 뱉어야만 예의 없는 거 아냐."

"……"

"일주일 뒤에 다른 남자 만날 날 받아 놓은 거 뻔히 알면서."

"……!"

"복날에 잡아먹기로 하고도, 귀엽다면서 개의 머리를 쓰다듬어 주는 거……. 개에겐 너무 못 할 짓이잖아!"

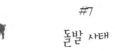

#7
돌발 사태

　조수석에서 바라보는 한강의 야경은 참 아름답다. 밤하늘의 별
빛 대신 점점이 수를 놓는 도시의 불빛은 마음이 허할 때나 괴로
울 때나 지금처럼 종잡을 수 없을 때조차 묵묵히 위안이 되어 준
다.

　희수는 차 키를 강제로 빼앗아 오늘은 죽어도 하기 싫다는 운전
을 결국 했다. 꽤 피곤한지 신호 대기 중에도 연신 눈을 비볐고,
7cm의 힐을 벗어두고 맨발로 운전 중이었다.

　서준의 무릎 위에는 먹다 만 스테이크를 포장한 봉지가 얹혀 있
었다. 이런 걸 뭐하러 집에 들고 가냐고 했지만, 다가오는 웨이터
에게 희수는 "우리 집 개가 좋아할 것 같아요. 포장 좀 해 주세
요." 했다.

　결론부터 말하자면 희수는 서준에게서 '이도형에 관한 습성을
정리한 요약본' 을 암기하는 걸로 데이트 수업을 대체하겠단 약속

을 얻어 냈다. 포크에 찔려 피를 흘리는 마지막 방울토마토를 승리라도 쟁취한 듯 토토톡, 송곳니를 빛내며 씹었던 희수.

"야! 정신 차려!"

그러나 지금의 희수는 운전대를 쥐고 고개를 툭 떨어뜨렸다. 깜빡 졸았나 보다. 신호 대기 중이라 망정이지 큰일 날 뻔했다.

"안 되겠어! 지금이라도 바꿔!"

서준이 다급히 말했지만 신호는 기다렸다는 듯 녹색으로 바뀌었다. 빵빵거리는 뒤차에 밀려 자동차전용도로로 들어서 버렸다.

"아무 말이라도 좀 시켜 봐!"

찬바람을 맞으려 차창을 내려 보았으나 초여름의 더운 공기가 밀려들어 왔다. 희수는 창문을 다시 닫고 에어컨의 온도를 더 내렸다. 서로 거리를 두자고 한 게 몇십 분 전, 서준이 한마디도 하지 못하고 오는 사이, 희수에게는 졸음이 찾아왔던 것이다.

누구는 가슴이 끓어 숨이 잘 쉬어지지도 않는데, 누구에게는 태평하게 졸음이 쏟아지는 일 정도였나 보다. 말도 안 되긴 하지만 속절없이 야속했다.

예쁜 강아지를 보고 쓰윽, 쓰다듬으려 했다가 손가락을 콱, 물린 기분이랄까. 그래, 희수에게 관심이 갔었다. 신기하고 기특하고 귀엽고 안쓰럽고 그리고 얼마쯤은 여자로 보이기도 한다. 그러나 가지고 놀다 이도형에게 내몰 생각은 꿈도 꾸지 않았다. 정말 그랬다면 이름을 개새끼로 갈아 치워도 좋다.

'아무리 나라도 혼란스러워질 수 있다는 생각, 안 해?'

머릿속이 혼란해졌다. 솔직히 그런 생각은 안 해 보았다. 희수는 워낙 스스로를 잘 다스리는 아이이니. 처음의 경고가 무색해지지 않도록 서준 자신의 마음을 다잡는 데만 집중했었다.

"한마디 했다고, 나랑 말 안 하고 입 닫고 살게? 남자 여자로 노는 거 하지 말자고 했지, 왜 이래? 세상의 둘도 없는 비밀을 공유하는 파트너끼리?"

쏘 쿨한 그대여! 서준이 어이가 없어 그녀를 부드럽게 노려보자, 희수가 "밴댕이!" 한다. 이젠 그녀의 욕설이 정겨울 정도. 내성이라도 생긴 걸까. "개새끼라며?"

서준이 스테이크 포장 봉지를 흔들어 보였다. 희수도 웃으며 "봐, 밴댕이 맞지. 밴댕이 개새끼." 한다. 서준은 자포자기하듯 말했다.

"그래, 아무렇게나 떠들고 잠이나 깨라!"

서준의 마음이 비틀거리며 갈피를 잡지 못하는 사이, 희수는 곧게 뻗은 밤의 도로를 무섭게 질주했다.

❖ ❖ ❖

— 그냥 집에서 봐. 밖에서 만나는 것도 피곤하고.

도형을 만나기 위해 캐나다에 다녀온 희연이 먼저 연락을 해 왔다. 따라 나가지 말라고 해 준 경고는 소귀에 경읽기가 되고 말았다.

"집? 안 돼, 안 돼!"

— 비밀번호, 옛날 너희 집 전화번호 뒷자리네? 이미 들어왔어.

희연이나 어머니나 정말로 마음에 안 드는 공통점이 하나 있었는데 바로 이거였다. 갑자기 만나자고 떼쓰기. 그녀들은 갑자기,

꼭, 자기들이 만나고 싶을 때 만나야 했다. 평소에는 코빼기도 보이지 않다가 약속도 없이 이렇게, '지금 와, 알았어. 기다린다니까.' 라거나, '빨리 와라. 넌, 하는 일도 없이 뭐가 그렇게 바쁘니?' 하는 식이다.

이제 와서 희수에게 밖으로 나가라 할 수도 없는 노릇. 서준은 투자자와의 저녁 식사 중 할 수 없이 전화를 받고 숨이 막혔다. 내가 두 장을 맡기니 세 장을 맡기니 폼을 재던 대머리 황 회장은 자기 자랑 스토리가 클라이맥스에서 툭 끊겨 기분이 좋아 보이질 않았다.

"안 돼, 못 가. 다음에, 아니 내일 만나!"

— 걱정 마, 데이트하는 중 아니지? 자고 들어오는 거 아니면 상관없음! 나 시간 넉넉해.

낭랑한 목소리가 즐겁게 재재거리다 툭 끊겼다. 전화통화가 왜 이렇게 길어지냐는 듯 눈이 세모로 변해 가는 황 회장 앞에서 어쩔 수도 없었다. 자리를 박차고 뛰쳐나가고 싶은 마음을 꾹 누르며 "내가, 젊은 시절에는 말이야."로 시작되는 끝없는 자아도취 스토리를 연결해서 들어 주어야 했다.

술자리는 10시가 조금 넘어 파했다. "그래, 열심히 하겠다는데!" 하며 어깨 툭툭, 치는 격려사까지 마무리한 뒤 황 회장은 부하 직원의 몸에 반쯤 기대 집으로 돌아갔다. "젊은 친구가 아주 잘생겼네. 배우라도 하면 좋겠어?" 하는 헛소리는 마무리 인사. 서준은 대리운전 기사를 재촉해 20분도 안 되어 집으로 날아왔다.

희연은 희수를 제대로 본 일이 없다. 이도형도 그런 종류의 일을 희연에게 일일이 설명하지 않았을 것이다. 머릿속에서는 불길한 드라마가 화려하게 펼쳐지고 있었다. 두 여자가 만나 무슨 대화를 나눴을까, 번호 키를 열고 들어오며 희연은 희수를 보고 뭐라 했으며, 반갑지 않을 희연을 보고 희수는 그 대찬 성격에 뭐라고 받아쳤을까?

술자리가 파하자마자 전화를 걸었으나 희연도, 서준의 집 전화도 '응답 없음'이었다. 이도형이 망가뜨렸다는 뒤로 희수는 필요 없다며 휴대전화를 다시 만들지 않았다. 희수의 말은 늘 옳다. "답답한 건 걸고 싶은 놈이지, 내가 아냐."

머릿속에선 희연이 헛소리를 한마디 한 뒤, 희수에게 머리채를 잡히며 특유의 기운 없는 목소리로 비명을 지르는 극악한 상황이 펼쳐질 즈음, 현관문을 열 수 있었다.

집 안으로 들어서자마자 달콤하고 고소한 냄새가 코를 찔렀다. 희수는 밤늦게 요리를 하지 않는다. 현관부터 진동할 정도로 집 안에 음식 냄새가 배게 놓아두지도 않는다. 서둘러 다가간 주방에선 익숙한 콧노래 소리가 서준을 반겼다.

"생각보다 빨리 왔네?"

희수의 앞치마를 두른 희연이었다.

"혼자……야?"

주변을 둘러보았지만 희수의 흔적은 없었다.

"그럼? 나 왔을 때도 아줌마는 이미 퇴근했던데?"

눈치 빠른 녀석이니 어디 다른 곳으로 피해 주었을 수도 있겠다 싶었다. 희연은 콧노래를 그치지 않고 양손을 뻗으며 식탁 위를 보란 듯 자랑했다. 촛대, 와인 잔, 와인, 그리고 크로켓과 과일 타르트 같은 안주들.

튀겨 낸 건 겨우 한 접시인데, 싱크대에는 뭔가가 산더미다. 희연이 손수 한 음식. 뭔가 원하는 게 있거나, 사과를 하고 싶다는 뜻이다.

"그냥 사 와. 네가 한 음식 별로 맛없어."

이걸 튀기겠다고 기름 앞에서 익숙하지도 않은 일을 여태 했을 것이다. 실제로 희연의 음식은 모양도 맛도 별로였다.

"알아, 그래도 내가 먹이고 싶어서 했어. 내 정성이니까 먹어!"

희연의 귀엽고 앳된 미소는 여전했다. 사랑스러운 큰 눈과 볼우물도. 하지만 반갑지 않았다. 이건 남자를 차 버리고 돌아올 때마다 하던 짓인데, 희연의 표정으로 보아 두 사람은 별 탈 없었다.

"이도형과 헤어진 것 같지는 않은데?"

"당연하지. 잘 지내고 있어."

"같이 들어왔어?"

"아니, 토론토 축제. 춤추는 친구들하고 마저 즐기고 온다고. 다음 주 초에 올 거야."

"같이 춤추고 놀았어야지?"

"길거리에서 그러는 거 더럽고 힘들고 시끄럽고 피곤해. 호텔에서 내내 기다리는 것도 하루 이틀이지. 도형 씨도 먼저 들어가 있으라고 했어."

희연은 살사를 질색한다. 좁은 클럽에서 몸을 부딪치며, 땀 흘리고 춤추는 걸 절대 이해하지 못할 뿐 아니라 경멸한다. 규만과 어쩔 수 없는 일이 있어 전에 한번 클럽에 데리고 갔다가, 땀내 나는 사람들 지나가는 것만 봐도 토할 것 같다고 야단해서 꼭 10분 만에 나왔었다.

"도형 씨, 절대로 춤추던 여자들과 눈 맞지 않아. 그건 믿어."

"알아."

회사에서는 업무를 늘려 놓기만 하는 실수투성이의 여사원이,

집에서는 효심 가득하고 마음 여린 착한 딸일 수 있는 것처럼, 이도형도 살사 판에서는 다른 얼굴을 갖고 있었다.

이도형은 한때 놀 만큼 논 녀석이지만 살사에 대한 열정이 대단했으며, 그에 대한 예의가 깍듯했다. 살사를 여자를 낚는 수단으로 여기는 것을 경멸했고, 살사를 통해 안 여자들은 살세라(살사를 추는 여자)로서의 예의를 다했다.

그것은 살사에 미쳐 친한 친구들조차 떼어 놓고 클럽에 다니기 시작한 덕이다. 사실, 도형은 규만과 같은 선생님께 배웠었다. 춤을 전공한 규만과 결코 비교할 순 없지만 학교를 빼먹고 연습실에 나가 춤을 출 정도로 살사에 미쳤었다.

화려한 클럽의 분위기, 현란한 스텝에 열정의 땀방울을 흘리는 사람들, 그 아름다움에 취해 입문하지만, 여자들에 비해 남자들은 배우는 단계에서 참 힘들다. 기본적으로 살사는 남자가 리드하고, 여자가 팔로우하는 춤이기 때문이다.

베이직 스텝을 밟으며 앞뒤로 왔다 갔다 하기, 라이트 턴, 크로스 바디 리드(자리 바꾸기) 같은 기본기들도 익숙하게 되기까지는 꽤 공이 든다. 게다가 그 힘든 걸음마를 겨우 배워 플로어에 나가도, 춤 신청을 하기는 어쭙잖다. 여자를 리드해야 하기 때문. 제 몸 가누기도 벅찬 와중에 두 사람의 중심을 잡아 주어야 한다.

게다가 그렇게 베이직 스텝만 밟고 있으면, 같이 춤추는 여자가 눈을 가늘게 뜨고 기다린다. (돌리고, 눕히고, 들어 올리는 것 같은) 패턴은 왜 안 하니?

바로 옆에서는 마초 같은 살세로(살사를 추는 남자)들이 살세라(여자)들을 이리저리 돌리고 휘두르는 중에, 눈앞의 여성에게 그런 눈초리를 받게 되면 한없이 오그라든다. 초보 살세로는 그래서 한

없이 괴롭다.

그래서였는지도 모르겠다. 함께 자란 친구들 없이 홀로 클럽을 찾아, 새로 사귄 이들 속에서 춤을 배운 도형. 덕분에 살사 세계에서의 그는 매우 겸손했으며, 이제 어디 가서도 꿇리지 않게, 꽤 잘 추게 된 뒤에도 그 자세는 변하지 않았다. 그리고 그곳은 도형이 유일하게 신분을 드러내는 것을 극히 꺼리는 곳이었다.

희연은 꺼멓고 허연 크로켓들 속에서 모양과 색깔이 그나마 나은 것을 포크로 콕 찍어 서준에게 권했다. 서준은 아무렇지 않은 척 베어 물고, "먹을 만하네, 고생했겠다." 했다. 실은, 기름기가 느끼하게 올라와 속이 메슥거렸다. 희연은 방긋 웃으며, "많이 먹어, 난 밤이라 먹으면 안 돼." 했다.

"어머니는 뵈었어?"

"뵙기는 했지."

"마음에 안 들어 하셔?"

"그렇지, 뭐. 괜찮아. 도형 씨가 천천히 계속 설득할 거야."

여자 친구 정도로 소개했을 것이고 분명 질색하셨을 것이다. 결혼하기 전 몇 번 만나는 여자 친구로서 뜯어말리지 않을 정도는 된다는 것도 스물한둘 때라면 모를까, 결혼 적령기가 되어 가는 만큼 정리하게 할 것이다.

"도형 씨, 살사도 그만둔다고 했어. 어머니께도 이번 축제만 즐기고 들어오면 그만 추겠다고 했어. 모양새 우스워진다고 야단맞았지, 뭐."

"도형이 살사를 좋아하는 건 진심이야."

"알아."

"혹시, 축제 즐기러 왔다고, 그 댁 어머니께 일러바쳤니? 앞으로 이 녀석 마음잡아 주겠다, 약속하면서 점수 따려고?"

"그런 건 알아도 알은척하지 마!"

도형의 마음을 잡았다고 생각하고, 그 댁 어머니의 마음도 잡으려 했던 모양이다. 그러나 그것은 조금 잡았을지도 모를 도형의 마음까지 놓쳐 버리는 일이다. 도형은 춤추는 것을 그저 별것 아닌 시간 때우기쯤으로 말한다. 그들의 세계에서는 지저분한 '미친 짓' 취급을 당할 테니까.

'술 먹고 여자들에게 쓸데없는 짓 하는 애들(이를 테면 강서준 같은)보다는 낫잖아, 건전한 거예요.

답답할 때 땀 흘리려고 운동 삼아 해요. 러닝머신에서 앞만 보고 뛰는 것, 사육되는 동물 같아 싫어요.

물론, 잠깐 놀다 그만둘 거죠. 나이 어릴 때 서민들과 격 없이 어울려 보는 것도 인생의 경험이고, 사업에 도움이 되지 않겠어요?

아, 내 나이가 몇인데, 그만둔지가 언젠데요. 관광 삼아 축제만 잠깐 보고 오는 건데요, 뭘.'

이리저리 변명하며 질질 끈 게 벌써 7년이다. 이도형은 스텝에서의 호흡을 위해 담배까지 끊었다.

"알아. 하지만 어쩌겠어? 어머니가 두 번이나 말씀하셨는데, 회장님께서 한마디 하시기 전까지는 그만둬야지."

"이도형의 마음을 진짜로 잡고 싶으면 좋아하는 걸 공유하려는 노력이라도 해 봐. 춤을 배워서 함께해 볼 생각은 안 해 봤어?"

"뭐? 내가 그런 추한 짓을 왜 해! 내가 왜 도형 씨랑 결혼하려는데? 어떻게든 결혼만 하면 잘 개조해서 살아 보려고 이렇게까지 참고 인내하면 되었지 뭘 더 해!"

생각을 그대로 말한 서준 자신이 잘못한 거다.

"차라리 이도형의 마음을 제대로 잡기라도 해!"

그럼 너를 위한답시고 이런 미친 짓을 벌이지 않아도 좋을 테니까.

"제대로 잡았어! 거기 있는 친구들에게도 날 소개했어."

"뭐?"

"어머니께도 사귀는 사이라고까지는 말씀 못 드렸어도, 대강 짐작하시게 해 드렸고."

서준은 가슴이 답답해 화를 낼 수조차 없었다.

"자알했다!"

"왜 비꼬아? 나 소개한다고 뉴욕이랑 필라델피아에서 친구들 초대해 파티도 했어. 근처에 있는 도형 씨 친구들도 웬만한 사람들은 다 참석했고."

희연을 제대로 망쳐 놓으려는 게 분명하다.

"뭐? 거길 왜 가? 캐나다만 잠깐 다녀온 거 아니었어?"

"네가 잔소리하니까 그렇게 말한 거지!"

한숨을 쉬어 보았자 가슴은 여전히 답답하다. 이미 벌어진 일, 아니, 지금이라면 작은 해프닝 정도로 마무리될 수도. 그럴 수도 있을 거다. 기가 막혀 아무렇게나 뱉었다.

"왜, 토론토에서 살사 하는 친구들은 소개 안 시켜 주디?"

"내가 국적도 모르는 그런 거지 같은 히스패닉들을 왜 만나?"

이도형은 거길 가고 싶어 어머니를 만납네, 쇼를 했던 거였다. 축제에 가서 유학 시절 함께 춤추던 친구들과 다시 만나 이국의 축제에서 즐기고 싶었던 것이다. 이도형이 정말로 희연에게 마음을 열었더라면 모 그룹 아들입네, 하는 친구들보다 열정을 나누던 친구들을 먼저 소개시켰을 것이다.

하지만 희연은 그들을 국적도 모르는 거지라 한다. 그렇지. 영어 발음이 형편없는 남미 계열도 흑인도 섞였을 테니까. 희연은 이도형이 'mi media naranja(내 반쪽)'라고 어설피 자랑하는 소개조차 받지 못했다.

혹시, 이도형은 희연을 실컷 우롱하다가 귀찮아질 때쯤, 어머니의 손을 빌려 치우려는 속셈일까? 그래서 슬쩍 마음이 기우는 척, 아닌 척 어머니 앞에 희연을 알짱거리게 한 것일까?

"미쳤니? 제대로 결혼 확정도 안 되었는데, 그 잘난 친구들에게 이도형이랑 놀던 애로 소문 쫙 나면, 너 진짜 시집갈 데 없어져. 알아?"

"결혼할 마음도 없는 사람이 제일 중요한 친구들한테, 날 소개한다는 게 말이 돼?"

"그게 소개야? 전시하고 돌아다닌 거지. 도대체 아메리카 대륙까지 날아가서 무슨 짓을 하고 돌아온 거야?"

"너랑 싸우기 싫어, 도대체 왜 그렇게 부정적이야? 도형 씨 돌아오면, 결혼 말 나오면……. 이젠, 진짜 너랑 만나기 힘들어진단 말이야. 앞으로 자주 만나지도 못할, 아니 만나도 마음 편히 말하지도 못할 친구끼리, 왜 이딴 주제로 다퉈야 해?"

"그래서 이렇게 공항에서 그대로 왔어? 집에는 내일 도착한다고 거짓말하고?"

이건 뭐, 샛서방을 만나러 온 새색시니. 서준은 부엌 가장자리에 오도카니 서 있는 기내용 캐리어를 원망스럽게 바라보았다.

"꼭 그렇게 콕콕, 찌르며 얘기해야 해? 어렸을 땐 너희 집에서 자고 간 적도 많았잖아?"

"그땐 어렸고 할머니도 계실 때지! 너, 줄 방, 없어! 돌아가!"

"싫어! 내가 얼마나 머리 써 가며 시간 뺐는지 알아? 옛날 얘기도 하고, 하룻밤 편하게 놀면 좋잖아!"

"안 돼! 아무리 친구라도 다 큰 여자를 집에 놓아둘 수 없어."

"뭐, 소문나면 네가 책임져!"

희연이 귀엽게 혀를 쏙 내민다. 순간 뺨을 후려치고 싶을 정도로 화가 났다. 어떻게 저런 말을 장난으로 내뱉을 수 있을까.

"너희 어머니가 퍽이나 좋아하시겠다?"

희연과 사이가 틀어지게 된 건 대학 때, 다 커서였다. 걷잡을 수 없을 정도로 이도형과의 소문이 일파만파 퍼졌을 때, 희연의 어머니는 서준을 불러 따끔하게 야단치셨었다. 어릴 때는 그저 할머니 손에 자란 부모 없는 아이가 딸애와 함께 어울리는 걸 질색하시는 정도였지만, 소문을 듣고는 기함하시며 찾아오셨다. 앞으로 희연이 시집가는 데 장애물이 되지 말라 일장연설을 하셨다.

한창 울분을 토할 데 없는 어린 마음에 "걱정 마세요, 저도 생각 없습니다!" 했었다. 변성기가 오고 턱밑이 거뭇해질 때부터 귀에 딱지가 앉게 들어온 잔소리였으니, 뭐 더 서운할 거리도 안 되었다. 어린 시절, 서준과 덜 어울리게 하려고 여자애들 친구 그룹도 만들어 주신 분이니. 희연이가 이렇게까지 된 건, 어머니의 영향도 적지 않다.

"시비 그만 걸어. 난 어쨌든 내일 들어가야 하니까, 샤워할래. 와인이나 한 잔 더 하고 있어. 이제 그만 싸우자?"

서준은 강제로라도 희연을 내보낼 생각으로 일어났고, 희연은 고집을 부릴 태세로 콧노래를 부르며 캐리어로 다가섰다. 그때 희연의 입에서 "꺄악!" 비명이 나왔다. 시커먼 부엌방 틈에서 걸어나온 건 희수였다.

❖ ❖ ❖

"아, 미안. 샤워까지 하고 자고 간다니까 더 이상 참을 수가……. 일단, 나 화장실 좀!"

희수는 절룩이듯 급하게 화장실로 뛰었다.

희연의 낯빛은 흙빛이 되었고, 서준은 어떻게 입을 열어야 할지 몰라 눈앞에 놓인 와인을 물처럼 그대로 꿀꺽꿀꺽 마셔 버렸다.

"누, 누구?"

그래. 글쎄, 누구라고 해야 할까. 집안일을 돌봐 주는 도우미 동생이라고 해야 할까. 아무리 친구라도 다 큰 여자를 집에 놓아둘 수 없다고 말한 지 1분도 채 흐르지 않았다.

더 마실 와인도 없어 침만 꿀꺽 삼킨 채 한마디도 못 하는데, 볼일을 마친 희수가 부엌으로 급하게 돌아왔다.

"누, 누구냐니까?"

더듬거리는 희연의 말에 아무리 머리를 굴려도 답이 나오지 않았다. 그러나 희수가 눈치를 슬쩍 보고는 명랑하게 먼저 입을 열었다.

"안녕하세요. 저는 서준 오빠, 사촌 동생 이희수……."

서준이 경고의 눈빛을 보내는 것을 보고 빠르게 멈추었으나 이미 늦었다. 그래, 어린 여자애가 남자를 위해 해 줄 수 있는 최고의 변명일지 몰랐다, 보통 사람들에게는.

"너, 아버지 식구들 찾았……니? 그런데 왜 여태 말 안 했어?"

희연의 목소리에 원망이 잔뜩 묻어 있었다. 서준의 생부가 故 신지욱 감독이었다는 사실을, 할머니가 돌아가실 즈음 알았다. 할머니는 '찾을 것은 없지만, 알고는 있어라.' 하며 일러 주셨다. 가정을 깬 여인의 사생아가 찾아 보았자 환영받지 못할 것을 염려하면서.

차라리 잘되었다, 하며 서준은 희수가 만들어 준 거짓말에 살을 붙였다.

"사촌 동생이라고 주장하면서 돌봐 달라고 생떼 쓰며 들러붙어 있어. 너, 캐나다 간 새 갑자기 들이닥쳤어. 쫓아내지도 못하고, 이러지도 저러지도 못하고 있었어."

얼굴에 구김이 갔으나 희수는 거짓말을 서준에게 맡긴 채 더 이상 실수를 하지 않으려 잠자코 있었다. 그러나 희연의 얼굴에는 놀라움과 의심이 뒤엉켰다.

"확인은 한 거야? 그런데 성이……."

그래, '신' 씨일 리가 없지.

"생물학적 아버지라는, 그 사람의 여동생 딸이야. 뭐, 생물학적으로는 고모 딸, 고종사촌. 그리고 호적상은 완전히 남남이지. 나도 어떻게 받아들여야 할지 난감해하고 있어. 안 보이기에 다시 나간 줄 알았지."

"아, 그렇구나."

어설픈 설명은 되었지만 희연은 혼란스러운 듯 둘을 번갈아 보았다. 그래, 서준으로서도 새로 생긴 사촌 동생과 희연이 나란히 서 있는 걸 어째야 좋을지 모르겠으니까.

하지만 희연은 곧 상황을 빠르게 인정했다.

"신기하네. 그러고 보니 둘이 닮긴 했다."

"뭐?", "네?"

두 사람의 입에서 반문이 동시에 튀어나왔다.

"음. 피부도 둘 다 까맣고, 얼굴 생김새도 여기저기 비슷하고. 아, 서준이가 여자가 된다면, 저런 모습도 어울리겠다. 후후후, 재미있네."

거짓말한 둘은 오히려 얼어붙었고, 속고 있는 희연은 그 말을 진실로 받아들이고 있었다.

"아, 정말 웃겨. 서준이가 말끔하게 정제된 느낌이라면, 희수 씨는 좀 더 거칠고 강렬한 느낌이랄까. 아, 희수 씨, 이건 욕은 아니에요?"

"……!", "……."

"서준이한테 나오는 어떤 느낌들이 희수 씨에게선 더 강렬히 느껴져요. 이를테면 크고 옆으로도 긴 서준이의 매끈한 눈은, 희수 씨 얼굴에선 더 날카롭고 강하고. 오똑하고 날카로운 코는 둘이 정말 닮았어. 물론 서준이가 더 남성적이고, 희수 씨가 여성적이지만. 그리고 턱선, 입술……. 희수 씨도 꾸미면 꽤 섹시하겠다. 안그래, 서준아?"

"쓰, 쓸데없는 말, 그만둬."

그러나 희연은 이 상황이 오히려 말끔히 이해가 되는 모양이었다.

"너도 뭔가 핏줄이 당기니까 이렇게 집에 들여놓아 준 거, 아냐? 내가 아는 너라면 절대 모르는 여자를 집에 덥석 들이지 않아."

둔기로 여러 차례 내려쳐진 것처럼 머리가 멍했다. 이 말도 안 되는 희연의 논리를 더 듣고 있다간 서준까지 헷갈릴 것 같다. 어쨌든 이 두 여자를 빨리 갈라놓는 게 상책. 눈치를 먼저 챈 희수가 나섰다.

"아, 저, 저는 들어가 마저 잘 테니까 두 분이 이야기하세요. 자다 깨서 화장실 가고 싶은데, 샤워를 하신단 소리를 얼핏 들어서. 어쨌든 놀라게 해 드리고 방해해서 죄송해요."

희수가 잽싸게 부엌에 딸린 방으로 들어가자 희연이 그녀를 잡았다.

"아뇨, 나도 갑자기 들이닥친 건데. 그러지 말고 음식도 차렸으니, 좀 먹고 들어가요. 와인도 한잔하고. 몇 살? 술 마셔도 되나?"

"다이어트…….", "다이어트 중이라……."

둘의 입에서 동시에 변명이 튀어나왔다. 번갈아 보던 희연의 얼굴이 일그러졌다. 무언가 희연의 기분을 상하게 한 모양이었다.

"둘 다, 내가 반갑지 않은가 봐?"

이런 쪽으론 예민하게 발달한 촉이 희연을 건드린 모양이었다. 하지만 술을 함께 마시며 같이 노는 극한의 상황은 어떻게든 막아야 했다.

"나는 당황해서 그런 거고, 쟨 원래 성격 별로야. 마시던 것 마저 마셨으면 일어나자. 자고 가는 건 어쨌든 안 돼."

흥이 깨진 희연의 불쾌함까지 돌봐 줄 수는 없었다. 서준과 오붓하게 시간을 보내고 싶었던 건 희수의 등장으로 물 건너갔고, 셋이 함께 시간을 보내는 것도 그녀에게 구미가 당기는 일은 결코 아닌 듯했다.

"좋아, 내가 봐도 오늘은 좀 그렇네. 다음에 또 기회 만들자, 데려다줘!"

희연도 서준이 술을 마셔 운전할 수 없다는 것을 알고 있었다. 늦은 밤 홀로 택시를 태워 보낼 수도 없는 노릇이라, 서준은 "대리 기사 부를게." 했다. 그러나 금요일 밤 11시 30분의 콜이 쉽지 않았다. 희수는 잠자코 있다가 손을 내밀었다.

"운전, 제가 해 드릴게요."

평소에 움직일 때 서준과 희수는 그의 스포츠카를 주로 이용했지만, 오늘은 그가 일할 때만 타고 다니는 세단을 택했다. 뒷자리가 넓기 때문이었다. 국내엔 흔치 않은 차종에 희수는 "브레이크 해제 어떻게…… 해요?, 기어가 아, 여기." 등 한두 가지 질문을 했지만 어떤 대리기사보다도 더 빠르게 적응했다.

세 사람이 함께하는 건 뭘 하든 어색하기 짝이 없었다. 기사 부리듯 희수에게 운전을 시키고 뒷자리에 앉은 서준은 감정이 기이하게 뒤틀렸다. 의전은 또 어디에서 배워 아는지, 희수가 먼저 보조석을 앞으로 빼서 접어 버렸고, 희연은 당연한 듯 자기 옆자리를 권했다.

30여 분의 시간이 3일은 되는 것 같았다. 의례적인 말만 오갔다.

"지난번 올 땐 엉망이더니, 집이 좀 말끔해졌더라? 혼자 살면서 무슨 주방 냉장고를 세 대씩이나 둬? 안에 있는 거 열었다가 깜짝 놀랐어. 물하고 음료수만 가득해서."

"음식 냄새 배는 거 싫은 것만. 내 위주로 위치만 바꾸어 놓은 거지, 전에도 똑같았어. 식품 냉장고랑 김치 냉장고는 뒤쪽에 있어."

"할머니 계실 때는 사람이 많았잖아? 연혜 언니랑 일하는 사람도 셋 이상은 항상 되었고."

"습관이지."

"위층에 있는 거까지 혼자 네 대에 든 걸 다 먹어?"

"쓰던 대로 쓰는 게 좋아."

냉장고 개수 따위 희연도 서준도 관심 없다. 이따위 마음에도 없는 말을 주고받으니, 진짜 오래전 알고 지내던 친구 같다. 아니, 남 같다.

희수는 말을 아꼈다. 희연이 묻는 "서준이가 잘해 줘요?"에도 "네.", "서준이 성격 까칠하죠?"에도 "네."였다. 극도로 말을 아끼는 중에도 꼭 필요할 경우에는 서준에게 존대를 했다. 규정 속도에서 한 치도 넘어서지 않는 운전도 더할 나위 없이 점잖았다. 서준의 세단은 기업 회장의 전용 차량처럼 낮게 착 가라앉아 달렸다.

희수는 더할 나위 없이 잘하고 있었다. 어색한 건 오히려 서준. 모든 것이 숨 막혔다.

"내가 다시 연락할게." 하며 내리는 희연을 배웅했다. 희연의 얼굴에는 아쉬움이 가득했지만, "나중에." 알아듣게 답했다. 어차피 모든 이별은 아름답지 않다. 희연의 말대로 이런 기회, 결혼 전에는 또 만들 수 없더라도 거절의 뜻을 비쳤다.

희연을 보낸 뒤 서준은 조수석의 자리를 다시 만들었다. "그냥 편하게 가지?" 말리는 희수의 옆자리를 굳이 펴서 말없이 올라탔다. 마음이 불속에 던져진 것처럼 부대꼈다.

강남을 빠져나온 서준의 세단은 한강을 낀 자동차전용도로로 빠르게 나섰다. 그제야 서준은 숨통이 조금 트이는 것 같았다. 희수는 빈 도로를 망설임 없이 질주했다. 운전이 거칠지는 않았으나 시원스레 뻥 뚫린 도로를 습관대로 달렸다.

"운전시켜서 미안해."

웃기는 말. 서준은 둘이 움직일 때마다 항상 희수에게 운전을 시켰다. 그러나 희수는 알고 있었다.

"그 여자 위해서 더 웃긴 짓도 해 주는데 운전쯤……."

뻔히 아는 사실. 하지만 어린 꼬마 아이가 되어 울고 싶어졌다. 트였던 숨통이, 아니 가슴 한쪽이 뻐근하게 조여 왔다.

밤의 도시가 지나간다. 아름다운 불빛이 수놓아진 한강의 다리가 저 멀리서 나타나 서준의 뒤로 천천히 멀어졌다. 서준은 잡을 수 없는 무언가를 잡으려 팔을 뻗어야 할 것 같았다. 그냥 이대로 달렸으면, 이 도로가 끝없이 길게 이어졌으면, 강을 따라 한없이 펼쳐져 이대로 쉬지 않고 계속 달렸으면 좋겠다.

서준은 고개를 돌려 희수를 훔쳐보았다. 검은 얼굴이 단정한 표정으로 앞을 바라보았다. 하루가 다르게 얼굴 윤곽이 날카로워지고 있지만, 오늘따라 더 그런 것 같다. 아무렇게나 묶은 검은 머리카락 뭉치는 평소처럼 달랑달랑 귀엽게 매달려 있으나, 오늘은 더욱 달라 보인다. 그래, 귀밑머리가 좀 젖었다.

"더워? 땀 흘려?"

"아니."

실내 온도를 보니 에어컨이 좀 세다. 서준은 열이 많아 실내 온도를 낮게 설정하는 편이었고 희수도 그랬다. 그러나 지금은 더위를 좀 더 타는 서준조차 서늘하다.

"어디 아프니?"

"아니."

서준은 저도 모르게 희수의 이마에 손을 가져다 대려 했고, 희수는 팔을 들어 제지했다. 그러나 석연찮은 기분이 가시지 않아 희수에게 눈을 뗄 수 없었다. 희수는 그런 그의 관심이 부담스러운 듯 재빨리 에어컨을 끄고 뒤쪽 창문을 내렸다. 오늘따라 선선한 바람이 차 안을 가득 메웠다.

"솔직히 마음에 안 들어."

시선을 치우라는 뜻으로 희수는 서준을 흘겼다. 서준은 마지못해 고개를 돌리며 창밖을 바라보았다.

"뭐가."

"네 여자 친구."

"……."

"그렇게 짜릿하게 예쁜 여자가 왜 이도형 같은 돼지 새끼에게 시집을 못 가 안달 나 있는지. 이도형은 별생각 없어 보이던데."

사정을 잘 알지 못하는 희수에게도 느껴지는 일이었을까.

"내 친구였다면 쥐어뜯고 싸워서라도 직접 말렸을 텐데."

"……."

"애인을 되찾으려던 건 아니었다는 거 의외였어. 듣고 싶어 들은 건 아니고, 사방에 기름 냄새 진동해서 자다 깼어. 끝까지 안 나가려고 했는데 화장실 못 참겠더라."

서준은 억지로 웃으며, "네 잘못 아냐. 자다 놀랐겠네." 했다. 희수도 "그렇지 뭐." 한다. 화장실도 못 가고 끙끙댔을 걸 생각하니 정말 많이 미안해졌다. "그냥 나오지 뭘 참아." 하니, 희수는 화르르 짜증을 냈다.

"뭐어! 난 세 시간 이상을 버렸는데!"

"후후후!" 웃으면 안 되는데, 서글픈 웃음이 났다. 그러고 보니 얘하고는 그쪽으로 인연이 많다. 첫 만남도 소변을 참지 못하고 쳐들어왔었다. 화장실 문이 열린 줄도 모르고 시원하게 소변 줄기를 내뿜는 소리에 기함하게 했었지.

강바람을 맞는데도 귀밑머리가 아직 촉촉했다. 서준은 참지 못하고 손가락을 들어 만져 보려 했다. "어딜?" 하며 서준의 손을 탁, 쳐 내는 희수. 장난기라고 하기 뭣한 이상한 오기가 뒤섞여 서준이 손을 한 번 더 뻗자, 희수는 빈 도로에서 운전대를 확 꺾어 서준의 몸을 오른쪽으로 푹, 쏠리게 했다.

"야, 너!"

갑작스러운 격한 움직임에 무방비 상태였던 서준은 오른쪽 차창에 머리를 탕, 박았다. 울화가 콱, 치민다.

"한 번 더 해 줘?"

만족스러운 웃음을 씨익 웃으며 희수가 반들반들한 눈으로 서준을 짝 째려보았다.

서준은 손바닥을 들어 항복을 표시했다. 운전대를 잡은 녀석과 몸싸움을 벌이는 건 현명한 일이 아니다.

지하 주차장에 들어서자마자 차량 한 대가 교차해 나가면서 입구 근처에 빈자리를 만들었다. 희수는 매처럼 빈자리를 슬쩍 보더니 매끄럽게 후진해 쭉 들어간 뒤 한 번에 빠른 속도로 깔끔히 주차했다. 늘 봐 왔지만 신기한 솜씨다. 남녀를 불문하고 솔직히 이렇게 주차를 잘하는 사람을 본 적이 없다.

"꼭 주차 요원 같아."

"주차 요원이었어."

네, 유 윈! 엘리베이터에 오르자, 희수는 쟁취한 승리의 기쁨을 만끽하며 서준을 한 번 더 흘겨 주었다. 쪽 째진 눈, 맑고 검은 눈동자, 승냥이 같은 녀석.

불현듯 희연이 두 사람을 번갈아 보며 했던 말이 스친다. 어디가 닮았다는 거야?

"야, 팔 좀 내밀어 봐."

"응? 왜?" 하고 희수는 순순히 팔을 내밀었고, 서준은 나란히 그의 팔을 대 보았다. 서준도 꽤 까만 편인데 희수는 아주 조금 더 검었다. 하지만 이런 피부색은 흔치 않으며 꽤 비슷하다. "에이, 씨!" 하며 먼저 팔을 치우는 희수.

희수에게도 희연의 발언이 좀 충격이었던 것 같다. 불쾌한 듯 짜증을 냈다. 서준은 이상한 예감이 들어 저도 모르게 생각을 입 밖으로 뱉었다.

"너희 엄마, 한미선 교수…… 맞지?"

"무슨 생각을 하는 거야, 이 멍청아?"

그래, 멍청이 같은 생각을 했다. "너 계속, 말 그렇게 할래?" 괜스레 타박했다. 희수는 "쳇!"으로 대꾸한다. 그러나 서준은 무언가 개운하지 않게 가슴을 계속 괴롭히는 걸 느꼈다. 이 녀석을 보면서 느끼던 갈증 같은, 그 안쓰러움은 희수의 모습 안에서 나의 일부를 발견했기 때문일까?

현관에 들어서자 기름내가 여전히 진동했다. 이 넓은 집 안이 기름통에 빠진 것 같았다. 한참 맡았던 냄새를 다시 맡으니 머리가 아파 왔다. 창문이라도 좀 열어 놓고 가는 건데. 물론 그럴 정신도 없었지만.

다시 돌아온 부엌은 난장판 그 자체였다. 아까는 다른 데 정신이 팔려 크게 신경 쓰지 못했는데 관심을 갖고 둘러보니 난감했다.

희연이 상을 차린다고 장을 봐 온 모양이었다. 여러 가지 야채

와 과일들이 마트 봉지에 담겨 바닥 한쪽에 쌓여 있었다. 집에도 여러 병 있는 상표의 와인 박스와 포장 봉지도 굴러다녔다.

싱크대 위가 가장 심각했다. 설거지할 그릇들이 수북이 쌓였고, 이 기름내의 주범인 튀김 냄비와 오븐레인지 주변이 엉망인 건 당연했고, 감자, 당근, 양파, 키위, 오렌지 등의 헤아리기도 힘든 여러 껍질과 과육들이 함께 구르고 있다.

튀김가루, 빵가루, 과자 같은 것들은 길게 오픈된 채 식재료 봉지들과 한데 뒤엉켜 있었다. 깨기를 실패해서 싱크대 안에 빠뜨려 놓은 달걀은 애교이고, 과일 칵테일 통조림은 따다 만 채 버려졌다. 큰 고기 덩어리 하나도 조금 사용하고 대부분 남아 핏물이 바닥에 흘렀다.

사실 식탁 위가 가장 깔끔했다. 과일 타르트 접시, 크로켓 접시, 촛대, 와인 병, 2개의 와인 잔과 접시, 포크가 넓은 식탁을 삼분의 일도 메우지 못했다.

희수는 표정 하나 흐트러지지 않고 주변을 둘러보았다.

"들어가 있어. 이건 내가 할게."

서준은 어떻게 정리해야 할지 난감해 통째로 봉지에 쓸어 담아야 하나 싶었다. 우선 팔을 걷어붙이고 희수부터 부엌방에 밀어 넣으려 했지만 희수는,

"됐어, 네가 정리해 봤자, 어차피 또 내 차지야." 했다.

"이건 내가 치우는 게 옳아. 집안일도 빼 주겠다고 했잖아. 내일 당장 사람 알아볼게."

"됐어, 사람 구하지 마. 그 월급, 나 달라니까. 게다가 오늘은 하루 종일 빈둥거리고 놀았으니 억울할 거 없어."

"그럼 같이 할까?"

미안함과 안도감이 섞인 채 서준이 다가오자, 희수는 "가서 사무용 집게나 몇 개 집어 와. 부엌에 집게가 모자라." 했다. 돌아오니 이미 반은 치워져 있었다. "집게로 집어.", "통에 담아.", "냉동실 셋째 줄.", "와인 냉장고에 넣고 와.", 심부름을 몇 번 하니 식기세척기의 가동 버튼만 눌러지지 않은 채 부엌은 이미 깨끗했다.

문제는 식탁 위에 차려진 음식들. 서준은 먹기 싫었고, 다이어트 중인 희수는 먹지 않을 것이었다. 음식을 버리는 걸 꽤 싫어하는 희수는 인상을 쓰고 잠깐 고민하다가 "둬 봤자, 불어서 못 먹겠어." 하며 과일 타르트를 음식물 쓰레기통에 한 번에 착, 부었다. 크로켓도 함께 부어 주기를 바랐는데 빈 통을 꺼내 놓고는 "담아." 했다.

"이건 뭐하게?"

서준은 그 끔찍한 맛을 아직도 기억하고 있었다. 하지만 희수는 집게를 쥐어 주며 냉정하게 말했다.

"네 여자 친구가 이 난장판 속에서 사력을 다해 튀긴 거니까, 남김없이 먹어."

하고 검은 눈동자를 반들반들 빛냈다.

"한꺼번에 먹기 힘들면 끼니때마다 밥 속에 한 개씩 묻어 줄게."

희수의 입꼬리가 만족스러운 미소와 함께 슬쩍 올라갔다.

남은 식기가 세척기 안으로 들어가고 가동 버튼이 눌러졌다. 척척척척, 식기세척기가 요란한 소리를 내며 돌았다. 서준이 청소기를 돌렸고, 희수가 스팀 걸레로 닦았다. 두 번이나 닦았는데도 바닥이 미끄러워 실수로 넘어질 수 있을 것 같았다. 걸레를 바꾸어

가며 서준과 희수가 교대로 바닥을 한 번씩 더 닦자 괜찮아졌다.

집 안에 붙어 있는 공기 청정기와 강제 환기구를 모조리 돌린 지 한 시간여가 지나니, 좀 살 것 같았다. 하지만 여전히 미미하게 남아 머리를 울리는 기름 냄새는 여전했다. 위층은 그나마 좀 나았지만 희수도 후각이 예민해 고역일 것 같았다. 희수는 부엌방을 쓰고 있었다.

"올라와서 서재에서 자."

"싫어."

"아까도 기름 냄새 때문에 자다가 깼다며? 올라와서 편히 자."

"됐어, 싫어."

돌아서는 희수의 팔을 서준은 강제로 붙잡았다. 희수의 팔이 꽤 뜨겁다.

"야, 너, 왜 이래?"

강하게 쳐 내는 희수의 팔을 밀치고 이마를 강제로 짚었다. 불덩어리가 따로 없다.

"너, 이 지경인데!"

그래, 왜 그 생각을 못 했을까. 불 꺼진 부엌방에서 자다가 나왔었는데, 하루 종일 빈둥거렸다고 했는데. 희수는 낮잠을 자지 않으며, 하루 종일 빈둥거리는 일 같은 건 없다. 파트너 하일영이 잡아 주지 않아 어쩔 수 없이 쉬게 되는 일요일을 제외하고 연습실을 거르는 일도 없다. 오늘은 금요일이었다.

"아침엔 늦잠도 잤잖아. 아까, 살사 수업만 하고 들어와서 종일 누워서 잤어. 열 내렸다가 다시 오르는 거야."

"이, 이러고……. 이러고 춤을 추고 왔어?"

"오전엔 좀 괜찮아졌었어."

"야!"

"머리 울리니까, 소리 지르지 마! 해열제나 있으면 좀⋯⋯, 가
져오든가. 하루치 사 온 거 다 먹었는데 열이 또 오르네."

#8
우매한 책략가

"얼마나 늘었는지 궁금해서 왔구나?"

연습실에 서준이 들어서자 규만이 반갑게 맞았다. 수업은 좀 아까 끝났단다. 규만은 항상 비는 연습실 중 하나씩을 희수에게 내주고 있었다.

"방해 안 하고 슬쩍 보다 가기만 할게."

"진짜, 한 번을 안 잡아 준다?"

규만의 장난기 어린 얼굴에 서준은 정색하며 잘랐다.

"그만둔지가 언젠데. 말도 꺼내지 마."

규만은 웃으며 다른 쪽으로 연결된 사무실의 유리창을 가리켰다. 연습실로 바로 들어가도록 연결된 문을 제외하고, 나머지 벽의 위쪽 반은 전부 통유리로 내부를 들여다볼 수 있었다.

희수는 타이트하게 붙은 검은색 연습복을 입고 있었다. 민소매의 타이트한 검은 셔츠와 함께 입으니 빙상장의 스케이터 같아, 서준은 가볍게 웃고 말았다. 처음에 댄스슈즈를 사러 갔을 때 권했다가 "내 엉덩이 모양 구경하고 싶어서 그래?" 하도 난리를 쳐서 그만두었던 것보다 훨씬 타이트하다. 이연혜의 자랑이자 녀석의 콤플렉스인, 엉덩이를 가리기 위한 랩조차 두르지 않았다.

헐렁한 트레이닝복을 버리고 저런 복장을 택한 이유는 정확한 동작의 체크 때문. 발레 연습복을 10년 가까이 입어 누구보다 잘 아는 녀석은, 춤의 정확성을 위해 부끄러움을 피하지 않았다.

희수의 몸은 처음보다 정말 많이 가늘어져 있었다. 흐트러지지 않는 다이어트 식단, 꾸준한 운동, 열심이었던 베이직 스텝은 그녀의 몸을 정직하고 아름답게 가꾸어 주었다. 리듬을 타며 유연하게 흐르는 어깨, 등, 허리, 엉덩이, 허벅지, 종아리의 매끄러운 라인은 기계와 성형에 의해 조형된 S라인이라 칭하는 그 흔한 미녀들의 몸에 비할 바가 아니었다.

하지만 요 며칠 새 더 가늘어진 것이 확연하기에, 서준은 마른침을 삼켰다. 살이 잘 빠지는 체질로만 생각했다. 다이어트가 쉽지 않은 건 알고 있었지만 희수는 아무렇지 않게 척척 해냈으니까. 좀 힘든 것쯤은 괜찮은, 건강한 녀석이라고만 생각했다. 항상 에너지가 넘쳐, 오히려 그런 녀석을 감당하기 벅찰 정도였으니.

무리한 다이어트, 수업의 강행군, 집안일까지, 안 아픈 게 이상한 거였는데. 희수에게는 이 모든 것들이 모두 '불편하고 짜증 나는' 일이었을 텐데. 서준처럼, 그녀가 서준을 생각하는 것처럼.

벼락처럼 맞은 사건들, 달라진 환경, 강서준, 그리고 이걸 준비해 온 모든 것들이 그녀에게 스트레스일 거라는 생각은, 못 했었다. 그녀의 입장에서 생각해 보는 것, 안 해 봤었다.

그냥 신기하고 대견하고 기특하고 귀여웠다. 그리고 아름답다는 걸, 녀석도 저렇게 반짝이는 여자라는 걸. 스스로 마음의 거리를 벌리기 위해 애써 어린아이로만 보려 했었다는 걸, 이미 부인할 수 없었다.

꼬박 이틀을 앓았던 녀석은 언제 그랬냐는 듯 활기찼다. 토요일, 규만에게 직접 전화를 걸어 연습을 강제로 빼자, 희수는 난리를 쳤다. "내가 괜찮다는데 네가 왜 참견이야?" 야단했다.

죽을 먹이는 것도 만만치 않은 일이었다. "너, 체력 떨어졌어. 평소에는 하루면 털고 일어나니까, 약도 하루치만 사 온 걸 거 아냐?" 요 정도의 설득으로는 어림도 없었다.

"목적이 다이어트야, 식단표 지키는 거야? 계속 골골하다 엉망으로 망치고 말래, 아니면 이틀 푹 쉬고 말끔하게 털고 일어나 다시 계속할래?"

협박까지 하고야 겨우 죽을 입에 밀어 넣었다. 막상 죽을 입에 문 녀석은 넙죽넙죽 잘 먹었다. "으, 뜨거." 하고 후후 불며 맛있게 먹으면서도, "저녁땐 호박죽 사 와, 설탕 빼고." 39도에 가까운 고열 속에서도 제 취향을 정확히 이야기했다.

일주일의 업무를 정리하고, 다음 주 업무지시를 위해 토요일엔 항상 출근을 하던 서준. 병원에도 다녀오고 죽도 먹이고 약도 먹이고 별다른 일이 더 없었는데도, 그는 출근을 하지 않고 아래층에서 빈둥거렸다. 희수 옆에서, 희수가 좋아하는 드라마 '미실'을 함께 보면서.

그동안 바빴는지 '하루 한 편'을 고수하지 못하고 꽤나 밀려 있던 드라마를 희수는 기꺼이 즐겼다. 녀석이 그의 휴대전화에 관심이 있을 때는 '미실'을 다운로드해야 할 때뿐. 다음 날 볼 23편까지 주르륵 결제를 마친 그의 휴대전화는, 이젠 필요 없어진 양 테이블 위에 툭 버려졌다. 서준은 그 휴대전화가 왠지 처량해 보여 주머니에 쓰윽 주워 넣었다.

털이 복슬복슬한 하얀 카우치의 스툴을 제 쪽으로 끌어다 놓고, 같은 재질의 하얀 쿠션을 안은 희수는 카우치에 폭 안긴 것 같았다. "이게, 그렇게 마음에 들어?" 하니 희수는 씨익, 만족스러운 웃음을 지으며 발가락을 촤악, 펼쳤다. "응, 여기서 나가더라도, 이 카우치만큼은 꽤 그리울 것 같아." 강아지를 쓰다듬듯 카우치를 쓰다듬었다.

희수의 선호도 서열에서 서준 자신은 그의 카우치보다도, TV보다도, 방금 버려진 휴대전화보다도 아래인 것 같았다. 위층에 올라가지 않고, 객처럼 자신의 카우치 끄트머리에 앉아 '미실'을 같이 들여다보자, 희수는 귀찮아하면서도 스토리를 자세히 가르쳐 주었다.

"저분이 미실이고, 쟤가 미실의 남편, 쟤가 미실의 애첩. 그런데, 남편과 애첩이 세력 다툼을 하는 중이야. 그런데 옛 애인의 존재가 드러나고, 저놈의 선덕여왕 때문에 계획이 다 틀어져."

젊은 시절, 피를 튀기며 실패한 수하를 칼질하는 회상 중인 미실은 사실, 좀 무서워 보였다. 서준은 설명을 들으면서도 희수를 슬쩍슬쩍 보게 되었다. 기분이 좋든 나쁘든 짓고 있는 평소의 그 가면 같은 웃음이 아닌, 진짜 신이 난 미소가 그녀의 얼굴에 가득했다. 서준은 그녀에게 새로운 감정 표현 수단이 있음을 알아냈는데, 그건 그녀의 발가락이었다.

희수의 발가락이 손가락처럼 유연한 건 평소에도 알았다. 하지만 기분 좋을 땐 촤악 펼치고, 겁을 집어먹을 땐 오그리고, 긴장할 땐 꼿꼿이 붙여 세우는 등 여러 가지 기분 상태를 그대로 드러낸다는 것은 새로 안 사실.

TV를 보는 내내 무섭든 슬프든 우습든 긴장이 되든. 녀석의 얼굴은 포커페이스를 유지하고 있지만, 발가락만은 끊임없이 감정 상태를 그대로 드러냈다. 특히, 화가 날 땐 발가락주먹을 꼭 쥐었다.

서준도 드라마에 한참 몰입될 즈음, 22편이 끝나자 희수는 드라마를 툭, 끄고 채널을 '시사토론'으로 돌려 버렸다. "한 개 더 남은 거, 마저 보자." 아쉬워했던 건 오히려 서준. 희수는 "그건 내일 볼 거야. 더 보고 싶으면 올라가서 위층 TV로 혼자 봐." 하며 패널들의 정치 토론에 다시 집중했다.

하긴, 정치 토론을 음악 삼아 듣는 녀석이니. 서준은 일요일에도 외출하지 않고, 희수와 함께 시간을 보냈었다. 서준에게도, 희수에게도 오랜만의 긴 휴식이었다.

연습실에서는 콜롬비아 살사 그룹, Orquesta Guayacan의 Dormida En Mi Hamaca가 흘러나왔다. 오래된 곡이지만 유행이 어떻게 바뀌든 상관없이 언제나 편안하다. 경쾌하면서도 안정된 리듬, 빠르지 않은 템포, 춤을 출 때 부담 없는 곡이다.

빠른 음악, 빠른 춤일수록 현란하고 화려하게 느껴지지만, 실은 이렇게 느린 곡일수록 실력이 바닥을 드러낸다. 탄탄한 기본기는 이럴 때 빛을 발하는데, 지금의 희수가 그랬다.

희수의 춤동작을 바라보는 시간이 점점 더 길어질수록 서준은 인상을 찌푸렸고, 애꿎은 규만만 화풀이 대상이 되었다.

"내가 패턴은 딱 기초적인 것들만 가르치라고 했을 텐데?"

플로어에서 겨우 걸음마를 뗄 정도로만 가르치라고 했더니, 이건.

"내가 가르쳤냐? 제가 배운 거지. 내가 안 보고 있으면 일영이 저 녀석도 희수 관심 끌려고, 제가 가지고 있는 거 계속 꺼내 보여 주고."

지난주까지만 해도 기초적인 것들 정도만 완벽히 소화했었는데, 잠깐 방치한 열흘도 안 되는 사이, 아주 댄서가 되어 있었다.

"아니, 그래도 그렇지, 저게 뭐야?"

"그럼, 한 번 가르치면 바로 다 배워 버리는데, 어떻게 해? 제가 혼자 동영상 찾아보면서 이런 건 뭐냐고 거의 완벽히 알아내서 해 보이는데, 안 가르쳐 줘?"

"그래도 너무하잖아? 풋풋한 맛이라곤 찾아볼 수가 없어!"

"그럼 발레 가르치듯 각도 재 가며, 완벽하지 않아, 그러면서 시간 질질 끌까? 본인이 열심히 하는 걸 어떻게 해!"

그의 반응을 예상하고 있던 규만이 준비했던 멘트를 다다다 쏟아 냈다. 다른 수업에선 수준도 안 되는 애들한테 가르치는 걸, 쟨 완벽히 준비된 상태에서 배우는 거다, 계속 똑같은 거 반복연습 하라면서 재미없고 질리게 하느냐, 그게 선생이 할 짓이냐, 맡기는 건 네 자유라도 가르치는 건 내 자유다, 아주 청산유수였다.

"네가 이도형을 어쩌기 위해 희수를 가르치는 것까지는 눈감아도, 그따위 계획적인 조작은 못 참아! 네 친구이기 이전에 나도 선생이야!"

마지막 일침까지 가하며 자리를 피했다. 아, 집에서도 시간만 나면 매트를 깔고 거울 앞에서 베이직 스텝을 반복하는 녀석을 보고 눈치를 챘어야 했다.

한 달 가까이 호흡을 함께한 남녀는 꽤 스스럼없었다. 처음에는 내외깨나 하던 둘은 어느새 장난을 교환하는 사이가 되어 있었다.

희수는 원래 그쪽으로 조심성이라곤 없는 녀석이고, 파트너 하일영이 어린 남자애답게 또래의 여자애가 불쾌해할 접촉을 조심했었다. 하지만 이건, 수컷 행세를 하고 싶어 하는 어린 수탉이다!

하일영은 스텝을 크게 밟는 편이었다. 180cm에 못 미치는 적당한 키였지만 몸에 비해 다리가 길어 비율이 좋았다. 춤을 좋아하는 어린애답게 힙합도 추었던 듯. 서준의 시선을 의식한 뒤로는 발동작이 한층 현란해졌다.

회색 나시티와 짙은 쥐색의 연습용 하의를 걸쳤다. 햇볕에 적당히 그을린 가무잡잡한 피부가 희수와 잘 어울렸다. 붉은 열기와 땀방울을 머금은 뺨, 아침에 마지막으로 했을 면도. 턱과 입술 위, 그리고 양 볼이 푸릇했다. 불쾌함이 확 끼얹어졌다.

솔직히 오늘 연습실을 찾은 건, 눈으로 확인하기 위해서였다. 잘하고 있다는 규만의 말을 믿지 못해서가 아니라, 살사는 기본적으로 남성이 주도권을 쥔 춤이기 때문이다. 여성은 철저히 남성의 신호와 리드에 따라 추어야 했다. 희수가 거울 앞에서 베이직 스텝을 밟으며 연습할 때마다 남자를 쥐고 휘두르는 영상을 떠올릴 수밖에 없었다.

그래, 기우였다. 텐션의 유지도, 리드를 받는 것도 좋았다. 스텝과 동작에도 여유가 넘친다.

텐션은 커플이 힘을 균등하게 5:5로 유지하는 것으로, 남성이 여성을 밀고 나아가면 여성은 그 힘으로 함께 밀리는 것이다. 남성이 당기면 그 균등한 힘을 유지하며 당겨지고, 멈추면, 멈추어진다.

이 텐션을 유지하며 둘 사이에 만드는 무형의 프레임을 통해 주고받는 육체의 대화가 살사이다. 상황에 따라 그 공간은 은밀하게 밀착되기도 예절 바르게 떨어지기도 하지만.

춤을 추며 남성은 끊임없이 신호를 주고 여성은 그것을 받는다. 반복되는 타악기의 리듬, 귓가를 간질이는 감미로운 멜로디, 그리고 리드 앤 팔로우, 액션 앤 리액션, 서로의 호흡이 가빠지고 피가 끓어오른다.

자긴 가르쳐 준 게 없다는 규만의 말은 사실이었다. 희수의 집중력과 텐션의 유지, 알맞은 팔로우가 하일영에게서 계속 다른 것을 이끌어 냈다. 희수는 흐트러짐 없이 일영에게 집중했고, 일영은 그녀를 기쁘게 하고 싶은 본능으로 가지고 있는 걸 있는 대로 털어 꺼내 들었을 것이다.

희수의 팔로우는 꽤 좋았다. 신호를 예측하고 생각하기보다 본능적인 그때그때의 느낌을 따랐다. 그를 기다렸다가 조금 게으르게 움직였다. 박자가 처지는 것이 아니라 허무할 정도로 가볍지도, 피곤을 느끼게 무겁지도 않도록, 조금 느리게, 조금 끈적하게, 일영의 리드에 따랐다. 그게 일영에게 조금 더, 조금 더를 이끌어 내는지도.

일영이 마주 잡은 손을 풀고 장난스럽게 자신의 배에 희수의 손을 얹어 이리저리 끌었다. 그가 원턴, 투턴, 쓰리턴, 화려하게 도는 동안 희수는 그의 몸에서 손을 떼지 않고 부드럽게 스텝을 밟으며 기다렸다.

일영이 손을 풀어 주는 척, 다시 당기며 희수가 자신의 가슴을 농밀하게 터치하도록 손바닥을 함께 이끌어 끌어 올리자, 희수는 열정적으로 반응하는 척, 하다 스타일링의 하나인 듯 위장하여 매끄럽고 섹시하게 녀석의 머리통을 탁, 후려쳤다.

낄낄거리는 남녀, 다시 마주 잡은 손, 스텝은 조금도 흐트러지지 않고 부드럽게 이어져만 갔다.

흑인 특유의 호소력 짙은 보컬의 노래는 계속 이어지는데, 서준의 턱에는 힘이 불끈 들어갔다. 춤을 배우라고 보내 놓았더니 여기에서 제대로 연애질을 배우고 있었다.

희수는 춤추는 중이었지만 앞에 있는 녀석은 구애 중이었다, 아주 끈기 있는 구애. 노래의 클라이맥스 부분에 다다르자 일영은 희수를 몇 번 턴을 시킨 뒤 샤인(애드리브와 같은 솔로 기술)의 사인을 주고 밀어 냈다.

벌써 별걸 다 하네. 규만이 와 보라고 언질을 준 이유가 있었다. 연습하라고 놓아두니 정말 가진 거 다 털어 내놓을 녀석. 서준을 한껏 의식한 일영은 투계처럼 깃털을 곤추세우고 자신을 과시 중이었다. 어린애다운 유치함이 웃기면서도 그 치기 어린 열정이 가슴을 조였다.

춤을 추는 내내 두 손, 또는 한 손을 마주 잡고 추게 되지만 샤인은 잠깐 떨어져 추는 것이다. 개인기를 뽐내는 시간이라고나 할까. 힙합에서 따온 것 같은 일영의 요란한 동작에, 희수는 호흡을 맞추어 가벼운 턴과 부드러운 쉐이크를 보여 주었다.

절제된 희수의 동작은 세련되고 우아했다. 턴 하나만으로도 클럽에서 자신의 화려한 동작을 뽐내는 다른 살세라들을 평정할 수 있을 만큼. 베이직 스텝을 밟는 자세조차, 당장 촬영용 카메라를 들이대며 '교본'으로 삼아도 좋을 만큼 깔끔했다. 그럼에도 희수가 매트를 깔고 계속해서 연습을 하는 건 알을 깨고 나오려는 노력. 그녀만의 '느낌'을 찾고 싶어서였다.

정형화된 동작이 중요한 발레에 익숙한 그녀로서는 가장 어려운 일일 수 있다. 어려서부터 틀에 박힌 규칙과 규율만을 지키며 살아

온 사람에게, '네 맘대로 해.' 해 버리면 갑자기 버그가 걸린 것처럼 당황하게 된다.

요 며칠 살사 음악에 새로 재미를 붙이기 시작한 그녀. 그녀가 그 '느낌'을 찾는 데는 오랜 시간이 걸리지 않을 것이다. 그리고 지금은 저렇게 뽐을 내고 있는 살사 2년 차라는 녀석은, 앞으로 2주만 더 붙여 주면 희수에게 '춤 못 춘다'는 비아냥거림을 감수해야 할 정도로 밀릴 것이다.

하일영은 희수를 품안으로 끌어들였다가 놓아주었다. 내 거라고 시위하듯 희수의 주변을 한 바퀴 돌면서 그녀를 돌리고 치고 빠졌다. 그리고 다리를 길게 들어 올려 도망치듯 부드럽게 턴을 그리며 멀어진 희수의 골반을 툭, 치며 희롱하고 발끝으로 끌어당겼다. 변형된 애드리브, 머리통을 얻어맞은 데 대한 보복성 장난질.

희수는 그의 품안에 들어갔다가 다시 턴을 했다. 두 손을 마주 잡고 두 눈을 마주보며 베이직 스텝을 밟는 남녀. 손은 잡혀 있고, 음악은 종반으로 치닫는다. 희수는 엉덩이를 걷어차인 데 대한 반격을 할 시간이 없었다.

희수는 두 손이 꼭 잡힌 채 베이직 스텝을 밟으며 하일영을 반들반들한 눈으로 짝, 째렸다. 서준을 쳐다볼 때처럼. 그때처럼 그렇게. 검은 눈동자에 호전적인 장난기가 넘실거린다. 혀가 바싹 마르며 서준의 주먹이 꽉 쥐어졌다. 봉고와 색소폰이 '짠짜자, 짠, 짠!' 엔딩을 알렸다.

"그래도, 근사하지?"

자리를 피했던 규만이 어느새 슬금슬금 다가와 말을 붙였다. 일취월장한 희수의 실력을 선생으로서 자랑하고 싶어 안달인 것이다. 서준도 '잘했어.'라고 할 수는 없으나 참……, 참 잘 가르쳤다. 규만은 좋은 선생이다.

"그런데 걱정이야."

"뭐가. 더 잘할 수 없이 잘하는데."

"아니. 희수가 아니라, 일영이 말이야."

규만은 서준도 알 만한 사실을 주절주절 늘어놓았다.

"처음엔 엄청 경계하면서 싫어했거든. 질투한 거지, 저는 일 년이 넘게 공들인 콤비네이션을 희수는 본능적으로 척척, 받아들이니까."

"……."

"그런데 며칠 전부터 저러네. 희수는 걱정 안 하는데, 일영이 쟤, 나중에 살사를 추네, 안 추네, 할까 봐 걱정이야. 그렇게 빼어나진 않아도 정말 살사를 즐기는 애거든."

"파트너 하나 때문에 휘둘리면, 클럽에서 만나는 여자마다 붙들지 못해 안달일 거야. 저 할 탓이니까, 놔둬. 교습도 나흘 후면 끝나."

"아니! 정말 딱, 한 달 가르치고 말게? 좀 더 보내지?"

"한 달 보내기로 했고, 사실 저 실력이면 당장 멈추라고 하고 싶은 거, 네가 오히려 아쉬워하는 거 같으니까 약속 채우는 거야."

"나 저런 애 처음 가르쳐 본다? 좀 더 가르치면……."

"그만하자? 쟤 데리고 동호회 홍보라도 하고 싶어?"

"야, 무슨 말을……!"

"알아. 그러니까, 그만! 쟤한테 욕심내지 마. 지금도 과해."

규만과 몇 마디 주고받는 사이, 일영은 음악을 바꾸고 있었다. 이리저리 파일을 고르더니 마음에 드는 걸 발견했는지, 희수에게 무어라 설명하고 플레이를 한다. 그리고 잠시 후 음악이 흘러나왔다. 소년에서 남자로 막 자란 흑인 보컬의 미성이 아름다웠던 Xtreme의 Te Extrano. 바차타다!

서준이 인상을 쓰고 돌아보는 새 일영은 희수의 손을 마주 잡고 들러붙어 있었다. 두 남녀가 다리를 하나씩 교차하고 얼싸안으려 한다. 서준은 벌떡 몸을 일으켜 강의실 문을 벌컥 열어젖혔다. 두 사람의 시선이 빤히 쏠리는 걸 똑바로 마주하면서, 이미 열어 놓은 문을 "똑똑!" 노크하듯 두드렸다.

"언제까지 기다리게 할래?"

서준이 밖에서 보고 있던 걸 알았던 희수는 아무렇지 않은 표정으로 잡은 하일영의 손을 미련 없이 놓았다. 방해하지 않고 보고만 가려고 했던 애초의 계획 따위, 중요치 않다. 바차타를 추는 꼴은 못 보겠으니까.

"준비하고 나와, 나가자."

"응."

스피커에서는 감미로운 목소리의 Te Extrano가 흘러나왔고, 하일영은 소중한 걸 빼앗긴 것처럼 일그러진 표정으로 얼어붙었다. 희수는 아무 생각 없이 구석에 놓인 가방을 집어 들고, "10분이면 돼!" 하고 사라졌다.

호소력 짙은 목소리로 '당신이 그리워.' 하며 흑인 보컬의 음성은 그의 그녀를 계속 애타게 노래했지만, 서준의 귀에는 망설임 없이 '응.' 하던 희수의 목소리가 메아리쳤다.

평소에도 그 순순한 '응.' 하는 대답을 가끔씩, 아주 가끔씩 들려줄 때마다 쾌감을 느끼긴 하지만 오늘은 뭔가가 달랐다. 기쁨에 취해 하일영에게 인사했다.

"수고하셨습니다."

정중히 인사하는 서준을 향해 하일영도 목례로 답했다. 그도 테이블 한쪽에 놓아두었던 로커 키를 집어 들고 탈의실 쪽으로 사라졌지만, 서준은 보았다. 목례를 해 오는 그의 표정은 불만과 질투로 가득했었다.

"그러지 말고 클럽에라도 한번 데리고 가지? 저 정도가 될 때까지 파트너 한 사람하고만 춤추는 건 좋지 않아."

사무실로 다시 들어서자 규만이 말을 붙였다.

"안 된다고 했잖아. 혹시, 희수가 그러고 싶어 해?"

규만은 들켰다는 듯 큭큭, 웃었다.

"대놓고 말은 안 해도 들썩이는 게 보이지. 당연하잖아? 아마, 오늘 네가 안 왔으면 희수가 일영이 꼬여서라도 직접 갔을걸?"

"뭐?"

"일영이야 바로 오케이지."

"안 돼."

거짓말이 안 되는 게 있다. 처음 하는 척하는 것과 처음 하는 건 분명 구별이 된다.

"절대 안 돼. 그리고 개인 연습, 그만두게 해. 연습실 내주지 마."

"야!"

"수요일, 금요일, 레슨 두 번 남았지? 두 시간씩 두 번, 딱 그것만 보낼 거야."

❖ ❖ ❖

마음속에 어린 꼬마 아이가 자라난다. 뭐가 그렇게 서러웠는지 매일 칭얼칭얼 울어 댔다. 할머니 손을 잡고 하루에도 몇 번씩이나 같은 질문을 했다. "엄마 언제 와?"

대답은 늘 한결같다. "이따가." 꼬마는 그게 '아주 한참 뒤'를 의미한다는 걸 잘 알았다.

"이따가 언제?"

"이따가, 조금 있다가 올 거야. 서준아, 밥 잘 먹으면 엄마가 빨리 오지?"

엄마는 조금 있다가 오지 않는 걸 안다. 아마 오늘 밤에도, 내일도, 모레도 엄마를 볼 수 없을지 몰랐다. 국에 만 밥을 뜬 숟가락 위에 작게 찢어진 김치가 물에 씻겨 올라 있고, 어린 꼬마는 그게 마음에 안 든다.

"김치 싫단 말야. 밥 위에 올려놓지 말란 말야. 묻었잖아, 섞였어, 섞였잖아!"

눈물을 뚝뚝 흘리며 울음을 터뜨렸고, 할머니는 꼬마를 끈기 있게 얼러 주었다.

"김 줄까?", "김 싫어.", "소시지 줄까?", "소시지 싫어." 어떻게 해도 분이 풀리지 않아 발버둥 치며 바닥을 굴렀었다. "밥 안 먹을 거야. 안 먹어!" 숨이 넘어갈 때까지 울고 또 울었다.

오줌이 마려워 잠에서 깨면 사방이 깜깜해도 절대 할머니를 먼저 깨우지 않았다. 대신 살금살금 2층에 올라갔다. 아주 운이 좋으면 엄마를 볼 수 있으니까.

밤에 보는 엄마는 가끔 친절했다. 술을 마시고 있던 엄마는 "서준이구나." 말을 걸기도 했다. 그러면 할머니께 배운 대로 공손히 말했다.

"오줌 마려서 깼어요."

"혼자 갈 수 있니?"

"네. 혼자 쉬할 수 있어요."

엄마 방에 딸린 화장실 변기에 야트막한 발판을 밟고 올라가, 쉬를 하고 물을 내리면 칭찬도 받는다.

"우리 서준이 다 컸네? 쉬도 혼자 하고?"

"네. ㅎㅎㅎ."

"우리 서준이 엄마가 한번 안아 볼까? 우리 사랑해, 할래?"

술 냄새가 고약하지만, 너무 꼭 껴안아 힘들지만, 그래도 엄마가 예뻐해 주었다. "엄마라고 부르지 마!" 하고 잡은 손을 뿌리치는 대낮과는 달랐다.

하지만 낮에 엄마를 볼 수 있는 건 기회조차 드물었다. 또 반찬 투정을 했다. 어떤 반찬이 올라와도 먹기 싫다며 바닥을 구르고 울었다.

할머니는 어린 꼬마가 심심해서 그런다며 아주 어린 나이에 유치원에 보내셨다. 하지만 새로운 친구들도 싫었고, 모르는 사람이 시키는 대로 해야 한다는 것도 싫기만 했다. 그렇다고 분위기상 집에서처럼 뒹굴고 울 수도 없었다. 모든 게 불만이었다.

자기 전 오줌을 누기 싫어하는 버릇이 있던 어린 꼬마는 유치원에서 어느 날 실수를 하고 말았다. 낮잠 시간 전에 "안 마려워요." 거짓말을 하고 잠들었다가 옆자리 여자애의 낮잠이불에 실수를 하고 말았다. 왜 하필 옆자리에다가 그런 짓을 했는지.

"너, 내 이불에 오줌 쌌어."

자는 척하며 자지 않고 있던 여자애는 귓속말로 꼬마에게 말했다. 사실 꼬마는 오줌을 싼 뒤 큰 실수를 했다 싶어 잠이 확 달아나 있었다. 일어나지도 못하고 자지도 못하고 얼어붙었었다. 실눈을 뜨고 보니 선생님은 유리창 너머로 자기들끼리 이야기를 하고 있었다.

"선생님한테 이를 거야?"

오줌을 싼 아이는 친구들에게 어떤 놀림을 받는다는 걸 잘 아는 꼬마는 겁을 더럭 집어먹었다. "선생님, 애 오줌 쌌대요.", "바보같이 오줌을 쌌어!", "하하하, 바보래!" 며칠 전 오줌을 싼 애 하나가 같은 반 친구들에게 호되게 당하는 꼴을 보아 잘 알고 있었다.

"아니, 우리 손잡고 화장실 간다고 하자."

동갑의 여자애는 꼬마보다 한 수 위였다. 화장실을 다녀온다는 두 어린애를 "그래." 하고 선생님은 관심 없이 보냈었다. 휴지로 닦으라고 가르쳐 주기까지 해서, 얼핏 뒤처리도 그럴싸하게 했던 것 같다. 물론 완전범죄가 되지는 못했지만.

뒤늦게 눈치챈 선생님이 수건을 들고 와 "서준이 오줌 쌌구나? 괜찮아, 울지 마." 뒤처리를 해 주었고, 그날 여자애는 낮잠이불을 바꾸러 집에 들고 갔다. 하지만 친구들은 알지 못하는 극소수 사람들의 비밀이 되었기에, 곧 불편한 마음을 잊고 유치원 생활에 적응할 수 있었다.

그 뒤로 꼬마는 잠자기 전 꼭 화장실을 갔고, 여자애는 꼬마의 굉장한 호감의 대상이 되어 갔다.

"너는 왜 집에 같이 안 가?"

다른 아이들이 집으로 돌아갈 때 희연은 집에 가지 않고 유치원에 남아 미끄럼틀을 탔다.

"나는 종일반이야. 우리 엄마는 교수가 되어야 해서, 공부를 해야 한대."

교수가 되어야 해서 공부를 해야 한다는 게 무슨 뜻인지 몰랐지만, 종일반은 희연과 함께 남아 둘이서 실컷 놀 수 있다는 뜻이라는 건 알았다. "나도 종일반 할래." 할머니께 한참을 칭얼거렸다.

희연과 함께 있는 게 좋았고, 유치원에 가는 게 재미있어졌다. 집 안을 구르며 울고불고 하는 일이 훌쩍 줄어든 것을 본 할머니는 친구가 생겨서 그러는 것이라고 안심하셨다.

서준은 그 꼬마가 싫었다. 도대체 뭘 얻으려고 매일 밤 그렇게 자다가 깨기를 반복했는지, 이해할 수 없었다. 5분도 채 안 되어 귀찮아하면서 "가서 자!" 하는 엄마를 왜 그렇게 언제 오냐며 하루 종일 울고 뒹굴며 찾았는지 모르겠다.

이제는 다 커 버린 그 꼬마도 싫었다. 어른이 되면서 희연은 벌써 놓았어야 했다는 걸, 다 자란 남녀는 친구가 될 수 없다는 걸 아주 잘 알았고, 그렇게 할 수 있었다. 하지만 자신과 이도형의 장난질 사이에 끼어 인생을 망치는 꼴을 구경하는 건, 모른 척 넘어갈 일이 아니다.

희연이 어머니의 잔소리가 귓속에 박혀 있다. 가장 두려운 건, 귀에 딱지가 앉은 그 잔소리가 현실이 될지도 모른다는 것이다. 출신, 혈통, 집안, 평판이 세상의 전부이신 분. 서준과 너무 친하게 지내는 걸 못마땅해하셨던 희연의 어머니는 초등학교 고학년이 되자, 여자애들 그룹을 만들어 붙여 주셨다. 공부를 핑계 삼은 과외 그룹 무리였다.

하지만 그 과외 그룹에서 희연은 은근한 따돌림을 당했었다. '엄마가 교수'는 친구들 사이에서 자랑이 아니라 창피한 일이었다. 얼마나 집이 어려우면 엄마가 나가 돈을 버냐는 친구들의 빈정거림에 희연은, "하고 싶으신 연구를 하면서 강단에 서시는 게 뭐? 내겐 자랑스럽기만 해." 당당한 척했었다.

그래서 계속 서준을 찾아왔을지 모른다. 사회생활을 하셨던 어머니의 눈을 피해 희연이가 몰래 서준을 찾아오는 건 어렵지 않았다. 중학교 땐 어린 녀석들이 연애를 한다며 갈라놓으셨고, 고등학교 때는 갑자기 들이닥친 희연의 어머니에게 따귀를 맞았었다. "너 정말, 희연이 인생 망치려고 그래?"

그게 현실이 될까 봐 두렵다.

"나와."

간단히 샤워를 마친 희수가 가방을 뒷좌석에 넣고는 서준이 앉은 운전석 쪽으로 다가왔다. 평소보다 한 시간 가량 일찍 나온 희수는 지치지도 않은 기색이었다.

"내가 해, 다리나 풀어."

희수는 듣는 둥 마는 둥 뒤따라 나오는 하일영과 인사를 주고받았다. "잘 가.", "안녕." 인사를 주고받는 녀석들. 그러나 담백하게 인사하고 돌아서는 희수의 뒤통수에 아쉬움이 가득한 일영의 시선이 끈끈하게 따라붙는다.

"바꾸자니까?"

"여태 근육 썼는데, 다리 풀면서 가라고."

"됐어, 편히 앉아 가게도 못 하면서."

"편히 앉아 가. 대신 글러브 박스 위에 다리 얹는 건 안 돼."

"크흐흐, 자주 아파야겠네. 오늘은 어딜 가려고?"

글쎄, 어디를 가야 할까. 녀석을 무작정 끌고 나왔지만 딱히 계획은 없었다. 내키지 않는 일들이 넘치도록 꾸역꾸역 밀리고만 있다.

"이도형, 이번 주 온다고 하지 않았어? 그럼 뭐라도 가르쳐 줘야 하는 거 아냐?"

그래야지, 진작 그랬어야지. 그런데 여태 이렇게 미루고 있다.

"아팠잖아. 이제 하면 되지. 참, 이제부터 남은 수업만 채우고 파트너랑 연습하는 건 그만둬."

무슨 일이든 중심을 잡지 못하면 넘어질 각오를 해야 한다. 휘청휘청 흔들흔들. 해야겠다고 생각한 것이 일이 되고, 일이 되니 정말 싫어진다. 이 녀석을 희연의 희생양으로 삼은 게 잘한 일이었을까. 더할 수 없는 최적의 선택이었음을 매번 확인하면서도, 자꾸만 중심을 잃고 비틀거린다.

"그럼 빈둥거리면서 뭐 해? 연습이라도 하는 게 좋잖아?"

"빈둥거릴 시간 없어. 춤은……, 너무 과하게 잘 추니 다른 거 해."

칭찬으로 들린 건지 모처럼 희수가 즐겁게 웃는다. "나, 잘 춰?" 신이 난 목소리다. 그따위 춤, 칭찬해 주고 싶지 않다. "그래." 희수가 "크흐흐!" 또 웃는다. "더 배우고 싶은 게 많은데, 아쉽네." 뭐든 배우는 걸 좋아하는 녀석, 맑은 눈이 반들반들 빛난다.

화장기 없는 맑은 얼굴이 귀엽다. 정말 여자 같아. 턱에 힘이 실려 이가 악물리고 시비가 걸고 싶어진다.

"그 파트너랑 많이 친해졌더라?"

말을 돌리자, 희수는 천으로 된 얇은 운동화를 툭툭, 벗어 놓고 발을 풀며 관심 없이 말했다.

"친하기보다는 편하지 뭐. 만나면 춤추거나 춤 얘기만 하다 보니, 서로에 대해 아는 건 별로 없어."

"걔는 너한테 좀 관심이 있는 모양이던데?"

그래, 녀석을 흔드는 건 녀석이 자신을 흔드는 것만큼 쉽다. 마음만 먹으면. 질문의 의도를 해석하고 인상을 푹 쓰며 다다, 언성을 높인다.

"걱정 마! 나도 이 일 하는 동안에는 남자 만나면 방해된다는 것쯤은 알아!"

그래, 가만히 있는 승냥이의 코털을 잡아 쥐고 흔들었다. 손가락을 물려도 할 수 없다.

"그럼, 그렇게 억울해하지 말고 만나. 이거 끝내고!"

"내가 알아서 할 일이야, 별 상관을 다 하시네!"

"춤추라고 보내 놨더니, 별짓을 다하는 꼴을 보고 어떻게 상관을 안 해?"

하지만 이렇게 늘 싸움에서 진다. 속마음을 털어놓고 만다. 이녀석처럼 능수능란하게 싸우지 못한다.

"억지로 술 먹이고 주차시킨 다음에, 음주운전 했다고 신고할 녀석! 춤추라고 해서 춤췄는데, 무슨 별짓을 했다고 난리야? 이 개새끼야!"

그래, 개새끼라고 욕해 주니 시원하다. 뺨이라도 한 대 때려 주면 더 좋을 텐데. 다 자란 꼬마 아이가 이 예쁜 녀석에게 몹쓸 짓을 시키고 있다는 걸 안다. 그게 돌이킬 수 없는 일이 될지도 모른다는 걸 알면서도 멈추지 못한다.

"이거로 할래!"

클럽에서 입을 댄스복을 고르러 왔다. 과감한 탱크톱을 고른 희수. 끈조차 달리지 않은 노출이 강렬한 디자인을 선택한 건 서준에게 반항하려는 뜻. 동그란 어깨가 귀엽지만 어두운 가슴골이 아슬아슬하게 보여 아릿하다.

"휘핑(남성이 여성의 허리를 잡은 채 빠르게 도는 동작)은 홀딩한 상태에서 이루어지는데, 어떻게 하려고? 춤추다 옷 돌아간 꼴 구경시키며 망신당하고 싶어? 어깨끈이라도 달린 걸로 찾아."

희수는 짜증이 가득한 눈으로 다른 디자인을 골라 들어 내밀었다. 목과 등에 가느다란 끈이 두 줄씩 있는, 등이 없이 앞판만으로 된 디자인. 잘만 하면 가슴을 직접 구경하는 경험도 선사해 줄 것 같다.

"그 녀석의 손바닥을, 네 등에서 난 땀으로 흥건하게 만들고 싶으면 골라."

희수는 짧은 원피스를 골라 내밀었다.

"팔 올리고 홀딩한 상태에서 춤추다, 스커트 말려 올라가서 엉덩이 구경 시켜 줄래?"

아주 긴 치마를 골라 내밀었다.

"치맛자락에 걸려 춤추다 넘어지고 싶구나?"

"그럼, 네가 골라, 어쩌라고!"

피할 수 없으면 즐기라는 말은 어떤 새끼가 만들었는지.

시작도 하기 전부터 마음이 지옥불에 떨어져 있다. 가장 잘할 수 있을 것 같은 이 녀석을 고르는 게 아니었다. "당신과도 즐길 수 있고, 그 사람이랑도 즐겨 줄게." 질척하게 감겨 오는 꽤 똑똑해 보이는 직업여성을 택했어야 했었다.

"이 개자식, 이거 끝나기만 하면……."

그래 끝나면. 이게 끝나면. 그러면.

제자리로 돌아가야겠지.

"다시는 보지 말자?"

더운 피가 빠르게 돌아 머리가 조였다. 심장이 홀로 날뛰며 숨을 가쁘게 했다. 간교한 본능이 생각을 이리저리 끌고 날뛴다. 기운이 약한 이성은 갈피를 잡지 못했다.

가질 수 없는 것. 그래, 가질 수 없는 것에 욕심내며 떼써 보았자, 소용없다는 걸 평생 배우며 살았다. 그녀가 옳다, 거리를 두자. 마음이 간다고 이리저리 재는 짓, 하지 말아야 한다.

서준은 어금니를 악물고 몸을 일으켰다. 생각하지 말자. 생각이라는 걸 하게 되면 골치 아파진다.

"생각을 하고 골라야지. 투피스가 무난해. 스커트는 무릎 길이보다 조금 올라오게. 셔링이 많이 잡힌 건 네 체형에 불리해. 힙이 커 보여 자칫 뚱뚱해 보일 수 있잖아. 여태 뭘 배우고 스커트 하나도 못 골라? 네 힙 라인을 잘 살릴 수 있는 이거, 이거, 이런 것들 중에 골라."

손에 잡히는 대로 이것저것 잡아 녀석에게 안겼다. 턴을 돌 때마다 팔랑이며 그녀의 매끈한 다리를 아름답게 감싸 줄 것이다.

"더울 테니까, 상의는 팔과 어깨를 드러내는 걸로 골라. 땀이 많지 않더라도 춤추다 보면 젖게 되고, 젖은 등을 만지게 하면 곤란하잖아, 그러니 이거, 이거, 이런 것들 중에 고르면 되겠네, 내가 괜히 억지 써?"

그래, 괜한 억지 중이다. 이젠 억지 같은 거.

쓰지 말아야겠지.

❖ ❖ ❖

"나 배고파! 밥도 안 먹이면서 끌고 다니려고?"

조금만 지나면 쿨하게 잊어 준다는 건 이 녀석의 특장점 중 하나이다. 조여 오는 가슴 때문에 긴 한숨을 뱉으며 시계를 확인했다. 벌써 8시가 다 되어 간다.

"다이어트 중지 명령 받았다며?"

몸살을 앓는 동안 희수는 체중이 더 줄었다. 55사이즈가 헐거워졌을 정도. 이연혜는 44사이즈는 희수의 체형의 장점을 없애는 일이라 야단쳤다.

"응, 그래도 갑자기 짠 음식이나 기름진 음식은 안 돼."

서준은 조수석에 앉은 희수를 슬쩍 보았다. 길거리의 포장마차에서 비닐을 덮어 씌운 커다란 양푼을 뚫어지게 쳐다보고 있다.

"뭘 그렇게 봐?"

"옥수수 먹고 싶어."

길거리 음식을 저녁으로 먹겠단 말인 줄 알고 서준은 인상을 쓰며, "안 돼." 했다. 그러나 희수는 조르는 투가 아니라 그저 혼잣말처럼 이었다.

"김이 모락모락 나게 뜨거운 옥수수를 앗 뜨거, 하면서 양손에 쥐고 한 알씩 뜯어먹고 싶어. 갓 삶은 옥수수를 입 안에 넣고 씹으면 토토톡, 터지는 느낌이 참 좋거든."

흐뭇한 미소와 함께 희수는 중얼거리기를 계속했다.

"감자도 같이 삶으면 맛있는데. 원래 감자를 바닥에 깔고, 그 위에 옥수수를 넣고, 그 위에 계란을 얹어. 큰솥 아궁이에 장작을 넣고 군불을 지피는 거야. 크흐흐! 할아버지가 부엌에 들어가지 말고 공부하라고 했는데. 난 할아버지 말도 참 징그럽게 안 들었어."

정말 그랬을 거 같아 마음 한편이 아리면서도 서준은 함께 웃었다. 부모의 사고 뒤 희수는 강원도 횡성에서 가장 힘든 사춘기 시절을 보냈을 것이다. 희수는 옛 생각에 젖어 있는 자신을 다스리려는 듯 재빨리 화제를 바꿨다.

"으으, 다이어트하는 동안 먹고 싶은 거 많았는데. 김치도 쭈욱 찢어 먹고 싶고, 고사리나물도 먹고 싶고, 노릇노릇하게 구운 녹두전도 먹고 싶고, 잡채도, 아, 숯불에 구운 갈비도 배터지게 먹고 싶었어. 나, 혼자서 4인분도 거뜬해, 크크!"

가만히 생각하니, 서준이 투덜대며 먹던 것들. 자기가 먹고 싶어 해 줬다는 건 정말이었다. 서준은 매캐해지는 코 때문에 숨을 훅 들이쉬었다.

"4인분을 먹는 건 안 되지만 뭐라도 먹자."

한정식집을 찾았다. 접대를 할 때 자주 들르는 곳이다. 일할 때 오던 곳이라 밥을 먹으러 오기보다는 일을 하는 기분으로 오곤 했다. 하지만 이 녀석과 함께 앉아 있으니 기분이 묘했다.

"으으, 맛있는 것도 진짜 많네." 하고 메뉴판을 고르고 고르더니 "호박죽!" 한다.

너무 간단한 걸 골라 한 번 쳐다보니, "다이어트 식단 유지한 기간 이상 조심해야 해." 한다. 서준도 간단해 보이는 걸 직원에게 대강 짚어 줬다. 메뉴판이 치워지고 맞미닫이가 닫혔다. 작은 온돌방 안에 상 하나를 마주하고 희수와 둘이 되었다.

"신기하네, 어렸을 때 할아버지 집이랑 생긴 게 비슷해."

"어렸을 때?"

"응, 집안 엉망되고 할아버지 집도 빼앗겼거든."

남의 이야기하듯 씨익 웃으며 둘러본다. "어디에 팔렸다더니, 사람들이 문짝이고 기와고 다 떼 가더라고." 덧붙이는 말조차 소풍 나온 것같이 가볍다. 이곳도 어느 종가였던 옛집을 뜯어와 인테리어를 했다는 말을 얼핏 들은 것 같다. 그러나 서준은 대답 대신 미루어 두었던 말을 꺼냈다.

"짧게 할게. 캐릭터랑 첫날의 스토리는 내가 짜 주더라도 구십 퍼센트는 네 순발력이야. 멍하게 굴어야 해. 똑똑한 척하지 마. 섹스어필……, 열심히 해야 해. 말했지만 춤 이외에 절대로 진한 스킨십 피해. 특히, 침대에 뛰어드는 것만큼은 절대 안 돼."

처음 그녀를 보았을 때 그를 움직였던 그 반들반들한 맑은 눈이 서준을 향하고 있었다.

"이도형은 느낌을 중요시하고 살사 판에서는 예절 바른 편이야, 물론 이도형 수준에서. 절대로 네가 먼저 접근한다는 인상을 주어서는 안 돼. 첫 춤 신청을 네가 하는 것으로 시작하지만, 곧 네가 밀어 내는 쪽으로 상황이 바뀌어야 해."

어두운 조명, 사람들의 땀과 열기, 라틴음악이 흐르고 봉고의 리듬이 피를 끓게 할 것이다. 그의 손을 쳐 내면서 값싼 창녀처럼 말할지도 모르지. '나, 연애하기 피곤한 여자예요.' 뭐 이런 거.

"의심은 많지만 도발하기도 쉬워. 흔들고, 끌고, 흔들고, 끌면서 녀석의 혼을 빼 놔. 데이트 신청을 받게 되더라도 한 번에 오케이하지 마. 가 버릴 것 같으면 다시 붙잡아 앉혀야 하고, 다시 갔다가 되돌아오게 해야 해. 놓치기 직전까지 약 올려. 그럼 매달릴 거야."

차근차근 듣던 희수는 씨익 웃으며 "살사 같네." 한다. 그래, 살사 같구나. 꼭 춤추는 것 같지. 호흡과 리듬을 잘 타야 하니까.

"춤 실력이 대단해진 덕분에 계획이 좀 달라졌어. 남는 시간 동안 춤 연습은 그만두고, 쇼핑해."

서준은 지갑에서 카드를 꺼내 들었다. 내미는 그의 손에는 어떠한 감정도 담기지 않았다.

"클럽에서 입을 거, 어떤 디자인을 골라야 하는지는 이해했어?"

"응." 하는 그녀의 순순한 대답. 이젠 그 대답이 전혀 반갑지 않다.

"오늘 고른 건, 클럽에 두 번째 가게 될 때 입고. 첫날 입을 옷, 직접 골라 봐. 댄스복만큼은 못하겠지만 입고 춤춰야 하니, 신축성이 좋아야 하는 거 잊지 마."

"내일 이연혜 선생님 수업 끝나고 가면 되겠네."

"그래, 다른 데서 사지 말고, 부티크 끝에 있는 백화점 1층 명품관에서만 골라. 그날 차려야 할 모든 것, 구두, 스타킹, 스커트, 블라우스, 핸드백, 액세서리, 머리 끈까지, 풀 세트로 골라. 아, 화장품도. 필요한 건 다 사. 결정하기 어려우면 있는 대로 사서 조합해 봐도 상관없어. 한 벌 될 조합으로 넉넉히 사."

"시간도 짧았고 스타일만 배웠지, 브랜드 같은 거 아직 잘 몰라."

"알 필요 없어. 광고판이나 유리창에 붙어 있는 로고 보고, 그 로고가 제일 크게 박혀 있는 걸로 골라. 로고로 도배가 되어 있는 것이면 더 좋아. 어떤 브랜드는 체크무늬, 어떤 브랜드는 줄무늬, 브랜드를 대표하는 게 뭔지 쉽게 알 수 있을 거야. 그런 게 노골적으로 드러난 걸로만 골라. 가격표 보지 마. 아니, 비슷한 게 있으면 가장 비싼 걸로 사."

희수의 눈이 휘둥그래졌고 눈썹이 치켜 떠졌다.

"뭐? 그런 식은 천박하다고 이연혜 선생님이 제일 질색하시는데?"

"그래, 그렇게 질색할 물건들로만 골라서 가장 최선으로 스타일링 해 봐."

#9

도형 이야기

귀를 멍하게, 정신까지 스러지게 만드는 라틴 댄스 음악, 살세라들과의 춤, 신명 나게 한바탕 땀을 흘릴 때면 도형은 이 세상 근심이 모두 사라지는 것만큼 즐거웠다.

"도형 씨, 어머니 언제 소개시켜 줘? 결혼 말, 꺼내는 봤어?"

친구들 사이에서 김희연의 공공연한 별명은 '봉잡이' 였다. 오직 재벌가 아들과의 결혼에만 목매는 것과 함께 여러 가지 저속한 의미가 담겨 있다.

강서준을 흔들기 위해 시작했지만 옆에 두는 것만도 창피스럽고 기분이 너저분해졌다. 친구들에게 소개하니, '봉' 되지 말고 '봉' 잡게 하고 끝내, 조언이랍시고 입을 놀렸다.

희연은 모르는 것 같았다. 최근 들러붙었던 녀석들 둘은 이제 공공연하게 소문이 나기 시작한 그 봉잡이에게 봉을 잡아 보게 하고 싶어서였다는 사실을. 최근 희연이 사귈 뻔한 녀석들은 결혼을

243

무기로 죽어도 침대로 가지 않는다는 그 전설을 깨 보려 시도했었다.

소문은 일단 일파만파로 퍼지는 일이 멈췄다. 도형이 소문의 발화점을 확실히 진화했기 때문이었다. 작년 희연을 어떻게 해 보려다가 차인 도진건설 막내, 경훈이 교묘하게 화젯거리를 만들어 입을 놀리고 다녔었다.

유전법칙을 역행한 천연의 청초함. 솔직히 처음엔 도형도 강서준이고 뭐고 조금 좋아하기도 했었다.

하지만 이 '이도형'이 어떤 사람인지, 어떤 생각을 가졌는지, 무얼 좋아하는지는 아무런 관심도 없이, 그저 모든 집중의 초점을 그 매가리 없는 목소리로 '결혼'으로 돌릴 때마다 화를 참을 수 없다.

이건 남자, 아니, 사람 취급이 아니라 지갑 취급이다. 지갑 취급도 정도껏이지 정말로 불쾌했다. 나라는 사람한테 아주 조금이라도 관심은 있는 건지. 오직 결혼! 조금이나마 피어오르려던 연정은 싸늘하게 식어 버렸다.

뒤에서는 아무리 '붉은 소시지'라 놀려 먹어도, 주변에서 도형의 뜻을 거스르는 존재는 거의 없었다. 도형은 집안 모임을 제외하고는 항상 무소불위의 권력을 휘두르며 살았다. 노골적으로 불나방처럼 들러붙는 여자는 많고 많았다. 물론 그가 아닌 그의 지갑이었지만.

어려서는 날 보는 거나, 내가 가진 지갑을 보는 거나, 그런 거 구별할 필요를 느끼지 않았다. 하지만 그 알량한 자존심을 박살 낸 인간이 강서준이었다.

처음에는 녀석을 보는 게 아니라 녀석의 외모를 보고 달려드는 거야, 나랑 다를 바 없어, 애써 받아들였다. 강서준의 뒤를 캐 그 요란한 출생의 비밀을 폭로하고, 한때 놀기 좋아하던 모 그룹 막내 며느리와, 섹시 여배우와, 순진한 아가씨를 가짜로 동시에 엮어 대형 스캔들을 터뜨렸다. 그리고 녀석에게 꽤 어울리는 '바람둥이' 타이틀을 달아 주었다.

그러나 겨우 다스려졌던 분노는 두 번째 여자를 빼앗기면서 물거품이 되었다. 친절하고 상냥하면서도 여자로선 꽤 도도했던 그녀는 댄스 강사였다. 그녀는 사람들에게 살사를 널리 알리고 싶어했다.

그녀는 이도형이 지갑을 흔들어 보여 주지 않고 마음을 얻었던 유일한 여자였다. 그녀와 만나는 횟수가 차차 늘면서 강서준에게 박살 난 자존심이 조금씩 기워지고 있었다. 아직 누더기처럼 너덜너덜했지만 울분에 차 자다가 발길질을 하는 횟수도 점점 줄어들었었다.

그녀는 땀을 흘리며 함께 춤추었던 그 스물두 살 어린 녀석의 열정만으로, 그에게 마음을 열어 주었다. 점점 그녀가 좋아졌다. 점점 그녀와 함께 추는 춤이 좋아졌다. 그녀의 마지막 수업이 끝날 때까지 기다리다가, 집에 데려다주는 시간들이 행복했다.

그녀에게 평범해 보이기 위해, 친구와 차까지 바꾸어 탔었다. 도형의 차를 좋아라 빌려 가던 녀석의 싸구려 차종은, 속도 방지턱을 넘을 때마다 머리를 천장에 부딪칠 만큼 비좁기 그지없었다.

학교 수업은 당연히 뒷전이었다. 자다 일어나 화장실을 가는 중에도 아무렇지 않게 밟을 수 있을 때까지 베이직 스텝을 밟고 또 밟았다.

어느 날, 연습실에 반갑지 않은 인물이 나타났다. 박규만과 강서준이었다. 초급 코스에서 한참 구르고 올라올 테니, 얼굴 볼 일 없을 거라 생각했던 건 오산. 녀석들은 얼마 되지도 않아 너무 잘 춰서 초급 수업을 방해한다며 중급 코스로 튕겨져 올라왔다.

그때부터 그녀의 수업 태도가 왠지 적극적으로 변했다. 그녀는 수업 중 남자들과 파트너를 잘 하지 않는 편이었다. 그러나 강서준과 한 번의 파트너가 되고 싶어 다른 녀석들을 모두 잡아 준다는 착각마저 들었다.

가장 큰 변화는 그의 그녀가 더 이상 집에 함께 가고 싶어 하지 않는다는 것이었다. 이유는 다양했다. 친구와 약속이 있어, 들를 데가 있어, 연습을 좀 하다 가야 해, 등등. 이러다 스토커 같은 남자 친구의 인상을 심어 주지 않을까, 염려했던 도형은 그녀를 조이는 대신 한발 물러섰다.

그럼 주말에 만나, 다음 주에 만나, 전화기는 제발 꺼 놓지 마. 양보에 양보를 거듭했다.

나쁜 일은 계속되었다. 어느 날부턴가 여자들이 갑자기 넘쳐 났다. 누구 때문이라고는 죽어도 인정하고 싶지 않았다. 결국 중급반을 둘로 분반했다. 도형은 그녀가 가르치지 않는 반으로, 강서준과 박규만은 그녀의 수업으로 배치되었다.

누군가를 협박해 도형이 반을 옮겼을 때는 이미 슬슬 제정신을 잃어 가고 있었다. 가장 참을 수 없는 것, 가장 자존심을 짓밟는 것은 '강서준은 아무것도 하지 않았다' 는 것이다. 수업을 들으러 오는 것을 제외하고는.

분반이 된 이후 들끓던 여자들이 이상하게 확 줄어들어, 그의 그녀는 강서준과, 도형 자신은 박규만과 파트너가 되곤 했다. 도형은 박규만을 얼싸안고 스텝을 밟으며 서로를 죽일 듯 노려보았었다.

"한 발짝만 더 붙으면 죽여 버릴 거야!", "나도 너랑 붙는 거 불쾌하거든?"

이번엔 내가 여자, 다음엔 네가 여자, 박규만과 홀딩한 상태에서 칼부림 날 분위기로 눈빛교환을 하는 동안, 강서준은 땀을 흘리며 수업에만 집중했고, "수고하셨습니다."의 인사 멘트 외에는 거의 입조차 떼지 않았다.

발표회 준비를 하기 위해 사람들이 모였다. 누구나 여러 프로그램에 참여할 기회를 고루 가졌다. 중급반에서도 많은 지원자가 나왔고, 그들은 이미 배운 패턴들을 선보이며 간단한 자체 테스트를 가졌다.

서로의 동작을 기록하기 위해 촬영용 카메라가 돌아갔다. 중급반 중 남자 한 명은 그의 선생님이자, 그의 그녀와 함께 바차타를 가미한 안무를 준비해 공연하기로 했다. 다른 발표에 참여할 기회도 여러 가지 있었으나 그런 건 눈에 들어오지도 않았다.

짜고 치는 고스톱 같았다. 도형 외에는 모두들 크게 신경 쓰지 않는 유쾌한 놀이 같은 테스트. 그러나 내내 불행한 예감이 들어서 마음먹었던 동작을 잘해 내지 못했다. 실수를 했다고 하고, 한두 번 기회를 더 얻어서 춰 봤지만 마음에 들지 않았다.

불행한 예감은 맞았다. 그의 그녀가 택한 파트너는 강서준이었다.

지질하게 항의를 했다. 불공정하다고 했다. 그래, 맞았다. 박규만도 잘 췄으니까. 심지어 박규만은 현대무용을 전공하고 있었다. 마음에 들진 않지만 박규만의 동작이 자신보다 낫다는 건 인정할 수 있었다. 아니, 그것도 썩 마음에 차지는 않았다.

강의실 거울 앞에 선 그의 그녀는 그와 따뜻한 눈빛을 나누던 연인이 아니었다. 냉랭한 연습실에서 강의하느라 얼었던 손과 발을 녹여 주던 연인은 휘발되어 사라졌다. 그녀는 그저 스승과 같은 태도로 근엄하게 동영상을 리플레이 하며 강서준을 선정한 이유를 밝혔다.

당신이 부족해서 뽑히지 않은 것이에요, 라고는 말하지 않았다. "그럼 같이 보고, 같이 판단해 봐요." 그녀가 한 것이라고는 그저 가볍게 미소 지으며 동영상을 플레이해 준 것뿐이었다. 박규만은 절제된 동작과 정박자의 딱 들어맞는 춤을 구사했다. 완벽히 흠잡을 데 없이 모든 패턴을 소화했다.

그리고 강서준의 비디오가 돌았다. 그래, 베이직 스텝을 밟기 전 준비 동작만으로도 나타나는 차이는, 인정하긴 싫지만 신체구조 때문이었다. 춤으로 다져진 박규만조차 강서준의 신체비율 앞에선 뭔가가 많이 부족해 보였다. 그리고 춤이 시작되자 모든 것이 더 극명해졌다. 팔을 들어 올리는 단순한 동작조차.

물 흐르듯 유려한 스텝, 어떠한 카메라 각도에서도 완벽한 신체의 선, 패턴의 종류는 많지 않았지만 풍부하고 깊은 느낌. 박자를 놓치는 듯, 더 빠른 듯, 더 느린 듯, 조금의 차이가 만드는 그 부드럽고 끈끈한 느낌. 파트너 선정 기준이 얼굴 생김새 때문이란 건 쩨쩨한 변명이었다.

강서준의 춤이 끝나자 잔인하게 도형, 자신의 동영상이 돌았다. 스스로의 춤추는 모습을 본다는 게 그렇게 가혹한 형벌이라는 걸 처음 알았다. 도형, 자신은 머릿속에서 생각했던 춤을 추고 있지 않았다. 모든 동작을 뭉개 버리는 엉뚱한 흉내를 내고 있었다. 엉덩이를 쭉 빼고 흉한 모양을 하던 그 모습이, 그렇게 창피하고 추할 수가 없었다.

가장 처참했던 건, 같은 춤을 추고 있던 파트너의 표정이 자신과 함께했을 때 가장 일그러져 보였다는 사실이었다. 강서준과 함께 춤을 추던, 더할 나위 없이 행복해 보였던 그 파트너는, 자신의 파트너와 동일 인물이었다.

목이 말랐다. 평소엔 거들떠보지도 않던 소주팩을 몇 개나 샀다. 편의점 직원의 미친놈 보는 듯한 시선을 아랑곳 하지 않고 들이마셨다. 길거리에 주저앉아 부랑자처럼 소주팩을 까서 마시고 또 마셨다.

그리고 병신처럼 연습실 근처로 돌아가 어정거렸다. 홍단대 앞 놀이터는 그녀와 함께하던 곳이었다. 그의 그녀는 그네를 타며 이야기하는 걸 좋아하는데. 도형은 취기가 가신 눈을 비볐다. 그녀가 눈앞에 있었다. 강서준에게 한없이 사정하고 있었다.

"왜 그만둔다는 거예요? 같이하기로 하고선, 뭐 때문에!"

강서준이 했던 건 "미안합니다." 하는 깍듯한 사과였다. 그렇게 매정하고 단정할 수 없었다. 개새끼, 그렇게 수업 시간 내내 끈끈한 눈으로 집중하면서 흘려 놓고서, 뭐!

사람 많은 곳에선 사소한 애정 표현조차 꺼리던 그의 그녀는 강서준에게 스스로 몸을 날렸고, 입술을 빼앗았다. 항복하는 듯한 제스처로 두 손바닥을 내보이며 그녀의 키스를 감정 없이 받던 강서준은 1분여 뒤, 그녀가 부끄러운 듯 떨어지자 냉기를 뚝뚝 흘리며 말했다.

"이러시는 게, 그 이유입니다."

그의 그녀는 눈물을 흘리며 강서준의 얼굴에 손바닥을 날렸고 강서준은 묵묵히 맞아 주었다. 동시에 도형의 몸도 함께 튀어 나갔다. 주먹을 날렸지만 싸움이 되지 않았다. 강서준은 가볍게 피하며 엉망으로 취한 그를 상대해 주지 않았고, 그의 그녀도 강서준을 뒤쫓느라 도형을 뒤돌아봐 주지 않았다.

그다음 날은 비가 추적추적 내렸었다. 온 세상이 도형의 마음처럼 젖어 있었다. 낮이 밤처럼 깜깜했고, 숨이 막히게 습했다. 전공 수업이 있기 때문에 강서준이 와 있을 거란 믿음하에 학교로 달려 나왔다. 도형은 술에 절어서도 잠 한숨 자지 못했었는데, 녀석은 태연히 학교에 나와 수업을 듣고 있었다.

"나와, 이 개새끼야!"

교수가 놀란 토끼 눈을 뜨고 보든 말든 녀석의 멱살을 쥐고 끌어냈다. 평소에는 녀석이 좀 더 센 편이지만 그날은 무슨 힘이 그렇게 나왔는지 모르겠다. 강의를 받던 다른 녀석들과 교수마저도 함께 뛰쳐나와 강의실 앞 운동장에서 두 사람의 진흙탕 난투극을 감상했다.

녀석에게 날린 선방이 빗맞았을 때, 강서준은 비열하게 웃으며 말했었다.

"어떤 여자든 선택해 봐, 모조리 빼앗아 줄 테니!"

집안의 손길이 뻗쳤고, 강제로 싸움이 말려졌다. 강서준은 군대로 끌려갔고, 도형 자신은 해외로 쫓겨 나갔다.

결코 녀석을, 평생! 용서하지 않을 것이다.

❖ ❖ ❖

벌써 7년 전, 아니 시작부터 치면 8년 전 일이다. 도형이 살사 판에 여태 남아 있는 건, 그저 리듬이 좋고 춤이 좋아서였다. 강서준에게 덧없이 가 버린 그의 그녀가 가슴속 한구석에 남아 있지 않다면 거짓말이지만, 그것은 또 그때의 추억일 뿐이었다.

도형은 살사 바, 아이 누베스의 구석에 앉아 목을 축이고 있었다. 초창기에 만들어진 곳이라 규모가 크지 않았다. 바테이블이 한쪽을 차지했고, 입구와 DJ 박스를 제외한 두 면은 전면거울로 싸여 있었다.

콜롬비아의 오래된 살사 그룹, Orquesta Guayacan의 Ay amor cuando hablan las miradas가 흘러나오고 있었다. 살사 음악은 내용이 슬프건 기쁘건 늘 흥겹다. 들을수록 이국의 느낌보다는 정겨운 우리의 리듬 같다.

동호회 내에서 강서준과 연관된 사건은 작은 스캔들로 사람들 입에 오르내렸으나, 곧 잊혀졌다. 학교에서 두 사람의 진흙탕 싸움은 전설이 되어 버렸지만, 이곳 살사 판에서는 아무 일도 아니라는 듯 흘러가 버렸다.

그게 좋았다. 사람과 사람이 만나면 생길 수 있는 이야기들, 누가 누구랑 연애한대, 누가 누구랑 그날 잔 것 같대, 누가 누구랑 양다리를 걸쳤대, 이런 이야깃거리쯤은 그저 리듬을 타고 흐르는 땀방울들처럼 그냥 흘러내리고, 닦이고, 말라 없어진다. 대신 그곳을 채우는 것은 봉고의 리듬. 또 다른 노래, 또 다른 리듬, 또 다른 댄스, 댄스.

사실 그다지 넓지 않은 살사 판, 몇 년 전 다른 바에서 그의 그녀, 그의 첫 스승을 마주친 일이 있었다. 그땐 어색하게 눈인사를 교환하고 자리를 떴다. 오랜만에 한국에 들어와 갑자기 만났기 때문이라고 생각하고 싶었다. 그녀도 제자를 유혹했다는 오명을 견디며 살사 판에 남았다.

살사 바에서의 그녀는 자리를 자주 지키고 있었다. 대단한 춤 실력의 살세라는 공교롭게도 춤 신청을 자주 받지 못한다. 그녀의 춤 실력은 소심한 살세로들을 얼어붙게 할 정도로 더 좋아져 있었다. 춤이 좋은 도형은 춤을 즐길 수 있게 되었을 뿐, 아직도 썩 잘 추는 편은 아니라고 생각했다.

혹시 다음에 또 그녀와 마주친다면 이제는 '한 곡 추실래요?' 할 수도 있을 것 같다. 그렇게 그녀와의 스캔들은 아릿한 추억으로 삭혀진 지 오래였다.

하지만 강서준 그 개새끼에 대한 증오만큼은 갓 잡은 생선처럼 여전히, 펄떡이며 살아 숨 쉰다. 타고난 걸 자랑하는 건 공평하지 못하다. 녀석과 마주칠 때마다 치미는 짜증은 항상 울컥울컥 그를 괴롭혔다.

"나 한 잔 더 줘, 형."

잔을 내밀자, 살사 바, 아이 누베스의 주인 김길만이 직접 잔을 채워 주었다. 강서준은 결국 끝내 함께하자는 그녀의 청을 거절했고, 박규만이 그녀의 파트너가 되었다. 그들 중 박규만은 전공했던 현대무용을 버리고까지 살사를 출 만큼 살사에 가장 미친놈이 되었다. 강서준은 살사 판에 두 번 다시 나타나지 않았다. 참 아이러니하다.

살사는 마약이다. 클럽이라고 쓰인 평범한 술집의 간판만 보아도, 길거리에서 팔짱을 끼고 가는 남녀를 보아도, 퇴근길에 어깨가 축 처져 걸어오는 치마 입은 여자를 보아도, 춤을 추고 싶어진다. 살사를 배운 첫 해는 정말 내가 미치지 않았나 싶었다.

아무 여자한테나 '한 곡 추실래요?' 말하고 싶었다. 미친놈이 되겠지, 입이 근질거려 이를 앙다물었다. 길거리에서 함부로 올라가고 싶어 하는 미친 손이 사고를 치지 않게 하기 위해 주머니에 손을 넣고 주먹을 꼭 말아 쥐었다.

해가 지기를, 살사 바가 문을 열기를 기다렸다. 댄스복과 댄스화를 챙겨 넣은 가방을 들고 클럽을 향했다. 걷는 것인지, 스텝을 밟는 것인지조차 구별이 가지 않았다.

그래, 강서준도 그랬을 것이다. 하지만 그 독한 새끼는 그렇게 집중하며 사레들린 듯 춤을 추다가, 목적을 달성하자 한 번에 춤을 잘라 냈다. 아무리 그렇더라도, 쉽지 않았을 텐데. 춤꾼의 피를 타고난 주제에, 미치도록 근질거렸을 텐데. 독종 새끼, 독한 새끼. 더 싫었고, 더 재수가 없었다.

그가 유혹하고 버린 '그의 그녀'에 대한 예우였다는 걸 느낌으로는 안다. 하지만 예우는 개뿔, 흔들고 버린 죽일 녀석이라는 건 변한 것 없는 사실 그대로이다. 그러나 어느 날 뉴욕의 한 살사 바에서 이도형은 우스운 장면을 목격하고 배를 잡고 굴렀었다.

원수는 외나무다리에서 만난다고 했나. 강서준이 라틴계의 여성과 함께 춤을 추고 있었다. 우리나라에서는 절대 발을 들여놓지 않던 클럽을, 해외에서는 참지 못하고 찾았던 것이었다. 이도형은 한껏 비웃음을 날렸고, 강서준은 라틴계의 여성과 춤을 마치자마자 홀연히 사라졌다. 그래, 저도 쪽팔렸겠지.

그때 한 번 비웃어 준 비릿한 웃음은, 그간의 스트레스를 모두 날려 버릴 만큼 시원했다. 잠자리에 들다가도 재미있어 몇 번을 웃었다. 주먹질을 직접 해 주는 따위에 비할 바가 아니다. 눈이 마주친 뒤 정색하며 꽁지 빠지게 클럽을 나서던 녀석의 꼬락서니란. 뉴욕의 살사 바를 샅샅이 훑으며 다시는 녀석을 발붙이지 못하게 하고 싶었다.

"오늘은 통 춤을 안 추네. 여기 술 마시러 왔어?"

김길만의 비아냥거림에 도형은 그냥 피식, 웃었다. 살사 바, 아이 누베스의 주인 김길만은 이도형의 오랜 친구 같은 형이다. 어쩌다 보니 도형이 어느 집 아들인지 알아 버렸지만, 김길만은 입 밖으로 그 사실을 내놓지 않았다. 또한 도형을 대하는 태도도 전과 다름없이 격의 없고 허물없었다. 그게 마음에 들었다.

철없을 땐 벼슬이라도 한 것처럼 대우받는 걸 당연히 여겼다. 그러나 언젠가부터 영신그룹의 타이틀을 보자마자, 사람들의 달라지는 태도를 보면 참 씁쓸했다.

"오늘은 영 그래. 그냥 사람들 춤추는 거나 볼래. 1시간 후면 문 닫을 시간이네, 문 닫고 한잔할까?"

음악이 바뀌었다. Yo si me enamore가 흐른다. 기타 연주를 뒤로한 호소력 있는 보컬이 애절하다. 전통적인 느낌보다는 현대적인 감성을 바차타에 얹어 사람들에게 사랑받는 곡이다. 나이 든 연인의 바차타를 도형은 턱을 괴고 바라보았다. 나이가 지긋하니 부부일지도, 동호회에서 갓 만난 연인일지도 모른다.

춤사위도 서툴고 소박했다. 하지만 지금, 그들의 세상에는 둘밖에 없었다. 오직 서로만을 바라보며 춤을 추었다. 감미롭고 행복해 보인다. 보기 좋았다.

그때는 강서준이 '그의 그녀'를 어떻게 유혹했는지, 아무것도 하지 않은 녀석이 어떻게 그녀를 죽네, 사네, 춤을 버리네, 어쩌네 하게 만들었는지 이해하지 못했다.

하지만 이제는 알 것 같았다. 강서준은 한 곡의 음악이 흐르는 동안, 그녀에게 혼신을 다해 집중했었다. 가볍게 잡은 손 사이에 텐션을 유지하며, 50cm의 정중한 거리를 두고, 밀고 당기며, 리듬으로 그녀와 연애하고, 키스하고, 섹스했다. 초보의 보잘것없는 몇 개의 패턴만으로도 그녀를 아름답게 보이게 하기 위해 사력을 다했고, 그녀는 절정을 느꼈을지도 모른다.

이 모든 것을 질투라는 가벼운 단어로 부르기엔, 녀석에 대한 해묵은 증오가 너무 안쓰럽다.

"저랑…… 한 곡 추실래요?"

생각을 툭, 끊는 어떤 여자의 목소리가 도형을 방해했다. 도형은 턱을 괸 손을 떼고 회전의자를 돌려 여자를 바라보았다. 그리고 경악하며 인상을 찌푸렸다.

매캐하도록 돈 냄새 나는 차림. 어떻게 이런 여자가 굴러들어 왔을까. 차림새가 하도 혐오스러워서 뒷덜미를 잡아 내, '너 같은 애는 이런 데 오는 거 아냐.' 바 밖으로 잡아 끌어내고 싶다. 아니 손은커녕 뒷덜미조차도 잡고 싶지 않다.

"싫어요."

부지불식간에 본성이 그대로 튀어나왔다. 바로 옆에 있던 김길만이 무례함에 깜짝 놀라, "야!" 하고 등짝을 후려쳤다. 그래, 방금 말을 뱉은 도형도 같이 놀랐다. 긴장의 끈을 잠깐 놓았다가 오줌을 살짝 지린 기분이랄까. 돌이킬 수 있다면, 아니, 여자를 다시 보니 그나마도 반말이 튀어나오지 않은 게 다행이다.

실망하는 여자의 표정. 여자는 스탠딩 의자에 엉덩이 끝을 밀어 넣고 번들거리는 커다란 핸드백을 바테이블 위에 털썩, 올려놓았다. 풀어헤쳐진 검고 긴 생머리가 어두운 조명 아래 호러물의 분위기를 양산했다. 쪽 째진 눈꼬리를 뽑아 올린 화장도 함께.

춤은커녕 나란히 앉아 있기도 쪽팔렸다. 저런 차림은 돈 가진 사람의 수치이다. G사 로고로 도배된 고가의 핸드백은 어른 손바닥만 한 G로고의 금속이 덜렁거리고 있었다. 그것뿐이라면 패션 아이템이라 넘어가겠지만 같은 금속의 G로고를 허리에도 둘렀다. 얼마나 거창한지, 권투선수의 챔피언 벨트 같다.

춤을 조금이라도 추었다면 남성의 손이 자신의 허리에 올라갈 걸 알 것이고, 그럼 저따위 '나 돈 있소.' 하는 벨트는 착용하지 않을 것이다. 턴을 돌리는 동안 저 허리에 손을 댔다간 끔찍한 은색 로고에 손가락을 베일 것 같다.

어깨를 드러낸 홀터 넥의 니트 티셔츠도 F사의 대표 프린트가 된 것이었고, 구두도, 스타킹도, 손목의 팔찌조차도 정신 나간 여자처럼 F사 제품으로 도배를 해 입었다. 게다가 살사 바에 오면서 저런 높은 힐을 신었다면 할 말 없다.

"수업에선……, 여자가 춤을 신청하면 남자들은 거절 안 한다고 하던데."

"잘못 배웠나 보죠."

이걸 소리쳐 쫓을 수도 없고, 귀찮아도 내가 피해야지. 그런데 여자가 한 박자 느리게 또 말했다.

"미안해요. 그쪽이 좀……, 한가해 보이기에. 서로 아는 사람들끼리만 추는 건가."

여자는 느리고 나른하게 말을 끊을 듯 말듯 계속 이어 갔다. 듣기 싫은데, 그 허스키하면서도 묘하게 느린 나른함 때문에 자꾸 귀를 기울이게 되었다. 뭐에라도 속아 넘어간 것처럼 짜증이 치밀었다.

"다음은 라인 댄스(여러 명이 같은 안무로 추는 춤, 주로 막간 타임에 춤)니까, 혼자 춰요."

그나마 도형이 예의 있게 대하는 거라는 걸, 여기가 살사 바인 걸, 저 여자는 다행스럽게 여겨야 했다. 하바나였다면 당장 사장 이연혜에게 말해 이따위 여자, 들러붙지 못하게 하라고 야단을 했을 테다.

다른 곳에 음료를 서빙하고 돌아왔던 김길만이 황급히 나서며 대신 눈짓으로 사과했다. "너, 왜 이래? 맥주 몇 잔에 취했니?", 등짝을 몇 대 더 얻어맞았지만 이보다 더해도 상관없었다.

그러나 여자는 김길만의 눈인사의 의미도, 도형이 등짝을 얻어맞은 의미도 잘 모르는 것같이 멍했다. 자신이 무시당했다는 것조차 깨닫지 못한 걸까.

"아아, 이러곤 춤 못 추지."

여자는 벨트를 풀러 핸드백에 아무렇게나 구겨 넣고, 작은 면가방을 꺼냈다. 그 안에는 연습용 살사슈즈가 들어 있었다.

도형은 뭔가 실수했다는 생각이 들었다. 도형의 시선이 계속 머물자, 여자는 그를 향해 가볍게 웃어 보였다.

"살사 바는 오늘이 처음인데……. 첫 춤으로 라인 댄스도 괜찮겠네요. 동영상으로만 봤는데 꽤 재밌어 보였거든요."

여자는 긴 머리채를 익숙한 솜씨로 꼼꼼하게 올려 묶었다. 손목에 걸려 있던 건 팔찌가 아니라 헤어밴드였다. 턴을 하며 긴 머리채로 파트너나 주변 사람들을 후려치는 건 예의 없는 행동이긴 하지만, 저렇게 꼼꼼하게 묶을 필요는 없는데.

모 동호회의 잘 알려진 살세로가 나와 라인 댄스를 유도했다. 자리를 지키고 있던 많은 사람들이 함께 나와 꽤 알려진 안무를 함께 추었다. 도형의 심기를 건드리던 그 여자도 맨 끝줄의 구석에 그들과 함께 섰다.

파장 직전 클럽의 하루가 마지막으로 즐겁게 달아올랐다. 동호회의 사람들은 이미 여러 번 추어 본 안무를 군무처럼 즐겼다. 안무는 그다지 복잡하지 않았지만, 여자는 처음 해 보는 태가 역력했다.

그러나 유려한 몸놀림이 놀라웠다. 어깨의 쉐이크도 부드러웠고, 힙의 움직임과 허리선의 느낌은 솔직히 맨 앞에서 그들을 유도하고 있는 그보다 나았다.

여성의 스타일링에서 따온 힙롤과 웨이브이기 때문이기도 했지만 뭔가가 달랐다. 뉴욕의 살사 바에서나 볼 수 있는 라틴의 감성과 색다른 우아함이 공존했다. 바디라인이 아름다웠고, 몸의 부분부분을 쓰는 감각, 리듬감이 탁월했다.

번쩍이는 G사의 로고에 가려 아까는 보지 못했었다. 여자의 라인은 매우 육감적이고, 아름답고, 이국적이었다. 탄탄한 허벅지와 힙 라인이 섹시했고, 글래머러스한 가슴 라인이 매력적이었다.

모든 사람들이 한꺼번에 뒤를 돌아 버리자, 여자는 앞쪽의 미녀와 얼굴을 맞대었다. 여자는 깜짝 놀라 큭큭, 웃으며 즐겁게 따라 뒤를 돌았다. 지켜보던 도형도 "큭!" 웃고 말았다.

그러나 무언가가 도형의 웃음기를 가시게 했다. 여자와 눈을 마주친 그 미녀가 '미'의 절대치에 훨씬 가까웠지만, 저 여자에 비하니 좀 밋밋하고 싱거웠다. 사람을 당기는 그 어떤 것이 여자에게 있었다.

여자는 우아하게 베이직 스텝을 밟으며 사람들과 함께 돌고 있었다. 입가에 웃음이 떠나지 않았다.

월요일엔 어느 바, 화요일엔 어느 바, 요일별로 쉬지 않고 춤을 추러 다니기로 유명한 닉네임, 당스당스 녀석이 도형의 앞을 지나 갔다. 실컷 춤추고 집으로 돌아가려는지, 손에 가방이 들려 있었 다. 도형은 그를 황급히 불러 세웠다.

"저 여자, 어디서 본 적 있어?"

"아니." 하며 미간을 찌푸리는 당스당스의 얼굴에도 의아함과 경탄이 가득했다. "오오! 뉴 페이스! 해외파신가?" 호기심과 호감 이 피어난 녀석은 다시 주저앉으려 가방을 바테이블 위에 얹었다. 도형은 황급히 말했다.

"일찌감치 들어가라?"

"에이, 형은?"

슬쩍 스탠딩 의자에 엉덩이를 밀어 올리는 녀석. 기다렸다 그녀 에게 춤 신청을 해 보겠다는 뜻이다. 도형은 녀석의 엉덩이를 손바 닥으로 우악스럽게 밀어 내렸다. 잠깐의 몸싸움이 벌어졌고, 도형 은 턱짓으로 그녀가 남겨 두고 간 짐들을 가리켰다.

"씨이. 그럼, 난 다음 기회에!"

당스당스는 아쉬운 듯 입맛을 쩝쩝 다시며 다시 가방 손잡이를 잡았다. 휘파람을 불며 출구를 향하는 녀석. 여자에게서 떨어지지 않는 끈끈한 시선이 기분 나빴다.

내가 보기 좋은 건, 남들 보기도 좋은 법. 한 곡 추러 나타났다 휑하니 사라지곤 하는 전설의 춤의 고수와, 이제 막 실력에 물이 오르기 시작한 날라리와, 게으르게 자리를 지키던 또 다른 녀석이 그녀를 주목하는 게 느껴졌다.

서투르게 구사하는 여자의 안무, 그러나 무언가 다른 느낌. 모 두들 같은 생각 중이었다.

'춰 보고 싶다.'

그랬다. 춤을 신청하려고, 손바닥을 내밀려는 중이었다. 도형은 그들에게 양보할 생각이 없었다. 재빨리 김길만에게 음료를 부탁했다.

"형! 빨리 한 잔 만들어 줘."

"왜?"

"실례했는데, 사과해야지."

자리에 돌아온 여자에게 도형은 음료를 쓰윽 내밀었다. 슬금슬금 춤을 신청하려 다가오는 녀석들에게 애인을 비호하는 양, 눈치를 주어 쫓았다. 도형은 여자에게 깍듯이 사과했다.

"솔직히, 아깐 좀 오해했습니다. 그랬더라도, 많이 실례되는 말을 했어요. 미안합니다."

여자는 별걸 다 마음에 담아 둔다는 투로 음료를 받아 들었다.

"됐어요, 잊어요. 아아! 재미있네요. 한 번 더 추면 더 잘 출 수 있을 것 같은데."

웃음기 가득한 여자의 목소리는 들떠 있었다. 도형도 마주 웃었다.

"아주 잘 췄어요."

느린 말투도 차림새도 그대로였다. 하지만 같은 여자인가 싶게 달라 보였다. 단정하게 묶어 올린 머리 뭉치가 귀여웠지만, 목선이 우아하고 성숙했다. 춤추는 내내 그렇게 섹시했던 여자는 좀 어린 것 같았다.

메이크업이 꽤 세련되었다. 본인 솜씨는 아닌 듯. 성형을 거친 얼굴은 아니지만 단정하고 귀여웠다. 뛰어난 미인도 아닌데 묘하게 끌렸다. 눈꼬리를 강조해 올려 그린 아이라인이 강렬하고 도발적이다.

뭐에 홀린 걸까. 변한 것 없는 차림새가 달라 보였다. 오픈 숄더 홀터넥 니트티, 무릎 길이의 블랙 시폰 드레스, 평범한 블랙 살사 슈즈.

살사슈즈를 따로 들고 다니는 건 흔한 일이다. 살사 바에 무난한 차림. 여전히 이곳 사람들과 어울리지 않게 너무나 고급스럽긴 하지만.

그녀를 보고 있으면 모든 게 혼란스러웠다. 어려 보이기도, 성숙해 보이기도 했다. 돈을 손에 쥔 지 얼마 안 된 졸부 같은 차림이지만, 굉장한 집 여식 같기도 했다. 모든 행동거지에서 우아함이 묻어났으나, 살사슈즈로 갈아 신기 위해 벗어 둔 에나멜 소재의 높은 힐은 바닥에 아무렇게나 쓰러져 있었다.

살사 바는 처음이라면서 어떻게 그런 유려한 몸놀림을 하는지 의심이 갔다. 지하에서 수련하다 땅거죽을 뚫고 나오지 않고서야 그럴 수 없었다. 팔 하나를 뻗는 동작에서도 손가락 끝까지 느낌이 묻어나는 건 웬만한 살세라들에게서 볼 수 있는 것이 아니다.

그녀는 그 유명한 라인 댄스의 안무를 정말 처음 춰 본 것 같았다. 거짓말은 태가 나지 않을 수 있으나, 거짓 몸짓은 태가 난다. 그중 도형의 머릿속을 뱅글뱅글 도는 건.

혹시, 알 만한 집 딸일까.

도형은 용기를 내어 그녀에게 물었다.

"그럼, 좀 아까 내게 한 댄스 신청이 생애 첫 댄스 신청이었겠군요."

"네."

"정말 많이 미안한데요."

그 지경으로 거절하고 춤 신청을 다시 하는 건 사실 좀 겸연쩍다. 하지만 그녀의 춤이 궁금했다. 여자는 도형의 무례를 신경 쓰지 않았고, 오히려 무언가에 정신이 팔려 즐거워했다. 슬쩍 기회를 보았으나, 여자는 도형의 말에 또박또박 대답만 했다.

"괜찮아요. 그래도 발목 삐었다고 거짓말이라도 해 주지. 그렇게 박살을 내요?"

여자는 콧등에 주름을 잡으며 그에게 잠깐 시선을 주었다. 장난스러운 투의 원망이었다. 도형은 "하하!" 부끄러움에 뱃속이 아릿해 웃었다. 여자는 웃음을 이끌어 내는 묘한 재주가 있었다.

이번에도 도형은 '한 곡 추실래요?' 묻지 못했다. 여자의 시선은 살사를 추는 사람들에 꽂혀 있었다. 그 시선을 돌릴 궁리를 하는데, 그녀가 먼저 물었다.

"저기요, 사람들이 저렇게 많이 섞여서 추면서 어떻게 부딪히지도 않고 추죠?"

라인 댄스의 여파로 파장이었던 플로어가 좀 들어차 있었지만, 그래 봐야 문 닫을 시간을 1시간 남겨 두었다.

"지금은 한산한 편이에요."

"알아요. 동영상으로 봤어요. 더 버글버글한 데서 더 많은 사람들이 추는 거."

설마, 춤을 동영상으로 배운 건 아니겠지.

"살사를 어디서 배웠어요?"

좀 멍하게 도형을 바라보던 여자는 곧 질문의 의도를 알아차리고 웃었다.

"아는 사람한테 개인 레슨."

부유해 보이는 차림새. 그녀의 대답은 꽤 비정상적이지만 왠지 그럴싸했다. 스트로를 입에 물고 음료를 조르륵, 마시는 여자의 피부는 아주 가무잡잡한 편이었다. 어두운 조명 아래에서도 까맣게 빛났다. 여자가 덧붙였다.

"사실, 춘 지 얼마 안 돼요. 3주 좀 더 되었나?"

도형은 다시 인상을 찌푸렸다. 말이 좀 안 되었다. 3주 차였을 때 저런 느낌을 내는 사람을 본 일은 없다. 도형은 그녀의 춤 실력이 궁금해 더 이상 견딜 수 없었다. 그러나 이번에도 '추실래요?'라는 말을 뱉을 타이밍을 놓쳤다. 그녀는 비밀이라도 말하는 듯 몸을 기울여 도형의 귀에 속삭였다.

"아까부터 저 사람이 나를 계속 쳐다봐요. 춤추자고 말 걸면, 또 싫다고 할까요?"

도형은 몸을 일으키며 그녀가 가리킨 '저 사람'의 시선을 온몸으로 막아섰다. 그리고 결국 손바닥을 내밀며 말하는 데 성공했다.

"나랑 춰요."

"······!"

"사람들 속에서도 어떻게 부딪히지 않는지, 내가 보여 줄게요."

무엇이든 처음 같을 수는 없다. 춤도 그랬다. 처음엔 춤을 좋아하는 그녀와 함께하고 싶어 억지로 춤을 추었지만, 그녀와 함께 추는 춤이 좋았고, 그녀 없이도 춤이 좋았다. 그녀의 존재는 간간이, 그보다도 덜 생각났고, 그러곤 잊고 있었다.

언젠가부턴 춤조차 놓을 수 있을 것 같다. 여전히 사운드가 꽉 차는 라틴음악이 흐르면 귀를 기울이게 되지만, 친구들조차 술에 취해 노래를 할 때는 메렝게 스텝을 밟는 그를 당연히 여기지만, 춤을 참을 수 있게 되었다. 가끔씩 울화가 폭발할 때를 제외하면 말이다.

"언제까지나 젊은 게 아니야. 정신 차려야지."

큰형님의 말씀이다. 여느 집에서도 그렇듯, 아들 많은 집 막내는 관심의 중심에 서거나 묵직한 결정권 같은 건 가지지 못한다. 가족 모임에서도 가장자리에서 주변인으로 머물다, 가끔씩 존재감을 보이거나 재롱을 떨면 그뿐.

어려서부터 딱 하나만 하지 않으면 되었다. 사고만 치지 않기. 관심의 테두리에 얌전히 머물기만 하면 되는 것이 그의 역할이었다.

하지만 도형은 그게 참 힘들었다. 그의 마음과 달리 자꾸 별거 아닌 일이 부풀려졌고, 저 녀석 또 사고 쳤다는 말을 듣게 되고, 비난의 대상, 골칫덩이가 되었다. '또 무슨 짓 했니?' 하는 무언의 시선을 가족들에게 받는 것이 습관이 되었다.

그럴 땐 춤을 추러 나섰다. 한쪽에 버리려고 모아둔 박스 안에서 댄스슈즈가 "나 여기 있어!" 말을 걸었다. 춤을 추게 된 뒤로는 주먹질을 하는 습관이 현저히 줄어든 것을 잘 아시는 어머니도 모르는 척 내버려 두셨다.

여태까지는 학생의 신분으로 버텼지만 형님들처럼 자리를 잡아야 한다는 것을 안다. 냉정한 사업가 집안에서 홀로 서지 못하는 아이에게 언제까지나 젖을 물려 주진 않는다.

집안에 도움이 되는 녀석으로 크지 않으면 버려진다. 이제 막 엉덩이를 바닥에서 뗄 줄 아는 아기라도 한창 전력 질주 중인 형님들 틈바구니에서 경쟁적으로 달리기를 해야 한다. 모든 것이 버겁다.

그러려고 태어난 것처럼 처음부터 모든 걸 잘하는 사람이 있다. 집안의 기대를 한 몸에 받고 있던 첫째 형님을 제친 둘째 형님이 그랬다. 집안 모임에 가면 숨을 쉬지 못할 정도로 기싸움이 대단하시다. 그리고 오늘 또 불공평한 걸 보았다. 눈앞의 이 여자.

춤을 춘 지 3주 좀 더 되었다는 여자는 믿을 수 없는 실력을 갖추고 있었다. 그녀의 말을 의심하는 건 아니다. 기본적인 패턴 외에 그녀가 알고 있는 것은 많지 않았다. 하지만 딱 좋은 텐션과 릴렉스를 본능적으로 가지는 건 아무나 할 수 있는 게 아니다.

그는 베이직 스텝을 밟는 순간부터 춤꾼으로서 그녀의 자질을 절감했다. 어깨, 몸통, 허리, 힙, 다리, 발끝까지 유려하게 움직이는 그녀의 스텝, 하지만 가장 좋았던 건 그녀의 눈빛이었다. 마감 시간이 다 된 살사 바에서, 주변 커플이 키득키득 장난을 치며 춤을 추는 와중에서도, 동호회 사람들이 우르르 빠져나가는 소란 중에서도, 그녀는 그에게 집중했다.

그가 잡아 주는, 그가 리드하는 느낌이 세상의 전부인 듯 즐겁게 그를 받았고, 그의 리드에 정성껏 팔로우했다. 이렇게 행복해하며 그에게 집중해 주었던 살세라가 있었을까.

이번엔 당신, 다음엔 다른 사람, 다음엔 또 다른 사람, 코스 요리에서 여러 종류의 음식들을 맛보듯 여러 살세로를 즐기는 여성들을 탓하지 않는다. 그도 그랬고, 그게 당연하니까. 그리고 또 그색다른 사람들과 다양한 음악을 즐기는 게 살사의 맛이기도 하니까.

하지만 오랜만에 가슴이 떨릴 정도로 벅찬 느낌을 받았다. 아기 걸음마를 뗀다는 이 여자는 이미 대단한 댄서로 성장할 자질과 기본기를 갖추고 있었다. 패턴을 시도하지 않고 베이직 스텝을 한동안 밟았음에도 즐겁게 그와의 느낌을 공유하던 그녀는 그가 움직이기 시작하자 물 흐르듯 그를 따랐다.

라이트 턴, 크로스 바디 리드, 인사이드 턴, 기본적인 조합들로 시작한 그는 탄탄한 그녀의 기본기를 확인하고 다른 패턴들을 서서히 시도해 나갔다. 크로스바디 인사이드 턴, 두 번의 아웃사이드 턴, 하지만 그와 함께하는 텐션만으로 본능적으로 받아들이는 것들도 보였다.

한산한 편인 플로어에서 화려한 드롭(여성을 떨어뜨리며 눕히는 동작)을 선보이는 커플이 있었다. 오랫동안 호흡을 맞춘 잘 알려진 커플이었다. 도형은 그녀의 집중을 깨지 않도록 하며 레프트 턴으로 그들의 공간을 더 확보해 주고 그녀를 보호했다. 자연스럽게 플로어를 돌아 방해받지 않을 공간으로 그녀를 이끌고, 그녀와 호흡을 맞췄다.

어느새 음악이 끝났다. 하지만 약속 같은 걸 하지 않았는데도 다음 곡을 함께했다.

춤추는 게 행복했다. 세상에 둘 밖에 없는 이 느낌, 그에게만 집중해 주는 그녀가 좋았다. 춤을 춘 지 얼마 되지 않았다는 그녀의 스타일링은 화려하지 않았으나 느낌은 풍부하다. 그리고 매우 우아했다.

사람들의 시선을 끌기 위해 자신의 화려함을 과시하지 않았다. 그를 위한 것처럼, 그에게 아름답게 보이기 위해, 그가 준 리드에 화답하는 것처럼. 바차타를 추던 나이 든 연인에게서 느꼈던 부러움 따위는 생각조차 나지 않았다. 오랜만에 느껴보는 깊은 쾌감.

3분짜리 음악이 너무 짧았다. 연속된 두 곡으로 숨이 차올랐지만, 가쁜 숨을 몰아쉬면서도 여전히 그에게 꽉 들어찬 짜릿함에 몸을 떨었다. 그녀도 그런 것 같았다. 그를 향해 싱긋 웃는 하얀 이, 오뚝하고 단정한 코, 깊은 눈꼬리는 그만을 향했다. 그들의 춤은 끝났다.

Xtreme의 Te Extrano가 플로어 깔리기 시작했다. 바차타의 춤곡이다.

그녀와 도형은 자리로 돌아왔다. 화려한 춤사위를 펼치던 옆쪽 커플은 플로어에 남았다. 연인인 그들은 다리를 깊게 교차하고 한껏 밀착된 상태로 그들만의 사랑을 표현했다. 어색한 웃음을 교환했다. 입을 먼저 연 건 그녀였다.

"나, 이 음악 좋아해요."

"바차타도 췄어요?"

그녀는 웃으며 말했다.

"그게, 그렇게 어렵지는 않지만, 음……."

어린 여자는 말끝을 얼버무렸다. 그래, 연인이나 오래 함께 연습한 파트너가 아니고서는 추기 쉽지 않다. 더구나 춤을 춘 지 얼마 되지 않았다면 밀착된 자세가 편하지는 않을 테지.

"애인이 생기면 그때 춰 보기로 했어요, 아!"

여자는 G사의 로고가 덜렁거리는 그 큰 백에서 무언가를 꺼내 시간을 확인했다. 휴대전화가 아니라 손목시계였다. 그녀의 차림과 어울리지 않게 어린애들이 좋아할 만한 유치한 만화 캐릭터의 디자인이었다.

"가야 해요."

여자는 원래 좀 정리벽이 없는 것 같았다. G사의 로고에 잠깐 시선이 갔다가, 어쩌다 보게 된 가방 안은 무언가 너저분한 것들로 가득했다. 주섬주섬 면가방을 챙겨 살사슈즈를 벗어 넣었다.

아까도 그랬지만 처음 본 남자 앞에서 구두를 훌렁훌렁 벗는 것에 대한 부끄러움은 없어 보였다. 단정한 태도와 자세는 알 만한 집 따님이 아닌가 의심이 들었지만, 저런 행동들은 형편없는 교육환경에서 막 자란 아이 같다.

"아아, 참. 춤, 좋았어요."

막상 그녀가 몸을 일으키려 하자 도형은 갑자기 마음이 다급해졌다. 춤을 함께한 여성에게 들러붙거나 연락처를 묻는 건 한 번도 하지 않은 행동이었다. 하지만 이 여자는 왠지 다시 만나고 싶다는 기분이 들었다.

"맥주 한잔하고 가요. 내가 낼게요."

한쪽에서 바를 정리하던 김길만이 평소 같지 않은 도형의 낌새를 눈치채고 대신 나서 주었다. 하지만 그녀는 샐쭉 웃으며 거절했다.

"운전해야 해서 술 마시기 그래요. 어쨌든 고맙습니다."

어떨 땐 어눌해 보이기까지 하는 느린 말투의 그녀는 처음 춤을 신청했을 때처럼 깍듯하게 인사하고 몸을 발딱 일으켰다. 도형은 저도 모르게 함께 일어섰다.

"차까지 같이 가요. 늦었으니 에스코트해 줄게요."

방금 뱉은 말은 도형의 의지를 반하고 튀어나온 것이었다.

여자는 꽤 높은 힐을 신고도 스텝을 밟으며 걸었다. 홍얼홍얼, 알 만한 라틴음악의 멜로디를 콧노래로 부르면서. 도형은 그녀의 옆에서 한 발쯤 떨어져 홍단대의 밤거리를 함께 걸었다.

"큰맘 먹고 왔는데, 재미있어요."

도형이 입을 열지 않자 여자가 먼저 떠들었다.

"왜 혼자 왔어요?"

그래, 그녀를 떠보고 싶다는 마음이 없다면 거짓말.

"같이 올 사람이 없었어요."

"같이 배우는 파트너 있다고 하지 않았어요? 아니면 선생님이나 함께 배우는⋯⋯."

"그냥 갑자기 오고 싶어서 왔어요."

그녀는 흥얼흥얼 노래를 계속하며 스텝을 밟았다. 바닥이 고르지 못한 곳에서 높은 힐을 신고 스텝을 밟다 발목이 삐끗할 뻔했다. 도형은 스텝을 밟듯 재빨리 앞으로 돌아 그녀의 팔을 잡아 주었고, 살짝 당긴 텐션에 그녀는 얼결에 그의 나머지 손에 의지해 버렸다.

마주 잡은 손, 손바닥에 배인 누구 것인지 모를 촉촉한 땀. 클럽 밖을 나왔지만 춤을 함께 나누던 친밀감이 여전히 그들 사이에 감돌았다.

"으음, 나한테 작업 걸어요?"

느닷없는 질문에 도형은 손을 자연스럽게 놓고 "크흑!" 숨을 들이켜며 웃었다.

그럴 생각은 아니었는데 왠지 찔렸다. 늦게까지 문을 연 상가 불빛에 의지해 본 그녀의 얼굴. 반들거리는 여자의 눈망울이 귀여웠다. 만나서 연애하자고 하기에는 솔직히, 많이 어려서 부담스럽다. 여자가 싱긋 웃으며 도형이 대답하기도 전에 입을 열었다.

"나, 연애하기 까다로운 여자예요."

웃으면 안 되는 타이밍에 "크흐흐흐!" 웃어 버렸다. 여자는 자존심이 상했는지 얇은 입술을 살짝 깨물며 팔꿈치를 잡았던 나머지 손을 휙 뿌리쳤다. 도형은 미안한 마음에 그녀의 팔을 다시 잡았지만 상처 입은 자존심은 금방 회복되지 않았다.

"됐어요. 안 사귄다니까요!"

치근댄 것도 없는데 거절이 반복되니 괜한 오기가 동했다. 장난으로라도 대꾸하게 되었다.

"왜요?"

"춤추다 만난 남자랑 연애하면 안 돼요."

'함께 춤추던 여자랑 연애 안 해.' 그가 항상 뱉던 말이었다. 춤추는 것만으로 연애는 다 한 것과 같으니까. 하지만 그 말을 되받으니 그가 흔들렸다. 그가 뱉는 말은 진심도 장난도 아닌 딱 중간이었다.

"밖에서 다시 만나면 밖에서 만난 남자 되죠. 춤은 안 추고."

"거봐, 작업 걸었으면서 아니래."

다행히 여자는 도형의 한마디 추임새에 자신감을 회복하고 다시 즐거워했다.

도형은 다시 흥얼흥얼 노래를 부르며 스텝을 밟는 여자와 한 걸음의 거리를 떼고 나란히 걸었다. 그녀가 부르는 노래는 Africando의 Moliendo Cafe. 연주곡으로도 잘 알려진 명곡이었다. 도형은 그녀의 노랫소리가 듣기 좋아 귀를 기울였다. 리듬만을 흥얼거리던 여자는 어느새 꽤 정확한 발음으로 노래했다.

도형은 또 호기심이 발동해 물었다.

"발음이 좋네. 뜻을 알아요?"

"스페인어는 좀 어려워서. 잘 모르지만 대강은 알아요. 커피 농장의 하루는 어두워지고, 오래된 분쇄기가 돌아가는 속에서 슬픈 사랑을 떠올린다는. 좀 많이 들었더니 외워졌어요."

여자가 걸음을 멈췄다. 이제 주차장 앞이었다. 함께 걸어온 길이 꽤 되었으나, 함께 걸었던 시간은 너무 짧았다.

여자는 커다란 가방에서 주섬주섬 차 키와 지갑을 꺼내 들었다. 손바닥만 한 G사의 금속 로고가 여전히 덜렁댔다. 하지만 아까처럼 거슬리지는 않았다.

"이제 가요."

"네, 잘 가요. 또 봤으면 좋겠네요."

연락처를 달라는 뜻으로 들러붙는 게 아니었다. 정말 어디서라도 또 보고 싶었다. 매달려서 다음 주에 클럽에서 또 보자고 약속이라도 받아 내고 싶었으나 도형은 담백하게 물러났다. 원칙은 원칙.

"네."

주차 요금을 정산하는 여자를 보고 돌아서는데 잠시 후, "저기요!" 하는 여자의 부름이 들렸다. 반가움과 울렁임이 뒤섞인 채 뒤를 돌아보았다. 차 키와 거스름돈과 영수증을 한 손에 몰아 쥐고 위태위태한 하이힐로 다다닥, 급히 달려 나오는 여자.

여자는 한참을 부스럭거리곤 G사의 로고를 떼어 내밀었다. 헉헉대며 여자가 말했다.

"이거 줄게요. 아까부터……, 완전 탐냈잖아요."

도형이 인상을 찌푸리며 바라보자, 그녀가 더운 손으로 도형의 찬 손을 잡아 조심스럽게 그러쥐어 주었다. 여자가 자랑스럽게 웃었다.

"커다란 게, 자존심 있어 보여서 나도 좋았거든요. 그러니까 너무 자존심 상해 하지 마요."

대답할 틈도 없이 여자는 다급히, 그러나 느리게 말을 이었다.

"그리고 다음에, 다음에 또 만나면. 클럽에서라도 또 만나면……. 그땐 내가 먼저 연애하자고 해 줄게요!"

#10

반전의 기회

　노란색 여성용 미니카는 주차장을 빠져나와 홍단대 부근을 한 바퀴 돌았다. 그리고 클럽 아이 누베스의 주변에 조용히 정차했다. 불 꺼진 카페 앞 계단에 그림자처럼 걸터앉아 있던 서준은 몸을 일으켜 조수석에 올라탔다.

　"뭘 태우러 돌아와."

　"너야말로. 기다리지 말랬잖아."

　서준의 말에 운전대에 앉은 희수가 싸늘하게 답했다. 말은 그랬지만 서준이 앉아 있던 자리엔 무언가가 수북했다. 손이 떨려 꺼뜨린 담배들. 그나마도 한 모금 빨았다가, '담배 냄새 별로야.' 언젠가 스치듯 말했던 게 불쑥 생각나 바닥에 내버렸다. 그러다 참지 못하고 한 개비 꺼내 들다 또 내버렸던 것들.

　휴대전화조차 들려 보내지 않은 걸 후회하고 또 후회했다. 희수는 정색하며 말했었다.

"도청장치, 녹음기, 싹 다 싫어. 난 연애를 걸러 가는 거지, 범죄를 저지르러 가는 게 아니야."

"무슨 일이라도 생기면!"

"남자, 여자 같이 놀다 보면 무슨 일, 당연히 생겨. 네 돈으로 좋은 옷 입고, 좋은 가방 들고, 좋은 차 타고, 비싼 헤어, 비싼 메이크업 받을 거야. 그리고 딴 놈이랑 연애할 거야, 그러니까 넌 잠자코 있어."

"야!"

옳은 말들뿐인데, 갑자기 이성을 잃고 목소리를 높였다. 어린애가 아닌, 여자가 되어 다다, 차가운 말들을 뱉는 희수를 갑자기 감당할 수 없어졌다.

"나, 학교로 돌아가야 해. 연애하다 돌아갈 순 있어도, 범죄를 저지르면 돌아갈 수 없어."

이 일을 하는 건 노는 게 목적이지, 돈이 목적이 아니라는 그녀의 말이 귓가에 맴돌았다. 그렇게 휴대전화라도 만들어 주겠다는 걸 희수는 끝끝내 거절했었다.

"운전, 바꾸자."

운전대를 잡는 희수의 눈빛이 불안했다. 서준의 심장도 정상 박동으로 뛰지는 않았다. 그러나 희수의 불안한 얼굴이 먼저다. 서준은 자동차전용도로로 들어서기 전 서둘렀고, 희수는 갓길로 차를 댄 뒤 비상 깜빡이를 켜고 차에서 훌쩍 내렸다.

평소 같으면 코웃음을 칠 제안인데, 입도 열지 않고 순순히 응했다.

"힘들어?"

"응."

정말 희수답지 않다. 하지만 그도 그랬다. 아이 누베스 주변을 어정대는 한 시간도 안 되는 동안, 지옥 불에 든 것같이 온몸이 타들어 갔다. 희수가 말했다.

"마음이 힘들어. 사기 치는 것 같아서가 아니라 내가 알던 돼지 새끼가 아닌 것 같아서."

쿵쿵쿵쿵, 그나마 규칙적으로 때려 주던 가슴이 바닥에 툭, 떨어진 것같이 어그적 어그적, 불안하게 뛰었다. 귓가까지 울리는 심장 소리가 희수에게도 들려 버릴까 두렵다. 운전대를 잡았다는 사실을 끊임없이 상기하며 목소리를 가다듬었다. 되도록 냉정하게 말하려 애썼다.

이런 짓을 시켜 놓고 위해 주는 척하는 게 더 가식이야.

"연……애를 하든, 뭘 하든 멋……대로 해. 하지만 사랑에 빠지지는 마."

목소리가 가련하도록 떨렸다.

희수는 "하하하." 기운 없이 웃으며 차창에 머리를 기댔다.

"그래도 다행이야. 너는 개새끼잖아. 제발 너라도……, 그렇게 그냥 있어 줘."

그래, 개새끼다. 어떻게 이도형을 상대할 여자라고 널 여기까지 끌고 왔을까.

희수는 높은 힐을 툭툭, 내던지며 무릎을 안고 앉았다. 그런 모습을 보고도 한마디도 할 수 없었다. 곧 울음이라도 터뜨릴 것 같은 불안. 그러나 희수는 특유의 그 웃음 가면을 애써 집어쓰고 있었다.

그때 투툭 투툭, 차창에 빗방울이 떨어지기 시작했다. 희수가 양손으로 맨팔을 싹싹 비비는 소리가 들렸다. 흘끗 돌아보니 희수가 부들부들 몸을 떨며 시트에 더 깊숙이 기댔다. 에어컨을 끄려 하니, 에어컨은 켜 있지 않았다.

"아아, 비는 딱 질색이야."

돌이켜 보니 희수와 함께 산 한 달 가까이 날이 참 가물었다. 갈라진 논바닥을 비추며 환경 파괴로 인한 이상기후라는 뉴스가 연일 보도되었었다. 서준은 희수를 슬쩍 보며 일부러 말을 걸었다. 그녀는 좀 더 불안해 보였다.

"올해는 장마가 빨리 오나 봐."

한두 방울씩 내리던 비는 어느새 유리창을 흠뻑 적셨고 희수는 더욱 몸을 떨었다. "몸살 또 온 거 아냐?" 하는 서준의 물음에 희수는 "신경 꺼." 했다. 워낙 그와의 스킨십을 질색하는 걸 알고 있어 서준은 희수의 이마를 짚지 못했다. 아니, 아주 간절히 짚고 싶었다.

"이도형이 정말 날 못 알아보더라."

"같은 상황이라면 나라도 그랬을 거야. 너 많이 변했어."

"그랬지, 변했지."

희수가 불안하게 말했다.

"강서준."

이름을 불러 주는 낮고 그윽한 목소리가 심장을 깊이 울렸다. 별것 아닌 이름이 평소와 달랐다. 가슴이 무너지고 목이 메어 억지로 소리를 만들어 뱉었다.

"응?"

"이도형이 나랑 연애 시작하면 네 여자 친구 빼내. 내가 네 여자 친구 차 버릴 수 있게, 이도형이랑 정신없이 신나게 놀아 줄 테니까."

'네 여자 친구'라는 익숙한 단어가 가슴을 날카롭게 도렸다. 네 여자 친구. 희수는 희연을 꼭 그렇게 불렀다. 희수의 입에서 나오는 '네 여자 친구'란 단어에 얼굴이 달아오르며 갑자기 죽을 것같이 호흡이 가빠졌다.

"그리고 절대로 뒤돌아보지 마. 이도형하고 남은 내가 뭘 하든 말든 상관하지 말고."

숨이 막힌데 머릿속까지 복잡했다. 희수는 무슨 말을 하는 걸까.

"내가 모르는 게 더 있어?"

"없어. 그냥 내가 이희수라는 걸 끝까지 모르게 하고 싶어졌어. 난 그냥 아무 생각 안 하고 연애만 할 거야. 넌 네 여자 친구가 차이게 되면 휘젓고 다니지 못하게 꼭 잡아 줘. 그때, 네 여자 친구랑 마주치지 말았어야 했는데."

"……."

"난, 배우 아니라 연기 같은 거 못 해. 멍하게 구는 것도 어렵고. 느리게 말하다가도 자꾸 말이 빨라져. 섹스어필……, 그런 거 못 하겠고, 스킨십, 하게 돼. 흔들어도 잘 흔들리지 않더라. 어리게 보이지 말라고 했는데……."

"하아!"

"어린애같이 굴었어."

화려한 화장과 최고급 브랜드의 옷들을 다른 짐승의 껍질처럼 두른 희수가 떨고 있었다. 그 흔들리는 목소리를 들으면서도 숨을 쉬고 있는 게 가증스러웠다. 내가 해 놓은 짓. 여기까지 기어이 끌고 오면서 내가 다 벌여 놓은 일.

"누굴 속이는 거 힘드네. 거짓말! 하아, 정말 하기 싫고. 변했어. 내가 자꾸 변하게 돼. 처음 같은 마음이 안 들어. 뭐든 처음 같으면 좋을 텐데. 그냥 난 머릿속 비우고 연애나 할래, 네 돈으로."

몸에서 무언가가 주욱 빠져나갔다. 무엇인지는 잘 모르겠지만 몸이 정상이 아닌 건 사실이다. 규정 속도를 무시하고 액셀러레이터를 깊게 밟아, 앞에서 알짱거리는 느린 차를 피해 제멋대로 차선을 바꾸었다. "빵, 빠아앙!" 뒤차가 짜증스레 경적을 울렸지만 무시하고 액셀러레이터를 더 깊이 밟았다.

묵직하게 흐르는 강을 역행하는 도시의 야경이 쏜살같이 스쳐 도망쳤다. '부우웅' 하며 엔진이 대신 비명을 질러 주었다. 끝없이 펼쳐지는 강가의 도로를 질주하며 서준은 몸속에 무언가 다른 것이 채워지는 것을 느꼈다.

후회. 아주 큰 잘못을 저질러 버린 후의 저릿한 느낌.

기다리지 말라고 단호하게 거절했던 희수의 말을 절대로 들을 수 없었다. 상점의 아련한 불빛 아래로 희수의 맑은 눈이, 서준이 알지 못했던 도형의 진지한 표정이 서로를 향했었다. 달려 나가 주먹을 휘두르고 싶은 마음으로, 그대로 얼어붙었다.

안다고 생각하는 것과 아는 것은 다르다. 그가 어떤 짓을 저지르고 있었다는 걸 깨달아 버렸다. 스스로 벼려 온 긴 칼이 그의 가슴을 푹 누르며 천천히 깊이 박히고 있었다. 그럴수록 손을 놓친 희수는 서준에게서 한 발 한 발 더 멀어지고 있었고, 희수 곁엔 도형이 따랐다. 심장이 묶인 그는 홀로 남겨졌다.

그가 벌인 일. 그건 그가 지금까지 미련스레 밀어붙인 일이었다.

모든 것이 계획대로 착착 진행되고 있었다. 희수는 자신 없이 말했지만 서준은 알았다. 이도형이 아이 누베스를 나와 희수를 에스코트했다는 것, 그것만으로도 희수는 오늘 할 일 이상을 했다.

278

아주 잘해 주었고, 그게 문제였다. 그게, 오싹하도록 두려운 가장 큰 문제였다.

불길하고 나쁜 것이 스멀스멀 몸속을 지배했다.

불안하다. 미친놈처럼 불안하다. 아무것도 그를 괴롭히지 않는데 심장이 벌떡거린다. 얕은 잠이 들다 몸이 내리눌리고, 잠에서 깨기를 반복했다.

자야 한다. 쓸데없는 생각 말자고 다짐하고 또 다짐한 게 사흘이 안 되었다.

이젠 회사 업무조차도 마비될 지경. "뭐, 다른 거 시작하려고? 이렇게 일 벌여 놨는데 치사하게 너 혼자 손 털고 발 빼면 나, 진짜로 화내!"

사장 자리에 앉혀 놓은 녀석이 진짜 사장 행세를 했다. "그런 일 없어!" 했지만 녀석은 서준이 전처럼 일을 돌보지 않자 여전히 불안해했다. 그 불안이 옮았을까.

서준은 다시 얕은 잠이 들었다. 하지만 불안은 가시지 않는다. 세상에 혼자 내팽개쳐지기 직전의 기분. 할머니가 급작스레 아프시다 결국 앓아누우시게 되었을 때의 기분.

할머니가 없더라도 공부 열심히 해서 대학에 꼭 가야 해, 네 엄마가 아무리 뭐라고 꼬여도 꼭 쥐고 있어라, 박 변호사님 말씀대로 해라, 이런 말들은 귓속에 들어오지도 않았다. 서준의 머릿속에는 꼭 하나만 들어 있었다.

'곧 혼자 남겨질 거야.'

할머니가 돌아가신 게 슬퍼서였거나, 할머니께 실컷 불효만 안겨 드렸다거나, 그런 것 때문에 운 것은 아닌 것 같다. 어린아이는 그저 혼자 남겨진 게 두려웠다.

아니, 혼자는 아니었다. 희연이와 어머니가 같은 사람이 되어 어린 서준이 자는 모습을 사랑스럽다는 듯 내려다보았다. 새카만 눈으로 서준을 보는 그들의 사랑은 두렵고 무서웠다. 서운함과 실망과 두려움이 뒤범벅된 어린아이는, 그녀를, 아니 그녀들을 사랑하면서 저주하였다.

그들의 여러 손들이 "사랑해." 하며 서준을 쓸었다. 서준은 몸을 뒤틀었다.

얕은 잠은 다시 짓눌리는 느낌으로 바뀐다. 몸을 움직여야 하는데, 그래야 어떻게든 잠에서 깨는데.

'우르릉, 쾅!'

벼락을 맞은 듯 온몸이 저릿하다 귀를 찢는 소리에 잠에서 깼다. 온몸이 두들겨 맞은 것처럼 아프다. 억지로 몸을 일으켜 스탠드를 켜고, 시계를 보니 두 시 반. 그렇게 뒤척이고서도 채 한 시간도 자지 못했다.

'우르릉, 쾅! 쾅!' 천둥소리 빗소리 바람 소리가 요란하다. 아파트 건물 사이로 거센 바람이 휘어 들어와 을씨년스럽게 '위우우' 귀신 우는 소리를 낸다. 날씨마저 숨이 막힌다. 이럴 땐 차라리 좀 더 깨 있다가 다시 잠을 청하는 게 낫다.

서준은 결국 침대에서 몸을 일으켰다. 밀려 있는 메일 체크나 하자, 하며 태블릿을 꺼내 들었다. 답답한 건 가슴이지만 잠을 못 자서 그런 거야, 애꿎은 관자놀이를 눌렀다. 보고서 확인도 제대로 하지 않았다고 귀에 딱지가 들어앉게 생겼으니까 그런 거지.

메일함에 들어가 리스트를 확인했다. 읽어야 할 수백 통의 메일 제목들이 자잘한 글씨체로 화면 가득 펼쳐져 있지만 이것 때문에 태블릿을 켠 건 아닌 것 같다. 오래전 확인하고도 정리하지 못한 메일 하나만 마음을 후빈다. '이기성 대표의 독녀 이희수에 관한 보고'

집에 돌아와 결국 참지 못하고 희수의 이마를 짚었었다. 희수가 발악에 가깝게 손을 쳐 냈지만 힘으로 이겨 짚어 냈다. 미열이 있었다. 몸살이 올지 모르니 가까운 병원 응급실에서 주사라도 맞고 들어오자는 애원에 희수는 "신경 꺼." 했다.

고열에 식은땀을 흘리면서도 아무렇지 않은 척 희연이를 위해 집까지 운전을 해 주던 희수. 그러나 간밤은 힘들다는 말을 입으로 뱉을 정도로 뭔가가 달랐다. 하지만 "몸살약이라도 찾아 줄게." 하는 서준의 말에 희수는 "알아서 할 거야." 하며 부엌으로 사라졌었다.

불길한 예감은 항상 잘 맞는다. 서준은 이미 확인한 희수에 관한 파일을 열었다. 툭툭 넘겨보다 마음에 걸렸던 부분을 체크했다. 부모님의 사고 일자. 그리고 오늘 날짜를 확인하고는 "젠장!" 애꿎은 태블릿을 집어 던졌다. 무언가가 박살 난 듯 요란했다.

독한 계집애, 나쁜 계집애. 아무리 강서준이 개새끼여도 그렇지! 끝까지 입을 다물고 부모님의 기일에 그 짓을 시키게 했다.

아니, 아니지. 서준은 휴대전화를 다시 확인했다. 이제 하루가 시작된다. 그러니 부모님의 기일은 오늘이다. 아, 그러고 보니 오늘 희수가 일이 있어 어딘가를 가야 한다고 했었어.

서준은 목이 타 자리에서 일어났다. 위층 거실의 작은 음료 냉장고를 망설임 없이 지나치고 계단을 뛰어 아래층으로 내려갔다.

핑계 김에 자고 있는 희수의 이마라도 한 번 더 짚어야 살겠다.

계단을 내려서던 서준은 다시 계단을 뛰어올라 구급상자에서 약을 챙겨 들었다. 지난번 아팠던 게 내내 맘속에서 가시지 않아 사둔 드링크제도 작은 냉장고에서 꺼내 쥐어 들고, 다시 계단을 뛰듯 날듯 내려갔다. 열이 조금이라도 올랐으면 싸워서라도 입 안에 털어 넣을 것이다.

'우르릉, 쾅! 쾅! 쾅!' 천둥소리에 가슴이 저릿했다. 아래층 거실을 가로지르는 그 잠깐 사이, 잠시 잊었던 불안이 또 서준을 감쌌다.

부엌의 미등을 조용히 켰다. 달칵, 소리와 함께 깨끗이 정리된 부엌이 희미했다. 조금 열려 있는 희수의 방문 틈이 시커먼 음영을 만들었다. 서준은 조심스럽게 다가가 부엌방 문을 안으로 밀었다. 그리고 몇 개의 옷들을 건 헐렁한 행거, 커다란 가방, 서랍장, 그리고 간이침대 위 빈 이부자리를 확인했다.

어두운 방 안을 한 번 더 훑었다. 심장이 툭, 떨어졌다. 희수가 없다!

"희, 수……야?"

목소리가 말이 되어 나오지 않아 더듬거리며 희수를 불렀다. 소리쳐 부른 줄 알았는데, 형편없이 작은 바람 소리만 새 나왔다. 하지만 몸은 빠르게 움직였다. 탁, 탁, 탁, 거실 불을 죄다 켜고 안을 훑었다. 빈 부엌 베란다까지 확인하고 다시 거실을 나섰다. 신경이 바싹 곤두서고 가슴이 쿵쾅쿵쾅 뛰었다.

투툭, 투투툭, 네 줄로 나 있는 거실의 조명등을 모조리 쓸어 켜자, 넓은 실내가 한눈에 들어왔다. 밝게 빛나는 흰 대리석 바닥, TV, 흰 카우치, 협탁, 태블릿, 리모컨. 주변을 둘러보았지만 희수는 없었다. 도심의 전망을 자랑하는 넓은 유리창은 빗방울에 사정 없이 두들겨 맞고 있었고, 윙윙거리는 바람 소리가 여전히 을씨년스러웠다.

서준은 현관으로 몸을 돌리다 말고 다시 카우치로 돌아왔다. 쿠션들의 위치가 이상했다. 서준은 곧 '하!' 한숨을 내쉬었다. 미친 듯 뛰던 가슴이 툭, 내려앉았다. 커다란 쿠션들 사이로 작은 새가 둥지를 튼 것처럼 희수가 카우치 안에 잔뜩 몸을 파묻고 웅크리고 있었다.

미간에 잔뜩 주름을 잡고 인상을 팍 쓰고 있는 희수. 공벌레처럼 몸을 동그랗게 웅크려 껴안은 하얀 쿠션들 사이로, 희수의 까만 얼굴 조금과 까만 손끝이 살짝 드러나 있었다. 여태 펄떡이며 뛰던 심장이 갑자기 경련이라도 일으킨 듯 죄었다.

서준은 조용히 이마를 짚기 위해 떨리는 손을 뻗었다. 그러나 순간, 자는 줄 알았던 희수가 팔을 툭, 쳐 낸다. 뱃속이 또 한 번 쿡, 쑤셨다.

희수는 "에이, 씨이." 하며 몸을 일으켰다. 흰 쿠션들이 와르르 무너져 내리고, 까만 희수가 완전히 다 나타났다. 허벅지가 드러나는 수건 재질의 짧은 팬츠와 민소매 셔츠를 입은 희수. 귀엽고 까만 희수의 살결은 여전했지만, 달랑거리던 머리카락 뭉치는 헐겁게 늘어졌고, 머리칼은 형편없이 흩어졌다.

뭔가가 울컥 치밀었다. 서준은 마음을 단단히 먹고 손에 든 약과 드링크제를 협탁 위에 내려놓았다. 그리고 희수의 이마로 손을 뻗었다. 다시 한 번 강렬하게 툭, 쳐 내 버리는 손목을 빠르게 잡아채고, 공격해 오는 다른 손을 억지로 잡았다.

말캉한 희수의 팔이 손바닥에 닿자마자 이유 모를 안도감에 기운이 죽 빠졌다. 그러나 갑자기 긴장을 푼 심장에 쾌감을 느낄 새도 없이 희수가 펄떡이며 힘을 쓰기 시작했다. 두 손을 한데 그러모아 쥐려 했지만, 희수는 그렇게 녹록하지 않았다.

잠깐 동안 몸싸움이 벌어졌다. 탈출한 다른 손으로 서준에게 잡힌 팔목을 뜯어내려는 희수의 팔목을 다시 다른 손으로 잡았다. 희수가 내뱉은 거친 날숨을 입술이 닿을 듯 달게 마시며 서준도 희수의 팔을 잡아 내렸다. 힘을 뺐다간 꼼짝없이 휘둘렸고, 힘을 줬다간 아프게 할 것 같았다. 아주 버겁고 힘들었다.

"하지 마!"

말캉한 가슴에 실수로 팔이 스치자, 서준도 힘을 빼며 천천히 긴장을 늦춰줬다. 날뛰는 희수의 몸부림 속에서 서준은 그러든 말든 희수의 힘을 읽었다. 그리고 딱 알맞게 희수의 두 다리를 왼 무릎으로, 왼 손등을 오른 무릎으로 유연하게 눌렀다.

희수의 나머지 손이 재빠르게 탈출해 목덜미를 공격해 오는 걸, 다른 한 손으로 가까스로 잡아 깍지를 껴 내렸다. '후우!' 한숨을 돌리며 겨우 손 하나를 남겼다. 그리고 나서야 간신히 이마를 짚을 수 있었다.

열은 없었다.

"이 개새끼가!"

처음 만났을 때의 그 원초적 어투의 욕설이 튀어나왔다. "넌, 개새끼야." 하며 생글거리던 그것이 아니었다. 짐승같이 번들거리는 그 증오의 눈빛에 서준은 힘을 거둬 주었고, 희수는 서준을 강하게 밀쳐 냈다.

그리고 희수는 다시 흰 카우치의 쿠션으로 집을 짓기 시작했다.

'우르릉, 쾅, 쾅! 콰쾅! 우르르르……'

요란스레 천둥이 치니 희수는 몸을 흠칫했다. 다시 쿠션 속에 몸을 파묻으려는 희수의 손이 가늘게 떨렸다.

"무슨 짓이야."

서준의 음성도 떨린 것 같다. 하지만 희수는 건조하게 대답했다.

"모르는 척 좀 넘어가. 나도 쪽팔리니까."

그때. 서준을 괴롭혀오던 모든 것들이 아주 극명하게 정리되었다.

"그래, 쪽팔리는 것쯤은 네가 참아. 난 못 참겠으니까."

재빠르게 희수에게 다가갔다. 희수를 짐짝 들듯 어깨에 메고 거꾸로 들어 올렸다. 베이직 스텝을 몇 시간이나 밟고도 말짱한, 몇 시간을 춤추고도 운전을 하겠다는, 야채 박스를 번쩍번쩍 들어 올리던 희수의 진짜 힘은 대단했다.

"이 새끼가, 죽으려고!"

사력을 다해 발버둥치는 녀석을 혼신의 힘을 다해 2층으로 들고 올라갔다. 희수의 힘에 휘청거리며 난간을 짚고, 벽을 짚었다. 떨어뜨리지 않기 위해 혼신의 힘을 다해야 했다. 희수는 덫에 걸린 야생의 승냥이처럼 사납게 날뛰었다.

"아, 아악!"

옷자락째 등을 물려 하마터면 희수를 계단에서 놓칠 뻔했다. 어떻게 등을 물 수가 있는지! 하지만 사력을 다해 버티고, 한 번 튕겨 고쳐 메고서 다시 계단을 빠르게 올랐다. 서준의 등 뒤로 수십 개의 계단이 펼쳐져 있었다. 놓쳤으면 희수가 어떻게 굴러떨어졌을지! 상상만으로도 아찔했다.

하지만 희수는 계속 발버둥 쳤다. 결국 이를 박아 넣으며 등을 다시 물려다 실패한 희수가 "악!" 하고 분에 못 이겨 소리 질렀다.

"너, 어떻게 안 해! 가만히 좀 있어!"

서준은 어깨 위에서 어떻게든 내려오려고 발버둥 치는 희수를 들고 자신의 침실로 향했다. 그리고 침대 위로 던지듯 내려놨다.

"무슨 짓이야!"

"자, 자라고! 나도 잠 좀 자자고!"

스탠드 불빛만 잔잔히 빛나는 불 꺼진 방. 서준은 벽장에서 작은 베개를 한 개 더 꺼내 희수의 무릎 아래로 던졌다. 독한 계집애! 물린 등이 얼얼하게 화끈댔다. 아니, 심장이 터질 것같이 뛰어, 얼굴과 목까지 벌떡벌떡 맥박이 뛰었다.

거실의 전면 유리창처럼 서준의 방 창에도 빗방울이 쉼 없이 때리고 있었다. 기분 나쁘게 울어대는 바람 사이로 번쩍, 번쩍, 하는 섬광이 연이어 지나갔다. 그리고 곧 들릴 것이다.

서준은 말없이 다가가 희수의 팔을 가볍게 그러쥐었다. 품안에 꼭 안아 주고 싶었지만 그러지 못했다. 소름이 잔뜩 돋은 맨살의 까슬까슬한 팔이 손바닥을 통해 심장을 괴롭혔다.

'우르릉, 쾅! 쾅!'

말없이 얼어 있는 희수에게 서준은 목소리를 낮췄다.

"그냥 36.5도의 개새끼라고 생각해."

잔뜩 힘주어 껴안고 있는 베개를 억지로 뺏어 한쪽에 놓아줬다.

"싫어도 참아, 너 말고 이 집에 사람은 나뿐이니까."

그리고 머리를 밀어 눕혔다. 뻣뻣하게 반항하던 머리가 곧 체념하며 져 주었다. 이리저리 고생하던 심장이 제 속도를 찾아 뛰기 시작한다.

고마웠다. 희수가 더 싸우지 않고 "어휴, 내가 저걸 그냥." 하고 져 주어서.

"이상한 짓만 해 봐."

대답 대신 서준은 머리맡 작은 쿠션을 집어 바지 앞섶을 가렸다. 그리고 희수의 등에 가슴을 바싹 붙이고 얇은 여름 이불을 함께 덮었다.

오른손은 머리 위로 올렸지만 왼손은 둘 데가 없어 내친 김에 희수의 허리를 감싸고 몸을 완전히 밀착시켰다. 고소하도록 달콤한 향이 훅, 끼쳤다. 희수의 체취, 귀여운 아이 냄새. 기분이 좋아 숨을 깊게 들이마셨다, 조용히 내쉬었다.

거부할 수 없는 중독성. 맡을수록 너무 향긋하고 달콤했다. 머리칼 뒤에 코를 대고 조용히 숨 쉬는 척, 체향을 몰래 훔쳐 가슴속에 담았다. 팽팽했던 긴장이 어느 순간 사라져 몸이 맥없이 풀렸다.

'후우우!' 하고 숨을 내쉬는 희수의 배가 옴폭 들어가는 게 손바닥에 느껴진다. 말캉한 감촉이 수건 재질의 얇은 천 하나를 사이에 두고 손바닥을 간질였다. 문득 위로 올린 손을 목 아래로 넣어 팔베개를 해 주고 싶었다. 아까, 그럴걸. 바보같이, 처음부터 그렇게 할걸.

아쉬움과 함께 소리 나지 않게 조용히 침을 꼴깍 삼켰다. 그리고 곧 놀라 몸이 저릿했다. 쿠션으로 바지 앞섶을 가리지 않았다면 희수는 반드시 자신을 밀치며 달아났을 것이다.

'흐음' 하는 희수의 한숨 소리에 편안하고 온몸이 나른해져 왔다. 불편하도록 죄는 아랫도리 홀로 괴로웠을 뿐, 온몸이 신선한 쾌감으로 나른해졌다. 몸에 조금 남아 있던 불안이 훅, 빠져나가며 편안하게 심장이 두근두근 울렸다. 그것이 용기를 만들었다.

"팔 둘 데 없어서 그래."

희수의 목 아래로 손을 죽 뻗어 팔베개를 해 주는 데 성공했다.

"씨이."

희수의 몸에서도 뻣뻣했던 기운이 턱 가시는 게 느껴졌다. 베개를 고쳐 베고, 몸에 힘을 풀어 주었다. 희수는 반항하는 대신 머리맡의 쿠션을 하나 집어 끌어안았다. 쿠션과 희수의 배 사이에, 서준의 손바닥이 편안히 끼어 있었다. 희수와 하나처럼 붙은 얇은 여름 이불 속이, 포근하고 편안하고 안심이 되었다.

'우르르르, 쾅, 쾅, 쾅, 쾅!'

까슬까슬했던 희수의 팔이 매끈했다. 섬광이 지나간 뒤 한 번 더 천둥이 요란하게 울렸지만, 희수는 아까처럼 떨지 않았다. 윙윙거리는 바람 소리 뒤로 희수의 목소리가 들렸다.

"아까, 그냥 만화방이라도 갔어야 했는데."

"거긴, 왜?"

"밤에도 사람들 많아. 지하라 잊어버리고 간만에 만화책도 실컷 보고……."

쿠션 속에 파묻혀 있을 때 이미 알았다. 같은 종류의 두려움을 가진 사람끼리는, 형태가 달라도 서로를 쉽게 알아볼 수 있다.

혼자 잠들 땐 등 뒤가 무섭다. 희수의 등이 불안하지 않도록 체온을 빌려주고 싶었다. 아니, 희수의 체온을 얻어 그가 불안을 털고 싶었다.

"비 오면 항상 이래?"

"아니, 여름에만. 뭐, 컨디션 안 좋을 땐 철 안 가리지만."

콧속이 매캐해지며 가슴이 또 아릿해져 왔다. 까만 뒤통수, 예쁜 귓바퀴에 입술을 가져다 대고 싶었다. 얇은 귓불을 잘근잘근 물고 뺨에 자잘한 키스를 퍼붓고 싶은 욕망이 서준의 가슴을 쿵쿵 뛰게 했다. 날카로웠던 신경은 편안하고 기분 좋은 안정감으로, 그 안도감은 또 다른 욕심으로 변질되었다. 그의 팔이 편해진 희수가 그 욕망에 브레이크를 걸었다.

"이왕 이렇게 된 거……."

희수도 서준에게 등을 밀착해 주었다. 어렵게 몸을 기대 준 그 믿음에 수컷의 욕심을 얹을 수 없었다. 뿌듯한 희열에 심장이 간질거리고 웃음이 났다.

"코 좀 골고 자."

"후후, 어떻게 일부러 코를 골아."

그럼 좀 안심이 될 것 같아, 그런 말을 하려 했던 걸까.

그러나 희수의 숨소리가 편해져 갔다. 오소소한 여름에 위로인 듯 서로의 따뜻한 체온.

아까는 징그럽게도 안 오던 잠이 스르륵 서준에게도 찾아왔다.

편안하고 달콤하고 기분 좋게 잠에서 깼다. 너무 오랜만에 달게 잤다. 너무 깊이 잠들었다 깼더니 취한 것처럼 행복하다. 서준은 눈을 뜨고 멍하니 앞을 바라보았다. 눈앞에 보이는 베개는 두 개.

어, 희수랑 잤는데. 하지만 침대 위엔 혼자였다. 왠지 모를 부끄러움이 끼얹어져 몸을 확인하니 바지 앞섶이 대단하다. 가려 두었던 쿠션은 저 멀리 바닥에 떨어져 있다. 몸부림을 치고 자는 편은 아닌데. 저게 왜 저기까지 갔나.

시계를 확인하니 8시 20분. 응? 어이가 없다. 몇 시에 잠들든 6시 30분이면 알람 없이도 깼었다. 10분 후면 자리에 앉아 있을 시간이다. 수화기를 들어 번호를 눌렀다.

"오늘 하루 쉴게, 월요일에 출근해. 알았어, 체크한다니까. 집에서 처리할 테니, 오후에 확인해."

몇 번 들었던 잔소리를 흘리고 전화를 끊었다. "후후!" 웃음이 난다. 학교 수업을 빼먹은 아이가 된 것 같아 늘어지게 기지개를 켰다. 여기저기 안 아픈 데 없이 피곤했던 몸이 날아갈 듯 개운했다.

"아야!"

어제 콱 물렸던 곳을 빼면.

속옷을 챙겨 들고 샤워를 했다. 아침 샤워라 대강 비누칠을 하고 물로 씻어 내는데, 등에 뭔가가 걸린다. "후후후!" 거울을 보고 또 웃었다. 희수가 제가 깨물었던 곳에 엉성하게 거즈를 붙여 놓았다. 손재주가 별로인 거 알지만 성의가 없었단 건 딱 보니 알겠다. 그래도 이런 걸 붙일 생각을 했다는 게 대견했다. 은근히 마음을 흔들었다.

오래오래 붙여 두려고 물기가 묻지 않도록 조심했는데, 이미 떨어져 바닥을 굴렀다. 너무나 쉽게 툭 떨어지는 게 속절없이 야속해, 바닥에 떨어진 거즈와 테이프 뭉치를 한동안 바라보았다. 아쉬움 반 서운함 반으로 할 수 없이 휴지통에 넣었지만, 괜히 버렸어! 곧 후회했다.

그러나 곧 거울을 보고 또 "후후후후!" 웃었다. 미친놈 같다. 등에 물린 자국이 이렇게 좋다니. 큰 입에 물린 것처럼 윗니, 아랫니 자국 멍이 암팡지게 들어 있다. 너무 웃겨서 아파 쑤시는데도 "후후후후!" 웃다, "하하하하!" 웃고 말았다. 물린 잇자국이 마음에 꼭 들었다.

한참을 웃다가 서준은 서둘러 샤워를 마쳤다. 희수가 차려 놓은 아침은 이미 식었을 것이다.

　편한 옷을 입고 계단을 리드미컬하게 내려가 식당에 들어서니 1인분의 상이 차려져 있다. 서준은 어둑한 희수의 방을 슬쩍 보고 다가가 조용히 문을 밀었다. 어제와 같다. 망설임 없이 거실의 카우치를 찾았다.

　희수가 있었다. 행복한 표정으로 쌕쌕, 잠들어 있는 희수. 여전히 귀엽고 예쁘다. 그러나 서준은 즐거움이 싸악 가시고 매캐한 배신감에 치를 떨었다.

　그래, 희수의 호감도 서열에서 서준 자신이 카우치보다 아래일 거라는 걸, 음……. 알고는 있었다. 그래도 눈으로 직접 확인하니 어이가 없다. 어떻게 저렇게 편하고 행복한 표정으로 카우치에 안겨 있을 수 있는지.

　간밤의 일은 아무것도 아니었다는 듯이! 서준에게는 일생이 뒤집힐 일이 일어났는데 희수에게는 아무 일도 일어나지 않았다. 카우치의 짧은 털을 손가락 사이에 감고, 꼭 그러쥔 까만 주먹을 살살 펴내고 싶었다.

　서준은 충동적으로 희수의 손가락을 펴려다, 마음을 고쳐먹고 다른 팔로 꼭 끌어안고 있던 쿠션을 푸욱, 꺼냈다. 희수가 "으응!" 하고 인상을 쓰며 빼앗기지 않으려고 했지만, 서준의 힘이 훨씬 셌다.

　"으……응?"

　희수가 멍한 표정으로 일어났다. 쪽 째진 눈이 촉 쳐졌다. '아함!' 하고, 인상을 쓰며 하품하는 데 대고, "아침 먹자. 하루 쉬려고 나도 늦게 일어났어." 했다. 목소리가 떨리지 않은 척 평소처럼 말하려 애썼다.

쿵쾅쿵쾅 심장이 뛰는 건 여전하다. 하지만 간밤의 흡족한 행복은 뭔가 울컥거리는 느낌으로 바뀌어 갔다.

알아들었는지 못 알아들었는지. 사실 희수의 얼굴은 잘 자다 엉겁결에 테러를 당한 표정이었다.

서준은 울컥거리는 마음 반, 좀 찔리는 마음 반으로 주방에서 부스럭거리는 희수를 쳐다보았다. 희수의 뒤통수만 봐도 기분이 좋다. 희수의 뒤통수는 특별히 예쁘기 때문이다. 머리통이 어떻게 저렇게 동그랄 수 있을까.

1인분의 밥과 국을 더 가져오는 희수의 얼굴도 피곤한 기색은 아니었다. "잘 잤어?" 조심스럽게 묻는 데 대고, 뚱한 표정으로 "그렇지, 뭐." 한다. 찔리는 마음은 후루룩 날아가고 삐뚜름한 원망만 남았다.

"잘 자다 왜 내려갔어?"

"비도 그치고 날씨도 좋잖아."

뭐? 거실 쪽의 창밖을 보니, 천둥과 비바람이 몰아치던 시커먼 하늘이 말짱하게 개어 있었다. 불안에 떨며 서준에게 등을 밀착해 오던, 서준의 품에 안겨서도 가만히 있던 희수는 온데간데없었다. 대신 평소의 까칠 도도한 희수로 되돌아가 있었다. 뭔가를 뺏긴 기분.

울컥거림은 조금씩 정체를 알 수 없는 배신감으로 바뀌어갔다. "왜?" 하며 희수는 아무렇지 않게 토마토를 아작아작 씹는다. 단 거 달라 조르는 아이에게 사탕을 입에 넣어 주자, '맛없어, 퉤!' 뱉어 버리는 아이같이 천진하다.

서준은 인정해야 했다. 마음의 속도가 다르다. 그의 마음은 끝간 데 없이 쏘아져 전력 질주를 시작했는데, 희수의 얼굴은 여전히 맑고 담백했다.

사랑한다고! 그동안 널 사랑한다는 마음을 왜 바보같이 깨닫지 못했었는지 모르겠다고!

일어나자마자 이 아침 밥상에서 뚱딴지같은 고백을 할 수는 없다.

'그만하자.' 이것부터 말해야 한다. 멈추는 게 먼저다. 멈추자고 하기, 그리고 마음을 고백하기.

급한 건 뭐든 일을 그르친다. 조금 천천히, 하지만 오늘 당장! 서준은 표정을 가다듬으며 평소처럼 말했다.

"다이어트 끝났잖아. 아직도 그런 거 먹어?"

"아니, 밥도 조금 먹고. 반반씩 먹으면서 조절해. 갑자기 바꾸면 몸이 놀라지."

대답 대신 밥을 한 술 뜨자, 희수는 접시 하나를 쓰윽 밀어 권했다.

"크로켓, 또 왜 안 먹어?"

그래, 크로켓. 잊을 만하면 밥상에 나타나 서준을 괴롭히는 크로켓. 먹어야지. 희수는 희연이 튀겨놓고 간 크로켓을 냉동실에 얼렸다가 몇 개씩 꺼내 놓았다. 정말 한 접시를 남김없이 다 먹일 작정인가. 밥 속에 묻어 주지 않기를 천만다행.

"얼마나 남았어?"

아픈데 운전시키고 청소시키고 기름내까지 갖은 곤욕을 치르게 한 게 떠올랐다. 차마 안 먹겠다는 말을 못 하겠어서, 크로켓을 잠시 노려보다 홀랑홀랑 두 개를 연달아 집어넣었다. 매콤하고 상큼한 도라지나물로 개운해진 입 안에 느끼한 기름기가 찼다. 속이 또 울렁거린다.

"충분히 남았어, 걱정 마."

싱긋 웃으며 반들반들 눈을 빛내는 희수. 희연의 정성을 버리지 말라는 건지, 본인의 스트레스를 풀려는 건지 헷갈렸다.

인상을 쓰니 한쪽에 있던 케첩을 쓰윽 내밀며, "좀 나을 거야." 한다. 결국 다 먹이겠다는 확고한 의지를 굽힐 것 같지 않아, 할 수 없이 케첩을 잔뜩 뿌려 남은 한 개를 입에 넣고 말았다. "으, 시어!" 울화가 울컥 치밀었다.

"같이 먹지?"

"너 먹으라고 만든 건데, 싫어."

"괜찮아. 너도 같이 먹자고 했잖아. 다이어트도 끝났고?"

"대강만 계산해도 한 개가 밥 한 공기 이상의 칼로리야. 네 여자 친구는 먹디?"

네 여자 친구. 또 한 번 가슴을 울컥 후벼 팠다. 담백하게 웃으며 아무렇지 않게 웃는 희수의 해맑은 표정. 그러나 농담을 주고받으며 아침을 먹던 서준의 행복한 일상은 갑자기 일그러졌다. 제멋대로 떨리는 입가에 힘을 주며 웃었다.

간밤의 일이 없었더라도 이미 어제부터 결심은 서 있었다. 미련하게 끌고 왔지만 관성의 법칙을 무시하고라도 세워야 한다. 몸이 앞으로 튕겨져 나가더라도 급브레이크를 밟아야 한다.

크로켓을 서준을 골려 먹는 데 이용하기는 했지만, 돌이켜 보면 이상하게도 희수는 희연에게 관대했다. 서준에게는 이렇게 냉정하고 엄격한 잣대가 희연에게는 적용되지 않았다.

"걔가 정말 마음에 들어서 그러는 거야?"

슬쩍 물었더니 희수는 히죽 웃으며 말했다.

"하늘에서 뚝 떨어진 공주같이 하얗고 예쁘잖아. 그렇게 고운 상태로 지켜 주고 싶어. 누가 망가뜨리는 거 보기 싫어. 난, 여자의 적은 여자라는 말을 가장 싫어해."

희수가 '고운 상태로 지켜 주고 싶다'는 건 자신이 그렇게 되지 못했다는 것에 대한 보상일까.

불행한 일을 겪지 않았더라면, 희수도 희연같이 그렇게 계속 고운 상태로 살 수 있었겠지. 희연이 같지는 않았겠지만, 그래도 철모르는 또래의 사고방식을 가지고 우습지 않아도 웃는 거짓웃음 대신 맑고 깨끗한 진짜웃음을 매달고 살았겠지.

희수가 본 희연은 좋은 집에서, 좋은 옷을 입고, 좋은 환경을 유지하며 얌전하게 곱게 큰 여자.

가슴이 타들어 갔다. 눈앞의 생기 넘치는 까만 아이를, 저는 곤경에 빠져서도 그런 눈으로 희연을 바라보고 있을 아이를, 희연의 희생양을 삼기 위해.

드르륵, 가벼운 의자 소리가 났다. 희수는 드레싱 없는 마지막 양상추 한 장을 토끼처럼 아작아작 마저 먹고는 자기가 먹은 그릇을 반짝 들고 일어섰다. 저만 밥을 다 먹고 나면 항상 몸을 발딱 일으키는 희수. 예의 없고 매정하다.

서준은 남은 밥을 억지로 꿀꺽 삼키고 희수에게 부탁했다.

"차 한 잔 마시자."

이야기를 꺼내자고 청한 차지만 사실, 속이 뒤틀리고 생목도 올라서였다. 참지 못하고 간장 향이 개운한 미역냉채를 마저 들이켰다. 기름내는 눌러졌지만 크로켓 안에 들어 있던 고기 비린내가 계속 올라왔다. 남은 고기로 만든 꽈리고추 고기볶음은 맛이 좋았는데, 이상하게 크로켓 안에 든 고기는 비릿했다.

말이 떨어지기 무섭게 '똑, 똑, 똑, 똑.' 도마에서 무언가를 써는 소리가 들렸다. 곧 향긋한 레몬향이 가득 퍼졌다. 신속하게 개수대로 그릇이 치워지고, 희수가 몇 번 왔다 갔다 하는 새 부엌이 말끔해졌다.

삐이, 하고 주전자에서 차가 끓기 시작했을 땐 설거지 기계가 작동한 뒤였다. 집중해서 부엌일을 하는 희수를 보면 동선을 계산하고 움직이는 것같이 군더더기가 없는 데다, 몸놀림이 빨랐다.

물건을 한 번에 들 수 없는 경우를 제외하고는 두 번 움직이는 일이 없었다. 가전소품의 정리 상태들도 최소한의 동선이 만들어지도록 조금씩 재배치되어 있다. 하지만 냉장고만은 옮기지 못했는데, 음료수만 가득 든 냉장고가 가장 좋은 자리를 차지한다는 걸 아주 못마땅해했다.

"같이 마셔."

한 잔만을 내려놓고 자기 잔은 방으로 들고 가는 희수를 붙잡았다.

"일없이 얼굴 맞대고 뭐 하게."

그렇지. 용건이 있어야만 상대를 해 주는 녀석이지.

"할 말 있어, 앉아."

"이따 말해. 오늘 나 볼일 있다고 했잖아."

그랬지. 그 볼일이 그런 건 줄 말할 때는 몰랐지.

"짧게 할게, 지금 얘기하자."

"저녁에 해. 아니, 내일 해. 나 지금 기분 꽤 양호한 편이라 이대로 나가고 싶어. 그러니까 오늘은 좀 건드리지 마."

미간에 주름을 잡은 희수는 자신의 찻잔을 들고 방으로 들어가려 했다. 서준은 희수를 앉으라 권하고 리스한 여성용 미니카의 키를 건넸다. 기분조차 양호하다니 오늘은 꼭 희수를 따라붙어야 했다.

"어차피 너 쓰라고 빌린 거니까, 이건 너 쓰고."

"또 뭐?"

몸을 바꾸면서까지 준비한 녀석에게 브레이크를 걸기란 쉽지 않을 것이다. 장난치는 것도 아니고 이제 막 시작하는 상황에서 설득이 쉬울 리 없다. 하지만 꼭 해야 했다. 오늘, 어떻게든, 멈추겠단 답을 받아 낼 것이다. 그의 진심도 함께 고백할 테다.

"횡성에 가니? 부모님 기일이 오늘인 것 같던데 같이 가자. 운전해 줄게."

희수를 세상에 나오게 해 주셨던 분들께도, 정중하게, 정식으로 사과하고 싶었다.

"응? 나 오늘 하루 비웠어, 같이 가."

그러나 갑자기 인상을 잔뜩 찌푸리고 입술을 깨무는 희수. 그런 얼굴은 생소했다. 생기로 반들거리던 눈빛이 폭발할 것 같은 분노와 광기로 들끓었다. 희수는 짜증스럽게 '하!' 한숨을 토했다.

끼익, 하는 의자 소리가 귀가 시리도록 몸을 발딱 일으키며 원초적인 욕설을 뱉고 가는 바람에, 서준은 희수를 놓치고 말았다.

"넌, 정말! 사람을 나약하게 만드는 징그러운 재주가 있어. 개새끼같이 아주 재수가 없어!"

"아, 맛있다."

접시에 담긴 탕수육을 딱 다섯 조각 맛보고 희연은 젓가락을 내려놓았다. 서준은 중요한 일이 있다고 연락을 해 온 희연을 만나러 M호텔의 식당가에 와 있었다. 사실, 희연은 칼로리가 높은 음식을 좋아했다.

"넌 통 안 먹네."

내키지 않아 음식에 손을 대지 않았다. 튀김만 보아도 그날의 기름내 테러와 크로켓이 떠올라 비위가 상했다. 서준마저 손을 대지 않으니 음식은 거의 줄지 않았다.

"어제 술을 좀 마셔서 생각이 없어."

"그럼, 식사를 얼큰한 걸로 해."

상 위에 가득한 음식을 두고 다시 뭔가를 시키려니 내키지 않아, "충분히 먹었어." 답했다. 희연은 음식을 아주 조금씩 먹는 편이었고, 여러 가지를 맛보는 걸 좋아했다. 덕분에 갖가지 음식을 시켜 놓고 손만 대는 꼴이라, 줄어드는 건 서준의 몫뿐이었다.

할머니께서는 '네 밥은 남기지 말고 먹어라.' 가르치셨고, 희수와 함께한 뒤로는 옛 습관을 찾았다. 음식을 있는 대로 시켜 놓고 낭비하는 희연과 함께하는 식사가 편치 않았다.

"도형 씨가 바쁜가 봐. 들어온 뒤로도 통 연락이 없어. 사업가의 아내는 늘 외롭다던데."

서준을 불러낸 이유는 그녀가 마음 놓고 하소연할 곳이 딱 한 곳뿐이었기 때문이다. 희수의 말이 떠올랐다. '내 친구였다면 쥐어뜯고 싸워서라도 직접 말렸을 텐데.'

"옷이라도 좀 장만해야겠어. 입고 다니는 거나, 들고 다니는 가방이나 다 구질구질해졌어. 요즘 트렌드는……."

왜 희연을 끝까지 놓지 못했을까. 서준은 그 원인을 어렴풋이 깨달았다. 그가 영원히 실망했고 실망하는 또 다른 여자, 그의 어

머니. 맑고 아름다운 희연 위로 짐승같이 으르렁대며 이도형에게
잡혀가던 희수가 겹쳐졌다. 희연이 자신과 함께 있는 장면을 이도
형에게 들키기 싫어하는 눈물 한 방울을 대신해서.

목이 막혔다.

본능과 이성은 항상 싸우며 날뛰었었다.

희수에게 손을 내밀어 봐. 그냥 가져. 그녀를 여자로 품어. 향초
를 피우고 와인 한 잔을 곁들여 하룻밤을 보내 버린다면 어떻게든
되겠지.

안 돼. 싸우고 상처 주고 울게 하고 엉망진창으로 어질러지고.
희연의, 아니 어머니의 얼굴을 발견하는 순간 마음이 바싹 얼어붙
고. 수컷의 단순한 욕망으로 반짝이는 희수를 뒤흔들래. 여자를 사
귀는 것이, 여자를 네 인생에 끌어들이는 것이 가능하니.

한 번도 지속하지 못했던 그동안의 그 많은 여자들. 한결같았던
그 여자들의 모든 끝처럼 희수와도 그렇게 할 수 있니. 희수를 뒤
흔들고, 안고, 욕망을 풀고. 그리고 난 뒤 그 모든 여자들과의 끝
처럼. 눈물을 흘리게 하고 희수와 헤어질 수 있니.

가지려 해서는 안 되는 것이라 여겼다. 이리저리 재는 짓, 하지
말고 거리를 두자고 생각했었다. 가슴을 눌렀다. 가슴이 하자는 대
로 하고 나면 모든 게 엉망으로 어질러진 채 후회만 남는다고. 짐
승 같은 심장이 눈을 뜨지 않았던 처음의 생각대로 하자고.

일이 되어가는 대로, 굴러가는 수레바퀴가 내리막길로 내쳐 내
려가도록 놓아두었다.

이도형은 개뿔. 그 맑은 눈빛에 처음부터 홀딱 반했었으면서!
그래서 희수를 선택했으면서. 같이 있는 게 마냥 좋았던 거면서!

"부티크 수블림 사장이 연혜 언니라며? 왜 얘기 안 했니? 나,

다른 사람한테 듣고 깜짝 놀랐잖아. 요즘 핫 브랜드로 뜨던데, 한 번 가 볼까?"

희연과 마주 앉아 있으니 이렇게 잘 알 수 있는데.

희수는 여자가 아니었다. 희수는 그냥 내 희수였다. 내 희수!

"서준……아? 쇼핑 나가서 기분 전환이나 하면 어떻겠냐고."

희연의 재촉하는 부름이 서준의 의식을 툭, 끊었다. 말없이 차만 마시니, 이번엔 거의 대놓고 말한 수준.

그러나 희수를 만날 시간이 다가왔다. 실은, 오늘만큼은 꼭 꺼내야 할 주제로 바짝 긴장이 되어, 아무 말도 귀에 들어오지 않았다. 질문의 내용을 다급히 떠올리며 생각나는 대로 말했다.

"그래, 그렇게 해."

"응? 좋아, 같이 나가자."

"아니, 난 정말 중요한 약속이 있어. 급한 일이라고 해서 나왔던 거야."

"아, 오해할 수도 있었겠다. 그렇게 급한 일은 아니었는데."

이도형에게 예쁘게 보일 새 옷 살 돈이 부족하다는 뜻인 걸 모르지 않았다. 얼마 안 될 옷값, 구둣값이 아까워서는 아니다.

"네 말이 옳아. 함께 다니며 사람들의 눈길을 끌어 좋을 게 없어. 이젠 서로 나이도 있으니 조심하자. 이런 용건은 여자 친구들에게 부탁하고."

희연의 얼굴에 짙은 실망이 피어올랐다. 서준은 단정히 몸을 일으켰다.

명품에 목을 매던 희연의 영향으로 부티크 수블림이 탄생했었다는 걸 알면, 희연이는 뭐라고 할까. 희연이 최고의 남자를 끝없이 찾는 동안, 수블림은 희연과는 전혀 다른 모습으로 성장했다. 그리고 천천히 말라붙은 둘 사이엔 버거운 우정만이 남았다.

최상위 고객을 위한 수블림은 저 홀로 도도한 아름다움을 상징하는 브랜드로 떠올랐을 뿐.

"먼저 일어날게, 천천히 나와."

"으응? 그래, 잘 가."

함께 나서길 꺼리는 습관이 있는 희연을 위해 서준은 중식당의 작은 룸에서 먼저 몸을 일으켰다. 희연의 끈끈한 시선을 외면하며, 서준은 입 밖으로 뱉지 못한 사과를 희연에게 마음속으로만 했다.

미안해. 네가 많이 실망하겠구나. 나는 이제 내 희수를, 반드시 지켜야 해.

서준은 근처의 A백화점의 명품관을 찾았다. 나선 김에 타 브랜드의 매장들을 둘러볼 필요가 있었다. 쇼핑을 그다지 즐기지 않는 서준에게 수블림을 만든 이후 생긴 버릇이었는데, 천천히 둘러보다 보면, 상대적으로 수블림의 문제점이나 개선해야 할 점들이 눈에 띄었다.

하지만 굳이 부티크 수블림에서 한 블록 떨어진 이 A백화점을 찾은 건, 희수에게 쇼핑을 하라고 보내 놓았기 때문이었다. 날이 갈수록 희수에게 휴대전화를 만들어 주지 않은 걸 후회한다. 처음부터 만들어 주었더라면 문제가 없었을 텐데. 시계추처럼 정확히 다닐 곳만을 다니는 녀석이라 강요하며 이겨 먹지 못하고 미루다 이렇게 되었다.

하바나에서 희연 대신 끌려가던 그날, 희수의 휴대전화는 도형이 화풀이용으로 망가뜨렸다고 한다. 야채 배달 일도 안 하는데, 필요 없단다.

"전화 걸어서 이래라저래라 하는 사람 없으니까 아주 좋아."

속 시원하다며 휴대전화 없이 사는 걸 희수는 아주 홀가분해했다. 희수는 휴대전화를 '끈 없는 개줄' 이라고 불렀다.

며칠을 맥없이 낭비했다. 그날 이후로 희수는 용건이 있지 않으면 서준을 잘 상대해 주지 않게 되었다. 전처럼 농담을 걸어 주거나 장난을 쳐 주지 않는다. 집 안에서도 교묘하게 피했고, 거는 말에도 짧게 답하고 저 할 일만 했다. 마음을 눈치채고 그러는 건 아니야.

부모님의 기일 땐 그 지경으로 욕을 집어먹고도 꼭 말해야겠다 싶어 들러붙었었다. 워낙 쿨한 녀석이니까 자연스럽게 하루 종일 함께 있다 보면 대화할 수 있는 기회를 잡을 거라 생각했다. 그래, 좀 힘든 날이니 그냥 같이 있어 주고 싶었고, 같이 있고 싶기도 했다. 그래서 치사할 정도로 매달렸었다. 결과는 참패.

횡성에 다녀오겠다는 희수에게 교대로 운전을 해 주겠다고 들러붙었던 게 실수였다는 걸 인정한다. 마음만 앞서 희수의 부모님께 함께 가겠다는 생각만 했지, 희수의 눈에 자신이 어떻게 낙인찍혀 있다는 건 사실, 깜빡했다.

그래도 그렇지. 함께 끌어안고 잤던 다음 날 아침이었잖아. 나쁜 짓도 안 하고, 얼마나 점잖게 매너를 지켰는데!

아니지, 개새끼가 매너는 무슨 매너. 그냥 하고 싶은 대로 확 다 할걸. 그렇게 좋은 기회가 있었는데, 바보같이 잠이나 쿨쿨 자고! 괜히 매너를 지킨 거야! 그렇게 잠드는 게 아니었어! 이상하게 안심이 돼서 졸렸단 말이야. 그럼, 아침에라도 어떻게……

그래서 희수가 눈치를 채고 새벽에 도망을 갔던 걸까? 아, 머리가 복잡했다. 바람둥이 타이틀이 아깝다.

서준의 걸음이 빨라졌다. 왠지 마음이 급했다. 건성으로라도 매장들을 둘러보기는커녕, '시크' 계의 지존인 까만 여자아이의 뒤통수만 찾아 헤맸다. 도대체 어딜 돌아다니고 있기에, 이렇게 안 보이는 거야! 짜증이 치미니 또 담배 생각이다. 그냥 한 대 피우고 여유롭게 찾자, 마음을 바꾸었다. 사실, 만나자고 한 약속 시간은 아직 많이 남아 있었다.

그러나 차마 담뱃불을 붙이지 못하고 화단의 벤치에 앉아서도 찌푸린 인상을 펴지 못했다. '후우!' 빈 한숨만 토했다.

모든 설득엔 논리가 필요하다. 특히나 희수의 행동이나 마음을 바꾸려면 진력이 날 정도로 힘들다. 자동차 조수석의 글러브 박스에서 발 한 개를 내리게 하는데도 전력을 다해 싸워야 하는 아이에게,

'이 일, 들어 엎자.'

따위의 말을 꺼내면 희수는 어떤 리액션을 보여 줄까.

하지만 이도형과 또 만나 연애를 하니, 유혹을 하니! 절대로 들어 엎어야 한다. 바보같이, 멍청하게도! 이도형과 함께 나오는 아름다운 희수를 보며, 넘어지려다 이도형을 의지하는 희수를 굳이 눈으로 보고서야 무슨 짓을 했는지 깨달았다.

말을 붙일 기회를 잡는 것조차 쉽지 않았다. 내 마음을 알고 그러는 건가 봐.

웃음기 어린 가면조차 엷어진 채로 서준에게 부쩍 더 냉랭했다. 털 달린 그의 흰 카우치에서 드라마 '미실'이라도 보면서 기분 좋아 하면 슬쩍 그가 엉덩이를 얹으려 했으나, 희수는 드라마에 흥미

를 잃었다.

"미실 안 봐?" 하면, "미실의 패색이 짙어져서, 보지 않기로 했어. 내게 미실은 영원한 승리자야." 했다. 경제 뉴스, 국제 정세, 정치 토론 같은 프로그램에 집중하는 희수에게 "저기……." 말을 꺼냈다간, "이따가, 나 이것 좀 듣게." 따위의 대답만을 들을 뿐이었다.

귀에 들어오지 않는 토론 프로그램을 애써 함께 시청하고 TV의 전원 버튼이 꺼지기를 기다려 봐야 마찬가지. 주머니에 조그만 주먹을 꽂고 그 반들반들한 눈으로 냉정히 할 말을 기다리는 데 대고,

'내가 너의 매력에 홀딱 반해서, 이도형과 연애하는 꼴을 못 보겠다고!'

따위의 폭탄 발언을 하면, 모든 걸 망치게 된다.

방법은 빈약한데 시간마저 부족했다. 희수는 희연을 물고 늘어질 게 뻔했다. 여러 가지를 한꺼번에 해결하기가 쉽지 않았다. 우선 희수의 마음을 잡아야 했다. 결국 짜낸 방법이, '근사한 레스토랑을 예약하고 분위기 좋게 고백을 하자'였다. 그래도 여심을 울리는 바람둥이였었잖아.

그러나 그마저도 쉽지 않았다.

"싫어. 밖에서 밥을 너랑 왜 먹어?"

단칼에 거절. 게다가,

"이도형이랑 우연히 마주칠 기회는 도대체 언제 만드는 거야?"

오히려 희수가 매서운 눈초리로 채근을 해 오기 시작했다.

"이렇게 시간이 많이 지나면 다 허튼 짓 되는 거 몰라? 만나면 어떻게 해야 하는지도, 빨리 정해서 알려 줘!"

호전적인 투로 말을 거는 희수에게, 아까 서준은 일단 카드를 내밀며 쇼핑을 보냈다.

"이도형 취향, 고민하지 말고 네가 끌리는 스타일로 골라. 1층에서 쇼핑하고 있어, 나도 볼 일이 있으니까. 서로 엇갈리면 5시, 후문 쪽 카페에서 봐."

"쇼핑은 알겠는데, 밖에서 뭐하러 만나?"

하는 데 대고, 저녁 같이 먹으며 데이트하자는 말이 차마 나오지 않았다. 밖에서 밥때가 되어 먹고 들어오는 건 자연스럽고 괜찮잖아. 게다가 데이트란 단어를 괜히 꺼내서 모의 데이트에 대한 불쾌한 기억을 떠올려 주게 하고 싶지 않았다. 하는 수 없이,

"영 희한한 거 골라 놨으면, 환불하게 하려고 검사 나가는 거야." 했다.

희수에게 자꾸 그런 식으로 말을 하게 된다. 원하는 대로 움직이게 하려면 자꾸 이도형의 일을 들먹여야 하고, 결국 말을 뱉고 나면 속이 상해 견디기 힘들다. 용건 없으면 상대할 필요 없는 사이. 그나마도 희수가 겨우 상대를 해 줄 땐 상당히 호전적이 된다. 달래고 피하다가도 싸움으로 번진다.

아까도 늘어진 티셔츠와 낡은 운동화 차림으로 덜렁덜렁 나서는 희수의 뒷덜미를 잡아 한바탕해야 했다.

"가벼운 화장이라도 하고, 사 줬던 옷들 중 골라 입고 가."

그런 차림으로 데이트하고 싶지 않았다. 사랑한다는 고백을 할 자리였다. 이도형을 위해서는 메이크업 전문숍까지 가서 이렇게 해 달라, 저렇게 해 달라 몇 번을 고쳤는데.

"괜찮아. 돈 쓰러 가는데, 차림이 무슨 상관이야?"

"명품 매장에 그런 차림으로 가면 홀대 받아."

"괜찮다니까. 지난번에도 이러고 갔는데, 잘해 줬어."

"속으로 욕해."

"겉으론 친절해."

뭐 이런 식으로, 절대로 한마디도 지지 않는. 녀석을 설득할 논리는 점점 빈약해진다.

"그날은 평일이었잖아, 오늘은 토요일이라 복잡해서 서비스도 제대로 받지 못한다니까?"

"잘되었어. 자꾸 이거 좋냐, 저거 좋냐, 들러붙어서 귀찮았어. 내 맘대로 둘러보고, 딱 좋아."

그럼 결국 높아지는 목소리와 함께 마음에도 없는 말들이 튀어나온다.

"거기 이도형네 집안에서 운영하는 백화점이야. 네가 만들어야 한다는 그 '우연한 기회'가 우연히 찾아올지도 모르는데, 그렇게 하고 가서 여태 노력한 거 물거품 만들고 싶어?"

희수는 두말 않고 들어가 한 시간여를 꼼꼼히 화장했고, 섹스어필을 하겠다는 그 검은색 스커트와 흰색 블라우스에 에나멜 클러치까지 완벽 무장을 했다. 당연히 기분이 상해,

"회사에서 일하다 퇴근한 거 같아, 다른 거 입어." 하면 말대꾸가 또 돌아온다.

"이연혜 사장님이 섹시하다고 BO 주셨어."

"그럼, 가슴 앞에 단추라도 하나 달아. 섹스어필을 해야 할 자리에선 모르지만, 길거리에서는 점잖지 않아 보여. 말 좀 들어줘라, 제발 부탁이야, 응?"

애걸에 복걸까지 해서, 간신히 단추 하나를 달게 하는 데 성공했다. 블라우스의 세트 단추는 은은한 빛깔의 천연 흑진주 세공품

이었다. 희수는 함께 구입한 힐까지 꺼냈다.

"쇼핑할 때 높은 구두 신고 돌아다니면 피곤해. 좀 낮은 거로 신어."

"싫어. 네 말이 맞아. 그런 데선 이도형을 언제 만날지 모르니 긴장하고 있어야 해. 혹시, 우리가 만날 때 이도형과 마주치면 어쩌지?"

희수의 머릿속엔 온통 이도형뿐. 저녁 데이트에서 꺼낼 어려운 화제의 논리들은 점점 암울해지고 있었고, '걱정 마. 이도형은 주로 다른 매장을 이용해. 그 매장에서 즐거운 추억이 많았거든.' 이라고 머릿속의 말을 뱉지 않도록 이를 악물어야 했다.

"사촌이라고 하든가."

빈정거리는 서준의 말에, 희수는 진지하게 답했다.

"아, 얼굴을 마주치고 있는 상황에서 그러는 건 곤란해. 네 여자 친구까지 엮여서 골치 아파진 마당에 일을 더 복잡하게 만들 수 있고, 너랑 연관 지으면 날 쉽게 떠올릴 거고?"

결국 서준은 이 주제로 더 이상 대화하고 싶지 않아, 희수의 뒷덜미를 잡아 문밖으로 내보냈다.

"그럼, 치한 취급해."

A백화점 후문 앞 흡연 구역.

담배는 피우지도 못하고 애꿎게 몇 번이나 켰다 껐다 하던 뜨거운 라이터와 담배를 다시 주머니 안에 넣었다. 연기 대신 한숨을 토했다. 담배 냄새 싫어한다잖아. 이런 것쯤은.

불안하다. 왠지 뭔가가 불길하다. 빨리 희수라도 만나야 이 불안이 가실 것 같다. 마음이 급해졌다.

서준은 밝게 갠 하늘을 원망스럽게 올려다보고 몸을 돌렸다. 장마라면서 날씨마저 쨍쨍하다. 오늘 저녁, 천둥 번개를 동반한 비바람이 한 번만 더 몰아쳐 준다면 잘해 볼 수 있을 것 같은데. 휴대전화를 꺼내 시간을 확인하니 4시가 조금 넘었다. 희수는 한창 쇼핑 중이겠지.

바탕화면의 액정에조차 '오늘의 날씨 맑음'으로 표시되어 있었다.

#11

간절한 재회

이도형은 방 안 쓰레기통에 무언가를 떨어뜨리려다 말고, 다시 테이블 위에 올려놓기를 반복하고 있었다. 내가 이걸 어쩌자고 들고 왔을까. 손바닥만 한 G사의 금속 로고였다.

그녀를 생각하면 모든 것이 헷갈렸다. 고상함, 천박함, 섹시함, 유치함, 우아함, 속물근성 등 여러 가지 이미지들이 겹쳐 정체를 알 수 없었다.

'이거 줄게요. 아까부터……, 완전 탐냈잖아요.'

했을 땐 작업용 멘트임이 강하게 느껴져 인상을 찌푸렸었다. 바람둥이들이 흔히 쓰는 수법. 머리핀, 헤어밴드 등의 작은 소품들을 "별거 아니에요, 선물." 여자 손에 쥐여 주고는 자신의 흔적을 남겨 계속 생각나게 하기. 이때는 받는 이, 주는 이에게 모두 부담

없는 소액의 투자를 바탕으로 해야 한다.

　그녀가 도형에게 남긴 건 얼마 전 국내에도 화려하게 론칭한 G 사 핸드백의 포인트 장신구였다. 여름을 겨냥한 신상품이며, 여자들이 산 지 며칠 되지도 않았을 핸드백에서 이런 걸 떼어 주는 걸 달가워할 리 없다.

　도형은 손바닥만 한 G사의 로고를 다시 들여다보았다. 둘 중 하나였다. 그에게 정말 강렬한 인상을 남기고 싶었거나, 개념이 없거나, 아니면.

　'커다란 게, 자존심 있어 보여서 나도 좋았거든요. 그러니까 너무 자존심 상해 하지 마요.'

　정말 도형이 자존심 상해 보이는 게 싫어, 뭐라도 쥐여 주고 싶었거나.

　대답할 틈도 없이 여자는 다급히, 그러나 느리게 말을 이었다.

　'그리고 다음에, 다음에 또 만나면. 클럽에서라도 또 만나면……. 그땐 내가 먼저 연애하자고 해 줄게요!'

　그녀가 선수였다면, 이번 주 내에 클럽에 나타났어야 했다. 클럽의 꽃, 환락의 금요일은 어제였고, 도형은 수요일, 목요일, 금요일 내내 아이 누베스에 출근해 스탠딩 의자를 지켰다. 흐음! 아무리 생각해도 정체를 알 수 없었다.

　오늘마저 아이 누베스에 출근하는 건 도형도 싫었다. 도형은 아이 누베스의 주인 김길만에게 전화했다.

"형, 그 여자 또 나타나면 전화 꼭 줘요. 어디 못 가게 잘 붙들어 두고."

괜히 그렇게 보냈어. 그날, 그녀가 말하던 작업이라도 걸어 볼걸. 다음에 만날 약속이라도 잡아 둘걸.

도형은 인상을 쓰며 몸을 일으켰다. 최근 들어 잦아지는 큰형님의 호출이 영 달갑지 않았다.

도형은 자신의 눈을 믿을 수 없었다. 백화점의 B매장에서 짧은 길이의 시스 드레스를 몸에 대고 거울을 보고 있는 건, 그 여자였다. 길게 올라간 눈꼬리, 오뚝한 코, 아담한 입매, 예쁜 턱선.

클럽 밖의 여자는 상당히 우아하고 단정한 차림이었다. 그날은 아주 어리게 봤는데, 오늘은 또 굉장히 성숙했다. 까만색 스커트와 흰색 블라우스가 원래 저렇게 섹시한 옷이었던가. 엉성하게 땋아 내린 길고 숱 많은 머리채가 느슨하게 어깨에 걸쳐져 있다. 며칠간 그가 상상했던 그녀보다 현실의 그녀가 훨씬 더 마음에 찼다.

창고에서 물건을 찾아 들어가던 여직원의 호들갑 떠는 목소리가 밖으로 새어 나오지 않았다면 모르고 지나칠 뻔했다.

"어머! 정말 잘 고르셨어요. 이게 론칭할 때 비욘세가 입었었거든요. 피부색도 너무 좋으시고 글래머러스하셔서, 정말, 정말로 잘 어울리시거든요."

비욘세 운운한 거 보니 까맣고 뚱뚱한 아줌마인 모양이지, 빈정거리는 마음으로 쓱 돌아본 것이, 아, 그녀였다!

도형은 유리벽 안의 여자를 놓칠까 두려웠다. 눈도 떼지 않고 숨도 조심스럽게 쉬며 비서실에 전화를 했다. "근처까지 왔는데 갑자기 일이 생겨 못 가겠다고, 월요일에 뵙는다고 전해 주세요."

비서는 너무도 길게 칭얼거렸다. 상무님이 화내실 거네, 요즘 회사가 어려워 비상이네, 토요일인데 일부러 나오셔서 기다리신 거네, 그러시면 안 되네, 어쩌네. "그렇게 전하라면 전해 주세요, 전화 또 하지 마시고요." 평소에는 상상조차 못 하도록 아주 부드럽게 응대했다. 행여나 유리벽 안으로 목소리가 새 들어갈까 음성을 낮추고, 또 낮추었다.

사이즈의 드레스를 받아 든 여자가 탈의실로 들어가는 것을 보고, 도형도 매장 안으로 들어섰다. 주변을 둘러보니 다행히 신참 직원들뿐. 도형을 알아볼 직원은 없어 보였다. 신입 사원 교육을 받다 사고 치고 쫓겨난 후, 이 매장에 들르는 걸 꺼렸었다. 사유는 간단히 동료 직원과 주먹을 동반한 언쟁이었다.

사람들이 인사를 하려 몸을 굽혔다. 도형은 싱긋 웃으며 입술에 검지를 대고 "쉿! 들어간 분 일행이에요. 놀라게 해 주려고요." 했다. 그녀가 옷을 갈아입고 나오기를 기다렸다. 잘 어울릴 것 같은 기대로 가득했다.

"생각보다 가슴 라인이 너무 깊어 부담스럽네요. 길이도 좀 짧고요."

검은 천에 흰 물감을 한쪽 가슴에 끼얹은 프린트의 시스 드레스. 그녀의 힙과 허벅지가 만드는 라인은 그 어떤 여자들보다도 글래머러스하고 섹시했다. 도형은 다시 옷을 갈아입으러 들어가는 그녀를 붙잡았다.

여태 쳐다보며 기다리고 있었는데 그를 발견하지 못해 섭섭했고, 그 부담스럽다는 가슴 라인이 흡족했기 때문이었다. 가느다란 허리를 한 팔로 감아 보고 싶었다.

"우리……, 만났네요."

고민하다 고른 첫마디였다. '와우, 반가워요. 먼저 연애하자고 하겠다는 약속 지켜야겠네요?' 등의 굉장한 환대를 기대한 건 아니었다. 아니, 조금은 기대했다, 그를 흔들어 놓은 건 그녀였으니까. 하지만 저렇게 꼼짝 않고, 눈조차 깜빡이지 않고, 그를 바라보고만 있을 줄은 몰랐다.

설마 날 못 알아보는 건 아니겠지. 아이 누베스, 살사 바에서 만났었어요, 따위의 말을 뱉을 거면 차라리 지금 당장 형님을 뵈러 올라가겠다고 생각했다. 들뜬 기대가 조금씩 화로 바뀌어 갈 즈음, 그녀가 마른 입술을 축이며 말했다.

"만나게 될 줄…… 몰랐…… , 으음……."

궁금증은 말끔하게 풀렸다.

'그러니까 너무 자존심 상해 하지 마요.'

G사의 핸드백 장식 로고는, 그냥 아무 생각 없이 쥐여 주었던 것이었다. 기대는 이제 완전히 울화로 바뀌었다.

"미안합니다. 실례했습니다."

도형의 귀에도 목소리가 딱딱했다. 좀 더 자연스러우면 좋았을 텐데, 하며 돌아설 때 갑자기 손을 덥석 잡혔다. 그녀는 다급히, 그리고 느리게 말했다.

"저, 밖에서 만나면…… , 밖에서 만난 남자 된다고 했으면서…… . 춤은 안 추고……요."

굳은 표정으로 바라보자, 그녀는 놓아야 하나 망설이는 것 같았다. 손부터 더럭 잡아 버린 그녀는 여전히 할 말을 고르며 침을 삼켰다. 따뜻한 체온, 그때의 그 촉촉함, 그러쥔 까만 손에 차갑게 식었던 마음이 서서히 풀렸다. 다급히 잡은 그녀의 가느다란 손목이 불편하게 꺾인 것이 불안했다.

그러나 고쳐 잡으려는 손을 빼려는 것으로 착각한 듯, 그녀는 다른 손까지 더해 잡았다. 그렇게 도형의 손을 두 손으로 꼭 쥐고, 또 입술을 축였다. 그 선홍빛 혀끝이 참 예쁘다고 생각했을 때, 그녀는 침을 삼키며 천천히 말했다.

"나, 이 옷 갈아입으러 들어가면……. 그사이, 가 버릴 건가요?"

도형은 어이가 없어, "크훗!" 웃고 말았다. 가슴 한쪽이 알싸하게 풀어졌다. 하지만 잠깐이나마 그를 괴롭힌 여자의 반응이 궁금해, "네." 했다.

"아!" 하고 잠깐 고민하는 여자, 그러나 이번엔 길게 망설이지 않았다. 도형의 손을 꼭 쥔 채로 점원에게 말했다.

"이, 이거 살게요. 제 짐, 담아 주세요."

포장을 기다리는 잠깐 동안, 갓 만난 연인처럼 손을 잡고 소파에 앉아 있었다. 누가 보면 어쩌지, 하는 마음은 흔적도 없이 후루룩 날아가고 그저 기분이 좋았다.

여자는 정말로 옷이 마음에 안 드는 것 같았다. 아니, 마음에 안 든다기보다는 많이 불편해하는 것 같았다. 흰 소파 사이로, 도드라지는 까맣고 매끈한 다리가 그의 시선에 닿자, 치마를 잡아 내리느라 바빴고, 가슴골이 그의 시선에 닿지 않도록 가리기에 왼손이 쉴 새가 없었다. 물론, 오른손은 도형이 차지하고 있었다. 그녀와 시선이 부딪혔다. 행복하게 웃는 얼굴. 가슴이 콩콩 뛰었다.

아주 아쉬웠지만 "갈아입고 와요, 기다리고 있을게." 하고 손목을 놓아주었다. 발딱 몸을 일으키지 못하는 그녀에게 웃어 보였다. "어디 안 가요, 갈아입고 오라니까." 다짐도 해 주었다.

함께 있는 내내 옷에 신경을 쓰면, 그에게 써 줄 신경이 줄어들 테니까. 그녀는 "네." 하고 만족스럽게 웃으며 다시 탈의실로 들어섰다. 아까 그 검은 스커트와 흰 블라우스도 충분히 섹시했고, 또 우아했다.

여자가 옷을 갈아입으러 들어간 사이 계산을 마쳤다. 그의 마음에만 들었던 옷을 억지로 사게 했으니, 그가 계산하고 싶었다. 클러치를 열며 계산을 하려는 그녀에게 직원이, "남자 친구분께서 하셨어요." 하자, "네?" 하며 당황하던 모습이 신선했다.

"목이 말라요."

그녀는 1층 후문 쪽의 카페로 그를 데려가려 했으나, 도형은 무작정 손목을 잡아끌어 밖으로 빠져나왔다. "나, 차 가지고 왔는데." 하며 끌려 나오는 그녀에게 그도, "나도 가져왔어요." 하고 도망치듯 나왔다. 한 블록이라도 백화점에서 빨리 빠져나가고 싶었다. 운이 좋으면 아직 눈에 뜨이지 않았을 수도 있으니까.

근처의 공원까지 함께 걸었다. 작은 클러치와 쇼핑 봉투를 달랑달랑 들고 따라오는 그녀는 신이 난 것처럼 밝게 웃으며 걸었다. 장맛비 사이에 잠깐 갠 날씨는 습기를 가득 머금고 있었지만, 찌는 무더위 속에서도 그의 마음은 청량했다.

"공원이 보여서 좋아요."

플라타너스들이 마주 보이는 카페에 와 앉았다. 차를 가지고 나올 걸, 좀 후회를 했다. 백화점에서 나와 도망친 곳은 겨우 한 블록 거리의 찻집. 뭐, 그래도 상관없었다. 레몬을 세 개나 통째로 갈아 넣었다는 주스를 눈 한 번 찡그리지 않고 마시는 이 여자를 보고 있으니.

"안 시어요?"

테이블 주변엔 레몬향이 가득했다. 스트로 아래의 레몬주스는 여자의 입술이 오물거릴 때마다 술술 줄어들었다. 데커레이션용 레몬에서 떨어져 나온 레몬 씨가 빨대 끝에서 빨려 들어가지 않으려 안간힘을 쓰고 있었다. 함께 나온 시럽은 건드리지도 않았다. 보기만 해도 눈이 찌푸려지고 입가에 신 침이 고였다. 죽도록 신맛이 날 것 같다.

대답을 않고 한 번에 쭉, 들이켜는 입술. 또 입가에 신 침이 고인다. 입꼬리를 슬쩍 올리고 또 한 번 더 쭉, 들이켜는 입술. 아아, 다시 입가에 신 침이 고였다. 여자의 눈을 바라보았다. 긴 눈꼬리가 장난스러운 생기로 가득하다. 아, 그녀는 주스가 줄어들 때마다 그가 괴로워하는 것을 즐기고 있었다.

"한 잔 더 할까요?"

"하하!" 또 웃었다. 이 여자는 별것도 아닌 것으로 사람을 웃기는 재주가 있었다.

카페 안은 시원했지만 더웠던 밖이 더 좋았다. 손잡고 걷는 게 더 좋았으니까. 마주 앉은 테이블의 거리가 너무 멀었다.

함께 춤추던 50cm의 그녀는 관능적이었고, 다시 손잡은 0cm의 그녀는 다급했으며, 지금 마주보는 1m의 그녀는 도도했다. 그녀는 장난칠 거리를 준비하는 악동의 눈으로 반들거리며 그를 뜯어보고 있었다. 그녀의 눈빛을 견디기 힘들어 아직 덜 식은 커피를 조심스레 마셨다.

"아, 써."

"후후." 여자도 웃었다. 생각 없이 그녀의 시럽에 손을 댔는데, 옆에 놓인 설탕을 슥, 밀어 주었다. "뜨거울 때는 시럽보다 설탕이 더 나아요." 하면서. 백화점에서 다급히 그를 잡던 그녀는 어디로 가고, 뭔가 노련해 보이는 그녀로 바뀌어 있었다.

전에 만났을 때는 주절주절 말을 잘 걸어 주던 여자였는데, 그 래서 아무 생각 없이 듣고 있던 도형이 말려들게 할 정도로 말을 잘 걸었었는데, 오늘의 여자는 생글거리며 웃을 뿐 통 말이 없었 다. 도형은 그날, 여자가 했던 말이 생각났다. '나, 연애하기 까다 로운 여자예요.'

하는 수 없이 도형이 먼저 말을 붙였다.

"왜 춤추러 안 왔어요?"

"못 갔어요. 기다렸어요?"

질문을 돌리는 솜씨도 일품.

"네."

"치잇, 백화점 왔으면서."

말을 톡, 끊어 먹고는 다시 도형이 뭔가 주제를 생각하게 했다. 생기가 도는 눈꼬리는 여전히 귀여웠지만 그날의 그녀와 확실히 달랐다.

"오늘은 좀 달라 보이네요."

"아, 네."

어떤 면이요? 어디가요? 왜요? 같은 질문들이 나와야 할 질문의 답도 저 모양. 달라 보이는 게 당연하다는 건지. 하지만 좀 불편해 하며 도형이 인상을 찌푸리자, 여자는 결심한 듯 다급히 입을 열 고, 느리게 말했다.

"우리, 연애해요."

"내가 누군 줄……도 모르잖아요."

"알아요, 남자요. 난 여자고. 아, 여자가 있어요?"

도형은 침을 꿀꺽 삼켰다. 물론, "아니요." 망설이지 않고 답했다.

"그럼 되었어요. 난 남자 없어요, 그러니 연애해요."

"우리 서로 이름도 몰라요."

"싫은 거면 거절해요. 아, 안 되는 거라도……. 나는 한 번 거절했으니까."

"……."

"싫지는 않았어요. 다음엔 내가 연애하자고 말해 준다고 했었잖아요. 그러니까 우리, 연애해요."

생기 있는 맑은 눈이 익숙하게 마음을 당겼다. 꼭 대답해야 했다.

"좋아요."

여자는 만족스럽게 웃었다.

"우리 나가요. 이렇게 마주 보고 뚫어져라 바라보는 거 싫어요."

여자와 마주 앉아 있으면 선보는 것 같아 숨이 막혔던 도형도 기꺼이 일어났다.

함께 공원을 걸었다. 구름이 끼어 아까보다 더 걷기 좋았다. 매미 소리가 시원하고, 풀 냄새가 달았다. 보송보송한 그녀의 손을 잡은 그의 손에 땀이 고였다. 손수건을 꺼내 손을 닦는 게 한 번, 두 번, 이어졌다. 마음과 달리 자꾸만 손을 놓게 되었다.

"더워요? 어디 들어가요?"

고개를 저었다. 그녀가 잡은 손을 엉성하게 풀고, 대신 손가락을 헐겁게 걸어 주었다. 얼기설기 엮인 손가락 사이로 시원한 바람이 들어왔다. 웃음이 났다.

"내가 땀이 좀 많아요."

"네. 열도 많고, 화도 잘 내요."

"네?"

"아까, 가 버리려고 했던 거, 알아요."

왠지 부끄럽고 미안했다. 그늘진 벤치에 손수건을 펴 주었다. 그녀와 함께 나란히 앉았다.

"이상해요."

"뭐가요?"

"만나자마자 에스코트도 받고. 이런 에티켓도…… 또, 선물도……."

"…….."

"그런 다정한 눈빛으로 따뜻하게 바라봐 주는 것까지, 기분이 참…… 이상해요."

반들거리는 맑고 생기 있는 눈에는, 평소와 달리 혼란스러움이 가득했다. 그 이상한 질문에 도형은 잠깐 고민했지만 망설이지 않고 되물었다.

"남자 여자로 만나자면서……, 이상한 일인가요?"

망설이는 것처럼 흔들리던 눈빛이 어느 순간 싹 바뀌었다. 그녀의 입술과 눈꼬리가 슬쩍 올라갔다. 언제 그랬냐는 듯 장난기가 가득했다. 여자는 손뼉을 짝, 치며 깜짝 놀란 듯 말했다.

"잊은 게 있어요!"

"뭘요?"

"우리 말 놔요. 남자 여자는 이랬어요 저랬어요, 하는 거 아니에요."

"해도 돼요."

"꼭 그러고 싶어요?"

"아니."

도형이 먼저 말을 놓았다. 어린 여자에게 이리저리 휘둘리는 기분도 나쁘지 않았다. 그녀가 웃었다. 하지만 이상한 게 있었다. 그녀는 처음 만난 날부터 '연애'를 하는 데만 관심이 팔려 있었다. 심지어는 아직까지도 이름을 묻지 않았다. 하는 수 없이 도형이 먼저 물었다.

"이름이 뭐야?" 하니, 그녀는 "너는?" 했다. 아무리 말을 놓자고 했지만 너무 과감해, "내가 나이가 더 많은 것 같은데." 하니, 고개를 삐딱하게 기울이며 "맞아. 내가 적은 것 같아. 남자 여자에게 위아래가 필요해?" 한다. 꽤 도발적인 게 거슬리면서도 마음에 썩 들었다. 이럴 땐 막 자란 여자 같다.

아직도 이름을 알아내지 못했다. "이름이 뭐야?" 다시 물으니, 그녀는 "너는?" 했다. 생글거리는 눈꼬리는 아름다웠지만 반들거리는 눈빛이 강렬하게 훑는 건 견디기 힘들었다. 대답을 바로 할 수 없었다. 그동안 그를 괴롭혔던 한 가지, 알 만한 집 딸일까.

몸가짐을 보면 잘 교육받은 집 딸인 것 같고, 차림새를 보면 불편하지 않은 수준의 집안. 별것 아닌 이름쯤, 말해 줘도 되지 않을까. 하지만 망설이는 동안 그녀가 더 힘든 질문을 했다.

"처음에 나 볼 때, 낯익지 않았어?"

"아니, 전혀."

"전혀?"

"네가 그렇게 쉽게 잊을 만한 인상은 아니……잖아."

"그렇구나."

여자는 미심쩍은 얼굴로 인상을 찌푸리며 덧붙였다.

"혹시, 누구 생일 파티 같은 데서 서로 보지 않았을까?"

그 질문은 이름을 말하길 포기하게 했다. 별것 아닌 이름쯤이 아니었다. 학교에서는 전설적인 바보가 되어 있었고, 친구들과 어른들 사이에선 폭력적인 사이코가 되어 있었다. 강서준과의 긴 싸움 때문. 바람둥이 강서준, 그 새끼는 그의 인생에 정말 큰 장애가 되었다.

도형은 침을 꿀꺽 삼켰다. 망치고 싶지 않았다. 오랜만에 가슴을 뛰게 하는 여자가 이름만 듣고 줄행랑을 치게 하고 싶지 않았다. 행여나 알 만한 집 딸이라면 그럴 것이었다.

"뭘 그렇게 고민해? 허니? 베이비? 자기? 당신…… 당신, 어때?"

그녀는 멍한 듯 하지만 아주 현명했다. 도형은 더듬거리며, "당신, 좋네." 했다. 뭐, 좋았다. 블라인드 데이트. 거짓말보다 훨씬 좋았다. 그녀는 깔깔 웃으며,

"좋아, 그럼 난 자기. 그럼 이제부턴, 난 널 당신이라고 부르고, 넌 날 자기라고 불러."

"뭐?" 하니,

"그럼 본인 이름, 본인이 부르는 사람이 어딨어? 서로 불러 줘야지." 하며 깔깔 웃는다. 도형도 허탈해 "후후!" 함께 웃었다.

하지만 도형은 그녀에 대해서만큼은 궁금했다. 얼마나 마음을 열어야 할지, 마음의 준비를 하고 싶었다. 일주일짜리일지, 한 달짜리일지, 일 년짜리일지, 아니면 평생을 꿈꾸어도 좋은 실낱같은 가능성이 있는지 정말 궁금했다. 장난치느라 열중해 예쁜 귀밑머

리 아래로 흐르는 땀방울 하나도 귀여웠다.

그녀와 함께 있으면 정말 시간이 술술 지나갔다. 말을 하든 말을 하지 않든 장난이 끊이지 않았다. 손수건만 쥐여 주어도 장난이었다. 손 위에 손수건을 크게 펴고 "손가락 어디 있게?" 하며 장난을 걸었다. "유치해." 하고 시작하지만 곧 열중하게 되었다. 허튼 곳만을 반복해서 찌르다 보면, "에엣, 또 해 봐!"라며 말려들기 일쑤. 그리고 항상 그녀에게 졌다.

"아버님, 뭐 하시는지 물어도 돼?"

아직은 넘지 말아야 할 선이라는 걸 알면서도 슬쩍 물었다. 그녀가 좋아질수록 조급해졌다. 그녀도 그가 어느 정도의 수준은 된다는 것을 눈치챈 것 같으니까. 하지만 그녀는 미소를 머금고 되물었다.

"당신은?"

"후후."

"당신도 말하기 싫은 거, 말하게 하는 건 공평하지 못해. 우리 공평하게 연애해. 선물할 때도……."

이름을 말하지 않은 데 대한 대답이기도 했다. 그녀는 호의로 사 주었던 원피스를 몸에 대는 시늉을 하며, 몸짓으로 감사 인사를 했다. 그리고 덧붙였다.

"누가 너 돈이 많든, 처지는 사람은 힘들게 되잖아. 선물은 작은 것만 하기?"

저렇게 위엄 있게 말할 땐 좀 대단한 집 따님 같아 보이기도 했다. 도형은 원피스를 정리해 넣는 그녀의 손을 보고 물었다. 그녀의 손은 또 그렇지 않았기 때문에.

"손톱."

"응?"

"네일케어 안 받은 여자, 오랜만에 봐."

바싹 깎은 손톱에는 아무런 장식이 되어 있지 않았다. 깨끗하게 바싹 깎은 여자의 손톱은 정말 생소했다. 그녀는 망설이지 않고 씨익, 웃으며 말했다.

"받은 거야. 정리하고 영양제만 바른 거지만."

"……."

"어렸을 땐 기르고 싶어, 혼나면서도 고집부렸었는데. 이젠 습관이 되어서 아무것도 못 하겠어. 피아노 선생님이 굉장히 엄했거든, 후후. 이젠 손톱에 무언가를 칠하면 갑갑해서 잠도 오지 않아. 반지, 귀걸이, 목걸이도 싫어하는 편이야. 꼭 해야 할 땐 어쩔 수 없지만. 봐, 귀도 아직 뚫지 않았어."

그래, 그건 미처 발견하지 못한 점이었다. 그녀는 자리에서 일어나며 손을 내밀었다.

"나, 배고파. 첫 데이트에 굶길래? 취조……는 밥 먹고 난 다음에 계속하자."

역시, 영리한 그녀는 부담스러운 관심을 재치 있게 털어 낼 줄도 알았다.

백화점으로 돌아가는 뒷골목. 여자는 걸음을 멈추더니 엉뚱한 걸 먹자고 잡아끌었다. 눈앞에 보이는 '순대국밥' 집. 도형은 들어서기도 전부터 가게 문 앞에서 풍겨오는 비릿한 냄새에 눈앞이 어지러워졌다. 사람들이 지저분한 식당 안에서 싸구려 국밥을 한 그릇씩 놓고 앉아 퍼먹고 있었다. 아! 불결했다.

"이걸…… 먹어? 이게 뭔 줄은 알아?"

"국밥. 영화나 드라마에서도 실컷 취조한 다음에는 국밥을 사

주잖아."

"아니, 뭘 넣고 끓이는 건 줄이나 아냐고."

"응. 돼지. 고기는 다 어디로 빼 주고 나머지로만 끓였는데도 근사한 음식이 나온다는 게 멋지지 않아? 이거 먹어."

우동 먹으러 도쿄 가자고 해서, 저녁에 약속 있어 귀찮으니 그냥 근처에서 먹자고 했다가, 한바탕 싸우고 헤어졌던 여자 이후로 가장 쇼킹한 데이트 식사 메뉴였다.

"어쨌든 취조당했으니 난, 국밥 먹을래."

은근히 뒤끝이 있는 건가. 겁도 없이 척척 들어가 의자를 하나 빼어 내고 자리를 차지한 그녀는 '안 들어와?' 하는 표정으로 그를 불렀다. 미칠 것 같은 기분으로 들어가 맞은편에 앉으려는데, 의자를 만지기 싫었다. 그녀는 구둣발로 의자 다리를 쓱, 밀어 앞으로 빼 주었다. 엉거주춤 앉았지만 팔을 들어 올렸다. 테이블 위에 손이 닿는 것도 싫었다.

그녀는 물수건을 하나 더 청해 테이블 위를 꼼꼼하게 닦고, 티슈 위에 수저를 얹어 놓아 주며 슬쩍 비웃듯 속삭였다. "수저, 다시 닦은 거 한 벌 더 내 달라고 할까?"

그래, 또 장난질이었다. 오기가 발동해, "됐어." 하고 놓인 티슈를 손가락 끝으로 당겨 왔다. 수저가 티슈를 따라 졸졸졸 따라왔다. 으윽! 미처 끌려오지 못한 젓가락 한 개가 티슈 아래 테이블 바닥으로 도로록, 미끄러졌다. 그녀는 "크흐흐!" 웃으며 새 젓가락 하나를 다시 티슈 위에 얹어 주며 속삭였다. "티슈는 과연, 얼마나 청결할까?"

질색하는 도형을 보고 그녀는 좋아 죽겠다는 표정으로 "크흐흐흐!" 웃었다. 그녀의 눈에서 장난꾸러기의 광기가 어렸다. 레몬주스를 마시던 그 표정보다 훨씬 더 잔인한 악동의 포스였다.

국밥 두 그릇이 성의 없이 탁탁, 놓였다. 식당의 분위기만큼이나 서비스도 엉망이었다. 주인 여자의 시선이 곱지 않았다. 손님에게 눈을 흘기는 주인이라니! 당장 테이블을 들어 엎어도 시원치 않았으나 반들반들한 눈으로 빤히 보고 있는 그녀 때문에 울컥 치밀어 오르는 것을 꿀떡 삼켰다.

"나보다 더 오래 살았어도 이런 건, 못 먹지?"

그녀는 호전적인 눈빛을 반짝이며 수저를 들었다. 그녀의 입 안으로 밥알들과 함께 정체 모를 것들이 들어갔다. 아주 예쁜 입술로, 아주 맛있게 먹는 그녀. 달콤한 비스킷을 씹는 입술처럼 아주 예뻤다.

"선입견을 털어 내면 먹을 만할걸? 사골국물, 먹어 봤잖아. 비슷해. 그래 봐야 고깃국이야."

그래, 사골국물은 종종 먹었지. 생각을 하고 먹으면 징그럽지만 먹을 땐 맛이 고소하고 괜찮은 편이지. 숟가락을 들어 국밥을 휘젓고 내용물을 자세히 살폈다.

"보지 말고 그냥 먹어. 눈으로 보고 생각하면 선입견이 되살아나잖아. 나는 반 그릇 먹기, 당신은 한 그릇 먹기, 오케이? 이기면 후식은 당신이 원하는 데서 원하는 거 먹어 줄게."

그녀는 장난과 내기의 대가였다.

생각보다 맛이 끔찍하지는 않았다. 그녀의 말대로 선입견을 털어 내니 먹을 수 있을 정도는 되었다. 하지만 숟가락으로 퍼 올리다가도 이게 무슨 부위일까 생각하면 속이 뒤집어졌는데, 그때 그녀의 한마디가 없었다면 중간에 포기했을지도 몰랐다.

"토하면, 지는 거다?"

거의 다 먹어 가는데, "아!" 하고 손뼉을 짝, 치는 그녀. 덩달아 깜짝 놀라 "왜?" 하니, "사진 찍어 두면 좋은데." 한다.

도형은 눈살을 바로 찌푸렸다. 밥 먹는 중간에 사진 찍는 건 가장 싫어하는 것 중 하나다. 전에 어린 여자를 만났을 때 "찍지 마, 신경 쓰여.", "어때서?" 싸우다 말고 그 자리에 놓고 나와 버린 적이 있었다. 물론 그게 그녀와의 이별이었다.

맞춰 주는 것도 정도가 있지, 너무 화가 나 울컥하는데, "아쉽다." 하고 마는 그녀. 그녀는 도형이 아직 식사를 마치지 않자, 먹는 속도를 줄이며 그와의 보조를 맞추고 있었다.

새침하게 앉아 얌전하게 국물을 뜨며 방긋 웃는 그녀를 보니 마음이 또 약해졌다. "그럼, 찍어." 하니, "찍을 만한 게 없어." 한다. "휴대전화 없어?" 하니, "응." 하는 그녀. 안 가지고 왔나 보다.

모르는 척 숟가락을 뜨려는데, 사진이 갑자기 무척 찍고 싶었다. 도형은 자신의 휴대전화를 내밀었다. 아주 좋아하는 그녀. 그도 기뻐 함께 웃어 주었다. 어차피 그의 휴대전화이고, 그녀의 사진을 얻을 수 있는 좋은 기회니까.

"웃으라고 강요하지 마." 하고 포즈를 잡으려니, "응." 하고 그의 몸을 뒤로 밀어 버렸다. 사진은 딱 한 장. 밥그릇 두 개, 수저를 잡은 그의 손과 그녀의 손. 상 위를 성의 없이 쿡, 찍은 게 전부였다.

"다 찍었어?" 하니, "다 찍었어." 한다. "이게 끝이야?" 하니, "두 번 오지 않게 될 테니까, 기억할 만한 추억거리로 삼아." 하며 휴대전화를 돌려주었다. 괜히 울컥하여 짜증이 올라, 고개를 숙이고 남은 밥을 퍼먹었다. 자꾸만 울려 대는 문자 알림음에 괜히 짜증이 나, 휴대전화조차 꺼 버렸다.

더운 바람이 불었다. 주변이 빠르게 어둑해져 왔다. 함께 손을 잡고 있는데도 이상하게 속이 상했다. 왠지 그녀를 금방 잃어버릴 것 같은 기분. 땀이 다시 차오르는 걸 무시하고 손을 꽉 잡았다. 손이 축축해졌을 그녀는 불평도 하지 않고, 오히려 깍지를 껴 그의 손가락을 감싸주었다.

갑자기 마음이 다급해졌다. "전화번호, 줘." 하니, "없다고 했잖아." 한다. "휴대전화가 아예 없어?" 하니, "응. 그렇다니까." 한다. 하도 황당해 "왜?" 하니,

"누가 망가뜨려 버렸어."

"왜?"

"사고 쳤거든. 그래서 집에서도 쫓겨났어."

"그럼 지금은 어디서 살아?"

그녀는 좀 망설이는 듯 침을 꿀꺽 삼켰다. 하지만 곧 털어놓아 주었다.

"사촌…… 집. 너무 화도 나고, 아무와도 연락하기 싫었어. 그 래서 다시 만들지 않았어."

하긴, 사고를 치고 사촌 집으로 피신을 갔으면 휴대전화를 만들지 않는 것도 꽤 좋은 방법이다. 그래도 번호를 바꾸면 되지, 불편하게. 아니지, 결국 한두 사람 연락하다 보면 숨어 있는 곳이 드러나 귀찮아지긴 한다. 도대체 무슨 사고를 쳤기에 집에서 쫓겨나기까지 한 건지, 궁금증이 또 모락모락 피어올랐다.

'또 계속 취조할래?' 하는 표정으로 대답을 할 때마다 미소가 조금씩 사라지는 그녀 때문에, 도형은 질문을 멈춰야 했다. 그녀는 갑자기 방긋 웃으며 마음에 드는 제안을 했다.

"지금 만들까?"

"그래!"

그녀는 망설임도 없이 길거리의 휴대전화를 파는 상점에 척척 걸어 들어갔다. 그가 휴대전화를 개설했던 믿을 만한 곳을 추천하려 했지만 그녀는 모든 게 재빨랐다. 도형이 입을 열 기회도 주지 않고, "제일 간단하고 가볍고 작은 거로요." 했다.

선택도 빨랐다. 점원이 주춤주춤 몇 개를 꺼내 드는 것들 중 제일 작은 것을 집어 들었다. 그리고 도형을 가리켰다. "이분이 개설하실 거예요."

"뭐?"

도형은 음흉하게 짓고 있던 미소가 싹 가셨다. 그녀의 이름을 알 좋은 기회였는데. 그리고 그의 이름을 노출해야 한다. 필사적으로 머리를 굴렸다.

"네 휴대전화를 내가 왜?"

"당신이 만드는 게 맞아. 명의도 요금도 당신 앞으로 해."

"선물 받는 거 싫다며?"

"선물을 받다니? 선물을 주는 거지. 네가 연락하고 싶을 때 마음대로 연락할 수 있는 권리를 부여해 주는 건데. 휴대전화 들고 다니는 거 딱 질색이지만, 연애하는 동안만큼은 참아 줄게."

"뭐?"

대꾸를 해야 하는데, 이 궤변을 감당해 낼 논리가 빠르게 떠오르지 않았다. '그럼, 만들지 마!'가 그가 할 수 있는 전부였으나 그럴 수는 없었다. 그녀는 빠르게 그에게 제안했다.

"당신 차, 오늘 하루만 백화점에 두고 내일 찾으면 안 돼?"

"왜?"

"내가 드라이브 시켜 줄게. 당신 좋아하는 곳에서 후식도 먹고 집에도 데려다줄게. 차 빼 가지고 올게, 기다려. 휴대전화 만들고 있어."

그녀는 클러치와 달랑거리는 쇼핑 봉투를 들고 사라졌다. 저럴 땐 꼭 꽃뱀 같았다.

도형은 여자의 차 보조석에 앉아 롤러코스터를 타는 기분을 만끽했다. 차마, "꺄악!" 하는 비명을 내지르지는 못했다. 다만, 아까 먹은 순대국밥이 튀어나오지 않도록 조심에 또 조심을 해야 했다.

"신나지?"

퇴근길 정체가 갓 풀릴 시간인데 막히지 않는 길로만 잘도 골라 다녔다. 미친 듯 질주하던 차가 갑자기 속도를 늦추고 규정 속도 80을 얌전히 지키고 있었다. "왜?" 하니, "카메라." 한다. 차량용 내비게이션조차도 조용했다가 규정 속도를 점잖게 알렸다. 몇 초 후 다시 질주가 시작되었고, 도형은 천장에 매달린 손잡이를 움켜쥐고 눈을 부릅떠야 했다.

그동안 만난 여자들과 달라도 너무 달랐다. 도형이 만난 종류는 두 부류. 놀 여자와 결혼할 여자. 결혼을 목적으로 할 때 사전 조사가 이루어진 뒤니, 여자들은 도형의 성질머리가 정말 소문대로 인지를 확인하기 원했고, 확인시켜 주면 두말 않고 물러났다.

그리고 놀 여자들은 도형이 입고 쓰는 물건의 브랜드, 타는 차, 선물이나 현금을 주는 것의 여부 등에 관심이 있었다. 원하는 걸 해 주면 원하는 걸 얻었다. 하지만 이렇게 연애를 하는 데만 정신이 팔려 있는 여자는 처음이다.

그저, 남자가 되어 주기만을 원했다. 그게 불편하도록 낯설고, 미치도록 가슴 뛰었다.

도심의 야경이 좋은 B호텔 스카이라운지의 작은 룸 안. 그녀를 위해 여러 가지 후식을 시켰다. 그녀는 다이어트 때문에 많이 먹지 못한다면서도 즐겁게 맛보았다. 둘은 마주보지 않고 나란히 앉았다. 야경을 보도록 창가 쪽으로 앉게 하니, 공평해야 한단다. 공평하게 둘 다 야경을 볼 수 있도록 나란히 앉아 먹었다. 갓 만난 어린 연인들처럼 웃음이 났다.

또 손뼉을 짝, 치며 생각난 듯 말하는 그녀.

"아, 이제 바차타 출 수 있겠다!"

그도 그 부분은 무척 기뻤다. "이따 클럽 갈까?" 하니, "하루에 한꺼번에 다 하지 말고 조금씩 해." 한다. 그래, 그것도 찬성. 춤을 상당히 잘 추던 게 생각나 물었다.

"춤춘 지 한 달도 안 된 솜씨치고는 굉장하던데, 무용 전공이야?"

또 취조하느냐는 투로 쳐다볼 줄 알았는데, 그녀는 담담히 답했다.

"역시 춤추는 사람들 눈은 못 속이는구나. 응, 중학교까지 췄어. 전공하려다 엎었지만."

"무슨 춤?" 하니 그녀의 눈이 또 생기 있게 반들거렸다. 장난을 치기 직전의 표정. "맞추면 상 주지."

예쁘게 서서히 말려가는 입꼬리를 보며 도형은 괜한 기대를 했다. 만난 지 하루. 벌써부터 침대로 가자고 치근덕댈 생각은 없었지만, 먼저 연애를 걸어온 그녀가 원한다면 또 달랐다.

입 안이 바싹 말랐다. 단정한 흰 블라우스의 갈라진 틈에 시선이 갔다. 그녀의 가슴골은 지나치게 어두워, 상상력을 아주 풍부하게 자극했다. 담백하게 웃는 입술과 맑은 눈, 귀여운 눈꼬리를 보니, 죄를 짓는 것 같으면서도 미치게 끓었다.

머릿속으론 이미 아까 사 주었던 원피스를 입혀 놓았다. 그냥 갈아입지 못하게 할 걸 그랬나. 하루에 한꺼번에 다 하지 말고 조금씩 하라는 그녀의 말이 생각나, 그만두자, 하면서도 기대가 찼다.

그래, 작은 기대라도. 남자와 여자가 둘뿐인 스카이라운지의 작은 룸 안. 키스 정도는 괜찮지 않을까.

"좋아, 발레."

단번에 답을 맞힌 데 기분이 좀 상했는지, 그녀는 침울해하며 입을 삐쭉거렸다.

"빨리, 상 줘." 하니, "응." 하고 가슴의 단추에 손을 댔다. 도형은 깜짝 놀랐다.

"왜? 싫어?" 하며 한 개뿐인 단추를 끄르는 그녀. 벗으려면 지퍼는 옆면에 따로 있던데, 대체 뭘 하려는 건지. "야……." 하다가 말을 꿀꺽 삼켰다. 말리고 싶지는 않지만, 시작을 하려면 룸부터 잡는 게 나은데.

하지만 곧, 굉장히, 상당히, 아주 많이 실망했다. 그녀는 단추를 풀러 떼어 냈다. 브로치처럼 탈부착이 가능한 단추였다. 그녀는 해맑은 표정으로 그의 손에 그 단추를 쥐여 주었다.

"뭐야, 이게 상이야?"

"응. 예쁘지? 천연 흑진주래."

짜증이 울컥 치밀었다. 사람을 가지고 노는 것도 아니고 이게 뭐야.

"이걸로 뭘 하라고!"

퉁명스럽게 튀어나오는 말을 어쩌지 못하는데, 그의 반응에 그녀도 실망한 투로 답했다.

"어머니, 반지나 해 드리든가."

얘는 웃기면 안 되는 타이밍에 웃기길 잘한다. "큭!" 하고 웃어 버렸다. 그녀에게도 웃음이 전염되었다. 함께 한참을 마주 보며 깔깔대고 웃었다.

잘 웃고 나서도, 단추를 주머니 안에 대충 밀어 넣고 나서도, 기분이 씁쓸했다. 엷게 남은 아쉬움에 한쪽으로 시선이 쏠렸다. 작은 클러치. 처음 만났던 날 들었던 G사의 번들거리는 빅백과 대조되는 작은 클러치.

물끄러미 바라보니, "만날 때부터 왜 그렇게 가방을 궁금해해?" 한다. '그날도 안에 들은 거 대강 다 봤어.' 라고는 말하지 못했다. 별것도 없을 텐데, 이상하게 안에 뭐가 들었는지 궁금했다.

그녀는 와르르 시원스럽게 쏟아 내용물을 보여 주었다. 만 원짜리 몇 장과 카드가 꽂힌 게 언뜻 보이는 미니지갑을 먼저 집어 들고는 반대로 천천히 정리해 나갔다. 클러치가 워낙 좁아, 많은 물건들을 넣지는 못했다. 그날의 만화 캐릭터 시계, 손수건, 휴대용 미니 티슈, 차 키가 들은 것의 전부였다. 혹시나 했던 휴대전화는 없었다. 꺼 놓고 없다고 사 내라는 짓은 아닌 듯.

그래, 휴대전화를 잊고 있었다. 도형은 그녀가 억지로 개설시켰던 휴대전화를 내밀었다.

"잘 가지고 다녀." 하니, "응." 하고 담백한 표정으로 받아 드는 그녀. "보면 알겠지만 번호는……." 하니, "알 필요 없어." 한다.

"무슨 소리야? 그래도 자기 번호는 알아야지."

"당신 전화만 받을 건데, 뭐하러."

"후후!" 웃음이 났다. 정말이든 거짓말이든 듣기 나쁘지 않았다. "내 번호는……." 하니, "당신이 걸면 어차피 찍히잖아. 나는 받기만 한다니까." 한다.

"문자도 안 해?"

"보내고 싶으면 보내. 답장 정도는 할게."

"그럼, 내가 연락하는 거 받기만 해? 내가 만나자고 할 때만 만나고?"

"걱정 마. 안 되는 날은 안 된다고 할 거야."

휴대전화를 쥐여 주면서도 마음이 놓이지 않았다. 마음이 변해 전화기를 꺼 놓고, 영영 받지 않는다면……. 생각하다 마음을 추슬렀다. 그녀의 방법이 현명할지 몰랐다. 어차피 마음이 바뀐다면 연애란 건 할 수 없을 테니.

이 여자는 일주일짜리가 될까, 한 달짜리가 될까, 일 년짜리가 될까, 아니면…….

심란한 마음을 애써 털어 버리려는데 그녀가 답안을 제시했다.

"우리 한 박자만 천천히 연애하자."

"응?"

"손잡고 싶을 때 서로의 모습을 눈으로 느끼고,

키스하고 싶을 때 서로의 체온을 손으로 느끼고,

함께 자고 싶을 때 서로의 호흡을 느끼면서 키스하자."

"……!"

"그리고 서로 관심이 없어지고 더 이상 사귀는 게 지겨우면, 그때 섹스하자고 말하기, 어때?"

"뭐?"

"우리 사촌이, 남자들은 한번 자고 나면 관심이 없어진대. 그러니 우리 끝내고 싶을 때 섹스해."

#12
처절한 후회

　도형은 그녀가 준 흑진주 단추를 만지작거리며 한숨을 쉬었다. 머리가 지끈거렸다. 만날 때마다 자꾸 이상한 것들을 쥐여 주는 여자. 선수임이 분명했다. 아니, 아니지. 얻어 낼 게 없는데. 아냐, 이러다 나중에 큰돈을 바라는 꽃뱀인 걸까.

　'우리 끝내고 싶을 때 섹스해.' 하던 여자. 말은 그럴싸하지만 결국 사귀는 중에는 자고 싶지 않다는 이야기. 도형이 인상을 찌푸리니 여자는,

　"연애 귀찮고, 그냥 한번 자고 싶은 거면 지금 룸 잡아. 이 휴대 전화는 바로 당신에게 반납할게."

　했다. 협박도 수준급. 그러지 못할 거란 걸 아니까 그러는 거야.

　못된 생각도 안 나는 건 아니다. 뭐, 끝내기 전에 자 보면 되잖아. 어차피 아쉬울 것 없고, 놀려는 여자를 만나는 목적은 그것.

　하지만 막상 '끝'이라는 건 상상만 해도 벌써부터 마음이 아련

히 아파 온다.

클럽에서 만난 남자와 연애하면 안 된다는 여자와, 끝내고 싶을 때 자자는 여자가 같은 인물인 건 확실하다. 사고 쳐서 집에서 쫓겨났고, 사촌 집에서 산다고 했다. 얌전한 고양이는 아닌 것 같지만 또 천박한 여자도 아닌 것 같다. 아! 아무리 생각해도 알 수 없다.

단정한 차림, 정갈한 몸가짐이 몸에 배어 있었다. 피아노와 발레를 어려서부터 배웠다면 형편없는 수준은 면한 게 아닐까, 오는 길에 발레에 관해 여자에게 슬쩍 물었을 땐 "응, 예술 중학교 다녔어." 했었다. 예술 중학교는 일반 가정에서는 보내기 힘든 학비가 꾸준히 드는 학원이었다.

말끔한 솜씨로 차를 돌리는 그녀를 보며 도형이, "전화하면 받아." 하자, "걱정 마, 전화 잘 받을게. 배터리 충전도 열심히 할게." 했다.

그녀는 휴대전화가 오랫동안 울리지 않으면 헤어진 거로 생각할 테니, 걱정하지 말라고 했다. 그 '걱정'의 의미는 마음이 변해 그가 그녀를 떼어 낼 때는 들러붙지 않겠다는 뜻.

연애도 하기 전부터 헤어질 일을 말끔히 정리해 놓는 여자. 그러나 여자는 그가 만난 누구보다도 연애 자체에만 충실하려고 노력하고 있었다.

희연과 정반대의 여자였다. 연애하기도 전부터 결혼을 전제로 하자 했고, 무얼 함께하더라도 늘 조심스럽게, 경험 없는 척, 서툰 연기가 일품이었다. 하지만 그런 종류의 일에 있어 진짜와 가짜를 구분하지 못할 정도로 바보는 아니었다. 직접 확인은 못 해 보았어도, 희연은 남자를 충분히 알았다.

잠깐 동안이지만 희연에 대한 생각을 했더니 가슴이 답답하게 죄어 왔다. 이젠 기운 없는 척하는 목소리마저도 듣기 싫다. 강서준만큼이나 넌더리 나는 여자, 저나 제가 좋아하는 여자나 넌덜머리 나는 게 꼭 같은 수준이다. 이름도 모르는 그녀를 생각할 땐 그렇지 않은데.

도형은 그녀가 준 흑진주 단추를 내려놓지도 못하고 계속 만지작거렸다. 어머니 반지는 농담이지만, 이렇게 보니 어디엔가 달아 놓으면 제법 그럴듯할 것 같다. 정장용에는 좀 간질거리겠지만 파티용 슈트의 행커치프 장식 정도로는 쓸 수도 있겠다 싶어, 도형은 액세서리 박스 한쪽에 잘 넣어 두었다.

[내일 만나.]

그녀에게 문자를 찍어 보냈다. 곧 답이 왔다.

[좋아, 그렇게 당신이 리드해. 나는 팔로우할 테니.]

[무슨 뜻?]

[살사처럼. 그러니 고민은 그만하고 자. 우리, 연애할 수 있을 때까지 즐겁게 연애하자.]

그녀는 늘 이별할 준비를 하고 있었다.

그녀는 데이트 내내 춤출 때보다도 더 그에게 집중해 주었다. 어떤 여자를 만나도 한 시간에 몇 번씩은 울리는 휴대전화 벨소리를 한 번도 듣지 못했다. 그녀의 세상엔 남자가 그밖에 없는 것 같은 착각이 들었다. '밖에서 만난 남자'가 된 뒤, 플로어에 있을 때보다도 더 함께 있는 게 행복했다.

지루해하면 장난을 걸어 주었고, 말을 하면 현명하게 답했다. 화를 내면 절대 받아치지 않고, 다른 제안을 하거나 웃을 거리를 만들어 주었다. 하루 종일 함께 웃었던 것 같다. 오랫동안 쓰지 않은 근육을 갑자기 무리하게 쓴 것같이 입가와 얼굴이 얼얼했다. 생각만으로도 가슴 한쪽이 뻐근했다. 시간이 어떻게 흘렀는지 꿈만 같았다.

도형은 꿈꾸었다. 알 만한 집의 딸이었으면. 아니, 희연 정도의 수준만이라도 되는 여자였으면. 아니, 그보다 조금 못할지라도 반듯한 집안의 딸이었으면. 그러면 어떻게 해서라도 어머니께 이 여자를 소개시켜 보이고 싶었다. 회사가 어렵다며, 너도 이제 네 앞가림을 해야 한다며, 부쩍 결혼을 부추기시는 어머니.

한 번 자고 헤어지는 일은……, 만들고 싶지 않았다.

불안이 자라난다. 천둥과 비가 멎자, 희수의 불안은 거짓말처럼 싹 가셨다. 하지만 생명력을 얻은 서준의 불안은 꿈틀꿈틀 자라나 밤의 영역을 넘어섰다. 그리고 낮까지 옮아 온 불안은 다시 현실이 되어 가고 있었다.

서준은 명품관 1층을 샅샅이 훑었음에도 희수를 찾을 수 없었다. 약속한 5시가 되려면 5분이 남은 시각이다. 불안이 자라날수록 함께 날카로워지는 것은 본능의 촉.

무언가 크게 잘못되어 가고 있다.

백화점 안팎으로 난 두 군데의 입구를 번갈아 신경 쓰며, 커피가 차게 식을 때까지 기다렸다.

희수를 선택한 걸 후회하고 후회한다. 이도형을 공격할 투석기의 돌로 쓰기 알맞다고 좋아하다니. 단단하고 날카롭고 투명하기까지 한 것. 이도형과의 싸움에 아주 유리한 무기. 투석기 위에 올려놓고야 알았다. 딱 알맞은 그것은 금강석, 다이아몬드. 그걸 좋다고 주워 들어 반짝이도록 정성 들여 닦고는 이도형에게 던져 날렸다.

그것이 보석이라는 것을 알아보았었다. 그의 욕망을 뒤흔든다는 것을 느꼈었다. 녀석이 내뿜는 반들반들한 빛에 홀딱 마음을 빼앗겼었다.

아니, 후회 않는다. 그래서 내 희수를 만날 수 있었으니까. 모든 건 우리가 인연을 맺기 위해 벌어진 일이다. 그러니까 빨리 일을 되돌려 그의 마음을 전해야 한다.

처음 본 순간부터 좋아졌나 봐. 돌이켜 보니 함께 있는 시간 언제도 네가 사랑스럽지 않던 적은 없었어. 내 바보 같은 이성이 널 알아보는 심장을 막았어. 이도형은 그저 내가 만들어 낸 구실이었어. 이도형!

생각만으로도 질투가 끓어올라 몸부림쳐졌다. 테이블을 들어 엎고 싶은 충동에 덜덜 떨리는 손으로 모서리를 꾹 쥐었다. 퍼런 힘줄이 검은 피부를 뚫고 나올 듯 꿈틀댔다. 희수는 오직 이도형을 만날 생각뿐이다. 이도형! 희수의 머릿속에서 이도형을 탈탈 털어 낼 수만 있다면.

희수의 모든 집중과 관심을 받고 있는 녀석, 이도형이 차라리 부럽다. 내가 이도형이 된다면, 그렇게 된다면 복수의 칼날을 꽂는 그녀의 손에 심장을 가져다 대고라도 팔 벌려 안을 것이다. 그렇게 피 흘리더라도 그 순간의 기회를 이용해서라도 그녀에게 깊이 입맞출 것이다.

째깍, 시곗바늘이 돈다. 서준은 불안을 내려놓기로 했다. 모든 건 우리가 만나려고 벌어진 일이야. 희수는 올 거야. 온다고 했으니까. 자기가 뱉은 말은 반드시 지키니까.

희수를 떠올리는 것만으로도 불안이 옅어졌다. 피식 웃음도 났다. 그의 가슴속 희수도 '크흐흐히!' 웃는다.

희수는 모를 것이다. 웃을 때 콧등에 잡히는 잔주름이 얼마나 귀여운지, 반들거리는 눈빛에 얼마나 진한 악동의 장난기가 흘러넘치는지, 살짝 보이는 흰 송곳니 때문에 입술을 가져다 대지 않고 참는 게 얼마나 힘든지.

'몰라, 그냥 넌 개새끼니까.'

언젠가 왜 그렇게 '개새끼'라고 욕을 하냐고 물었을 때 희수는 흰 이를 드러내고, 콧등에 주름을 잡으며 대답했었다. 욕설 금지 조항 때문에 한동안 뱉지 못해 답답해했던 단어를, 질문에 대답하는 척 위장하여 참 시원하게도 뱉었다. 모의 데이트를 엉망으로 망치고 돌아온 뒤였다.

식탁 위에 고기볶음이 올라왔다. 큼직하게 썰어진 고기에 녹색의 피망, 주황, 노랑, 빨강의 파프리카, 초록색의 브로콜리 같은 것들이 예쁘게 볶아져 있었다. 그날도 뭔가로 다투고 짜증이 난 채 젓가락으로 쿡, 찍어 고기를 한 점 먹었었다. 아무 생각 없이 먹었는데, 정신이 번쩍 나도록 맛이 참 좋았다.

솔직히 희수의 요리 솜씨가 괜찮은 편이지만 그날은 야채에 든 맛이나 고기의 맛이 웬만한 양식당보다 좋았다. 반지르르 야채에 윤기가 도는 것이 알록달록 모양도, 색깔도 평소보다 너무 예쁘고 더 좋았다.

"뭐, 맛이 괜찮네."

싸우다 말고 밥을 먹는 데 심취했다. 볶음고기 맛이 너무 좋아, 아직 손대지 않은 밥을 반 이상 덜어 내고, 고기 접시를 끌어다 먹었다. 희수는 그때 다이어트 중이라, 서준이 맛있게 먹는 것을 흐뭇하게 바라보기만 했었다.

고기를 꿀꺽, 넘기면서도 토마토만 아작아작 씹어 대는 희수에게 미안했었다. 그래도 맛있어 한 개 더, 한 개 더 홀랑홀랑 먹으면서, 목이 메면 야채를 콕 찍어 씹고, 또 고기를 먹었다. 향긋하고 맛이 좋았다. 희수가 흐뭇하게 웃으며 말을 걸었다.

"넌 고기를 좋아하나 봐, 그러니 살찌지."

"넌 고기 싫어?"

"아니, 나도 좋아. 그래서 살쪄 있었잖아. 잘 먹네? 먹을 만해?"

"응. 평소보다 괜찮네. 뭐, 아주 맛있어."

칭찬에 인색했던 서준이 시원하게 맛있다고 해 주자, 희수는 큭큭, 웃으며 말했었다.

"거봐, 우리 집 개가 좋아할 것 같다고 했잖아?"

"뭐?" 하고 돌아봤을 때 서준은 희수의 머리 너머 싱크대 위로 포장 봉투를 발견할 수 있었다. 전날 "우리 집 개가 좋아할 것 같아요. 포장 좀 해 주세요." 하고 식당에서 희수가 청한 것을, 무릎에 얹고 온 것이었다. 밥 먹느라 잠깐 멈췄던 싸움이 다시 투닥투닥 시작되었었다.

"뭐야, 진짜로 그걸 가지고 요리한 거야?"

"그럼, 버려? 한 접시에 십만 원이 다 되는 스테이크를?"

"그래도 개 준다고 싸 가지고 온 걸 나한테 진짜로 먹여?"

"방금까지 좋아했잖아? 네가 먹던 게 어때서? 그럼, 다이어트

341

중인 내가 먹을까?"

"어휴, 말을 말자." 하고 남은 고기를 마저 먹는 서준을 향해 희수는 씨익, 웃으며 말했었다.

"이제 좀 편하게 사는 게 어때? 반항하려는 마음을 버려."

희수를 생각하니 큭큭, 다시 웃음이 났다. 그렇게라도 상대해 줄 때가 행복했다는 걸 몰랐다. 희수의 얼굴을 똑바로 마주 보고 편안히 이야기했던 때가 언제인지 모르겠다.

딱 한 번만 그의 손을 잡아 준다면, 절대로 놓지 않을 것이다. 평생, 죽더라도 꼭 쥐고 놓지 말아야지. 싸우면. 둘이 싸우게 되면. 져야지. 아마도 평생을 지고 살 것 같다.

올 거야. 오면 말해야지. 빨리 좀 와라.

이런 이상한 짓을 어서 멈추고, 희수가 진짜로 하고 싶어 하는 일이나 공부 같은 것들을 할 수 있도록 뒷받침해 주고 싶다. 사실, 그건 핑계이고 평생을 등 뒤에서 칭얼댈지 모른다.

그 밤이 생각났다. 희수와 끌어안고 잤었던 그 밤. 몰캉한 살결의 감촉과 수건 재질로 된 셔츠의 부드러운 촉감이 아직도 손안에 남아 있다. 또 그런 날이 오게 될까.

희수의 까만 뒷덜미에 흰 이를 박아 깨물고 싶다.

희수를 보면 어린아이한테 흑심을 품는 것 같은 당황스러운 마음과 수컷이 되고 싶은 마음이 함께 뒤엉킨다. 귀여운 뒤통수를 숙이고 무언가를 끄적끄적 적는 것을 보면, 손을 뻗어 만지고 싶고, 장난을 걸고 싶다. 언젠가는 참지 못하고 몰래 손가락을 들어 목덜미를 꾸욱 눌러 만졌다.

제 피부만큼이나 까만 솜털이 예뻐 참을 수 없어서였다. 사실 갖다 대고 싶은 건 입술이었는데.

그러면 "죽을래?" 하는 으르렁거림이 돌아온다. 손가락 끝에는 여전히 따뜻하고 부드럽고 행복한 감촉이 남아 있지만, 흰 이를 드러내고 짜증 내는 희수를 보면, 방금 손가락을 물린 것처럼 아릿하다.

개한테 물려 손가락을 처매고도 다시 예쁘다고 머리를 쓰다듬는 개주인의 마음이 이럴까.

또 고개를 숙이고 영수증을 공책에 붙이며, 얼마 얼마 돈 쓴 걸 정리하는 걸 보면, 또 만지고 싶어 손가락이 근질거린다. '그런 걸 할 필요는 없어.' 하고 뱉으려던 말을 꿀꺽 눌러 삼켰다. 연필로 끄적끄적 적는 뒷통수와 뒷목의 솜털을 계속 구경하고 싶어, 서준은 희수의 뒤에서 감시를 핑계로 계속 머물렀다.

어쩌면 그날처럼 뒷목의 옷자락을 잡아끌고 위층으로 올라가고 싶었던 걸지도 모른다. 그때는 그저 '귀여워서 잠깐 보고 있는 거야.' 라고 자신을 속였지만.

희수는 모를 것이다. 섹스어필을 하겠다는 그 BO의 옷차림보다, 집에서 매일 입는 물 빠진 트레이닝복을 입고 흰 카우치에 앉아 TV를 볼 때가 더 섹시하다는 사실을.

두터운 화장으로 눈꼬리를 한껏 강조하고, 명품 옷들과 값비싼 소품들을 두른 모습보다, 거리에 넘치는 수많은 미녀들같이 꾸미고 차려입은 모습보다, 주머니에 조그만 주먹을 집어넣은 채 맨발로 아장아장 집 안을 돌아다닐 때가 더 가슴 저릿하게 떨린다는 사실을.

"강서준!" 하고 불러 줄 때 심장을 툭, 떨어뜨리게 한다는 사실을.

가슴 라인을 한껏 강조한 명품 블라우스보다 희수의 까만 귓불

이 더 섹시하고, 가느다란 뒷목이 더 섹시하고, 그 뒷목의 솜털이
더 섹시하다.

"으으, 허리야." 하고 들썩이며 허리를 두드릴 때, 가끔씩 몰래
볼 수 있는 허리의 까만 속살이, 그 오른쪽의 아주 작은 점이 그를
들끓게 한다.

그의 현관 옆 거실에서 "내 엉덩이 쳐다보지 마!" 하며 베이직
스텝을 밟을 때, 유려하게 움직이는 어깨와 가슴과 허리와 힙의 라
인이, 그 어떤 노출보다 더, 그 어떤 음악보다 더 그를 꿈틀거리게
만든다.

귀여운 모습을 한 까만 여자아이는, 처음부터 그에게 여자였다.
암컷이었다.

희수가 보고 싶다. 희수의 머리칼에 얼굴을 대고, 한껏 숨을 들
이마시고 싶다. 불안했다. 빨리 이야기하고 싶다. 마음을 받아 준
다는 대답을 들었으면 좋겠다.

'응, 좋아, 강서준!'

그렇게 대답해 줘. '사랑해.' 하면 대답해 줘, '응, 좋아, 강서
준!' 그러면 네 입술에 키스해야지. 사랑한다는 말도 귓가에 속삭
여야지. 그래야지.

희수의 목덜미에 입술을 대고 숨을 머금을 수 있었으면 좋겠다.
입을 벌려 촉, 하는 소리를 내며 혀끝으로 훑고 키스하고 싶다. 침
대에 다시 함께 눕고 싶고, 그 면 재질의 셔츠 안으로 손을 밀어
넣고 싶다. 나의 온전한 암컷이 되게 하고 싶다.

희수를 떠올리면 늘 행복한 충족감이 가득하다. 조금도 불안하
지 않다. 불안하지 않아. 괜찮을 거야. 올 것이다. 온다고 했으니,
반드시 올 것이다. 약속은 꼭 지키니까, 내게, 반드시, 돌아올 것

이다.

심장이 계속 뛴다. 시계는 이미 다섯 시를 훌쩍 넘어섰다. 차게 식은 커피를 단숨에 꿀꺽꿀꺽 마신다. 희수는 올 것이다, 돌아올 것이다.

"샅샅이 찾아봤어? 대강 보지 말고……, 그래, 검은 스커트에 흰 블라우스, 검은 힐, 검은 클러치를 들었어. 뭐가 흔한 차림이라 눈에 띄지 않는다는 거야!"

희수가 사라졌다. 서준은 애꿎은 형준에게 소리를 쳤다.

한 번도 약속을 지키지 않은 적 없던 희수가 나타나지 않고 있다. 무슨 사고라도 난 건 아닐까. 그래, 사고가 나지 않은 이상. 갑자기 불안보다 더 큰 무섬증이 그를 덮쳤다.

통화를 마치자마자 휴대전화의 액정 화면에서 무언가를 찾느라 정신없었다. 사고기사 속보. 무슨 일이 있을까? 그래서 그런 걸까? 서준이 찾는 기사는 올라와 있지 않았다. 그럼에도 무섭다. 무사히 돌아와 주기만 한다면……, 서둘러 어딘가로 전화를 했다.

"사고 소식 좀 조회해 주십시오. 이름은 이희수, 검은 피부, 키는 163cm, 차림은……."

서준은 2시간이 넘도록 꼼짝도 하지 못하고 앉아 있었다. 형벌을 받는 것 같았다. 희수를 찾으러 나서는 순간 희수가 돌아올 것 같았다. 온전히 돌아오지 못한다면, 아니, 생각만으로도 미칠 것 같은 기분. 현실이 될까 무서워 생각을 껐다. 무슨 일이 생긴 걸까. 휴대전화를 들려 주지 않은 걸 후회하고 또 후회했다.

— 말씀하신 대로 주차장에 한 명 남겨 차 앞은 지키게 했어요. 근처는 샅샅이 찾아봤는데 없네요. 더 찾아볼까요?

하바나에서 일하는 형준의 전화. 하바나의 직원을 풀었다. 존재조차 모르는 사장이었던 서준이 사적으로 하바나의 직원을 이용한 것은 처음. 이연혜는 조금만 기다려 보라고 했으나 막무가내로 밀어붙였다. 실종 신고를 하기에는 너무 일렀고, 백화점에 도움을 요청하기에는 눈들이 너무 많았다.

"다른 애들은 계속 찾게 하고, 네가 이리로 와 줘."

— 많이 달라졌다면서요? 그냥 거기에서 기다리시는 게 낫지 않을까요?

"아냐, 안 되겠어. 내가 직접 찾아봐야겠어."

혹시나 늦게라도 돌아올지 몰라, 형준에게 희수의 인상착의와 차림새를 자세히 설명해 주고도 안심을 하지 못했다. 우습게도 사진 한 장이 없었다. 조급하고 불안한 마음이 그의 몸을 일으켰다. 몸이 달았다. 가만히 앉아 있는 게 더 견딜 수 없다.

영업 중에 끌려와 건성으로 찾고 있을 하바나의 직원들에게 맡기고 있을 수가 없었다.

"에이, 별일 없을 거예요."

하며 달려 들어오는 형준의 뛰는 모양새가 느리고 더뎠다.

"네, 잘 지키고 있을게요."

하는 다짐이 못미더웠다. 두 번이나 반복하는 대답에도 안심이 되지 않았다.

그리고 그의 불안은 꼭 현실이 되었다. 희수를 찾아나선지 채 10분도 되지 않아 형준의 전화가 왔다.

— 희수, 별일 없었대요.

갑자기 밀려오는 안도감에 현기증이 일어 근처의 벽을 짚고 기댔다. 심장으로만 몰려들던 피가 온몸으로 팍 퍼졌다. 사고가 난 것은 아니라는 뜻. 다치지 않았다, 무사하다는 사실을 인지한 순간 다리가 풀렸다.

"바꿔 봐."

— 저도 통화만 했어요, 차 앞 지키던 애가 전화 줘서.

"내가 직접 통화할게. 번호……."

— 희수가 괜찮다고 해서 보냈다던데요?

"야!"

— 기다리던 '우연한 기회'가 와서 저녁에 늦을 거라고, 그렇게 전하시면 안다고 하던데요?

파도처럼 스르륵 밀려 나갔던 무섬증이 해일이 되어 돌아와 서준을 덮었다. 형편없이 갈라진 목에서 소리가 잘 나오지 않았다.

"빨리! 차 앞 지키던 애한테 전화해서 주차장 입구로 뛰어 올라가라고 해. 뭐라고 해도 붙들고 있으라고!"

멍청한 건지, 말귀를 못 알아듣는 녀석인지!

우연한 기회. 희수가 이도형을 만났다는 뜻. 그런데 그냥 보냈다는 뜻. 서준은 반사적으로 몸을 돌려 주차장 입구 쪽으로 달려 나갔다. 불안과 무섬증과 좋지 않은 예감들이 한꺼번에 뒤섞여 그를 덮쳤다.

이건 형벌이다. 아니, 천벌이다.

"오버 아냐? 내가 애도 아니고, 안 오면 집에 그냥 가지."

또각또각 복도를 울리는 구두 소리가 경쾌했다. 클러치와 쇼핑 봉투를 달랑달랑 들고 들어오던 희수. 현관 앞까지 달려 나온 서준에게 말하는 목소리는 노래하듯 가벼웠다.

"자세히 설명하기 그래서 대강 전해 달라고 했어. 뭐 하러 한참 일하고 있을 오빠를 오라 가라 해서 심부름을 시켜?"

저를 찾느라 직원을 얼마나 동원한 것인지 알지도 못하고 그렇게 간 건가. 그래서 그렇게 간 건가.

엉뚱한 오빠라는 단어가 그녀의 입에서 저렇게 자연스럽게 나올 수 있다는 사실도 생경했다. 그녀를 둘러싼 자잘한 모든 게 그의 신경을 긁었다.

희수가 좋아라하는 카우치에 앉아 벌을 받듯 기다렸었다. 이도 형은 휴대전화조차 꺼 놓았다. 덕분에 그의 전화는 모서리가 깨졌고 카우치 앞 협탁은 움푹 팬 홈을 얻었다.

희수한테 손끝 하나라도 댔다간 봐, 제자리에 목이 붙어 있게 하지 않겠어!

집 안의 모든 집기가 무사했던 건 돌아와서 보면 놀랄 희수를 위한 초인적 인내 덕분이었다. 부르르 떨리는 주먹을 몇 번이나 휘둘러, 분에 이기지 못해 스친 곳들 때문에 살갗 여기저기가 찢어졌다. 그런데 뭐라고?

담백한 희수의 얼굴을 보는 순간 그동안 애써 억눌렀던 초조와 불안이 순식간에 활활 타올랐다. 하지만 힘을 빼고 최대한 목소리를 차분히 가라앉혔다. 소리를 질러 희수를 겁먹게 하고 싶지 않다.

"사람이 얼마나 걱정할지는 생각도……."

"차 가지러 다시 왔을 때는 밖에서 슥 보니까 카페에 너 없기에, 그냥 갔나 보다 했지. 주차장에서 그 하바나 오빠가 네가 찾는다고 해서, 전해 달라고 했는데?"

그녀는 갑자기 생각난 듯 신이 나서 웃으며 화제를 돌렸다.

"아, 진짜 신기하지 않아? 갑자기 이도형을 만난 거야. 씨이, 너한테 먼저 보여 주려고 찻집부터 데려가려고 했는데, 그렇게 못했어. 크흐흐! 나 데이트했다? 생각보다 재미있었어."

낭랑하게 들뜬 목소리로 말하는 희수를 보며 서준은 더 큰 울분과 절망에 떨어야 했다. 애써 가라앉히는데도 목소리가 저절로 조금씩 올라갔다.

"데이트, 데이트! 이도, 이도형을 만나서 데이……!"

"응. 그래서 연락할 수가 없었어. 기다리기 싫어하고, 열 많고, 짜증 잘 내는 사람에게 사귀자고 하면서 전화하고 올 테니 기다리라고 할 수도 없고. 물론 이도형에게 휴대전화 빌려 달라고 해서 너한테 전화할 수도 없고."

울컥 소리를 지르려다 초인적인 힘으로 꿀꺽 삼켰다. "후우!" 한숨을 길게 뱉었다. 지금은 시기가 좋지 않다는 걸 안다. 모든 게 꼬일 대로 꼬였다는 것도 안다. 하지만 해야 한다. 가장 늦었지만, 더 늦지 말아야 한다.

"씻고 편한 옷 입고 나와. 나랑 얘기 좀 해."

"아, 보고라면 내일 할게. 힘들어. 피곤해."

또다. 희수가 또 피한다. 이 주제를 꺼내려 할 때마다 희수는 이렇게 교묘히 피한다. 서준이 얘기하자고 제안한 순간, 자연스럽게 올라와 있던 얼굴의 웃음기마저 또 풀렸다. 실낱같던 기대가 모두 날아가고 불안과 좌절이 가득했다. 아마 희수의 대답은……, 아냐.

"피곤한 거야, 피하는 거야?"

"……"

"피하는 건, 가장 너답지 않은 거잖아. 씻고 나와. 잠은 내일 종일 자. 미루던 얘기, 제발 좀 하자."

서준은 주방에서 커피를 만들었다. 마음속에 들끓는 것을 애써 가라앉혔다. 그래도 희수가 돌아왔잖아. 무사하잖아. 희수가 눈앞에 있다는 것만으로도 모든 것이 괜찮다.

커피머신 대신 핸드드립을 택했다. 아라비카 원두를 꺼내 핸드밀을 돌렸다. 뜨거운 드리퍼에 필터를 접어 넣고 갈아진 원두를 넣었다. 그리고 천천히 드립포트로 물줄기를 떨어뜨렸다. 물과 커피가 몽글몽글 엉겨 뜸이 들고 있다.

커피조차도 충분히 적셔지고, 딱 알맞은 뜸이 들어야 제대로 된 맛이 나온다. 마음이 무르익고, 사랑을 느끼고, 사귀자고 하고, 함께 입술을 부딪치며 몸을 얽고……. 희수와 이런 것들을 할 알맞은 타이밍을 놓쳐 버린 걸까. 아냐.

젖은 커피에 미세한 균열이 가기 시작했다. 서준은 눈을 떼지 않고 천천히 뜨거운 물줄기를 떨어뜨렸다. 가느다란 물줄기로 원이 그려지도록 가운데부터 나선형을 천천히 그려 나갔다.

"난 뜨거운 우유 넣고 흐리게 타 줘."

타박타박 다가와 지나치는 희수의 발소리, 머리카락을 말리는 드라이어 소리, 화장수를 바르고 탁탁 뺨을 치는 소리, 손바닥을 비비는 소리, 티슈를 톡 뽑아 바닥을 치우는 소리들. 기분 좋은 소음들. 이런 일상이 이제부터는 부엌에 딸린 방이 아닌 그의 방 안에서 함께 얽히는 일상이 되어야 한다.

초저녁부터 '졸려, 불 끄고 자.', '몇 시인데 잔다는 거야.', 투덕거리고, 잠들기 전까지 그와 함께하는 시간들로 꽉 채워져야 한다. 다른 경우의 수는 없다. 내 집의, 내 여자였다.

달콤한 커피향이 주방에 가득했다. 잠자리 직전의 커피는 불안을 증폭시키고, 정신을 날카롭게 한다. 그러나 지금은 불안이나 잠 따위가 중요한 게 아니었다. 지친 서준에게 힘을 실어 줄 것이 필요했다. 기분 좋은 쓴맛은, 커피의 향긋함은 희수를 누그러뜨릴지 몰랐다.

좋은 시기란 건 처음부터 없었을지도. 사랑의 세레나데가 울리는 로맨틱한 분위기의 레스토랑일지라도, 희수가 좋아하는 음식들로만 가득 차려진 정갈한 한식당일지라도, 커피 잔 두 개 대신 촛불과 와인과 모양 좋은 안주들로 대리석 식탁 위를 채웠더라도.

희수의 대답은 정해져 있을지 모른다. 그럼에도 말해야 했다.

"들어 엎자."

주제를 미리 짐작하고 있었던 희수의 얼굴엔 웃음의 가면이 단단히 씌워져 있었다. 아무렇지 않게 생글거리는 희수에게, 서준은 힘겹게 말을 더했다.

"그만두자, 이 일. 네 노력을 우습게 여겨 그런 거 아니라는 거, 너도 알 거야."

희수는 '오늘 날씨 어때?' 라고 하는 것처럼 담백한 얼굴로 아무렇지 않게, 그러나 단호히 말했다.

"싫어!"

숨이 턱 막힌다.

"오늘 이도형을 만난 건, 운이 없었지만……."

"오늘 이도형을 만난 건 운이 참 좋았어."

"아직 늦지 않았어!"

"애초부터 늦고 빠른 건 없었어. 백 번을 말해 봐, 싫어."

톡, 하는 생소한 문자 알림음이 대화를 방해했다. 방으로 튀어 들어가 빠르게 문자를 찍는 희수. 그렇게 손에 들려 주고 싶어 했던 휴대전화였다.

"뭐야?"

"이도형이 해 줬어."

"내가 해 준다고 할 땐 그렇게 싫다더니?"

"내꺼 망가뜨린 사람한테 받아 낸 거니까, 정당한 거지."

"뭐?"

"사귀기로 하고 해 준 거야. 연애하는 데 휴대전화도 없는 건 좀 그렇잖아. 걱정 마, 이도형 명의로 만들게 했어."

"뭐? 사귀자고…… 해? 이도형이?"

"그러라고 교육까지 시킨 사람 입에서 나올 소리야?"

날카로운 갈퀴가 가슴을 지이익, 후벼 파며 긁고 지나갔다. 이도형은 느리고 멍한 여자를 좋아해, 이도형은 의심이 많지만 도발하기 쉬워, 이도형은 호시탐탐 널 노릴 거야, 알아서 네가 잘 피해, 이도형은, 이도형은! 아주 잘 가르쳤지. 아주 꼼꼼히 가르쳤지!

톡, 하는 문자 알림음이 둘의 대화를 또 방해했다. 말하다 말고 다시 휴대전화의 답문자에만 집중해 문자를 빠르게 찍는 희수.

그의 마음에 대한 대답도 정해져 있을까. 불길한 예감은 항상 잘 맞으니까. 서준은 마음을 애써 가라앉히며 준비한 쇼핑백을 내밀었다.

"휴대전화야. 우선 내 명의로 만들었어. 그거 없애고 연락 끊어."

"싫어! 휴대전화가 필요했으면 내가 만들었겠지."

"좀!"

저 작고 까만 손안의 몹쓸 기계를 당장 가루로 만들고 싶었다. 혼신의 힘으로 진정하려 애쓰며 서준이 조용히 팔을 뻗자, 희수는 휴대전화를 까만 주먹으로 꼭 그러쥐고 뒤로 감췄다.

"힘으로 빼앗기만 해 봐. 당장 나갈 테니."

"뭐?"

반들거리는 희수의 눈은 아주 단호했다. 하지만 저걸 어떻게든 없애야 했다.

"그럼 번호라도 내놔."

"몰라. 이도형하고 연락할 때만 쓸 거야. 억지로 번호 알아내기만 해 봐. 여기엔 이도형의 번호 외엔 아무것도 찍혀서는 안 돼."

"야!"

"할 말 있으면 집에서 해. 밖에서 할 말 있으면 집 전화로 하고. 이도형 만날 땐 방해하지 마."

"그만두자고!"

"싫다니까!"

그래. 이런 반응, 예상했었다. 하지만 문제는 어떻게 희수를 설득해야 할지 도통 방법을 알 수 없다는 것. 희수의 한결같은 대답은 그저, '싫어'였다.

"방해만 해 봐. 짐 싸 들고 나갈 거야."

"뭐?"

생각만으로도 마음이 아리고 아팠다. 희수를 잃는다. 희수가 눈앞에서 사라진다. 잠에서 깨어나 '희수야.', 불렀을 때 대답이 되돌아오지 않을 아침. 바르게 개어져 있을 간이침대 위의 이불, 빈 옷걸이, 바르게 정리된 텅 빈 방 안.

"이 일 깨 버리면, 난 여기 있을 필요가 없어."

그녀를 찾아 헤맬 자신, 넓고 썰렁한 집 안, 그리고 집에 돌아왔을 때 그를 맞아 줄 희수가 없어진다는 것. 다음 날에도, 또 그다음 날에도, 혼자가 될 희수가 없는 매일들.

희수가 없어진다.

'강서준!' 하고 불러 주는 희수도, '밥 먹어!' 하고 불러 주는 희수도, '개새끼!' 하고 욕해 주는 희수도 없이, 이 징그럽게 넓은 집에 버려질 것이다.

그러나 지금은 오직 한 가지에만 집중해야 했다.

"좋아. 이도형과의 관계, 정리하고 이 일 끝내."

"너, 뭘 착각하는 모양인데. 이도형을 만나려는 건 내 필요에 의해서이기도 했어."

그래, 그랬다. 서준은 가진 것의 만분의 일도 되지 않은 아주 작은 돈을, 희수는 가진 전부를 걸었다. 그러나 경제 원리로 따진다면 서준이 좀 더 유리하다.

"보상할게. 네가 얻으려고 했던 것들. 뭐든 말해. 돈이라면 가장 쉬워. 대체할 수 있는 모든 걸 말해. 내가 대신 보상할게. 그리고 이 일 들어 엎자."

"네 여자 친구는? 이도형 손에 그대로 두고?"

"그런 거, 지금 따지고 싶지 않아. 나한텐 이제 네가 가장 우선이야. 이거 멈춰!"

"아냐, 네 여자 친구에 대한 태도가 내게도 영향을 미쳤어. 말해. 내가 이렇게까지 했는데, 네 여자 친구를 그냥 버려두고 만다면, 나도 가만히 있지 않겠어!"

"네 여자 친구……."

서준은 이를 악물어 높아지는 목소리를 애써 낮췄다. 희수의 입에서 '네 여자 친구' 라는 단어를 그칠 수만 있게 한다면, 어떤 대가를 치러도 좋았다.

"알았으니까, 내가 직접 할게. 널 빼도, 희연이를 그대로 놓아두지 않을게. 그리고 제발! 희연이를 그런 식으로 부르지 마!"

그래, 내가 어떻게 그럴 수 있었을까. 네 등 뒤로 숨은 건 내 인생의 가장 비열한 선택이었어.

이젠, 무릎을 꿇고 뺨을 얻어맞으며 분풀이를 당하더라도 그렇게 할 거야, 내가 직접 할 거야. 그래서 널 되찾을 거야.

희수의 입이 천천히 열리며 씨익, 웃었다.

"그래, 그래야지. 만약 그대로 둔다고 했으면 이도형이고 뭐고 다 집어치우고, 그냥 확!"

희수는 가느다란 눈으로 콧등에 잔주름을 잡으며 씨익, 웃었다. 무언가 저릿한 기분.

"뭐?"

"마음에 드는 대답이라고. 싫어, 보상 같은 거. '보상' 은 원하는 걸 얻을 수 없을 때 울며 겨자 먹기로 할 수 없이 택하는 걸 말해."

"도대체 내 말을 뭐로……!"

"싫어. 계약대로 해. 난 이도형이랑 노는 게 재미있어. 콱, 어떻게 해코지라도 하고 싶었던 마음이, 만날 때마다 조금씩 풀린단 말이야. 이도형을 만나기로 한 건, 참 잘한 일이야."

서준의 말 따위는 듣고 있지 않았다. 저렇게 빠르게 저 할 말을 다다다, 뱉는 건 더 이상 같은 주제로 말하고 싶지 않다는 뜻. 희수는 곧 "크흐흐!" 웃었다. 장난을 치기 직전의 웃음, 아니 진짜로 기분이 좋아진 것 같았다.

"너, 이거 봐라?"

서준의 말을 귓등으로도 듣지 않던 희수가 휴대전화에서 사진을 찾아 골라 내밀었다. 사진 따위, 눈에 들어오지도 않았다. 하던 이야기를 마저 해야 했다.

그때 희수가 서준의 손을 억지로 잡아 쥐었다. 따뜻한 체온, 그러쥔 까만 손에 심장이 덜컥 내려앉았다.

"보라니까! 크흐흐, 너, 이제 각오해."

"치워, 얘기 끊고 딴짓하려는 수작, 나한테 안 통해."

"약속, 지켜야지?"

씨익, 웃는 악동의 미소. 반들거리는 장난기 어린 까만 눈. 오랜만이다. 정말 오랜만에 그를 보며 함빡 웃어 주었다. 서준은 갑자기 두근거리는 심장 때문에 숨이 막혀 왔다.

넓은 대리석 식탁을 가로질러 억지로 잡힌 손. 서준은 손을 떼어 냈다. 이야기를 다시 이어야 했다. 이렇게 가슴이 아프도록 뛰어서는 아무것도 할 수 없다.

숙여진 몸 아래로 검은 가슴골이 드러났다. 빠르게 시선을 돌렸다. 예쁘게 생글거리는 귀여운 까만 얼굴에, 가까워진 날숨의 달콤함에 가슴이 다시 뛰었다. 이래선 안 된다. 집중을 해야 했다.

그러나 뭔가에 신이 난 희수가 대리석 식탁 위를 올라타고 넘어왔다. 팔을 다시 잡혔다. 약하지 않은 희수의 악력. 서준의 팔에선 계속해서 기운이 주욱 빠져나갔다. 그러고 보니 희수가 서준의 몸에 직접 손을 댄 건 처음이다. 탁, 쳐 내는 매정했던 손길이 아닌.

몸을 일으키려는 서준의 허벅지를 희수가 맨발로 밟았다. 무릎 길이의 팬츠와 민소매의 귀여운 트레이닝복의 감촉이 팔에 느껴졌다. 억지로 손을 잡힌 그, 대리석 식탁에 나머지 다리 한 개를 달랑거리며 앉아 있는 희수. 휴대전화의 사진을 억지로 내밀었지만 눈에 들어오지 않았다. 그대로 몸을 일으켜 확 끌어안고 입 맞추고 싶었다.

"순대국밥 먹었다? 보이지? 이거 이도형 손, 손목에 점 있으니까. 기억 안 나면 나중에라도 확인해. 그리고 이건 내 손. 크크크, 어떻게 하니? 너 이제, 인형 놀이 해야 하는데?"

희수가 기분이 좋아질수록 서준은 절망감에 휩싸였다. 눈앞엔 신이 난 희수가 생글거린다.

희수를 이미 잃은 걸까. 이 일을 어떻게 해야만 할까. 허벅지 위를 밟고 있는 다리를 그러쥐었다. 말캉한 감촉. 따뜻했다. 그리고 부드러웠다. 희수의 한쪽 무릎에 이마를 기대었다. 옅은 희수의 체취. 베이비로션의 귀여운 향.

"거봐, 내가 첫 데이트에선 먹고 싶은 거 먹는다고 했지? 아아, 삶은 돼지머리도 쌓아 놓고, 할머니가 욕도 해 주는, 제대로 된 데를 데리고 가고 싶었는데. 쯧! 체인점에 굉장히 깔끔한 데서 먹은 게 흠이었어. 이도형은 기겁했지만. 흐흐흐흐, 생각보다 데이트란 건 재미있는 것 같아."

희수의 발을 그러쥐었다. 235mm의 작은 발. 토슈즈에 한껏 짓눌렸을 발에 다시 댄스화를 신겨 이도형을 위해 춤추게 했다. 힐을 신고 종일 돌아다녔을 발. 내가 이 아이에게 도대체 무슨 짓을 시켰던 걸까.

"이봐, 선물도 받았어. 쳇, 이게 얼마짜린 줄 알아?"

잡힌 발을 쏙 빼내고 몸을 미끄러뜨리더니, 방 안에서 쇼핑 봉투를 들고나왔다. 짧은 시스 드레스. 가슴이 거의 가려지지 않고, 허벅지가 훤히 드러날 이따위 옷을!

"이따위 입으나 마나 한 옷을 사겠다고 그 새끼 앞에서 벗고 돌아다녔단 말이야?"

저도 모르게 서준은 소리를 꽥, 질렀다. 한 번도 희수 앞에서 이런 식으로 열을 낸 적이 없었다. 그의 반응에 좀 놀랐는지, 희수가 다시 옷을 쇼핑 봉투 안에 집어넣고 방 안에 툭 던져 넣었다.

"에, 욕을 하는 건, 좋지 않다며? 선물을 받았다니까. 이거 입고 있는데 갑자기 나타난 거야, 내가 처음엔 깜짝 놀라서……."

머리가 지끈거렸다. 어떻게 해서라도 이 녀석을 막아야 했다. 빠르게 재재거리는 말은 귀에 들어오지도 않았다.

"자, 보고 끝! 내일 만날 거야. 그리고 방해하지 마. 앞으로는 데이트한 거 일일이 보고 안 해. 어떻게 해야 하는지 가르쳐 줄 필요도 없어. 내 데이트는 내가 알아서 할 테니까, 넌 네 여자 친구나 신경 써."

"네 여자 친구라는 말 한 번만 더 해 봐!"

방 안으로 사라지려는 희수의 팔을 억지로 붙들었다. 힘을 주며 버티는 녀석의 팔을 억지로 쥐어 주르륵, 끌었다.

"해 달라는 거 다 해 줄게. 이거 엎어!"

"싫어. 그만 말해. 노인네 아니랄까 봐 한 소리 또 하고, 또 하고. 한 번 말했으면 알아듣지 못해? 짜증 낼 거야."

"짜증 내. 물어뜯고 싶으면 그렇게 해. 하고 싶은 거 다해. 그리고 그만둬!"

"싫다니까!"

절대로 밀릴 수 없었다. 손을 돌려 빼려는 희수의 팔을 다시 붙들었다. 발을 밟혔고, 정강이를 차였고, 팔을 물렸다. 억지로 식탁 위에 걸터앉게 하고 몸을 밀착시켰다. 화난 승냥이를 진정시키기 위해 강제로라도 끌어안아야 했다.

쿵쿵쿵쿵, 울리는 심장 소리를 전하기 위해 그녀의 손을 억지로 잡아 대 주었다. 이 터질 것 같은 걸 빼내 네게 쥐여 줄 수 있다면.

그러나 몇 초도 되지 못해 그녀에 의해 거칠게 밀쳐졌다.

"난 네가 참 싫어!"

널 좋아해, 입을 떼기도 전 희수의 입에서 떨어진 말은 참 근사했다.

"이도형이 만든 가짜 바람둥이라서가 아니라, 진짜 타고난 바람둥이라서 싫어."

"뭐?"

몸에서 힘이 주욱, 빠져 희수를 놓쳤다. 절망이 온몸을 덮쳤다. 숨이 턱 막혀 바라보는 서준의 눈빛을 그 반들반들한 눈으로 맞받아쳤다. 웃음 가면이 벗겨진 귀여운 얼굴이 숨 막히게 찼다.

"그 눈빛이 싫어. 저는 아무 생각 없이 쳐다보면서, 여자들이 나약하게 울며불며 매달리게 하는 그 눈빛. 참 기막힌 재주야."

"……"

"머릿속으론 계산기 돌리는 주제에, 모든 걸 다 주겠다는 눈빛으로 여자들을 홀려. 거기 홀려 넘어가는 바보 같은 여자들도 답답해. 금방 싫증 내고 버릴 거 알면서 어떻게 매번 속아."

"……!"

"그래, 그렇게 뭐 하나라도 더 쥐여 주지 못해 안달 난 표정으로 쳐다보지 말란 말이야, 돌아 버리겠으니까!"

서준은 "하하하." 기운 없이 웃었다. 눈을 뜨는 게, 바라보는 게 싫은 이유. 뭐, 좋았다. 그러면 해 보자, 바람둥이, 개새끼짓.

"희수야. 난 네가 참 좋아. 처음부터 널 만난 순간부터, 너한테 끌렸어. 단 한순간도 널 좋아해 보지 않은 적이 없어. 내 모든 걸 걸고라도 널 가질 거야."

그래도 참 다행이었다. 그녀에게도 통할 수 있는 게 있다니. 온 마음을 담아 눈으로 훑었다. 손을 들어 만질 수 없으니, 눈빛으로 키스하고 끌어안았다. 희수는 질색하며 서준에게서 한 발 떨어졌다.

희수는 "그래, 그거!" 하고 짜증을 버럭 내며 소리쳤다.

"그게 싫다고! 그런 충동적인 감정으로, 마음에만 좀 들면 습관적으로, 눈앞의 아무 여자나 보이는 대로 흔들어 대는 거. 그게 싫어. 말했지? 난 이도형이랑 연애하기로 했어."

"끝내! 끝내고 나랑 해. 연애는 나랑 실컷 해!"

"연애는 한 번에 한 사람이랑만 하는 거야. 이도형이랑 재미있게 놀고, 재미있게 연애하고, 보통의 연인처럼 더 이상 만날 수 없을 때까지 연애할 거야. 난 이제 마음의 결정을 했어. 모처럼 착하게 굴려는데, 방해하지 마!"

"……."

"내가 너에게 해 주기로 한 건, 딱 네가 할 일의 파트너까지야. 그러니 너도 처음 했던 약속, 끝까지 잘 지켜!"

#13

멈추지 못한 수레바퀴

"나한테 손대지 마, 나 안으려고 들지 마!"

끝없는 거절, 그러나 서준은 희수에게 들러붙고 또 들러붙었다. 희수를 흔들 수 있는 게 하나라도 있다니, 그나마 다행이었다. 손을 댈 수 없으니 온 마음을 담아 희수를 바라보았다. 사랑을, 연모를, 애원을, 사죄를, 자비를, 부탁을, 원망을, 한꺼번에 눈빛에 담아 말했다.

"잘못했어. 내가 다 잘못했어. 네가 옳아. 만나자마자부터 지금까지 너에게 한 번도 개새끼가 아닌 적이 없었어. 알면서도 그래왔다는 게 더 나빴어. 그러니 지금부터 바꾸자. 멈추자. 그만두자. 이도형, 아니, 네가 다른 남자 만나는 꼴만큼은 죽어도 못 보겠어!"

하지만 희수는 곧 침착성과 냉정함을 되찾았다. 주먹을 말아 쥔 손이 트레이닝복의 주머니 안에 쏙 들어가 있었다. 포탄이 쏟아지는 전쟁터에서도 주머니에 손을 집어넣은 채 슬쩍 피할 여유를 가진 것처럼 냉철했다. 가벼운 웃음 가면마저 찾아 쓰고 생글거렸다.

"내 연애에 상관 말고, 넌 네 여자 친구나 신경 써."

"아냐, 이건 억지야! 너 알잖아. 희연이가 내게 여자 아니란 거, 너도 알고 있잖아!"

"그랬으면서 여자를 붙이면서까지 연애를 말렸지. 친구의 연애를 말리고 싶을 땐 보통 직접 말려."

반들거리는 희수의 쪽 째진 눈. 그 눈은 언제나 서준을 정확히 꿰뚫고 있었다. 희수는 알 것이다. 저 말이 서준을 얼마나 깊게 후벼 팔 수 있는지.

"그나마 내가 널 인정한 건, 바람둥이 주제에 네 여자 친구를 진실하게 아껴 주는 걸 봤기 때문이야. 그러니까 널 인정하게 했던 그 단 한 가지를 깨뜨리고 날 실망시키지 마."

"실망해도 할 수 없어. 난 널 그대로 놓아둘 수 없어."

"네 여자 친구가 착하지만은 않다는 거 알아. 하지만 그럼에도 오랫동안 변하지 않았던 네 마음을 봤고, 그래서 널 봐준 거야. 너나, 네 여자 친구나 망쳐 놓고 싶지 않아."

"도대체 내 말을, 내 마음은……!"

기가 턱, 막혀 말도 나오지 않을 때 희수는 단정히 말했다.

"방해하지 마! 난 내 몸뿐 아니라, 마음도 걸고 열심히 연애하는 거야. 이도형도 진심인지 아닌지를 구별할 수 있는 능력은 있어."

"진심……, 뭐? 지, 진심?"

"난 가짜로 연애하는 거 못 해. 상대의 마음을 얻고 싶으면 내 마음도 걸어야지. 이도형과 정신 나가도록 신나게 연애할 거야."

"끝내! 끝내고 나랑 해. 연애는 나랑 실컷 해. 돈이고, 뭐고, 다 보상할 테니까, 이 빌어먹을 것 좀 제발 끝내라고!"

"너한테 돈 같은 거 받을 생각 없고, 너랑 연애할 생각은 더구나 없어. 그러니 네가 해 줄 수 있는 보상은 없어."

거친 말들이 오갔다. 희수랑 싸운 적은 많았지만, 아니 내내 싸웠던 기억들뿐이었지만, 이렇게 서로를 후벼 판 적은 없었다. 하지만 희수는 매달릴수록 더 잔인하게 쳐 냈다.

"나, 두 남자 사이에서 오락가락하는 이상한 여자 만들래? 이거 나 모욕하는 거야!"

"후!" 하고 한숨을 뱉은 후 희수는 마지막 일격을 가했다.

"너, 줄기차게 너한테 들러붙던 여자들의 당황스러운 제안, 좋았어? 그 감정들 떠올려 봐!"

여자들. 들러붙는 여자들의 팔을 툭, 쳐 냈었지.

"부담."

'부담스러워. 네 감정은 네가 추슬러.' 하고 말해 주었었지. 귀찮았었지.

"딱 그렇지? 예의 차려 거절해 줬는데 한 번 더 들러붙으면 '짜증'이 되고?"

그래. 아주 정확히 잘 설명해 주었다. 부담, 짜증, 당황, 답답함, 귀찮음, 성가심, 질척거림. 희수는 아주 영리하니까.

희수는 내보내고 싶으면 내보내고, 지원을 끊고 싶으면 그렇게 하라고 했다. 서준이 쥐여 주었던 현금과 카드를 몽땅 내밀고 그가 사 주었던 것들을 원래 가지고 왔던 물건과 빠르게 분류했다.

긴 부대 자루같이 생긴 그녀의 옛 가방이 구석에서 끌려 나왔을 때 그리고 책과 물건이 담기기 시작했을 때 서준의 가슴엔 기다란 칼이 박혔다.

"그만둬."

이 녀석을 이겨 먹을 수 있는 방법은 처음부터 없었다. 서준은 희수가 내밀었던 카드와 현금을 밀어 주고, 주머니 안에서 꺼내 든 봉투를 얹었다.

"정신없어서 늦었어. 이건 이 일과 상관없는 네 월급이야. 나 먹이고 입히고 돌봐 준 값."

"안 받을래. 들어오는 날 너한테 받은 거로 이미 충분해."

그때야 알았다. 그날, 비가 오던 그날, '그냥 아무 생각 안 하고 연애나 할래, 네 돈으로.' 차창에 기대며 힘없이 뱉었던 희수의 말 뜻을 참 늦게도 알았다.

"이거라도 좀, 져 줘."

서랍장 모서리에 봉투를 얹어 놓고 방을 나섰다. 결국 너무나 완강한 그녀의 태도만을 확인했다. 그녀와의 화려했던 싸움으로 얻은 건 아무 것도 없었다.

지옥 같은 날들이 흘렀다.

"서준아, 어떻게 해. 도형 씨가 날 피해. 여자가 생겼대."

희연의 울음 섞인 목소리가 휴대전화로 넘어왔을 때 서준은 메일에서 체크한 것들을 추려 프린트하고 있었다. 전에도 이 방법을 생각지 않은 건 아니었으나 방법을 찾기가 정말 쉽지 않았다.

하지만 '네 여자 친구'라는 단어를 고수하는 그 견고한 방패를 막아서기 위한 초인적인 집중이, 비로소 방법을 찾아냈다. 희연을 멈추게 해야 희수에게 다가설 수 있다.

"그래, 만나자."

한옥을 개조해 만든 한정식 전문점 '솔향'의 뜰. 산나물이며, 심심한 된장찌개며, 녹두전이며, 갈비 같은 것들은 희수가 좋아하는 것들이다. 다이어트를 한다며 그의 밥상 앞에 차리고 구경만 시켰던 것들. 서준은 칼로리를 높이지 말라고 밥투정을 했었다.

"박 셰프가 새로 오픈한 데로 가자고 할걸."

희연은 귀엽게 아랫입술을 내밀며 무릎을 꿇고 좁은 치맛자락을 여몄다. 서준은 담담히 답했다.

"방에서 식사할 줄 알면서 왜 그렇게 짧은 걸 입고 나왔어. 나, 이도형 아니야. 다리 뻗고 편히 먹어. 집에서처럼 해."

"깜빡했지."

희연은 인상을 찌푸리다가 곧 샐쭉한 얼굴로 웃었다.

"마음에 안 들어도 한 번만 먹자."

"응? 으응."

담백하게 웃는 서준의 얼굴이 낯선지, 희연은 어색해하며 볼우물을 만들었다. 예쁘게 떨어뜨린 고개, 한쪽으로 기울인 얼굴로 쏟아지는 머리칼, 긴 머리채를 쓸어 모아 한데 모으는 손끝. 왜 이제야 알아보게 될까. 저런 습관은 서준을 끊임없이 유혹하던 희연의 교태였다.

"긴장 풀어. 친구잖아. 왜 친구를 만나서 긴장해? 어깨에 힘 빼. 힘들어 보여."

희연의 마음을 날것으로 확인하기 싫었다. 희연이 우정이라고 불러 줬던, 서준이 그렇다고 믿었던, 지난 세월만큼은 진실이라 믿고 싶다.

"많이 먹어. 마른 여자, 안을 땐 매력 없어. 바람둥이 강서준의 경험담이야."

"응?"

"잘 먹고, 귀찮아도 운동하고, 다른 친구들도 많이 만나라고."

끝없는 실망은 우정을 의무감 아래로까지 추락시켰다. 어떻게 이렇게 한 발짝만 떨어져도 명확하게 보이는 게, 그동안은 보이지 않았던 걸까. 평소보다도 밝고 힘차게 웃는 서준에게 희연은 걱정스러운 얼굴로 말했다.

"어. 그런데 너, 오늘 좀 기분이 많이 안 좋아 보여."

아니, 아니다. 여자와 남자로서만 엇갈렸을 뿐 서로를 보듬고 위로해 주었던 시간들이 모두, 거짓은 아니다. 그렇게 정리해 두자.

"어, 좀. 좋지 않은 소문을 들었어. 밥 다 먹고 얘기하자."

일렀던 장마가 어정쩡하게 물러났다. 풀벌레를 막기 위해 한쪽으로 내린 모기장 밖으로 분꽃 향기가 은은하게 코를 간질였다.

서준이 권해서인지 희연은 평소보다 많이 먹었다. 밥도 반 공기 가까이 줄어 있었고, 이것저것 상 앞의 음식들을 가져다 맛보았다. 식사가 끝나고 차가 나오자, 희연은 어렵게 입을 열었다.

"서준아, 도형 씨 여자 생겼대. 그만 만나자네. 날 피하기까지 해. 친구들과 만날 때 몇 번이나 찾아갔는데 번번이 무시당했어. 마음을 다 잡았다고 생각했는데, 잘할 수 있을 것 같았는데."

울먹이는 희연을 보며 서준은 숨이 막혔다. 희연의 가짜 눈물을 또 보고 싶지 않았다.

"집안 소개로 만난 여자는 아닌 것 같아. 어디 딸이라는 말이 안 나와. 부탁이야. 어떤 여자인지 좀 알아봐 줘. 결혼 약속한 사이라고. 가서 부탁하게. 무릎이라도 꿇게!"

희연은 눈물을 삼키는 듯 힘겹게 차를 넘겼다. 억지로 미소 짓는 입가가 바들바들 떨렸다. 저것이 실연에 의한 상처를 연기 중이라는 것을 확인시켜 주지 않았으면. 이런 식으로 바닥을 보여 주지 않았으면.

"정상적인 경로로 얻은 거 아니야. 훑어보고 바로 찢어. 이도형에게 갈 만한 자산 목록이야."

받아 드는 희연의 인상이 어둡게 찌푸려졌다. 이도형의 영신그룹은 날이 갈수록 기울고 있었다. 가족들이 보유한 지분이 줄어들면 줄어들수록 형제간 싸움은 더없이 치열해져 갔다. 계열사 간 분쟁이 기업 분할로까지 이어졌다.

"네가 결혼해서 영신그룹 막내며느리가 되는 데 성공해도, 이도형이 가질 게 그렇게 많지 않아."

명분이야 모회사와 자회사의 분리지만, 실제로는 사업의 반복된 실패로 빚만 떠안은 그룹에서 알토란 같은 사업들만 추려 가지려는 집안싸움이었다. 승기는 이미지 관리를 위해 돈을 쏟아붓고 있는 둘째 쪽으로 기울고 있었고, 막내 이도형은 여러모로 경쟁에서 불리했다.

"알다시피 굉장한 배우자를 만난 둘째 형이 가장 좋은 자리를 잡았고, 이도형이 직접 새로운 사업이라도 일으켜 내지 않는 한 가족들에게 돌아갈 현금과 지분, 부동산 정도가 이도형의 몫일 거야, 그것도 막내아들에게까지 공평하게 돌아갈 수 있게 스스로 잘 지켜 낸다면."

현 수준에서 예상되는 개인 자산 총액과 법적으로 균등 분배되었을 때의 상속 총액을 계산한 부분에 오자, 희연의 얼굴은 속절없이 무너졌다. 오랜 풍화로 닳아 없어진 바위처럼 긴 집안싸움은 회사를 기울게 하고 재산을 좀먹었다. 그 와중에 이도형이 제 것을 얼마나 제대로 챙길지는 알 수 없다.

멍하니 숫자만을 바라보는 희연의 얼굴. 확인하고 싶지 않았던 그것을 바라보는 서준의 가슴에도 무거운 돌덩이가 얹혔다.

"어렵긴 하더라도 따로 돌려 둔 게 더 있을 거야."

그러나 희연의 실망스러운 얼굴은 펴질 줄 몰랐다. 서준은 침을 삼켰다. 더 어려운 이야기가 남아 있었다.

"5년 전 이도형 작은아버지 자살 사건, 기억해?"

"그 얘길 왜 해?"

희연의 목소리에 신경질이 묻어나기 시작했다.

"우울증으로 인한 자살처럼 꾸며졌지만 계속된 사업 실패로 인한 거야. 가족들이 막아 주지 않았어. 이도형네 집안, 그런 집안이야. 이도형은 자기 수준에 맞는 신붓감이 반드시 필요한 녀석이야."

"……."

"가족들이 이도형 스스로 일어설 기회를 한두 번은 만들어 줄 거야. 녀석도 사업가 집안에서 그런 것들을 보고 겪으면서 커 온 녀석이고. 함께 고생하고 내조할 수 있으면 그렇게 해. 너를 믿고 이도형을 믿는다면 가서 다시 만나. 지금 어디 있는지 가르쳐 줄게."

시간이 멈춘 듯 잠깐의 정적이 흘렀다.

그리고 서준이 쥐여 준 자료는 희연의 손에서 망설임 없이 짝짝, 찢어졌다. 차분한 표정을 유지했으나 희연은 상당히 흥분한 상태였다. 종잇장을 내려놓는 손이 바들바들 떨리는 건, 아까의 연기와 달리 아주 자연스러웠다.

희연의 입에서 가장 듣고 싶지 않은 말을 들어야 했다. 두려웠다, 24년간 함께했던 과거의 친구로서도 희연을 잃을까 봐, 여자의, 아니 사람에 대한 신뢰를 모조리 잃을까 두려웠다.

"함께 고생을 하면서 이뤄 갈 거면 이렇게까지 힘들게 신랑감을 고르고 다니지도 않아. 난 이미 완벽히 갖춰진 최고만을 원해."

"……."

"겨우 이 정도 수준인 녀석에게, 그런 거지 취급을 받으며 참았어! 이런 허울 좋은 거지, 나도 필요 없어."

"……."

"고마워. 이도형, 포기할게."

도심의 매미 소리는 귀를 엘 듯 지독하다. 시골의 매미들은 자연의 산들바람 속에서 제 짝을 찾는 울음소리를 낼 뿐이지만, 도심의 매미들은 달리는 주변의 자동차들과 경쟁에서 이겨야 암컷을 유혹하여 짝짓기를 할 수 있기 때문이다. 수많은 자동차들의 소음을 이겨 내고 더 힘찬 소리를 내도록 지칠 줄 모르고 날개를 비벼 대고 또 비벼 댄다. 귀가 멍하도록 아리다.

"후후후!"

이도형에게 감사해야 하는 걸까. 오늘날의 서준을 만들어 준 건 어머니도, 희연도 아닌, 할머니와 이도형이었던 것 같다. 일생일대의 원수라고 여겼던 녀석은 곪았던 콤플렉스를 터뜨려 주었다. 어머니에게까지 버려진 사생아와 바람둥이의 타이틀을 극복하는 힘을 만들어 준 건 그러고 보니 이도형이었다.

이도형에게 감사해야 할 게 또 있다. 희수를 찾은 것. 이도형과의 진저리 나는 싸움 덕이 아니라면 희수를 발견하지 못하고 흙속에 묻어 두었을 것이다. 희수가 스스로 진흙 위로 빛을 뿜었을 때쯤이면 서준에겐 손끝조차 닿을 기회가 오지 않았을 것이다. 일찍 발견한 보석. 그게 희수의 가치였다.

희연의 새로운 별명을 들었다. '봉잡이'라고 했다. 소문을 막기에는 너무나 유명해져 있었다. 바람둥이 강서준은 기둥서방이고, 이도형은 새로운 봉이라고 했다. 봉잡이의 봉이 될 수 있는 최저 자산 규모가 얼마일지 내기 중이던 녀석들.

입을 여는 녀석의 얼굴을 주먹으로 후려치려다가, 명함을 내밀었다. 정중히 인사하고, 명함을 건네받았다. 회사 직인이 찍힌 명함만으로도 녀석의 태도는 꽤 정중해졌었다. 봉잡이의 소문을 퍼뜨리던 녀석은 이름도 얼굴도 회사조차도 생소한 녀석이었다.

한 다리만 건너면 알 만한 부류가 못 되었지만 서준은 고개를 숙였다. 투자 상담을 받으러 올 예비 고객에게 주먹질을 하는 건 어리석다. 가벼운 미소를 교환하고 근래 다시 한번 만나자는 인사를 나누고 헤어졌다.

희연에게 경고했다. 새로운 소개팅을 절대로 잡지 말 것. 추문을 들먹이면서까지 희연을 막지 않은 건 서준의 마지막 자존심이었다.

대신 부탁했다.

"늦었지만 하고 싶은 일을 찾아 이력서라도 내 봐. 결혼 전에 직장을 갖는 게 흠은 아니잖아."

그리고 예상한 대답을 받았다.

"여자가 벌면 얼마나 번다고. 지저분한 바깥바람 쐬는 것보다 집에서 내조 잘하는 와이프 될 거야."

친구들과 모여 옷이니, 구두니, 여행이니 하는 이야기들로만 할 일 없이 보낸 세월이 너무 길었다. 다른 친구들은 하나둘씩 결혼해 아이를 갖는 모습을 지켜보는 게 쉽지만은 않았을 것. 이해는 했으나 친구로서의 우정 어린 걱정조차 이제는 거둬야 할 때다.

추문은 파급력 있는 리액션이 없으면 곧 다른 추문에 의해 덮이거나 잊힌다. 추문에 대한 가장 좋은 대응 방법은 시시하게 만들기, 재미없게 만들기, 시들해지게 하기, 그래서 더 이상 떠들지 않게 하기. 다른 추문을 통한 맞불 작전이나 해명 등은 이 경우 좋은 방법이 아니다.

결코 유쾌하지 않은 기둥서방이란 새로운 별명을 얻은 추문도 가라앉히고 싶었다. 서준은 희연이 전화하는 벨소리를 두 번째 무시했다. 그리고 그녀의 벨소리를 무음으로 바꾸었다.

저녁때쯤이면 희연은 취할 것이고, 그때 울릴 전화벨은 이렇게 짧지 않을 것이다. 서준은 이도형에게 전화를 걸었다.

"만나자."

[난 널 만날 용건 없어. 오늘 중요한 약속 있어. 끊어.]

이도형과의 통화가 간결하게 끊겼다. 통화 시간 9초. 그래, 중요한 약속이 있겠지. 희수가 열심히 아이라인을 그리고 있는 뒤통수를 보고 나왔으니.

방해하지 말라고 한 희수의 연애를 기꺼이 방해했다. 방해하지 말라고 한 희연의 연애를 방해하기 위해 세웠던 희수에게 같은 짓을 하고 있다. 무간지옥에 빠져서도 이토록 고통스럽지는 않을 것이다.

질투에 들끓으면서도 도형과 연애하는 것을 구경만 해야 했다. 마음으로는 까만 손에 꼭 그러쥔 그 휴대전화를 백만 번도 더 부서뜨리고, 가루로 만들었다.

하지만 정작 '널 이희수라고 밝히고 이도형과의 연애, 끝장을 내 주겠어.' 따위의 방법을 쓰지 못했다. 순간의 욕심을 채우기 위해 모든 상황을 박살 내고 희수의 정을 떨어뜨리면, 그녀를 영원히 잃게 된다.

희수가 원한 건 자연스러운 연애의 시작과 진행과 끝. 희연을 빼낸 뒤 자신도 차츰 자연스럽게 연애를 끝내겠다는 조건. 그리고 나서는 제자리로 돌아가겠다는 결심.

하루하루가 참을 수 없는 고통이었다.

가장 치사하고 원초적인 방법을 썼다. 데이트를 할 만한 모든 시간을 철저하게 묶어 두기.

수업을 빼니 시간이 남아돌아 희수가 답답해했던 데서 힌트를 얻었다. 넓은 집의 청소와 서준의 뒤치다꺼리로만은 시간이 턱없이 남았던 희수. 경제 신문을 탁, 내려놓으며 "이것도 매일 읽으니 겹치기 기사뿐이야. 서재에서 네 책 좀 읽을게." 했었다.

연혜 누나와 규만에게 갖은 욕설을 들으며 원조를 받았다. 연혜 누나는 평일 오후부터 밤 시간을, 규만은 주말을 담당했다.

"그래, 오늘은 모델 일 해 달라고 억지로 붙들어 놓았어. 매일을 어떻게 붙들어 놓으란 말이야? 저녁엔 나간다는 애를 어떻게 매번 말려?"

연혜 누나의 짜증도 만만치 않았지만 규만의 볼멘소리에도 할 말 없었다.

"너, 나를 또라이 선생님으로 만들 작정이야? 주말 오전 시간

강의 도와 달라고 하고, 어떻게 밤까지 붙들어? 내 체면은 체면도 아니냐? 확, 제일 잘생긴 수강생이랑 파트너 붙여 줄 거야!"

두 사람에게 마음을 들킨 건 오래전 일. 체면이 중요한 게 아니었다. 대부분은 붙들고 있는 데 성공했고, 딱 두 번, 희수를 놓쳤다. 사람을 붙여 두고 싶은 마음이 굴뚝같았지만 거기까지는 하지 말아야 할 일이었다.

놓친 걸 깨닫자마자 휴대전화를 걸면, 이도형의 전화기가 꼭! 꺼져 있었다. 희수의 전화번호를 억지로 알아내지 않겠다는 의지를 실천하는 건 살인적인 힘이 필요했다. 뱉은 말은 율법처럼 반드시 실천하는 희수를 거스를 수 없었다.

일이고 뭐고 다 집어치우고 종일 같이 들러붙어 감시하고 싶었지만, 희수를 잃지 않기 위해 이를 악물었다. 희수는 절대로 강한 힘에 굴복하지 않는다. 마음을 잃으면 모든 걸 잃게 된다. 그나마 연결된 미약한 끈을 붙들고라도, 가랑비에 옷이 젖듯 조금씩 천천히 집요하게 마음을 되돌려야 했다.

저녁마다 수블림 사무실로 데리러 가서 개처럼 그녀를 지키다, 처절하게 핑계를 대며 집으로 끌고 왔다.

들어가는 길에 같이 들어가자는 거야,

왜 차를 두 대씩 굴리며 기름을 낭비하니,

그러면 빈 차에 짐 싣고 간다고 생각해, 난 그냥 옆에 가만히 앉아서만 갈 거야,

어딜 가, 밥해 줘야지, 저녁 여태 못 먹었단 말이야,

알아, 그래, 연애해, 방해 안 한다니까.

차 안에서 집으로 돌아오는 길, 희수와 함께할 수 있는 아주 짧은 시간들.

집 안에서는 전보다 더 상대를 해 주지 않았다. 생활에 불편하지 않을 것들만 딱딱 준비해 놓을 뿐 마주 앉아 밥을 먹는 것조차 같이해 주지 않는다. 멀리서라도 같이 있고 싶어 거실 카우치 구석에 자리라도 잡으면 희수는 주방에 딸린 어두운 방 안으로 들어섰다.

왜 머저리같이 난 처음부터 2층 방을 내주지 않았던 걸까. 2층에 방이 사방 천지인데. 왜 저 좁은 화장실보다 못한 방을 내줬던 걸까. 희수가 넓은 거실에서 TV라도 보며 있을 수 있도록 서준은 가슴을 누르며 위층으로 올라서야 했다.

하지만 오늘은 희수가 먼저 짜증을 내며 서준에게 다가섰다. 뒤통수라도 보고 싶어 괜한 음료수를 핑계로 주방에 들어섰다, 희수에게 팔목을 확 붙들렸다. 가무잡잡한 손가락이 자신의 검은 손목을 꼭 그러쥔 것만 보고도 가슴이 콩닥콩닥 뛰었다. 희수는 무선전화를 뽑아 들어 내밀었다.

"박규만 선생님 강의 도우미 취소시켜."

쪽 째진 눈을 반들거리며 무시무시한 눈빛으로 경고했다. 침만 꼴깍이며 서준이 받아 들지 않자, 대신 전화번호를 엄지로 다다닥 찍고는 수화기를 서준의 얼굴에 조용히 가져다 댔다. 그리고 협박했다.

"봐주는 것도 정도가 있지, 작작 해라?"

희수는 규만과 연혜 누나가 부탁하는 것을 무시하지 못했다. 배후가 누구라는 걸 뻔히 알면서도 최대한 존중했다.

희수가 깍듯하게 예의를 차리는 건 이연혜뿐만이 아니었다. 규만이 녀석은 희수에게 '박규만 선생님'으로 불리고 있었다. 희수의 세상에서 무시해도 괜찮은 존재는 서준뿐이었다. 도대체 뭐 때문에 이 지경이 되도록 신용을 잃은 건지, 알 수가 없었다.

결국 규만에게 희수를 보내지 않겠다는 말을 뱉고 말았으니, 데이트를 시키려 내보낸 꼴이다. 토요일의 종일 데이트. 철통같이 지켰지만 그동안 희수를 두 번이나 놓쳤다. 첫 번째는 두 시간, 두 번째는 한 시간 정도 같이 있었던 것 같았다.

"내 집에서, 내가 데리고 있으니, 아무리 우스워도 내가 네 보호자야. 외박을 하거나 12시를 넘겨 집에 돌아오면 다 들어 엎고 이도형 그 녀석에게 네 정체를 다 밝혀 버리겠어."

얼토당토않은 협박이었지만 희수는 지켜 주었다.

물론 머릿속에서는 오만 가지 생각들이 버글버글 기어 다녔다. 두 시간 만나면서 호텔로 끌고 가진 않았겠지. 희수는 보기보다 단정한 아이니까 절대 그러지 않아. 아니, 그 새끼는 단정한 것과는 거리가 먼데. 아, 아니야. 생각을 말자.

딱 두 번 만났는데, 아직 별일 없을 거야. 하지만 카페에 앉아 손가락에 깍지를 끼고, 마주 앉아 웃음을 교환하는 상상만으로도 녀석의 멱을 주욱, 따고 싶었다.

토요일 오후에 희수를 놓치다니! 가랑비에 옷 젖게 하기 작전이고 뭐고 더 이상 미룰 수 없었다. 이도형을 빨리 만나 어떻게든 담판을 지어야 했다.

이번이 세 번째 데이트. 그동안 데이트에 목말랐을 이도형이 무슨 짓을 벌일지 몰랐다. 다시 건 이도형의 전화기는 또 꺼져 있었다. 도대체 무슨 짓을 하기에 만날 때마다 휴대전화를 꺼 놓는 거야!

희수에게 선물한 서준의 휴대전화는 건드려지지도 않았다. 그게 어떻게 고른 휴대전화인데! 변태를 보는 듯했던 그 직원의 불쾌한 눈빛을 아직도 잊을 수 없었다. 서준은 정당한 요구를 했었다.

"어린이폰 주세요."

"네. 이런 종류들이 있습니다."

"아뇨, 캐릭터 시계 모양 말고 어른들이 쓰는 것과 모양은 같은 걸로, 어린이폰 기능들이 완전히 숨겨져 있는 것으로 주세요. 아이 찾기 서비스, 안심지역 이탈 시 알람음 울리기 같은 기능들이 들어 있는 거요. GPS수신 가장 성능 좋은 것으로 부탁합니다."

"네?"

"20대 초반 여자가 쓸 거예요. 최고급 사양으로 가볍고, 얇고, 디자인도 가장 잘 나온 것들로 골라 주세요. 피부가 검은 편이니 색깔은……."

어쨌든 변태 취급까지 당하며 힘들게 고른 휴대전화였다. 그러나 희수에게 버려졌다. 꼭 그의 신세와 같았다. 신경질적으로 모든 기능을 무음, 울리지 않음, 음소거로 바꾸었다.

희수가 집을 나서기 전, 거실의 화장실로 들어서는 옷차림을 보고 부엌방에 숨어들었다. 시계와 미니지갑 같은 살림들을 옮긴 걸 보고, 그녀의 선택을 알아챘다. 꽃무늬가 프린트된 갈색 스커트와 잘 어울릴 주머니가 많은 갈색의 우아한 백이었다. 깊숙하고 쓸모 없어 보이는 주머니들 중 가장 안전해 보이는 곳에 몰래 끼워 넣었다.

서준은 그의 휴대전화 GPS 장치를 켰다. 그리고 회심의 미소를 지었다. 핸드백의 위치는 단풍나무길 근처였다. 부티크 수블림과 하바나가 멀지 않은 곳. 희수가 질색할 짓이란 걸 알지만 어쩔 수 없었다. 안 들키면 되지. 어떻게든 이도형을 찾아내야 했고, 이도형 앞에서 매를 벌 작정이었다.

희수의 정체를 직접 밝혀서는 안 된다. 그저, 이도형에게 최대한 골고루 얻어맞기만 하면 된다.

최대한 자연스러워야 하는데. 눈치 빠른 희수가 알아차리지 못하도록, 교묘하게 이도형을 긁어 실컷 얻어터져야 했다. '고전적인 수법'은 시간의 힘을 거스를 만큼 아주 잘 먹히니까 '고전'이란 수식어를 얻은 것이다.

공격이 최선의 방어, 주먹은 강하지만 맷집은 영 쥐약인 서준은 도형의 두툼한 주먹으로 얻어터질 생각에 좀 두려웠다. 하지만 마음을 가다듬었다. 한 번 얻어터져 봤던 그 위력은 대단했었다. 그때도 맞아 준 것이었는데. 오늘은 좀…… 많이 맞아 줄 작정이었다.

최대한 얼굴 쪽을 들이대자. 서준은 그렇게 매를 벌 작전을 세우며 달려갔다.

도형은 발걸음이 빨라지는 것을 느꼈다. 그녀는 도형이 휴대전화를 꺼 놓는 걸 말렸다. 하지만 단정한 노란 셔츠와 갈색 스커트 차림이 눈에 들어오자, 몰래 휴대전화를 껐다. 요즘 들어 사정이 좋지 않아 집안의 간섭이 더 심해졌지만 그도 함께 그녀에게 집중하고 싶었고, 방해받기 싫었다.

카페의 창가 자리에 앉아 잡지를 툭툭 넘겨 보던 그녀. 도형이 들어서자, 잡지는 한쪽으로 밀쳐졌다.

"오늘은 늦게까지 놀아도 괜찮아?"

"응." 하며 웃는다. "밤에 춤추러 가자!" 도형이 들뜬 목소리로 말했다.

그동안 시간을 많이 내지 못한다고 투정 부리다 몇 번이나 목소리를 높였다. 하지만 절대 싸움을 받아 주지 않기 때문에 싸울 수가 없었다. 목소리가 높아지면 하는 그녀의 행동들. 눈을 마주치며 웃어 주기, 그래도 짜증을 내면 손을 잡아 주기, 그래도 소리 지르면 손가락 끝에 입 맞추어 주기.

"이렇게 시간이 없는 게 말이 돼?" 하며 목소리는 낮아지고, 흥흥 콧소리가 나온다. 그렇게 웃으며 다시 투정하면 그녀의 장난이 시작된다. 그녀의 까만 두 손바닥 가운데 두툼한 도형의 붉은빛이 도는 손은 샌드위치가 되어 버리고, 그녀가 먹는 시늉을 한다.

"흑밀빵에 빨간 햄이 들어 있네?" 하고, 가운데 햄을 베 물어 먹는 척 콧등에 주름을 잡으며 입을 크게 벌린다. 도형의 손가락 끝은 그녀의 입 안에 들어가고, 베 물어 먹는 시늉을 하며 잘근잘근 물어 장난을 친다. 침대에서 함께 구르는 것보다 더 긴장되고 간지러워 웃다가 말이 끊긴다.

그러곤 다른 이야기로 휙, 돌려진다. 당할 재간이 없었다. 항상 입가가 얼얼하도록 웃고 장난친 기억들뿐이다. 보름도 못 되는 시간이 꿈같이 흘렀다. 매 순간이 행복하고 즐거웠다. 하지만 엷은 불안이 가시지 않는다. 살얼음판 위에서 춤추는 것 같다.

도형은 김희연을 복수의 대상으로 삼은 것을 뼈저리게 후회했다. 건드리지 말았어야 할 여자였다. 그에게 쉴 새 없이 전화했고, 마누라처럼 굴었다. 일주일여를 피하자, 친구들과 있을 때 어떻게 알고는 쳐들어오기까지 했다. 알면 알수록 기겁할 일이 늘어났고, 이젠 그 예쁜 척하며 웃는 보조개도, 기운 없는 척하는 목소리도 진저리 났다.

하지만 다른 사람의 휴대전화를 동원해서까지 김희연은 쉴 새 없이 전화했고, 결국 휴대전화를 끄는 걸 보였다가 그녀의 의아한 눈빛을 받았다.

"괜찮아. 받아. 내가 당신의 생활에 방해가 되는 건 싫어."

"방해 아냐."

하고 꺼 버렸더니, 그녀는 친절하게 켜 주었다.

"마음이 변하는 건 어쩔 수 없는 거니까. 여자 생기면 말해. 우리 서로 좋은 마음이 다할 때까지만 이렇게 같이 있어."

김희연의 전화가 걸려 올까 봐 조마조마하게 마음을 졸이다, 그녀가 잠깐 화장실에 다녀올 때 재빨리 휴대전화를 끌 수 있었다. 김희연은 생긴 것만큼이나 감당하기 힘든 여자였다. 결국 정식으로 헤어지자고 했다.

김희연의 힘든 눈물 바람을 겪었고, 솔직한 사과도 했다.

"집안 사정이 어렵고, 너와는 결혼을 할 만한 여건이 되지 않아."

여자가 생겼냐는 말에 솔직히 그렇다고 했다. 처음부터 마음에 없었다는 잔인한 말도 했고, 강서준을 의식해서 자신을 이용했냐는 말에, 그렇다고 했다.

"널 만난 건, 그 이유뿐이었어. 이용한 거 미안해. 복수할 마음이 없어져 버렸어."

그녀와 상관없이 김희연과 강서준을 내려놓고 싶었다. 언젠가부터 가슴에 쌓여 있던 것이 사라져 갔다. 억울함, 분노, 짜증, 답답함. 깨어 있을 때나 잠들어 있을 때나 화와 울분으로 가득했던 마음이 눈 녹듯 녹았다.

이렇게 행복한데. 유치한 복수 따위 안중에 없었고, 강서준과 거머리 김희연은 그저 몰랐던 인간들로 없애 버리고 싶었다. 가슴에 항상 가득 차 있던 무거운 불덩어리가 한꺼번에 가신 것같이 상쾌했다.

그의 관심사는 오직 한 가지. 그녀를 잡고 싶다.

누구보다도 그에게 집중해 주지만, 항상 이별을 준비하는 그녀. 불안한 마음 때문에 약속을 어기고 자꾸만 이것저것 캐묻게 되었다.

"이름이 뭐야?" 했을 때, 그녀의 답은 "너는?"이었다. 영신그룹 막내, 소문난 말썽꾼 이도형의 타이틀을 밝히기 전에는 직접 그녀에게 답을 얻을 수 없었다.

사귀기로 한 뒤, 첫 데이트 때는 우회적인 대화의 방법을 썼었다. 그녀와 많은 대화를 나누었다. 그녀는 정치, 경제, 역사에 해박한 지식을 가지고 있었고, 특히 음악과 법률, 자동차에는 상당한 수준이어서, 전공이 무엇인지 가늠할 수 없을 정도였다. 나이보다 대단한 지적 수준. 희망이 한발 다가왔다.

그러나 영어 실력은 실망스러웠다. 영문 잡지를 툭툭 넘기며 말하는 것으로 보아 읽기는 빨랐지만 발음과 호흡이 영 형편없었다. 그런 발음으로 나가서 대화하다간 놀림받기 좋은 수준. 희망이 한발 멀어졌었다.

하지만 그때부터도 마음은 이미 꽤 조급해져 있었다. 그녀가 도통 시간을 내지 못했으니까. 그를 대하는 그녀의 태도는 변함없었지만, 그녀를 보지 못하는 단 하루조차도 견디기 힘들었다.

"학생이야? 학교 공부 때문에 바쁜 거야?"

"아니, 휴학하고 빈둥빈둥 노는 중이야. 한동안 꽤 한가했었어."

"그런데 왜 이렇게 저녁마다 바빠?"

"억지 약속에 붙들려 있느라, 연애 못 하게 해."

"누가? 가출했다며?"

그녀는 망설이다가, "사촌이." 했다. 사촌의 존재에 대해 궁금해진 건 그때가 처음이었다. 사적인 걸 캐묻는 걸 질색하지만 그래도 어쩔 수 없었다.

"클럽에서 만났다고…… 했어?"

"응."

"왜 굳이 클럽에서 만났다고 해?"

"백화점에서 지나가다가 옷 사 줬다고도 했어."

"뭐? 그걸 왜 일일이 말해? 그냥, 적당히 둘러대지."

그녀의 대답이 가관이었다.

"난 되도록 거짓말 안 해. 차라리 말을 않지. 사실대로 알려 주는 게 더 잔인하고, 모르는 게 더 속 편할 때가 있거든."

"……."

"하지만 꼭 거짓말을 해야만 할 땐 끝까지 철저하게 하는 편이야."

그땐 말려들었지만 그건 사촌 이야기를 자른 스킬이었다. 그렇게 사촌 이야기만 나오면 말꼬리가 엉뚱한 데로 돌려졌었다. 하지만 처음엔 연애를 방해한다는 사촌 얘기도 핑계 같았고, 조급한 마음에 짜증을 냈었다.

"벌써 마음이 변한 거야? 이렇게 시간을 낼 수 없는 게 말이 돼?"

하지만 그녀는 그가 화를 낼수록 다정해졌다. 생긋 웃으며 어린애를 달래듯 아주 부드럽게 말했다.

"마음이 변하면 이렇게 한두 시간 내는 일도 없을 거야."

춤을 출 때를 제외하곤 그녀를 안아 본 적 없었던 도형. 그녀에게 먼저 손을 대기엔 이상하게 어려웠다. 단정한 행동, 바른 말투, 남녀 사이에는 위아래가 없다며 존대를 하지는 않지만 항상 그를 존중해 주는 태도.

이런 것들은 그녀의 '기품'과 '위엄'을 만들어 냈다. 도형은 지금까지도 그녀가 먼저 잡아 주기 전에는 스스럼없이 손을 함부로 잡는 것조차 힘들었다.

하지만 그날은 그녀가 먼저 그의 품에 안겨 주었다. 주변의 시선도 아랑곳하지 않고 그의 품에 들어온 그녀. 그의 턱을 가볍게 잡은 그녀의 눈이 위험하게 반들반들 빛났다.

"마음이 변하면 휴대전화도……."

그리고 입술을 아슬아슬하게 지나쳐 그의 이마에 가볍게 키스했다.

"꺼져 있을 거고."

심장이 툭 떨어졌다. 장난기 어린 가벼운 베이비 키스 때문인지, 그녀가 말한 내용 때문인지는 알 수 없었다.

"걱정 마. 내가 먼저 변하는 일은 없어. 리드는 당신이 하기로 했으니까."

그녀를 붙잡아 마음껏 키스하고 싶었으나 그녀는 재빨리 품에서 떨어져 나갔다. 아릿한 아쉬움. 하지만 뜨거운 찻잔을 손에 쥔 그녀를 더 어떻게 할 수 없었다. "그, 그래도 시간 내." 도형은 조르기를 계속했고, 그녀가 제안했다.

"우리 아침에 데이트할래?"

"아침부터 무슨 데이트?"

"몇 시에 출근해?"

하는 데 말문이 막혔다. 대강 거짓말을 하려다 사실대로 말했다. 그녀의 말에 영향을 받았는지도 몰랐다.

"지금은…… 안 해. 좀 있으면 해야 할 테지만."

젊은 녀석이 하는 일 없이 놀고 있다는 인상을 주고 싶지 않았다. 하지만 그녀는 개의치 않았고, 그가 출근하지 않는다는 사실에만 관심이 있었다. 잘되었다는 듯이 손뼉을 짝, 치며 말했다.

"그래? 그럼 오전에 데이트하자. 점심을 좀 일찍 먹을까?"

그렇게 그녀와의 데이트는 늘 오전에 이루어졌다. 여러 군데의 브런치 식당을 찾았다. 처음엔 여자들 틈바구니에 끼어서 건달처럼 아침부터 카페에 앉아 있다는 게 좀 껄끄러웠으나, 그녀가 나타나면 그런 사실은 곧 까맣게 잊었다.

처음엔 11시 반, 다음 날엔 11시, 그리고 그다음 날엔 오전 10시에 카페가 오픈하자마자 제일 괜찮은 자리를 차지하고 그녀를 기다렸다. 그녀와 함께하는 매일 아침이 점점 더 행복했다.

가장 좋은 와인을 마시며 가장 맛있는 레스토랑에서 식사하고 싶었지만, 그녀와 함께하는 것들은 모두 소박한 것뿐이었다. 오전의 선선한 바람을 맞으며 테라스에 앉아 두 마리의 고양이처럼 햇볕을 쬐는 것도 기분 좋았다.

원가절감을 한답시고 각종 원두를 섞어 간 싸구려 커피 향이 달콤했고, 뉴욕식, 이탈리아식, 프랑스식 아침 메뉴를 잡화점처럼 늘어놓은 국적 불명의 브런치 메뉴들이 먹을 만했다.

생각보다 그녀의 식성엔 맞지 않는 것 같았지만. 그녀는 늘 엷은 커피 한 잔만 주문했다.

"거봐, 너무 일찍 만나니까 먹을 만한 게 없지?"

"아냐. 버터 많이 들어간 음식 별로고, 샐러드는 좀 지겨워서 그래. 뭘 먹는 게 뭐가 중요해? 누구랑 먹느냐가 중요하지."

그녀는 늘 눈을 맞추고 웃었다. 그게 부족하면 손을 잡아 주었다. 그리고 짜증을 내거나 화를 낼 때면 손가락 끝에 입 맞추어 주었다. 그리고 햇볕이 너무 강하지 않은 날엔 손을 잡고 근처의 공원에 앉아 노닥거렸다. 모든 게 좋았다. 한 가지만 빼고.

"키스하고 싶어."

"해."

그녀가 손가락에 짧은 베이비 키스를 하고 떨어졌다. 그런 거 말고.

밤이 주는 포근한 안정과 좁은 공간의 뜨거움이 필요했다. 어린 아이 하나를 걸게 하며 유모차를 밀고 가는 할머니가 아침부터 데이트 중인 두 연인을 호기심 어린 눈으로 흘끗거리고 있었다.

"춤도 추고 싶어."

"출래?"

그녀가 이어폰을 꽂아 주었다. 어린 연인처럼 이어폰을 하나씩 나누어 끼고 같은 음악을 들었다. 그녀가 좋아한다는 Te Extrano. 멀찌감치 떨어져 이젠 아주 관심 있게 다른 젊은 부인과 죽이 맞아 손가락질까지 하며 갤러리처럼 관람하는 할머니와 아기들. 동네 주민 앞에서 바차타를 출 순 없었다.

하지만 그녀는 아랑곳하지 않고 서서 손을 내밀었다. 도형은 그녀의 손을 잡고 주저앉혔다.

"밤에 클럽 가."

"언제? 지금 춰. 꼭 클럽이어야 해? 당신과 내가 있잖아."

"여긴 파리의 공원이 아니야. 밤에 클럽 가."

"풀밭에서 함께 추는 춤도 재미있을 것 같은데."

그녀는 다른 사람들의 눈 따위는 개의치 않았다. 얼마나 그에게만 집중해 주고 있는지, 항상 매 순간 깨달았다. 토닥토닥 손장난을 치는 시간에 달콤한 음악 몇 곡이 후루룩 지나가면 시간이 왔다.

　"가야 해."

　그녀가 몸을 일으키는 건 1시가 조금 넘었을 때. 아무리 붙들어도 그때는 손을 놓고 발딱 일어났다.

　"약속 취소해."

　"안 돼."

　"그럼 어겨."

　"안 돼. 약속은 약속이야."

　"오늘 저녁엔 시간 내?"

　"괜찮으면 전화할게. 당신……, 여자들은 튕기는 남자에게 끌려. 매달리면 더 못돼져. 바쁘게 자기 일 열심히 하면서 가끔씩만 만나 주는 남자도 매력 있어."

　그렇지. 여태까지 여자에게 매달려 본 적, 딱 두 번 있었다. 두 번 다 강서준에게 물먹었지만.

　그녀에게 그러지 못한 건, 이 여자에게 튕겼다가는 딱 한 번에 떨어져 나갈 거라는 걸 본능으로 느끼기 때문이었다. '이번 주는 만나지 못할 것 같아.' 하면 '그래.' 할 테고, '몇 주 여행 다녀올 거야.' 하면 '잘 다녀와.' 할 것이다. 그리고 '그만 만나.' 하면, '행복했었어.' 진심으로 웃으며 이별의 악수를 청할 여자였다.

　그녀에게 일하는 모습을 보여 주고 싶지 않은 것도 아니다. 하지만 그가 소홀해지는 순간 그녀는 연애의 수명을 훌쩍 줄여 버릴 것 같다. 그래서 잡을 수 있을 때 좀 더 잡아 두고 싶었다.

아침 약속은 아주 정확히 지키지만 저녁엔 만날 수조차 없었고, 그나마 두 번째 저녁 데이트에서는 한 시간 이상이나 늦었다. 카페에서 두 시간 가까이나 여자를 멀거니 기다렸다 만난 건, 태어나서 처음이었다. 그날도 결국 얼굴을 보자마자 화를 벌컥 내는 도형에게 그녀가 애써 웃으며 말했다.

"나와서 기다리지 말랬잖아."

"나올 수 있을 것 같다고 했잖아. 또 그 사촌 핑계야?"

"핑계 아니야. 사촌 얘기는 그만! 싫어."

"왜 그 사촌에게 꼼짝을 못 해? 아무리 자기가 언니라지만……."

"언니 아냐."

"뭐? 남자야? 너, 남자랑 둘이 살아?"

"남자 아냐, 사촌이지. 그런 반응, 할 것 없어."

어떻게 언니와 둘이 산다고 생각할 수 있었는지. 말짱한 얼굴로 '사촌'이라고 할 때 알았어야 했는데. 말 안 하고 말지, 거짓말은 안 한다는 게 무슨 뜻인지 그때야 알았다. 자꾸만 채근하고 그녀가 싫어하는 것들을 캐물었다. '사촌'을 입에 올리면 그녀가 짜증을 꾹 참는다는 걸 알면서도 멈출 수 없었다.

"나와. 나와서 집 들어가."

"사고 쳐서 못 들어간다고 했잖아."

"그럼 내가 집 해 줄게."

빤히 쳐다보며 어이없이 웃던 그녀. 그녀의 눈빛이 분노로 반들거리는 걸 처음 보았다.

"날……, 무슨 취급을 하려는 거야."

도형은 가슴이 덜컥 내려앉았다. 사소한 선물조차도 정중히 거절하던 그녀. 애첩이나 숨겨 놓은 여자, 장난감 따위의 취급을 하려던 건 아니었다. 도형은 빠르게 말꼬리를 돌렸다.

"그럼 사촌에게 쩔쩔매면서 끌려다니지 마."

"쩔쩔매면서 끌려다니는 게 아니라……."

"이게 끌려다니는 거지, 뭐가 끌려다니는 거야?"

"나 카드 얻어 쓰고, 차도 얻어 타. 그냥 말 들어 주는 거야. 사촌 얘기, 그렇게 계속할래?"

카리스마 넘치는 그녀의 반들거리는 눈빛 때문에 더 이상 묻는 건 포기해야 했다. 그러나 그 사촌에 관한 불쾌함이 모락모락 피어오르는 건 어쩔 수 없었다.

이건 만나는 걸 방해하는 수준의 사촌이 아니었다. 잠시 몸을 의탁하는 걸 빌미로 돈줄을 쥐고 흔드는 치사한 녀석이었다.

돌이켜 생각해 보니, 도형과 동갑이라는 '사촌'이 등장하는 대화들은 모두 황당하거나 불쾌한 것들뿐이었다.

"옷 입는 스타일 마음에 들어. 처음에 클럽에서 깜짝 놀랐거든. 그날은 왜 그렇게 이상……하게 입고 왔어?"

했을 땐, 그녀가 얼굴을 검게 붉히며 말했었다.

"사촌이 그렇게 입는 게 좋다고 했어."

갑자기 돈벼락 맞은 졸부에다 패션 감각이 엉망인 녀석이었다.

그리고 그녀와 사귀기로 한 날, 스카이라운지의 룸에서 그녀가 했던 엄청난 말도 기억났다.

"사촌이…… 남자들은 한번 자고 나면 관심이 없어진대."

완전히 틀린 말이라고는 볼 수 없지만.

"그러니 우리 끝내고 싶을 때 섹스해."

그녀에게 그릇된 성 개념을 심어 주었다. 녀석은 분명히 악질 바람둥이였다.

치사한 성격, 졸부에, 패션 감각이 엉망인, 악질 바람둥이…….
그 사촌의 정체가 궁금했다.

#14
전환점

도형은 그녀와 함께하고 싶은 게 많았다.

"춤추니까, 쿠바에 가 보고 싶더라."

"가자!"

하는 도형의 말에 그녀는 씁쓸하게 고개를 저었고, 도형은 다시 졸랐다. "일주일만 다녀오자." 그녀는 다시 고개를 저었다. "나흘도 안 돼?" 다시 흔들리는 고개, 대신 웃음기를 되찾으며 그에게 물었다. "당신은 가 봤어?"

"두 번."

"뭐 했어?"

"글쎄, 아주 늦게까지 늦잠을 자. 오후 한 시쯤에나 일어나 어슬렁거리다 점심을 먹지. 구운 랍스터 같은 거. 그리고 해변에서 스노클링하거나 호텔 수영장에서 구경하지."

"무슨 구경?"

도형은 침을 꼴깍 삼키고 사실대로 말했다. 그녀의 생글거리는 호기심 어린 눈빛이 순수했고, 기분 좋았다.

"예쁜 여자들 구경. 초콜릿색 피부를 가진 아름다운 여자들이 많아. 건강하고 쾌활해. 남자들도 땅땅한 체격들이 많아. 거기 가면 나도 평범하거나 슬림해 보인다니까. 아, 자기도 거기에서는 꽤 하얗게 보일 거야."

그녀가 희고 가지런한 치아를 드러내며 귀엽게 웃었다.

"그런 데 돌아다니면 나는 훨씬 더 새까매져. 또? 또, 뭐 했어?"

"나도 좀 까매지고 싶어서 태우려다 빨갛게 익기만 하고."

"크흐흐흐." 웃는 그녀.

"화덕에서 구운 수제피자도 먹고, 흙길 돌아다니면서 흙으로 지은 집들 구경하고. 되지도 않는 말로 떠듬거리며 사람들이랑 이야기하고. 친절하고 정이 많은 사람들이야. 쿠바의 살사도 춰 보고. 춤을 추려고 태어난 사람들처럼 아주 잘 춰, 자기처럼."

"클럽에도 갔어?"

"그게 간 목적이지 뭐. 10시쯤 클럽에 들어가서 구경하고 분위기 파악하다가, 결국 밤새 춤추고 놀았어. 첫날은 흥분해서 새벽 6시까지. 후후, 덕분에 다음 날은 완전히 방전되었지."

"와아, 직접 연주하는 것도 봤겠다."

"그럼. 라이브 밴드들의 음악도 실컷 듣지. 거리마다 음악이 넘쳐. 노인들로만 이루어진 거리의 밴드가 연주해 주는 음악도 수준급이야. 음악 듣고, 춤추고, 유명한 선생님들 찾아가 인사하고 춤도 배웠어. 온종일 춤추고, 먹고, 마시고, 축제처럼 즐겼지."

"와, 재미있었겠다."

"응, 그러니까 같이 가자."

그녀의 눈빛이 흔들렸다.

"같이 가자. 같이 가서, 같이 놀자."

하지만 그녀는 끝내 고개를 저었다. 그때 아주 잠깐 비쳤던 체념의 눈빛. 그것이 도형의 마음을 굳혔다.

억지로라도 그녀에 대해 알아내기로 했다. 블라인드 데이트 따위는, 이제 끝낼 것이다.

그녀가 알면 질색할 짓을 했다. 선물한 휴대전화의 통화 기록 조회. 그의 명의로 만들어 두기를 잘했다고 생각했다. 하지만 정말 약속대로 다른 사람과 통화하거나 문자한 기록이 전혀 없었다.

기뻤고 답답했고 허탈했다. 그래서 그녀가 더 질색할 나쁜 짓을 시작했다. 사촌이 리스해 주었다는 차량. 그 차량의 번호판 숫자를 따라가 '사촌'을 찾아내기로 했다. 치사한 성격, 졸부에, 패션 감각이 엉망인, 그 악질 바람둥이를 찾아내면, 그녀를 찾을 수 있다.

안 걸리면 그뿐이다. 반칙도 안 걸리고 잘 넘어가면 정당해진다. 몰래 찾아낼 것이다. 그리고 우연한 기회를 만들어 그녀와 서로의 실명을 확인하는 기회를 만들어야지, '어, 누구 친구였었어? 이런 우연이.' 그런 식으로. 그렇게 그녀가 눈치채지 못하게.

그녀와 사귀기로 한 뒤로 꼭 보름간의 데이트였다. 겨우 3주도 못 되는 시간. 이렇게 짧은 시간에 한 사람에게 깊이 빠져 보긴 처음이다. 그녀에 대해 아는 것이 하나도 없지만, 전부를 알고 있는 느낌. 그가 그 짧은 시간 동안 받은 마음의 농도였다.

❖ ❖ ❖

서준은 그녀와 할 수 있는 게 거의 없었다.

눈을 뜨는 게 싫다는 그녀를 바라보는 것도, 더 이상 상대해 주지 않는 그녀와 장난치고 함께 깔깔대고 웃는 것도, 함께 마주 앉아 토닥거리며 밥을 먹는 것도, 일상의 모든 것들을 함께할 수 없었다.

진짜로 하고 싶은 것들, 자잘한 장난들, 손을 마주 잡는 것, 입술을 부딪치는 것, 서로의 호흡과 체취를 느끼는 것, 말캉한 몸을 끌어안는 것들을 꿈에서라도 하고 싶었다.

매일 낮 냉담한 그녀에게 밀쳐지고, 매일 밤 그녀를 꿈꾸고 싶어 슬픔 속에 뒤척였다. 깊게, 편안하게 자 본 일이 언제였는지 기억나지 않았다. 옅은 잠 속에 뒤척이다가 매일 새벽 가슴을 쥐고 잠에서 깨야 했다. 얇은 살얼음이 녹는 것처럼 사르륵 잠기가 가시면 자다 깬 아이처럼 울고 싶어졌다. 가슴이 아렸다.

그래도 아침이 오는 것이 좋다. 눈을 뜨면 희수가 맨발로 아장아장 돌아다니며 그의 아침 밥상을 차려 준다는 것, 그가 나타나면 다른 곳으로 휙 사라질지라도 그 얇디얇은 행복이라도 매일 느낄 수 있다는 것에 감사했다. 아직은, 아직은 말이다.

처음 왔을 때는 거침없이 제멋대로였지만 꽤 유쾌했던 희수. 그러나 그의 마음의 무게를 실어 준 뒤로는 꽤 냉담해졌고, 단정해졌고, 사소한 장난이나 희미한 미소조차도 보여 주지 않았다.

썩 귀엽고, 장난기 많고, 반짝이도록 밝은 녀석이 어떻게 한 번도 연애를 하지 않을 수 있었는지, 들러붙는 녀석이 어떻게 하나도 없을 수 있었는지, 거짓말이 아닐까 싶었을 때도 있었다.

하지만 이젠 알 수 있었다. 마음의 빗장을 단단히 닫아건 그녀는 상당히 단정하여, 어떻게 해 볼 여지를 주지 않았다. 그렇다고 말을 톡톡 쏘아붙이거나 형편없는 태도로 대하는 것은 결코 아니다. 그러나 확실한 선을 긋는 분명한 태도는 서준은 물론, 그 어떠한 남자도 다가서기 힘들게 했다.

그러나 애정과 의지를 갖고 들여다보면 모든 게 완벽해 보이는 희수에게도 치명적 약점이 있다. 서준은 희수의 약점을 좀 치사하도록 물고 늘어졌다.

희수는 부지런하다. 노는 걸 못 견뎌 하는 오랜 습관엔 엄청난 관성의 힘이 붙어 있다. 거기에 이연혜 사장에 대한 존경심과 새로운 일에 대한 호기심, 박규만의 춤에 대한 열정으로 도우미 일을 지워 주면 넘어갈 수밖에 없다.

그리고 책임감이 강하다. 책임을 지워 주고 일을 시켜 놓으면, 반드시 해내야 한다는 강박을 자극하여 데이트를 미루게 할 수 있다. 저녁마다 사무실에 들러, 할 일을 제쳐 둘 수 없는 근성을 살살 뒤흔들었다.

"당분간 잠깐 바빠서 도와 달라는 건데, 데이트는 내일 해도 되잖아."

'네가 하는 짓을 다 알고 있다.' 는 표정의 희수가 반들거리는 눈빛으로 쳐다볼 때는 열심히 딴청을 부렸다. 받아 주지 않는 농담을 걸고, 함께 짐을 날라 주거나 정리 같은 것들을 도왔다. 물론, "짜증 나게 일거리 늘리지 말고 사무실에 가 있어!" 하는 핀잔을 듣기 일쑤였지만.

무엇보다도 보기보다 정이 많다. 그녀도 흔들리고 있어. 서준은 확신했다.

집에 돌아오는 길, 30분도 채 못 되는 시간 동안 서준은 최선을 다했다. 좁은 공간에 함께 있을 수 있는 기회를 철저히 활용했다. 희수에게 많은 말들을 해 주었다. 서준에 대한 잘못된 선입견을 바꾸어 주는 것이 시작이다.

"약하게, 우습게 보이는 게 싫어서, 운동도, 다이어트도 열심히 했어. 제일 비싸고 좋은 것들을 소비하면, 사람들이 무시하지 않거든. 그래서 집도 입이 딱 벌어지게 근사하게 꾸미고, 차도 아주 비싼 걸로 몇 대씩이나 샀어."

거짓과 위선부터 벗었다.

"알아. 내가 좀 유치해, 인정! 몸뚱이만 어른이지, 속안에는 다섯 살짜리가 사나 봐."

그녀의 마음을 톡톡 두드렸다.

"세상에서 혼자인 건 꽤 무섭더라. 네가 좀 대단하고 근사해 보여. 게다가 아주 예쁘지."

그녀의 심장도 어쩌면 쿵쿵 뛰고 있을걸. 애써 모른 체하는 것일 뿐이다.

"그래서 막 정신없이 반했어. 나 너, 네 생각보다 훨씬 많이 좋아한다?"

대답으로 받아치지 못한다는 건, 저렇게 피한다는 건, 그녀도 버겁다는 뜻. 버겁다는 건 그녀의 마음이 흔들흔들 흔들린다는 뜻.

"내가 원래 사람 보는 눈이 좀 있어. 원래 어린애들이 내 편인지 아닌지를 제일 잘 알아보잖아. 누구의 등 뒤에 숨으면 되는지, 누가 내 돈을 벌어 줄 사람인지, 누가 내 뒤통수를 후려칠 사람인지, 이상하게 잘 보여."

굳센 웃음 가면 아래의 발가락들처럼. 꼼지락거리며 그녀의 마음도 끊임없이 요동치며 들끓을 것이다.

"그래도 이도형과의 싸움에서 네 등 뒤에 숨으려고 했던 건, 내 일생의 가장 비겁한 짓이었어."

그가 마음의 문을 천천히 두드릴 때마다 그녀의 호흡이 조금씩 가빠졌다.

"미안해, 희수야. 이제 그거 그만두고, 나 좀 봐 줘."

거봐. 그녀는 늘 귀 기울이고 숨죽이며 가만히 들었다. 하지만 눈이 마주치면 안 돼.

"이젠 나도 멋진 어른이 되려고. 네 옆이라면, 함께 손잡고 서로를 아끼다 보면 나도 훌쩍 클걸. 네 옆에서 근사한 수컷이 될래."

눈이 마주치면 피해 버리니까. 하지만 다른 데를 보고 있으면 가끔씩 바라봐 주기도 하거든. 그녀를 볼 수 없으니 그녀의 눈빛을 읽을 순 없지만 그래도 몰래 가끔씩, 바라봐 주거든.

연일 계속되는 야근으로 혹사를 시켰으니, 집안 살림이 평소보다 흐트러지는 건 어쩔 수 없다. 정말 애쓰고 있는 그녀 때문에 서준은 안쓰러워 물었다.

"아줌마 구해 줄까?" 하면,

희수는 "내가 알아서 해." 하고 말았다. 좀 약해져라. 그렇게 꽉 움켜쥔 주먹을 풀고 나한테 좀 기대.

희수는 쓸데없이 차려 달라는 야식도 군말 없이 차려 주었다. 그러면 또 그녀를 흔들 기회가 생긴다.

"아이러니한 게, 사업 이야기를 부드럽게 하려고 밥을 먹는데, 그렇게 먹는 밥은 꽉 얹히기 십상이지. 속이 그래서 음식에 손을 안 댔더니, 이제 와서 출출하네."

하고 라면을 끓여 달라면 "속 별로라며." 고개를 숙인 채 부루퉁하게 누룽지탕을 끓여 준다. 마음이 없는 사람이 어떻게 저렇게 남의 속을 걱정해? 서준은 또 웃으며 말을 걸었다.

"맛있겠다. 사업 얘기 하면서 먹는 밥이 제일 맛없어. 오늘도 상다리 휘어지게 차려 놓은 상 앞에서 떠들기만 하다 왔어. 너랑 같이 먹는 밥이 세상에서 제일 맛있어."

신뢰는 한 번에 쌓이는 게 아니다. 오랜 세월 켜켜이 쌓아야 한다. 희수에게 조금씩 마음 한 자락씩을 얻을 것이다.

"사실은 너랑 저녁 먹고 싶어서 사장한테 욕먹고 약속 빼고 온 적, 많지."

비록 지금은 그를 버릴 준비를 차근차근 하고 있지만, 마음의 가드를 잔뜩 올려붙인 채 그를 상대해 주고 있지 않지만.

그녀는 그에게 분명 흔들리고 있거나, 아니면 마음이 이미 있는지 모른다. 그래야 한다.

어제는 대담한 짓도 했다. 자동차 워셔액을 떨어뜨리는 걸로 위장하여 마트 갈 계획을 세웠다.

자동차 용품 코너에서 아주아주 천천히 쇼핑을 했다. 이것저것 구경하며 관심도 없는 물건을 뒤지는 척하는 서준에게 희수는 "사지도 않을 물건, 그만 골라." 좀 짜증을 부리기도 했다.

그렇지만 그녀도 조금씩 그녀의 마음을 들킨다. 지나가다가도 무언가 털 달린 것들을 보면 눈에 한 번씩 담는다. 그러다 털 달린 러그를 스윽, 손으로 훑는다.

그녀는 포근한 감촉을 좋아해. 그의 집은 도시적이고 차가운 인테리어에 메탈릭한 소품만 가득하다. 그것이 그의 카우치가 대단한 사랑을 받는 비밀이었다.

"카우치 앞바닥에 깔면 되지, 사 가지고 가자!"

서준이 말을 걸면, "청소할 때 털 날려. 귀찮아." 하고 안 그런 척하지만.

그래서 서준은 마트의 애완견 센터에 연락을 해 두었다. 제대로 된 커다란 애견숍에서 천천히 고민하다 사게 하고 싶었는데. 좀 우연한 동선을 만들어야 했다.

그녀는 역시 유리벽 안의 강아지들에게 시선을 빼앗겼다. 서준은 싫다는 그녀의 팔목을 억지로 잡아끌어 숍 안으로 발을 들이게 했다.

"잠깐 구경한다고 큰일 안 나."

그녀가 개새끼라고 불러 줬었잖아. 털 달린 것. 개새끼. 정말 강아지를 사 줘야지. 그래서 정을 담뿍 들여서 절대로 나가고 싶지 않게 만들어야지.

희수를 맞으며 귀엽게 달려 나오는 복슬복슬한 웰시코기 한 마리가 꽤 마음에 드는지, 희수는 강아지와 함께 손을 잡는 시늉을 하며 아주 잠깐 놀았다. 쪽 째진 눈이 오랜만에 가느다랗게 웃음을 매달았다.

서준은 회심의 미소를 지으며, "쟤, 사 가지고 가자. 응?" 했다. 그러나 그녀는 고개를 저었다.

"왜? 사 가지고 가자. 잘 기르면 되지."

"네가 퍽이나 잘 기르겠다. 출근하면 베란다에 묶어 둘 거면서. 저 녀석도 종일 혼자 묶여 있으면 외로워서 스트레스 받을 거야."

"그럼, 같이 돌봐. 너랑 나랑 교대로 보면 되지."

사실 처음부터 그냥 사서 안겨 버리려고 하다가, 그녀의 성격을 아니 그녀 스스로 결정하게 해야 했다.

"괜히 나 없을 때 선물이라고 사 오지 마. 저 녀석도 사랑해 줄

주인에게 갈 권리가 있어."

그냥 확 그래 버릴걸.

"저 녀석의 평생을 책임질 각오가 아니면, 예쁘다고 돈 있다고
함부로 사는 짓 하지 마. 난 일도 해야 하고, 공부도 마쳐야 하고,
앞으로 해야 할 일들이 태산이야. 난 못 돌봐."

잠깐만 더 놀아 보면 마음이 달라질 텐데.

"한 번만 안아 봐. 안아 보면 마음이 달라질걸? 아니, 저기 카
페에서 차 한잔 마시면서 잠깐 데리고 놀아 보자. 안 사도 돼."

"안 놀 거야."

"잠깐 놀다만 가자, 응?"

"안 살 거야. 안 놀 거야!"

계획이 틀어져 퍼런 워셔액 두 통만을 끌어안고 마트에서 나와
야 했지만. 그리고 이따위 재촉이나 받게 되지만.

"네 여자 친구는? 빼냈어?"

'그래.' 했다간 그녀가 어떤 액션을 취할지 잘 알기에, 대답을
하지 못하고 어정쩡하게 고개를 저었다.

"빨리 빼내. 다 짜증 나. 관둘래. 이제 재미없어졌어."

버려지지 않아. 버려지진 않을 거야. 그녀의 긴 인생에서 순간
스쳤던 까만 점 하나가 되진 않을 거야. 바람둥이 개새끼지만 그녀
의 마음 한 자락은 얻었어. 그녀는 분명히 흔들리고 있어.

토요일 오후, 날씨마저 징그럽게 좋았다. 이도형은 지금쯤 신나
게 데이트 중이겠지. 내가 반드시, 결코, 오늘이 마지막 데이트가
되게 해 주마!

서준은 휴대전화를 들어 GPS 장치를 다시 확인했다. 이 건물에

서 갈 만한 곳은 서준도 접대를 위해 가 본 적 있는 양식 레스토랑
이다. 서준은 오름 방향 엘리베이터 버튼을 눌렀다.

아직까진 희수를 알아보지 못해 다행이다. 이도형에게 죽도록
얻어터져야 한다. 자연스럽게 싸움을 걸어야 한다. 옛 원수와의 싸
움으로 위장해야 한다. 이도형이 뒤늦게라도 알아보지 못하도록.
희수에게 화가 미치지 않도록. 그리고 그녀의 마음을 얻을 수 있도
록.

좀 두렵긴 하지만 참, 괜찮은 계획이었다.

"차인 거 아니야. 내가 그만두자고 했어!"

"그래, 누가 네가 차였대? 기운 내고 잊어. 이도형도 알고 보니
생각보다 실속 없지? 그래서 걘 안 된다니까."

희연은 재경유업의 둘째 딸 아령의 목소리가 거슬렸다. 실속?
아령은 희연의 실연을 위로하는 척하면서도 묘하게 긁었다. 희연
은 긁힌 만큼 긁어 주었다.

"서로 마음이 뜨면 언제라도 그만둘 수 있는 게 연애야. 하긴,
넌 주로 선을 보니까."

6명의 친구들 중 결혼하지 못하고 남겨진 건 아령과 희연, 둘뿐
이었다. 아령은 대단한 지참금을 쌓아 둔 만큼 외모가 뛰어나지 못
했고, 희연은 그 반대였기 때문이었다. 서로 가진 걸 갖지 못한 둘
의 대화는 쉽게 싸움으로 번지거나 치기 어린 내기로 번졌다.

"그래, 우리 같은 레벨들은 주로 선을 보지. 너도, 다시 연애할
남자 물색해야겠네? 내가 거절했던 아들들 리스트 뽑아 줘?"

아령의 가면이 벗겨지고 비아냥거림이 노출되었다. 아령은 성형을 너무 과하게 해서 얼굴이 좋지 않게 된 케이스였다. 어려서는 촌스러운 듯 못생긴 정도의 정겨운 느낌이었는데, 커서는 수십 차례의 성형 후 미인형이 되었지만 가까이에서 보면 그렇지 못했다.

고칠수록 더 나빠져 어쩔 수 없이 어느 순간 성형을 멈춰야 했다. 집안 어른들 몰래 성형을 다시 하다 야단을 들었던 탓에, 어른들의 눈에도 벗어났고, 선을 보는 족족 퇴짜를 맞았다.

어려서는 장난처럼 희연을 무시한 수준이었지만 근래 들어서는 희연에게 묘하게 스트레스를 풀었다. 만나고 싶지 않아도 다른 친구들과 엮여 할 수 없이 만나게 되는 친구였다.

"싸우지들 마. 나 정말 오랜만에 외출했어. 잠깐 놀다 빨리 들어가야 하는데, 너희들 싸움 말리는 거로 시간 낭비하기 싫어. 아, 내가 신경질이 나서……."

일찍 결혼을 해 이젠 아이의 엄마가 된 친구였다. 시부모님 내외가 여행을 가고, 신랑이 늦게 들어오는 바람에 모처럼 나올 수 있었단다. 친구는 신랑이 벌써부터 둘째를 가지자고 해서 신경질이 난다는 고민을, 두 처녀에게 늘어놨다. 희연은 모든 게 마음에 들지 않았다.

"걱정 마, 내가 다른 괜찮은 애 소개시켜 줄게. 남자들이 요즘 너 소개시켜 달라고 부쩍 난리던데."

"나도 그런 얘기 요새 많이 들었어. 난 너 이도형이랑 결혼하는 줄 알고 거절했지. 나도 괜찮은 애들 주선할게."

희연은 서준이가 보고 싶었다. 몇 번이나 전화를 했지만 받아주지 않았다. 그래, 요새 좀 많이 서운하게 했었다.

"그러지 말고 강서준이랑 그냥 사귀는 건 어때?"

"맞아. 걔 다니는 투자회사도 잘되어서 돈 좀 버는 거 같던데."

"그래, 전보다 평가들이 참 좋아졌더라. 어렸을 때야 누구나 실수할 수 있는 거고."

"그래 봤자 사생아인데, 얘가 어떻게 시집을 가겠니? 얘네 부모님 체면은 뭐가 되고?"

친구들의 부추김에 아령이 또 태클을 걸었다. 멀쩡한 이름이 있는 서준을 꼭 '사생아'라고 불렀다. 일일이 대꾸하기도 귀찮아 희연은 몸을 일으켰다. "왜?" 하는 친구에게, "술 좀 깨게, 바람 좀 쐬고 올게." 하고 웃어 보였다.

하바나의 밀실 21호를 나서는 희연의 발걸음이 휘청거렸다. 낮은 구두를 신었는데도 제대로 걷지 못했다. 겨우 세 잔 마셨을 뿐인데 벌써 취기가 올랐다. 하바나에 올 생각이 아니었는데.

"너, 돈 없잖아? 무리하지 마." 하는 아령의 비아냥거림에, "아니, 내가 사고 싶어!" 하고 하바나의 21호로 들어섰다. 서준의 이름을 팔아 술을 먹었다.

왜 이렇게 전화를 받지 않는 거야. 희연은 바람을 쐬러 나서지 않고 복도에서 계속 서준의 전화번호를 반복해서 눌렀다.

친구들과 마신 술값조차 계산하지 못하는 거지 같은 형편. 꼭 벗어나고 싶었다. 부모는 고를 수 없지만 배우자는 고를 수 있다. 저 계집애들이 부러움에 몸부림을 칠 정도로 근사하게 사는 모습을 꼭 보여 주고 싶었다.

'그러게 왜 다른 여자랑 사귀어! 처음부터 왜! 서미연 같은 계집애랑 어울려서 날 모욕해! 우리 사이를 박살 낸 건 너야, 내가 이렇게 된 건 다 너 때문이야, 알아?'

그래, 아령은 희연을 너무 잘 알았다. 희연은 아직, 부자도 뭣도 아니었던 '사생아'와 사귀고 싶지 않았던 거였다.

친구들처럼 편집숍에 쇼핑을 한다고 전화를 넣고 가게 문을 닫게 하곤, '나 사모님 소리 질색이에요. 고객님이라고 부르세요.' 한껏 콧소리를 내며 도도하게 우아를 떨고 싶었다.

서준은 처음부터 희연에게 한순간도, 남자가 아닌 적이 없었다. 친구라는 우정 타령, 다 거짓말이다. 그에게 신랑감 후보들을 소개하면서도 서준이 흔들리기를 바랐다. 사생아면 어때, 서준이는 이제 부자가 되었잖아, 하는 생각을 하는 스스로를 경멸하면서도.

전화 좀 받아라, 서준아. 받아 준다면 미안하단 잘못했단 사과라도 하고 싶은데. 이젠 정말로 너에게만 충실할 수 있을 것 같은데. 하지만 희연은 끝내 서준의 목소리를 들을 수 없었다.

희연은 바람을 쐬려던 걸 그만두고 다시 21호 안으로 들어섰다.

"걔, 별명 생겼더라? 봉잡이."

그러나 들려오는 이야기에, 문을 미는 손을 조용히 멈추어야 했다.

"뭐? 봉잡이? 무슨 봉?"

"글쎄, 봉황(鳳)이거나, 결혼할 때 신랑이 보내는 돈의 봉(封)이거나, 이용해 먹을 어수룩한 봉(鳳)이거나, 아니면……."

"아니면 뭐? 기둥?"

"그냥 기둥(棒)도 있지만, 남자의 그 '기둥'이거나, 큭큭!"

"어우, 야!"

"나도 들었어. 웃기지? 완전 딱 맞지? 강서준이 기둥서방의 봉이고, 이도형이 어수룩한 돈줄 봉이래. 어제 누가 기둥 잡고 춤추는 거부터 다섯 가지 버전 손그림이랑 합성해서 올렸어, 후후후후!"

"정말? 검색해 볼게. 와, 어떡해 얘, 실명도 나왔어?"

"이름은 없는데, 사람들이 누구냐고 난리야. 아는 사람이야 딱 알아볼 수 있지."

"입소문은 벌써 옛날에 쫙 퍼졌어. 이도형이 막아 주다, 막아 주다 감당 못 했지."

"그래서 헤어졌구나?"

"그러니까, 걔 들어오면 괜히 누구 소개한다 어쩐다, 하지 말고 그냥 강서준이랑 잘해 보라고 해. 걔 여기서 누구 하나만 더 잘못 건드려 이용당하면 정말 인생 끝이야."

"왜? 나는 소개해 줄 남자 벌써 딱 떠오르는데? 답글도 콱, 달고 싶다."

호기심 반, 걱정 반인 목소리들 속에서 악의적인 목소리 하나는 아령이었다. 희연은 이야기 속 '봉잡이'가 누굴 지칭하는 것인지 잠깐 얼어붙었다. 이도형과 잘되는 줄 알았던 여자, 누구……, 누구란 거야?

악몽이었다. 이건 분명 악몽이었다.

[부탁하신 것 알아냈습니다. 메일 확인 부탁드립니다.]

도형은 그녀가 잠시 화장실을 다녀오는 사이 몰래 휴대전화의 문자메시지를 확인했다. 드디어!

"불편하게 그러지 마."

그러나 곧 그녀가 방긋 웃으며 자리에 앉았다.

"처리할 일 있으면 다 처리하고, 받을 전화 있으면 다 받아."

돌아오기 전에 다시 휴대전화를 껐어야 했는데, 괜히 켜 본 게 화근이었다. 도형은 "으응." 하며 하는 수 없이 휴대전화를 밀쳐놓으려다가 궁금함을 참지 못하고, "그럼 잠깐 메일 확인 좀 할까?" 했다. 그녀는 순순히 "응." 하고 창밖으로 고개를 돌려 줬다. 건물이 그다지 높지는 않지만 최상층이라 전망이 괜찮은 곳이었다.

처음으로 그녀를 데리고 제대로 된 곳에 식사를 하러 왔다. 모든 게 썩 마음에 내키지는 않았지만, 대체로 여자들에게 좋은 평가를 받는 곳이다. 처음 데이트할 땐 아는 사람들을 마주칠 만한 장소를 극도로 피했지만 이젠 상관없다.

하지만 방해받지 않을 개인 룸에 앉아서도 괜한 긴장이 되었다. 그녀를 안내하며 웨이터가 주문을 받으러 따라 들어왔다. 메일을 빨리 확인하고 싶었어도 도형은 휴대전화를 내려놓고 메뉴판을 먼저 받아 들었다. 그녀가 빠른 눈으로 메뉴를 쓱 훑었다. 도형이 먼저 입을 열었다.

"코스 먹자. 나오는 것들이 대강 괜찮더라."

"여러 가지 음식들 계속 끼어들어 방해받는 거 귀찮은데."

"맛있는 거 먹여 주고 싶어. 데이트 때마다 제대로 식사한 적이 한 번도 없었잖아."

그녀는 "그런 게 뭐가 중요해." 웃었다. 도형은 "먹고 싶은 거 말해. 메뉴에 없는 것들도 웬만한 건 만들어 줘." 했다. 그녀가 눈을 반짝이며 "당신이 내키는 거 고르고 넌 그냥 먹어, 하고 말아." 했다. 도형은 인상을 찌푸리고 그녀를 보았다.

"좀 좋아하는 걸 먹여 주고 싶어. 식사할 때마다 마음에 들어

404

하는 거 한 번도 못 봤어."

"음식 깨작거리거나 맛이 이렇다, 저렇다 한 적 한 번도 없었는데?"

"느낌으로 알아. 군말 없이 잘 먹어도 마음에 안 들어 했었고, 메뉴가 형편없으면 아예 주문도 안 했잖아."

그녀는 "후후후." 웃었다. 얼핏 눈가에 물기가 도는 것도 같았다. 와, 나 쟤한테 감동 줬나 봐. 뿌듯한 마음으로 눈물이라도 좀 흘려 주기를 바라는 약간의 변태 같은 열기가 확 피어오르기도 전에, 그녀는 빠르게 원래의 얼굴로 되돌아왔다.

"진짜 내 취향대로 하라는 뜻이지?"

"그래, 취향대로 해."

"좋아. 코스에 끼워 나오는 수준의 상어 알 싫고, 스트레스 주며 억지로 부풀려 키운 간 요리 싫고. 아, 나 홍합 알레르기 있어. 관자 살 너무 질기게 하지 말라고 해 줘. 잘못 요리된 건 맛이 형편없어. 구울 때 버터에 빠뜨리지 말고, 유크림은 주방에서 우유 끓여 바로 만든 거 아니면 차라리 빼고, 통조림 깡통에서 꺼낸 제품 끼워 넣지 말라고 해 줘. 비린내 나."

코스 요리 중 이미 여러 개가 우수수 퇴짜를 맞았다. 도형은 웃음을 흘렸다.

"모든 요리에서 전체적으로 홍합은 꼭 빼 주시고, 캐비아, 푸아그라, 빼 주시고 대신……."

"다른 거 추가하지 말고 차라리 고기만 맛있게 구워 달라고 해 줘. 샤토브리앙 되면 그거 잘 구워 주고, 없으면 그냥 필레. 내 입맛, 노인네 취향이야. 다른 요리 있으니 300g 정도면 되고, 고기는 미디엄 레어. 소스는 고기 위에 흥건히 끼얹지 말고 옆쪽에 따로 달라고 하고."

웨이터에게 이것저것 질문을 하며 꽤 긴 시간 주문을 했다. 주
문을 마치고 웨이터를 돌려보내니 진땀이 다 났다.

"사실, 처음엔 식성이 까다롭지 않은 줄 알았어." 하니, 그녀는
맑은 눈을 반들거리며 "아……주 까다로운데?" 했다.

도형은 "후후후." 웃었다. 사실, 그녀는 이런 종류의 식사 자체
를 마음에 들어 하지 않는 눈치였다.

"뭐가 마음에 들지 않는 건데?" 하니,

"식사 너무 길게 하는 거 싫어. 먹을 만큼만 먹고 마는 게 좋
아." 하며 웃는다.

여자들이 좋아한다고만 생각했던 걸 그대로 적용했다간 철퇴 맞
기 십상.

"자기, 우리 집에 시집오면 피곤하겠네? 우리 어머니는 길게 식
사하는 거 좋아하시는데."

"걱정 마, 결혼해야 해서 더 이상 만날 형편 안 되면 끌지 말고
빨리 말해 줘."

항상 저런 식. 슬쩍 걸어 보아도 어떻게 한 번을 들러붙지 않는
다. 가능성조차 저울질하지 않고 미래를 생각하지 않는다. 그저 헤
어질 때까지만 즐겁게 지내, 하는 말들.

원하는 것도 없고, 달라는 것도 없다. 물질적인 건 모두 거절.
요란해 보이는 식사 주문조차 그를 진땀 나게 하려는 장난일 뿐,
실제로 시킨 음식은 몇 가지 되지도 않았다. 주방에서는 그녀가 빼
달라는 것들만 빼 주면 되는 생각해 보면 간단한 주문.

그녀가 원하는 건 오직 농담하고, 장난치고, 웃고, 손잡고, 떠들
고, 춤추는 것. 연애하는 것.

도형은 가슴 근처가 아려져 꾹꾹 눌렀다. 여느 때처럼 손이라도 잡아 달라고 하면 나아질 것 같았지만 오늘따라 테이블이 너무 넓다. 그녀가 옳다. 무얼 먹는 게 중요한 게 아니라 함께 있는 게 더 중요한 것인데, 자꾸 그걸 잊는다. 무어라도 해 주고 싶은데, 해 줄 수 있는 게 없다.

울고 싶어지는 기분. 도형은 아무렇게나 생각나는 대로 빠르게 말했다.

"하긴, 브런치 메뉴가 좀 그렇긴 했지만 아예 안 먹고 커피만 마시더라니. 첫날은 순대국밥 먹자고 해서 기함했었는데."

"그때 그 순대국밥은 너무 맹탕이었어."

"그만하면 먹을 만하던데?"

"제대로 만든 데는 훨씬 맛있어."

"그럼 뭘 좋아해?"

"한식에는 관대한 편이지만 재료 나쁜 거 쓰면 바로 짜증 내. 하지만 뭐든 맛있게 먹으려고 노력해. 시장이 가장 좋은 반찬이니까. 자장면도 맛있어."

"자장면?"

"응. 먹을 때는 정신없이 맛있고, 먹고 난 다음에는 졸음이 쏟아져. 땀 흘리고 잔뜩 배고플 때 후루룩 급하게 배불리 먹고 난 뒤 햇볕을 받으면서 꾸벅꾸벅 조는 맛도 좋아. 다음엔 그거 먹으러 갈까?"

롤러코스터를 태우는 건 그녀의 특기, 도형은 "후후후후." 웃었다. 가슴이 또 아릿했다.

"뭐든 맛있게 먹으려고 노력해. 이런 데 와서 풀어 주고 내 취향대로 하라고 하면, 주방장이 부들부들 떨면서 국자 들고 뛰쳐나오게 괴롭힐 테지만."

"풀어 주지 말아야겠네?"

그녀는 위험하게 눈을 빛내며 웃었다. "그래, 풀어 주는 순간, 당신 나 감당 못 해. 그러니까 리드 잘해." 한다. 예쁜 턱선, 슬며시 미소 짓는 입술이 귀여우면서도 긴장감을 만들어 주었다. 울고 싶으면서도 기분이 좋았다.

"주문을 이렇게 길게 해 보긴 처음이야. 다음엔 뭘 사 줘야 할까 걱정된다."

그녀에게 사 줄 수 있는 건 고작 먹을 것들뿐. 그것도 제대로 사긴 처음.

"귀찮지? 그러니까 그냥 먹어, 하고 말아. 그럼 그렇게 할게."

목이 막혀 "그런 고압적인 리드, 싫어." 하고 뱉었다. 숨을 훅, 들이켜며 샐쭉 웃는 그녀. 그녀도 그의 대답이 마음에 든 것 같았다. 하지만 도형은 방법을 알 수 없었다.

"메일 확인해야 한다며? 이제 해야 한다는 일, 시작한 거야?"

아, 그녀와 무언가를 하다 보면 항상 다른 일을 잊는다. 해야지, 메일 확인.

"잠깐, 미안."

떨렸다. 그녀의 사촌을 찾았다는 문자의 내용. 그녀와의 데이트가 끝나고 확인하는 게 좋을 것 같았지만, 도형은 참지 않기로 했다. 노란 셔츠에 꽃무늬가 프린트된 갈색 스커트를 입은 그녀. 노란색 플라스틱 팔찌가 귀여웠고, 갈색으로 염색한 머리칼이 풍성하고 탐스러웠다. 그녀의 까만 피부엔 노란색이 참 잘 어울렸다.

특히 셔츠가 잘 어울렸다. 가슴 부분이 타이트하게 맞는 게 아주 보기 좋았다.

"노란색, 너무 잘 어울려. 그런 색 원피스 한 벌 선물하고 싶다."

물을 마시다 말고 고개를 젓는다. 그래, 선물은 안 되니까.

예쁜 턱선, 대답하느라 한 방울 흘린 물을 훑는 예쁜 입술, 오똑한 콧날, 그리고 쪽 째진 귀여운 눈. 자신 있게 라인을 강조한 메이크업이 오늘따라 사랑스럽다.

"보안 때문에 접속이 느려." 짜증을 잠깐 내자, 액정 화면이 바뀌는 동안 발밑으로 툭툭, 장난을 걸어 주는 그녀. 도형도 질세라 장난을 받았다. 그녀에게 발을 잡히면 가차 없이 밟힌다. "아, 아! 진짜로 아파!" 하고 엄살을 떨어 봤자, 놀이에서는 절대 봐주지 않는다.

"잠깐, 이제 화면 떴어. 잠깐만." 하니, "응." 하고 다시 얌전히 앉아 기다려 준다. 싱긋 웃는 입술, 그 입술에 마음 놓고 깊이 입 맞출 수 있는 날을 훌쩍 앞당기고 싶었다.

도형은 첫 음식이 나오기도 전, 그렇게 궁금해했던 메일의 내용을 확인했다.

"이도형 이름으로 예약되어 있고 지금 두 사람 식사중입니다. 한 사람 추가해 주시고, 자리 좀 안내해 주십시오."

서준은 정중한 태도로 직원에게 거짓말을 했다. 확인하고 다시 알려 주겠다고 했지만 조용히 밀어붙였다. 너무나 진중하고 당당한 태도 때문이었는지, 직원은 확인 절차도 잊고 이도형이 머무는 방으로 안내했다.

룸의 문이 삐그덕 열렸다. 서준은 희수의 뒤통수와 이도형의 흙빛이 된 낯을 마주했다.

"오랜만이다?"

깔끔하게 인테리어 된 실내. 창밖으로는 이제 막 붉게 해가 지는 도심이 펼쳐졌다. 방 안에 들어서는데도 도형의 낯빛은 바뀌지 않았다. 서준은 무언가가 이상하게 돌아간다는 것을 느꼈다.

그를 충분히 도발할 만큼 비웃음이 가득한 미소를 지어 주고, 허락도 없이 의자 하나를 빼 자리를 차지했다. 그런데도 도형은 아무런 반응 없이 침만 삼켰다. 오히려 서준을 기다리기라도 한 듯.

흔들리는 눈빛으로 한동안 서준을 바라보던 도형이 음산하게 입을 열었다.

"강서준에게도……, 사촌이란 게 있었던가?"

"뭐?"

도형은 이미 모든 걸 알아차린 것처럼 태연했다. 희수의 정체를 밝히러 온 것이 아닌데. 그저, 한껏 시비를 걸고 얻어맞아 어떻게든 해결을 보기 위해서 온 것인데. 그러나 다시 바라본 도형은 한 번도 보지 못한 불안정한 모습으로 변해 있었다.

"네가 얘……, 얘 집에 들이고, 이, 이렇게 만들어 놓은 거니? 와아, 근사하네. 이름이…… 이, 이름이 뭐였, 뭐였지?"

희수가 천천히 숨을 들이켰다. 서준은 복잡해 보이는 희수의 표정을 읽을 수 없었다. 대신 빠르게 대답했다.

"이희수. 네가 전 재산을 빼앗고, 거리로 내쫓아 노숙자 만들어 놓은 애."

"아……아, 아! 와, 와아!"

도형의 눈빛이 위태위태했다.

"그랬지. 사고 쳤고, 집에서 쫓겨났고. 징그러운 계집애, 거짓말은 안 한다는 게 이거니? 그랬지. 하하하, 그랬구나. 그랬지. 내가 그렇게 했었지. 내가 집에서 쫓아냈지. 휴대전화는 누가 망가뜨렸다고 했었지, 그게 나였지!"

도형은 곧 울 것처럼 답답해하며 가슴을 쥐어뜯다가, 테이블을 한꺼번에 들어 엎었다. 촛대, 와인 잔, 물 잔, 포크들과 나이프들, 빈 접시들이 한꺼번에 와르르 쏟아지며 무너져 내렸다. 그때 날카로운 유리잔의 파편 하나가 희수의 얼굴에 깊숙이 꽂혔다. 뺨에서 붉은 선혈이 조금씩 배어 나오기 시작했다.

서준은 깜짝 놀라 희수를 감싸 안으려 다가갔다. 엉망으로 물건들이 쏟아지는데도 희수는 미동도 않고 피하지 않았다. 그러나 도형이 울부짖으며 막아섰다.

"가까이 오지 마, 비켜!"

도형은 서준을 거칠게 밀쳤다. 흥분과 불안과 광기가 어리는 도형의 오른쪽 눈에 한 줄기 눈물이 주르륵 흘렀다.

"네가, 네가 이 일을 다 꾸민 거야?"

"그래."

"희, 희연이, 희연이 놓아줬어. 희연이 놓게 하려고 이 애……, 나한테 들이민 거야?"

서준은 한숨을 들이켜며 말했다. 희수에게 도형의 울분이 옮아가게 해서는 안 된다.

"희, 희연이 놓아줬으니……, 그, 그래서 이제 나 따라다니게 할 필요 없으니, 이 애 빼앗아 가려고 온 거야?"

"빌러 왔어."

"빌어? 뭘 빌어 이 개새끼야!"

"……."

"이 애 빼앗아 가려고 왔잖아! 빼앗아 가려고……, 평생……, 어떻게 평생 내 여자들을 다 이렇게 해!"

도형의 주먹이 서준의 턱을 강하게 후려쳤다. 빗맞은 위력이 대단했다. 서준의 몸이 쓰러진 테이블 위로 굴러 바닥으로 떨어졌다. 도형은 다시 한번 서준의 배를 발길질했고, 서준의 등은 충격으로 휘었다. 도형은 서준의 몸에 올라탔다. 얼굴을 향해 수없이 주먹을 내리꽂았으나, 그저 제대로 막지도 않고 묵묵히 맞을 뿐.

반격이 미지근하니 도형은 더욱 더 광포해졌다.

"나쁜 새끼, 죽여도 시원찮을 새끼!"

도형은 주변의 물건들을 광기 어린 시선으로 바라보았다. 번들번들한 눈에 이상한 광채가 일었다. 쓰러진 의자가 그의 손에 들어왔고, 서준의 등에 내리쳐졌다.

"죽어, 이 개새끼야!"

서준이 처음으로 몸을 비틀어 피했다. 나무로 된 의자가 서준의 팔에 빗맞았다.

바닥에 내리쳐진 충격에 의해 파편이 토막토막 부서졌다. 성냥개비처럼 흐트러진 나무토막들이 도형의 눈에 들어왔고 서준을 내리치려 했으나, 너무 짧다. 여전히 맞고만 있는 서준은 도형의 비위를 더욱 거슬렸다.

"왜 가만히 있어. 왜 가만히 있느냐고, 덤벼, 덤비란 말야!"

주변 것들을 아무렇게나 보이는 대로 집어 던졌다. 작은 집기들, 소품들, 쿠션들이 서준을 향해 던져졌고, 도형은 힘에 의해 휘청거리다 커튼을 잡았다. 육중한 무게에 의해 헐겁게 매달린 커튼들이 주우욱, 찢어졌고, 힘에 의해 밀린 커튼의 기다란 봉이 퉁퉁퉁, 바닥으로 떨어졌다.

씩씩거리며 숨을 고르던 도형은 그 중 기다란 봉을 손에 잡아 들었다.

그리고 서준을 향해 무작정 휘둘렀다. 여러 차례의 헛손질, 그러다 살기가 제대로 담긴 일격을 서준은 가까스로 피했다. 흥분한 도형의 움직임은 약삭빠르지 못했고, 그런 만큼 위험천만했다. 서준은 봉 끝의 뾰족한 부분을 살짝 피하고 밟아 내렸다. 발로 누르며 잡힌 힘에 의해 도형은 봉을 다시 집어 들 수 없었다.

손에 들었던 게 무용지물이 되자, 도형은 다시 주변을 살폈다. 아주 커다란 도자기 화분이 그의 눈에 들어왔다. 도형은 "우아아아!" 하는 비명과 함께 화분을 들어 올렸다. 그리고 앉은 채 팔을 들어 막는 서준의 머리를 향해 곧게 내리찍으려 했다. 제대로 된 일격을 피할 기회를 놓치고 몸이 저릿했을 때 요란한 소리를 내며 화분이 엉뚱한 방향에서 파편을 튀겼다.

동시에 희수의 목소리가 울렸다.

"그만! 그만해!"

서준은 믿을 수 없는 눈으로 희수를 바라보았다. 서준을 향해 가해졌던 살인적인 일격을 막은 건 희수였다. 희수는 도형을 거세게 그러안고 있었다.

"그만해! 그러지 마, 그만해!"

희수의 품에 안긴 도형의 목소리가 부들부들 떨렸다.

"이 새끼……, 너, 너도 이 새끼가 좋아? 너도 이 새끼랑 한집에 살면서 이 새끼가 좋아하는 여자 구해 주려고 나 가지고 논 거야? 너, 이 새끼 좋아하는구나? 그래서 그렇게 나한테 마음을 안 줬던 거구나? 이 새끼랑 먹고 자면서 낮에는 나랑 만나고 밤에는 이 새끼랑 굴러먹으면서……, 밤마다 이 새끼랑, 아, 아아!"

도형이 차마 말을 잇지 못하고 무릎을 털썩 굽혀 주저앉자, 희수가 도형을 더욱 거세게 끌어안았다.

"안 그랬어. 알잖아, 안 그랬어. 그러지 마. 여기에서 더 때리면……, 당신이 더 곤욕을 치러."

눈물이 범벅이 된 도형을 안은 팔을 풀고, 희수는 천천히 서준을 향해 다가갔다. 서준은 천천히 그녀를 올려다보았다. 손바닥을 들어 올리는 그녀의 표정이 차디찼다.

"촤악!" 하는 파열음이 울렸다. 서준의 얼굴이 희수에 의해 매섭게 내리쳐졌다.

휙, 돌아간 서준의 시선이 떨리며 희수를 다시 향했을 때 다시 "촤악, 촤악!" 하는 파열음이 두 번 더 울렸다. 누런 멍 위로 검붉은 손자국이 선명히 그려지며 순식간에 왼뺨이 부풀어 올랐다.

"내가, 그렇게 방해하지 말라고 했는데, 여긴 왜 와!"

그때 머리를 쥐며 "아아악!" 하는 도형의 신음이 흘렀다. 사방이 엉망으로 어질러져 있었다. 화분의 파편들과 흙이 사방 천지로 튀었다. 장식된 조개껍데기와 조약돌들이 카펫 여기저기를 굴렀고, 심어져 있던 난이 형편없이 뭉개져 뿌리 뽑혀 있었다. 엉망으로 된 집기들, 쓰러진 의자와 테이블.

와지직, 하고 유리 파편을 밟는 소리가 조용한 룸 안을 울렸다. 와지직, 와지직, 그렇게 희수는 천천히 도형 앞으로 돌아갔다. 희수가 그의 시선을 받으며 단정히 마주섰다. 그녀의 음성이 조용히 흘렀다.

"자, 이제 그만 나한테 분풀이해. 때려, 그날처럼. 그날 여기저기 끌려다니면서 얻어맞았던 것처럼. 분이 풀릴 때까지 때려. 다시 맞아 줄게."

도형은 "으흐흐흐!" 하고 웃음인지 울음인지 모를 소리를 뱉었다. 희수의 뺨에 박혀 버린 유리 조각을 집으려다가 두려운지 손을 거두고, 다시 부들부들 떨리는 손으로 유리 조각을 그녀의 뺨에서 빼내었다. 도형의 손가락에서도 피가 배어 나왔다. 그러나 도형은 느끼지 못한 것 같았다.

도형은 희수의 두 뺨을 그러쥐고, 미친놈처럼 중얼거렸다. 희수의 뺨에서 난 핏줄기가 목을 타고 내려와 노란 셔츠를 적셨다. 아주 고왔던 노란 셔츠가 흘러내린 붉은 피로 가슴께까지 흥건해졌다.

"미안해. 아파? 미안해. 얼굴이! 미안해, 어떻게 해!"

상처에 손을 대기가 너무나 두려워 더 이상 손대지 못했다. 대신 손등으로 흐르는 핏물을 닦아 줬다. 닦아 냈는데도 자꾸만 다시 피가 새로 배어 나온다. 도형의 눈에 자신의 더러운 손이 들어왔다. 지저분한 손이 두려웠다. 도형은 피로 얼룩진 손을 셔츠에 황급히 닦았다.

그녀의 얼굴에 흐르는 피를 손으로 한 번 더 닦았다. 깨끗했었는데. 그렇게 곱고 깨끗하던 얼굴이 닦을수록 자꾸 더 얼룩졌다. 티 없이 맑게 웃던 고운 얼굴에서 멈추지 않고 무서운 핏물이 붉게 흘렀다.

"아파? 아프겠다, 피가 나. 자꾸 피가 나……, 어떻게 해!"

희수는 얼룩덜룩한 도형의 손을 조용히 그러쥐었다. 예전처럼. '나랑 춰요.' 살사 바에서 처음 손을 내밀던 그때처럼.

도형은 털썩 주저앉아 무릎을 꿇고 희수의 가슴에 머리를 묻었다.

'사람들 속에서도 어떻게 부딪히지 않는지, 내가 보여 줄게요.'

그녀가 나머지 손을 조용히 어깨에 얹어 주었다.

"나 어떻게 하라고. 나 미안해서 어떻게 하라고. 왜 나한테 그렇게 따뜻하게 해 준 거야!"

엉엉 오열하기 시작한 도형의 머리 위로 희수의 작고 까만 손이 올라갔다. 희수는 울고 있지 않았지만 도형의 퉁퉁한 어깨를 작은 품으로 꼭 끌어안아 주었다. 도형은 품에서 떨어지지 않으려는 아이같이 희수의 좁은 가슴 속으로 파고들었다.

"결국 반칙을 했구나. 연애할 때는 그런 거 하지 말지."

"……."

"당신이 이렇게 아파하는 거 보니까, 나도, 후우!"

희수는 말을 잇지 못했다. 희수의 얼굴에서 떨어진 핏방울이 도형의 어깨 위에도 조용히 흘렀다. 눈물 대신 희수의 핏방울이 도형과 함께 울어 주었다.

#15
사실의 재구성

도형과 서준은 나란히 앉아 진술을 했다. 오랜만에 함께하는 경찰서 나들이였다. 푸르고, 붉고, 노랗고, 시커먼 멍이 든 서준의 얼굴과, 까진 주먹과 난리 치다 제풀에 베인 팔의 상처를 제외하곤 말짱한 도형은 서준과 서로 다른 주장을 펼쳤다.

"내가 혼자 팼다니까요?"

"쌍방 폭행이고, 서로 고소할 의사 없습니다. 다친 데도 별로 없고, 부서진 물건들은 흉기로 사용되지 않았고요. 망가진 집기는 저희끼리 해결해 레스토랑 측에 피해 보상하겠습니다. 바쁘실 텐데 이거 끝내시고 다른 일 보시지요?"

서준의 말에 도형이 울컥 화를 내며 욕설을 뱉었다.

"잘난 척하지 마, 이 개새끼야."

"희수 얼굴에 아직도 피 흐르는 거 안 보여? 얼굴에 평생 흉터 남길래?"

서준의 말에 도형은 갑자기 온화한 표정을 지으며 눈앞의 경찰에게 머리를 조아렸다.

"아, 쌍방 폭행이고, 서로 고소할 의사 없습니다. 이쪽 치료비는 제가, 제 치료비는 이쪽이 물 거고요. 레스토랑에도 피해 보상할 거고요, 이제 보내 주십시오!"

서준과 도형은 함께 성형외과로 뛰었다.

"너는 네 병원이나 가, 이 새끼야."

밀치는 도형의 손을 무시하고 서준은 희수를 따라나섰다. 수건으로 한참이나 누르고 있었는데도 피가 멈추지 않았다. 흐르는 얼굴의 피와 함께 서준을 향해 딱딱하게 굳힌 표정이 영원히 치유되지 않을 것 같아 서준은 두렵고 또 두려웠다.

뺨이 아팠다. 도형에게 무섭게 맞았던 매보다, 희수에게 맞았던 뺨 석 대가 훨씬 아팠다. 아릿한 기운이 뺨에서 느껴질 때마다 가슴이 무너졌다. 긴 갈퀴로 가슴이 지이익, 훑어지는 느낌. 아니, 후벼 파진 상처에 소금이 뿌려진대도 이보다 아프진 않겠다.

"그러려고 갔던 거 아니야."

접수창구에서 이리저리 뛰어다니는 도형을 흘긋 보고, 서준은 희수에게 조용히 말을 붙였다. 희수는 서준에게 시선조차 주지 않고 도형만을 바라보며 말했다.

"아래층 정형외과더라. 가서 접수하고 엑스레이 찍어. 팔로 의자 막으면서 충격받았잖아. 부어오른 꼴 보니 잘하면 깁스하겠네."

서릿발처럼 냉정한 말투. 하지만 절망만 가득한 서준의 가슴속에 희망의 씨앗이 떨어졌다. 머릿속을 괴롭히던 의심은 양질의 거름이 되었다.

"나……, 일부러 때렸니?"

서준은 도형이 차라리 부러웠다. 실컷 때린 도형이 아이처럼 품에 안겨 희수에게 위로받는 동안, 이쪽저쪽에서 실컷 얻어맞기만 한 서준은 엄마 없는 아이처럼 홀로 버려졌다. 서준의 가슴은 질투와 절망만이 가득한 지옥이었다.

저 멀리서 도형이 희수에게 반갑게 손을 흔들자, 희수는 마주 손을 흔들어 주며 조용한 음성을 흘렸다.

"너희 둘한테 모두, 내 역할은 끝났어. 그러니 너는 가서 차였다는 네 여자 친구나 위로해 줘."

뺨을 후려친 것보다 더 가슴을 후벼 팠다.

"또 억지! 네게 양다리 아니었어. 왜 그렇게 나한테만 잔인해?"

"시끄러. 난 너랑 계산 끝났어. 이도형이랑 나머지 정리하는 동안이라도 제발 좀……, 껴들지 말아 줘."

"이도형은 쉽게 널 놓아주지 않아. 차라리 날 내세워, 내게도 기회를 줘!"

멀리 접수창구에서 도형이 어떤 노부인의 빠른 번호표와 희수 몫의 느린 번호표를 막무가내로 바꿔치기했다. 노부인이 항의하니 도형은 밀어 앉히고, 손에 무언가를 쥐여 주었다. 행정 직원 한 명까지 나서 실랑이가 벌어졌지만 도형이 이긴 것 같았다.

자랑스러운 얼굴로 어서 오라고 손짓하는 도형. 희수는 간이 의자에서 몸을 일으켰다.

"연애에도 예의란 게 있어. 내가 널 사귀는 건, 이도형에게 예의 없는 짓이야."

희수는 망설이지 않고 서준을 지나쳐 도형에게 다가갔다. 서준은 의자에 털썩 주저앉았다.

✳ ✳ ✳

　희수의 얼굴은 찢어진 부위가 그렇게 길지 않았지만 깊었다. 하지만 날카로운 것으로 깔끔하게 베인 상처였고, 괜찮은 성형외과 의사를 만나 잘 치료할 수 있었다. 도형은 의사에게 괜찮다, 찢어진 부위는 최대한 흉터가 남지 않도록 노력하겠다는 다짐을 받아 내고, 또 받아 냈다.

　같은 말을 반복해서 묻는 도형이 짜증 났던지,

　"노인네들처럼 그만 좀 확인해. 창피해."

　희수가 한마디 거들고서야 결국 진료실을 나왔다. 의사는 괜찮다는 말을 반복했지만, 도형은 사형선고를 앞둔 죄수처럼 마음이 좁여졌고, 불안이 가시지 않았다.

　"하바나 가자. 술 한잔 안 사 줄래?"

　도형의 눈에 검붉은 피로 물든 희수의 노란 셔츠가 눈에 들어왔다. 망가진 셔츠처럼 무언가를 엉망으로 망친 기분. 밤새 주사를 부리고 늦은 잠에서 일어난 아침, 친구들의 민망한 눈초리를 받는 술 깬 뒤의 기분이랄까. '너, 어제 난리 쳤던 거 기억 안 나?' 하는 원망의 시선을 받았을 때 같은 곤란한 기분.

　희수의 검고 고운 얼굴에 붙은 거즈와 반창고가 그의 기분을 대변했다. 무언가가 많이 달라졌고, 완전히 망쳐졌다. 마주치면 늘 웃음부터 흘려 주던 희수의 눈이 아까부터 한 번도 웃질 않는다. 등이 따끔거렸고 불안해지기만 했다.

　"강……서준한테는, 안 가 봐?"

　도형의 입에서 나올 이야기가 아니었다. 하지만 희수와 단둘이 남게 되는 것이 두려운 도형은 어떻게든 시간을 끌고 싶었다. 시간을 끌면 희수의 화가 가라앉을지 몰랐고, 그가 저지른 짓이 희석될지 몰랐다.

"당신 비서, 왔어?"

그래, 비서. 말이 좋아 비서이지, 도형과 죽이 맞아 함께 노는 친구, 민국이다. 함께 희수에게 분풀이를 하며 옆에서 놀려 댔었다. 가슴이 철렁했다.

"응, 아래. 레스토랑 측 일 처리하고 와서 기다리고 있어."

"그럼, 강서준한테 보내. 당신이 직접 따라다니면서 챙겨 주고 싶으면 그렇게 하고."

그럴 리가. 하지만 정말 그래야 하나 고민이 될 만큼 희수가 두려웠다. 도형은 전화기를 들어 비서에게 강서준의 치료가 끝날 때까지 돌보고, 집에 데려다주라는 지시를 했다. 물론, 서준이 원할지는 미지수였다.

"운전해 줄게, 당신 불안해 보여."

'다음에 다시 만나자.' 하는 말을 꼭 해야 했지만 할 수도, 하지 않을 수도 없었다. 하필 타고 온 차가 EH07, 희수의 트럭에 자해를 했던 그 문제의 차였다. 차에 관심이 많은 그녀가 좋아할 거라 생각하고 빨리 보여 주고 싶어 벼르다 몰고 왔었다. 비서이자, 친구 민국이 친절히 레스토랑에서 병원까지 몰고 와 주었다.

속아서 연애를 했었다는, 정체를 숨긴 그녀에게 속았다는 배신감은 이상하리만치 콩알만큼 쪼그라들어 있었다. 레스토랑을 신나게 들어 엎고, 강서준을 개 패듯이 패 놓아 풀어진 걸까. 아니, 그보다는 그녀에게 받은 마음이 너무 따뜻했고, 그래서 그녀를 놓치기 싫었고, 그녀에게 저지른 일들이 하나씩 생각나는 게 공포로 다가왔기 때문이다.

까맣게 잊었던 것들이 빠르게 톡톡 터지듯 되살아났다. 어정쩡하게 조수석에 앉아서도 가슴이 벌렁벌렁 뛰었다. 희수는 차에 타지 않고 조수석과 뒷문의 상태를 살피고 있었다. 날카로운 눈으로 차의 옆면을 훑는 것이 느껴졌다.

오늘따라 날씨가 진저리 나게 좋았다. 말끔하게 수리된 차가 희수의 쪽 째진 반들반들한 눈에 벌거벗은 몸뚱이처럼 부끄럽게 훑어졌다.

벌거벗은 몸뚱이. 맞아. 그리고 보니 더 부끄러운 일도 있었다. 희수의 머리채를 쥐려다 실패해 물건을 구경시켰다. 그래서 죽이고 싶도록 미웠는데. 그 일을 생각하니 주책없이 얼굴이 화끈 달아오르고 아랫도리가 딱딱해져 왔다. 도형은 당황해 침을 꿀꺽 삼켰다. 지금 이럴 때가 아니잖아.

희수에게 내밀었던 견적서를 생각하니 딱딱하게 부풀어 올랐던 것이 다시 쪼그라들었다. 내밀었던 견적서상의 렌터카 비용은 두 달 치가 계산되어 있었다. 아직 두 달이 지나지 않았고, 차는 멀끔했다. 해외에서 주문한 것으로 위장된 문짝 두 개는 지금 배를 타고 인도양을 건너오는 중이었다, 물론 서류상으로.

EH07을 수리하는 데는 고작 일주일도 걸리지 않았다. 한 달 넘게 세워 놓다가, 거지 계집애가 무얼 알고 소송이나 할까 해서 후다닥 고쳐서 탔다. 서류도 허투루 준비해 놓았다. 희수는 법률과 자동차에 해박한 지식을 가지고 있었다. 전공이 음악인지, 법률인지, 자동차인지 가늠할 수 없을 정도였다. 근기 서류를 내놓으라고 다그치겠지.

"공임은 넉넉히 줬나 보다. 잘 고쳤네. 멀쩡한 차 긁어 놓은 거 펴 놓고 타려니 속 쓰렸겠다."

희수가 말짱히 웃으며 운전석에 올라탔다. 스타트 버튼을 누르며 아무렇지 않게 밝게 웃는 모습이 더 마음이 아리면서도 쥐구멍을 찾고 싶었다. 사람을 미안하게 만들려고 작정을 한 것 같다. 희수는 익숙한 솜씨로 주차장을 빠져나와 거리로 나섰다.

"이거 가지고 나왔는지 알았으면 운전해 준다고 안 하는 건데. 그래도 차는 좋네. 아우토반이라도 있음, 한번 달려 보고 싶다."

"고······속도로 나가 볼래?"

도형은 맑게 웃고 있는 희수의 눈치를 살피며 권했다. 사실, 이 차를 가지고 나온 건 그녀가 운전하는 모습을 보고 싶어서였다. 전에 가지고 나왔던 차를 쓱 보고 얼핏 말하는 지식의 두께가 만만치 않았다.

축거리가 긴 게 세단도 아니고 스포츠카도 아니고 이게 뭐냐느니, 패들시프트 써먹어 보고 싶은데 차가 많아 안타깝다느니, 근사하기만 했지 시내에서는 주행 연비가 떨어져 기름 먹는 하마라느니, 버튼을 누른 것처럼 여자들의 입에서는 나오지 않을 자잘한 지식들이 툭툭 튀어나왔다. 하지만 그녀는 고개를 저었다.

"아니, 겁이 좀 나네. 길이나 막히지 않았으면 좋겠다. 빨리 내리고 싶어."

무얼 뜻하는지 알았다. 도형의 EHO7처럼 도형도 겁이 나는 존재였을까. 희수는 그를 얼마만큼 진심으로 대했을까. 부질없는 생각들이 머리를 스쳐 지나갔다. 그를 향했던 진실한 눈빛을 잊을 수 없다.

그런 걸, 배우처럼 연기했던 걸까. 손가락에 깍지를 껴 치는 자잘한 장난들 속에서 나오는 즐거운 웃음 하나하나가 모두 거짓이었던 걸까. 한편으로는 각오를 하면서도 마음이 아렸다.

하바나의 원형 도로가 오늘따라 붐볐다. 커다란 분수대 사이로 발렛을 해 주는 직원들이 연달아 뛰어나왔다. 화려한 불빛이 눈앞에 펼쳐져 있었고, 안내를 받기 위해 순서를 기다렸다.

"1호, 이도형님 들어가십니다."

멀리서 도형의 차를 알아본 직원 중 하나가, 슬쩍 일찍 다가왔다. 차량이 좀 밀려 있었지만 희수와 도형은 차에서 내렸고 직원들의 안내가 일사불란하게 이루어졌다. 그리고 자신이 쓰는 1호에 들어와 소파에 앉았다. 희수를 후려치며 야단치고 협박하던 곳.

벽 하나를 차지하는 바, 줄지어 세워진 세계 각국에서 공수된 술병들, 작은 무대, 중앙의 넓은 소파, 화장실은 물론 휴게실까지 따로 갖추어진, 특급 호텔 부럽지 않은 밀실.

하지만 그때와는 좀 달랐다. 희수를 마음대로 협박하기 위해 내보냈던 바텐더가 조용히 그들의 시중을 들었다. 밴드와 웨이트리스는 희수의 요구에 의해 물려졌다. 그리고 곧 바텐더마저, 두 사람이 술을 마시게 준비해 주고, 썰렁한 공기를 잔잔한 재즈 연주곡으로 채운 뒤 희수에 의해 물려졌다.

어떻게 몰라볼 수 있었을까. 하지만 지금도 그때 그와 머리채 잡이를 벌였던 인물과 동일인물로는 도저히 매치가 되지 않는다. 희수의 단정한 검은 얼굴은 여전히 귀여웠다. 그때 그 여자애는 짐승 같았다.

"같은 사람인지 실감이 나지 않아. 머리로 짐작한 거지, 못 알아보겠어."

바보 같은 말이지만 솔직히 뱉었다. 눈앞에는 연애를 하고, 손을 잡고, 같이 놀자고 꼬드겼던 도형의 연인이 마주 앉아 있었다. 그때의 그 짐승 같은 여자애가 아니었다.

"그러게, 나는 잘 모르겠는데. 많이 변했다네, 강서준이."

그때 바깥문에서 똑똑, 노크 소리가 들렸고, 직원이 봉투를 들고 들어왔다. 도형이 받아 들어 희수에게 내밀었다.

"선물 아니고, 옷 망쳐 놓은 거 변상."

변명이었다. 하지만 희수는 맑게 웃으며 1호에 딸린 휴게실로 들고 들어갔다. 병원에서 말끔히 씻지 못한 얼굴을 씻고, 옷을 갈아입고 나오겠다고 했다. 그리고 잠시 뒤, 무릎 길이의 검은 시폰 드레스를 입은 희수가 나타났다. 거즈가 붙은 얼굴이 안쓰러웠지만, 말끔하게 고친 화장, 자연스럽게 드러난 어깨선, 그녀의 몸매를 따라 유려하게 흐르는 라인.

우아했다. 아름다웠다. 그녀는 느리게 헤엄치는 한 마리의 흑조처럼 천천히 걸어 나왔다.

원피스 드레스 한 벌이 그녀의 마음을 바꾸어 놓기에는 턱없다는 걸 알기에, 아름다운 만큼 숨통이 조였다. 이제 사형선고가 내려질 차례. 가슴이 콩닥콩닥 졸여졌다.

"이제 나, 안 만나?"

급한 마음에 도형이 먼저 입을 열었다. 담담한 얼굴의 희수. 그녀는 갈색의 백을 열고, 선물했던 휴대전화를 그에게 돌려주었다. 그녀는 이걸 만들 때 얼토당토않은 말을 했었다.

'선물을 받다니? 선물을 주는 거지. 네가 연락하고 싶을 때 마음대로 연락할 수 있는 권리를 부여해 주는 건데.'

그 웃기는 말은 사실이었다. 이제, 마음대로 연락할 수 있는 권리를 빼앗기려 한다.

"당신을 위해 춤을 배우고, 자세를 바꾸고, 몸을 바꿨어. 매 끼니 절제된 식사를 했고, 한 달 내내 당신을 위해 준비했어. 물론 순수하지 않은 목적으로."

"……."

"하지만 클럽에서 다시 만난 사람은, 다른 사람이더라. 당신이 날 못 알아본 것처럼, 나도 당신을 못 알아볼 정도였어. 같은 사람이지만 같은 사람이 아니더라. 그래서 참 혼란스러웠어."

"미안해."

"강서준이 좋은 거 가르쳐줬어. 연애는 남자랑 여자가 만나서 노는 거래. 정말 그렇더라. 재미있었어. 연애하는 동안만큼은 당신의 연인이었어. 복수 같은 거, 계산 같은 거 안 하고 당신과 만나 노는 데만 골몰했어. 강서준에게 눈 돌린 적 없어."

"알아, 네가 그렇다면 그런 거야. 믿어, 그리고 그랬다고 해도 상관없어!"

"복수고 뭐고 다 집어치우고, 좋은 기억이나 서로 만들자 했어. 좋더라, 그렇게 짐승같이 얽혀 싸웠던 기억, 하나씩 지우면서 재미있는 추억으로 자리를 채우는 거."

그녀는 경고를 말로만 하지 않았다. 서로 함께할 수 있을 때까지만 같이 하자던 말을 이제 실천하려 한다. 도형은 절대 받아들일 수 없었다.

"그만, 그만해. 그 일은 잊자. 잊고……, 잊고 다시 시작하자. 응? 내가 다 잊을 수 있게 보상해 줄게."

"난 이제 다 놀았어. 더 놀기 싫어. 미련 남으면 같이 자 줄게. 헤어지고 싶을 때 섹스하자고 했으니, 약속 지킬게. 지금, 이 자리에서."

매달리면 매달릴수록 그녀가 잔인해질 거라는 거, 알고 있다. 하지만 필사적으로 매달려야 했다.

"그러지 마, 잘못했어. 정말 미안해. 나도 내가 왜 그랬는지 모르겠어. 제정신이 아니었던 거 같아. 봐줘, 한 번만, 딱 한 번만 봐줘. 다시 시작하자. 다 잊자. 다 잊고 다시 시작해, 응?"

"그만해. 차라리 그냥 자자. 키스는 못 해 주겠어, 당신과 자고 싶지는 않거든. 어쨌든 난 채무불이행 했으니, 담보로 잡힌 돈도 돌려받지 못할 거잖아?"

채무불이행. 강서준에게 한순간도 눈을 돌리지 않았다는 그녀의 말은 사실이었나 보다. 가장 잊고 싶었던 그녀와의 거래가 생각났다. 두 달이 채 못 된 그날, 도형은 그렇게 돌이킬 수 없는 짓을 저질렀었다.

"이 돼지 새끼, 나한테 손만 대 봐!"

오해였다. 그러나 오해를 바로잡아 줄 생각은 하지도 못했다. 도형은 반들거리는 눈동자의 계집애가 무섭기까지 했다. 어떻게든 잡아 눌러놓아야겠다는 생각뿐이었다.

"꼴에 바라나 보지?"

"평생 못 쓰게 해 주겠다는 말…… 현실이 되고 나면, 남은 인생이 불행해질 텐데?"

소름이 오소소 돋았다. 시커멓고 둥글둥글한 볼품없는 계집애는 기운이 아주 좋았고, 짐승같이 재빨랐다. 바지 테러를 당했을 때도 그랬다. 머리카락이 뜯겨나가는 고통에 으악, 하고 저도 모르게 계집애의 머리털로 손을 뻗은 사이, 주변 사람들의 표정이 이미 경악으로 물들어 있었다.

이미 공기 중에 노출되어 시원해진 느낌, 황급히 바지를 추켜올리던 것만 생각하면 딱 사라지고 싶다. 그 장면만은 영원히 지워 없애고 싶었다.

잘못하다 한 번 물리면! 진짜 남은 인생이 불행해질 것 같다. 머릿속에 계집애에게 물리는 장면이 가상으로 플레이되었다. 반들반들한 눈과 날카로운 송곳니가 번득였다. 온몸이 뻣뻣해졌다.

"조심해라? 지옥을 경험하게 해 줄 테니까."

경고를 꼭 실천하는 녀석. 소름이 돋은 위로 또 소름이 오소소 돋아 올랐다. 말이 똑바로 나와야 했는데, 겁먹은 걸 들키고 말았다.

"더, 더러워서 너, 너 같은 건 만지기도 싫어."

"퍽이나 고맙네."

그렇게 붙들려온 계집애는 거칠고 드셌다. 하늘을 찌르도록 당당한 게 야단을 칠수록 점점 더 사나워졌다.

함께 노는 친구들이 흥미롭게 구경을 하고 있었다. 도형도 모르는 새 바텐더와 밴드와 연예인이라는 가수까지 내보내졌다. 그러나 쌕쌕 가쁜 숨을 내쉬며 여러 명의 남자들에게 둘러싸여 있는 계집애는 기조차 꺾인 기색이 없다.

녀석들은 도형의 차를 긁어 놓은 계집애 정도로 알고 있었다. 그러나 간만에 생긴 여흥거리에 구미가 당겨 흥이 무척 오른 모양이었다.

"마침 심심했는데, 좋은 구경인데?"

"얘가 걔냐?"

"너, 얘한테 머리채 잡혔다며? 크하하하!"

"아니. 소문에는 좀 더 찐한 사이라던데?"

"무슨 사이?"

반쯤 취한 녀석들이 한 발 앞으로 다가와 성질을 건드렸다.

"시끄러."

하는데 계집애가 당당히 소리쳤다.

"왜, 친구들 앞이라 쪽팔리나 보지? 여기, 내가 이도형한테 무슨 짓 했는지 궁금한 사람?"

때릴 생각은 없었다. 하지만 엉겁결에 입을 막으려 머리통을 한 대 친다는 게 계집애의 뺨이 되었다. "짝!"하고 고개가 돌아갔고, 검은 얼굴에 손바닥 자국이 선명히 찍혔다.

뺨을 때리다니. 저도 모르게 여자를 때렸다는 사실이 화가 났고, 으르렁거리며 이빨을 드러내는 계집애가 미웠다. 그리고 무서웠다.

도형은 한두 발짝 물러났다. 겁먹은 걸 들킨 건 계집애에게뿐만이 아니었다. 친구들까지 합세해 낄낄거렸다.

"도형이 저 자식, 쪼그라들었어."

"야, 정말 소문대로 사납긴 하다, 그치?"

"계집애 날뛰는 거 보니까, 난 기분이 좋아지는데?"

"도형아, 겁나는 거면 내가 길들여 줄게, 쟤 보니까 간만에 꼴린다. 나 줘."

"싫어. 내가 가질래. 나 줘라."

일이 너무 커지고 있었다. 친구들의 비아냥거림 어린 시선을 견딜 수 없었고, 계집애가 날뛰는 걸 잡아 누르기도 벅찼다. 뭘 먹고 이렇게 기운이 나 날뛰는지, 지치지도 않았다. 도형은 이 계집애를 어떻게 수습해야 좋을지 미칠 것 같았다.

"아악! 이년이!"

가까이 간 녀석이 팔을 물렸고, 남자 다섯이 둘러싼 틈으로 들짐승처럼 빠르게 미끄러져 나갔다. 독 안에 든 쥐였으나, 사방팔방을 뛰어다니며 주변을 엉망으로 만들었다. 테이블이 엎어졌고, 술과 과일과 유리잔과 얼음이 바닥에 홍수처럼 쏟아졌다. 어지러워진 바닥의 물건들 사이로 들짐승처럼 도망치며 뛰어다녔다.

물건을 잡히는 대로 던지고, 부수고, 바닥에 굴렸다. 오래된 LP를 담은 장이 틀어지며, 얇은 CD장이, CD들이 사방으로 산산이 흩어졌다. 계집애는 도망치는 와중에도 스탠딩 의자들을 사방에 굴려, 발 디딜 틈 없게 해 놓았다.

남자 다섯이 룸 안의 계집애 하나와 술래잡기를 벌였다. 남자들은 바닥에 걸리는 물건들 때문에 빠르게 뛰지 못했다. 구르고, 물리고, 밟히고, 넘어지고, 머리를 쥐어뜯겼고, 계집애만 기운차게 사방을 헤매며 나갈 구멍을 찾았다. 그러나 밀실의 입구는 들어온 곳, 하나. 이미 밖에서 막고 있는 곳.

"우리가 저 계집애에게 말리고 있어. 같이 구석으로 몰자!"

결국 가장 관심을 보였던 경국이 나서 계집애의 등을 밟아 생포했다.

방법이 좀 치사했었다. 놀이로 시작한 술래잡기는 집단 폭행으로 변질되려 했다. 경국은 합이 몇 단이니 하는 운동으로 다져진 몸을 날려 구둣발로 배를 사정없이 가격했다. 그리고 계집애가 충격으로 바닥을 구르는 사이, 머리채를 낚아 목을 틀어쥐고 숨을 쉬지 못하게 했다. 눈을 번들거리면서까지 계집애가 이를 열지 않자, 경국은 목을 더 틀어쥐었다.

"코 막아!"

몸을 누르지 않은 다른 녀석이 나서 코를 쥐었다. 숨을 쉬지 못해 입을 벌린 순간을 틈타, 입 안에 무언가를 쑤셔 박았다.

"내가 이년, 꼭 가져야겠어."

구속복으로 쓰기 위해 입었던 셔츠를 누군가 벗을 때 도형은 너무나도 큰일을 벌였다는 걸 뒤늦게 깨달았다. 정말 순식간에 일이 이렇게 되어 있었다.

흥분이 가라앉으며 뒤늦게 정신이 번쩍 들었다. 번들거리는 경국의 눈이 시야에 들어왔다. 광기가 어린 얼굴.

계집애에게 당한 협박보다 소름이 더 바싹 돋았다. 목이 뻣뻣해져 왔다. 주변을 둘러보았다. 모두의 눈빛이 제정신이 아니었다.

"내 거야."

사내들을 제치고 황급히 다가서며 도형이 입을 열었다.

"치사하게 잡고 나니 이러기야?"

경국이 짜증을 내든지 말든지 도형은 완강히 버텼다.

"내 판이야. 그러니 너희는 다 빠져."

도형은 계집애의 등을 떠밀고 휴게실로 밀어붙였다. 그리고 문 앞의 거울을 보는 순간, 가장 큰 공포에 흠칫 놀랐다. 아까의 그 광기 어린 눈빛. 그게 하나 더 있었다. 도형, 자신이었다. 도형은 자신의 모습을 한 괴물에게서 도망치듯 휴게실의 문을 닫아걸었다.

방 안에 든 계집애가 흠칫 놀라며 좁은 방 안의 집기들을 빠르게 훑었다. 소파에서 가장 먼 쪽으로 한 발 한 발 도망쳤다.

"더 난동 부리면 밖에 벼르고 있는 녀석들에게 던져 줄 거야. 대화란 걸 하고 싶으면 얌전히 있어."

도형이 강간할 의사가 없음을 보이자, 쌕쌕 숨을 몰아쉬는 계집애의 눈에 빠르게 물기가 어렸다. 곧 두 줄기의 눈물이 흐를 새도 없이 바닥에 툭, 떨어졌다. 그리고 절대로 울지 않을 것 같은 눈 주위로 눈물이 흥건히 얼룩져 갔다. 돌아 버리게 화가 나면서 짜증이 차올랐다.

"법대로 해결해. 돈으로 물어. 물고 끝내. 그게 가장 보기 좋아. 발광하지 않는다고 약속하면 입에 든 거 꺼내 줄게."

반들거리는 눈빛이 분노로 이글거렸지만 고개를 천천히 한 번 끄덕였다. 입 안을 가득 채운 누군가의 셔츠를 꺼내 주었다. 계집 애의 눈에서 다시 눈물이 두 줄기 흘러내렸다. 또 울컥 화가 치밀었다.

"아무리 비싼 차라도 그런 수리비가 들 리 없어. 부풀리고 장난 친 거 알아."

"억울하면 소송해. 질질 끌면서 몇 년 가 보자, 누가 이기나."

팔이 뒤로 묶인 걸 뒤에서 끌러 주었다. 머리채를 잡고 물어 뜯길 걸 각오하고 풀어 줬는데, 계집애는 눈물만 주르륵 흘렸다. 그게 정말로 싫어서 티슈 박스를 집어 대강 던져 주었다.

"나 이렇게 묶고 여럿이서 함께 팬 건, 합법인가?"

"정당방위지. 너도 물어뜯고 난리 쳤잖아."

"하, 남자 여섯이 여자 하나를 놓고 둘러싸 폭력을 가한 걸, 정당방위라고 하나 보지?"

"아니, 쟤네들은 널 구경만 했고, 난 어쩔 수 없어서 너랑 대화하기 위해 잠깐 강제로 자리에 앉혔어. 억울하면 소송하라니까. 이건 좀, 길게 끌겠다. 소송이 끝날 때쯤이면 넌, 좋은 시절 다 보내고 나이는 잔뜩 먹어 있을 테고, 빚만 남아 있겠지. 여기 어지럽힌 집기들까지 같이 청구해 줄게, 가장 좋은 변호사 사서."

피식, 웃는 계집애는 겁을 먹지도 않았다. 협박한 보람이 하나도 없었다. 이 계집애는 무얼 말하든 도형을 무시했다. 그래서 화가 끓어올랐지만, 이젠 그마저도 그만두고 싶었다. 빨리 보내 버리고 싶었다.

"그러니 돈으로 물고 끝내."

"좋아, 돈으로 물어 줄게. 그리고 또 올게."

"뭐?"

"법을 운운하는 거 보니까, 나도 그래야겠다. 법 공부 열심히 해서, 합법적으로 괴롭혀 줄게. 계속 올게. 끊임없이, 나를 잊을 수 없도록 끈질기게 찾아와 줄게. 네가 그만 와 달라고 사정하고 잘못을 시인할 때까지. 네 말이 맞아, 소송은 너무 느려. 네가 지치는 게 더 빠를 거야."

"……!"

"해보자. 다행히 난 쉽게 지치지 않아. 법대로 하라고? 좋아, 밖에 녀석들에게 던질 테면 던져 봐. 씹할 년이라며? 어디, 아까 못 한 거 해 보자!"

반들거리는 눈에 폭발적인 광기가 어렸다. 온몸이 저릿하도록 무서웠다. 또 오소소 소름이 돋았다.

아아, 진절머리 나는 계집애. 감당조차 안 되는 계집애. 빨리 밖으로 치워 버리고 싶었다. 궁여지책을 꺼내 든 건 도형이었다.

"돈을 물지 않아도 되는 방법이 있어. 너, 강서준이라고 알아? 그 녀석을 내게 무릎 꿇게 하는 여자에게 EHO7을 선물한다고 했어."

도형의 차량, EHO7의 경품을 걸었던 주인공, 강서준을 얽었다. 계집애의 눈이 반들반들 빛났다. 도형의 말이 먹혀든 모양이었다.

하바나의 뒷골목을 어슬렁거리는 똥개도 알고 있다는 이도형과 강서준의 전쟁. 그리고 그 소문을 더 유명하게 했던 도형의 경품 대잔치.

"만약에 네가 그걸 한다면, 네 차가 되니까, 차의 수리비 따위는 물지 않아도 돼. 그렇지?"

계집애는 담보로 제 집의 보증금과 가진 현금을 몽땅 내놓는 데 동의했다.

"내가 하바나의 뒷골목에서 그날 열 받았던 건, 강서준의 공로가 컸어. 약은 강서준이 올렸는데, 네가 뒤집어쓴 거지. 게다가 아까 잡힐 때 널 내게 넘겨준 것도 강서준이었잖아."

어쨌든 수리비를 챙기고 법적 해결을 본 것으로 하면, 친구들의 조롱도 피할 수 있었다. 이 거머리같이 무서운 계집애의 관심을 강서준에게로 넘겼다. 스타일을 좀 구기고, 진절머리 나게 땀을 뺀 것을 제외하고는 더할 수 없이 아름다운 해결이었다.

만일, 행여나, 진짜로, 그럴 리 없지만. 저 짐승 같은 계집애가 강서준을 무릎 꿇게 해 준다면 그의 차 EHO7을 내놓을 의향이 있었다. 경품은 경품이었고, 그런 일을 한 여자는 전에도, 지금까지도 아무도 없었으니까.

❖ ❖ ❖

"같이 자 주겠다고?"

도형의 입에서 허탈한 웃음이 나왔다.

"좋은 추억 대신 진짜로 끝장을 내고 싶다면 그렇게 해."

단정한 얼굴, 최고급의 검은 시폰 드레스를 입은 여자의 얼굴이 차가운 미소로 무장되어 있었다. 희수는 어깨를 부르르 떨었다.

"추워?"

그러나 습관처럼, 그녀의 작은 행동에 반응하는 것은 도형이었다. "여기, 에어컨 좀 줄여 주십시오." 평소답지 않게 정중하게 인터폰을 했다. 바깥 날씨만 생각하고 너무 얇은 원피스 드레스를 골라 온 모양이었다. 수화기를 내려놓고, 도형은 재킷을 벗었다.

하지만 가까이 다가가 재킷을 둘러 주는 도형의 손에 움찔하며 본능적으로 방어 자세를 취하는 희수. 손끝조차 가늘게 떨리고 있었다. 추운 게 아니었다. 같이 자 주겠다는 말과는 비교조차 되지 않게 상처가 되었다.

판도라의 상자를 여는 순간, 서로를 느끼던 연인은 폭력을 가했던 가해자와 피해자의 관계로 되돌아갔다. 도형에게는 아직도 희수가 그의 연인이었지만, 희수에게는 도형이 폭력범이었던 걸 되새겨 주었다.

"여기 오니까 새록새록 생각이 나네. 밖에선 나도, 노는 데 빠져서 잊고 있었나 봐."

"……."

"여길 와야지, 정리가 되지 싶었어. 당신 말대로 우리, 잊자. 잊고 각자 좋았던 기억으로 나쁜 기억 덮자."

지은 죄가 크다는 것은 알고 있다. 하지만 그녀와 연애하던 감정은 진심이었다. 당치 않지만, 알싸한 배신감이 가슴을 괴롭혔다. 화가 치밀어 도형은 생각을 그대로 뱉었다.

"왜 나를 택했어? 강서준은 어떤 이유에서라도 여자를 집에 들이지 않아. 여자와 놀 땐 호텔을 이용하지. 두 주일 이상 연애를 하는 꼴도 보지 못했어. 강서준을 흔들지 못했다면, 이런 모습으로 나에게 오지도 못해. 넌 충분히 할 수 있었어. 왜 녀석을 유혹하지 않았어?"

"네가 생각하는 그런 거 아냐."

"뭐가 아냐. 마음이……, 갔던 거지? 연애는 나랑만 했더라도, 마음은 홀딱 빠져 있었겠지!"

"그렇게 믿고 싶어? 그렇게 꼭 형편없어질 때까지 서로를 파헤쳐서 상처입고, 불쾌한 기억으로 서로를 기억할래? 그냥 모르고 연애했던 가난한 고아 계집애로 묻어 주면 안 돼?"

"너, 아주 잔인한 계집애야!"

"당신네 회사, 언론에서 요새 형편없이 난도질당하더라. 나 쫓아다니는 거, 부담될까 봐 전화기 억지로 켜 놓게 했어. 나랑 이러면 안 되는 시기잖아. 돌아가, 당신도 나 잊고 제자리로 가."

"강서준 위해서 희연이 차 버리게 하려는 수작이었겠지!"

"그런 의도도 있었어. 하지만 그건 당신 마음이 내게 진심이었으면 했을 거고, 당신의 마음이 거짓이었으면 하지 않았을 거야. 난 아무것도 안 했어, 당신에게 충실했던 걸 제외하고는."

행복했던 잠깐의 시간을 거짓으로 만들기 위해 몸부림치는 도형을 타이르는 건 희수였다. 그리고 그녀의 말은 그 어떤 복수보다도 더 쓰라렸다.

"사랑했었다고는 말 못 해. 하지만 당신에게만 충실했어. 거짓이 아닌 마음으로 대했어. 보복 대신 그렇게 해 준 거로……, 충분히 위로되지 않을까?"

도형은 희수에게 했던 짓들이 악몽처럼 다시 떠올랐다. 기억하고 싶지 않은 감정들이 올라왔다. 잠자리 날개를 뜯는 소년의 장난질처럼, 거지 계집애를 놀리고 괴롭히는 것이 짜릿했다. 그 일을 없었던 일로 만들 수 있다면 어떤 대가도 치를 수 있을 것 같았다.

그때 강서준에게 계집애의 무서운 관심을 떠넘긴 휴게실에서의 거래 뒤로, 검은 짐승 같은 계집애는 꽤 얌전해져 있었다, 반항기 어린 반들거리는 눈을 제외하고는. 얌전해진 계집애를 다루는 것은 한결 수월했다. 왠지 모를 쾌감조차 있었다. 도형은 계집애의 짐을 정리하게 해서 골탕을 먹이는 것으로 화풀이를 했다.

우선 담보를 손에 쥐었다. 수표 한 장으로 바꾼 오천만 원 남짓 되는 담보를 흔들고 놀려 주며, 직접 괴롭혀 주었다. 제 돈 앞에서는 아주 얌전한 고양이가 되는 계집애.

불만이 가득한 반들거리는 눈으로 지시에 따라 억지로 움직이게 하는 놀이는 꽤 재미있었다. 그래서 또 들러붙어 치근대며 괴롭혔다. 여기저기 끌고 다니다 꿀밤을 한 대 톡 먹이면, 말을 잘 듣다가도 "죽을래? 이 돼지 새끼야!" 하고 욕설을 뱉었다.

그러면 강서준의 이름을 들먹이고 녀석을 진정시킨 다음, 다시 꿀밤을 한 대 톡 먹이며 화를 돋웠다. 으르렁거리면서도 전처럼 난리 치지 못하는 게 야생동물을 길들인 것처럼 짜릿했다.

강서준! 이렇게 수월한 방법이 있었는데. 그동안 애먹었던 게 너무 화가 나, 덩치가 있는 두 녀석을 데리고 직접 괴롭혀 주었다. 단칸방 전셋집의 짐을 빼기로 했을 때 커다란 배낭을 주고, 가져가고 싶은 건 다 가져가라고 허락했다.

반갑게도, 옷가지는 몇 개 챙기지 않고 책들을 가득 담았다. 거지 계집애 주제에 책도 읽는 게 웃겼지만, 솔직히 그런 건 쳐다보지도 않았다. 꽤 무거울 배낭이 그저 흡족했다. 그래서 그걸 둘러 메고 걷게 했다.

쪼그만 게 기운이 얼마나 좋은지, 제 덩치만 한 책 덩어리를 지고도 "돼지 새끼! 죽여 버려!"를 입에 달고 기운차게 움직였다. 장난으로 배낭을 한 번 확 당겨 주면 중심을 잃고 비틀거리다가도 오뚜기처럼 일어나 다시 기운차게 걸었다.

반항기 어린 눈빛에서 독기를 빼고 순종하게 하고 싶은 욕구가 들끓었다. 하지만 계집애는 흙먼지를 뒤집어쓴 얼룩덜룩한 얼굴로도 절대 풀죽지 않았다. 괴롭혀 줄수록 그 눈은 더욱 위험하고 아찔하게 빛났다.

다닐 수 있는 데는 다 다녔다. 하바나 직원들을 일렬로 세워 놓고 사과도 시켰고, 비서와 친구들도 주르륵 세워 놓고 머리를 조아리게 했다. 이연혜 사장에게 끌고 가, 기물을 파손한 죄를 빌게도 했다. 전에 일하던 야채 도매상이라는 곳까지 데리고 가 사과를 시켰다.

그곳의 사장이 계집애의 머리통을 후려치려는 바람에, 그러지 말라고 몸으로 막아섰다. 이상하게 다른 사람이 그녀에게 손을 대려 하면 화가 더럭 났다. '잘못했어요. 용서해 주세요.' 라는 말을 딱 한 번만 해 주면 오천만 원쯤, 돌려주고 없던 일로 하고 싶었다. 그녀를 회유했다.

"나한테도 싹싹 빌어 봐. 제대로 빌면 없던 일로 봐줄지 알아?"

하지만 계집애는 "이 돼지 새끼가!" 하며 도형을 끊임없이 자극했다.

헤어지기가 참 아쉬웠다. 더 데리고 다닐 명분이 없었다. 종용해 봤자 반들반들한 눈으로 째려볼 뿐 소용없는 짓이란 걸 깨달았다.

지갑 안의 돈은 동전까지 닥닥 긁어 빼앗았다. 달랑 한 장 있는 카드를 눈앞에서 가위로 똑똑 잘라 주었다.

"억울하면 재발급해."

휴대전화는 옛날 드라마에서나 볼 수 있는 폴더형이었다.

"요즘에도 이런 거 쓰는 사람이 있나? 바꿀 때가 한참 지났네."

반듯하게 펴 보려고 했는데, 아슬아슬하던 부위가 쉽게 톡, 부러졌다.

"돼지 새끼, 죽여 버리겠어!" 하기에, "욕할 때마다 한 대씩!" 하며 알밤을 톡 먹였다.

좀 더 같이 있고 싶었는데 본가에서 전화가 왔다. 어머니였다. 저녁 모임에 끝내 얼굴을 비치지 않을 거냐며 야단을 치셨다. 식사는 이미 시작된 모양이었고, 파하기 전에 얼굴이라도 비쳐야 했다.

"들어가요, 걱정 마세요." 안타깝게 전화를 끊었다. 아주 미워서 산골짜기에 떨어뜨려 놓고 싶었는데, 하는 수 없이 경인고속도로 갓길에 떨어뜨려 주었다.

"어이, 거지 계집애! 이제부터는 차비 빌려 달라고 구걸하든지, 걸어 다니든지 해라?"

도형은 결국 계집애에게 사과를 받아 내는 것은 성공하지 못했다. 고속도로에 내려서면서도 겁조차 먹지 않았고, 하루 종일 메고 다닌 그 무거운 배낭을 암팡지게 고쳐 메며 꿋꿋이 걸었다. 석양 때문에 눈이 부셨지만 도형은 눈을 부릅뜨고 소리쳤다.

"강서준 꼬드겨 내 앞에 무릎 꿇게 하면, 네 돈도 되찾고, 아파트 한 채 값의 차도 네 거야, 존나 열심히 유혹해라?"

떠나면서 창밖으로 소리치는 도형의 얼굴에, 거지 계집애는 조용히 가운뎃손가락을 들어 올렸다.

뭔가 좀 아쉬웠지만 다행스럽게 마무리된 하루였고, 계집애의 존재는 슬슬 잊혀 갔다. 약간 기대도 해 봤지만 실망스럽게도 강서준은 통 잠잠했다. 호텔, 하바나, 클럽 어디 하나 나타나지 않았고, 연애를 한다는 소문조차 없었다.

오히려 무슨 사업을 벌인다느니, 돈을 긁는다느니, 하는 불쾌한 소문만 무성했다. 결국 그러면 그렇지 했고, 결혼을 조르는 희연의 짜증 나는 칭얼거림만이 그의 유일한 괴로움이었으니까.

사실은 자주, 그러다 간간이 생각났다. 뉴스에서 민가에 피해를 주는 들짐승을 생포했다는 보도가 나올 때, 아니면 '야생 들고양이의 하루' 같은 다큐멘터리 프로그램을 볼 때.

아쉬운 것은 한참을 같이 있었는데도, 그녀의 "돼지 새끼야!" 하는 욕설과 반항기 어린 눈빛만 기억날 뿐, 얼굴이 떠오르지 않는다는 거였다. 도형은 겁이 나 그녀와 함께하는 내내 그녀의 반들거리는 눈빛을 똑바로 쳐다보지 못했다는 사실을 떠올리지 못했다.

왜 강서준이 아니라 자신이었냐는 도형의 물음에, 희수는 담담히 답했다.

"강서준을 꼬이러 가기는 했는데, 그러기 싫었어. 당신에게서 경품을 받고 싶지는 않았거든, 빚을 받고 싶었지."

"그래서 이렇게 빚을 받은 거야? 이렇게 날 바닥까지 떨어뜨리고 마음을 지옥에 빠뜨리는 게 네 목표였어?"

"준비할 땐. 하지만 당신을 만나고 난 뒤부터 생각이 좀 바뀌었어. 연애나 하고 말자, 다 잊고 좋은 추억이나 만들고 말자 했었어."

"왜?"

"클럽에서 당신, 처음엔 좀 웃겼지만 춤출 땐 꽤 괜찮았거든. 나, 당신 춤에 좀 반했었다? 춤에 느낌이 있다는 게 뭔지 당신이랑 추고 처음 알았어. 차까지 정중하게 에스코트하면서도 들러붙지 않는 사람은, 내가 알던 돼지 새끼가 아니었어."

"……."

"난 재미있게 연애만 했어. 반칙을 하고 하지 않고는 당신에게 맡겼어. 물론 안 했으면 하고 간절히 바랐지만. 당신이 진짜 연인이 되기 위해 구애를 했다면, 나는 그냥 보통 연인처럼 티격태격하다 헤어지는 방법을 택했을 거야."

그래. 희수에 대해 알고 싶다면 이름을 밝히고 이름을 물었어야 했었겠지. 우리의 연애는 내가 리드하기로 했었으니까. "이름이 뭐야?" 물었을 때, 그녀는 "너는?" 했었다. 내 이름은 밝히기 싫었고, 그녀의 이름은 알고 싶었지.

희수와 이야기를 할수록 깨닫게 되는 건 부끄러운 자신뿐. 이 여자에게 더할 수 없는 밑바닥을 보였다. 함께 앉아 있는 것만으로도 부끄러웠지만, 용서받고 싶었다. 놓치고 싶지 않았고, 강서준에게 빼앗기기는 더더욱 싫었다.

"결국 강서준을 사랑해서 그랬던 거야? 나랑 연애하는 거로 네가 얻는 게 도대체 뭐야!"

강서준을 사랑해서 그랬냐는 도형의 치졸한 물음에, 희수는 단정한 태도로 담백하게 대답했다. 왜 그 짐승 같던 계집애에게도, 그리고 다시 돌아온 그녀에게도 휘둘리며 마음을 빼앗겼었는지,

도형은 이해할 수 있었다.

"당신에게 상처 입은 내 자존감의 회복. 당신을 쿨하게 용서하고, 신나게 같이 놀아 보는 거로 복수를 대신하는 것, 그리고 돈앞에 비굴했었던 내 자신을 용서해 주는 것."

"……."

"난 진짜로 연애했어. 정말 이상한 게, 당신이 사랑스러운 눈빛으로 봐 주고, 아껴 주는 거 즐기고, 같이 손잡고 웃고 장난칠 때마다 마음이 풀어지더라. 가슴 속에 부글부글 들끓었던 화가 이제거의 다 가라앉았어. 그건, 나한테 충분한 보상이야."

#16
이면(裏面)의 진심

"서준아, 너…… 꼴이 왜 이래?"

하바나의 복도, 도형이 쓰는 1호실 앞을 희연이 막아섰다. 온통 멍과 생채기로 가득한 서준의 얼굴을 희연이 놀란 눈으로 바라보았다.

서준은 긴 한숨을 내쉬었다. 오지 말라고 했는데 기어이 찾아왔다. 희연의 이런 습관, 진저리 났다. 받지 않으니 하바나의 전화로 걸었다. 번호를 보고 받아 든 게 실수였다.

"싸웠어. 나 안에 볼일 있어. 부탁이야. 비켜 줘."

"나 때문에 도형 씨랑…… 둘이 싸운 거야?"

희연의 눈동자가 흔들렸다. 서준은 망설임 없이 답했다.

"아니야. 너랑 상관없는 일이야."

희연은 "거짓말." 하며 문을 밀려는 서준의 팔을 잡았다. 서준은 답할 여유도 없이 들어서려 했다. 사력을 다해 막아서는 희연은 실수로 서준의 팔을 잡았다. 그러나 촉감으로 붕대를 감았음을 알고, 아파하는 서준을 보며 "미안." 습관적으로 뱉으면서도 자신의 할 말이 먼저였다.

서준은 아주 오래전 듣고 싶어 했던 말을 들었다. 그것은 이젠 가장 듣고 싶지 않은 말이기도 했다.

"사랑해. 어려서부터, 아주 오래전부터 너만 사랑해 왔어."

느닷없는 고백이었다. 그것도 하바나 1호실, 이도형의 방 앞 복도에서.

"이렇게 네가 화내는 거, 당연해. 내가 잘못한 게 너무 많아. 내이기심과 허영심이 너에게로 향하는 마음을 눌렀어."

희수를 이도형에게 잡아 넘겼던 21호의 복도 앞에서, 서준과 함께 있는 모습을 들키고 싶지 않아 전전긍긍하던 대신, 그때 희연이 지금처럼 말해 주었더라면 어떻게 되었을까. 그게 어려서 갖지 못했던 것에 대한 미련이었든 우정이었든 그런 것은 잘 모르겠다.

희수가 내 삶에서 스쳐 지나가 버린 채 모르는 아이가 되었을 테지.

선심 쓰듯 도형을 막고 희수를 놓아주었을지도.

그랬으면 희수를 영영 볼 수 없었겠지. 존재조차 모르고 살았을 테지.

생각만으로도 가슴이 저려 왔다. 희수에게 버려져 지옥의 고통을 받는다고 해도, 더 어떤 잔인한 말을 듣는다고 해도, 다른 남자의 여자가 되는 걸 구경하게 된다 해도, 희수를 모르고 지나치는 것보다는 나았다.

"사랑해. 네 여자가 되고 싶어. 내 마음을 알면서도 눌렀던 내자신이 용서가……."

"희연아. 난 널 여자로 사랑하지 않았어."

이제 와 사랑을 이야기하는 희연의 얼굴에 감사했다. 고마웠다, 그때 고백해 주지 않아서. 희수를 알게 해 주어서. 사랑이라는 게 어떤 건지, 처음으로 깨달을 기회를 주어서.

"네게 향했던 마음은 사랑이 아니었어. 사랑이 식은 게 아니야, 네게 끊임없이 실망한 거지. 네가 결혼을 운운하면서 다른 녀석들을 내게 소개할 때마다 불쾌해했던 건, 내 편을 다른 남자에게 잃고 싶지 않은 욕심이었어. 넌 친구라 할지라도 여자애였으니까."

희수에게서 같은 일이 되풀이되는 것은 상상만으로도 치가 떨렸다. 희수가 소개하는 남자와 이를 악물고 악수를 하는 일 따위는 일어나지 않을 것이다. 생각이란 걸 하기 전에 본능이 주먹을 올려붙이고, 희수에게 "개새끼!"라는 욕설을 들으면서도 끝장을 보았을 것이다.

그리고 다시 희수에게 빌면서 잘못했다고 애걸할지언정. 절대로 쿨해지거나 양보가 되지 않는 게 사랑이라는 걸 이제야 알았다.

"우리, 친구도 그만두자. 우정이니 사랑이니 오가면서 서로를 혼란스럽게 하는 짓, 하지 말자."

"야, 강서준!"

"우리가 친구로 지내는 건, 네가 만날 남자에게, 그리고 내가 만날 여자에게 못 할 짓이야. 비켜 줘, 나 이도형 만나야 해."

"강서준! 나를 봐! 넌 어렸을 때부터 나만 봤어, 네가 화난 거 안다고. 내가 잘못한 거 인정한다고!"

희연의 몸이 휘청거렸다. 하지만 서준은 잡아 주지 않았다.

"네가 스스로 서! 얼마 안 마신 거 알아. 내게 여자로 굴지 마. 그건 그나마 남아 있는 우정에 대한 모독이야. 돌아가."

서준은 급히 말을 뱉었다. 이러고 있을 시간이 없다. 신기루처럼 사라지려 하는 희수를 붙잡을 시간이 얼마 남지 않았다.

도형에게 무릎을 꿇어서라도 희수를 되찾아야 했다. 희연을 위해서는 망설이고 재고 따지고 변명만 늘어놓던 일이었지만, 희수를 위해서는 너무 쉬운 일이었다. 이제야 그 이유를 알 수 있었다. 죽기보다 싫었던 일이, 희수를 위해서라면 티끌만 한 가능성이더라도 가치가 충분했다.

서준은 1호실의 문을 밀고 들어섰다. 희수와 도형이 마주 앉아 있었다. 흥분으로 가슴이 벌렁거렸다.

보호대를 풀고 붕대를 감은 팔이 드러나지 않도록 긴팔의 상의를 입고 왔지만 희수의 예리한 시선은 서준의 팔에 잠깐 머물렀다. 희수의 찌푸린 얼굴에 서준은 반가움으로 마음이 울렁였다. 저 못마땅한 표정은 걱정이다.

"누가 허락도 없이 들어오래? 하바나가 언제부터 이렇게 관리가 엉성했어? 너 따위가 들어올 곳이 아니야, 나가!"

도형이 소리쳤고, 희수는 길게 한숨을 쉬었다.

"그렇게 싸우고도 모자라? 평생 이렇게들 싸울래?"

희수의 말은 둘 모두를 향한 것이었지만 이번엔 서준을 향해 고개를 돌리고 말했다.

"정리하는 동안이라도 제발 좀 껴들지 말라고 부탁한 게 하루가 지났어, 이틀이 지났어?"

희수의 다음 말은 '돌아가, 네게 볼일 없어.' 쯤이 될 터였다. 그러나 팔랑거리며 들썩이는 도형은 순간 광기 어린 눈이 되었고, 희수와 서준 사이를 다시 의심하며 퍼부었다.

"누가 누굴 정리해? 너희 나 없는 데서 다시 만나려고…… 그러는구나?"

"아니라니까! 당신, 왜 이렇게 같은 말 반복하게 해? 여태 무슨 말을 들은 거야? 내 말 뜻, 이해 못 했어?"

도형은 희수가 서준과 아무 일도 벌이지 않았을 거라는 건 느낌으로 알고 있었다. 희수가 서준과 무언가를 해 보려 하려는 의도가 없다는 것도 머리로는 잘 이해했다. 하지만 희수의 옆자리를 차지하고 선 서준과 희수의 그림을 보면 이성적인 사고가 제 기능을 하지 못했다. 다른 듯 닮은 두 사람이 기묘하게 어울리는 것이 아주 거슬렸다.

도형은 가슴이 두근거렸다. 곧 희수가 그를 떠난다는 공포와 불안, 불길한 예감이 도형을 짓눌렀다. 도형은 단지, 그녀와 헤어져야 한다는 그 사실이 받아들여지지 않았다. 그녀를 이렇게 맥없이 놓을 수 없었다. 지구 끝까지라도 쫓아가 붙들고 손에 쥐고 싶었다.

어떤 이유에서라도 이 여자는 내 여자였다. 눈앞의 서준이 광기의 대상이 되었다.

"너, 이 새끼! 덜 맞았어? 더 맞으려고 찾아왔어?"

도형이 폭발하려는 순간, 서준은 도형 앞에 두 무릎을 꿇었다. 딱딱한 대리석 바닥에 두 무릎이 도형을 향해 털썩 떨어졌다.

세상 사람들에게 고개조차 들지 못하게 '사생아'의 신분을 폭로해 준 것.

'사생아를 낳고 버리기까지 한 비정한 어미'임을 밝혀 어머니에게 "평생 내 발목 잡는 악귀 같은 녀석!"이라는 말을 면전에서 듣게 해 준 것.

모 그룹 막내며느리와, 섹시 여배우와, 순진한 아가씨를 동시에 가짜로 엮어 만든 드라마의 대형 스캔들로 '바람둥이' 타이틀을 만들어 준 것.

그래서 사람들 앞에 제 이름을 걸고는 사업조차 하지 못하는 그림자로 만들어 준 것.

누구는 강제 입대시키고, 누구는 해외 유학을 가는 것으로 '돈'과 '힘'의 부재가 어떤 것인지 몸으로 가르쳐 준 것.

아파트 한 채 값의 자동차 경품을 걸어 겨우 잊힌 '바람둥이' 타이틀을 다시 부활하게 해 준 것.

그리고 마음을 찢어 놓기 위해 24년 지기 친구인 희연을 이용한 것.

그런 것들은 모두 중요하지 않았다. 오직 희수를 지키는 것, 그것 하나만이 바람둥이 강서준에게는 유일이었다.

"원하는 거, 다 해 줄게. 이 여자만 무사히 놓아준다면."

"뭐, 뭐?"

"너에게 완전히 굴복할게, 네가 나에게 무슨 짓을 해도 받아들일게. 희수, 놓아줘."

소진되지 못한 감정이 자라면 화를 부른다. 도형이 서준에게 7년 동안 해 왔던 해코지처럼. 애원은 자라 집착이 되고, 집착은 자라 광기가 된다. 광기가 자라면 파괴가 되겠지. 희수는 강한 힘에 굴복하지 않는다. 특히, 자신을 공격하는 무언가에 의해서는. 희수가 도형과 또다시 부딪치게 되는 상황, 안 된다.

'자, 이제 그만 나한테 분풀이해. 때려, 그날처럼. 그날 끌려다 니면서 맞았던 것처럼, 다시 맞아 줄게.'

희수는 도형을 끌어안고 서준의 따귀를 올려붙여 주었다. 그날 무슨 일이 있었던 걸까. 희연이 대신 희수가 짐승처럼 울부짖으며 끌려가도록 밀어 넣은 날, 어떤 상처를 받을 곳으로 등을 떠밀었던 걸까.

목이 막혔다. 그러나 생각을 할 때가 아니다. 그냥 지금, 지금이 라도 빛나는 희수를 전쟁터 밖으로 밀어 내 주자. 대신 맞서 싸워 주자. 희수가 달아날 수 있도록 방패와 창이 되어 주자. 도형의 광 기를 나에게로 돌리면. 그렇게 폭발되고 퍼부어져 모든 감정이 소 진된 뒤 사그라지면.

희수는 안전해진다. 아니, 자유로워지겠지.

대신 맞아 주는 것쯤, 행복하다. 어차피 밀쳐질 마음, 버려질 개 새끼.

그거라도, 해 줄게.

도형의 화를 자신에게로 돌리는 것, 그것은 서준이 가장 잘할 수 있는 일이었다. 해 줄 수 있는 게 하나라도 있으니 좋다.

서준은 의도적으로 도형을 도발했다. 그의 모든 울분을 자신에 게로 돌리기 위해.

"뭐? 놓아줘?"

"희수, 해치지 마. 너에게 그런 일을 당할 만큼, 희수 잘못 없 어."

"해, 해쳐?"

"그러니까, 화풀이는 나한테 해. 내가 꼬드겨 시켰어. 너에게 희

449

수를 보낸 건 나야. 그러니 네가 화풀이해야 할 곳은 희수가 아니라, 나야. 그러니 날 쳐! 희수 대신. 부탁이야. 희수는 그냥 가게 놔줘."

"……."

"너와 내가 공유하는 모든 사람들 모아 놓고 공개 사과 하라고 하면 그렇게 할 거고, 금전적인 거든 뭐든 네가 요구하는 모든 조건 수용할게. 희수 놔줘. 내 부탁은 딱 하나야."

무릎 꿇은 서준은 단정하게 손바닥을 펴 바닥을 짚고 도형 앞에 고개를 조아렸다.

"네가 마음에 두었던 서미연과 사귄 건 모르고 한 실수였어. 그 일로 널 사람들의 조롱거리가 되게 한 것, 사과할게. 그리고 네가 좋아하는 여자를 빼앗기 위해 계획적으로 접근하고 널 비참하게 만든 것, 잘못했어. 평생 눈앞에 나타나지 말라면 그렇게 속죄할게. 희수만 놓아줘."

자존심 따위. 희수를 위해서라면, 자존심 따위. 그런 건 아무것도 아니다.

그러나 도형은 서준의 사과를 받을수록 비참해졌다. 모든 일을 돌이키고 싶었으나 그럴 수 없다는 게 미칠 것 같았다. 희수를 빼앗기고 싶지 않았다. 무릎 꿇고 희수를 놓아 달라며 제 여자를 해치는 파렴치한으로 모는 녀석이 오히려 오만해 보였다. 서준을 땅바닥까지 비참하게 만들고 싶었다.

"흐흐흐. 네가 모르는 사실이 있어."

도형은 무릎을 꿇는 순간조차 오만으로 가득한 서준의 가슴을 찢어 놓을 것이라면 무엇이든 할 수 있었다. 녀석을 바닥까지 추락시키고 괴로움과 배신감에 치를 떨게 하고 싶었다. 희수를 이 녀석에게서 영원히 떨어뜨릴 수 있는 것, 지금의 그 유일한 것은 '폭로'였다.

"그만!"

그러나 내내 잠자코 있던 희수가 입을 뗐다. 검은 시폰 드레스를 입은 희수는 검은 여신 같았다. 위엄마저 갖춘 얼굴로 도형을 제지했다.

"그만해. 언제까지 평생 그러고들 살래? 내가 연애한 건 당신이야. 나, 강서준에게 가지 않아. 그러니 멈춰. 당신이 접고 끝내줘."

"싫어, 너! 지금 이 새끼를 위해 무얼 하려는 거야?"

"더 가지려고 하지 마."

원하는 걸 얻지 않았느냐는 뜻. 도형이 애초에 원하던 것. 이 이도형 앞에서 저 강서준이 무릎 꿇는 것.

그래, 그때는 절실히 원했지만 지금은 다른 것을 원한다. 희수. 다른 것 말고 희수. 녀석의 손에서 희수를 빼앗아야 했다. 희수가 아무리 장담한다고 하더라도, 강서준이 작정하고 덤빈다면 희수의 마음을 뒤흔들어 놓는 건 언제든 가능했다.

"말할 거야!"

"하기만 해 봐!"

희수가 끈질기게 말렸지만 도형은 말해야 했다. 희수를 차지할 수 없다고 할지라도, 강서준의 손에 가게 할 수는 없었다. 희수의 마음을 돌이킬 수 없더라도, 강서준을 포기하게 해야 했다.

"강서준! 네가 지금 무릎 꿇은 건, 이 여자 손에 놀아난 거야, 알아? 내가 이 여자를 너에게 보냈어. 강서준을 내게 무릎 꿇게 한다면 내 차, EH07을 주겠다고, 수리비 대신, 알아? 넌, 이 여자에게 실컷 농락당한 거라고! 이 여자는 나랑 순수하게 연애한 거고!"

도형은 쾌감에 몸을 떨었다. 강서준의 얼굴이 형편없이 일그러졌으니까.

"나와 연애하는 이 여자를 보면서, 너도 질투에 몸부림쳤을 테지? 어땠어? 네 여자를 빼앗기는 기분이? 미안해? 사과해? 그 의미를 알기는 알고 사과를 했어?"

희수가 질색할 것이 뻔했지만 도형은 어쩔 수 없었다. 강서준의 마음을 단념시키는 게 우선 급했으니까. 희수를 내 것이라 과시하기 위해 서준 앞에서 억지로 끌어당겼다. 희수는 도형에게 안긴 채 인상을 찌푸리고 있었지만, 그런 것들이 도형의 눈에 들어올 만큼 여유 있지 않았다.

"너, 이 여자에게 결국 빠져서, 나랑 연애 못 하게 훼방 놓았다며? 이 여자랑 내가 어떻게 데이트한지 알아? 아침에 데이트했어. 이 여자는 눈뜨자마자 네 눈을 피해서 아침부터 날 만나기 위해 매일 달려 나왔다고. 네가 이 일, 저 일 벌여서 이 여자를 묶어 놓은 동안, 이 여자는 날 순수하게 좋아했어. 근사하지? 그런 것도 모르고 무릎 꿇은 거야, 넌."

"……."

"그러니 뭣도 모르고 잘난 체하지 말고, 꺼져."

하지만 도형의 그 쾌감은 곧 짜증이 되었다. 문을 밀고 눈물범벅이 된 여자가 들어왔다. 흐트러진 차림, 눈물로 얼룩진 화장, 알코올 냄새가 짙은 희연이였다. 희연의 얼굴은 충격과 경악으로 물들어 있었다.

"후우."

희수의 긴 한숨이 네 사람의 침묵을 깼고, 곧 희연이 부들부들 떨며 입을 열었다.

"그, 그러니까, 나 도형 씨한테 차이게 하려고 희수 씨, 도형 씨랑 엮은 거야? 그리고 두 사람이 지금, 이 여자 서로 차지하려고 싸우는 거야?"

희수는 길게 눈을 감았다 떴다. 그리고 결심한 듯 이도형에게 작별 인사를 하고 자리를 떴다.

"당신과 나 사이에 아름다운 이별이란 건 없네. 좋은 기억으로 나쁜 기억을 덮자고 했던 말, 취소! 당신 가슴 아프게 한 거 꽤 미안했는데, 그런 마음까지 털어 내 줘서 고마워. 클럽에서 보았던, 그리고 나에게 보여 줬던 태도는 그냥 당신의 가식이었다고 생각할래."

그리고 희연에게 허리 굽혀 정중히 사과했다.

"미안합니다. 당신의 두 남자들에게 끼어든 것 진심으로 사죄합니다. 그리고 결국 지켜 주지 못했네요. 이렇게 마음을 다치게 해 미안합니다."

무릎을 꿇은 채 얼어붙어 있는 서준에겐 한마디의 인사도 없었다. 대신 이도형과 서준을 함께 바라보고 냉랭히 말했다.

"멈추지 말고 평생 그렇게 싸워. 화해했다는 소문이 돌면, 이간질을 시켜서라도 다시 싸우게 해 줄 테니까."

서준은 희수를 따라나서 팔을 잡았다. 원망이니, 생각이니, 그런 걸 할 겨를이 없었다. 그냥 본능적으로 희수를 잡아야 한다는 것만 생각하고 따라나섰다. 지금 손을 놓치면 영원히 잃을 것 같은 기분.

깊은 한숨을 쉬는 희수는 서준의 팔을 툭 내려놓았다. 그러고는,

"어디 안 가고 집으로 돌아갈 테니까, 네 여자 친구 챙겨. 많이 놀랐을 텐데 같이 있어 주고 와."

희연의 울부짖음이 방 안에 가득했다는 것을 뒤늦게 깨달았다. 희연은 통곡을 하며 바닥에 주저앉아 울고 있었다. 희연의 오열이 귀에 들어오지 않았다. 서준에게는 오직 희수만 보였다.

"싫어! 너……."

"밤에 해, 이따 밤에. 집에서 기다릴게."

다시 매달리려는 서준의 손을 피하며 희수는 손바닥을 보였다. 그리고 강한 경고의 눈빛을 보냈다. 집에서 기다린다고 했어, 하는 눈빛. 그 반들반들한 눈으로 거절을 뜻하는 경고는 강렬했다. 하지만 경고도 말도 잘 들어오지 않았다. 그저 본능이 팔을 들어 올려 희수를 잡았고, 발이 희수를 향해 저절로 걸음을 걸었다.

그러나 희연이 곧 따라 나왔다. 서준의 옷자락을 붙들고 울부짖으며 따라나서지 못하게 했다. 날 붙들고 있었구나. 이래서 희수의 눈에 희연이 들어왔었구나. 아니야, 네가 생각하는 거 아니야, 그런 거 아니야! 털어 내고 나서려는데, 희수가 경고했다.

"나 그냥 따라 나오면 여기서 끝내는 거야. 챙겨 주고, 같이 있어 주고 와. 기다릴게."

서준은 희연을 저도 모르게 뿌리쳤다. 생각하고 한 행동이 아니었다. 그러나 희연의 "아아악!" 하는 경기 어린 비명이 귀를 찢었다. 서준이 희수를 따라나서지 못한 것은, 희연을 위해서가 아니라 희수의 뜻을 거스를 수 없어서였다.

도형 앞에 돌아와 자리에 털썩, 주저앉아서도 희연의 울음은 그치지 않았다. 희연의 울음은 창밖의 소음처럼 서준에게 의미가 되

지 못했다. 서준은 사고 회로를 정상적으로 돌리기 위해 필사적으로 집중했다. 도형이 말한 것에는 비밀의 열쇠가 숨어 있었다. 그가 놓친 것이 있다.

무얼까. 그게 무얼까.

희수에게 완전히 버려진 도형은 뒤늦게 현실을 깨달았다. 허탈하게 주저앉아 희연의 히스테리한 울음소리를 안주 삼아 술을 마셔야 했다. 모든 것을 완벽히 망쳤다. 서준을 떼 놓으려 욕심을 부리다 희수를 영원히 잃었다. 아니, 희수는 처음부터 잡을 수 없었다.

도형은 후회했다. 뱉지 말았어야 할 말들이다. 이성을 찾으면 모든 것이 이렇게 극명한데, 아까는 돌았었나 보다. 대신, 기운 없는 척 들리지도 않게 조용조용 말하던 희연의 목소리가 원래 저렇게 컸다는 걸, 담담히 받아들여야 했다. "그만 울어." 해 봤지만 소용없었다.

참다못해 도형은 서준을 향해 버럭 소리를 질렀다.

"가만히 있지 말고 네가 좀 달래 봐!"

도형의 짜증 어린 목소리를 듣고도 서준은 꼼짝할 수 없었다. 희연을 안아 달래 줄 마음이 우러나지 않았다. 아니, 여유가 없었다. 지금은 생각을 해야 했다.

"그만 울어, 마셔. 탈진하겠다."

평소와 같은 서준의 부드러운 말투. 그러나 온기는 없었다. 희연의 손은 술을 권하는 서준의 팔목을 거칠게 밀쳤다. 잔이 한 바퀴 구르며 술이 그의 옷 위로 쏟아졌고, 붕대를 감은 팔목이 욱신거렸다. 간신히 유지하던 무표정한 얼굴에서 기분이 그대로 배어나왔다.

"그만해야 변명을 하든, 빌든 하지."

얼어붙을 것처럼 차가운 말투 때문이었을까. 희연의 울음 떼가 조용히 잦아들었다. 오열은 훌쩍임을 남겼지만 어쨌든 희연은 울음을 멈췄다. 서준은 새 잔을 집어 술을 한 잔 더 따랐다. 희연은 다시 권하는 서준의 술잔을 붙들어 한 번에 왈칵 넘겼다. 그리고 스스로 병을 쥐어 연거푸 몇 잔을 더 마신 후 서준에게 퍼부었다.

"책임져. 네가 날 책임져. 도형 씨랑 갈라놓았으니, 네가 책임지란 말이야! 사촌 동생이라고 속이고 여자랑 동거나 하는 이 파렴치한 놈아!"

서준은 끝도 없이 이어지는 희연의 원망과 폭언을 들으며 묵묵히 얼음물을 들이켰다. 취할 수 없다. 한가하게 취할 때가 아니다. 놓친 것이 있었다. 도형의 폭로 속에 비밀의 열쇠가 있었다.

희연은 이제야 모든 상황을 명확히 이해할 수 있었다. 하지만 서준의 마음이 자신에게 있지 않았으며, 우정조차 완전히 소진되었다는 사실을 결코 용납할 수 없었다. 그래서 그 사실을 떠올리지 않도록 계속 소리치고 원망을 퍼부어야 했다.

❖ ❖ ❖

링거에 주사액을 꽂아 넣고 간호사가 자리를 뜬 뒤 서준은 희연에게 작별을 고했다.

"이젠 더 이상 네 친구가 되어 줄 수 없어. 잘 지내."

희연은 끝내 눈을 감은 채 아무런 대답도 하지 않았다. 그러나 감은 눈 사이로 눈물방울이 솟아 귀까지 흘러내렸다. 곧 약기운이 퍼지는지 숨이 고르게 안정되었다.

서준은 잠든 희연을 뒤로하고 병원을 나섰다. 핏기가 가셔 평소보다 더 하얗고 아름다운 희연의 얼굴. 그러나 밀랍 인형을 보는 것같이 감정이 느껴지지 않았다. 후회도, 연민도, 동정도, 우정도 아무것도 남지 않고 소멸되었다.

더운 바람이 불었다. 병원 앞 벤치에 앉아 하늘을 보았다. 구름 한 점 없이 맑게 갠 하늘이 깨끗했다. 저 하늘처럼 뒤엉킨 생각을 정리해야 했다.

희수에게 속았다는 배신감 따위는 없었다. 희수가 배신하고 농락했다 한들, 칼을 들고 심장을 찔렀다 한들, 조금도 원망스럽지 않다. 오히려 그렇게라도 돌아봐 주었으면 좋겠다는 생각뿐. 차라리 가지고 놀기 위해, 복수하기 위해서라도 나를 봐 주었더라면. 그랬다면 내게도 기회가 있었을 텐데.

희수는 그를 농락할 생각이 없었다. 그랬다면 그의 마음을 거절했을 리 없으니까. 도형의 과도한 액션과 폭로는 희수를 지키려는 몸부림이었다. 하지만 무언가 중요한 단서를 얻었다는 느낌. 희수를 이해할 수 없었던 부분의 가장 중요한 퍼즐 조각을 손에 쥔 느낌.

도형의 말대로라면 희수는 애초에 서준을 유혹하기 위해 그를 찾아왔다. 유혹할 남자에게 그렇게 더럽고 얼룩덜룩하고 퀴퀴한 냄새가 나는 몰골로 쳐들어오는 여자가 세상에 있을까. 적어도 가진 옷 중 가장 좋은 옷을 입고, 목욕, 아니 세수라도 하고 왔어야 했다.

아니, 희수는 영리한 아이이다. 그랬다면 희수를 집 안에 들이지도 않았을 거다. 어쨌든 희수는 원했던 대로 그를 움직여 집 안에 발을 들였다.

처음부터 큰 부탁을 하면 들어주지 않지만, 작은 부탁을 들어주게 한 뒤 조금 더 큰 부탁을 하면 들어줄 가능성이 높아진다. 이때는 거절하기 뭣한 사소한 부탁부터 시작해야 한다. 본능적인 움직임으로 희수는 화장실을 쓰고 난 뒤, 밥을 먹었고, 밥을 먹은 뒤, 돈을 타 냈다.

하지만 희수는 담백하게 물러났는데. 희수의 손에 도움이 될 만한 돈을 쥐여 주고 돌려보냈었다. 희수의 자존심을 긁지 않기 위해 꽤 애썼었다.

이유는 알 수 없지만 희수는 애초부터 도형이 목표였다. 희수가 돈을 얻은 뒤에도 서준에게 원한 건 '도형을 꼬이기 위한 모략의 동참'이었으니까. 그리고 서준 자신은 '내가 좀 예쁘게 생기기만 했어도 이도형 꼬여서 네 여자 친구 찾아 주겠다고 딜이라도 걸텐데.' 하며 희수가 살랑살랑 흔드는 떡밥을 덥석 물었다. 그래, 도형이 목표였다!

아니, 아니지. 돈을 준 건 자신이었다. 희수는 며칠만 재워 달라고 했었다. 희수가 원했던 건 서준과 동거하는 것. 한 공간에서 먹고, 자고, 숨쉬고, 부딪치며 남녀가 자연스럽게 얽힐 수 있는 기회를 얻는 것. 희수는 도형을 미끼로 결국 동거를 얻어 냈다. 그래, 내가 목표였다!

그랬으면 좋아한다고 매달릴 때마다 그렇게 매정하게 거절하는 게 말이 안 되잖아.

생각할수록 더 머리가 아팠다. 아니지, 반대로 생각하기로 했다. 처음이야 어쨌든, 지금 상태가 가장 중요하니까.

꼬이려는 상대가 복수의 대상이면, 외면하는 상대가 복수의 대상이 아니다.

서준은 끝없이 그녀에게 멈추라고 부탁했지만 그를 피하면서까지 도형에게 집중했다. 원하는 것을 다 들어주겠다고 빌었는데, 그따위 차를 얻으려고 도형에게 매달렸을 리 없다.

그렇다면?

쿵쿵쿵, 가슴이 뛰고 서준의 얼굴에 희망이 싹텄다.

"언젠가부터 나를 진짜로 좋아하고 있었던 거야!"

한 방울의 잉크가 물 안을 붉게 물들이는 것처럼 얼굴이 달아오른다. 기쁨이 온몸에 스몄다.

지체할 시간이 없었다. 차에 시동을 걸었다. 빠르게 차도에 들어섰다. 토요일 저녁의 끝없는 정체. 당장 날아가고 싶은 마음을 애써 누르며 서준은 차들을 피해 액셀러레이터를 밟았다.

네 여자 친구.

서준은 비웃음을 흘렸다. 희수는 자신의 마음을 들킨 걸 방어한 거다. 희수는 서준의 고백을 온몸으로 거부하며 희연을 꼭 '네 여자 친구'라 불렀다. '네 여자 친구'는 좋아하는 마음을 들키지 않으려는 견고한 갑옷이자 방패였다.

왜 그렇게 그를 밀어 내는지는 이해할 수 없었지만 한 가지 사실이면 충분했다. 희수는. 그를. 언젠가부터. 깊이 마음에 두고 있었다.

이도형의 성급함과 경솔함에 감사했다. 폭로를 해 주지 않았다면 영원히 깨닫지 못했을 것이다. 희수는 자기 관리가 너무나 철저하니까. 그 사실을 몰랐다면 희수를 놓아 주어야 하나 바보같이 고민을 했을 것이다.

커튼이 걷히니 모든 게 환해졌다. 이도형과의 싸움에서 희수에게 따귀를 얻어맞은 이유도 선명해졌다. 희수가 손을 대지 않았으면 이도형과의 싸움은 걷잡을 수 없이 커졌을 것이다.

오늘 끝을 보지 못했다면 다음에라도 또. 희수는 싸움을 끝내 주려 한 것이다. 도형을 믿지 못해 직접 진정시키고, 자신을 믿었기에 따귀를 때렸다.

몸부림치며 앓던 마음의 고통이 순식간에 날아갔다. 두근두근 심장 소리가 귓가를 울렸다. 행복감이 온몸에 알싸하게 퍼졌다.

"빵빵!"

희수에게 점잖게 운전하라고 늘 잔소리하던 서준은 그 어떤 날보다도 급하게 차를 몰았다. 끼어들어 오려는 차를 막아서고, 치사하게 앞차의 꼬리를 물고 늘어졌다. 1m라도 빨리 가고 싶다. 행복한 만큼 불안했다.

설마, 벌써 나가겠다고 짐을 싸고 있지는 않겠지. 아니, 희수는 집에서 기다리겠다고 했어. 기다리고 있을 거야.

허튼소리를 뱉는 아이가 아니라는 게 가장 무서웠다. 희수는 뱉은 말을 반드시 지킨다. 불길한 예감 때문에 미칠 것 같았다.

'너희 둘한테 모두, 내 역할은 끝났어. 그러니 너는 가서 네 여자 친구나 위로해 줘.'

이제 다 알게 된 마당에, 자기 마음을 홀랑 들켜 버렸는데, 그래도 버리려고 하지는 않을 거야. 이도형을 정리했으니, 이제 천천히 내게 기대게 하면 되는 거야.

'연애에도 예의란 게 있어. 내가 널 사귀는 건, 이도형에게 예의 없는 짓이야.'

460

서준은 쿵쿵 뛰는 심장을 진정시키려 노력하며 액셀러레이터를 밟았다. 마음을 단단히 먹어야 했다. 이제부터 희수를 상대해야 하니까. 또 그녀가 거는 싸움에 말려들어 그녀를 놓쳐서는 안 되니까.

서준은 평소처럼 집 안에 들어섰다. 저녁을 차리기에는 좀 많이 늦은 시간. 하지만 부엌에서는 무언가가 바글바글 끓고 있었다. 머리카락 뭉치가 뒤통수에 달랑거리는 작고 새카만 여자아이. 예쁘지도 않은 주제에 미칠 만큼 매력적인, 그의 혼을 홀랑 나가 버리게 한 그 반들거리는 눈빛, 희수였다.

깨끗이 화장을 지운 희수는 평소의 소매 없는 셔츠와 반바지의 트레이닝복 차림이었다. 희수는 삶은 고기를 찢고 있었다.

"밥 줘?"

희수의 스스럼없는 모습이 참 오랜만이다. 옛날처럼, 처음 왔을 때처럼, 장난기 어린 웃음의 가면을 뒤집어쓴 그 모습. 알싸한 슬픔이 가득 차오르면서도 가슴이 쿵, 떨어지는 불안.

스스럼없는 귀여운 얼굴은 그를 떼 버리려고 작정이라도 한 것 같았다. 화장기 없는 저 어린애 같은 엷은 입술에 입 맞춘다면 이 불안을 한 번에 털 수 있을 텐데.

하지만 서준은 마음을 차분히 가라앉혔다. 집중해야 해. 절대로 희수를 놓쳐서는 안 돼. 희수의 생각이 어떻든 아직 기회가 있어. 오늘, 지금이, 그 기회다.

한껏 꾸미고 좋은 옷들을 차려입은 희수도 아름답지만, 지금처럼 꾸밈없는 희수의 얼굴이 그를 더 행복하게 했다. 불안한 마음을 꾹 누르며 아무렇지 않게 물었다.

"뭐 해?"

"사골국 끓여."

다친 팔을 보고 끓여 주는 거다. 알싸하게 가슴이 아려 오면서도 불안이 가시지 않았다.

"나 주려고?"

"아니, 나 먹으려고."

서준은 "크크." 웃었다. 웃기지도 않는데, 웃음이 났다.

"쯧! 네 카드 마음대로 긁는 마지막 기념으로 제일 좋은 거로 사 왔어. 몸보신하고 나가려고. 아아, 다이어트했더니, 전보다 기운이 없어. 힘도 약해진 것 같고. 오늘 너희들 바보짓에 끌려다니느라 저녁도 못 먹었어. 배고파."

희수는 반들거리는 쪽 째진 눈으로 반쯤 식은 고기를 집중해서 쳐다보며 결대로 찢고 있었다. 그의 말에 넙죽넙죽 대답하면서도 착, 착, 착, 착, 고기를 찢는 손은 박자도 틀리지 않고 빠르게 움직였다.

눈물이 울컥, 오르면서도 가슴이 아렸다. 그리고 웃겼다. 어떤 일이 있어도 휘둘리지 않으며, 밥을 꼭 챙겨 먹는 게 정말 희수다웠다.

건드리면 꽤 사나워지는 녀석, 그리고 어떤 힘에도 굴복하지 않는 강인한 녀석, 나이는 스물둘, 하지만 마음의 키를 잰다면 도형보다도, 서준보다도 훨씬 더 큰 어른스러운 녀석. 하지만 겉모습은 참 아찔하게 귀엽고 사랑스럽다.

그리고 들러붙은 두 녀석이 그 아이 같은 얼굴에 깊은 상처를 내 놓았다. 볼에 붙인 거즈가 안쓰러웠다. 서준은 저도 모르게 팔을 뻗어 희수의 볼에 손을 댔다.

희수는 반사적으로 손을 뻗어 탁, 쳐 냈다. 익숙한 리액션. 하지만 가슴이 알싸하도록 서운한 느낌은 어쩔 수 없다. 희수는 처음으로 삶은 고기에서 눈을 떼고 서준을 바라봐 주었다. 반들거리는 눈이 매정했다.

"하지 마."

희수를 붙들 일이 아릿했다. 그래. 힘들수록 밥을 먹어야 해. 서준도 같이 먹고 기운을 내기로 했다. 그러고 보니 제대로 밥을 먹은 것이 언제인지 기억조차 나지 않았다.

"나도 먹을게."

국 앞에 서 있는 희수를 보고, 서준은 몸을 일으켜 식탁을 차렸다. 음식 냉장고 문을 여는 것이 영 어색했다. 희수가 꺼내 주던 것을 기억하고 갓김치와 배추김치를 잘라 놓은 통을 꺼냈고, 각자의 개인 접시를 앞에 놓았다. 수저를 놓고, 물컵을 놓고, 음식을 옮길 집게 같은 자잘한 것들을 챙겼다.

희수가 할 땐 착착, 1분도 걸리지 않던 일들이 서준의 손에는 영 서툴렀다. 붕대를 감고 보호대에 걸린 왼팔 때문은 아니었다. 희수는 서준의 움직임을 모른 체 놓아두었다. 대신 바글바글 끓는 국의 기름기를 걷고 두 그릇의 맑은 탕을 내왔다.

오래 끓이지 못한 초벌 탕이지만 고소한 국물이 뜨겁고 시원했다. 밥알이 입 안에서 기분 좋은 질감으로 씹혔다. 파 맛이 시원했고, 후추가 향긋했다. 쫄깃한 고기가 씹히는 육질이 좋았고, 담글 땐 대충대충 하는 것처럼 보였던 김치도 맛이 좋았다. 김치 장사로 내다 팔아도 좋겠다.

수저 달그락거리는 소리, 후루룩 소리같이 식사를 위한 작은 소음만이 있었다. 이 위에 자잘한 일상의 대화와 웃음을 얹었으면.

그리고 이 넓은 식탁을 희수가 낳은 아이들로 채웠으면.

서준을 닮은 아들은 상상도 하기 싫었다. 딸이 갖고 싶었다. 희수를 닮은 딸은, 꽤 시크할 것이다. 아빠한테도 도도하겠지. 생각만으로도 웃음이 났다. 지금은 꿈같은 일이지만, 서준은 지치지 않고 노력할 자신이 있었다.

엷은 불안감과 짙은 행복감이 뒤섞인 기분으로 서준이 식사하는 동안, 희수는 말없이 국과 밥을 먹었다. 꽤 오랫동안 다이어트를 했기 때문일까, 희수의 양은 꽤 줄어 있었다. 배가 고프다고 한솥으로 국을 끓였으면서, 먹은 양은 허술하게 담은 밥 한 공기와 국 한 대접.

다이어트가 끝난 지가 언젠데, 희수의 얼굴은 훨씬 더 핼쑥해져 있었다. 생각할수록 가슴이 아프고 목이 막혔다.

둘은 비슷한 속도로 식사를 끝냈다. 밥이 잘 들어가지 않는지 희수는 평소보다 좀 천천히 먹었다. 서준이 보조를 맞추었고 서로 비슷하게 수저를 놓았다. 엉덩이를 반짝 떼며 상을 치우려는 희수를 서준이 잡았다.

"앉아 있어. 이젠 내 집 도우미 아니잖아."

"그 팔로 꾸물거리는 거 보기 귀찮아, 하던 대로 해."

팔이 다치지 않았더라도 부엌에서 희수처럼 날랠 수는 없을 것이다. 서준은 희수가 부엌 정리를 하는 옆에서 차를 준비했다. 커피 대신 희수가 좋아하는 레몬차를 끓였다. 처음엔 어색했지만, 여러 번 얻어 마셔 보니 꽤 괜찮아졌다.

향긋한 레몬 향은 마시기 전부터 기분을 좋게 한다. 마실 때는 인상이 찡그려지도록 시고 아릿하지만, 코끝에 입 안에 오랫동안 머무는 그 향기가 좋아 또 입에 대게 된다. 차를 마시지 않아도 내내 온몸에 감도는 향. 같이 있지 않아도 머릿속에서 떠나지 않는 그 강렬함이 희수 같다.

"복날에 잡을 개는 원래 나였어?"

희수가 꾸준히 '개새끼'로 불러 줬었다는 걸, 그때는 눈치채지 못했다. '일주일 뒤에 다른 남자 만날 날 받아 놓은 거 뻔히 알면서.' 하며 서준과의 가짜 데이트에서 뱉었던 말.

'복날에 잡아먹기로 하고도, 귀엽다면서 개의 머리를 쓰다듬어 주는 거, 개에겐 너무 못 할 짓이잖아!'

그 복날의 개는 희수가 아니라 서준이였다. "후후후." 웃음이 났다. 희수에게 당하는 거, 기분 나쁘지 않았다. 아니, 좋았다. 아주 좋다.

"개도 잡고 돼지도 잡지 그랬어? 아니, 이왕이면 개만 잡아 주지."

"확대 해석하지 마."

"나랑 지내다 내가 불쌍해지고, 이도형과 데이트하다 이도형도 용서했겠지. 너, 다 들켰어! 너, 내 팔뿐 아니라, 이도형 마음 다친 것도 속상하지?"

희수의 포커페이스는 최강의, 최상의 완성형이다. 가볍게 짓는 악동의 반들거리는 미소는 가벼운 바람 앞에서도, 무서운 강풍 앞에서도 한결같다. 모든 것을 털린 뒤에도, 아니 털 수 있도록 놓아 둔 뒤에도 눈썹 하나 까딱하지 않고 말짱했다.

"그러게, 중간에 봐주지 말고 그냥 콱! 처음 마음먹었던 대로 독하게 뒤집어엎어 줄걸. 괜히 착하게 굴었어. 내가 직접 뒤집었으면 더 확실하게 엎을 수 있었는데."

"……."

"너희 둘이 왜 그렇게 거지같이 몇 년이나 쉬지 않고 싸웠는지, 이 속에 들어와서야 알았어. 너희 둘 다 똑같아. 주먹을 부르는 녀석들!"

반들거리는 눈으로 주먹을 쥐며 부르르 떨던 희수는 잠시 뒤 손뼉을 짝, 치며 제가 하고 싶었던 말을 뱉었다.

"난 내일 나가.", "가지 마. 나랑 있어."

말도 떨어지기 전에, 숨도 쉬지 않고 서준은 답했다.

"너 어디 못 가. 안 보내."

두껍고 딱딱한 껍데기 안에 한 입의 하얗고 말캉한 속살, 희수의 마음은 그렇게 생겨 있다.

"네 앞에선 항상 솔직해질 거야. 계산 같은 거 안 해. 네가 좋아. 지구 끝까지라도 쫓아갈 거야. 도망치면 찾아내서 다시 여기 데려와 앉혀 놓을 거야. 남자, 여자로 노는 건, 이제 평생 나랑만 해!"

"아아! 그만 좀 해. 숨 막혀!"

"절대로 너, 누구에게 안 내줘."

'사랑 따윈 몰라' 하는 담백한 표정으로 씨익, 웃는 희수. 생글거리는 까만 눈동자가 샐쭉 웃는다. 저 가면은 너무나 두텁고 단단해서 서준의 자신감을 쉽게 좀먹는다. 자신감 없음의 기운은 누구나 알아챌 수 있지만 희수는 그런 것에 더더욱 예민하다. 절대로. 희수를. 놓쳐서는 안 된다.

"이딴 유치한 짓이나 하는 주제에."

희수는 짜증을 내며 한쪽에 두었던 휴대전화를 덜커덕, 내려놓앉다. 들켰다. 희수의 가방 안에 몰래 끼워 두었던 것. 역시, 서준이 다잡은 팽팽한 자신감에 콕, 바늘구멍을 찌르며 바람을 빼는 희수. 서준은 희수가 바람을 빼 주는 대로 "후후후." 웃었다. 그리고 빠르게 말했다.

"미안해. 그럴 자격 없는데도 널 좋아해서."

"아, 그만 좀 하라니까."

"미안해. 이도형과의 싸움에 널 방패막이로 삼고, 네 등 뒤에 숨어서."

"……."

"마음 풀어 줘. 그리고 조금만 나 좋아해 줘. 처음에 나 봐줬던 것처럼, 한 번만 더 봐줘."

눈 뜨는 게 싫다는 그녀를 눈빛으로 훑었다. 귀여운 머리를 쓸고, 볼을 다정히 어루만졌다. 얇은 입술에 입 맞추고, 말캉한 속살을 탐했다. 서준의 눈빛을 흔들림 없이 맞받아치며, 말짱한 표정으로 침을 꼴깍 넘기는 희수.

입가의, 입술의, 목의, 피부의 미세하도록 자잘한 떨림이 귀여웠다. 온 마음을 다해 눈으로 훑고, 진심을 담뿍 담았다. 희수를 흔들어야 했다. 흔들어 움직여야 했다.

"당장 잡아 위층으로 올라가자고 꼬드겨 내 아이라도 갖게 해서 결혼하고, 집에 주저앉혀 아무 데도 못 가게 하고, 아무도 못 만나게 하고 싶은 마음, 솔직히 있어."

"……."

"하지만 그러기 싫은 마음이 훨씬 더 커. 네가 자유롭게 훨훨 날 수 있도록 든든한 밑받침이 되고 싶어. 잠깐은 싫어. 평생. 평생 네 곁에 있고 싶어. 우리 천천히 시작하자."

"……."

"돈 같은 거 그만 벌고, 밖에서 고생도 그만하고, 마음 놓고 편히 공부하고, 네 나이 또래에서 즐기고 싶은 거 다 누리고……."

갑자기, 희수는 쪽 째진 반들반들한 눈으로 생글거리며 웃었다. 그래, 오늘따라 비장할 정도로 날이 세워진 채 단단히 덧씌워진 그 웃음 가면이었다.

"아주 남의 인생 계획을 지가 다 짜요!"

희수는 남은 레몬차를 후르륵, 맛있게 마시고는 덜커덕, 매정하게 내려놓았다. 텅 비어 버린 잔이 희수의 손에 의해 가차 없이 버려졌다.

"응, 그렇게. 연애도 해 보니 재미있네. 이제 가짜 연애 말고 진짜 연애도 하고 싶어. 너 같은 늙은이 말고, 하일영 같은 애들이랑 클럽에 가서 춤추고 놀고도 싶고, 내 친구들이랑도 재미있게 놀고 싶어."

이 아이는, 서준을 정말 쉽게 쥐고 흔들 줄 알았다.

"사귀어 봐야 침대로 끌고 갈 궁리나 할 너, 별로 흥미 없어."

희수는 서준의 자신감에 바늘구멍을 내 놓고도 모자라 손가락을 쿡, 찍었다.

"돈은 언제든 벌 수 있어. 나, 삼천만 원 버는 데 일 년도 채 안 걸렸다? 근사하지?"

알아, 야채 배달을 하며 또 주차장 어디에선가, 흙먼지 속에서 매연 속에서 고생하면서 한 푼 두 푼 모았겠지.

"돈은 언제든지 한 방에 없어질 수도 있어. 이번에 내가 이도형한테 털린 것도 그렇지만, 너라도 안전하지 않아. 우리 집 봐, 내가 구경해 봐서 알아. 거지 되는 거 뭔가가 꼬이면 잠깐이야."

목이 막혔다. 그렇지, 희수는 힘든 경험을 했었지. 그것도 두 번씩이나.

"이제부터 그런 건 내가 다 알아서 할 테……."

"하지만 자기 자신이 똑바로 선다면 다시 세상을 살 수 있어. 난 충분히 쉬었고, 잔뜩 화가 끓어오르던 마음도 풀렸고, 실컷 놀았고, 이제 너희들이랑 더 놀기 싫어졌어. 돈만 많았지, 너희들 꽤 거지 같아. 돌아갈 거야. 자유롭게 돈도 벌고, 공부도 하고, 내 맘대로 살래."

"희수야."

"어떤 힘든 일이라도 지나고 나면 견딜 만해지고, 나중엔 잊어버리게 돼. 잊어버린다는 건 참 편리한 기능인 것 같아. 너도 마음 추슬러."

"나, 너 보내고 못 살아!"

"잘 살 거야. 세상에 죽을 것같이 힘든 일은 없어. 견디지 못하는 나약한 사람이 있을 뿐이지."

"……!"

"넌, 본인도 나약한 주제에 다른 사람들까지 나약하게 흔들어. 아주 마음에 안 들어."

이 녀석에게 말싸움으로는 안 된다는 것을 잘 알고 있다. 한번 굳건한 성벽이 세워지면 방법을 찾을 수가 없다. 그리고 그사이 희수는 마지막 일격을 가했다. 손가락 크기의 구멍이 숭숭 뚫린 자신감을 단번에 쭉, 찢어 버릴 준비를 했다.

"나, 옛날에 너 또 본 적 있다? 학교에서 말고."

"뭐?"

"전에, 호텔에서 주차 요원으로 일할 때 말이야."

숨이 컥, 막혔다.

"같이 놀던 여자, 새벽에 떼 내더라? 왜 이래, 처음 했던 약속은 지켜야지, 네 감정은 네가 추슬러, 뭐라더라. 왜 그거, 있잖아, 네 레퍼토리."

희수는 잘 생각해 보라는 듯 서준에게 손을 들어 휘휘 저어 보였다.

뒷목이 저릿하고, 가슴이 쿵, 떨어졌다.

"그날 내가 차 빼 주고 키 줄 때 보는 사람 있었던 거 알고, 너 완전히 당황하던데? 나한테 팁도 줬는데. 십만 원이나."

"……!"

"넌 매번 나 볼 때마다 돈을 잘 주더라? 돈이 많아도 그렇게 헤프게 쓰면 금방 거지 돼."

"…….."

"그딴 거, 기억도 안 나지? 그래, 그때 네가 나한테 뭐라고 했게?"

물론, 기억나지 않았다. 절대로 듣고 싶지도 않았다.

희수는 반들반들한 눈으로 집게손가락을 입술에 대고 찡긋, 웃었다. 악동의 미소가 징글징글했다.

"쉿!"

#17

아름다운 이별

"오늘도 이러고 있는 거야?"

규만이 결국 집으로 왔다. 서준은 문을 열어 줄 기운조차 나지 않아 도어록의 번호를 휴대전화로 알려 주고 끊었다. 모든 게 귀찮았다. 희수를 잃어버렸다는 상실감에 아무것도 손에 잡히지 않았다.

결재 메일이 산더미처럼 밀렸고, 알아서 해 달라는 말도 더 이상 나오지 않았다. 결국, 연혜 누나마저 안 되겠다며 결정해야 할 것들을 집으로 들고 오겠다고 했다. 말은 그렇지만 들여다보고 싶다는 뜻이다.

빨리 정신을 차려야 하는데. 그래서 희수를 찾아내야 하는데. 평생 한 번도 앓지 않던 열병을 호되게 앓는 중이었다.

"이렇게 열이 끓을 리가 없는데, 어디 감염된 거 아냐?"

"몰라. 파상풍 주사는 맞았어."

어디엔가 긁힌 곳이 부어올라, 규만이 억지로 데리고 병원으로 뛰기도 했었다. 희수가 돌아올지 모른다는 바보 같은 생각에 병원에 누워 있을 수가 없었다. 집을 지키고 있어야 했다. 집이 이렇게 넓은 줄 몰랐다. 사방이 빈 곳뿐이다. 몸이 아프니 희수의 부재가 더 서러웠다.

다음 날 새벽 희수는 서준에게 작별 인사도 없이 말끔히 사라졌다. 들어올 때 가져왔던 큰 가방과 희수만 증발된 듯 없어졌다. 그동안 사 주었던 가방, 옷, 액세서리 같은 것들이 주인 없는 행거에 말끔히 정리되어 걸린 채 서준의 가슴을 무너뜨렸다.

다음 날 간다고 해서 인사는 하고 갈 줄 알았는데, 그러면 목숨을 걸고라도 붙들고 늘어지려고 했는데, 이렇게 길거리에 강아지 버리듯 내팽개쳐 버려질 줄은 몰랐다.

열만 오르지 않았어도, 잠들지 않는 건데. 가는 걸 그렇게 맥없이 놓쳐 버리는 게 아닌데. 멍청하게, 현관이라도 지키고 앉았어야 했는데.

세상이 빙글빙글 돌았고, 너무 추워서 죽을 것 같았다.

"그러고 나서 희수한테 연락 없었어?"

"응."

연혜 누나와 규만이 녀석은 희수의 작별 인사 전화를 받았다. 세상 사람들에게는 모두 깍듯한 희수는 서준에게만 예외였다. 그랬지, 항상 그랬지. 사람 아니고 개새끼니까.

가슴이 푹 찔린 듯 알싸했고, 다시 세상이 핑글핑글 돌았다. 너무 추워 이가 딱딱 마주쳤다.

"생각을 해야 하는데……."

"뭐?"

생각이 헛소리가 되어 중얼중얼 말이 입으로 튀어나왔다. 생각
을 해야 하는데. 희수가 어디로 갔는지, 생각을 해야 하는데.

규만이 다시 이마를 짚으며 병실을 예약하기 위해 통화를 했다.
집을 지키고 있어야 한다고, 말리려 손을 들었지만 손이 올라가지
않았다.

"장 박사님, 서준이 입원시켜야 할 것 같은데요."

희수는 어디로 갔을까. 규만에게 말을 건 것 같은데 규만은 아
무런 반응이 없었다. 방금 내가 말을 한 게 아닌가? 생각을 하는
것인지 말을 하는 것인지 헷갈렸다. 정신이 스러졌고, 까무룩 잠이
들었다.

서준은 타는 듯 목이 말라 잠에서 깼다. 낯선 1인실의 병실 안,
침대에 홀로 덩그러니 누워 있었다. 아니, 누군가가 눈앞에 앉아
있었다. 희수일까. 희수였으면 좋겠다. 말라붙어 잘 떠지지 않는
눈을 억지로 떴다. 간신히 확인하고 나니 가슴이 꽉 막혔다.

희수가 저렇게 크고 퉁퉁할 리 없잖아. 이도형이었다.

"뭐하러 와."

형편없이 갈라진 목소리가 새어 나왔다. 잠기가 가시니 얻어맞
은 데가 이제야 아픈 것처럼 한꺼번에 쑤셨다. 희수가 있었을 땐
불편한 줄도 몰랐던 처맨 팔이 너무나 거추장스럽고 불편했다. 녀
석 앞에서 이런 형편없는 꼴을 보이는 게 정말 싫었다.

병실에서 환자복을 입고, 링거를 개줄처럼 매달고, 병원 침대에
형편없이 무너진 꼴로 앉아 이도형을 맞고 싶지는 않았다.

"미……."

"뭐?"

황송하게도 도형이 테이블의 컵과 포트를 들어 손수 물을 따라 주었다. 물컵을 내미는 두툼한 손을 보면서 서준은 어이없이 받아 들었다. 등골이 오싹한 기분. 무슨 맛인지도 모르고 꿀꺽꿀꺽 마셨던 것 같다.

"미안하다고!"

"하."

도형은 의무감처럼 입술을 짓씹으며 다시 뱉었다. 미안해서 온 녀석이 절대 아니었다.

희수의 힘이 대단하기는 했다. 이 녀석의 입에서 미안하다는 말이 튀어나오는 걸 듣는 경험을 하다니. 반갑지 않았지만 더 싸울 기력도 없었다.

"알았어. 그만 싸우자는 뜻으로 알아들을게. 나 좀 쉬자. 해열제 얼마 못 가더라. 곧 열 오를 거야."

이 녀석에게 무릎을 꿇은 보람을 없앨 수는 없다. 왜 왔는지 알 만했다.

"잠깐만! 희수 어디 있는지 좀 알려 줘."

그러면 그렇지. 서준은 인상을 썼다.

"나도 몰라."

"웃기지 마, 너는 알잖아!"

"알면, 내가 이러고 있겠냐?"

도형의 얼굴이 절망으로 길게 일그러졌다. 서준은 한숨을 쉬며 숨을 골랐다.

"부탁이야. 희수 놔줘."

"거봐, 네가 만나려고 그러는 거잖아!"

"만나고 싶어도 못 만나. 어디 갔는지 모르겠어!"

"정말 몰라?"

도형은 울상이었다. 서준의 가슴도 답답하긴 마찬가지였다.

"희수 만나서 뭘 하려고? 왜 또, 다시 만나자고 하게?"

도형은 대꾸하지 못하고 입술을 깨물었다. 인상을 찌푸리며 낮게 욕설을 뱉었다. 그리고 조용히 말했다. 도형의 그런 자신 없는 모습, 처음이었다.

"좋겠다. 넌, 네 멋대로 할 수 있으니까. 나처럼 이미 예전에, 시작도 하기 전부터, 엉망으로 망쳐 놓지 않았으니까."

나도 별 차이 없거든?

하지만 그따위 말을 하게 되면 매우 불리하니 대답을 꿀꺽 삼켰다. 이 녀석도 희수에게는 진심인 모양이다. 사정이라도 해야 했다.

"예전과 같이 생각하지 말아 줘. 나 진심이야. 잠깐 연애나 하고 말 거 아니야. 당장 데려다가 결혼하고 아이도 하나 낳게 하면 아주 안심이 되겠지만……."

"이 새끼가!"

내내 억울한 표정을 하고 있던 도형의 입에서 욕설이 튀어나왔다.

"절대 그러지 않을 거야. 자유롭게 펄펄 날아다니게 해 줄 거야. 희수의 그림자가 되어서, 내가 해 줄 수 있는 뒷받침은 모두 다 해 줄 거야. 빛나게 해 줄 거야. 몸 고생은 물론, 마음도 무엇도 털끝도 다치지 않게, 지키고 보호해 줄 거야. 그녀의 개처럼. 그러니까, 네가 나 한 번만 봐줘. 희수 만날게."

"……."

"네가 좀 봐줘. 깨끗하게 놓아줘."

도형은 머리를 박박 쥐어뜯었다. 정말 하고 싶지 않은 것. 마음을 내려놓는 것.

"알았으니까, 일단 어디 있는지 말해 줘."

"돌아가서 기다려. 나도 어디 있는지 지금부터 생각해 봐야 하니까."

"뭐?"

도형이 이를 갈며 짜증을 냈지만 서준은 벽을 보고 돌아누웠다. 해열제라고 하는 게, 지속 시간이 정말 짧았다. 열이 오르려 했다. 곧 또 고열에 시달릴 것이다. 오한이 나고 이가 딱딱 부딪힐 것이다. 서준은 누운 채 눈을 감고 인사했다.

"돌아가. 찾으면 연락할게. 약속 지킬 테니까 가."

부스럭거리며 도형이 몸을 일으키는 소리가 들렸다.

"쉬어라, 부탁한다."

빨리 찾아내야 하는데. 그래야 가서 빌기라도 할 텐데. 서준은 그렇게 까무룩 잠이 들었다.

"누나도 몰라요?"

병실을 지키던 규만이 이연혜에게 물었다. 서준의 집에 들렀던 이연혜는 걸음을 다시 병원으로 돌려야 했다. 항상 건강하고 팔팔하던 녀석이, 병실에 누워 끙끙 앓는 모습은 생소하면서도 안쓰러웠다.

"인사만 하고 후다닥 끊어서 말릴 틈도 없었어. 내가 어떻게 알아."

"아, 잠깐 와서 얼굴이나 보자고 붙드는 건데. 서준이하고는 연락을 계속할 줄 알았어요."

두 사람이 병원 특실 한쪽의 휴게실 소파에 앉아 도란도란 이야기하고 있을 때 서준이 부스럭거리며 일어났다.

"물이라도 마셔."

하얗게 말라붙은 입술, 몰라보게 핼쑥해진 얼굴을 보고 서준 앞으로 이연혜가 물컵을 들이밀었다. 며칠째 밥도 입 안에 넣지 못해 링거로 버티고 있었다.

"많이 좋아졌어. 이제 일어나야지."

"핑계 김에 좀 쉬어, 너 항상 너무 무리하고 살았어. 그동안 쌓인 거 한꺼번에 터진 거야."

하지만 서준은 휴대전화를 찾았다. 어떻게 해야 할지 서서히 가닥이 잡혔다. 끙끙거리며 앓으며 자다 깨다를 반복하는 중에도 생각은 그거 하나였다. 무슨 짓을 해서라도 찾아내야 했다.

"희수는 운전을 참 잘해. ……. 우선 가진 게 없으니까, 값싼 방을 구하거나 아는 사람 집에 의탁했을 거야. 아는 친구가 하나도 없다고 했지만, 걔 마음 씀씀이에 그럴 리 없어."

"쟤 뭐래는 거니?"

이연혜가 눈이 둥그레져 말하는데 규만이 끼어들었다.

"좀 있다 해. 며칠 새에 걔가 어떻게 되는 것도 아니고. 우선 네 몸부터 추스르고 그때부터 제대로 찾아."

"안 돼, 전화가 먼저야."

휴대전화를 찾다 없자, 옷장으로 가기 위해 휘청거리며 침대를 내려서는 서준을 이연혜가 막았다.

"희수가 사골국 끓여 놓고 갔더라. 밥 먹기 싫으면 이거라도 마셔!"

보온병에서 뜨거운 국물과 밥을 꺼내 놓자, 서준은 그대로 털썩 주저앉았다.

"어린애가 냉동실에 차곡차곡 예쁘게도 얼려 놨더라."

하는 이연혜의 말은 귀에 들어오지도 않았다.

밥도 안 먹겠다며 정신 나간 것처럼 주절거리던 녀석이 얌전히 밥상을 앞에 놓고 수저로 밥을 뜨자, 박규만이 혀를 끌끌 차며 빈정거렸다.

"사골국은 우리 엄마가 아버지 두고 가출하실 때 끓여 주시는 아이템인데."

"뭐?"

"그래서 우리 아버지는 어머니가 사골만 사 오면 두려워하셔. 국 잔뜩 끓여 놓고 어딜 가려고 하냐고."

"하하하." 즐거워하는 건 이연혜뿐이었다. 서준은 그나마 두어 번 오르락내리락 하던 수저질마저 멈추고 규만을 기가 막힌 눈빛으로 쳐다보았다.

"그러게, 이상한 데 내돌리지 말고 나한테 보내라니까. 내 뒤를 이을 이연혜 키드로 딱이었는데."

"냉정한 거나 카리스마 면에서는 누나랑 공통점이 많지요. 누나 나이쯤 되면 카리스마도 하늘을 찌르게 자라 있을 거고."

규만이 사심 없이 거들자, 이연혜는 손가락을 딱, 마주치며 더욱 신이 나 말했다.

"아, 너무 똘똘하고 탐났거든. 미적 감각은 별로라 수블림은 좀 그렇고. 그래, 하바나 운영 같은 것도 맡겨 보면 잘할 것 같고, 아니다! 희수 찾으면, 악역 전문 배우로 키워 볼까?"

이연혜가 고소하다는 투로 놀렸지만 곧 입을 다물었다. 절망에 가득 찬 서준의 표정 때문. 서준은 곧 울 것처럼 읊조렸다.

"막상 찾으려고 하니까, 어떻게 사진 한 장을 안 찍어 놓았어."

눈물만 뚝뚝 흘리지 않았을 뿐이지, 곧 울고불고 투정 부리기 시작할 어린아이 같은 표정. 이연혜는 가방에서 무언가를 툭, 꺼내며 "옛다, 선물이다! 이거 보고 기운 차려!" 했다. A4 크기의 빳빳한 사진 한 장을 받아 든 서준의 표정이 갑자기 검붉게 타올랐다.

"이, 이게 뭐야?"

"옥외광고판 촬영 때 별생각 없이 시켜 봤는데, 생각보다 사진작가가 괜찮다네."

수블림 홍보용 광고 촬영일, 메인 광고 모델인 손계진이 작업하고 철수할 때까지 스튜디오에서 잡일을 거들게 시켰다고 했다. 손계진이 메이크업을 하고 준비할 동안, 현장의 막바지 조율 때 희수를 세웠는데, 이미지가 독특한 희수가 사진작가의 눈에 들었다고 한다.

이연혜가 가져다준 것은 손계진의 촬영 후 조명 장비를 걷기 전에 사진작가가 실험적으로 몇 커트 찍은 것 중 하나였다.

힙을 들고 허리를 굽힌 채 앞을 올려다보는 사진, 그녀의 손은 높은 킬힐의 끈을 푸는 중이었고, 다른 하나의 힐은 이미 벗겨져 쓰러져 있었다. 구속으로부터의 자유. 사진은 도망쳐 달리기 직전의 여성을 표현하고 있었다. 싱긋 웃는 미소, 반들거리는 눈빛, 이제 그녀는 옭아매는 것들을 풀고, 자유롭게 맨발로 뛰쳐나가 질주하려 하고 있었다.

"희수답다."

사진 속 희수마저 도망치려는 중인 것 같아, 서준은 희수의 얼굴이 반가우면서도 마음이 쿡쿡 아렸다. 쭉 째진 눈, 반들거리는 미소, 단정한 콧날, 예쁘장한 턱선, 입 맞추고 싶은 입술, 매끈한 다리, 어디 하나 가슴을 울리지 않은 곳이 없었다.

"이 녀석, 얼굴 소독 열심히 해야 흉터 생기지 않을 텐데."

또 어디서 일거리를 찾아 헤매며 먼지바람 속에서 고생을 하고 있을 희수 생각을 하니, 자리에 누워 있을 수가 없었다.

"저 할 일은 제가 알아서 하는 애야. 그러니 넌 누워 있으라니까."

이연혜가 냉철한 눈으로 말했다.

그래, 가식이다. 서준 자신이 희수의 따스한 온기에 기대고 싶은 거였다. 희수는 오뚜기처럼 일어나 혼자서도 잘 살 수 있는 녀석이지만, 서준은 이제, 희수를 알아 버린 이상 그럴 수 없었다. 희수 없이 혼자 사는 건!

아, 생각하기도 싫다.

'넌, 본인도 나약한 주제에 다른 사람들까지 나약하게 흔들어. 아주 마음에 안 들어.'

그래, 나약해지면 안 돼. 희수를 어떻게든 찾아가서 한 번 더!

마음이 급했다. 힘들 때마다 하던 희수의 '배고파!' 하는 맑은 음성이 귓가를 울렸다. 그래, 힘들면 밥을 먹고 기운을 차려야지. 기운을 찾아서 널 찾아낼 거야.

고소한 국물에 밥을 말아 한 술 한 술 조심스럽게 떴다. 잘 들어가지 않던 첫술이 두 술이 되고 세 술이 되니 조금씩 괜찮아졌다. 희수가 가슴을 뜨뜻하게 쓸어 주기라도 하는 것처럼 기운이 불끈 났다. 수저를 내려놓고 침대 모서리를 짚으며 바닥을 디뎠다.

"야! 조금만 더 쉬라니까."

"미안한데, 휴대전화 좀, 휴대전화 좀 집어 줘."

그리고 전화를 걸기 시작했다.

"지금 일 꽉 차 있어요? 몇 팀이나 뺄 수 있어요? 그러면 돌릴 수 있는 팀이……, 그쪽 업계 아는 사람들 있을 거 아니에요, 비용 상관하지 말고 제일 빠르고 정확하고 조용한 사람들……."

마음이 급했다. 서준은 링거줄을 푸르고 옷을 찾았다.

"야! 너, 이 몸으로 어딜 가려고 해?"

"괜찮아. 해열제 맞았어. 몇 시간은 버틸 수 있어."

서둘러 나가려는 서준을 이연혜와 박규만이 뜯어말렸다.

"알았어. 알았으니까, 같이 가자. 어딜 가려고?"

"우선 학교부터 찾아가려고. 사람들에게만 맡겨 두기 싫어. 내가 움직일래. 못 참겠어."

위태로운 몸으로 움직이려는 서준을 이연혜가 잡았다.

"너무 빨라. 속도 늦춰. 좀 천천히 해. 싫다고 거절하고 나간 애야. 희수를 찾을 수는 있겠지만, 이런 방법으로 찾아낸들 좋아하겠니? 무슨 범죄자 수배하는 것도 아니고."

서준은 이연혜의 말을 듣고, "아아, 맞아. 난 어차피 욕먹는 거 전문이지! 그렇게 좋은 방법이!" 하고 탄성을 뱉었다. 그리고 침대 위 사진을 챙겨 들었다.

팔까지 붙들고 늘어지는 규만에게 대고, 서준은 "미안, 퇴원 수

속 좀 부탁해." 하고 차 키를 챙겨 들었다.

늦은 여름날의 오후, 더운 열기로 보닛에 아지랑이가 아른거렸다. 징그럽게 날도 맑았다. 운전대만 잡으면 희수 생각뿐이다. 거리는 차들로 넘쳐 나는데, 굴러가는 자동차만 봐도 희수 생각이 났다. 다섯 살짜리 어린애처럼 울까 봐, 크게 숨을 들이쉬고, 정신을 바싹 차리고 운전대를 잡았다.

처음 운전대를 잡았던 희수도 거칠고 급하기는 했지만, 지금처럼 이렇게 끈질기도록 치사하지는 않았다. 여유가 없던 건데. 마음이 너무 힘들어서. 얼마나 힘들게 살았으면 그랬을까.

그녀와 함께한 기억의 대부분은 운전을 시키고 조수석에 편히 앉아 잔소리를 하던 기억뿐이다. 자세를 똑바로 하라느니, 예의를 지키라느니, 말 좀 들으라느니, 말을 곱게 쓰라느니.

들었던 말 중 가장 기억나는 말이라고는 '개새끼' 뿐. 부티크 수블림에 처음 데려갔던 날이 떠올랐다. 이연혜의 눈을 피해, 희수가 귓속에 대고 "개새끼!" 하고 부르고는 "크흐흐흐!" 웃었었는데. 한 번만 더 그렇게 웃어 주는 걸 듣는다면.

어떻게 이토록 사랑하는 여자에게 한 짓이라고는 입에 차마 담기조차 민망한 것들뿐이다. 다른 남자와 춤추라고 춤 배우게 하고, 다른 남자에게 예쁘게 보이라고 화장하는 거 가르치고, 다른 남자에게 우아하게 보이라고 예절 교육 시키고, 옷 사 입히고, 잔소리하고, 식모살이시키고, 밥 굶기고, 병나게 하고.

그래, 결국 몸살이 났었지. 희연이를 데려다준답시고 운전까지 시켰던 일까지 생각나니 자동차의 핸들을 꺾어 강 아래로 떨어지고 싶었다.

넌 어떻게 그렇게만 살았어! 어떻게 그렇게 바람둥이 개새끼로

만 살았어!

도저히 용서가 되지 않아, '꺾어 봐. 넌 좀 당해야 해.' 하고 내면의 강서준이 소리쳤다.

'안 돼, 그러면 더 이상 희수를 볼 수 없어.'

또 하나의 강서준이 소리쳤다. 맞아, 우선 희수를 찾기로 했지. 찾아서 싹싹 빌어 봐야지. 그래도 안 되면? 또 빌고, 그래도 안 되면, 들러붙어 유혹해야지. 할 수 있어, 바람둥이 강서준이잖아. 자신감을 팽팽히 부풀려 넣었다. 나약해지면 안 돼.

당장 학교로 달려가고 싶었지만 집에 들렀다. 희수가 짜증 냈던 게 머릿속에서 뱅글뱅글 돌았다.

'야, 너! 내가 미리 말하는데, 행여나 이 일 끝내고 학교에서 나 마주치면, 절대! 알은척하지 마. 쪽팔리니까.'

맞아, 희수가 쪽팔리면 곤란해. 개새끼 바람둥이 강서준이 거지꼴을 하고 한 번쯤 학교를 휘젓고 온다고 해도, 강서준은 상관없지만 이희수는 상관있다. 얼굴은 아직도 붉으락푸르락한 기가 여전하고, 팔에는 붕대가 감겨 있지만 면도도 하고 멋지게 차려입고 가자!

카메라 몇 대를 무시하고 난 뒤로는 그대로 빈 도로를 질주했다. '괜찮아. 여기 카메라 없어. 딱지 끊게 안 할 테니까 한숨 주무셔.' 희수가 했던 아주 사소한 말까지도 기억났다. 온 세상이 희수로 가득 차 있었다.

엘리베이터에 올라 24층 버튼을 눌렀다. 희수와 함께일 땐 참 짧았는데, 참 느리게도 올라갔다. 7층, 8층, 9층, 아아, 한참을 올라왔는데도 한참이 남았다. 숨이 턱 막힌다.

그때 희수는 그와 까만 팔을 나란히 뻗었었다. 조금 더 검은 까만 팔을 쭉 뻗고는, '에이, 씨.' 짜증을 내며 치우던 희수. 둘이 닮았다는 희연의 말에 희수는 짜증을 냈고, 서준은 내심 놀라면서도 기분이 좋았는데.

그때 이미 알았었는데. 본능이 먼저 알았었는데, 이성이 항상 한발 늦었다. 한 발짝이 늦어 한 번을 놓치니, 그것 때문에 영영 잃게 되고 말았다. 넌, 강하잖아, 하며 희수의 작은 등을 떠다밀며 끊임없이 상처를 주었었다.

'무슨 생각을 하는 거야, 이 멍청아?'

시크한 표정이 귀여우면서도 아찔하게 사나운 희수가 맑은 눈을 반들거리며 서준에게 욕을 해 주었다. 가슴이 타들어 가는데도 혼자 히죽거리며 웃었다. 멍청이는 맞지만, 개새끼가 훨씬 좋다.

검은 숲이 된 얼굴에 면도 크림을 바르고 오랜만에 면도를 했다. 빨리 움직여야 하는데, 처매 놓은 팔 때문에 자꾸 더디다. 검은 얼굴이 오늘따라 대견했다. 멍자국이 좀 얼룩덜룩하긴 하지만 그래도 눈에 띄진 않는다. 살짝 찢어져 꿰매 놓은 눈가에 작은 반창고를 붙이니, 좀 섹시해 보이는 분위기도 좋았다.

습관처럼 뒤를 돌아 벗은 등을 확인했다. 이젠 암팡지게 들었던 멍이 남아 있지 않다. 희수가 꽉 깨물어 준 것, 모양이 마음에 들었던 이빨 자국. 싸하게 마음이 또 아리다. 이거라도 오래오래 남아 있었으면 했는데. 그랬으면 좀 좋아.

고개를 들고 자존심을 부풀렸다. 희수는 날 싫어하지 않아. 마음에 안 든다는 건, 싫다는 게 아냐.

세련되고 고급스럽지만, '바람둥이' 타이틀도 멋지게 어울리는 옷을 골라야 했다. 말끔히 정리된 드레스룸 안에서 평소보다 신중히 옷을 골랐다. 핏이 잘 사는 어두운 베이지색의 타이트한 정장을 골라 입고, 팔꿈치까지 오는 소매를 왼쪽만 롤업했다. 요새 운동을 좀 못했더니 썩 마음에 차지 않는다. 그래도 팔뚝 근육의 모양은 아직 쓸 만하잖아.

오랜만에 학교를 찾았다. 3년도 안 되는 사이 여기저기 낯설어져 있었다. 나이 든 나무가 울창한 넓은 부지에 듬성듬성 있던 건물들 사이로, 새 건물이 들어섰다. 낡고 오래된 법학부 건물은 리모델링을 했는지 꽤 세련되고 깔끔해져 있었다.

매미 소리가 간간이 들리지만 정겹고 심심한 정도. 희수가 종종거리며 다녔을 곳들을 눈으로 훑으니 기분이 썩 나아졌다. 가볍게 난 땀조차 기분 좋았다. 학교는 종강의 분위기로 어수선하다. "아, 씨. 두 개는 손도 못 댔어." 갓 시험을 치른 학생들이 쏟아져 나왔다.

"어머, 선배! 오랜만이에요.", "웬일이에요, 학교에 다? 팔은 왜 그래, 다쳤어?"

"잘들 있었지? 오랜만이다."

같은 동아리였던 법학부 여자 후배 둘이 인사를 해 왔다. 서준이 졸업반일 때 1학년 새내기였던 녀석들이 4학년, 이제 오가는 아이들에게 선배 대접을 받고 있었다.

"시간 있어? 내가 저녁 살게."

반가움에 눈을 반짝이며 서준이 먼저 들러붙었다.

"어, 막 종강해서 한잔하자는데, 선배가 살래요? 선배, 요새 돈 잘 번다며?"

귀여운 척 찡긋하며, 은근슬쩍 팔을 걸어 오는 후배의 손을 자연스럽게 톡, 잡아 뺐다. 여자들은 이래서 친하게 지내기가 참 힘들다. 친절한 미소를 지으면서 선을 바싹 그었다.

"그러게. 사랑에 빠지면 사람이 변한다잖아."

"아악! 선배 여자 친구 생겼어?"

"아니, 홀딱 반해서 내가 일방적으로 쫓아다녀. 좋아한다고 붙들고 늘어지는데, 귓등으로 듣지도 않아. 가슴이 찢어져."

불쌍해 보이는 표정으로 과한 리액션을 취해 보였다. 연기처럼 보이려고 했는데, 정말 그렇게 말하고 나니 가슴이 아려 왔다. 눈물이 왈칵 쏟아져, 다시 장난스럽게 웃었다. 정말 눈물이라도 쏟으면 곤란하잖아.

"저, 정말?"

좀 있다 말할 걸 그랬나? 무언가를 기대하는 눈빛이 실망으로 후루룩 변하는 여자 후배 둘을 보며, 최대한 매력적인 미소를 지었다. 빨리 요 녀석들을 몰고 가야 했다.

"저녁 먹으면서 얘기해, 내가 근사하게 쏠게. 친구들도 전화해서 다 불러! 아, 3학년 애들 좀 있으면 아는 대로 부르고. 특히, 여자애들."

"뭐, 사 준다면 좋죠."

여자애들은 잔뜩 김빠진 얼굴을 했지만, 굳이 그의 제안을 거절하진 않았다. 내친 김에 더 사고를 치기로 했다.

"혹시 이희수라고 알아?"

"아, 희수……, 희수? 누구지?" 하는데, 옆에서 다른 여자 후배

하나가, "아, 걔 미래 친구, 계속 휴학한다는 애." 한다. 친구? 친구가? 서준의 귀가 쫑긋 섰다.

"희수 친구, 누구? 이름이 미래?"

후배가 재잘재잘 고급 정보를 주었다. 서준은 서둘러 접착식 메모지 하나를 꺼내 들고 온 봉투에 붙이고 김미래 앞으로 '이희수에게 전달 부탁드립니다.' 라는 메모를 남겼다. 그리고 3학년 우편함에 넣고 오늘 저녁 술자리의 물주가 되기 위해 기꺼이 학교를 나섰다.

뒤를 흘긋 돌아보았다. 봉투가 너무 커서 우편함 밖으로 비쭉 튀어나온 것이 마음에 썩 들었다.

❖ ❖ ❖

'절박하다' 는 단어가 무슨 뜻이라는 걸, 이제야 이해했다.

희수가 눈앞에서 사라진 게 2주일여. 서준의 얼굴은 몰라보게 야위어 있었다.

확인한 건 고작 N호텔에서 일했던 흔적을 찾았을 뿐. 빌어먹을 문제의 그 호텔은 규모가 크지 않으며 한적하고 조용해서 두어 번 이용했던 기억이 어렴풋했다.

정말 여자랑 사귄 적은 거의 없단 말이다!

아, 내가 왜 그랬었을까. 과거를 지우개로 싹싹 지워 순결해지고 싶다.

"아니, 벌써 짐을 빼서 옮겼다고요? 그럼 옮긴 곳은요? 네, 부탁드립니다. 내일요? 안 됩니다. 오늘요. 지금 확인해 주세요. 네, 알아요. 네, 빨리, 빨리 좀 부탁드려요."

그의 집 서재 안, 서준은 신경질적으로 휴대전화를 내려놓았다. 이제 거의 다 찾았다.

후배들로부터 김미래라는 친구는 해외로 여행 중이라는 소식을 들었다. 그 외에 아는 사람들을 통해 죄다 부탁을 했다. 몇 통의 얼버무리는 전화 내용으로 봤을 때 희수는 일부러 피하는 것 같았다. 그렇겠지. 내가 싫다고 나간 녀석이니, 그렇겠지. 피하겠지.

언젠가부터 가슴을 서서히 옥죄어 오던 불안이 너무 짙어졌다. 잠을 자고 싶다. 희수를 꿈에서라도 보며 깊고 단잠을 한 번만 자고 일어난다면, 이런 피로 따위, 이런 절망감 따위 한 번에 떨칠 수 있다. 아니, 희수가 내 앞에 있어야 한다.

짐승처럼 흐트러진 서준은 머리를 뜯으며 이마에 깊은 주름을 새겼다.

알았어. 알았으니까. 이젠 나타나 줘. 그냥 잘 있다는 것만이라도 확인하자, 응?

숨이 붙어 있다고 살아 있는 게 아니었다. 제대로 숨 쉬고, 안심이라는 걸 하고, 잠시 잠깐이라도 마음을 놓아 보고 싶었다. 희수가 눈앞에서 보이지 않으니, 미칠 것 같았다. 아니, 이미 미쳤다. 거의 다 찾았다. 오늘은 찾을 수 있다.

휴대전화가 울렸다. 희수를 찾았다는 소식!

가슴이 쿵쿵 뛰다가 실망으로 번졌다. 액정에 표시된 건 발신인 이도형이었다. 신경질적으로 통화 버튼을 눌렀다.

— 야! 문 좀 열어, 어째 벨을 눌러도 문을 여는 사람이 없어!

"이게 나랑 연애를 하자는 건가."

나타나라고 고사를 지내고 있는 희수는 꽁꽁 숨었는데, 이 녀석만 꾸역꾸역 찾아왔다. 제 딴엔 화해의 물꼬를 텄다고 생각하는지, 제멋대로 남의 집에 드나들었다.

"왜 또 왔어?" 하니, "아니, 그냥." 하고 본인의 지정석, 간이 의자에 앉아 똬리를 틀었다.

"카우치에 앉았단 봐!" 하며, 서준은 유치하게 늘 간이 의자를 내주었다. 희수가 앉아 습관적으로 까만 손가락에 흰 털을 살살 감던 카우치에 도형의 엉덩이를 얹게 하고 싶지는 않았다. 서준은 집주인의 자격으로 흰 카우치에 편안히 앉아 있었다, 빈 희수의 자리 옆에.

"그만 좀 찾아와. 여기 희수 없어."

"그래?"

둘은 만나면 늘 유치한 대화를 주거니 받거니 했다. 내가 먼저 만났었네, 다음 생에는 내가 먼저 만날 거네, 넌 차였으니 이제부턴 내가 희수를 돌볼 거네, 내가 희수의 애인이네, 우리 집에서 살았었네, 데이트는 내가 더 많이 했네.

그렇게 둘은, 만나기만 하면 늘 서열을 정했다.

꼭 새끼 가질 때 된 암캐 집 대문간에 죽 늘어선 동네 수캐들 같았다. 암캐가 새끼 가질 때가 되면, 동네의 수캐들이 대문 앞에 하나둘씩 모여든다. 집주인 아주머니는 "아휴, 이놈의 개새끼들이!" 하며, 빗자루로 개들을 후려쳐 쫓지만, 개들은 슬쩍 피하는 척하며 아주머니가 집 안으로 들어가면 다시 하나씩 모여든다.

그리고 대문 앞에서 열심히 저희들끼리 서열을 정하고 물어뜯고 싸운다. 이때 문안에 묶여 있는 암캐는 누가 1등을 하든, 아무 관심이 없을 수도 있다.

"너도 무시를 당하긴 마찬가지였잖아, 너한테도 말 팍팍 놓더라?"

서준이 짜증스레 핀잔을 주면, 도형은 중요한 정보를 실수로 흘리기도 했다.

"남녀 사이에는 위아래가 없는 거라고 했거든? 무시한 게 아니라 연인으로 인정한 거지!"

희수가 '강서준', '너', 라고 꼬박꼬박 무시하듯 맞먹고 부르던 이유도 그제야 비로소 알았다. 애초부터 희수에게 남자로 여겨졌다는 뜻. 이도형을 보고 서준이 오랜만에 활짝 웃었다.

"흐흐흐, 그랬구나!"

그래, 희수에게 서준은 처음부터 남자였다. 희망이 모락모락 피어났다. 좋아, 오늘이다, 나타나기만 해라, 제발 나타나기만!

도형은 혼자서 큭큭큭, 기이한 표정으로 좋아하는 서준을 쓰윽, 보곤 곤란한 표정으로 입을 열었다.

"네가 아주 제정신이 아니구나?"

"희수가 없는데, 어떻게 제정신이겠어."

다시 기분이 확 가라앉아 죽도록 힘겹게 침을 삼키는데, 도형이 슬쩍 웃으며 자랑질을 했다.

"나, 희수 만났다?"

순간, 하늘이 무너지는 기분과 기쁨이 무섭게 교차했다.

"뭐? 잘 있어? 무사해? 어디? 어디서……, 어떻게 지내?"

울음이 왈칵 쏟아질 것같이 목이 멨지만, 속사포처럼 질문을 쏟아 냈다. 하지만 서준을 쓰윽, 훑으며 도형은 엉뚱한 대답만 했다.

"너보단 내 인적 네트워크가 더 월등하지. 사내 감사팀 동원했다가 아버지한테 혼쭐나고 회사에서 좀 또라이가 되긴 했지만."

"무사히 잘 있냐고!"

"그래, 너랑은 절대로 안 만난다고 약속도 했어."

도형은 슬쩍 웃으며 집 주소가 적힌 쪽지를 내밀었다. 동시에 서준이 그렇게 기다리던 사람의 휴대전화가 울렸다.

쪽지를 받아 든 서준의 얼굴에 땅바닥까지 떨어진 좌절감과 희망이 뒤섞였다.

"네, 찾았습니다. 알아요. 네, 거기요."

전화를 받아 들면서도 서준은 바삐 집을 나섰다. 그래, 싫어한다는 거 안다. 먼발치에서 얼굴만이라도, 무사한 것만이라도 확인하자.

서준은 옷도 갈아입지 않고 그대로 튀어 나갔다.

그걸 보는 도형의 입매가 쓸쓸하게 올라갔다.

지하철 환승역에서 조금 떨어진 오래된 주택가. 1, 2분마다 덜컹거리는 소음으로 인해 개발에서 소외된 채 30년 넘게 방치되다 보니, 낡고 허름한 집들뿐이었다.

도형은 한숨을 내쉬며 갓길에 주차하고, 구불구불한 골목을 따라 걸어 올라갔다. 멀리서 볼 땐 그럭저럭 올라갈 만해 보이는 야트막한 언덕이었는데, 조금 오르니 숨이 턱턱 막혔다. 주절주절 욕설이 절로 나왔다.

"집이라고 꼭 이런 델 골라야 했어?"

철길과 경계가 되는 높은 시멘트 둑을 골목으로 낀 바로 아래쪽

집. 아침부터 저녁까지 햇볕 구경을 하긴 쉽지 않아 보인다. 바깥쪽은 지붕이라고 슬레이트를 몇 개 겹쳐 얹어 놓은 게 70년대 판자촌의 흑백 작품 사진에서나 보던 모양이었다. "후!" 한숨을 쉬며, 그냥 만지기에는 끔찍해 손수건으로 손을 감았다. 그리고 대문을 똑똑, 두드렸다.

나오는 사람이 없어 문을 자세히 살피니 벨 같은 것들이 조로록, 매달려 있었다. "삐이", "딩동", "뾰로롱", "짹짹" 네 개의 벨을 번갈아 시끄럽게 울려 댔다. 왁자왁자, 안에서 시끄럽게 떠드는 소리가 들린다. 그러게 진작 나올 것이지!

동작이 굼뜬 사람들을 위해 네 개의 벨을 번갈아 계속 눌러 주었다.

"삐이", "딩동", "뾰로롱", "짹짹", "삐이", "딩동", "뾰로롱", "짹짹"

불친절한 아주머니의 짜증 어린 목소리가 들렸다.

"아, 누구요?"

"나와요."

"벨을 그렇게 있는 대로 다 눌러 대면 어떡해요?"

한바탕 말싸움이 벌어졌고, 머리채를 올려 묶은 까만 어린애가 튀어나왔다. 쪽 째진 눈, 인상이 꽤 낯이 익다. 입 끝이 마음에 안 든다는 듯, 찍 올라가며 "쯧!" 하고 혀를 찼다. 가슴이 툭, 내려앉았다.

"으이그! 결국 스토킹을 하네. 이럴 줄 알았어."

수건 재질의 반바지, 모자가 매달린 나시티, 주머니에 주먹을 꼭 말아 쥔 손을 넣고 인상을 찌푸리며 도형을 훑는 반들반들한 눈의 희수다. 민얼굴은 처음 보는데도 참 귀엽고, 또 낯설었다. 길고 풍성했던 아름다운 머리채는 어쨌는지, 툭 잘라먹고 손가락 두 마디의 꽁지만 남아 있다.

"내가 정말 궁금해서 묻는 건데, 너희는 왜 이렇게 남의 사생활 뒷조사를 잘하는 거야? 어휴, 내가 불쾌해서 정말!"

도형은 첫인사를 하기도 전에 "크흐흐!" 웃고 말았다. 귀여운 녀석이 이빨을 드러내고 으르렁거리는 게 참 아찔했다. 암, 내가 너한테 홀딱 반했었는데, 이 정도는 매력이 있어야지.

목이 막히는 걸 참고 침을 삼킨 뒤 아무렇지 않게 말했다.

"다시 헤어져. 등쳐 먹고 사기 친 옛 애인으로 남고 싶지는 않으니까."

스토킹한 용건을 말하니 씨익, 웃는 미소가 예쁘다. "잠깐만, 지갑 가지고 올게!" 하며, 슬리퍼를 찍찍 끌고 들어갔다.

입은 차림 그대로 운동화만 갈아 신고, 작은 손지갑을 주머니에 넣고 나왔다. 손목엔 많이 보던 만화 캐릭터의 시계가 감겨 있었다. 아, 그건 원래 쟤 거였나 보군. 강서준의 집 부엌방에 무더기로 남아 있던 희수의 물건들을 기억해 냈다.

올라가는 길은 그렇게 힘들었는데, 내려오는 길은 참 허무하게 쉬웠다. 한참을 올라갔던 길인데 함께 내려오니 금방이었다. "오늘은 아무도 안 매달고 왔네?", "강서준?", "아니, 당신 비서. 강서준 매달고 왔으면 안 만나 줬지." 몇 마디 대화들이 오갔다.

이 어린 녀석 입에서 '당신'이라는 말을 들으니 또 울컥하면서도 아릿하게 가슴이 아팠다.

아름다운 추억, 좋다. 그거 오늘 같이 만들어 보자.

그녀가 "자장면 먹을까?" 물었다. "응?" 하니, "다음엔 자장면 먹기로 했잖아. 음식도 실컷 시켜 놓고 먹지도 못하고. 흐흐, 그

땐 주문만 괜히 요란하게 했어." 폴짝폴짝 앞서 걷는다. 도형이 더디게 내려오니 시간을 때우기 위해 습관처럼 스텝을 밟고 놀았다.

도형은 참지 못하고 눈물을 슬쩍 닦았다. 어린애 앞에서 쪽팔리게, 손수건 더러운데, 아까 지저분한 벨 누르던 건데, 하면서도 한 번 더 눈물을 훔쳤다. 오늘은 헤어지는 날이니까 한 번쯤은 울어도 괜찮아, 했다.

"뭐 사 줄까?"

못 본 척 까만 여자아이가 다른 말을 물어 주었다. 도형은 침을 삼키며 목소리를 가라앉혔다.

"네가 사 주게?"

"자장면 별로면 다른 거 사 주지 뭐. 매일 얻어먹기만 했으니까. 강서준 돈으로 뭐 사 주는 것도 웃기고 해서, 사 주는 거 가만히 얻어먹었어. 오늘은 내 돈이니까 마음 편히 먹어."

까만 얼굴에 씨익, 자랑스럽게 드러난 흰 이가 너무 예뻤다. 만지지 않기로 결심했지만 참지 못했다.

"생수나 한 병 사 줘. 도저히 밥은 못 먹겠다." 하고 애써 웃었다. 그리고 부탁했다. "아직 헤어진 거 아니니까, 손잡으면 안 돼?", 자신 없어서 덧붙였다. "이따 헤어질 때까지만."

"좋아!" 하고 선선히 손을 잡아 주었다. 손을 잡은 지 몇 초도 지나지 않아 또 손에 주르륵 땀이 차올랐다. 좀 미안해 손수건으로 닦으려니, 처음 사귀기로 했던 그날처럼 손가락을 얼기설기 얽어 주었다.

"땀도 잘 나요, 화도 잘 내고, 싸움도 잘하고. 으이그."

"후후후." 웃었다. 하나도 비슷하지 않지만, 같은 그녀. 아니 어린아이. 손을 잡고도 제가 잡아끄는 것처럼 씩씩하게 반 발쯤 앞서 나가는 그녀. 목덜미의 까만 솜털이 예뻤다. 귀밑머리에 흐르는 땀방울도 귀여웠다. 지갑을 꼭 쥔 채 주머니에 꽂고 있는 주먹 모양도 용감해 보였다.

시원한 생수 두 병을 사 들고 근처 공원에 왔다. 함께 데이트하던 공원처럼 정갈한 곳은 아니었다. 말이 공원이지 빈 농구 코트 주변으로 벤치 몇 개 놓여 있는 게 전부. 다 죽어 가는 나무가 만들어 주는 좁은 그늘 사이로 두 사람이 자리를 잡았다.

처음 만나 데이트하던 때처럼 별것 아닌 이야기들로 두런두런 시간을 보냈다.

"정말, 내가 첫 애인이야?"

"응, 당신이 연애한 건 처음이야."

"연애한 건……이라니." 하니,

"생긴 게 왕창 근사해서 좋아했던 남자 있었어, 중학교 3학년 때. 근데, 어휴! 완전 별로로 끝났어." 한다. 웃기면서도 목이 콱 막혔다.

"그냥 없다고 하지. 너무 솔직하네."

평생 못 쓰게 해 주겠다는 저주는 어쩌면 사실이 될지도 모를 것 같다. 또 어떤 여자를 만나도 이런 느낌을 절대로 다시 가질 수는 없을 테니까.

아직 헤어진 건 아니니까, 괜찮아, 하고 여자아이의 머리 꽁지를 손으로 훑어 봤다. 손가락 두 마디의 짧은 머리 꽁지가 아릿하게 잘 어울렸다.

"머리카락은 그럼 실연당해서 자른 거야?"

"아니, 샤워기 물도 시원찮게 나오고, 말리기도 귀찮고 해서. 자르길 잘했어. 시원해." 한다.

가슴이 알싸해서 허튼소리를 뱉었다.

"이왕이면 거짓말 좀 해 주지."

"거짓말해 줘? 뭘?"

도형은 침을 삼키고 웃었다. 하려던 말 대신 엉뚱한 말을 뱉었다. "사랑한다고 거짓말 좀 해 줘."

쌔액 웃는 반들거리는 미소. "응, 사랑해." 순순히 말해 주었다. "한 번 더!" 하니, "응, 사랑해." 한다. 거짓말이 참 듣기 좋았다. 그래서 투정도 부렸다.

"강서준도 만나지 마."

"응, 안 만나. 이건 거짓말 아니야."

"정말 안 만나?"

"진짜야. 안 만나."

너무 달콤하게 듣기 좋았다. 그래서 진심인지 충동인지 모를 말이 튀어나왔다.

"나, 집에서 나올 수 있어. 우리, 다시 사귈래? 우리, 진짜 연애해 보지 않을래?"

망설이지 않고 웃으며 대답해 주던 입술이 딱, 닫혔다. 그리고 쌔액, 웃었다. 풀었던 손을 다시 감아 주었다. 전에 해 줬던 흑밀빵 장난처럼, 작고 까만 손바닥 사이에, 빨간 도형의 두툼한 손바닥을 끼워 장난을 쳐 주었다. 까만 손바닥 사이로 커다란 손바닥이 툭, 튀어나왔다. 보기 좋았다. 그녀는 조용히 말했다.

"나중에 친구들한테 자랑할게, 내 애인이었다고. 내 첫 애인이었다고."

"……."

"당신이 어떤 사업으로 성공하고, 멋지게 성장하고 있다고 뉴스 보도 같은 것도 막 내보내. 신문에도 나오고, TV에도 많이 나와. 내가 친구들한테 나중에 막 자랑할 수 있게."

"……"

"내 자랑스러운 첫 애인이 되어 줄래?"

목이 막혔지만 고개를 끄덕였다. 생수를 한 모금 머금고 힘겹게 삼켰다.

"나도 열심히 공부해서, 근사한 사람이 될게. 당신이 어디서든 쉽게 찾을 수 있는 사람이 될게. 우리 서로 많이 커서 다른 곳에서 또 만나자. 다시 만나면 '안녕하세요, 반갑습니다.' 하고 인사할 사이가 되겠지만, 그래도 우리 마음속에서 서로, 자랑스러운 옛날 애인이 되자. 우리 거지 같았던 일은 이제 까만 점처럼 지우고 잊자."

도형은 목이 막혀 더 이상 말을 잇지 못했다. 한참을 숨을 고르고서야, "미안했어. 정말 잘못했어." 겨우 한마디를 뱉을 수 있었다. 가슴팍에서 흰 봉투를 꺼내 까만 손에 쥐어 주었다.

그녀는 군말 없이 받아 주었다. "경품으로 걸었던 차 안 몰고 와서 예쁘다." 칭찬도 해 주었다. 도형은 더 이상 눈물을 흘리지 않으려 애쓰며 고개 숙여 말했다.

"그 차를 네게 주겠다고 몰고 오는 게, 널 모욕하는 거라는 것 쯤은 알아."

그리고 일어나 자리를 떴다. 그녀가 인사해 주었다.

"잘 가! 내 첫 애인!"

봉투를 쥐지 않은 까만 손을 웃으며 흔들어 주었다. 도형은 뒤 돌아보지 않으려 애쓰며 걸었다. 하지만 차에 타려고 한 순간, 참지 못하고 걸음을 그녀에게 되돌렸다. 그녀가 느린 걸음으로 다시 돌아가는 걸 황급히 붙잡아 돌려세웠다.

그리고 혼신의 힘을 다해 한껏 시비를 걸었다.

#18
새로운 시작

두 달여 전, 희수는 땅바닥에 몸을 누이고 비뚤어진 세상을 구경하고 있었다. 숨 가쁘게만 살아온 하루하루. 일하지 않거나 공부를 하지 않는 시간을 견디지 못했다. 돈을 벌지 않으면 책을 읽기. 그 두 가지만이 희수의 세상이었다.

그러나 모든 것을 잃고 길바닥에 누워 세상 구경을 하니, 그렇게 한가롭고 여유로울 수가 없었다. 햇살이 따뜻하고 기분 좋았다. 손가락 하나 꼼짝하기가 귀찮았다. 이렇게 게으름 피우면 편하고 좋은데. 왜 이 좋은 걸 모르고 살았을까.

공짜 햇볕을 쬐고, 공짜 바람을 맞고, 공짜 구경을 하는 게 좋았다. 아침이 되어도 씻지 않고, 거리에 누워 구경을 하거나 느긋하게 누워 낮잠을 잤다. 공짜 소주도 찾아왔다.

노숙을 한 지 얼마 안 되었다는 어떤 아저씨에게 신세 한탄을 들어 주는 대가로 소주를 얻어먹었다. 사업을 하다 망했다는 이야기를 주저리주저리 늘어놓는 데 멍하니 앉아 있어 준 값이었다. 자기를 버린 아내를 원망하지 않으며 그저 아이들이 보고 싶다며 눈물을 뚝뚝 흘렸다.

기분이 좋았다. 가족같이 거추장스러운 게 없으니, 저 아저씨처럼 울지 않아도 되니 좋았다. 모든 게 좋았다. 대낮부터 술을 먹고 길바닥에 누워 있는 기분이 그렇게 좋을 수가 없었다. 이 좋은 걸 왜 여태 한 번도 입에 대지 않고 살았지?

선배들이 신입생이라고 "술 한잔하자." 하면, "죄송해요. 아르바이트 가요." 하고 번번이 거절했던 게 후회되었다. 거절이 반복되면 권유도 줄어들고 그러다 친분도 엷어진다. 오랜 타지 생활, 반복되는 휴학에 외로움이 무언지도 잊었다. 술 좀 먹어 둘걸. 영원히 깨지 않도록 든든히, 많이 먹어 둘걸.

얕보이면 끝장이라는 사실을 일찍 배운 덕에 힘든 일은 별로 없었다. 6월이라도 밤은 춥다. 겨울 잠바를 껴입었다. 밤에는 거의 뜬눈으로 지냈다. 얕은 잠에 들었다가 인기척이 들리면 욕설을 뱉어 줬다.

"씨발아, 안 꺼져?"

후다닥, 놀라 달아나는 노인. 들러붙었던 어떤 새끼의 뺨을 제대로 후려치고, 발로 몇 번 밟아 준 뒤로는 밤에 들러붙는 것들이 좀 줄어들었다.

하지만 이 좋은 짓도 계속할 수는 없었다. 본때를 보여 주려고 벼르는 무리들이 보였다. 계집애 주제에 잘난 척을 한다고 모여서 수군수군 욕설을 나눴다. 이 작은 사회 안에도 착해서 피해만 입는 사람, 얼마 안 되는 돈을 쥐고 있다 도둑맞는 사람, 정신이 나간 사람, 노래 부르는 걸 좋아하는 유쾌한 사람, 정말 별의별 인간들이 다 있었다.

희수는 눈을 감았다. 이대로 살 수 없다면 잃어버린 걸 되찾아야 했다. 잃어버린 건 돈이 아니었다. 돈 때문에 자신이 바닥까지 내팽개쳐졌다. 세상을 살아갈 수 있는 힘을 잃었다. 그 힘을 되찾아야 했다.

누워서 보는 세상에는 사람들의 발이 보인다. 사람들의 발은 쉼 없이 움직이고 있다. 다들 어디로 저렇게 바쁘게 걸어가는 걸까. 사람들은 끝도 없이 걷고 또 걸었다. 귀찮았다. 일어서서 걷기 싫었다. 하지만 그래야 했다. 게으름을 피운다고 해결되는 건 아무것도 없으니까.

희수는 몸을 일으켜 걷기로 했다. 비뚤어진 세상에서 나와 다시 바로 서기 위해.

여자에게 매달리는 건 나약하다는 뜻. 나약한 바람둥이 강서준을 우선 찾아가 보자.

희수는 웃음의 가면을 다시 꺼내 뒤집어썼다.

웃을 일 없는 세상, 웃으면 웃을 일이 생기고, 웃다 보면 즐거워진다. 놀러 가자, 재미있게 놀아 주러 가자!

"어우야, 휴대전화도 안 되고 내가 너 어디 가서 무슨 큰일 당하는 줄 알고 얼마나 걱정했는지 알아?"

"내가 전화했잖아."

"잘 지내니까 걱정 마, 저 하고 싶을 때 한 통씩 툭, 하고 나면 다야?"

"바빴어, 미안."

휴학을 밥 먹듯 하는데도 여전히 친구로 남아 희수를 챙겨 주곤 하는 미래. 잔정이 많은 미래는 잔소리도 많았다. 희수는 미래의 잔소리를 들으며 딴청을 부리는 걸 좋아했다.

미래의 원망과 걱정이 뒤섞인 얼굴을 보면서 희수는 반들거리는 눈으로 씨익, 웃었다. "미안!" 하고 짧게 끊어 다시 말하곤 방으로 후다닥, 도망가는 희수를 미래는 따라 들어왔다.

슬레이트 지붕의 낡은 집, 날씨가 그다지 덥지 않은데도 숨이 컥, 막히게 덥다. 시멘트로 대충 발라, 성의 없이 칠해 놓은 한 평도 못 되는 부엌을 지나면, 작은 턱을 밟고 단칸방이다. 서너 평이나 될까.

벽지를 제대로 뜯지 않고 위로 몇 번이나 덧대어 붙인 얇은 도배지는 천장과 위쪽 벽 언저리가 슬쩍 들떠 늘어지기 시작했다. 좁은 방 안에는 아직 가구도 들여놓지 못해 구석에 조르륵 놓인 책들과 벽에 걸린 옷 몇 벌, 구겨져 있는 커다란 가방 하나와, 나일론 이불 한 채, 작은 플라스틱 삼발이 밥상 한 개가 펴져 있었다.

"집이 어째 전보다 훨씬 더 별로야. 가구는 다 어쩌고?"

"이것들 빼고는 몽땅 잃어버렸어."

뭘 그런 걸 가지고 그러냐는 표정으로 아무렇지 않게 씨익 웃는 희수를 보고, 미래는 한숨을 푸욱 내쉬었다.

"학교 앞 놔두고 왜 굳이 여기까지 왔어? 너, 또 돈 아낀다고 그래?"

"누구한테 좀 맡겨 놨던 돈도 다시 찾았어. 돈 많아. 걱정 마."

"너 내가……."

미래의 취조를 견디느라 희수가 장판 바닥에 배를 깔고 구르며 괴로워하는 사이, 배달 음식이 왔다. 희수는 잘되었다는 듯 "자장면이다!" 하고는 튀어 나가 계산을 하고 후다닥 들고 들어왔다. 한쪽에 펴져 있던 상이 비닐 장판 위에서 텅텅텅 불편하게 끌려왔다.

작은 상 위가 자장면 곱빼기 한 그릇과 보통 한 그릇, 단무지로 꽉 찼다. 희수는 익숙한 솜씨로 자장면 곱빼기를 끌어다 비비고는 후루룩 먹기 시작했다.

"그런데 살은 왜 이렇게 빠졌어? 길거리에서 마주쳤으면 못 알아봤겠다. 너 진짜 예뻐진 거 알아?"

미래의 달뜬 칭찬에 오히려 인상을 포옥, 찌푸리고 묵묵히 자장면을 먹는 희수. 미래는 부쩍 말수가 줄어든 친구를 걱정스레 바라보았다. 무슨 일이 있었는지는 한참 지나야 말을 해 줄 것 같다.

"남자 친구 생겼어?"

"응, 그런데 헤어졌어."

그러곤 옅은 짜증이 슬슬 짙어지기 시작했다. 귀여운 까만 이마에 주름을 딱, 잡고 화를 벌컥 냈다.

"쯧! 빨리 원래대로 되어야 하는데! 많이 먹어야 해."

하고 또 열심히 먹는 희수를 보며, 미래는 "왜? 예쁘고 좋은데." 아쉬워했다. 헤어진 지 얼마 되지 않아 보이는 남자 친구에 대해서는 좀 더 있다 묻기로 했다.

"다이어트했더니 힘도 없어지고, 한참 안 해 버릇했더니 욕도 잘 못하고, 많이 먹지도 못하고, 마음도 약해지고, 전체적으로 거지 같아졌어."

둘은 후루룩 쩝쩝, 자장면을 먹었다. 새카만 얼굴에 까만 자장 소스를 입가에 묻히고 반들반들한 눈으로 자장면을 착, 째려보며 집중하여 먹는 희수. 미래는 덩치가 작아져 전보다 훨씬 귀여워진 희수의 머리꼭지를 쓱쓱 쓰다듬었다.

"그래, 많이 먹어라. 어디서 이렇게 살이 쪽 빠지도록 고생을 하고 왔어?"

희수는 미래의 부드러운 손길에 머리를 더 바싹 들이밀며 씨익 웃었다. 정이 담뿍 담긴 미래의 손바닥이 머리를 두어 번 쓰다듬고 떨어지자, 희수는 아쉬운 듯 미래의 손바닥을 잡아 자신의 머리를 몇 번 더 쓰다듬었다. 말은 않지만 뭔가 마음고생을 단단히 하고 돌아온 듯했다.

하지만 희수는 곧 말짱히 떨어졌다. 그리고 화장실용 두루마리 휴지를 한쪽에서 스윽, 밀어 주었다. 미래는 휴지를 몇 칸 끊어 입가를 닦으며 여전히 먹고 있는 희수를 이상한 눈으로 쳐다보았다. 결국 희수는 얼마 더 먹지 못하고 젓가락을 툭, 내려놓았다.

"아우, 어떻게 자장면 한 그릇도 못 먹을 수가 있지?"

인상을 푹 쓰는 걸 보고 미래는 "원래 곱빼기는 좀 많아." 조심스레 말했지만, 희수는 많이 먹지 못하게 되었다는 걸 여전히 불쾌해하고 있었다.

상이 치워졌고, 둘은 나란히 배를 깔고 엎드렸다. 그나마 방바닥이 시원했다. 날씨는 여전히 더웠지만 아까보단 견딜 만해졌다. 습한 기운이 몰려들었다. 이른 장마로 제대로 쏟아붓지 못한 비가 뒤늦게 오려는 것 같았다.

띵, 하고 울리는 문자. 미래는 귀찮은 듯 몸을 일으켜 가방을 확인했다. "뭐야?" 하는 희수에게, "스팸." 하고 건성으로 대꾸했다. 그리고 슬쩍 눈치를 보며 물었다.

"야, 너 강서준이랑 사귀었어?"

"아니! 뭐? 네가 그걸 어떻게……."

"강서준이 학교를 뒤집어 놨던데, 어떻게 된 거야?"

"뭐어? 학교? 학교엘 찾아가서 사람들을 만나?"

희수는 깜짝 놀라 미래를 쳐다보았다. 미래는 망설이다가 가방에서 봉투를 꺼내 들이밀었다.

"학교, 공용 우편함에 꽂혀 있더라."

하지만 희수는 봉투 안에 든 건 관심도 없었고, 벌떡 일어나 자리에 앉았다.

"뭐라고, 뭐, 뭐라고 떠들고 다녀?"

"너한테 홀딱 반했다고. 자기가 일방적으로 쫓아다니고 있다고. 그런데 네가 한 번도 안 만나 준다고. 혹시 너 아는 사람 누구 있냐고."

"아, 나……, 아, 아, 나……, 누, 누가 개새끼 아니랄까 봐!"

욕을 못하겠다는 희수의 입에서 거침없이 욕설이 툭, 튀어나왔다. 미래는 씨익 웃었다.

"거짓말이야. 너, 강서준이랑 사귀었구나?"

"뭐, 뭐라고 떠들었는데?"

불안한 눈빛으로 인상을 찌푸리며 묻는 희수의 이마를 손가락으로 꾸욱, 눌러 펴 주며

"빌린 게 있어서 돌려줘야 하는데, 너랑 연락이 안 된다고."

했다. 긴 한숨을 내쉬면서도 인상을 더욱 찌푸리는 희수.

"걱정하지 마. 이상한 소문 안 났어. 강서준을 사랑에 빠뜨려 허우적거리게 만든 그 여자가 누군지만 궁금해하더라. 사람들도 이상하지? 너 예전 모습만 생각하고 너랑 강서준을 별로 연결해서 생각하지 않더라."

그리고 미래는 장난스러운 표정으로 비밀스럽게 말했다.

"하지만 나는 알지. 뭘 그렇게 애타게 돌려주고 싶은지, 부재중 전화 20통 남기고 문자, 음성, 장난이 아니었거든. 목소리 진짜 멋 있더라. 너, 들어 볼래?"

대답 대신 "하아!" 한숨을 내쉬는 희수를 보고,

"학교 뒤집어 놨다는 것도 안심해. 강서준이 자기 회사 아르바 이트로 채용해서 아는 사이라고 잘 둘러댔더라. 강서준 나타나면 원래 학교 뒤집어지잖아. 이번에 와서는 애들한테 술 사 주고 갔나 봐. 애들이 여신급으로 예쁜 여자랄 거라던데."

하고 다시 그 화제의 여인으로 말을 슬쩍 돌렸다. 아무런 반응 이 없는 희수를 보며 미래는, "강서준 가슴을 제대로 찢어 났다던 데."하며 다시 떠보았다.

뭐라고 대꾸가 돌아올 법도 한데, 희수는 아무 말도 없이 다시 배를 깔고 엎드렸다. 애써 전해 준 봉투는 상 아래로 쓰윽, 밀쳐졌 다.

"뜯어 보자." 조르는 건 오히려 미래였다. "궁금하면 열어 봐, 난 안 궁금해." 하는 희수에게 "정말? 봐도 돼?" 하고 미래가 몇 번 되묻고는 봉투를 열어 보았다.

광고 촬영 중 실험적으로 찍은 희수의 사진. "야아, 이게 뭐야? 너야? 손편지도 있어!" 접힌 종이를 들이미는 걸 희수는 고개를 싹 돌렸다. "난 안 봐도 돼." 하고는 결국 상 아래로 한꺼번에 쓰 윽 밀어 넣었다.

무슨 일이 제대로 있는 것 같긴 한데. 무슨 일이든 툭툭, 별거 아니듯 털어 말해 주는 평소의 희수답지 않았다. 눈치를 보다 미래 는 슬그머니 가방을 챙겼다.

희수가 벌떡 따라 일어났다.

"어디 가?"

"집에 가야지."

"저녁에 비 온다는데, 자고 가면 안 돼?"

"과외수업 가야 해. 여행 다녀오느라 좀 밀렸잖아. 빠지기가 좀 그래."

희수는 인상을 찌푸리며 지갑을 챙겨 들었다. "집에 있어." 하니, "PC방 갈래." 하고 졸랑졸랑 따라나섰다. 미래는 "집에 그냥 있어. 퀴퀴한 냄새 난다고 싫어하면서. 이따 수업 마치고 편한 옷 싸 가지고 올게." 하고 결국 붙잡아 앉혔다.

"꼭 와?"

"온다니까. 네댓 시간 걸릴 거야. 괜히 다른 데 가 있지 말고 집에 있어."

"응." 하고 고개를 끄덕이는 희수. 미래는 평소에는 거칠 것 없는 녀석이 장마철만 되면 저렇게 비루먹은 강아지처럼 힘들어하는 게 안쓰러웠다.

미래는 따라 나오려는 희수를 들여보냈다. "요 앞까지 가.", "이따 또 올 건데 나오지 마." 희수의 셋방인 대문 옆 문간방만 유난히 더 허술하다. 대문을 나서는데 눈앞에 알 만한 사람과 맞부딪칠 뻔했다.

"아, 깜짝이야. 아아."

"미안합니다. 저, 이 집에 사시면 혹시……."

"강서준……."

선배는 아니고, 오빠도 아니고, 뭐라고 해야 하나. 호칭을 찾지 못해 미래가 말끝을 얼버무릴 때 서준이 먼저 인사를 했다.

"혹시, 희수 친구분인가요?"

"아, 네. 안녕하세요."

희수를 불러 달라는 청에, 미래는 다시 집 안에 들어갔다. 서준은 학교를 휘젓고 왔으니 욕이라도 얻어먹으며, 잘 있는 거라도 확인하고 싶었다. 잔뜩 화난 얼굴로 뛰쳐나와 정강이라도 걷어차 주었으면 했는데, 들여보냈던 친구 미래만 혼자 쭈뼛쭈뼛 나왔다.

"안 나온대요. 돌아가시라고……."

예상했던 대답. 하지만 가슴이 알싸했다.

"잘 있어요?"

"네, 이제 안 오셨으면 좋겠다고."

"뭐라고 해요? 그냥 그대로 전해 주세요."

그렇게 공손히 말했을 리 없는 녀석이니, 희수의 말이라도 전해 듣고 싶었다.

"저어, 그게. 다신 오지 말라고 해."

민망해하는 친구에게 서준은 "후후." 웃으며, "고맙습니다." 했다. 어정쩡하게 인사하고 골목을 나서는 친구를 붙들었다.

"얼굴은 좀 어때요?" 눈썹을 치켜뜨는 친구를 향해, 서준은 "찢어진 데요." 했다. 미래는 "아, 흉터 안 지게 연고 바른대요." 했다. 또 어색하게 인사하고 골목을 나서는 친구를 다시 불러 세웠다.

"저기, 바쁘실 테지만 부탁이 좀 있습니다."

❖ ❖ ❖

"과외수업 간다며?"

무언가 잔뜩 커다란 보따리를 지고 다시 들어오는 미래를 희수

508

는 놀란 눈으로 바라보았다.

"몰라, 강서준이 태워 줘서 다녀왔어. 지금 바로 가야 해."

"이게 뭐야?"

"풀어 봐, 이따 올게!"

미래는 급히 나서며 손을 흔들었다. 희수는 따라나서지 못하고 어정쩡하게 짐을 받아 들었다. 커다란 봉투 두 개에는 하얀 털이 달린 카우치의 쿠션 일곱 개가 들어 있었다. 카우치 위에 얹은 걸 전부 쓸어 담아 온 모양이었다. 쪽지도 있었다.

카우치를 통째로 옮겨 주고 싶은데 욕먹을 게 뻔하니까. 미안해. 갈게. 다신 안 올게. 저녁부터 비 많이 온대.

서준은 끝끝내 혼자 나오며 다시 어색하게 인사하는 친구 미래에게 깍듯이 고개를 숙였다. 골목길 끝으로 사라지는 미래의 친구를 보며 천천히 발걸음을 옮겼다.

"욕이라도 좀 하러 나와 주지. 카우치를 그냥 통째로 옮겨 줄 걸 그랬나."

미친놈처럼 "후후후." 웃으며 혼잣말을 중얼거렸다.

원래 내가 욕먹는 게 전문인데. 그나마 좋아하던 카우치까지 욕을 먹게 할 수는 없으니까. 내 집에서 좋아해 주는 거라곤 딱 하나, 그 하얀 털 달린 카우치뿐이니까.

이왕 좋아해 주는 거, 개새끼도 같이 옆에 앉혀 주면 참 좋겠지만. 그런 건, 이제 바라지도 않는다. 다행이다, 내 집에서 좋아해 주던 게 하나라도 있어서.

"이제 어디 돌아다니지 말고 그걸로 집 짓고 숨어 있어."

짜증 내며 인상 쓰고 있을 게 뻔한 희수가 눈앞에 아른거려, 서준은 "큭큭." 웃었다. 이렇게 가까운 데서 혼잣말이라도 하니 희수가 대답이라도 해 줄 것 같다. '응! 강서준.'

터질 것 같은 심장을 부둥켜안고도 이렇게 아무렇지 않게 웃을 수 있다는 게 대견하다. 나약한 걸 제일 싫어하는 녀석. 그래, 나 약해지면 안 되지.

이왕이면 나와서 뺨이라도 한 대 쳐 주면 참 좋겠는데.

그저 1초가, 한순간의 맞닿음이 아쉬웠다.

서준은 희수의 집 대문을 나섰다. 돌아가야 했지만 돌아가는 척 골목 밖으로 나와 희수의 방 반대편 담벼락 밑에 조용히 주저앉았다. 돌아간 줄 알 테니까, 들키지 않게 조금만 여기 있다 가자.

희수에게 치대는 게 '부담' 이외에 아무것도 아닌 감정이라는 것 잘 안다. 눈앞에서 사라지면 얼마나 시원하고 홀가분해할까. 이제는 희수에게 더 이상 짐이 되지 말아야겠지. 만나자마자부터 한순간도 빠뜨리지 않고 못 할 짓만 시켜 온 개새끼가, 저 혼자만의 감정으로 그녀에게 마지막까지 무거운 짐을 지워 주는 것, 옳지 않다는 것 잘 안다.

궁지에 몰린 아이를 이도형에게 팔아먹고, 험한 꼴을 당하게 하고, 거지가 되어 돌아온 녀석에게 잔돈푼이나 적선해서 보내려 하고, 다시 잡아 와 다른 남자를 유혹하라 교육시켰다.

'그럼, 그렇게 억울해하지 말고 만나. 이거 끝내고!'

연습하라고 파트너 하일영을 붙여 주고는, 제멋대로 찍어 붙이기나 하고.

'연……애를 하든, 뭘 하든 멋……대로 해. 하지만 사랑에 빠지지는 마.'

이도형에게 기어이 밀어 넣었다.

알량한 녀석. 그러고 나서 그만두라고 치대다니, 갈아서 죽여도 시원치 않을 개새끼.

마음을 받아 달라고? 네가 희수에게 해 준 게 뭔데?

있지, 많지. 꾸준히 대우해 주었지. 거지 취급, 창녀 취급.

그러고도 모자라 이렇게 들러붙고 있지. 희수는 무슨 죄가 있어서, 이렇게 나한테 몹쓸 짓을 당해 온 걸까. 벽을 하나 사이에 두고 앉아 있는 이것조차도 희수에게 몹쓸 짓이라는 걸 안다.

하지만 오늘만, 오늘 하루만 더 그래 보자, 오늘은 헤어지는 날이니까.

길거리 담벼락에 나앉아서도, 저 얇은 벽 너머에 희수가 있다는 사실 하나만으로도 가슴이 두근두근, 터져서 미칠 것같이 행복하니까.

희수가 보인다. 희수는 저 벽 너머에서 숨 쉬고, 발가락을 고물거리며 엎드려 책을 보고, 좋아하던 카우치의 쿠션을 깔고 엎드려 자고 일어나겠지.

이젠 잠들지 못하는 것쯤 아무렇지 않다. 누워서도 말간 정신을 들여다보면 희수가 살고 있다. 7cm의 힐을 신은 것같이 까치발을 들고 스텝을 밟으며 청소기를 돌리는 희수가 있고, 레몬을 똑똑똑

썰어 차를 끓일 준비를 하는 희수가 있다. 쭉 째진 눈으로 가끔 "개새끼!" 하고 뱉어 주는 욕이 그렇게 시원하다.

스러져 사라지고 싶다.

24층의 아파트에서 내려다보이는 자랑스러운 야경을 볼 때마다 희수의 품으로 날아 들어가는 걸 매일 꿈꾼다. 하지만 그랬다간 저 강인한 척하는 녀석이 얼마나 불편해할지 안다. 하고 싶더라도 할 수 없는 일.

아주 오랜 뒤에, 네가 우연히 소식을 전해 듣더라도 별로 마음에 담게 되지 않을 정도로 아주 오랜 뒤라면 그래도 좋을까. 네 말이 맞아. 나는 참 나약하구나.

어느 노래처럼, 한 조각의 먼지가 되고 싶다.

아주 작은 먼지가 되어 깨진 유리창 틈으로 날아 들어가 희수의 방 안에 들어가고 싶다. 희수 몰래 털 달린 쿠션의 털끝에 조용히 내려앉고 싶다. 그래서 희수가 고물고물 발가락을 움직이며 다리를 흔들 때마다, 오르락내리락. 희수와 함께 숨 쉬고 싶다.

그러다 털썩, 일어나 그 털 달린 쿠션 위에서도 바람에 날려 올라가면, 언젠가 희수의 어깨 위에 조용히 올라앉을지도. 하루쯤은, 저녁 샤워를 하기 전까지는 함께 돌아다니고, 목소리를 듣고, 함께 웃을 수 있을 것이다. 그렇게 하루쯤은 희수에게 들러붙어 있을 수 있을 것이다.

그리고 벗은 몸으로 샤워기 앞에서 물을 틀어 내면 비누와 함께 씻겨 내려가 하수구 안으로 쓸려 들어갈 때까지는 함께할 수 있다. 그렇게 하루만이라도, 아니 반나절만이라도 희수와 함께 놀 수 있는 한 조각의 먼지가 되고 싶다.

"구르르르르르."

짧은 천둥소리와 함께 먹구름이 새카맣게 몰려왔다. 오라고 고사를 지낼 땐 죽어라고 오지도 않던 비가, 고맙게도 이제야 와 준다. 쿠션을 가져다주길 정말 잘했지. 오늘은 만홧가게니, PC방이니 하는 곳을 전전하지 않고도 집에서 편히 쉴 수 있을 것이다.

담벼락의 턱 아래 잠깐 앉았다 가는 것마저 시기한 날씨가 신경질을 부렸다. 그래, 이래도 할 말 없는 새끼니, 이마저도 감사하자. 짧은 처마 밑으로 빗방울이 투투툭, 들이치기 시작했다. 바람도 함께 몰아쳐 주니, 구둣발이 젖다가, 바지 자락이 젖다가, 옷 아래가 젖기 시작한다.

작은 빗줄기는 점점 굵은 빗방울로 바뀌기 시작했다. 타타타탁, 쉼 없이 떨어지는 물방울은 어느새 물줄기처럼 대단해져 있었고, 서준은 슬레이트 지붕의 처마 끝에서 떨어지는 물방울을 올려다보다 눈이 흐려져 "흐흐." 웃었다.

먼지가 되어도, 희수의 털 달린 쿠션 끝에 앉아 보기도 전에 희수의 어깨에 올라앉는 것은 생각지도 못하고 빗물에 씻겨 내려갈 판이다.

그래야지, 그렇게 해야지. 앞으로 장하게 뻗어 나갈 아이를 불편하게 잡아서는 안 되지.

오늘만, 오늘만 몰래 조금 더 욕심을 부리자. 지금은 빗줄기 때문에, 대단한 천둥소리 때문에, 희수가 놀라서 부르르, 떠느라 바빠 그가 여기 숨어 있는 걸 모를 테니까. 이 빗줄기가 가실 때까지만 마음으로 같이 있어 주자.

여름비가 서늘하다. 체온을 조금씩 빼앗는 이 시원함이 좋다. 흠뻑 젖어서 먼지가 되어, 길바닥을 쓸고 내려가는 물방울들과 함께 씻겨 내려가고 싶다. 그렇게 사라져 줘야지. 하지만 조금만 더,

물줄기에 씻겨 내려가기 전에 조금만 더, 희수와 이 얇은 담벼락을 사이에 두고 함께 있는 이 다디단 행복을 누려 보자.

❖ ❖ ❖

"새끼, 왜 굳이 여기까지 기어 왔나 했더니 전망 하나는 죽이네."

전면이 넓은 통유리로 된 창가에서 도형이 혼잣말을 중얼거렸다. 강서준이 미친놈처럼 뛰쳐나간 뒤에도, 도형은 서준의 집에 한동안 머물러 있었다.

오후부터 습해지더니 시커멓게 먹구름이 끼기 시작했다. "쿠르르르." 하는 천둥소리가, 곧 큰비가 올 것임을 예고했다.

"왜 여길 못 앉게 하고 지랄이야."

도형은 서준이 절대로 앉지 못하게 질색했던 털 달린 흰 카우치에 쓰윽 앉았다. 강아지처럼 난 카우치의 털이 한쪽만 좀 주저앉은 걸 보고, 일부러 그쪽에 엉덩이를 딱, 대고 앉았다. "흐흐." 못 앉게 난리를 치던 곳에 주인이 없는 틈을 타 몰래 앉으니, 쾌감이 배가 되었다.

그러곤 곧 말짱히 일어났다. "새끼, 이젠 오라고 해도 다신 안 와." 하면서. 아쉬운 마음에 집 안을 쓱 한 번 더 돌아보며 현관문을 닫고 나왔다. 삐리릭, 문 잠기는 소리가 시원스레 들렸다. 미친놈처럼 도형도 혼잣말을 중얼거렸다.

"길거리에서 고생하다 나 같은 녀석 또 만나지 말고, 그냥 강서준한테 잡혀라. 새끼, 이렇게까지 해 줬는데 못 잡으면, 내가 '바람둥이' 마크 떼 준다!"

❖ ❖ ❖

아름다운 이별 후, 갑자기 돌아온 도형은 희수의 까만 어깨를 거칠게 잡아 돌려세웠었다. 그리고 사력을 다해 시비를 한껏 걸었었다.

"너, 굉장히 나쁜 짓 한 거야, 알아?"

"뭐?"

잘 헤어져 놓고 이제 와서 무슨 시비니, 하는 희수의 표정이 다 지어지기도 전에, 도형은 다다다 말을 뱉었다.

"강서준한테도 말이야. 그래, 나는 내가 한 짓이 있으니 그렇다 쳐! 만나자고 해도 만날 수 없이 집안에 묶여 있으니 그렇다 쳐!"

"……."

"강서준보다 네가 훨씬 나빠! 완전 악질이야! 내가 강서준한테 질색했던 것, 제일 싫었던 것, 내 여자 실컷 홀려 놓고 책임도 안 지고 장난 다 끝났으니 나는 몰라, 네 감정은 네가 책임져, 꽁지 빠지게 도망가는 짓. 남겨진 사람은 고통 속에서 어떤 일을 겪든 말든 나는 괜찮으니 상관없어, 하는 짓!"

"내, 내가? 난……, 난, 아무 짓도 안 했어."

"그래, 강서준도 그랬지. 여자들에게 별로 나쁜 짓 한 거 없어. 만나자고 하면 만나 주고, 자자고 붙들고 늘어지면 자 줬지. 강서준은 아무 짓도 안 했어. 먼저 손댄 적 한 번도 없었어, 귀찮아서 도저히 견딜 수 없을 때까지 그냥 상대만 해 줬지."

"……."

"그리고 더 이상 옆에 둘 수도 없을 정도로 정이 떨어지면 딱 끊었어, 여자들은 더 울고불고 난리 치고 집착하고. 강서준은 잘못한 게 하나도 없었지! 너처럼!"

"난, 단정하게 굴었어. 손잡고, 눈 마주치고, 남자랑 여자랑 하는 거 한 번도 한 적 없어!"

"그래, 알아! 그런데 저 녀석은 24년이나 붙어 다니던 여자를 끊어 냈지. 소문 좀 잘못 나서 결혼도 제대로 못 하게 될까 봐 여자까지 만들어 붙여 주던 녀석이었는데, 그 여자를, 바로 그 여자를 버렸지! 바로 너 때문에!"

"아냐, 내가 걔 여자 친구를 얼마나 챙겼는데! 나도 걔 여자 친구 다칠까 봐, 얼마나 신경 썼는데! 난 강서준 유혹하고 어쩌고 한 적 한 번도, 단 한 번도 없어!"

"그랬지, 그랬지, 그랬는데, 강서준은 내가 집에 갈 때마다 24층 베란다에서 곧 뛰어내리기 직전의 표정으로 돌아서지. 또 너니, 희수 소식 들은 거 있니, 하면서! 넌 잘못한 거 하나도 없는데, 강서준은 죽고 싶어 안달 난 녀석이 되었지! 너 때문에! 넌 잘못이 하나도 없지!"

"……."

"걔네 집 밀고 쳐들어가서, 정에 굶주린 애, 밥해 먹이고, 같이 놀아 주고, 같이 웃어 주고, 그리고 숨 좀 쉬는 것같이 마음 사르르 풀어지게 했다가, 한 번에 이렇게 무섭게 끊어 내는 거. 법에 어긋나는 짓을 해야만 범죄가 아니야. 너 진짜 큰 잘못을 저지른 거야."

"……."

"네가 친 일, 네가 해결해. 강서준이 더 이상 너 안 만나도 괜찮다고 할 때까지 만나 주고, 상대해 줘. 그것도 안 하면 너 정말 나

516

쁜 애야, 알아?"

❖ ❖ ❖

희수는 "쿠르르르." 하는 천둥 번개를 듣고도 카우치의 쿠션을 건드리지 않았다. 해가 지려면 아직 멀었는데도 이미 어둑어둑해진 방 안, 투툭투툭, 물방울이 방 안까지 들이치는데도 천장 가까이 난 작은 환기창을 닫지 못했다.

"억지야. 억지 쓴 거야. 속지 말자."

희수는 이를 악물고 "쯧!" 하고 혀를 찼다. "어린 게 자꾸 혀를 차니." 할아버지가 못마땅하게 잔소리하시던 게 귓가에 들리는 것 같은데도, 요즘 자꾸 혀를 차게 된다. 마음에 안 들어, 마음에 안 들어.

"억지라니까. 속지 말자."

털 달린 흰 카우치의 쿠션이 방 안에 죽 늘어서 있는 것도 아주 마음에 안 들었다. 까만 발로 얌전하게 쌓인 쿠션을 발로 툭, 차서 와르르 무너뜨렸다. 그리고 후다닥 책을 몇 개 쌓아 밟고 올라가 높은 환기창 아래를 슬쩍 내려 보았다. 잘 안 보이니 까치발을 들고 빗물이 들이치는 창밖을 내다보았다. 누가 창 밑에 앉아 있다.

"아휴, 정말! 아직도 안 갔어!"

빗줄기가 더 거세졌다. "후우." 한숨을 쉬던 희수는 결국 참지 못해 까만 이마에 주름을 잡고 방을 나섰다. 긴 장대 우산을 들어 밖으로 나가며 폈다. 대문을 나서 골목을 나와 강서준이 앉아 있는 데로 왔다. 긴 다리를 구부리고 팔짱을 끼고 앉아서 자고 있다. 온몸이 흠뻑 젖어 물기가 흥건하다.

"후우." 하루에 한숨을 몇 번이나 쉬는 건지. 검은 유약을 발라 구운 도자기같이 매끈한 검은 피부, 완벽한 이마, 진하고 고른 눈썹, 크고 옆으로 긴 눈, 중심을 잡는 날카롭고 힘찬 콧날, 부드러운 입술의 곡선. 바람둥이 강서준. 돈도 많은 게 밥도 못 얻어먹었는지, 그새 더 말라비틀어졌다. 아, 마음에 안 들어.

희수는 인상을 쓰고 강서준의 얼굴을 살피다 이마를 슬쩍 짚었다. 뜨겁다. 체질이 꼭 남매처럼 비슷하다. 아프면 열감기가 오는 것도 꼭 같아 짜증 난다. 희수는 우산을 펼친 채 바닥에 잠깐 놓아두고 자신의 까만 이마를 짚었다. 굉장히 뜨겁다. 울컥 치밀어 발로 툭, 걷어차려다 어깨를 잡아 흔들었다.

"일어나."

희미하게 눈을 뜨는 서준. 고열에 눈빛이 흐릿했다.

"일어나라고, 나 너 못 옮겨. 네가 걸어."

뒷목이 뻣뻣해지며 서준은 눈을 떴다. 이 녀석에게는 잠 오는 마약이라도 묻어 있는 걸까. 벽 하나를 사이에 두었다는 안심만으로도 잠이 들고 말았다.

"응?"

서준은 인상을 찌푸리며 상황 판단을 하지 못하고 잠시 눈앞을 멍하니 바라봤다. 지금 내가 꿈을 꾸는 중인가.

"일어나서 들어가자고!"

희수가 겨드랑이에 조그만 손을 끼고 일으켜 주었다.

"미안해."

습관적으로 미안하다는 말만 나온다. 가라고 했는데, 안 간 걸 들켰다. 등이 저릿하다.

"빨리 들어와. 나 비 맞는 거 싫어."

하고 짧은 팔을 쭉 뻗어 우산까지 받쳐 주었다. 얼떨떨한 기분으로 희수를 따라 대문간을 넘어섰다. 마당 하나를 사이에 두고 안채와 바깥채가 있는 구옥이다. 여러 세대가 같이 사는 듯.

희수는 문간방을 열어 "들어가." 하고 등을 떠밀어 주었다. 젖은 신발을 반쯤 벗고도 젖은 옷으로 들어가기 뭣해 방 안을 밟고 들어서지 못하니, "수건, 여기." 하고 손에 무언가가 쥐어졌다. 아직도 기분이 좀 이상했다.

작은 방은 세로로나 서준이 겨우 제대로 누울 수 있을 정도로 좁았다. 아까 억지로 들이밀었던 흰 카우치의 쿠션만 방을 가득 채운 채 여기저기 흩어져 있었다. 좁은 방 안이 휑하니 아무 살림이 없다. 숨이 턱 막힌다.

달그락거리며 무언가를 찾는 희수. 손에 든 건 약봉지와 컵에 담긴 물이었다.

"먹어."

아직도 어리어리한 기분은 가시지 않았다. 지금 희수가 약을 주는 게 맞지. 잠깐 졸았는데 너무 깊이 잠들었다 깬 것 같다. 꿈을 꾸는 건 아닌데.

"잠깐 누워 있어. 그렇게 비실거리지 말고."

감기가 아니었지만 반갑게 목구멍으로 알약들을 삼켰다. 찬물을 마시니 그나마 정신이 좀 돌아왔다. 하지만 열이 계속 더 오르며 또 어질어질하다. 나약해지지 않기 위해 정신을 잘 차리려고 했는데, 너무 오랫동안 자지 못하고, 먹지 못한 게 쌓였다.

그래도 하늘로 둥둥 뜨는 것처럼 기분이 너무 좋았다. 주책없이 목이 메어 아까 남은 물을 더 들이켰다. 반 모금도 마시지 못했는데 물이 없다.

"물 더 줘?"

까만 손이 조르륵, 물을 따라 주었다. "흐흐흐." 웃음이 났다. 열꽃이 피는 것처럼 얼굴이 달아오르는데도, 기분이 좋아 견딜 수 없다. 꿀꺽꿀꺽 시원하게 물을 마셨다. 손에 잡히는 대로 털 달린 쿠션을 하나 집어 누웠다.

희수의 까만 발이 바로 코앞에서 왔다 갔다 했다. 팔을 뻗어 만질 만큼 가까이에서 서준의 몸통을 스치듯 움직였다. 방이 좁으니 좋았다. 쿠션을 들여 주기도 잘했다.

희수가 쌓인 책을 밟고 올라가 환기창의 창문을 드르륵, 닫았다. 서준이 썼던 수건을 집어 들어 빗물이 잔뜩 들이친 바닥을 닦았다. 바닥이 다 젖어 흥건했다.

"뭐야, 완전 다 젖었네."

까슬까슬한 새 수건으로 여기저기를 닦아 주는 희수의 손길이 느껴졌다. 비를 맞기도 참 잘했지. 긴장을 풀고 자는 척 눈을 감았다. 아니, 정말 잠이 쏟아졌다. 슥슥슥, 싹싹싹, 여기저기 닦아 주는 손길에 기분이 참 좋았다. 몸이 둥실둥실 떠다니는 것 같았다.

"차 어디다 세워 놨어?" 사르륵, 잠이 오는데 희수가 물었다. "몰라." 했다. "데려다줄게. 어디다 세웠어?" 하는 희수에게, "몰라." 했다. 짜증이 벌컥 돌아와야 하는데, "후우." 한숨을 쉬고 선선히 져 주었다.

어? 이상했다. 희수가 일부러 져 주었다. 아파서 그런가. 아픈 건 참 좋은 것 같다. 또 "후후후" 웃음이 났다. 기분이 너무 좋아, "자고 갈래." 했다. 누우니 목소리가 갈라져 잘 나오지 않았다. 열 때문인가.

희수가 돌아앉으며 "여기서 어떻게 자고 간다고 해?" 했다. 소리가 높지 않은 거 보니, 한두 번만 조르면 될 것 같다. 어? 달랐다. 희수가 아주 조금, 말랑말랑해져 있다.

"집에 가서 옷 갈아입고 자."

모른 척 잠자코 대답하지 않았다. 아니, 그냥 자 버려야지. 눈을 감으려고 하는데, 희수의 발바닥이 너무 예뻐서 눈을 다시 떴다.

희수의 까만 발은 발바닥이 꽤 하얗다. 발등과 발바닥에 경계라도 있는 것처럼, 발등은 까맣고 발바닥은 하얗다. 너무 예쁘고 우스워 웃음이 났다. 발목을 슬쩍 쥐고 까맣고 하얀 경계선을 손가락으로 재빨리 지익, 훑었다. 재미있었다.

짜증이 쏟아질 줄 알았는데, "크흐, 흐흐." 발을 빼려는 희수의 발목을 꼭 쥐었다. "크흐, 흐흐, 흐흐흐." 다시 발을 빼려는 희수의 발목을 꽉 쥐었다. "으윽!" 결국 배를 사정없이 걷어차였다. 희수가 발을 쏙 뺐다. 그리고 "하지 마!" 했다.

"응?"

잠기가 슬쩍 가시고 장난기가 슬슬 올라왔다. 너, 간지럼 되게 많이 타는구나?

나머지 한쪽 발을 잡는 척 팔을 뻗으니, 희수가 몸을 돌렸다. 그럴 줄 알았어.

서준이 쿠션을 머리 쪽으로 받치며 희수의 위 가슴을 쿡, 밀어 눕혔다. "씨이!" 짜증을 버럭 내며 팔을 뻗어 밀치는 희수의 손을 피해, 트레이닝복의 윗옷 자락을 쭉, 잡아 올렸다. 까만 속살이 수줍게 드러나며 흰 브래지어가 가슴께까지 훌떡 드러났다. 아기 냄새가 훅 끼치는 체향이 향긋했다.

"야!" 하고 희수의 두 손은 황급히 모두 옷자락을 잡아 내리는 데 소모되었다. 그래서 위 가슴을 다시 쿡, 밀어 눕혔다. 이번엔 쿠션 두 개를 대 놓은 곳에 희수의 등과 머리가 안착했다. 불편하지 않게 등쪽 쿠션을 쭉 잡아 빼면서 무릎을 누르고 몸을 겹쳐 누웠다.

"무슨 짓이야?"

당황하며 파르르 떠는 목소리를 낮은 음성으로 감쌌다.

"나쁜 짓."

입술을 물릴 각오는 이미 되어 있다. 많이 아플 텐데. 그래도 괜찮아. 겁이 와락 나면서도 짜릿했다. 힘을 아끼지 않고 한 손에, 한 손씩 강제로 가두었다. 한 손만으로 희수의 양손을 그러쥘 수 있으면 더 좋겠지만. 희수는 그렇게 약하지 않다.

펄떡이며 몸부림치는 희수를 꾹 눌러 만세를 하듯 팔을 위로 들어 올리게 했다. 그리고 귓가에 숨을 "후!" 불어 넣었다. "하지 마!" 하고 고개를 돌리는 데 대고 반대쪽 귀에 "사랑해." 했다. 그리고 멈칫하는 순간을 틈타 귀를 잘근잘근 물어 키스했다.

귀를 매정하게 홱 들이빼며, "내가 하지 말라고 했⋯⋯." 또 거절의 말을 뱉는 얇은 입술에 짧은 베이비 키스를 쪽, 훔치고 재빨리 떨어졌다. 그리고 입술을 돌려 피하느라 다시 내줘 버린 귓가를 혀로 할짝할짝 핥으며 키스했다. 그러면서 "사랑해." 귓속에 온 마음을 몰래 또 집어넣었다.

귀를 감추며 고개는 돌려 버렸지만 벌떡이는 몸부림이 좀 약해졌다. 그래서 또 반대쪽 귓속에 "사랑해." 진심을 흘려 넣었다. 뜨겁게 밀어 넣은 고백은 희수의 긴 한숨이 되었다. 서준은 희수의 달콤한 날숨을 천천히 들이마셨다. 희수의 몸은 여전히 힘을 꽉 준 채 뻣뻣했다.

서준은 마음을 단단히 먹고 입술을 천천히 겹쳤다. 희수는 입술을 물지 않았다. 그렇지만 이를 열어 주지도 않았다. 입술을 혀로 슬쩍 훑고, 쪽 소리 나게 키스했다. 희수의 양손을 한 손으로 그러쥐었다. 몸부림이 더 약해졌다. "사랑해." 한 번 더 속삭였다. 흔들흔들. 눈빛이 곧 넘어질 것처럼 위태롭게 흔들렸다. 서준은 남은 손을 희수의 옷 속으로 쑥 집어넣어 맨살을 싸악 훑으며 가슴께로 올라갔다.

"야!"

희수가 소리치는 틈을 타 서준은 다시 입술을 겹쳤다. 그리고 희수가 내뱉는 숨을 직접 들이마시며 혀를 부드럽게 당겼다.

이럴 줄 알았어. 사기꾼.

한 번도 키스를 경험한 적 없는 말캉한 혓바닥이 깜짝 놀라 쏙 끌려 나왔다. 날아갈 듯한 쾌감에 가슴이 두근두근 귓가를 울렸다. 다시 거칠어지기 시작하는 몸부림 때문에 남은 손은 다시 희수의 손을 잡아야 했다.

오랫동안 서준은 희수의 혀끝을 놓아주지 않았다. 희수의 몸부림이 완전히 그칠 때까지.

양손을 하나씩 갈라 쥐고 깍지를 꽉 꼈다. 귀여운 아기 향을 깊고 달게 마셨다.

헐떡이며 숨 가빠하는 희수가 서준의 뒷목을 수줍게 감싸 안을 때까지.

둘이 쪽, 짧게 입맞춤을 끝냈을 때 서준은 귓가에 "사랑해." 또 흘려 넣었다. 서준이 "흐흐흐." 웃을 때 희수는 숨을 쌕쌕 쉬며 아주 가만히 있었다. 희수의 얼굴이 검붉었다. 서준처럼. 서준의 얼굴처럼. 너무 좋아 속삭였다.

"내일, 집에 같이 가자."

상 밑에 멀거니 있는 갈색 봉투의 쪽지에 적힌 대로 말했다.
"집에 가자."

서준은 나중에, 아주 나중에 희수에게 "그때 나 좋아했었어?"
물었다. 그녀의 대답이 마음에 들었다.
"그냥, 내가 책임져 준 거야. 크흐흐!"

— 종(終)

작가 후기

후기는 궁색한 변명으로 시작해야 할 것 같습니다. '너! 이딴데서 이렇게 막 끝내면 어떡함? 얘네 잤다는 거임, 안 잤다는 거임? 둘이 결혼은 했음?' 환청이 들립니다. 그러나 가장 아름다운 끝, 짙은 여운, 그리고 상상의 여지를 두고 싶었습니다.

이 이야기는 두 남자의 러브스토리이자, 희수의 복수극입니다. 물론 피 튀기는 끔찍한 복수가 아니라, 약간의 '사기극'이지요. 자신의 잘못을 인정하게 하고 사과하게 하기, 아니, 그조차도 하지 않고 스스로를 용서하기. 따라서 이야기는 두 남자의 시선을 따라 전개됩니다. 연재 내내 가장 많이 주셨던 질문도 '도대체 남주가 누굼?' 이었습니다.

답은 읽으시는 독자님의 마음에 달려 있습니다. 서준에게 마음을 실으셨다면 서준의 사랑 이야기, 도형에게 정을 주셨다면 도형의 사랑 이야기, 그리고 희수만이 마음에 드셨다면 희수의 모험이 되겠지요. 따라서 희수의 감정을 직접적으로 표현하기보다는 두 남자의 눈을 통해 상황을 입체적으로 그려 보는 재미를 드리고 싶었습니다.

그럼에도 '도대체 남주가 누굼?' 물으신다면, 서준과 도형 둘 다 남주입니다. 희수는 두 남주를 쥐고 흔드는 미실일지도 모릅니다. 물론 둘 다 해피엔드를 맞을 순 없겠지요. 하지만 이도형과의 아름다운 이별은 그녀의 복수가 성공한 것이니, 사랑이 이루어지지 않았다고 해서 새드엔드는 아닐 것입니다.

작가로서 매우 부끄러운 고백입니다만, 이야기 내내 두 남자가 희수에게 휘둘렸듯, 저도 함께 희수에게 휘둘렸습니다. 제 딴엔 서준이와 좀 흐뭇한 장면도 달달한 그림도 그려 보고 싶었는데, 살아서 펄떡이는 희수의 기를 꺾어 고분고분한 아이로 만들지 못했습니다.

또 많이 받은 질문은 살사에 관한 것입니다. 실은, 거의 모두 사실 자료를 바탕으로 만들었지만 약간 '로맨스 필터링'이 있습니다. 현실을 아주 조금 변형한 걸 부르는 저 혼자만의 말입니다. 우리나라 살사는 일반적으로 동호회 중심입니다. 전개상 희수가 도형이나 서준과 춤을 더 추지 못해 아쉽습니다.

두 남자의 사랑을 단단히 거머쥔, 아찔하도록 매력적이면서도 귀여운 희수의 이야기를 세상에 꺼내 놓기가 쉽지 않았습니다. 연재를 두 번 읽으신 분들도 계실 것입니다. 이야기의 초고는 꽤 오래전에 완성되었습니다. 제 미련함으로 너무 오래 가두어 둔 희수에게 미안하고, 애정을 갖고 기다려 주셨던 독자분들께 죄송합니다.

사실, 이 이야기는 전작인 '기망하다'와 여러 가지 대칭점을 이루도록 그렸습니다. '기망하다'가 짙은 '어둠'이라면, '쉿, 그를 사랑하지 마!'는 강렬한 '빛'입니다. 전혀 다른 색깔이지만, 전혀 다른 스토리의 같은 이야기라고 해야 할까요.

희수에게 생명을 주셔서 감사합니다. 제가 쓸 땐 그저 기다란 텍스트일 뿐이지만 이렇게 읽어 주시는 순간, 희수는 생명력을 갖고 살아납니다. 희수가 살도록, 그녀가 세상에 나오도록 도움을 주신 모든 분들께 감사합니다. 뿔미디어의 편집자님들, 연재 중 함께했던 독자님들, 의견 주신 덧글들, 추천글 주신 마음들, 그리고 이렇게 읽어 주시는 분들까지 정말 감사드립니다.

혹시나 일반적인 로맨스와 다른 전개를 보였다고 해서 절 콱! 찍진 않으셨으면 좋겠습니다. '쉿, 그를 사랑하지 마!'는 제게도 딱 하나뿐입니다. 앞으로 천천히 오랫동안 여러 가지 사랑 이야기를 다채로운 색깔로 풀어 가고 싶습니다.

이별은 늘 아쉽습니다. 다음 글로 또 인사드리겠습니다.

진진밀 올림.

쉿, 그를 사랑하지 마!

1판 1쇄 찍음 2016년 8월 24일
1판 1쇄 펴냄 2016년 8월 30일

지은이 | 진진필
펴낸이 | 정 필
펴낸곳 | (주)뿔미디어

기획 · 편집 | 김수정, 이영은

출판등록 | 2002년 9월 11일 (제1081-1-132호)
주소 | 경기도 부천시 원미구 소향로 17, 303(두성프라자)
전화 | 032)651-6513 / 팩스 032)651-6094
E-mail | scarlets2012@hanmail.net
블로그 | http://blog.naver.com/dahyangs
홈페이지 | http://bbulmedia.com

값 9,800원

ISBN 979-11-315-7324-2 03810

※파본은 구입하신 서점에서 교환하여 드립니다.